GOLDMANN

Clive Cussler, geboren in Alhambra/Kalifornien, war Pilot bei der US Air Force, bevor er als Funk- und Fernsehautor bekannt wurde. Er nahm an einer Expedition teil, die in den Wüsten des amerikanischen Südwestens nach vergessenen Goldminen suchte, und beteiligte sich an einem Unternehmen, das an der englischen Küste nach versunkenen Schiffen forschte. Er lebt heute mit Frau und Kindern in Denver/Colorado.

Außer dem vorliegenden Band sind von Clive Cussler als Goldmann-Taschenbücher erschienen:

Eisberg. Roman (3513)
Hebt die Titanic! Roman (3976)
Im Todesnebel. Roman (8497)
Tiefsee. Roman (8631)
Der Todesflieger. Roman (3657)
Der Todesflug der Cargo 03. Roman (6432)
Um Haaresbreite. Roman (9555)

CLIVE CUSSLER
CYCLOP
ROMAN

Aus dem Amerikanischen von
Michael Görden und W. M. Riegel

GOLDMANN VERLAG

Ungekürzte Ausgabe

Titel der Originalausgabe: Cyclops
Originalverlag: Simon & Schuster, Inc., New York

Der Goldmann Verlag
ist ein Unternehmen der Verlagsgruppe Bertelsmann

Made in Germany · 3. Auflage · 12/90

Umschlagentwurf: Design Team München
Umschlagfoto: Hesselmann / Gruner + Jahr, Hamburg
Druck: Elsnerdruck, Berlin
Verlagsnummer: 9823
MV · Herstellung: Heidrun Nawrot/Sc
ISBN 3-442-09823-8

PROLOG

19. März 1918,
in der Karibik

Die *Cyclop* hatte nur noch weniger als eine Stunde bis zu ihrem Ende. In achtundvierzig Minuten würde sie zum Massengrab für ihre dreihundertneun Passagiere und Besatzungsmitglieder werden – eine Tragödie, auf die keine düsteren Vorzeichen hinwiesen. Fast schien es, als wollten eine glatte See und ein sternenklarer Himmel das Schiff verspotten. Selbst die Möwen in seinem Kielwasser segelten mit gleichgültiger Ahnungslosigkeit im Wind, die scharfen Instinkte von dem milden Wetter der letzten Tage eingeschläfert.

Aus dem Südosten wehte eine sanfte Brise, die kaum die amerikanische Flagge blähte. Morgens um drei Uhr dreißig befanden sich die meisten der Passagiere und wachfreien Besatzungsmitglieder schlafend in ihren Kabinen. Einige wenige, die bei der drückenden Hitze des Passatwinds keinen Schlaf fanden, standen auf dem Oberdeck an der Reling und beobachteten, wie sich der Schiffsbug immer wieder über die flach rollenden Wogen hob.

Im Ruderhaus der *Cyclop* starrte Leutnant John Church in Gedanken versunken durch eines der großen runden Bullaugen. Er hatte bis vier Uhr morgens Wache, und er konnte nichts tun, um die Müdigkeit zu bekämpfen. Zwar bemerkte er eine zunehmende Höhe der Wogen, aber solange sie in so großen Abständen aufeinander folgten und ihre Kraft sich so sanft entfaltete, sah er keinen Grund, die Fahrt des Schiffes zu drosseln.

Trotz der günstigen Strömung quälte sich das schwer beladene Frachtschiff mit kaum neun Knoten voran. Die Maschinen bedurften dringend einer Wartung, und zur Zeit arbeitete sogar nur noch die Backbordschraube. Nach dem Auslaufen aus Rio de Janeiro hatte ein Maschinenschaden die zweite Schraube lahmgelegt. Der Chefingenieur konnte nichts anderes melden, als daß man mit einer Reparatur bis Baltimore warten müßte.

Leutnant Church hatte sich auf See zum Offizier hochgedient. Er war ein hagerer, vor der Zeit ergrauter Mann kurz vor seinem dreißigsten Geburtstag. Viermal war er schon rund um die Welt gefahren, hatte Dienst auf vielen verschiedenen Schiffen versehen. Aber die *Cyclop* hielt er für das merkwürdigste Schiff, das ihm während seiner zwölf Jahre bei der Navy begegnet war. Es war seine erste Reise auf diesem acht Jahre alten Frachter, und diese Reise schien von den eigenartigsten Zwischenfällen begleitet.

Seit sie den Heimathafen verlassen hatten, war der Besatzung wenig Erfreuliches widerfahren. Ein Mann war über Bord gegangen und von der Schiffsschraube zerhackt worden. Danach kam es zu einer Kollision mit dem Kreuzer *Raleigh*, bei dem beide Schiffe leicht beschädigt wurden. Im Kielraum führten sie fünf Gefangene mit. Einer von ihnen war für den brutalen Mord an einem Schiffskameraden verurteilt worden und befand sich auf dem Weg in das Marinegefängnis von Portsmouth, New Hampshire. Vor der Hafeneinfahrt von Rio war das Schiff fast auf ein Riff gelaufen, und als der wachhabende Offizier den Kapitän beschuldigte, das Schiff durch eine Kursänderung gefährdet zu haben, war er unter Arrest gestellt und in sein Quartier geschickt worden. Eine unzufriedene Mannschaft, eine beschädigte Steuerbordmaschine und ein Kapitän, der sich in den Schlaf zu trinken pflegte, machten die Fahrt nicht angenehmer. Als Church sich die unglücklichen Vorfälle der letzten Wochen ins Gedächtnis rief, schien es ihm, als deute alles auf eine drohende Katastrophe.

Seine düsteren Gedanken wurden vom Laut schwerer Schritte hinter ihm unterbrochen. Er wandte sich um und nahm Haltung an, als der Kapitän das Ruderhaus betrat.

Kapitän George Worley war ein Typ, der direkt aus Stevensons *Schatzinsel* entsprungen zu sein schien: Es fehlten nur die Augenklappe und das Holzbein; ein Bulle von einem Kerl, dessen Nacken fast nicht zu sehen war, denn unmittelbar über den breiten Schultern ragte der mächtige Schädel empor. Seine Hände waren die größten, die Church je gesehen hatte, riesig und dick wie der Band eines Lexikons. Worley war kein großer Freund der Uniformvorschriften, und so bestand seine Kleidung an Bord meistens aus Pantoffeln, einer Schirmmütze und einem Unterwäsche-Trikot. Church hatte den Kapitän niemals in Dienst-Uniform gesehen, außer wenn die *Cyclop* im Hafen lag und Worley dienstlich an Land zu tun hatte.

Nach einem kaum zu vernehmenden Knurren als Begrüßung ging Worley zum Barometer und klopfte mit seinen dicken Knöcheln dagegen. Er studierte die Nadel und nickte.

»Nicht schlecht«, meinte er mit einem leichten deutschen Akzent. »Sieht für die nächsten vierundzwanzig Stunden recht gut aus. Mit Glück wird es eine ruhige Fahrt, falls wir uns bei Kap Hatteras nichts Übles einfangen.«

»Hinter Kap Hatteras erwischt es fast jedes Schiff übel«, erwiderte Church knapp.

Worley ging zum Kartenraum und studierte den Kurs der *Cyclop*. »Kursänderung fünf Grad Nord«, sagte er, als er zurück ins Ruderhaus kam. »Wir umfahren die große Bahama-Bank.«

»Wir sind doch schon fast zwanzig Meilen westlich des Hauptkanals«, erwiderte Church.

»Ich habe meine Gründe, die Hauptschiffahrtslinien zu meiden«, knurrte Worley.

Church nickte dem Rudergänger knapp zu, und die *Cyclop* schwang langsam herum. Die leichte Kursänderung brachte das Schiff in eine andere Lage zur Dünung. Seine Bewegungen veränderten sich. Die *Cyclop* begann schwer in der See zu rollen.

»Mir gefällt das da draußen nicht recht«, sagte Church. »Die Wellen werden ein wenig zu steil.«

»In diesen Gewässern nichts Ungewöhnliches«, entgegnete Worley. »Wir sind nicht weit von der Gegend, in der sich die Nordäquatorströmung in den Golfstrom drängt. Ich habe das Wasser hier schon so flach wie auf einem Wüstensee gesehen, aber zu anderen Zeiten waren die Wellen gut acht Meter hoch, liefen aber recht gemütlich unter den Kiel. Angenehme rollende Dünung.«

Church wollte etwas darauf erwidern, schwieg aber und lauschte. Das Geräusch von schabendem Metall drang durch das Ruderhaus. Worley benahm sich, als hätte er nichts gehört, aber Church ging zum hinteren Bullauge und warf einen Blick über das lange Frachtdeck der *Cyclop*.

Sie war ein verhältnismäßig großes Schiff, fast zweihundert Meter lang, 1910 in Philadelphia vom Stapel gelaufen. Sie gehörte zum Marine-Hilfscorps der Atlantikflotte. Ihre sieben riesigen Laderäume faßten zehntausendfünfhundert Tonnen Kohle, aber auf dieser Reise trug sie elftausend Tonnen Mangan-Erz. Ihr Rumpf lag tiefer als üblich im Wasser. Nach Churchs Ansicht war das Schiff gefährlich überladen. Das Deck schien sich mittschiffs im Rhythmus der Wellen unter dem Kiel zu heben und zu senken.

»Mein Gott«, murmelte Church, »der Rumpf biegt sich mit der See.«

Worley warf keinen Blick darauf. »Darüber machen Sie sich mal keine Sorgen, mein Junge. Ein bißchen Druck kann sie schon aushalten.«

»Ich habe noch nie ein Schiff gesehen, das sich so durchbiegt«, beharrte Church.

Worley ließ sich in einen großen Korbsessel fallen, den er sich auf die Brücke hatte stellen lassen. »Mein Junge, machen Sie sich keine Gedanken über die alte *Cyclop*. Sie wird noch über die Meere eilen, wenn es uns schon längst nicht mehr gibt.«

Die Gleichgültigkeit des Kapitäns beruhigte Church nicht, sie stärkte ihn nur in seinen unguten Vorahnungen.

Nachdem Church seine Wache übergeben hatte, schaute er auf dem Weg in seine Kabine noch einmal auf einen Schwatz und eine Tasse Kaffee in der Funkbude vorbei.

»Irgendwas Interessantes?«

Sparks, wie man zu jener Zeit alle Funker in der Marine zu nennen pflegte, grinste und nahm die Kopfhörer ab. »Wie bitte?«

Church wiederholte die Frage.

»Nur ein paar Kameraden auf Handelsschiffen, die Funk-Schach spielen.«

»Wie weit sind die anderen Frachter denn von uns?«

»Ihre Signale sind sehr schwach«, erklärte Sparks und zuckte mit den Schultern. »Vielleicht gut hundert Meilen oder weiter.«

Church setzte sich rittlings auf einen Stuhl und kreuzte die Arme über der Lehne. »Frag sie doch mal, wie bei ihnen die See aussieht.«

Sparks hob hilflos die Hände. »Das kann ich nicht.«

»Schwierigkeiten mit dem Sender?«

»Der ist fit wie eine Hure aus Havanna.«

»Das versteh' ich nicht.«

»Befehl vom Kapitän«, antwortete Sparks. »Als wir Rio verließen, hat er mich in sein Quartier bestellt und angeordnet, daß ich keine Durchsage ohne seinen direkten Befehl vornehmen darf, bevor wir in Baltimore anlegen.«

»Gab er einen Grund an?«

»Nein, Sir.«

»Verdammt merkwürdig.«

»Ich tippe darauf, daß es etwas mit diesem Bonzen zu tun hat, den wir in Rio als Passagier an Bord genommen haben.«

»Dem Generalkonsul?«

»Ich bekam meine Befehle, sofort nachdem er an Bord war ...« Sparks sah ein Signal aufblinken und griff blitzschnell nach den Kopfhörern. Sofort begann er die eingehende Durchsage auf einem Zettel mitzuschreiben. Einen Augenblick später blickte er mit grimmigem Gesicht auf. »Ein Notruf.«

Church sprang auf. »Was für eine Position?«

»Zwanzig Meilen südöstlich von den Anguilla Cays.«

Im Kopf überschlug Church die Entfernung. »Das läßt sie ungefähr fünfzig Meilen vor uns sein. Was gibt es?«

»Name des Schiffs: *Crogan Castle*. Leckgeschlagen. Schwere Schäden am Schiffsrumpf. Nehmen Wasser. Brauchen sofort Hilfe.«

»Leckgeschlagen?« Church wiederholte die Durchsage erstaunt. »Wodurch denn?«

»Das haben sie nicht durchgegeben, Leutnant.«

Church machte sich auf den Weg zur Brücke. »Ich werde den Kapitän informieren. Sagen Sie der *Crogan Castle*, wir kommen unter Volldampf.«

Sparks Gesicht nahm einen gequälten Ausdruck an. »Bitte, Sir. Das darf ich doch nicht.«

»Tun Sie, was ich sage!« befahl Church. »Ich übernehme die volle Verantwortung.«

Er wandte sich um und eilte durch den schmalen Gang zur Leiter, über die er das Ruderhaus erreichte. Worley saß noch immer in seinem Korbsessel. Die Brille hing ihm tief über der Nase, während er gelangweilt in einem zerfledderten Liberty-Magazin blätterte.

»Sparks hat ein SOS aufgefangen«, verkündete Church. »Weniger als fünfzig Meilen weg. Ich habe ihm befohlen, den Notruf zu bestätigen und durchzugeben, daß wir unseren Kurs ändern, um Hilfe zu leisten.«

Worley riß die Augen auf. Er schwang sich aus dem Sessel und packte Church bei den Oberarmen. »Sind Sie verrückt?« brüllte er. »Wer hat Ihnen die Erlaubnis gegeben, meinen Befehlen zu widersprechen?«

Der brutale Griff brachte Church fast aus der Fassung. Es kam ihm vor, als wollte ihm der Kapitän den Bizeps zerquetschen. »Großer Gott, Kapitän, wir können doch keinen Notruf ignorieren!«

»Das können wir verdammt gut, wenn ich es befehle!«

Church war von Worleys Ausbruch völlig überrascht. Er

starrte in die geröteten, glasigen Augen des Kapitäns und roch seinen Whisky-geschwängerten Atem. »Schon das Seerecht zwingt uns zur Hilfe«, beharrte Church. »Wir müssen hin.«

»Sinken sie denn schon?«

»Im Funkruf hieß es: Nehmen Wasser.«

Worley stieß Church von sich. »Was soll der Blödsinn. Sollen die Scheißkerle doch ihre Pumpen bemannen und sehen, daß sie sich von einem anderen Schiff retten lassen als von unserer *Cyclop*.«

Der Rudergänger und der diensthabende Offizier sahen schweigend und verunsichert zu, als Church und Worley sich zornig in die Augen starrten. Der Diensthabende setzte zu einer Bemerkung an, aber Worley riß den Kopf herum und knurrte: »Kümmern Sie sich um Ihren Kram, und halten Sie das Ruder im Auge.«

Church rieb sich die Oberarme und funkelte den Kapitän an. »Ich protestiere gegen Ihre Weigerung, auf ein SOS zu reagieren, und ich bestehe darauf, daß dieser Vorfall in das Logbuch eingetragen wird.«

»Ich warne Sie . . .«

»Ich lege außerdem Wert darauf, daß Ihr Befehl der Funkstille im Log festgehalten wird.«

»Sie überschreiten Ihre Kompetenzen, Mr. Church.« Worleys Stimme klang flach und kalt, seine Lippen waren zusammengepreßt, sein Gesicht in Schweiß gebadet. »Betrachten Sie sich als unter Arrest gestellt, und begeben Sie sich in Ihr Quartier.«

»Wenn Sie noch mehr von Ihren Offizieren unter Arrest stellen«, schrie Church mit sich überschlagender Stimme, »dann müssen Sie Ihr verdammtes Geisterschiff bald selbst führen.«

Noch bevor Worley antworten konnte, schoß die *Cyclop* plötzlich in ein gewaltiges Wellental hinab. Mit geübtem seemännischem Instinkt griff jeder im Ruderhaus automatisch nach dem nächstgelegenen Halt. Die Stahlplatten der

Schiffshülle stöhnten unter der Belastung, und man hörte mehrere knirschende Geräusche.

»Heilige Mutter Gottes«, murmelte der Rudergänger. Die Panik in seiner Stimme war nicht zu überhören.

»Maul halten!« knurrte Worley, als die *Cyclop* sich wieder aufrichtete. »Sie hat schon Schlimmeres erlebt als einen solchen Seegang.«

Church kam ein zutiefst beunruhigender Gedanke. »Die *Crogan Castle*, das Schiff, von dem das Notsignal kam, gab durch, sie sei leckgeschlagen und schwer beschädigt.«

Worley starrte ihn an. »Na und?«

»Begreifen Sie denn nicht? Das Schiff muß von einer gigantischen Grundsee erwischt worden sein.«

»Sie reden wie ein Irrer. Begeben Sie sich in Ihre Kabine, Mr. Church. Ich will Ihr Gesicht nicht mehr sehen, bis wir anlegen.«

Church ballte die Fäuste und zögerte. Dann entspannten sich seine Hände langsam, als er begriff, daß jeder weitere Streit mit Worley nur Zeitverschwendung war. Wortlos wandte er sich ab und verließ das Ruderhaus.

Über das Deck ging er zum Bug. Die See wirkte wieder tückisch ruhig. Die Wogen waren jetzt kaum noch drei Meter hoch, und es schlug kein Wasser mehr über die Reling. Auf dem Weg nach unten überprüfte er noch kurz zwei Laderäume. Die Erzladung bewegte sich nicht, und alles schien in Ordnung zu sein. Zwar ächzte und stöhnte das Schiff, aber nirgendwo konnte er Risse oder abbröckelnden Rost ausmachen.

Trotzdem hatte er ein ungutes Gefühl – aber müde war er auch. Er mußte seine ganze Willenskraft einsetzen, um sich zu zwingen, den Maschinenraum aufzusuchen. Im Grunde sehnte er sich danach, in seiner Koje den Schlaf zu finden, der ihn von den Problemen, die auf dem Schiff herrschten, weit wegbringen würde. Einigermaßen beruhigt stellte er fest, daß es auch im Maschinenraum keine alarmierenden Meldungen gab. Das Wasser im Kielraum stieg nicht. Es sah tatsächlich so aus, als wäre Worleys Vertrauen zur *Cyclop* berechtigt.

Als Church durch einen Flur des Passagierdecks zur Messe wollte, um sich noch eine Tasse Kaffee zu besorgen, öffnete sich eine Kabinentür, und der amerikanische Generalkonsul in Brasilien, Alfred Gottschalk, stand unschlüssig auf der Schwelle. Er hatte den Kopf abgewandt und sprach zu jemandem hinter ihm. Church warf einen Blick über Gottschalks Schulter und sah, daß sich im Inneren der Kabine der Schiffsarzt über einen Mann in der Koje beugte. Das Gesicht des Kranken wirkte erschöpft, und sein Teint war gelb; ein junges Gesicht, zu dem die dichten weißen Haare darüber nicht passen wollten. Die Augen waren aufgerissen und zeigten Angst und waren außerdem von Erschöpfung und Müdigkeit gezeichnet, Augen, die zuviel gesehen hatten. Der unbekannte Kranke paßte nur zu gut zu den Merkwürdigkeiten, die diese Reise der *Cyclop* umgaben, fand Church.

Church hatte den Generalkonsul zum ersten Mal gesehen, als er in Rio die Verladearbeiten auf Deck überwachte. Gottschalk war mit einem teuren Wagen vorgefahren und hatte sich vom Chauffeur die Tür öffnen lassen. Bevor er mit seinem sehr umfangreichen Gepäck an Bord kam, hatte er die *Cyclop* sehr gründlich und beinahe abergläubisch gemustert. Trotz seiner rundlichen und zwergenhaften Gestalt strahlte er jene schwer definierbare Art von Autorität aus, die jemand besitzt, der zu den oberen Schichten der Gesellschaft gehört. Er trug sein silberhelles Haar extrem kurz geschnitten – im preußischen Stil. Seine dichten Augenbrauen paßten exakt zu dem sorgfältig gestutzten Schnurrbart. Das zweite Auto in seinem Troß war ein Krankenwagen gewesen. Church hatte beobachtet, wie man eine Gestalt auf einer Trage an Bord brachte, allerdings schien Gottschalk damals nicht besonders an diesem Gast interessiert zu sein. Seine ganze Aufmerksamkeit hatte einem Lastwagen gegolten, aus dem man eine große, längliche Kiste an Bord gehievt hatte. Worley war persönlich anwesend gewesen, um zu überwachen, wie die Kiste im Laderaum verstaut wurde. Dann hatte er Gottschalk in seine Kabine eskortiert, und das Schiff hatte fast augenblicklich Anker gelichtet.

Gottschalk wandte sich um und bemerkte Church, der vor ihm im Gang stand. Er trat aus der Kabine und schloß die Tür hinter sich. Sein Blick zeigte Mißtrauen. »Kann ich Ihnen irgendwie helfen, Leutnant ...«

»Leutnant Church, Sir. Ich habe gerade einen Inspektionsgang durch das Schiff gemacht und bin auf dem Weg in die Messe. Darf ich Sie auf eine Tasse Kaffee einladen?«

Erleichterung zeichnete sich auf dem Gesicht des Generalkonsuls ab, und er lächelte. »Warum nicht? Ich kann sowieso immer nur ein paar Stunden schlafen. Meine Frau macht das ganz verrückt.«

»Sie bleibt in Rio?«

»Nein, ich habe sie schon voraus nach Maryland geschickt. Meine Mission in Brasilien ist zu Ende. Ich hoffe, daß ich den Rest meines Staatsdienstes in Washington verbringen kann.«

Gottschalk wirkte übertrieben nervös auf Church. Die Augen des Generalkonsuls wanderten ständig den Gang hinab, und er tupfte sich mit einem Taschentuch über den Mund. Er faßte Church beim Arm.

»Bevor wir uns einen Kaffee genehmigen, würden Sie vielleicht so freundlich sein, Herr Leutnant, mit mir noch einen Blick in den Frachtraum zu werfen?«

Church starrte ihn an. »Natürlich, Sir, wenn Sie es wünschen.«

»Vielen Dank«, erwiderte Gottschalk. »Ich brauche noch etwas aus meinen Kisten.« Auch wenn Church die Bitte merkwürdig fand, leistete er ihr Folge und ging dem Konsul voran in das Vorderschiff, wo sich der Frachtraum mit dem Gepäck der Passagiere befand. Sie mußten über Deck und dann eine schmale Leiter hinunter, die zu einer Luke führte. Church leuchtete Gottschalk mit seiner Lampe den Weg. Als sie am Fuß der Leiter angekommen waren, griff Church zielsicher nach dem Schalter und knipste die Deckenbeleuchtung an. Ein gespenstisch gelber Schimmer senkte sich über die langen Reihen mit verschiedenen Kisten und Truhen.

Gottschalk drückte sich an Church vorbei und marschierte sofort zu der riesigen Kiste, die bei seiner Ankunft an Bord gehievt worden war. Sie war mit Ketten am Boden gesichert. Gedankenverloren musterte Gottschalk sie.

Die Kiste wies keinerlei Beschriftungen auf, wie Church jetzt feststellte, als er sie zum ersten Mal näher betrachtete. Sie war ungefähr drei Meter lang, einen Meter fünfzig breit und einen Meter hoch. Das Gewicht konnte er nur ahnen, aber leicht konnte sie nicht gewesen sein, denn die Ketten hatten sich stark gespannt, als sie an Bord gehievt wurde. Church konnte seine Neugier nicht mehr unterdrücken. »Darf man fragen, was da drinnen ist?«

Gottschalk nahm kein Auge von der Kiste. »Ein archäologisches Fundstück, das ich in ein Museum bringe«, gab er als vage Erklärung.

»Muß wertvoll sein«, bohrte Church nach.

Gottschalk antwortete nicht. Etwas an der Kiste hatte seine Aufmerksamkeit erregt. Er zog eine Brille aus der Jackentasche und setzte sie auf. Seine Hände zitterten dabei. »Man hat sie geöffnet!« keuchte er.

»Unmöglich!« versicherte Church. »Der Deckel ist doch so festgezurrt durch die Sicherungsketten, daß man sogar Abdrücke im Holz sehen kann.«

»Aber sehen Sie doch mal hier«, beharrte Gottschalk. »Das sind doch Spuren von einem Stemmeisen.«

»Diese Kratzer können auch noch von der Verladung stammen.«

»Als ich die Kiste vor zwei Tagen zum letzten Mal kontrolliert habe, war nichts dergleichen zu sehen«, versicherte Gottschalk entschieden. »Jemand von der Crew muß sich daran zu schaffen gemacht haben.«

»Sie regen sich unnötig auf. Wer von der Besatzung sollte wohl Interesse an einem archäologischen Fundstück haben, das mindestens zwei Tonnen wiegen muß? Außerdem hat doch niemand außer Ihnen die Schlüssel zu den Vorhängeschlössern.«

Gottschalk ließ sich auf die Knie fallen und zerrte an einem der Schlösser. Der Riegel fiel ihm sofort in die Hand. Er war nicht aus Stahl, sondern nur aus Holz geschnitzt. Gottschalk blickte entsetzt auf. Wie in Trance erhob er sich langsam und starrte mit wilden Blicken durch den Frachtraum. Ein einziges Wort kam von seinen Lippen: »Zanona.«

Es war, als habe er einen Alptraum zum Leben erweckt. Church stand vor Schreck erstarrt, sein Verstand begriff nicht, was seine Augen zu sehen bekamen. Eine Gestalt sprang aus dem Schatten auf die Kiste. Sie war in die Uniform eines Navy-Matrosen gekleidet, aber ihre anliegenden schwarzen Haare, die vorstehenden Wangenknochen und die ungewöhnlich dunklen, ausdruckslosen Augen verrieten die Rasse eindeutig. Ohne ein Geräusch von sich zu geben, stieß der südamerikanische Indianer einen Speer durch Gottschalks Brust, so daß die gezackte Spitze fast einen halben Meter aus den Schulterblättern hervorraste. Der Generalkonsul stürzte nicht sofort. Er wandte langsam den Kopf und blickte Church mit aufgerissenen und verständnislosen Augen an. Er versuchte noch etwas zu sagen, aber es drangen keine Worte mehr über seine Lippen, sondern nur ein unheimliches, gurgelndes Keuchen, begleitet von rötlichem Schaum. Als er begann, in sich zusammenzusinken, sprang der Indianer vor und zerrte den Speer aus Gottschalks Brust.

Church hatte den Mörder nie zuvor gesehen. Der Indianer gehörte nicht zur Besatzung der *Cyclop* und konnte nur ein blinder Passagier sein. In dem dunklen Gesicht zeigte sich kein Haß, keine Wut, nur eine undeutbare Leere und Gleichgültigkeit. Der Wilde hielt den blutigen Speer fast lässig in der Hand und sprang ohne einen Laut auf Church zu.

Der Offizier erwachte zum Leben, duckte sich und wich zur Seite aus. Der Speer zuckte an ihm vorbei, und Church warf seine Lampe in das Gesicht des Indianers. Mit der Faust schlug er blind hinterher und erwischte den Gegner an der Kehle. Der Speer klapperte auf den Boden. Church bekam den hölzernen Schaft zu packen und hob ihn über den Kopf.

Plötzlich brach im Frachtraum der Weltuntergang aus. Church kämpfte verzweifelt um seine Balance, während das Schiff sich um sechzig Grad senkte. Irgendwie schaffte er es, auf den Beinen zu bleiben, rutschte aber gegen die nächstgelegene Wand. Der Indianer rollte auf ihn zu. Seine zusammengebrochene Gestalt rutschte über Churchs Füße. Dann sah der Offizier mit hilflosem Entsetzen, wie die Kiste sich aus ihrer Verankerung löste und auf ihn zugerast kam. Sie begrub den Indianer unter sich und quetschte Churchs Beine gegen die Stahlplatte der Schiffswand. Der Aufprall riß den Deckel von der Kiste und enthüllte ihren Inhalt.

Church starrte ungläubig darauf und vergaß sein Entsetzen. Was er dort sah, brannte sich in sein Gehirn. Es war das letzte Bild, das er bewußt wahrnahm.

Im Ruderhaus bot sich Kapitän Worley ein noch unglaublicherer Anblick. Es wirkte, als wäre die *Cyclop* abrupt in ein bodenloses Loch gestürzt. Ihr Bug senkte sich endlos in ein sich tiefer und tiefer öffnendes Wellental, während ihr Heck aus dem Wasser gerissen wurde, bis sich ihre Schrauben in der Luft drehten. Die Lichter der *Cyclop* spiegelten sich in einer schäumenden schwarzen Wand, die endlos vor dem Schiff aufragte und die Sterne verdeckte.

Der Mann am Ruder starrte mit sprachlosem Entsetzen aus dem nächsten Bullauge, als sich die gewaltige Wand von der Höhe eines zehnstöckigen Hauses mit tosendem Brüllen und der Geschwindigkeit einer Lawine auf das Schiff stürzte. Eine Million Tonnen Wasser schlug in den vorderen Teil des Schiffes und zerfetzte alle Aufbauten. Die Türen der Brücke barsten. Wasser schoß in das Ruderhaus. Worley griff verzweifelt nach der Reling, noch immer völlig unfähig, zu begreifen, was mit seinem Schiff geschah.

Die Welle raste über den Frachter. Die ganze Bugsektion barst, als die Stahlträger der Hülle eingeknickt wurden. Die schweren Stahlplatten des Rumpfes wurden weggerissen, als wären sie aus Papier. Die *Cyclop* bohrte sich tiefer und tiefer unter dem Druck der Wassermassen in die See. Ihre Schrauben faßten wieder Wasser und halfen dabei, das Schiff noch schneller in die wartende Tiefe zu pressen. Ihr Bug konnte sich nie wieder aufrichten. Für die *Cyclop* gab es keine Rückkehr.

Sie tauchte hinab und hinab, bis ihre zerschmetterte Hülle und die in ihr eingeschlossenen Menschen auf dem wartenden Sand des Meeresgrundes ihre Ruhe fanden. Nur ein Schwarm aufgeregter Möwen blieb zurück, um von ihrer letzten Reise zu berichten.

ERSTER TEIL

Die »Prosperteer«

20. Oktober 1989,
Key West, Florida

1

Der Zeppelin hing bewegungslos in der tropischen Luft, ruhig und ausbalanciert wie ein Fisch in einem Aquarium. Es war ein müde aussehendes altes Luftschiff. Die früher silberne Haut hatte sich gerunzelt und war verblaßt, zahlreiche dunkle Flecken breiteten sich darauf aus. Die Gondel, die unter dem Rumpf hing, erinnerte an eine antiquierte Yacht, und die runden Glasfenster schienen vom Alter blind geworden zu sein. Nur die 200-PS-Wright-Whirlwind-Propeller wirkten verblüffend neu, offensichtlich hatte sie jemand sorgfältig renoviert und wieder in einen betriebsbereiten Zustand versetzt.

Siebenundvierzig Jahre lang hatte der Zeppelin des Typs ZMC 2, ganz schlicht nach seiner Bauweise *Zeppelin Metal Clad Nummer 2* benannt, in einem Hangar an der öden Startbahn einer verlassenen Marinebasis in der Nähe von Key West, Florida, vor sich hingeträumt. Im Jahre 1988 wurde das Gelände dann von der Regierung an ein Finanz-Konsortium verkauft, dem der reiche Verleger Raymond LeBaron vorstand, der auf dem Grundstück ein Feriendorf bauen wollte.

Schon bei der ersten Besichtigungstour war LeBaron auf die verrotteten Überreste des ZMC 2 gestoßen und einer eigentümlichen Faszination verfallen. Er gab das Projekt an seine PR-Abteilung, ließ das Luftschiff wieder instand setzen, die Antriebsturbinen überholen und nannte seinen neuesten Besitz stolz *Prosperteer*, nach dem Wirtschaftsmagazin, mit dem er seine erste Million verdient hatte. Den Namen ließ er mit großen roten Lettern auf die Hülle der Maschine malen.

Eine Zeitlang sah LeBaron in seinem neuen Spielzeug das Hobby, das ihm schon seit langem für seine spärliche Freizeit gefehlt hatte. Er lernte, das Luftschiff zu steuern und mit seinen aerodynamischen Launen fertig zu werden. Es dauerte nicht lange, und die *Prosperteer* war über der Küste von Florida und den Bahamas ein vertrauter Anblick. Doch wie alle Unternehmer der Elite des Landes litt LeBaron an Rastlosigkeit und dem niemals erlahmenden Drang, nach neuen Projekten Ausschau zu halten. Kaum ein Jahr nach der Renovierung ließ sein Interesse an dem alten Zeppelin wieder nach. Bis er eines Abends in einer Hafenbar eine alte Wasserratte namens Buck Cäsar traf, die ein Bergungsunternehmen mit dem großspurigen Titel »Exotic Artifact Ventures, Inc.« leitete.

Nach langen, von vielen Gläsern eisgekühlten Rums begleiteten Geschichten von Schatzsuchen in der Karibik, von bis an den Rand mit Gold gefüllten spanischen Galeonen und Männern, die mit zwei Tauchfahrten Millionäre geworden waren, war selbst der wache Geist eines raffinierten Finanzgenies mit kühlem Geschäftssinn dem Goldfieber verfallen. Mit einem Handschlag wurden LeBaron und Buck Cäsar Partner.

So fand die *Prosperteer* eine neue Bestimmung. Der Zeppelin war die ideale Plattform, Wracks aus der Luft auszumachen.

Flugzeuge waren für die Luftbeobachtung viel zu schnell, während Helikopter mit ihren Rotoren die Wasseroberfläche so aufwirbelten, daß eine klare Sicht in die Tiefe unmöglich war. Das Luftschiff dagegen konnte bis zu zwei Tage am Himmel hängen und mit der Geschwindigkeit eines Spaziergängers kreuzen. Aus einer Höhe von weniger als hundert Metern ließen sich die geometrischen Linien eines von Menschenhand erschaffenen Objektes mit scharfem Auge noch fünfzig Meter unter der Wasseroberfläche bei klarer und ruhiger See erkennen.

Eine kleine Crew sonnengebräunter junger Männer erfüllte die Marinebasis bald mit neuem Leben, und eines Morgens war die Ausstattung der *Prosperteer* mit Metallsuchgeräten und einer Peil- und Radaranlage abgeschlossen. Ein großer Lastwagen diente als Reparaturwerkstatt, Bodenstation und Funkzentrale des Zeppelin-Unternehmens. Um diesen Lastwagen standen, nur in T-Shirts und Badehosen gekleidet, die jungen Männer, von denen keiner aufblickte, als eine große Cadillac-Limousine vorfuhr. Ein Chauffeur öffnete den Wagen, und LeBaron stieg aus dem Fond, begleitet von Buck Cäsar, der sich sofort mit einer Rolle Seekarten unter dem Arm an Bord der Gondel schwang. LeBaron, ein sportlicher, gesunder Fünfundsechzigjähriger, überragte mit seinen ein Meter neunzig jeden auf dem Platz. Das leicht ergraute Haar hatte er straff zurückgekämmt, und in seinen Augen lag der in die Ferne gerichtete, nachdenkliche Blick eines Mannes, dessen Gedanken sich mit den vor ihm liegenden Stunden beschäftigten.

Er beugte sich vor und sprach noch ein paar Worte mit einer attraktiven Frau, die sich aus dem Wagen beugte. Er küßte sie sanft auf die Wange, schloß die Wagentür und ging auf die *Prosperteer* zu. Der Chef der Bodenmannschaft, ein eifrig wirkender Mann mit einem weißen Kittel, trat zu ihm und schüttelte LeBarons Hand. »Die Treibstofftanks sind gefüllt, Mr. LeBaron. Alle Checks sind abgeschlossen.«

»Wie ist der Auftrieb?«

»Sie werden nur etwa fünfhundert Pfund für die morgendliche Feuchtigkeit nachjustieren müssen.«

LeBaron nickte nachdenklich. »Sie wird im Laufe des Tages unter der Sonne leichter werden. Wie sieht es mit den Wettervorhersagen aus?«

»Niedere vereinzelte Bewölkung während des ganzen Tages. Kaum Aussicht auf Regen. Sie haben einen Wind von fünf Meilen aus Südosten beim Weg aufs Meer.«

»Und Rückenwind bei der Rückkehr. Das ist gut.«

»Benutzen wir die gleiche Frequenz wie beim letzten Ausflug?«

»Ja, wir werden unsere Position und die Lage alle halbe Stunde durchgehen. Wir sprechen über den offenen Funkverkehr, sollten wir aber ein vielversprechendes Ziel ausgemacht haben, gehen wir zu unserem Code über.«

Der Chef der Bodenmannschaft nickte. »Verstanden.«

Ohne weitere Worte kletterte LeBaron die Leiter zur Gondel hinauf und schwang sich in den Pilotensitz. Neben ihm nahm sein Kopilot Joe Cavilla Platz, ein sechzigjähriger, schwermütig blickender Mann mit südländischen Gesichtszügen, der als Junge mit seiner Familie aus Brasilien nach Amerika gekommen war. Als Marineflieger hatte er bis zu ihrer Auflösung 1964 zur letzten Luftschiff-Einheit der Navy gehört. Eines Tages war er in LeBarons Hangar aufgetaucht und hatte sich mit seinen Zeppelin-Kenntnissen so lange nützlich gemacht, bis der Finanzmagnat ihn einstellte.

Der dritte im Bunde war Buck Cäsar, ein sonnengebräunter Abenteurer undefinierbaren Alters. Er saß bereits am Kartentisch und arbeitete den Kurs über dem Bahama-Kanal noch einmal durch.

Blauer Abgasdunst wirbelte aus den Turbinen, als LeBaron die Propeller anwarf. Mit geübten Griffen brachte die Bodenmannschaft das Luftschiff in die richtige Startposition und löste die Halteleinen. LeBaron gab mit der Hand das endgültige Zeichen für »Leinen los«. Wenige Minuten später schob sich der Zeppelin bereits mit zunehmender Geschwindigkeit in den Himmel über dem blau-grünen Wasser. Die Zurückbleibenden verfolgten ihn mit ihren Blicken, bis er an der dunstigen Horizontlinie verschwunden war. Dann wandte sich die Aufmerksamkeit kurz der undeutlich hinter den verspiegelten Fenstern der Limousine erkennbaren Frauengestalt zu.

Jessie LeBaron teilte durchaus die Freude ihres Mannes an abenteuerlichen Unternehmungen, aber sie war eine Gesellschaftsdame, die es vorzog, Wohltätigkeitsveranstaltungen oder Spendensammlungen für Politiker zu organisieren, anstatt ihre Zeit mit zweifelhaften Schatzsuchaktionen zu verschwenden. Stilvoll und charmant, mit einem Mund, der über ein Repertoire von einem Dutzend unterschiedlicher Arten zu lächeln verfügte, wirkte sie mit ihren fünfzig Jahren und sechs Monaten eher wie eine Frau von Mitte Dreißig. Jessies Formen waren etwas üppig, aber fest und sportlich. Ihre Haut war cremig glatt, und dem Haar hatte sie erlaubt, eine natürliche graumelierte Tönung anzunehmen. Ihre Augen schimmerten groß und dunkel und zeigten keine Anzeichen des leeres Ausdrucks, der typisch für Frauen ist, die eine Schönheitsoperation hinter sich haben.

Als sie den Zeppelin nicht mehr sehen konnte, befahl Jessie dem Chauffeur: »Angelo, bitte fahren Sie mich ins Hotel zurück.«

Die Bodenmannschaft sah zu, wie die große Cadillac-Limousine langsam wendete und zum Tor des ehemaligen Marinestützpunktes rollte. Jemand holte einen Volleyball vor. Schnell hatten sich zwei Mannschaften gebildet, ein Netz wurde aufgespannt. Das Spiel würde die lange Wartezeit vertreiben, bis die Männer wieder gebraucht wurden, um den Zeppelin sicher am Boden zu verankern.

Im Inneren des von einer Klimaanlage gekühlten Lastwagens nahmen der Funker und der Bodenchef die regelmäßigen Durchsagen des Zeppelins entgegen. LeBaron meldete sich mit fast penibler Regelmäßigkeit alle dreißig Minuten. Er beschrieb die genaue Position, meldete alle Veränderungen der Witterungsbedingungen und alle Schiffe, die man von Bord des Zeppelins ausmachen konnte.

Um vierzehn Uhr dreißig kam plötzlich keine Meldung mehr. Der Funker versuchte immer wieder, die *Prosperteer* zu erreichen, aber das Funkgerät schwieg. Es wurde fünf Uhr nachmittags, doch noch immer rührte sich nichts. Als eine weitere Stunde, in der sich nichts ereignete, verstrichen war, alarmierte der Chef der Bodenmannschaft die Küstenwache.

Was niemand wußte oder auch nur ahnen konnte: Raymond LeBaron und seine Freunde waren mit der *Prosperteer* in ein Geheimnis verwickelt, das weit über eine Schatzsuche hinausging.

2

Zehn Tage später befand sich der Präsident der Vereinigten Staaten von Amerika auf dem Weg zum Golfplatz. Er starrte aus dem Fenster seiner kugelsicheren Limousine und klopfte gedankenverloren mit den Fingern einen Takt auf seine Knie. Die vorbeifliegende Landschaft von Potomac, Maryland, mit ihren pittoresken alten Gestüten nahm er kaum zur Kenntnis. Seine Gedanken beschäftigten sich wie so oft in den letzten Wochen mit jenen erstaunlichen Ereignissen, die ihn sozusagen über Nacht ins Weiße Haus befördert hatten.

Er war Vizepräsident, als man ihn ohne lange Vorbereitung für das höchste Amt der Nation vereidigt hatte. Sein Vorgänger war plötzlich zum Rücktritt gezwungen worden, weil man den Verdacht hegte, daß er an einer geistigen Erkrankung litt. Gnädigerweise hatten die Medien dem Volk eine erschöpfende Untersuchung der Hintergründe erspart. Natürlich gab es die üblichen Interviews mit Insidern, die Kongreßführer gaben ihre Kommentare, berühmte Psychiater wurden in die Talkshows eingeladen, aber nirgendwo tauchte ein Beigeschmack von Intrige oder Verrat auf. Der ehemalige Präsident verließ Washington und zog sich auf seine Ranch in New Mexico zurück. Die Öffentlichkeit brachte ihm noch immer große Sympathie entgegen, und das, was wirklich passiert war, blieb das Geheimnis einiger weniger Eingeweihter.

Das neue Oberhaupt der Exekutive war ein energischer Mann, über einen Meter achtzig groß und fast hundert Kilo schwer. Feste Züge und ein breiter Unterkiefer prägten sein

Gesicht. Die dichten Augenbrauen waren fast immer nachdenklich gerunzelt, doch der Blick seiner scharfen grauen Augen konnte auch täuschend milde sein. Das silberne Haar trug er glatt nach hinten gebürstet und gescheitelt, so daß er fast die brave Biederkeit eines Bankiers aus Kansas ausstrahlte.

In den Augen der Öffentlichkeit wirkte er weder charmant noch aufregend, aber er galt als rechtschaffen und zuverlässig. Obwohl er ein professioneller Politiker war, hielt er an der etwas naiven Betrachtungsweise fest, daß die Regierungsmitglieder ein riesiges Team waren, mit ihm als Trainer, der die Mannschaftsaufstellung überwachte und seine besten Leute ins Spiel schickte. Er umgab sich mit hochbegabten Männern und Frauen, die sich bemühten, die Arbeit mit dem Kongreß so harmonisch wie möglich zu gestalten; er wollte keine Bande von hartgesottenen Parteigängern, die um jeden Preis ihre persönliche Machtbasis vergrößern würden, in seiner Nähe haben.

Der Präsident wachte erst wieder aus seiner Gedankenverlorenheit auf, als ihm der Chef der Sicherheitsmannschaft den Schlag öffnete und bestätigte, daß sie den Golfplatz gesichert und mit der üblichen Zahl von Agenten und Leibwächtern bestückt hatten. Der Platz gehörte zum Country Club des Kongresses, und seine Sicherheit wurde täglich überprüft, denn hier trafen sich die wichtigsten Männer des Landes zum Golfspiel. Der Präsident erinnerte sich wehmütig, daß er sein Spiel kaum verbessert hatte, seit er im ovalen Büro des Weißen Hauses saß.

Vor dem Klubhaus erwartete sie bereits die vertraute Gestalt des Caddy Reggie Salazar, eines drahtigen, kleinen Burschen, dem man seine ungewöhnlich kräftigen Muskeln kaum ansah. Reggie stammte aus Mexiko, war noch schwarz über die Grenze gekommen, aber dann, 1985, wurde die Verfolgung der illegalen Einwanderer eingestellt. Irgendwie hatte er sich zum besten Caddy des Landes gemausert, was ihm schließlich diesen Job bei einem der prominentesten amerikanischen Golfklubs eintrug. Sein Geschick bei der Auswahl der Schläger war ebenso legendär wie seine volkstümliche Philosophie über Gewinn und Verlust und die Menschen im allgemeinen. Besonders letztere hatte es dem Präsidenten angetan. Seit sie sich bei einem Kongreß-Wettbewerb vor fünf Jahren zum ersten Mal begegnet waren, hatte sich zwischen den beiden fast so etwas wie eine Freundschaft entwickelt.

Salazar kleidete sich noch immer wie ein Feldarbeiter – Jeans, Lederweste, GI-Stiefel und auf dem Kopf ein Rancher-Hut. Die Kleidung war sein Markenzeichen. »Saludos, Mr. Präsident«, begrüßte er das Staatsoberhaupt. »Wollen Sie heute laufen, oder sollen wir das Cart nehmen?«

Der Präsident schüttelte Salazars ausgestreckte Hand. »Ein bißchen Übung für die Füße kann nicht schaden, gehen wir erst und nehmen das Cart später.«

Die ersten Löcher bereiteten keine Schwierigkeiten, und sie kamen schnell voran. Wortlos nahm der Präsident von Salazar die Schläger entgegen. Nach einem besonders gelungenen Schlag blieb er stehen und brach sein Schweigen. »Na, Reggie, was rätst du mir, wie ich mit dem Capitol umspringen soll?«

»Zu viele schwarze Ameisen«, erwiderte Salazar mit breitem Grinsen.

»Zu viele Ameisen?«

»All diese Burschen in den schwarzen Anzügen, die sich gegenseitig verrückt machen. Sie produzieren nur Papierberge. Also, wenn es nach mir ginge, ich würde ein Gesetz erlassen, daß sich der Kongreß nur noch jedes zweite Jahr treffen kann. Da würde er nicht mehr so viel Arbeit machen.«

Der Präsident lachte. »Ich kann mir gut vorstellen, daß diese Idee den Applaus von gut zweihundert Millionen Wählern finden würde.«

Sie setzten das Spiel fort, während ihnen diskret zwei Sicherheitsbeamte auf einem Golf-Cart folgten. Ein Dutzend andere Agenten waren ringsum zwischen den Bäumen verteilt. Mit seinem heutigen Spiel zufrieden, entschloß sich der Präsident zu einer kleinen Pause. Er nahm ein Cart, um zurück zum Klubhaus zu fahren. »Ich brauche ein Bier, bevor wir weitermachen. Trinken Sie eins mit, Reggie?«

»Nein danke, Sir. Ich reinige inzwischen die Schläger.«

Der Präsident reichte ihm den Putter. »Alles klar, aber ich muß darauf bestehen, daß Sie mir nachher bei einem Drink Gesellschaft leisten, wenn das Spiel so gut weiterläuft.«

Salazar strahlte wie ein Leuchtturm. »Es ist mir eine Ehre, Mr. Präsident.« Dann machte er sich mit seinem kleinen Wagen davon.

Zwanzig Minuten später, nach einem Anruf vom Stabschef des Weißen Hauses und einer Flasche Coors, verließ der Präsident das Klubhaus wieder und fand Salazar auf dem Cart sitzend, den Hut tief in die Stirn gezogen, die Hände jetzt in schwarzen Arbeitshandschuhen.

»Na, dann wollen wir mal sehen, ob heute mein großer Tag für Gold ist«, meinte der Präsident. Salazar nickte und reichte ihm schweigend den nächsten Schläger. Der Präsident schüttelte leicht den Kopf. Zum ersten Mal seit Jahren schien ihm Reggies Wahl nicht ganz überlegt zu sein. Und in der Tat verfehlte er das Green um mehr als zwanzig Meter. »Wirklich, Reggie, das ist Ihnen zum ersten Mal passiert, noch nie haben Sie mir den falschen Schläger gegeben.«

Der Caddy antwortete nicht. Er winkte den Präsident in das Cart und rollte in die Richtung des Greens. Auf halbem Weg griff er hinter sich und plazierte ein kleines Päckchen auf dem Armaturenbrett direkt vor dem Präsidenten.

»Na, haben Sie sich einen kleinen Imbiß mitgebracht?« fragte der Präsident gut gelaunt.

»Nein, Sir, das ist eine Bombe.«

Die Augenbrauen des Präsidenten zuckten irritiert hoch. »Das ist kein guter Scherz, Reggie ...«

Er unterbrach sich plötzlich, als der Mann neben ihm leicht den Kopf hob. Aus den tiefen Schatten des breiten Hutrandes starrten ihn die indigoblauen Augen eines völlig Fremden an.

3

»Bitte halten Sie die Arme ruhig, wo Sie sie jetzt haben«, sagte der Fremde in freundlichem Gesprächston. »Ich weiß über die Handzeichen Bescheid, die Ihnen Ihre Sicherheitsbeamten beigebracht haben, um sich lautlos verständigen zu können, falls Sie Ihr Leben bedroht sehen.«

Der Präsident saß wie vom Blitz getroffen, ungläubig, aber zugleich mehr neugierig als verängstigt. Einen Augenblick lang traute er sich nicht, etwas zu erwidern, weil er einfach nicht die richtigen Worte fand. Sein Blick hing an dem kleinen Päckchen vor ihm.

»Ein irrsinniges Unternehmen«, meinte er schließlich. »Sie werden daran nicht lange Ihre Freude haben.«

»Das ist kein Attentat. Es wird Ihnen nichts geschehen, wenn Sie meine Anweisungen genau befolgen. Können Sie das akzeptieren?«

»Sie haben Nerven, Mister.«

Der Fremde ignorierte den Einwand und redete im Tonfall eines Lehrers weiter, der seiner Klasse gutes Benehmen beibringen will. »Es handelt sich um eine Splitterbombe, die alles zerfetzt, was sich im Umkreis von zehn Metern befindet. Sollten Sie versuchen, Ihre Leibwächter zu alarmieren, werde ich das Geschoß durch eine elektronische Zündung an meinem Handgelenk aktivieren. Bitte setzen Sie Ihr Golfspiel fort, als wäre nichts Besonderes vorgefallen.«

Dem Präsident blieb nicht viel anderes übrig. Schließlich siegte auch seine Neugier, denn er wollte um jeden Preis herausfinden, was hinter diesem ungewöhnlichen Angriff stecken konnte. Während das Cart weiterrollte, versuchte er unauffällig den Mann neben sich zu mustern. Die Gestalt wirkte zerbrechlich, die Hüften waren schmal; der Mann ähnelte auf den ersten Blick Reggie Salazar unglaublich, doch er war mindestens zehn Zentimeter größer. Das Gesicht, oder besser das, was davon zu sehen war, machte einen irgendwie skandinavischen Eindruck. Die Stimme klang kultiviert, die Schulterhaltung und das kühle Benehmen deuteten auf jemanden hin, der es gewohnt war, Autorität auszuüben, doch es lag nichts Böses oder Hinterhältiges im Benehmen des Mannes.

»Ich habe das verrückte Gefühl«, sagte der Präsident ruhig, »daß Sie das alles hier aufführen, um mir etwas mitzuteilen.«

»Gar nicht so dumm. Sie haben eine erstaunliche Auffassungsgabe. Aber ich habe von einem Mann in Ihrer Position nichts anderes erwartet.«

»Wer, zum Teufel, sind Sie?«

»Für unsere Unterhaltung genügt es, wenn Sie mich Joe nennen. Sobald wir den Unterstand dort drüben erreicht haben, erfahren Sie, worum es geht. Dort gibt es einen kleinen Ruheraum.«

Er langte hinter sich und reichte dem Präsident eine Aktenmappe. »Bitte gehen Sie in dem Ruheraum auf die Toilette, und lesen Sie das. Sie haben nicht mehr als acht Minuten Zeit, sonst werden Ihre Leibwächter unruhig. Was dann passieren würde, brauche ich Ihnen ja nicht noch einmal zu erklären.«

Der elektrische Wagen rollte langsam vor der Hütte aus. Wortlos verschwand der Präsident in den kleinen Ruheraum und begab sich auf die Toilette. Er begann mit dem Studium der Aktenmappe. Als er exakt acht Minuten später wieder bei Joe auftauchte, zeigte sein Gesicht nur noch größere Verwirrung. »Was für einen Wahnsinn wollen Sie mir da andrehen?« fuhr er den Fremden an.

»Das ist kein Wahnsinn.«

»Ich kann nicht verstehen, warum Sie sich ein solch verrücktes Unternehmen einfallen lassen, nur um mich zu zwingen, meine Zeit mit der Lektüre von alberner Science-fiction zu verschwenden.«

»Das ist keine Science-fiction.«

»Dann muß Sie jemand auf den Arm genommen haben.«

»Die Jersey Colony existiert«, erklärte Joe geduldig.

»Ja, und Atlantis gibt es auch.«

Joe lächelte nachsichtig. »Sie sind gerade in einem sehr exklusiven Klub aufgenommen worden. Nur ein Präsident vor Ihnen hat jemals etwas von diesem Projekt erfahren. Ich schlage vor, Sie setzen Ihr Spiel fort, während ich Ihnen unterwegs die Sache etwas erläutere. Ich kann Ihnen jetzt natürlich nur ein sehr grobes Bild zeichnen, denn wir haben nicht sehr viel Zeit. Es ist außerdem besser für Sie, wenn Sie einige der Details nicht kennen.«

»Erst noch eine Frage, die müssen Sie mir schon gestatten.«

»In Ordnung.«

»Wo ist Reggie Salazar?«

»Er schläft fest und sicher hinter seinem Umkleideraum.«

»Wenn das eine Lüge ist, holt Sie der Teufel persönlich.«

Nach dem nächsten Loch steuerte Joe einen besonders umständlichen Kurs mit dem Karren, den er so langsam fahren ließ, wie es möglich war, ohne aufzufallen. »Also, dann ... 1963, weniger als zwei Monate vor seinem Tod, traf Präsident Kennedy sich mit einer Gruppe von neun Männern in seinem Haus in Hyannis Port, die ihm ein streng geheimes Projekt vorschlugen, das dem aufblühenden Weltraumprogramm einen anderen Akzent geben sollte. Es handelte sich um ein ausgewähltes Team brillanter junger Wissenschaftler, Manager, Ingenieure und Politiker, die alle in ihren Arbeitsgebieten bereits ungewöhnliche Erfolge vorweisen konnten. Kennedy war von der Idee so angetan, daß er sofort eine Regierungsstelle ins Leben rief, die zur Tarnung das Einsammeln von Steuergeldern betrieb, durch die das Projekt mit dem Codenamen Jersey Colony gestützt wurde. Abgesichert wurde die Finanzierung von weitsichtigen Geschäftsleuten, die für jeden Dollar Steuergelder einen eigenen Dollar beisteuerten. Die notwendigen Forschungseinrichtungen entstanden über das Land verteilt in bereits vorhandenen Gebäuden, meist nutzten wir alte Lagerhäuser. Auf der einen Seite sparten wir so Millionen von Baugeldern ein, auf der anderen

Seite verhinderten wir, daß man wegen der Errichtung eines großen neuen Forschungszentrums neugierig wurde.«

»Wie haben Sie die Operation geheimhalten können?« fragte der Präsident. »Es muß doch Lecks gegeben haben.«

Joe zuckte mit den Achseln. »Eine einfache Technik. Jedes einzelne Forschungsteam hatte sein eigenes Projekt. Sie arbeiteten an verschiedenen Orten. Der alte Trick: die eine Hand wußte nicht, was die andere tat. Aufträge für die Hardware wurden an viele kleine Fabriken vergeben. Es war im Grunde ganz einfach. Schwierig war nur, das Ganze unter den Augen der NASA zu koordinieren, ohne daß jemand den Plan dahinter erkannte. Deshalb haben wir Vertrauensleute in die Sicherheitsdienste von Cape Canaveral und Houston eingeschleust, auch beim Pentagon, um jede Untersuchung im Keim ersticken zu können.«

»Wollen Sie damit sagen, das Verteidigungsministerium hatte keine Ahnung von dieser Sache?«

Joe lächelte. »Das war nun wirklich einfach. Ein Mitglied des *Harten Kerns* ist ein hoher Stabsoffizier, dessen Name Sie nicht zu interessieren braucht. Er hatte keine Schwierigkeiten, in den labyrinthischen Archiven des Pentagons ein weiteres geheimes Militärprojekt zu verstecken.« Joe hielt an, damit der Präsident den nächsten Ball spielen konnte. Als er sich wieder in das Cart setzte, war er noch immer nicht ganz überzeugt. »Scheint mir unmöglich, daß man die NASA so an der Nase herumführen konnte.«

»Auch dort gehört einer der wichtigsten Direktoren zum *Harten Kern*. Von Anfang an war sein Traum gewesen, eine feste Mondstation einzurichten, anstatt die Kräfte mit mehreren bemannten Landeaktionen zu verschwenden. Aber er begriff auch, daß die NASA sich nicht leisten konnte, zwei komplizierte und teure Programme gleichzeitig durchzuziehen, deshalb stieß er zu den Gründern der Jersey Colony. Bei diesem Projekt konnte er wenigstens sicher sein, daß ihm weder die Exekutive oder der Kongreß noch das Militär dreinredeten.«

»Ich muß also als Tatsache akzeptieren, daß die Vereinigten Staaten bereits fest auf dem Mond sitzen.«

Joe nickte entschieden. »Ja, Mr. Präsident, so ist es.« Er ließ den Karren wieder anrollen. »Es würde Wochen dauern, Ihnen alle Probleme, alle Rückschläge und Tragödien zu berichten, mit denen wir zu kämpfen hatten. Allein die Konstruktion der Versorgungseinrichtungen für die Station war eine wissenschaftlich-technische Meisterleistung. Dann mußten wir das ganze Material von einer privaten Raketen-Firma, die vom *Harten Kern* gesponsert wurde, als Satelliten in den Orbit schießen lassen.«

»Und das alles immer unter den Augen der NASA-Experten?«

»Wir haben unsere Raketen als großformatige Nachrichtensatelliten getarnt, in jedem haben wir eine kleine Kapsel mit einem Astronauten untergebracht. Ich kann leider jetzt nicht auf die Einzelheiten eingehen, so interessant es auch wäre, Ihnen darzustellen, wie diese Männer unter extremen Bedingungen und mit völliger Funkstille unter Verwendung im Orbit zurückgelassener Space Labs und noch kreisender Raketenstufen eine Raumstation errichteten, auf der dann das eigentliche Mondfahrzeug zusammengebaut wurde. Allein die Arbeit an der Konstruktion des leichten, solarbetriebenen Spezialmotors, der mit Wasserstoff angetrieben wird, hat zehn Jahre gedauert. Als der Transporter dann fertig war, zog er alles Material, das wir im Orbit auftreiben konnten, darunter befand sich sogar ein altes sowjetisches Labor, zum Mond. Aus diesen Materialien wurde dann die Jersey Colony konstruiert. Fehlschläge konnten wir uns von Anfang an nicht leisten. Es war der erste wirkliche Pionier-Treck von der Erde in eine andere Welt – der vielleicht wichtigste evolutionäre Schritt, seit der erste Fisch vor dreihundert Millionen Jahren an Land ging. Bei Gott, wir haben es geschafft. Während wir uns hier unterhalten, leben und arbeiten zehn Menschen da oben zweihundertvierzigtausend Meilen entfernt in einer fremden, lebensfeindlichen Umgebung.«

Der Präsident starrte ihn fast ehrfürchtig an. »Jesus«, stöhnte er. »Ich kann das alles nicht auf einmal verdauen.«

»Entschuldigen Sie, daß ich Sie so überfallen habe«, versicherte Joe schnell. »Aber es geht nicht anders.«

»Wo befindet sich die Jersey Colony denn nun genau?«

»Nachdem wir die NASA-Unterlagen der bemannten Mond-Missionen ausgewertet hatten, entschieden wir uns für eine Höhlenregion in der südlichen Hemisphäre auf der der Sonne abgewandten Seite. An Gas-Geysiren konnten wir erkennen, daß dort ausreichende Hohlräume für den Schutz unserer Station existieren mußten.«

»Und Sie sagen, dort oben sind zehn Menschen?«

»Ja.«

»Was ist mit der Ablösung, der Versorgung?«

»Keine Ablösung, Selbstversorgung.«

»Mein, Gott, dann müßte die Mannschaft, die den Mondtransporter vor sechs Jahren gebaut hat, ja seitdem ununterbrochen im Weltraum sein.«

»Das stimmt«, bestätigte Joe. »Einer starb, und wir haben noch sieben Männer hinaufgeschickt, als die Mondbasis erst einmal in Betrieb war.«

»Was ist mit ihren Familien?«

»Alles Junggesellen. Alle wußten, was sie erwartet, und sie haben sich freiwillig auf das Risiko eingelassen.«

»Und ich bin erst der zweite Präsident, der von diesem Projekt erfährt?«

»Das ist korrekt.«

»Dem Kopf der Exekutive diese Informationen vorzuenthalten, ist eine Beleidigung seines Amtes.«

Joes dunkelblaue Augen funkelten in einer Weise, die der Präsident nur als Anflug von Verachtung deuten konnte. »Präsidenten sind eben nur Politiker. Wählerstimmen sind ihnen wichtiger als alle Schätze der Nation. Nixon hätte die Jersey Colony mißbraucht, um von seinem Watergate-Skandal abzulenken. Carter hätte es genauso gemacht, als die Geiselaffäre im Iran ihn immer unbeliebter machte. Reagan hätte das Projekt wahrscheinlich benutzt, um sein Image gegenüber den Russen aufzupolieren. Aber noch viel schlimmer ist der Gedanke, was der Kongreß mit solchen Projekten anstellt. Unsere Kolonie wäre in irgendeinem politischen Kuhhandel verschachert worden. Irgend jemand wäre bestimmt auf die Idee gekommen, daß man die Gelder dafür besser in die Verteidigung oder die Unterstützung der ärmsten Bevölkerungsschichten investiert. Ich liebe mein Land, Mr. Präsident, und betrachte mich als einen guten Patrioten, aber ich habe schon lange kein Vertrauen mehr zu unserer Regierung.«

»Aber die Steuergelder des amerikanischen Volkes haben Sie genommen?«

»Die Nation erhält dieses Geld mit Zins und Zinseszins zurück, wenn wir ihr die wissenschaftliche Ausbeute unserer Station zur Verfügung stellen. Und vergessen Sie nicht, die Hälfte des Geldes wurde von Privatleuten aufgebracht, und, das möchte ich hinzufügen, ohne daß diese Leute unmittelbar von dem Projekt profitiert hätten. Die Vertragsfirmen der NASA und des Pentagon können so etwas mit Sicherheit nicht von sich behaupten.«

Der Präsident wußte, daß es keinen Zweck hatte, mit diesem Mann zu streiten. Er schlug einen weiteren Ball, und diesmal war es ein ausgezeichneter Schlag. »Wenn Sie den Präsidenten unseres Landes so mißtrauten«, meinte er bitter, »warum, um alles in der Welt, erzählen Sie ausgerechnet mir das alles?«

»Wir haben ein Problem.« Joe nahm ein Foto aus der Aktenmappe, die er dem Präsidenten vorher zur Einsicht gegeben hatte. »Durch unsere Verbindungen zur Air Force habe ich mir dieses Foto von einem Beobachtungsflug über Kuba verschafft.«

Der Präsident verzichtete darauf, nach den Einzelheiten der Verbindungen zur Air Force zu fragen. »Was soll ich darauf sehen?«

»Bitte studieren Sie genau die Gegend oberhalb der kubanischen Nordküste gegenüber den Florida Keys.«

Der Präsident zog eine Brille aus der Jackentasche und starrte lange auf das Foto. »Sieht mir aus wie ein Goodyear-Zeppelin.«

»Nein, das ist die *Prosperteer,* ein altes Luftschiff, das Raymond LeBaron gehört.«

»Ich habe gehört, daß es vor etwa zwei Wochen in der Karibik verschwunden sein soll.«

»Genau vor zehn Tagen, mit Raymond LeBaron und zwei Besatzungsmitgliedern an Bord.«

»Dann muß dieses Foto aufgenommen worden sein, bevor er verschwand.«

»Nein, der Film ist erst vor acht Stunden belichtet worden.«

»Dann lebt LeBaron noch.«

»Das hoffe ich zwar«, meinte Joe mit bedauerndem Schulterzucken, »aber es ist bisher nicht möglich gewesen, die *Prosperteer* über Funk zu erreichen.«

»Was hat LeBaron denn mit der Jersey Colony zu tun?«

»Er gehört zum *Harten Kern.*«

Sie saßen inzwischen wieder im Wagen, und der Präsident beugte sich zu Joe hinüber. »Und Sie, Joe, sind auch einer von den ersten neun Männern, die dieses Projekt ersonnen haben?«

Joe antwortete nicht. Das war nicht nötig. Der Präsident sah den Augen seines Gesprächspartners an, daß er ins Schwarze getroffen hatte. Befriedigt lehnte der Präsident sich wieder zurück. »Okay, was ist jetzt das Problem?«

»In zehn Tagen rollen die Sowjets ihre neueste Trägerrakete aus der Scheune und jagen sie in den Weltraum. Auf der Spitze wird sie ein Mondfahrzeug tragen, das sechsmal so groß ist wie unsere während des Apollo-Programms. Sie werden die Details aus den Berichten des CIA kennen.«

»Ja, man hat mich über die sowjetische Mond-Mission genau unterrichtet«, bestätigte der Präsident.

»Dann werden Sie wissen, daß in den letzten beiden Jahren drei russische unbemannte Sonden den Mond umkreist haben, um nach Landeplätzen zu suchen und ihn genauestens zu vermessen. Die letzte ist auf dem Mond abgestürzt. Die zweite hatte einen Maschinenschaden, und ihr Treibstoff explodierte. Aber die erste Sonde führte den Flug erfolgreich durch, zumindestens am Anfang. Sie umkreiste den Mond zwölfmal. Dann ging etwas schief. Nach der Rückkehr in den irdischen Orbit, kurz bevor die Sonde den Wiedereintritt in die Atmosphäre beginnen sollte, riß die Verbindung zur Bodenstation ab. Achtzehn Monate lang haben die Sowjets dann versucht, das Raumfahrzeug wieder unter Kontrolle zu bekommen und zu landen. Ob es ihnen gelungen ist, das Datenmaterial an Bord zu sichern, wissen wir nicht. Aber schließlich haben sie es geschafft, die Landestufe zu zünden. Nur ist die Mondsonde, *Selenos 4*, nicht in Sibirien gelandet, sondern in die Karibik gestürzt.«

»Und was hat das mit LeBaron zu tun?«

»Er war auf der Suche nach der sowjetischen Mondsonde.«

Zweifel erschienen auf dem Gesicht des Präsidenten. »Nach meinen CIA-Berichten haben die Russen die Raumkapsel aus dem offenen Meer jenseits von Kuba geborgen.«

»Ein Ablenkungsmanöver. Sie haben eine gute Show abgezogen, als sie dort etwas an Bord hievten. Aber in Wirklichkeit haben sie die Sonde niemals gefunden.«

»Und Ihre Leute glauben, sie wissen, wo die Sonde liegt?«

»Ja, wir haben sie ziemlich sicher ausgemacht.«

»Warum wollen Sie den Russen denn ein paar Bilder von der Mondoberfläche abjagen? Es gibt Tausende von solchen Vermessungsfotos, die für jeden zugänglich sind.«

»All diese Fotos sind aufgenommen worden, bevor wir unsere Jersey Colony eingerichtet haben. Die neuen russischen Fotos werden diese Station jedoch mit Sicherheit zeigen.«

»Was kann dann schon passieren?«

»Ich befürchte«, sagte Joe mit fester Stimme, »wenn der Kreml unsere Station entdeckt, wird die erste russische Mond-Mission darin bestehen, die Colony anzugreifen und zu erobern, damit sie für russische Zwecke eingesetzt werden kann.«

»Das nehme ich Ihnen nicht ab. Der Kreml würde niemals sein ganzes Weltraumprogramm durch eine solche Aktion gefährden. Wir könnten schließlich Vergeltungsmaßnahmen einleiten.«

»Sie vergessen, Mr. Präsident, daß unser Mondprojekt im geheimen blüht. Niemand wird den Russen vorwerfen können, etwas gestohlen zu haben, was es offiziell überhaupt nicht gibt.«

»Das sind nur wilde Vermutungen«, entgegnete der Präsident scharf.

Joes Blick wurde hart. »Keinesfalls. Unsere Astronauten waren die ersten, die den Mond besiedelt haben. Er gehört den Vereinigten Staaten, und wir werden jeden Angreifer zurückschlagen.«

»Wir leben nicht mehr im 14. Jahrhundert«, erklärte der Präsident schockiert. »Wir können nicht einfach zu den Waffen greifen und die Sowjets oder irgend jemanden sonst vom Mond verjagen. Außerdem haben die Vereinten Nationen entschieden, daß kein Land Ansprüche auf den Mond oder die Planeten geltend machen kann.«

»Glauben Sie, daß der Kreml sich für UN-Beschlüsse interessieren würde, wenn er an unserer Stelle wäre? Ich glaube das nicht.« Joe griff nach einem Schläger und reichte ihn dem Präsidenten. »Ihr letztes Loch, Mr. Präsident.«

Betroffen setzte der Präsident zum Schlag an und plazierte wieder einen hervorragenden Ball. »Ich kann Sie aufhalten«, erklärte er kalt.

»Wie denn? Die NASA hat keine Raumfahrzeuge bereit, mit denen sie einen Trupp Marines auf den Mond schießen kann. Dank der Kurzsichtigkeit Ihrer Vorgänger hat sie ihre Ressourcen dafür verschwendet, eine bemannte Raumstation im Erd-Orbit einzurichten.«

»Ich werde nicht tatenlos zusehen, wie Sie auf dem Mond einen Krieg anfangen, der auf die Erde übergreifen kann.«

»Ihnen sind die Hände gebunden.«

»Sie können sich irren, was die Russen angeht.«

»Hoffen wir das«, meinte Joe. »Aber ich vermute, daß die Russen bereits Raymond LeBaron umgebracht haben.«

»Haben Sie mich deshalb ins Vertrauen gezogen?«

»Wenn es zum Schlimmsten kommt, sind Sie wenigstens auf die Tatsachen vorbereitet, und Sie können sich eine Strategie überlegen, wie Sie mit der Situation fertig werden.«

»Nehmen wir einmal an, ich lasse Sie jetzt von meinen Leibwächtern verhaften, als potentiellen Attentäter, und dann lasse ich die Jersey Colony hochgehen, was geschieht dann?«

»Wenn Sie mich verhaften lassen, stirbt Reggie Salazar.« Joes Blick war eiskalt. »Wenn Sie das Projekt verraten, werden wir dafür sorgen, daß Ihnen alles, was an Betrug, Lügen, Hinterhältigkeiten und Schmiergeldern nötig war, um die Colony einzurichten, ja, und auch die Menschenleben, die wir opfern mußten, zur Last gelegt wird. Sie werden die politische Verantwortung dafür zu tragen haben, angefangen von dem Tag, als Sie als Senator vereidigt wurden. Wer wird Ihnen schon glauben, daß Sie bis jetzt nichts davon gewußt haben? Nixons Abgang aus dem Weißen Haus wird ein Vergnügungsspaziergang gewesen sein angesichts dessen, was Sie dann erwartet.«

»Sie wollen mich erpressen?« Bisher hatte es der Präsident geschafft, seinen Ärger unter Kontrolle zu halten. Aber jetzt packte ihn die kalte Wut. »Salazars Leben wäre ein kleines Opfer im Vergleich zu dem, was mir die Integrität des Präsidentenamtes bedeutet.«

»In zwei Wochen können Sie der ganzen Welt die Existenz der Jersey Colony bekanntgeben. Mit Trompetengeschmetter und großen Pressekonferenzen können Sie den Helden der Nation spielen. Nur zwei Wochen, und Sie können die größte wissenschaftliche Errungenschaft unseres Jahrhunderts auf Ihrem Konto verbuchen.«

»Nach diesen langen Jahren, warum gerade jetzt?«

»Weil wir für diesen Zeitpunkt die Rückkehr der ersten

Mannschaft einer Weltraumkolonie angesetzt haben. Die Männer werden der Erde die Ergebnisse von zwei Jahrzehnten Weltraumforschung präsentieren – die erste Phase des Projektes ist abgeschlossen. Der Traum des *Harten Kerns* ist Wirklickeit geworden. Die Jersey Colony gehört jetzt dem amerikanischen Volk.«

Der Präsident reichte nachdenklich seinen Schläger zurück. Dann fragte er: »Wer sind Sie?«

»Bemühen Sie Ihr Gedächtnis. Wir haben uns vor vielen Jahren einmal gekannt.«

»Wie kann ich Kontakt zu Ihnen aufnehmen?«

»Ich werde ein weiteres Treffen arrangieren, sobald ich es für nötig halte.« Joe steckte den Golfschläger zurück in die Hülle und schwang sich aus dem Wagen. Er wollte sich zu Fuß auf einem kleinen Pfad Richtung Klubhaus davonmachen, aber er blieb noch einmal stehen und kam zurück.

»Ich habe gelogen, Mr. Präsident. Das ist keine Bombe, sonden ein Geschenk vom *Harten Kern* – eine Schachtel mit neuen Golfbällen.«

Der Präsident starrte ihn mit verzweifeltem Blick an. »Zur Hölle mit Ihnen, Joe.«

»Oh, und da ist noch etwas . . . meine Glückwünsche.«

»Glückwünsche?«

Joe reichte dem Präsidenten eine Tabelle. »Ich habe Ihre Schläge notiert. Das war ein großartiges Spiel.«

4

Das Surfbrett schnitt elegant durch die flachen Wellen. Eine Bewegung des purpurnen, dreieckigen Segels, und das Brett schwang elegant um die Boje. Vor den Teilnehmern der Windsurfing-Marathonregatta entlang der Biscayne Bay zum Cape-Florida-Leuchtfeuer auf Key Biscayne lag die letzte Meile. Dirk Pitt war müde. Aber er hatte schon den toten

Punkt überschritten; er spürte seine Erschöpfung nicht mehr. Die Muskeln seiner Arme und Beine fühlten sich an, als wären sie aus Blei. Mit jedem Manöver des Surfbrettes wurde die Taubheit in seinem Rücken und in den Schultern intensiver. Zum dritten Mal kämpfte er jetzt schon gegen den Drang, einfach den nächsten Strand anzusteuern und sich im Sand auszustrecken.

Die vielfarbigen Segel der Flotte von Windsurfern flimmerten wie ein verrücktes Kaleidoskop über den blaugrünen Wellen. Mit über vierzig Kilometern in der Stunde schoß Pitt dahin und stellte zu seiner leichten Überraschung fest, daß er der Drittschnellste der einundvierzig Teilnehmer war, von denen die meisten wenigstens fünfzehn Jahre jünger als er waren. Pitt beobachtete die beiden Surfer vor ihm scharf und wartete auf den richtigen Augenblick zum Angriff. Aber bevor er zu einem Überholmanöver ansetzen konnte, übersah sein Gegner eine Welle und stürzte. Nun lag Pitt an zweiter Stelle – nur noch eine halbe Meile. Ein dunkler Schatten fiel überraschend vom wolkenlosen Himmel auf ihn, und er hörte das Dröhnen von Propellern über sich. Er starrte nach oben und riß erstaunt die Augen auf.

Keine hundert Meter entfernt verdunkelte ein Zeppelin den Himmel und senkte seinen großen Bug langsam tiefer, als wolle er die Surfbrett-Flotte vom Meer fegen. Das Luftschiff schien ohne Führung am Himmel zu treiben. Seine beiden Propeller liefen mit kleinster Drehzahl. Eine starke Brise trieb das Schiff vor sich her. Hilflos sahen die Surfer den Zeppelin auf sich zukommen.

Die Gondel berührte eine Welle, und der Zeppelin wurde zurück in die Luft geschleudert, sank dann aber wieder vor dem führenden Surfer auf knapp einen Meter über der Wasseroberfläche herab. Dem nicht mehr als siebzehn Jahre alten Jungen blieb keine Zeit mehr für ein Ausweichmanöver, er warf sich von seinem Brett, Sekunden bevor der Steuerbord-Propeller des Zeppelins Mast und Segel zerfetzte.

Pitt glitt in eine scharfe S-Kurve und schwang sich auf

einen Parallelkurs zu dem wild gewordenen Luftschiff. Auf der Hülle erkannte er aus dem Augenwinkel in großen roten Buchstaben das Wort *Prosperteer*. Die Tür der Gondel stand offen, aber Pitt konnte keine Bewegung im Inneren erkennen. Er schrie laut, aber seine Stimme verlor sich im Brüllen der Triebwerke und dem Tosen des Windes. Das merkwürdige Luftfahrzeug hüpfte über die See, als sei es ein lebendiges Wesen.

Plötzlich spürte Pitt das eisige Prickeln einer bösen Vorahnung im Rücken. Die *Prosperteer* bewegte sich auf den nur wenige hundert Meter entfernten Strand zu und trieb direkt in Richtung auf die Terrassen-Front des Sonesta Beach Hotel. Auch wenn der Aufprall der Hülle an dem Gebäude keinen größeren Schaden anrichten würde, mußte der Treibstoff aus den aufplatzenden Tanks Feuer fangen. Ein Flammenregen würde auf die Gäste des Restaurants im Patio und die Sonnenbadenden auf den Terrassen niedergehen.

Pitt ignorierte seine Erschöpfung und suchte einen Kurs, der ihn unter die große runde Nase des Luftschiffes führen mußte. Wieder berührte die Gondel die Wellen, und die Propeller sprühten Pitt einen Schwall salziger Gischt in die Augen. Für einen Augenblick sah er nichts, und beinahe hätte er die Balance verloren. Am Strand sammelte sich inzwischen eine Menschenmenge, die dem merkwürdigen Ungetüm aufgeregt entgegenstarrte.

Pitts Timing mußte perfekt sein, er würde keine zweite Chance bekommen. Wenn es ihm nicht gelang, eines der Haltetaue zu packen, würde ihn der Propeller wahrscheinlich in Stücke hacken. Leere breitete sich in seinem Kopf aus, seine Kraft war fast aufgebraucht. Er spürte seine Muskeln kaum noch, sie reagierten von Sekunde zu Sekunde langsamer. Vor ihm schoß die Nase des Zeppelins empor.

Dann sprang er.

Seine Hände bekamen das Bugseil der *Prosperteer* zu pakken, aber auf dem nassen Tau rutschte er ab und riß sich die Haut von den Fingern. Verzweifelt klammerte er sich mit einem Bein am Tau fest. Sein Gewicht zog den Bug des Zeppelins tiefer, und Pitt tauchte unter die Wasseroberfläche. Mit aller Kraft hakte er sich in das Tau, bis sein Kopf wieder auftauchte. Er spie Seewasser aus und schnappte nach Luft. Aus dem Verfolger war ein Gefangener geworden.

Das Gewicht von Pitts Körper reichte nicht aus, um das Ungeheuer aufzuhalten, nicht einmal, um seine Bewegung abzubremsen. Hilflos wurde er mitgerissen. Er wollte schon das Tau loslassen, als seine Füße plötzlich Boden berührten. Der Zeppelin zerrte ihn durch die Brandung, und er hatte ein Gefühl im Magen, als ob er auf einer Achterbahn dahinsausen würde. Dann wurde er auf den warmen Sand des Strandes geworfen. Er sprang auf und sah die niedrige Strandmauer des Hotels knapp dreißig Meter vor sich.

Mein Gott! dachte er, jetzt passiert es – in ein paar Sekunden kracht die *Prosperteer* gegen das Hotel und explodiert. Und da war noch etwas. Die wirbelnden Propeller würden bei dem Aufprall zerschmettern. Ihre Metallsplitter hätten die Wirkung von Schrappnell-Geschossen und würden mit Wucht in die aufgeregte Menschenmenge geschleudert.

»Um Gottes willen, helft mir!« schrie Pitt.

Die meisten Leute am Strand standen mit offenen Mündern da und waren wie Kinder von der Faszination des seltsamen Schauspiels gebannt. Plötzlich sprangen zwei junge Mädchen und ein Mann vor und griffen nach den Haltetauen. Zu ihnen gesellte sich ein Strandwächter, gefolgt von einer älteren kräftigen Frau. Damit war die atemlose Stille gebrochen, schnell sprangen etwa zwanzig der Zuschauer nach vorn und zerrten an den Tauen des Monstrums. Es wirkte, als hätte sich ein Stamm halbnackter Eingeborener auf ein Tauziehen mit einem verrückt gewordenen Brontosaurier eingelassen.

Nackte Füße stemmten sich in den Sand und gruben tiefe Furchen, als das Ungeheuer seine Bändiger über den Strand zerrte. Eine starke Bö vom Meer schob die *Prosperteer* über den Patio des Hotels, Sonnenschirme und Tische wirbelten umher und zerbrachen. Die Propeller rotierten wenige Meter vor einer Betonwand. Den Helfern wurden die Taue aus den Händen gerissen, und eine Welle der Hilflosigkeit lief über den Strand. Die Schlacht schien verloren.

Pitt stolperte auf die nächste Palme los. In einem letzten Akt der Verzweiflung wickelte er sein Tau um den schlanken Stamm und betete verzweifelt, daß der Baum dem Zug standhalten würde.

Das Tau spannte sich. Die über zwanzig Meter hohe Palme schüttelte sich, schwankte und bog sich für Sekunden. Die Menschenmenge hielt den Atem an. Dann richtete sich der Baum mit quälender Langsamkeit wieder auf. Die tiefen Wurzeln hielten fest, und der Zeppelin hatte endlich seinen Anker gefunden. Er hing keine zwei Meter vor der Ostmauer des Hotels in der Luft.

Die Menschen jubelten laut. Keine Sportmannschaft hatte jemals einen spontaneren Applaus erhalten. Der Sicherheitsdienst des Hotels tauchte auf und sperrte das Gelände ab, um die Menschen von den noch immer laufenden Propellern fernzuhalten.

Eine Sandschicht bedeckte Pitts nassen Körper. Er stand da und rang nach Atem, während ihm langsam der Schmerz in seinen von dem Tau zerfetzten Händen bewußt wurde. Zum ersten Mal konnte er sich die *Prosperteer* jetzt in Ruhe ansehen, und ihn faszinierte das altertümliche Aussehen des Luftschiffes. Eindeutig stammte es aus einer anderen Zeit als die modernen Goodyear-Zeppeline.

Er schob sich durch die Berge zerschmetterter Tische und Stühle auf dem Patio und kletterte in die Gondel. Die Besatzung war an ihre Sitze geschnallt, stumm und ohne jede Bewegung. Pitt beugte sich über den Piloten und fand den Schalter für das Triebwerk. Er drehte ihn auf *Aus*. Die Turbinen brummten noch einmal sanft und schwiegen dann. Die Propeller liefen surrend aus.

Es wurde still wie in einer Gruft.

Pitt runzelte die Stirn und ließ seinen Blick durch das

Innere der Gondel wandern. Es gab keinerlei Anzeichen von Zerstörung. Die Instrumente und Armaturen schienen alle in bester Verfassung. Was ihn wirklich in Erstaunen versetzte, war die umfangreiche Ausstattung mit elektronischen Geräten. Metallsuch-Apparaturen, Sonar-Meßgerät und Unterwasser-Aufzeichnungseinrichtungen – alles, was man brauchte, um den Meeresgrund abzusuchen.

Er bemerkte die Gesichter nicht, die sich vor der offenen Tür der Gondel drängten, und er hörte nicht die näher kommenden Sirenen. Für einen Augenblick fühlte Pitt sich völlig allein und verwirrt. In der heißen feuchten Luft hing schwer der Übelkeit erregende Geruch menschlicher Verwesung. Etwas Unheimliches beherrschte die Gondel.

Eines der Besatzungsmitglieder war über den kleinen Kartentisch gesunken, den Kopf auf den Arm gelegt, als wolle der Mann schlafen. Seine Kleidung war feucht und fleckig. Pitt legte ihm die Hand auf die Schulter und schüttelte ihn leicht. Sein Fleisch bot keinen Widerstand. Es schien sich von den Knochen zu lösen. Etwas wie ein eisiges Leichentuch legte sich über Pitt. Eine Gänsehaut zog sich von seinem Nacken hinab bis zu den Fersen, aber gleichzeitig floß der Schweiß in Strömen von seinem Körper herab.

Er wandte seine Aufmerksamkeit den unheimlichen Gestalten an den Kontrollgeräten zu. Die Gesichter der Männer waren von Fliegen bedeckt, und die Verwesung hatte bereits ihr grausiges Werk begonnen. Die Zungen quollen über die hängenden Kinnladen. Leere Augen starrten ins Nichts, die Augäpfel waren von blicklosem Blau. Die Hände lagen noch auf den Kontrollknöpfen. Die Fingernägel waren blau angelaufen.

Drei verweste Leichen hatten die *Prosperteer* aus einem unbekannten Grab hierhergeflogen – eine gespenstische Crew in einem Luftschiff auf Geisterfahrt.

5

Auf dem Untersuchungstisch lag die nackte Leiche einer erwachsenen schwarzen Frau unter dem gleißenden Licht des Autopsiesaales. Zeichen von Gewaltanwendung waren an ihr nicht zu erkennen. Ein geübtes Auge schloß aus dem Zustand der Leichenstarre, daß sie noch nicht länger als sieben Stunden tot sein konnte. Ihr Alter mußte irgendwo zwischen fünfundzwanzig und dreißig liegen. Dieser Körper mochte einmal die Blicke der Männer auf sich gezogen haben, aber jetzt war er unterernährt, verbraucht und vom Drogenmißbrauch gezeichnet.

Dr. Celvin Rooney, der Leichenbeschauer des Dade County, hätte diese Autopsie eigentlich ziemlich langweilig finden müssen. Wäre die Leiche nicht im Vorgarten eines hohen Beamten entdeckt worden, hätte er sich kaum dazu überreden lassen, die Untersuchung selbst vorzunehmen. Tod durch Drogenmißbrauch war in der Umgebung von Miami so alltäglich, daß er eine solche Arbeit üblicherweise seinen Assistenten überließ. Aber dann entdeckte er die drei Einstiche in der Nähe des Herzens. Der Fall war also doch nicht so alltäglich. Er legte gerade das Skalpell beiseite und sprach die letzten Zeilen seines Berichts in das Diktaphon, als Sheriff Tyler Sweat in den Autopsiesaal trat. Der Sheriff war ein Mann mittlerer Größe, etwas dicklich und mit melancholischen Gesichtszügen, aber fast brutal entschlosssenem Blick. Mit seiner methodischen und zuverlässigen Arbeit hatte er sich den Respekt seiner Mitarbeiter verdient.

Er warf einen teilnahmslosen Blick auf den sezierten Leichnam und nickte Rooney dann einen Gruß zu. »Neue Fleischbeschau?«

»Die Frau aus dem Vorgarten des Commissioners«, antwortete Rooney.

»Wieder eine Überdosis?«

»Leider nicht so einfach. Es scheint Arbeit für das Morddezernat zu geben. Man hat sie umgebracht. Ich habe drei Einstiche in ihr Herz gefunden.«

Sweat grinste den kahlköpfigen kleinen Chef der Gerichtsmedizin an, dessen freundliches Wesen besser zu einem Landpfarrer gepaßt hätte. »Dich können sie nicht reinlegen, was, Doc?«

»Was bringt die Geißel des Verbrechens in den Palast der Gerichtsmedizin?« fragte Rooney mißtrauisch. »Steht etwas an?«

»Eigentlich nur eine Identifikation durch VIP. Ich hätte dich gerne dabei.«

»Die Leichen aus dem Zeppelin«, schloß Rooney.

Sweat nickte. »Mrs. LeBaron ist hier, um sich die Überreste anzusehen.«

»Davon kann ich nur abraten. Die Reste ihres Ehemannes sind selbst für jemanden, der jeden Tag mit Leichen zu tun hat, kein schöner Anblick.«

»Ich habe versucht, ihr zu erklären, daß eine juristisch einwandfreie Identifikation auch anhand von persönlichen Gegenständen möglich ist. Aber sie hat darauf bestanden. Sie hat sich sogar einen dieser Rechtsberater aus dem Gouverneurspalast mitgebracht, damit er ihr den Weg ebnet.«

»Wo sind die beiden denn?«

»Sie warten schon im Büro der Leichenhalle. Ein ganzes Bataillon von TV- und Zeitungsreportern rennt wie verrückt um das Haus. Ich habe meinen Männern befohlen, sie nicht weiter als bis in die Lobby vorzulassen.«

»Wie seltsam die Welt doch ist«, verkündete Rooney philosophisch. »Der ehrenwerte Raymond LeBaron bekommt eine Schlagzeile auf der ersten Seite, während dieses arme Bündel hier höchstens fünf Zeilen neben den Kleinanzeigen erhält.« Dann seufzte er, zog sich seinen Arbeitskittel aus und hängte ihn über einen Stuhl. »Bringen wir es hinter uns. Ich habe heute noch zwei Autopsien vor mir.«

Ein tropischer Sturm war im Anzug, und aus der Ferne war schon das Donnergrollen zu hören. Rooney warf sich sein Sportjackett über und zog die Krawatte gerade. Dann folgte er Sweat auf den Flur.

»Hast du eine Idee, was LeBarons Tod verursacht haben könnte?« fragte der Sheriff.

»Ist noch zu früh, um Konkretes darüber auszusagen. Die Laborresultate sind eher widersprüchlich. Ich muß noch einige weitere Tests durchführen. Zu viele Dinge passen einfach nicht zusammen. Ich gebe es nicht gerne zu, aber die Sache ist mir wirklich ein Rätsel.«

»Keine Vermutungen?«

»Nichts, was ich zu Papier bringen würde. Das Hauptproblem ist die ungeheuer weit fortgeschrittene Verwesung. Ich habe noch nie zuvor Gewebe so rasch zerfallen sehen, außer vielleicht bei einem merkwürdigen Fall im Jahre 1974.«

Bevor sich Rooney über diesen Fall auslassen konnte, waren sie beim Verwaltungsbüro der Leichenhalle angekommen. Der Anwalt, ein schmieriger Typ in einem dreiteiligen Anzug, sprang sofort auf. Noch ehe er den Mund aufmachen konnte, hatte Rooney ihn bereits als Schwätzer eingeordnet.

»Können wir bitte anfangen, Sheriff? Mrs. LeBaron fühlt sich nicht gut und möchte so schnell wie möglich wieder in ihr Hotel zurück.«

»Ich habe volles Verständnis dafür«, brummte der Sheriff. »Aber ich brauche Sie ja wohl kaum erst darauf hinzuweisen, daß wir zunächst einige juristische Formalitäten abzuwickeln haben.«

»Und ich muß Sie nicht daran erinnern, daß der Gouverneur von Ihnen erwartet, daß Sie eine Witwe mit der nötigen Rücksicht behandeln.«

Rooney bewunderte Sweats steinerne Geduld. Der Sheriff schob den Anwalt einfach zur Seite, als wäre er ein Stück Abfall auf dem Bürgersteig.

»Das ist unser leitender Gerichtsmediziner, Dr. Rooney. Er wird Ihnen bei der Identifikation helfen.«

Jessie LeBaron sah absolut nicht so aus, als fühle sie sich nicht besonders wohl. Sie saß aufrecht, mit kühlem Gesichtsausdruck und hoch erhobenem Kopf in dem orangefarbenen Plastikstuhl. Doch Rooney spürte sofort die Zerbrechlichkeit, die nur durch Disziplin und Nervenkraft verborgen wurde. Er hatte das Elend, das Angehörige bei der Identifikation erlitten, schon Hunderte von Malen in seiner Praxis erlebt und sprach instinktiv sanft und so freundlich wie möglich: »Mrs. LeBaron, ich weiß, was Sie mitgemacht haben, und ich möchte Ihnen deshalb weitere Schmerzen ersparen. Erstens möchte ich Sie noch einmal darauf hinweisen, daß Sie die Leiche auch anhand persönlicher Gegenstände, die bei ihr gefunden wurden, juristisch unanfechtbar identifizieren können. Zweitens, wenn Sie mir irgendwelche besonderen Merkmale Ihres Mannes nennen können, etwa Narben, Knochenbrüche oder Operationen, würden Sie sich die Konfrontation mit der Leiche ersparen, ich könnte dann mit Hilfe Ihrer Hinweise die Identifikation vornehmen. Und drittens möchte ich Sie mit allem Respekt darum bitten, von einem Blick auf den Toten Abstand zu nehmen. Auch wenn er noch zu erkennen sein mag, ist die Verwesung doch bereits sehr weit fortgeschritten. Ich glaube, daß Sie eine schönere Erinnerung an Mr. LeBaron behalten werden, wenn Sie ihn sich als Lebenden vorstellen und nicht sein Bild aus der Leichenhalle vor sich sehen müssen.«

»Vielen Dank, Dr. Rooney«, sagte Jessie. »Ich bin Ihnen für Ihre Anteilnahme wirklich sehr verbunden. Aber ich muß mich selbst vergewissern, ob mein Mann wirklich tot ist.«

Rooney zuckte müde mit den Schultern und wies auf einen kleinen Tisch, auf dem ein paar Kleidungsstücke und persönliche Wertgegenstände ausgebreitet lagen. »Haben Sie diese Dinge dort bereits identifiziert?« LeBarons Witwe nickte. Sie stand dann aber auf und ging mit dem Sheriff noch einmal alles durch. Nur bei der Uhr ihres Mannes wirkte sie merkwürdig unsicher. »Kann ich jetzt die Leiche meines Mannes sehen?« fragte sie dann.

»Es gibt keine Möglichkeit, Sie davon abzubringen?« drängte Rooney noch einmal voller Mitgefühl.

»Nein, ich muß darauf bestehen.«

»Sie tun besser, was Mrs. LeBaron von Ihnen erwartet«, meldete sich der Anwalt zu Wort, auf dessen Vorstellung Rooney bisher noch immer vergeblich gewartet hatte.

Rooney warf Sweat einen Blick zu und hob dann resigniert die Hände. »Wenn Sie mir bitte folgen wollen. Der Tote wird im Kühlraum aufbewahrt.«

Gehorsam ließen sich alle von dem Arzt zu einer dicken Tür mit einem kleinen Fenster führen, die von einem schweren Hebel gesichert wurde. Als sie aufschwang, wehte eisige Luft über die Schwelle. Jessie schüttelte sich, während Rooney sie zu sich winkte. Ein Helfer im blauen Kittel erschien und öffnete eine der kleinen Türen an der Wand. Er zog einen Stahltisch daraus hervor und trat zur Seite.

Rooney griff nach einem Zipfel des Tuches, das über die Leiche gebreitet war, und zögerte. Dies war das einzige an seinem Job, was er wirklich haßte. Die Reaktionen derjenigen, die sich den Tod ansehen mußten, ließen sich meist in vier Kategorien aufteilen. Die einen übergaben sich, die anderen fielen einfach in Ohnmacht. Eine dritte Kategorie wurde hysterisch. Aber es war der letzte Typ, der Rooney wirklich beunruhigte. Diese Menschen standen einfach da, wie zur Salzsäule erstarrt, und zeigten keinerlei Gefühle. Er hätte ein Monatsgehalt dafür gegeben, die Gedanken dieser Menschen zu erfahren.

Er hob das Tuch.

Der Anwalt warf einen Blick auf die Leiche darunter, gab ein pathetisches Stöhnen von sich und fiel dem Sheriff ohnmächtig in die Arme. Der Tod zeigte hier sein Gesicht auf wirklich grausame Weise.

Rooney war von Jessies Reaktion erstaunt. Sie starrte das groteske Ding, das dort verwest auf dem Tisch lag, lange und scharf an. Dann holte sie tief Luft. Ihr Körper spannte sich. Sie hob den Blick, und dann sprach sie mit ruhiger, beherrschter Stimme.

»Das ist nicht mein Mann!«

»Sind Sie sicher?« fragte Rooney freundlich.

»Schauen Sie doch selbst«, sagte sie mit fast monotoner Beharrlichkeit. »Der Haaransatz stimmt nicht. Auch die Gestalt des Skeletts. Raymond hatte ein dreieckiges Gesicht. Dieser hier hat ein rundliches.«

»Die Verwesung verändert oft die Gesichtsformen«, erklärte Rooney.

»Dann beachten Sie doch die Zähne.«

Rooney sah genau hin. »Was ist denn mit ihnen?«

»Sie haben Silberfüllungen.«

»Da kann ich nicht folgen.«

»Mein Mann hatte Goldfüllungen.«

Darüber ließ sich nicht streiten, dachte Rooney. Ein Mann von Raymond LeBarons Reichtum würde sich kaum mit billigen Zahnplomben zufriedengeben.

»Aber die anderen Sachen, die Kleidung, Sie haben das doch alles identifiziert.«

»Es ist mir völlig egal, was ich gesagt habe!« schrie sie. »Dieses widerliche Ding dort ist nicht Raymond LeBaron.«

Ihre Wut verblüffte Rooney. Einen Augenblick stand er erschüttert da, und er wußte nicht, was er sagen sollte, während Jessie aus der Kühlkammer stürmte. Der Sheriff reichte den ohnmächtigen Anwalt an den Mann im blauen Kittel weiter und kratzte sich den Kopf. »Was, zum Teufel, sollen wir denn nun davon halten?«

Rooney zuckte mit den Schultern. »Ich weiß es nicht.«

»Vielleicht hat sie einfach nur einen Schock. Sie hat die Beherrschung verloren, als sie diesen verfaulten Kadaver sah. Du weißt ja besser als ich, daß manche Menschen den Tod von jemandem, der ihnen nahesteht, einfach nicht verkraften können. Sie weigern sich, ihn als Tatsache anzuerkennen.«

»Ich glaube nicht, daß sie die Beherrschung verloren hat.«

Sweat sah ihn scharf an. »Wie würdest du das denn nennen?«

»Das war ein raffiniertes Schauspiel.«

»Wie kommst du denn darauf? Meinst du, sie hat uns nur etwas vorgemacht?«

»Schon mit der Uhr stimmte etwas nicht«, antwortete Rooney. »Das war keine teure Cartier-Uhr, wie sie eine Mrs. LeBaron ihrem Mann schenkt. Das war eine billige Imitation, irgendwo aus Taiwan oder Mexiko. So etwas trägt doch kein Millionär mit Stil wie LeBaron. Sie muß schon bei der Uhr etwas gemerkt haben, und dann hat sie sich auf das seelisch vorbereitet, was dann folgte.«

»Willst du damit sagen, daß sie uns etwas vorgespielt hat und daß sie lügt, was die Identifizierung der Leiche angeht?«

»Nein, das würde ich nicht sagen. Ich glaube nur, daß sie auf diese ganze Geschichte hier sehr gut vorbereitet war«, erwiderte Rooney, »und ich würde meinen neuen Mercedes Benz dafür wetten, daß ihr auch die genetischen Untersuchungen, die Zahnvergleiche und die Prüfung der Fingerabdrücke im FBI-Labor recht geben werden.« Er wandte sich um und warf noch einen langen Blick auf die Leiche. »Das, was da auf dem Tisch liegt, sind nicht die sterblichen Überreste von Raymond LeBaron.«

6

Detektiv Leutnant Harry Victor, der Chefermittler der Metro-Dade-County-Polizei, saß zurückgelehnt auf seinem Drehstuhl und studierte nachdenklich die Fotos auf seinem Schoß, die man in der Gondel der *Prosperteer* aufgenommen hatte. Victor war ein ordentlicher Mann, der es liebte, wenn alle Akten an ihrem Ort lagen, und der wahrscheinlich als einziger Polizist in der Geschichte der Abteilung Spaß daran hatte, seine Berichte zu schreiben. Als ein Ermittler der alten Schule interessierte er sich mehr dafür, allen Spuren nachzugehen als ein schnelles Geständnis zu erpressen.

Der *Prosperteer*-Fall war anders als alles, was er bisher in seinen achtzehn Dienstjahren erlebt hatte. Drei Leichen in einem plötzlich vom Himmel gefallenen Zeppelin waren nicht gerade Routinearbeit für die Dade-County-Polizei. Es gab nicht die geringsten Hinweise. Mit nichts verrieten die drei Toten in der Leichenhalle, wo sie sich in den letzten elf Tagen versteckt hatten.

Ein Telefonklingeln schreckte Victor aus seinen fruchtlosen Überlegungen. Der Diensthabende am Empfang meldete ihm einen Zeugen, der eine Aussage machen wollte. Als der Mann erschien, hielt Victor den Telefonhörer noch immer in der Hand und deutete auf einen Stuhl gegenüber von seinem Schreibtisch. Am anderen Ende der Leitung war längst niemand mehr, aber Victor liebte diesen alten Trick, um sich seine Besucher zunächst einmal in Ruhe ansehen zu können. Die beste Gelegenheit, um sich ein Bild von den Gewohnheiten und Eigenheiten eines Fremden zu machen, die man dann später beim Verhör gegen ihn ausspielen konnte.

Der Mann gegenüber von Victor war etwa siebenunddreißig oder achtunddreißig Jahre alt, ungefähr ein Meter neunzig groß, Gewicht etwa neunzig Kilo, das schwarze Haar leicht gelockt, aber ohne eine Spur von Grau, sonnengebräunte Haut von jahrelangem Aufenthalt im Freien, dunkle, leicht buschige Augenbrauen, schmale, gerade Nase, feste, von einem beständigen leichten Grinsen nach oben gezogene Lippen. Bekleidet war er mit einem blauen Sportmantel, beigen Hosen, blaßgelbem Polohemd mit offenem Kragen – guter Geschmack, sportlich-leger, aber nicht zu teuer, stilvoll, aber von der Stange gekauft. Nichtraucher, denn es gab nirgendwo die typische Ausbeulung einer Zigarettenpackung. Die Arme waren über der Brust verschränkt und deuteten Ruhe und Teilnahmslosigkeit an, die Hände waren schmal, lang und wettergegerbt – keine Ringe oder irgendwelcher Schmuck, nur eine orangefarbene Taucheruhr an einem schweren rostfreien Stahlarmband.

Dieser Zeuge paßte nicht in das übliche Muster. Die anderen auf diesem Stuhl wurden nach einer Weile unruhig und zappelten umher. Einige verbargen ihre Nervosität hinter Arroganz und ließen ihren Blick ruhelos durch das Büro wandern, andere veränderten ständig ihre Haltung, überkreuzten die Beine, spielten mit den Händen. Zum ersten Mal begegnete Victor jemandem, bei dem er sich selbst schnell unwohl zu fühlen begann. Der Besucher spielte Victors Trick gegen den Detektiv aus.

Nichts an dem Mann verriet, daß er sich beobachtet fühlte. Seine durchdringenden grünen Augen, die eine hypnotische Kraft zu besitzen schienen, musterten Victor mit leicht amüsiertem Interesse. Sie schienen einfach durch den Detektiv hindurchzusehen, als sie an ihm nichts Interessantes mehr fanden und sich der Wand hinter ihm zuwandten. Dann fiel der Blick auf das Telefon.

»Die meisten Polizeistationen verwenden die Telefonanlage von Horizon«, bemerkte der Besucher in gleichmütigem Tonfall. »Wenn Sie mit jemandem sprechen wollen, würde ich Ihnen empfehlen, einen Knopf zu drücken, damit Sie eine Leitung freibekommen.«

Victor sah nach unten. Einer der vier Knöpfe war erleuchtet, aber nicht eingedrückt. »Sie beobachten sehr scharf, Mister ...«

»Pitt, Dirk Pitt. Wenn Sie Leutnant Victor sind, haben wir eine Verabredung.«

»Ich bin Victor.« Er legte den Hörer auf die Gabel. »Sie waren also der erste, der das Führerhaus des *Prosperteer*-Zeppelin betreten hat?«

»Das ist richtig.«

»Vielen Dank, daß Sie gekommen sind, besonders so früh am Sonntag. Ich bin Ihnen wirklich für Ihre Zusammenarbeit sehr verbunden. Ich habe nur ein paar Fragen.«

»Wird es länger dauern?«

»Zwanzig Minuten, vielleicht auch eine halbe Stunde. Haben Sie noch einen Termin?«

»Ich habe den Flug nach Washington in zwei Stunden gebucht.«

Victor nickte. »Ich sorge dafür, daß Sie rechtzeitig am Flughafen sind.« Er zog eine Schublade auf und nahm ein tragbares Tonbandgerät heraus. »Lassen Sie uns irgendwo hingehen, wo wir es etwas ruhiger haben.«

Er führte Pitt nach nebenan in einen kleinen Verhörraum. Die Einrichtung war spartanisch, nur ein Tisch, zwei Stühle und ein Aschenbecher. Victor setzte sich und legte eine neue Kassette in den Rekorder.

»Sie haben hoffentlich nichts dagegen, wenn ich alles auf Band mitschneide? Ich kann mir so schlecht handschriftlich Notizen machen. Keine der Sekretärinnen kann meine Handschrift entziffern.«

Pitt zuckte zustimmend mit den Achseln.

Victor stellte das Gerät vor sich auf den Tisch und drückte den Aufnahme-Knopf.

»Ihr Name?«

»Dirk Pitt.«

»Mittelinitial?«

»E für Eric.«

»Adresse?«

»266 Airport Place, Washington, D.C. 20001.«

»Wo kann man Sie telefonisch erreichen?«

Pitt gab Victor die Telefonnummer seines Büros.

»Beruf?«

»Direktor für Sonderprojekte der National Underwater and Marine Agency.« Victor bat um eine Beschreibung der Ereignisse am 20. Oktober. Der Zeppelin-Bändiger berichtete ihm mit knappen Worten von der Heldentat auf dem Hotelstrand. Als er erzählte, wie er sich in die Gondel geschwungen hatte, unterbrach der Detektiv ihn. »Haben Sie etwas berührt?«

»Nur die Schalter für die Triebwerke. Dann habe ich noch der Leiche am Kartentisch die Hand auf die Schulter gelegt.«

»Sonst nichts?«

»Der einzige Ort, der mir noch einfällt, an dem ich Fingerabdrücke hinterlassen haben könnte, ist die Einstiegsluke.«

»Und die Rückenlehne des Pilotensitzes«, meinte Victor mit einem verschmitzten Lächeln. »Ohne Zweifel haben Sie sich darauf abgestützt, als Sie die Schalter bedienten.«

»Gute Arbeit. Nächstes Mal werde ich Handschuhe tragen.«

»Das FBI war sehr hilfsbereit.«

»Fachmännische Arbeit bewundere ich immer.«

»Haben Sie irgend etwas mitgenommen?«

Pitt warf Victor einen scharfen Blick zu. »Nein.«

»Könnte irgend jemand sonst in die Gondel eingedrungen sein und etwas entfernt haben?«

Pitt schüttelte den Kopf. »Nachdem ich sie verlassen habe, wurde sie von den Sicherheitsleuten des Hotels verriegelt. Die nächste Person nach mir an Bord war ein uniformierter Polizeibeamter.«

»Was haben Sie denn inzwischen gemacht?«

»Ich habe einem der Strandwächter etwas Geld gegeben, damit er rausschwamm und mein Surfbrett reinholte. Er hatte einen Landrover da, mit dem er mich freundlicherweise zum Haus meiner Freunde zurückgefahren hat, bei denen ich hier wohne.«

»In Miami?«

»Coral Gables.«

»Darf ich Sie fragen, was Sie hier bei uns zu tun gehabt haben?«

»Ich habe die Arbeit an einem Forschungsprojekt der NUMA vor der Küste beendet und mich entschlossen, noch eine Woche Urlaub hier zu machen.«

»Haben Sie irgendeine der Leichen erkannt?«

»Nein, verdammt unwahrscheinlich. In diesem Zustand würde ich nicht mal meinen eigenen Vater identifizieren können.«

»Eine Idee, wer sie gewesen sein könnten?«

»Ich nehme wohl an, einer von ihnen war Raymond LeBaron.«

»Sind Sie mit den Umständen des Verschwindens der *Prosperteer* vertraut?«

»Na ja, die Medien haben sich ja ausführlich damit befaßt. Nur ein Einsiedler kann nichts davon gehört haben.«

»Irgendeine Lieblingstheorie, wo der Zeppelin und seine Besatzung sich zehn Tage lang aufgehalten haben könnte?«

»Nicht die geringste Ahnung.«

»Nicht mal eine wilde Vermutung?« bohrte Victor.

»Vielleicht ist das Ganze ein kolossaler PR-Gag, um LeBarons Verlagsimperium noch weiter nach vorn zu bringen.«

In Victors Augen flackerte Interesse auf. »Nur weiter.«

»Vielleicht wollte jemand die Aktienpreise von LeBarons Konzern manipulieren. Was immer es war, es ist jedenfalls schiefgegangen.«

»Warum?«

»Fragen Sie Ihren Gerichtsmediziner.«

»Ich frage aber Sie.«

»Vielleicht haben Sie schlechten Fisch gegessen oder sonst irgend etwas, was ihnen nicht bekommen ist«, meinte Pitt, des Spieles müde. »Woher soll ich das wissen? Wenn Sie ein Szenario wollen, mieten Sie sich einen Drehbuchautor.«

Das Interesse in Victors Augen erlosch. Er entspannte sich und seufzte leicht enttäuscht. »Für einen Augenblick dachte ich, Sie hätten vielleicht eine Idee, die uns ein bißchen weiterbringen könnte. Aber Ihre Theorie ist schon mit all den anderen widerlegt worden.«

»Das wundert mich nicht«, meinte Pitt mit unbeteiligtem Lächeln.

»Wie haben Sie's eigentlich geschafft, innerhalb von Sekunden den Hauptschalter für die Turbinen zu finden?« erkundigte sich Victor, um auch die letzten offenen Fragen abzuklären.

»Nachdem ich inzwischen etwa zwanzig verschiedene Flugzeuge bei der Air Force und für zivile Zwecke geflogen habe, wußte ich in etwa, wo ich zu suchen hatte.«

Victor nickte befriedigt. »Noch eine letzte Frage, Mr. Pitt. Als Sie den Zeppelin zum ersten Mal sahen, aus welcher Richtung kam er da?«

»Er wurde vom Wind aus Nordosten herangetrieben.«

Victor schaltete den Rekorder aus. »Das sollte genügen.

Kann ich Sie in Ihrem Büro während des Tages unter dieser Nummer erreichen?«

»Falls ich nicht da bin, kann Ihnen meine Sekretärin weiterhelfen.«

»Ich danke Ihnen noch einmal für Ihre Hilfe.«

»Nichts von Bedeutung, fürchte ich«, meinte Pitt.

»Wir müssen nach jedem Strohhalm greifen. Bei einem so prominenten Opfer gibt es immer eine Menge Druck, wie Sie sich denken können. Das ist der verrückteste Fall, mit dem ich jemals zu tun gehabt habe.«

»Ich beneide Sie nicht darum, dafür eine Lösung finden zu müssen.« Pitt warf einen Blick auf die Uhr und erhob sich. »Ich mach' mich jetzt besser auf den Weg zum Flughafen.«

Victor stand ebenfalls auf und schüttelte seinem Zeugen die Hand. »Falls Ihnen doch noch irgendein Hinweis oder eine verrückte Theorie einfallen sollte, Mr. Pitt, rufen Sie mich doch bitte an. Mir macht es immer Spaß, eine nette Geschichte zu hören.«

Pitt blieb auf der Schwelle noch einmal stehen und wandte sich um. Sein Gesicht zeigte ein fast wölfisches Grinsen. »Wollen Sie wirklich einen Tip, Leutnant? Versuchen Sie's doch mal mit dem hier: Luftschiffe brauchen Helium für den Flug. Ein so altes Modell wie die *Prosperteer* erhebt sich nicht ohne einige hunderttausend Kubikmeter des Gases in die Luft. Nach einer Woche müßte mindestens so viel entwichen sein, daß sie sich kaum noch vom Boden hätte rühren können. Verstehen Sie?«

»Hängt davon ab, worauf Sie hinauswollen.«

»Es gibt keine Möglichkeit, daß ein Zeppelin über Miami aus dem Nichts auftaucht, es sei denn, eine erfahrene Mannschaft mit den nötigen Gerätschaften hat die Hülle in den letzten achtundvierzig Stunden neu aufgepumpt.«

Victors Gesicht bekam den Ausdruck eines Mannes, den man gerade getauft hatte. »Was schlagen Sie vor?«

»Suchen Sie doch mal nach der netten Tankstelle von

nebenan, wo jemand mal eben hunderttausend Kubikmeter Helium tanken kann.« Mit diesen Worten wandte Pitt sich um und verschwand auf den Gang.

7

»Ich hasse Schiffe«, knurrte Dr. Rooney.

»Ich kann nicht schwimmen, und ich werde schon seekrank, wenn ich nur durch das Fenster einer Waschmaschine schauen muß.«

Sheriff Sweat reichte ihm noch einen doppelten Martini. »Hier, damit wird es halb so schlimm.«

Rooney fragte sich zum wiederholten Mal, warum der Sheriff ihn an einem Sonntagnachmittag auf seine Yacht geschleppt hatte, mit der er sonst die Honoratioren von Miami zum Hochseeangeln hinausfuhr. Unter ihm dröhnte der schwere 260-PS-Antrieb, während der Sheriff das Schiff geschickt durch das Bootsgewimmel in der Biscayne Bay lenkte. Als sie aus dem dichtesten Gewühl der Surfer und Segler heraus waren, nahm Rooney bereits den fünften Drink. »Was ist denn so verdammt dringend, daß du damit nicht bis Montag warten konntest?«

»Ich dachte, du könntest mir etwas erzählen.«

»Um Himmels willen, Tyler, das hätte ich doch auch am Telefon tun können.«

»Vor etwa einer Stunde erhielt ich einen Anruf von einer Bundesbehörde aus Washington.« Sweat hielt kurz inne und band das Ruder fest. »Sie stellten sich als eine Geheimdiensttruppe vor, von der ich noch nie etwas gehört habe. Ich will dich nicht mit unserem durchaus nicht sehr freundlichen Gespräch langweilen. Warum denken die im Norden immer nur, mit uns Südstaatlern könnten sie alles machen? Es lief jedenfalls darauf hinaus, daß ich die Leichen aus dem Zeppelin einer Bundesbehörde übergeben soll.«

»Welcher Bundesbehörde denn?«

»Den Namen wollte der Anrufer nicht nennen. Er wurde ziemlich weitschweifig, als ich ihn zu einer genaueren Auskunft drängen wollte.«

Rooney wurde plötzlich sehr interessiert. »Hat er dir irgendwelche Andeutungen wegen der Leichen gemacht?«

»Er behauptete, es wäre eine Frage der nationalen Sicherheit.«

»Das hast du ihm natürlich nicht gleich geglaubt.«

»Ich habe ihm gesagt, daß ich noch über die Sache nachdenken muß.«

Die interessanten Neuigkeiten und die Martinis ließen Rooney seine Angst vor dem Wasser langsam vergessen. »Warum gibst du nicht einfach nach?«

»Ich bin versucht«, meinte Sweat grinsend. »Das Morddezernat hat bisher überhaupt nichts herausgefunden. Die Medien machen mich verrückt. Jeder, vom Gouverneur angefangen, sitzt mir im Nacken. Und dazu kommt, daß alles dafür spricht, daß dieses Verbrechen nicht in meinem Amtsbezirk stattgefunden hat. Also, weißt du, ich würde den Kram wirklich gern an Washington loswerden. Ich bin nur so verdammt stur, weil ich es mir nicht einfach aus der Hand nehmen lassen will. Jedenfalls nicht so.«

»Okay, was willst du jetzt von mir?«

Der Sheriff sah ihn nachdenklich an. »Ich möchte, daß du mir erzählst, was in deinem Autopsiebericht steht.«

»Meine Untersuchungsergebnisse machen das Rätsel nur noch verworrener.«

Der Sheriff mußte sich kurz wieder dem Ruder zuwenden, denn ein Segelboot mit Teenagern kam ihnen bedenklich nahe. »Erzähl mir davon.«

»Laß uns von hinten anfangen und uns dann nach vorn durcharbeiten. Okay?«

»Nur los.«

»Etwas hat mich von Anfang an ganz verrückt gemacht. Ich bin nicht gleich draufgekommen, aber dann habe ich mich daran erinnert, daß ich vor fünfzehn Jahren einen ähnlichen Fall hatte. Eine Frau wurde tot in einem Schaukelstuhl auf ihrer Terrasse gefunden. Ihr Mann behauptete, sie hätten in der Nacht zuvor gemeinsam etwas getrunken und er wäre dann allein ins Bett gegangen, während sie noch draußen sitzen wollte. Als er morgens aufwachte und sich umsah, habe er sie noch immer auf der Terrasse sitzend gefunden, nur daß sie inzwischen tot war. Sie hatte alle Anzeichen eines natürlichen Todes, keine Spur von Gewaltanwendung, keine Vergiftungserscheinungen, nur einen ziemlich hohen Alkoholspiegel. Die Organe schienen gesund gewesen zu sein. Es gab weder Hinweise auf frühere Krankheiten noch auf irgendwelche organischen Störungen. Obwohl sie eine Frau von Vierzig gewesen ist, hatte sie den Körper einer Fünfundzwanzigjährigen. Die Sache stank zum Himmel, aber ich kam einfach nicht weiter. Doch dann fand ich die fehlenden Puzzlesteine. Die Hautfarbe ist bei Leichen nomalerweise purpur. Aber ihre Färbung war mehr kirschblütenrosa, was auf einen Tod durch Kohlenmonoxyd-Vergiftung, Zyanide oder Unterkühlung deutet. Ich stellte auch punktförmige Blutgerinnsel im Magen fest. Die ersten beiden möglichen Todesursachen konnten wir schnell ausschalten. Aber was uns half, den Mann schließlich festzunageln, war sein Beruf. Es war kein exakter Indizienbeweis, aber es hat ausgereicht, um ihm bei Gericht fünfzig Jahre einzubringen.«

»Was für einen Job hatte der Ehemann denn?« fragte Sweat.

»Er war Fahrer bei einer Tiefkühlkost-Firma. Ein netter Plan. Er hat sie erst betrunken gemacht, bis sie völlig hinüber war. Dann hat er sie hinten in seinen Tiefkühl-Lastwagen gelegt, den er am Wochenende immer mit nach Hause brachte, hat die Kühlanlage eingeschaltet und gewartet, bis sie steif war. Nachdem die arme Frau den Geist aufgegeben hatte, brauchte er sie nur wieder in den Stuhl auf der Terrasse zu setzen und ins Bett zu gehen.«

Sweat starrte ihn verdutzt an. »Du willst doch damit nicht sagen, die Leichen aus dem Zeppelin sind erfroren?«

»Genau das will ich sagen.«

»Kein Irrtum möglich?«

»Ich würde sagen, man kann von achtzig Prozent Wahrscheinlichkeit ausgehen.«

»Weißt du, wie das klingt?«

»Verrückt; ich finde es ja auch.«

»Drei Männer verschwinden über der Karibik bei Temperaturen von fast vierzig Grad und frieren sich zu Tode?« fragte Sweat noch einmal sehr nachdrücklich. »Das werden wir niemals beweisen können, Doc. Erst müssen wir irgendwo einen handlichen Tiefkühl-Laster in der Karibik auftreiben.«

»Du hast sowieso nichts, was du beweisen kannst.«

»Wieso?«

»Der FBI-Bericht ist inzwischen angekommen. Jessie LeBarons Aussage war korrekt, die Leiche ist nicht ihr Ehemann. Die andern beiden sind auch nicht Buck Cäsar und Joseph Cavilla.«

»Gott, was denn nun noch?« stöhnte Sweat. »Wer sind sie denn?«

»Beim FBI hat man keine Fingerabdrücke von ihnen, und auch sonst fehlen irgendwelche Hinweise. Ich würde sagen, es sind Ausländer.«

»Hast du denn irgend etwas finden können, was uns wenigstens den kleinsten Anhaltspunkt gibt?«

»Ich kann dir ihre Größe und ihr Gewicht sagen. Ich kann dir Röntgenaufnahmen von ihren Zähnen und ihren früheren Knochenbrüchen zeigen. Nach ihren Lebern zu urteilen, haben sie harte Drinks bevorzugt. Die Lungen zeigen, daß es sich um Kettenraucher handelt. Gegessen haben sie auch recht umfangreich. Ihre letzte Mahlzeit bestand aus dunklem Brot und verschiedenem Obst und Gemüse. Zwei waren Anfang Dreißig, der dritte schon über Vierzig. Sie waren in überdurchschnittlich guter körperlicher Verfassung. Aber abgesehen davon kann ich dir nichts erzählen, was dich irgendwie weiterbrächte.«

»Na, das ist doch schon ein Anfang.«

»Aber es läßt immer noch die Frage offen, was denn nun aus LeBaron, Cäsar und Cavilla geworden ist.«

Bevor Sweat antworten konnte, ertönte eine rauhe Frauenstimme aus dem Sprechfunkgerät des Bootes. Der Sheriff antwortete und schaltete auf die Frequenz um, die sie ihm nannte. »Entschuldige bitte die Störung«, sagte er zu Rooney. »Ich habe einen dringenden Anruf über Polizeifunk.«

Rooney nickte verständnisvoll, stieg zur Bug-Kabine hinab und schenkte sich noch einen Drink ein. Er leerte ihn gleich neben der Flasche und schenkte nach. Das angenehm warme Gefühl ließ ihn einen Augenblick vergessen, mit welchen merkwürdigen Geheimnissen sie sich herumschlagen mußten. Als er wieder bei Sweat erschien, hatte der Sheriff gerade den Hörer eingehängt. Sein Gesicht war vor Wut rot angelaufen.

»Diese verdammten Scheißkerle!« fluchte er.

»Was ist los?« erkundigte sich Rooney.

»Sie haben sie abgeholt«, brüllte Sweat und donnerte die Faust auf das Ruder. »Die verdammten Bundesbeamten sind einfach in die Leichenhalle spaziert und haben sich die drei Leichen aus dem Zeppelin einpacken lassen.«

»Aber es müssen doch erst noch eine Reihe juristischer Formalitäten erfüllt worden sein«, protestierte Rooney.

»Sechs Männer in Zivilkleidung und zwei Bundesmarshalls in Uniform sind aufgetaucht, haben die notwendigen Papiere vorgezeigt, die Leichen in drei Aluminiumkästen mit Eis gelegt und sind in einem Hubschrauber der US-Marine entschwebt.«

»Wann ist das passiert?«

»Vor knapp zehn Minuten. Harry Victor, der als Ermittler für den Fall zuständig war, hat mir gerade erzählt, daß sie seinen Schreibtisch gefilzt haben, als er auf dem Klo war, und sämtliche Unterlagen mitgenommen haben.«

»Was ist mit dem Autopsiebericht?«

»Den haben sie auch gleich mitgehen lassen.«

Dank der Martinis war Rooney in einer fast euphorischen

Stimmung. »Na ja, sieh es doch einmal so. Sie haben dir und deiner Truppe eine Menge Ärger erspart. Einen kleinen Trost habe ich auch noch für dich. Uncle Sam hat nicht alles bekommen.«

»Wieso?«

»In meinem Bericht fehlte etwas. Ich habe ein Labor-Resultat einfach nicht zu Papier bringen können, weil es so verrückt war, daß ich Angst hatte, im Irrenhaus zu landen.«

»Wovon redest du?« wollte Sweat wissen, dessen Jähzorn sich schon wieder zu beruhigen begann.

»Die Todesursache.«

»Ich denke, das war Unterkühlung.«

»Ja, das war es, aber ich habe das Beste noch gar nicht erzählt. Weißt du, ich habe den Todeszeitpunkt nicht notiert.« Der Alkohol machte Rooneys Zunge bereits schwer.

»Kann doch nur in den letzten Tagen gewesen sein.«

»O nein. Die armen Teufel haben sich schon vor langer Zeit zu Tode gefroren.«

»Wie lange Zeit?«

»Irgendwann vor einem oder zwei Jahren.«

Sheriff Sweat starrte Rooney ungläubig an. Aber der Gerichtsmediziner stand da, hielt seinem Blick stand und grinste wie eine Hyäne. Er grinste noch immer, als er sich über die Reeling beugte und seine Martinis dem Meer opferte.

8

Das Heim von Dirk Pitt lag nicht in einer stillen Vorstadt, auch nicht in einem der luxuriösen Kondominiums, die den Straßendschungel von Washington überragten. Er besaß weder einen Landschaftsgarten noch Nachbarn mit kläffenden Hunden und schreienden Kindern. Sein Haus war kein Haus, sondern ein alter Flugzeughangar, der an einer abgelegenen Ecke des internationalen Flughafens von Washington stand.

Von außen wirkte das Gebäude verlassen. Unkraut wucherte an seinen Wänden entlang, von denen überall die Farbe abblätterte. Der einzige entfernte Hinweis auf die Benutzung des Hangars war eine Reihe von Fenstern, die dicht unter dem geschwungenen Dach entlanglief. Obwohl sie fleckig und staubüberzogen waren, gab es keine eingeworfenen Scheiben wie bei den umliegenden Gebäuden.

Pitt bedankte sich bei dem Wachmann des Flughafens, der ihn in seinem kleinen Elektrofahrzeug mitgenommen hatte. Mit einem schnellen Blick überzeugte er sich, daß ihn niemand beobachtete. Dann nahm er einen kleinen Sender aus der Manteltasche und sprach einige Codewörter hinein. Sie schalteten das Sicherheitssystem aus und öffneten eine Seitentür, die wirkte, als hätte sie sich seit über dreißig Jahren nicht mehr in den Angeln gedreht.

Auf dem Betonboden der riesigen Halle standen wenigstens drei Dutzend schimmernde, klassische Oldtimer, ein altes Flugzeug und ein Eisenbahnwaggon der Jahrhundertwende. Pitt blieb kurz vor der Karosserie eines französischen Talbot-Lago Sportcoupés stehen, das sich erst in den Anfängen der Rekonstruktion befand. Der Wagen war bei einer Explosion fast völlig zerstört worden, und Pitt hatte sich vorgenommen, aus den verbogenen Überresten die frühere Eleganz und Schönheit zu restaurieren.

Er warf den Koffer und die Taschen auf die Wendeltreppe zur Galerie, die seine Wohnräume beherbergte. Ein Blick auf die Uhr zeigte ihm, daß es zwei Uhr fünfzehn nachmittags war, aber er fühlte sich, als wäre es schon fast Mitternacht. Nachdem er ausgepackt hatte, entschied er sich, erst noch ein paar Stunden an dem Talbot-Lago zu arbeiten und dann später zu duschen. Gerade hatte er sich einen alten Overall übergezogen, als durch den Hangar ein lautes Klingeln gellte. Er fischte das Funktelefon aus einer der vielen Overalltaschen.

»Hallo.«

»Mr. Pitt, bitte«, sagte eine weibliche Stimme.

»Am Apparat.«

»Einen Augenblick, bitte.«

Nachdem er zwei Minuten gewartet hatte, unterbrach Pitt die Verbindung und machte sich an die Arbeit. Nach weiteren fünf Minuten klingelte es wieder. Er schaltete das Funktelefon wieder ein und sagte nichts.

»Sind Sie noch da, Sir?« fragte dieselbe Stimme.

»Ja«, erwiderte Pitt gleichmütig und klemmte sich den Hörer zwischen Kopf und Schulter, damit er besser mit dem Schraubenschlüssel hantieren konnte.

»Hier spricht Sandra Cabot, die Privatsekretärin von Mrs. Jessie LeBaron. Spreche ich mit Dirk Pitt?«

Pitt hatte eine instinktive Abneigung gegen Leute, die ihre Telefongespräche nicht selbst führten. »Das tun Sie.«

»Mrs. LeBaron würde Sie gerne treffen. Können Sie um vier Uhr in ihr Haus kommen?«

»Sie sind aber fix.«

»Wie bitte?«

»Entschuldigen Sie, Miß Cabot, aber ich habe mich um ein krankes Auto zu kümmern. Vielleicht kann Mrs. LeBaron sich die Mühe machen, bei mir vorbeizuschauen, wenn sie mit mir reden will.«

»Ich fürchte, das wird nicht möglich sein. Sie gibt heute abend einen offiziellen Cocktailempfang in ihrem Haus, der vom Außenminister besucht wird. Da kann sie unmöglich fehlen.«

»Dann vielleicht ein anderes Mal.«

Eisiges Schweigen folgte, dann meinte Miß Cabot: »Sie verstehen offenbar nicht.«

»Da haben Sie recht, ich verstehe nicht.«

»Sagt Ihnen denn der Name LeBaron gar nichts?«

»Nicht mehr als Shagnasty, Quagmire oder Smith«, log Pitt boshaft.

Für einen Augenblick schien die Sekretärin aus der Fassung zu geraten. »Mr. LeBaron . . .«

»Wir können uns den ganzen Spaß sparen«, unterbrach

Pitt. »Natürlich weiß ich, was mit LeBaron los ist. Und ich kann Ihnen eine Menge Zeit sparen, wenn ich Ihnen jetzt sage, daß ich keinerlei Beitrag zur Aufklärung des Geheimnisses um sein Verschwinden und seinen Tod leisten kann. Richten Sie bitte Mrs. LeBaron mein Beileid aus. Das ist alles, was ich zu bieten habe.« Pitt holte tief Luft.

»Bitte, Mr. Pitt, ich weiß, daß sie Ihnen sehr dankbar wäre, wenn Sie sich mit ihr unterhalten würden.«

Pitt konnte fast sehen, wie sie das Wort »bitte« durch zusammengepreßte Zähne ausstieß. »Na gut«, erwiderte er. »Ich denke, das läßt sich einrichten. Wie ist denn die Adresse?«

Die Arroganz kehrte schnell wieder in ihre Stimme zurück. »Ich schicke Ihnen einen Chauffeur, der Sie abholt.«

»Es ist immer dasselbe mit euch, aber ich zieh nun mal vor, mit meinem eigenen Auto zu fahren. Limousinen haben auf mich immer eine klaustrophobische Wirkung.«

»Wenn Sie darauf bestehen«, meinte sie steif. »Sie werden unser Haus am Ende des Beacon Drive in Great Falls Estates finden.«

»Ich schau' mal auf meinem Stadtplan nach.«

»Übrigens, mit welchem Wagen kommen Sie denn?«

»Warum wollen Sie das denn wissen?«

»Damit ich die Wache am Tor informieren kann.«

Er zögerte und warf einen Blick durch die Halle, der schließlich am Wagen neben dem Haupttor hängenblieb. »Mit einem alten Cabrio.«

»Alt?«

»Ja, Baujahr 51.«

»Dann würde ich Sie bitten, freundlicherweise bei den Dienstbotenwohnungen zu parken. Wenn Sie die Auffahrt heraufkommen, rechts.«

»Macht es Ihnen eigentlich gar nichts aus, Leuten solche Anweisungen zu geben?«

»Es macht mir überhaupt nichts aus, Mr. Pitt. Wir erwarten Sie um vier Uhr.«

»Werden Sie denn mit mir fertig sein, bevor die Gäste ankommen?« fragte Pitt mit sarkastischem Unterton. »Ich möchte doch niemandem Peinlichkeiten bereiten, wenn ich in mein altes Schrottauto klettere.«

»Da machen Sie sich mal keine Sorgen«, erwiderte sie eisig. »Die Party fängt nicht vor acht Uhr an. Auf Wiederhören.«

Nachdem Sandra Cabot aufgelegt hatte, ging Pitt zu dem Cabrio hinüber und sah es sich eine Weile nachdenklich an. Er holte ein Ladekabel für die Batterie und schloß es an. Dann machte er sich wieder an die Arbeit.

Der Torwächter hatte gerade die Chrysler-Limousine des Stabschefs des Präsidenten vorbeigewinkt, als er in seiner Routine unterbrochen wurde. Vor das Tor rollte ein Auto, wie er es bisher nur auf Bildern gesehen hatte. Ein Ungeheuer von einem Wagen, über zwei Meter lang von Stoßstange zu Stoßstange und mindestens drei Tonnen schwer. Der Lack schimmerte silbergrau, und die Chromleisten hatten etwas vom Stil der großen alten Veteranen.

»Was für ein Auto ist das?« brachte der Wachmann schließlich hervor.

»Ein Daimler«, erklärte Pitt.

Der Wachmann nickte bewundernd und schaute dann auf seiner Gästeliste nach. »Ihren Namen, Sir, bitte.«

»Pitt.«

»Ich kann Ihren Namen hier nicht finden. Haben Sie eine Einladung?«

»Mrs. LeBaron und ich hatten für heute nachmittag eine Verabredung.«

Der Wachmann verschwand im Torhaus und prüfte ein Clipboard mit Zetteln. »Ja, Sir, Sie hatten eine Verabredung um vier Uhr.«

»Als ich anrief, um mich für meine Verspätung zu entschuldigen, bat sie mich, doch auf die Party zu kommen.«

»Nun, da Sie ja bereits erwartet wurden«, meinte der

Wachmann, noch immer in die Betrachtung des Daimlers versunken, »nehm' ich an, ich kann Sie reinlassen. Ich wünsche Ihnen viel Vergnügen.«

Pitt rollte an ihm vorbei die lange Auffahrt hinauf zu einem Haus, das in diese Gegend paßte und einem Finanzmagnaten wie LeBaron alle Ehre machte. Seitlich neben dem Hauptgebäude begannen ausgedehnte Gartenanlagen, in denen sich ein riesiges Glashaus erhob, gefüllt mit exotischen Pflanzen und von Kristallüstern erleuchtet. Vor dem Eingang drängten sich die Gäste. Im Inneren des Gartenhauses sah man eine Bühne, auf der eine Band ihre Instrumente vorbereitete. Pitt war gebührend beeindruckt. Das war die richtige Umgebung für eine Party an einem kühlen Oktoberabend. Zumindest legte man hier Wert auf Originalität.

Er übergab seinen Daimler einem Bediensteten, der ihn zum Parkplatz fahren sollte. Dann strich er sich das Jackett seines Smokings glatt und mischte sich unter die Menge, die den Eingang des Glashauses umlagerte. Seine Ankunft hatte alle Blicke auf sich gezogen, und der Daimler wurde sofort Mittelpunkt der Gespräche.

Das kleine Orchester begann gerade eine Ouvertüre mit John-Barry-Themen, als Pitt an der Reihe war, von der Frau in der neuesten Designer-Mode begrüßt zu werden. Sie reichte jedem Gast persönlich die Hand. Ohne Zweifel war das Jessie LeBaron. In ihrer eleganten und charmanten Art war sie der lebende Beweis dafür, daß Frauen auch mit fünfzig noch anziehend sein können.

Pitt trat vor und deutete eine knappe Verbeugung an. »Guten Abend«, begrüßte er sie und lächelte das beste Lächeln eines uneingeladenen Gastes.

»Was ist das für ein sensationelles Auto?« fragte Jessie und starrte an ihm vorbei.

»Ein Daimler, 5,4-Liter-Maschine mit acht Zylindern.«

Sie lächelte anerkennend und streckte ihm die Hand entgegen. »Vielen Dank, daß Sie kommen konnten, Mr. . . .« Sie zögerte und musterte ihn erstaunt. »Verzeihen Sie, aber ich kann mich nicht erinnern, daß wir uns schon einmal begegnet sind.«

»Vermutlich können Sie das nicht, weil wir uns tatsächlich noch nie gesehen haben«, versicherte er und bewunderte ihre rauchige Stimme, in der eine dunkle Leidenschaft mitzuschwingen schien. »Mein Name ist Pitt, Dirk Pitt.«

Jessies dunkle Augen bedachten Pitt mit einem sehr speziellen Blick. »Sie sind viereinhalb Stunden zu spät, Mr. Pitt. Hatten Sie auf dem Weg einen Unfall?«

»Keinen Unfall, Mrs. LeBaron. Ich habe meine Ankunft hier sorgfältig vorbereitet.«

»Zu der Party sind Sie nicht eingeladen«, erklärte sie freundlich, aber bestimmt. »Sie müssen uns leider verlassen.«

»Wie traurig«, meinte Pitt enttäuscht. »Ich habe so selten Gelegenheit, meinen Smoking zu tragen.«

Jessie runzelte die Stirn. Sie wandte sich zu einer etwas im Hintergrund stehenden Frau mit riesigen Brillengläsern – das konnte nur Sandra Cabot sein. »Such Angelo und sag ihm, er soll diesen Gentleman bitte hinausbegleiten.«

Pitts grüne Augen funkelten boshaft. »Ich scheine ein besonderes Talent dafür zu haben, mich unbeliebt zu machen. Möchten Sie, daß ich mich friedlich zurückziehe, oder wäre Ihnen eine häßliche Szene lieber?«

»Ich denke, ein friedlicher Abgang wäre das beste.«

»Dann sagen Sie mir doch, warum Sie mich eigentlich sehen wollten!«

»Ich hatte vor, mit Ihnen über meinen Mann zu sprechen.«

»Er war mir völlig fremd. Ich kann Ihnen nichts über seinen Tod erzählen, was Sie nicht bereits wissen.«

»Raymond ist nicht tot«, erklärte sie eisig.

»Als ich ihn im Zeppelin sah, da wirkte er aber verdammt tot auf mich.«

»Das war er nicht.«

Pitt warf ihr einen skeptischen Blick zu.

»Sie glauben mir nicht?« fragte sie.

»Es interessiert mich eigentlich nicht.«

»Ich dachte, Sie würden mir helfen.«

»Sie haben eine merkwürdige Art, jemanden um einen Gefallen zu bitten.«

»Dies hier ist ein Wohltätigkeitsessen mit formeller Einladung, Mr. Pitt. Sie passen nicht zu meinen übrigen Gästen. Wir können für morgen einen Termin vereinbaren.«

Pitt entschied, daß sein Ärger ihm nichts einbrachte, deshalb beherrschte er sich. »Was hat Ihr Mann eigentlich vorgehabt, bevor er verschwand?« fragte er abrupt.

»Er suchte nach dem Schatz von Eldorado«, antwortete sie und warf einen nervösen Blick in die Runde ihrer Gäste. »Er glaubte, daß er ihn auf einem gesunkenen Schiff mit Namen *Cyclop* finden könnte.«

Bevor Pitt darauf antworten konnte, tauchte Angelo, der kubanische Chauffeur, auf.

»Auf Wiedersehen, Mr. Pitt«, sagte Jessie, wandte sich ab und begrüßte ein neues Paar.

Pitt zuckte mit den Achseln und bot Angelo seinen Arm an. »Machen wir's ganz offiziell. Sie führen mich hinaus.« Dann wandte er sich noch einmal an Jessie. »Noch etwas, Mrs. LeBaron. Eine schlechte Behandlung macht auf mich keinen besonderen Eindruck. Sie brauchen sich nicht die Mühe zu machen, sich noch einmal bei mir zu melden, nie wieder.«

Dann erlaubte Pitt Angelo, ihn zu seinem Daimler zu eskortieren. Jessie sah dem Wagen noch nach, als er zum Tor hinunter verschwand. Dann mischte sie sich unter ihre Gäste.

Douglas Oates, der Außenminister, unterbrach sein Gespräch mit Daniel Fawcett, dem Stabschef des Weißen Hauses, als sie sich ihnen näherte.

»Ein großartiges Fest, Jessie.«

»Wirklich«, fiel Fawcett sofort mit ein. »Niemand sonst in Washington kann eine Party so gut arrangieren.«

Jessies Augen leuchteten auf. Ein warmes Lächeln erschien auf ihren vollen Lippen. »Ich danke Ihnen, Gentlemen.«

Oates nickte zur Tür. »Habe ich Halluzinationen, oder war das da gerade Dirk Pitt, den man hinausgeworfen hat?«

Jessie sah Oates verständnislos an. »Sie kennen ihn?« fragte sie überrascht.

»Natürlich. Pitt ist der zweite Mann bei der NUMA. Er ist der Bursche, der für das Verteidigungsministerium die Titanic gehoben hat.«

»Und er hat damals in Louisiana dem Präsidenten das Leben gerettet«, fügte Fawcett hinzu.

Jessie erbleichte deutlich. »Davon hatte ich keine Ahnung.«

»Ich hoffe, Sie haben ihn nicht verärgert«, sagte Oates.

»Vielleicht war ich ein wenig zu abweisend«, räumte sie ein.

»Haben Sie an den Bohrrechten vor der Küste von San Diego kein Interesse mehr?«

»Doch. Unsere geologischen Untersuchungen deuten auf ein riesiges Ölfeld hin. Eine unserer Gesellschaften hat einen heißen Draht zu den Behörden wegen der Bohrrechte. Warum fragen Sie?«

»Wissen Sie, wer dem Senatsausschuß vorsteht, der über Förderrechte auf Regierungsland entscheidet?«

»Natürlich, das ist . . .«

Jessies Stimme brach ab, und sie verlor deutlich ihre selbstsichere Haltung.

»Dirks Vater«, beendete Oates ihren Satz. »Senator George Pitt aus Kalifornien. Ohne seine Unterstützung und den Segen der NUMA in Fragen des Umweltschutzes haben Sie keine Chance, an diese Bohrrechte zu kommen.«

»Es könnte sein«, meinte Fawcett sardonisch, »daß Ihr heißer Draht gerade gerissen ist.«

9

Dreißig Minuten später fuhr Pitt seinen Daimler auf die reservierte Parkfläche vor dem hohen, mit Solarzellen verkleideten Gebäude, in dem das Hauptquartier der NUMA untergebracht war. Er trug sich im Wachbuch des Sicherheitsdienstes ein und fuhr mit dem Aufzug in das 10. Stockwerk. Als die Aufzugtür sich öffnete, trat er in ein riesiges, elektronisches Labyrinth, das von den Informations- und Kommunikationseinrichtungen der Marine Agency gebildet wurde.

Hiram Yaeger sah lächelnd von seinem hufeisenförmigen Tisch auf, dessen Oberfläche völlig unter einem Gewirr von Computerbauteilen verschwunden war. »Hallo, Dirk. Bist du nicht ein wenig overdressed für eine Arbeitsnacht?«

»Die Gastgeberin der Party fand, daß man mich besser hinauswerfen sollte, und ließ mich über Bord befördern.«

»Jemand, den ich kenne?«

Pitt erwiderte das Grinsen. Er betrachtete Yaeger einen Augenblick und stellte wieder einmal fest, daß sich an dem Computer-Wunderknaben seit den frühen Siebzigern nichts verändert haben konnte. Er trug das blonde Haar lang wie in den Hippietagen, sein Bart war ungestutzt und kräuselte sich wirr. Jeansjacke und Cowboystiefel gehörten zu seiner Standard-Arbeitskleidung.

Pitt meinte: »Ich kann mir nicht vorstellen, daß Jessie LeBaron und du in den gleichen gesellschaftlichen Kreisen verkehrt.«

Yaeger stieß einen leisen Pfiff aus. »Jessie LeBaron hat dich rausgeschmissen? Mann, du bist wirklich ein Held der Unterdrückten und Zukurzgekommenen.«

»Hast du Lust an einer kleinen Ermittlung?«

»Über sie?«

»Über ihn.«

»Ihren Mann? Der, der umgekommen ist?«

»Raymond LeBaron.«

»Wieder so eine Nacht-und-Nebel-Aktion?«

»Du kannst es nennen, wie du willst.«

»Dirk«, sagte Yaeger und schielte über die Ränder seiner Trotzki-Brille, »du bist ein neugieriger Mistkerl. Aber ich mag dich trotzdem. Ich soll hier ein einmaliges Computer-Netzwerk zusammenbauen, mit dem wir die gesamten Daten über die Weltmeere zugänglich und auswertbar machen können, aber jedesmal, wenn ich mich an die Arbeit machen will, tauchst du auf und mißbrauchst mich für deine dunklen Zwecke. Wohin soll das nur führen? Na gut, ich habe eben einen genauso schlechten Charakter wie du. Wie tief soll ich denn graben?«

»Bis auf den Grund seiner Vergangenheit. Woher kam er? Was war die Grundlage seines Finanzimperiums?«

»Raymond LeBaron galt als sehr zurückhaltend, wenn es um sein Privatleben ging. Er scheint die Spuren seiner Herkunft gut verwischt zu haben.«

»Das kann doch für ein Genie wie dich kein großes Problem sein. Außerdem brauche ich auch noch was.«

»Na, dann schieß los.«

»Ein Schiff mit dem Namen *Cyclop*. Kannst du mir etwas über seine Geschichte besorgen?«

»Im Handumdrehen. Sonst noch was?«

»Das sollte erst mal reichen«, antwortete Pitt.

Yaeger starrte ihn an. »Was hast du denn diesmal vor, alter Kumpel? Ich kann mir nicht vorstellen, daß du hinter den LeBarons her bist, nur weil die Dame dich rausgeworfen hat. Schau mich an, was meinst du, wo sie mich schon alles rausgeworfen haben? Aber mir macht das gar nichts.«

Pitt lachte. »Nein, ich will keine Rache, ich bin nur neugierig. Jessie LeBaron hat etwas gesagt, das mir sehr merkwürdig im Zusammenhang mit dem Verschwinden ihres Gatten vorkommt.«

»Ich hab' in der Zeitung davon gelesen. Du warst wieder mal der Held der Stunde, jedenfalls wurde das in einigen Nebensätzen erwähnt. Du hast den Zeppelin mit deinem alten Palmentrick gerettet. Worum geht es denn eigentlich?«

»Sie behauptet, daß ihr Mann nicht unter den Toten war, die ich in der Gondel gefunden habe.«

»Das macht aber nicht viel Sinn. Wenn der alte LeBaron mit seinem Gasbeutel losgeflogen ist, spricht ja wohl einiges dafür, daß er auch bei der Rückkehr noch an Bord war.«

»Nicht, wenn man der trauernden Witwe glauben darf.«

»Meinst du, sie hat besondere Gründe, etwa wegen der Versicherung oder der Firmenleitung?«

»Vielleicht, vielleicht auch nicht. Aber es gibt eine gute Chance, daß wir sowieso noch mit dem Fall zu tun bekommen werden, schließlich ist es über dem Wasser passiert, und es könnte jemand auf die Idee kommen, die NUMA für die Ermittlungen heranzuziehen.«

»Und dafür wären wir dann schon einmal gut vorbereitet.«

»So in etwa.«

»Was hat die *Cyclop* mit der ganzen Sache zu tun?«

»Sie hat mir erzählt, daß LeBaron auf der Suche nach dem Wrack war, bevor er verschwand.«

Hiram Yaeger stand auf. »Okay, an die Arbeit. Während ich ein Suchprogramm zusammenstelle, kannst du dir schon mal ansehen, was wir über das Schiff in unseren Archiven haben.«

Er führte Pitt zu einem großen Monitor am anderen Ende des Raumes und bat ihn, in einem Stuhl vor einem Computer-Keyboard Platz zu nehmen. Dann beugte er sich über Pitt hinweg und gab einige Kommandos auf der Tastatur ein.

»Wir haben dieses neue System in der letzten Woche eingebaut. Dieser Terminal ist mit einem Stimmensynthesizer verbunden.«

»Ein sprechender Computer«, sagte Pitt.

»Ja, die Stimme klingt noch ein wenig merkwürdig, so etwa wie bei diesem Hal, dem Computer in dem Film ›2001‹. Aber daran wirst du dich gewöhnen. Die Anlage kann über zehntausend verbale Befehle verarbeiten und entsprechende Antworten geben, die einer wirklichen Unterhaltung sehr nahekommen. Wir nennen sie übrigens Hope – die Hoffnung –, weil wir hoffen, daß sie immer die richtigen Antworten parat hat.«

»Wie lustig.«

»Ich bin drüben bei der Haupteingabe, falls du meine Hilfe brauchst. Du kannst mich mit dem Telefon auf Anschluß 47 erreichen.«

Pitt freundete sich schnell mit Hope an. Aber leider war das Material über die *Cyclop* nicht sehr aussagekräftig. Es gab eine Menge Unterlagen über die Herkunft des Schiffes, seine Besatzung, seine Bauweise und seine Ladung. Auch alle Fahrten waren verzeichnet. Hope projizierte ein historisches Foto der *Cyclop* auf den Bildschirm. Aber es gab keinerlei Hinweise auf den Schatz von Eldorado. Langsam begann Pitt, sich schläfrig zu fühlen. Es war ein langer Tag gewesen. Er rief Yaeger an und bat ihn um eine Tasse Kaffee.

»Na, wie kommst du mit Hope zurecht?«

»Es kommt mir schon so vor, als wäre sie eine reale Person«, sagte Pitt.

»Solange du nicht anfängst, dir ihre nicht existierenden Formen leibhaftig vorzustellen, ist es noch nicht so schlimm.«

»In diesem Stadium bin ich noch nicht.«

»Sie zu kennen heißt, sie zu lieben.«

»Wie kommst du bei LeBaron weiter?«

»Was ich befürchtet habe«, meinte Yaeger. »Er hat seine Vergangenheit sehr geschickt kaschiert. Alle biographischen Daten werden erst nach seinem Auftritt als Wallstreet-Genie konkret.«

»Irgend etwas von Interesse?«

»Nicht wirklich. Er kam aus einer nicht gerade einflußreich zu nennenden Familie. Seinem Vater gehörte eine Kette von Eisenwarenläden. Ich habe so den Eindruck, daß Raymond mit seinem Vater nicht gut klarkam. In seinen ganzen offiziellen Biographien wird seine Familie überhaupt nicht erwähnt.«

»Hast du herausgefunden, womit er seinen ersten finanziellen Durchbruch hatte?«

»Gerade da wird es seltsam vage. Er und ein Partner

namens Kronberg leiteten in den fünfziger Jahren eine Bergungsgesellschaft. Es scheint, daß sie sich eine Zeitlang mit Wrack-Bergungen abgequält haben, dann aber pleite gingen. Zwei Jahre später hat Raymond dann mit dem Magazin *Prosperteer* seinen großen Durchbruch gehabt.«

»Gibt es Hinweise, wer ihn am Anfang finanziert hat?«

»Nicht die geringsten«, versicherte Yaeger. »Übrigens, Jessie ist seine zweite Frau. Die erste hieß Hillary. Sie starb vor ein paar Jahren. Über sie gibt es überhaupt keine Angaben.«

»Such weiter.«

Pitt legte auf, als Hope sich meldete: »Ich habe jetzt auch die Daten über die letzte Reise der *Cyclop* zusammen: Sie stach am 16. Februar 1918 von Rio de Janeiro aus mit dem Ziel Baltimore, Maryland, in See. An Bord befanden sich die reguläre Mannschaft von fünfzehn Offizieren und zweihunderteinunddreißig Mannschaften, dazu siebenundfünfzig Männer vom Kreuzer *Pittsburgh*, die zur Norfolk Marine-Basis zurückgebracht wurden, fünf Strafgefangene, außerdem der amerikanische Generalkonsul von Rio, Alfred L. Moreau Gottschalk, der nach Washington zurückkehren wollte. Die Ladung bestand aus elftausend Tonnen Mangan-Erz. Willst du Einzelheiten über die Fahrt hören?«

Pitt ertappte sich dabei, daß er tatsächlich schon glaubte, mit einer Person zu reden. »Natürlich, schieß los.«

»Nachdem das Schiff im Hafen von Bahia Post an Bord genommen hatte, unterbrach es seine Reise am 4. März außerplanmäßig in Carlisle Bay auf der Insel Barbados. Dort lud Worley zusätzlichen Proviant und Kohle. Er behauptete, sie seien für die Reise nach Baltimore notwendig, aber im Nachhinein wirkt das doch sehr merkwürdig. Nachdem das Schiff vermißt wurde, berichtete der amerikanische Konsul aus Barbados von beunruhigenden Gerüchten über Worleys Schiff, die von einer möglichen Meuterei und merkwürdigen Vorgängen an Bord erzählten. Das letzte, was irgend jemand von der *Cyclop* gesehen hat, war, daß sie am 4. März 1918 in Barbados den Anker lichtete.«

»Gab es danach keinerlei Kontakte mehr?« fragte Pitt.

»Vierundzwanzig Stunden später meldete ein Frachter namens *Crogan Castle*, daß er leckgeschlagen worden sei. Sein Funk-Notruf wurde von der *Cyclop* beantwortet. Ihre letzten Worte waren die Botschaft: ›Sind fünfzig Meilen südlich von euch und kommen unter Volldampf.‹«

»Sonst nichts?«

»Das war's.«

»Hat die *Crogan Castle* ihre Position angegeben?«

»Ja, ich kann sie dir ausdrucken. Das ist wahrscheinlich praktischer.«

»Und es sind nie Wrackteile der *Cyclop* gefunden worden?«

»Auch eine gründliche Suche der Navy hat nicht das geringste ergeben.«

Pitt hielt kurz inne, als Yaeger neben ihm auftauchte und ihm eine Tasse Kaffee auf die Konsole stellte. Er nahm einen Schluck und bat Hope dann, ihm noch einmal das Foto der *Cyclop* zu zeigen. Wieder erschien das Schiff auf dem Bildschirm, und Pitt starrte es lange nachdenklich an. Schließlich griff er zum Telefon, wählte und wartete. Die Digitaluhr am Monitor zeigte fünf Minuten vor Mitternacht, aber die Stimme am anderen Ende der Leitung klang vergnügt und ausgeschlafen.

»Dirk!« jubelte Dr. Raphael O'Meara. »Was, zum Teufel, hast du auf dem Herzen? Du hast mich grade rechtzeitig erwischt. Erst heute morgen bin ich von einer Ausgrabung in Costa Rica zurückgekommen.«

»Hast du wieder eine Lastwagenfuhre Tonscherben ausgebuddelt?«

»Nur die bisher reichsten Funde präkolumbianischer Kunst. Erstaunliche Stücke, einige davon stammen aus dem vierten Jahrhundert vor Christi Geburt.«

»Zu schade, daß du sie nicht behalten darfst.«

»Alle meine Funde gehen an das Museo Nacional de Costa Rica.«

»Was bist du doch für ein großzügiger Mann, Raphael.«

»Ich schenk' sie ihnen nicht, Dirk. Sie gehören der Regierung des Landes sowieso, schließlich finanziert sie ja auch meine Ausgrabungen. Aber ich will dich nicht mit solchen Dingen langweilen. Was verschafft mir das Vergnügen deines Anrufs?«

»Ich brauche deinen Expertenrat bei einer Schatzsuche.«

»Du weißt natürlich«, meinte O'Meara und wechselte zu einem etwas ernsteren Ton, »daß Schatzsuche ein ausgesprochen unseriöses Wort für einen Archäologen ist.«

»Na, wir tragen alle unseren Albatros«, erwiderte Pitt. »Kannst du dich mit mir auf einen Drink treffen?«

»Jetzt? Weißt du, wieviel Uhr es ist?«

»Ich weiß nun einmal zufällig, was für eine Nachteule du bist. Mach dir keine großen Umstände. Sag mir eine gemütliche Bar, die nicht weit von dir liegt.«

»Wie wäre es mit dem Old Angler's Inn am Mac Arthur Boulevard? Sagen wir, in einer halben Stunde.«

»Klingt gut.«

»Kannst du mir denn wenigstens sagen, für welche Schätze du dich interessierst?«

»Na, für die, von denen bisher jeder geträumt hat.«

»Oh? Und welche sind das?«

»Erzähl' ich dir, wenn wir unsere Drinks vor uns stehen haben.«

Pitt legte auf und starrte noch einmal die *Cyclop* an. Eine unheimliche Einsamkeit umgab dieses Schiff, besonders auf dem Foto, das erstaunlicherweise kein einziges Besatzungsmitglied zeigte. Er kam nicht darum herum, sich zu fragen, was für finstere Geheimnisse sie wohl mit in ihr nasses Grab genommen hatte.

»Kann ich dir noch mit weiteren Daten helfen?« erkundigte sich Hope freundlich und unterbrach Dirks düstere Betrachtung. »Oder du kannst mich jetzt abschalten, das spart nämlich Energie.«

»Ich glaube, für heute reicht es«, antwortete er. »Vielen Dank, Hope. Ich wünschte, ich könnte dir einen großen Kuß geben.«

»Ich bin dir sehr dankbar für dieses Kompliment, Dirk. Aber ich bin leider nicht in der Lage, einen Kuß entgegenzunehmen.«

»Trotzdem bist du für mich ein wahrer Schatz.«

»Schau nur vorbei und benutze mich, wann immer dir danach ist.«

Pitt lachte. »Gute Nacht, Hope.«

»Gute Nacht, Dirk.«

10

»Jack Daniels pur«, bestellte Raphael O'Meara vergnügt. »Einen doppelten, bitte. Ist die beste Medizin, die ich mir gegen diesen verrotteten Dschungelmief vorstellen kann.«

»Wie lange warst du denn in Costa Rica?« fragte Pitt.

»Drei Monate. Es hat die ganze Zeit geregnet.«

»Ich nehme einen Gin on the rocks«, sagte Pitt zu der Bardame.

»Du hast also vor, dich den neuen Freibeutern der Meere anzuschließen«, meinte O'Meara durch seinen dichten Vollbart, aus dem nur die Nase hervorragte. »Dirk Pitt – der Schatzjäger. Ich hätte nie gedacht, daß ich das erleben würde.«

»Mein Interesse ist rein akademisch.«

»Sicher, das sagen sie alle. Glaube mir, vergiß die ganze Sache. Bei Unterwasser-Schatzsuchen ist mehr an Reichtümern verschwendet worden, als man dort jemals gefunden hat. Die Zahl der glücklichen Entdeckungen, mit denen man in den letzten achtzig Jahren etwas verdient hat, kann ich an allen fünf Fingern abzählen. Das Abenteuer, die Aufregung, die Reichtümer, alles Blödsinn und falsche Legenden.«

»Ganz deiner Meinung.«

O'Meara zog die dichten Augenbrauen zusammen. »Was willst du denn dann von mir wissen?«

»Kennst du den alten Raymond LeBaron?«

»Das Finanzgenie hinter dem Magazin *Prosperteer*?«

»Genau den. Er ist vor ein paar Tagen auf einem Zeppelinflug irgendwo in der Karibik verschwunden.«

»Wie kann man mit einem Zeppelin verschwinden?«

»Irgendwie hat er das geschafft. Du mußt doch davon gehört oder gelesen haben!«

O'Meara schüttelte den Kopf. »Ich habe in den letzten neunzig Tagen weder Fernsehen geschaut noch Zeitung gelesen.« Die Drinks kamen, und Pitt erzählte kurz von dem geheimnisvollen Verschwinden des Finanzmagnaten. Das Lokal leerte sich schon langsam, und bald hatten die beiden die Bar für sich alleine.

»Und du denkst also, LeBaron flog mit diesem alten Luftschiff durch die Gegend, um nach einem Wrack, das bis an die Reling mit Schätzen beladen war, zu suchen?«

»Nach Aussage seiner Frau Jessie muß es so gewesen sein.«

»Was für ein Schiff suchte er denn?«

»Die *Cyclop*.«

»Ich habe von der *Cyclop* gehört. Ein Frachter der Navy, der vor einundsiebzig Jahren spurlos verschwand. Aber von irgendwelchen Schätzen an Bord ist mir nichts zu Ohren gekommen.«

»LeBaron offenbar schon.«

»Was für Reichtümer sollen es denn sein?«

»Der Schatz von Eldorado.«

»Du willst mich auf den Arm nehmen.«

»Ich wiederhole nur, was man mir erzählt hat.«

O'Meara wurde einen Augenblick lang still. Seine Augen bekamen einen abwesenden Glanz. »*El hombre dorado*«, sagte er schließlich. »Spanisch: der goldene Mann oder der Vergoldete. Die Legende, manche nennen es auch einen Fluch, hat die Phantasie schon seit über vierhundertfünfzig Jahren beflügelt.«

»Und ist hinter dieser Legende das berühmte Körnchen Wahrheit?« wollte Pitt wissen.

»Jede Legende hat irgendwo eine Wahrheit, aber wie bei allen Überlieferungen ist sie inzwischen unter Märchen und Übertreibungen begraben. Eldorado hat wahrscheinlich die längste Schatzsuche der Geschichte inspiriert. Tausende von Männern sind auf der Suche nach einem Bruchteil des Schatzes umgekommen.«

»Erzähl mir, was der Ursprung dieser Geschichte ist.« Ihre Gläser wurden nachgefüllt. O'Meara nahm zunächst einen tiefen Schluck, dann machte der Archäologe es sich bequem und ließ den Blick in eine andere Zeit schweifen.

»Die spanischen Konquistadoren waren die ersten, die von dem goldenen Mann hörten, der ein unglaublich reiches Land irgendwo in den Bergdschungeln im Osten der Anden regieren sollte. Die Gerüchte sprachen von einer verborgenen Stadt aus Gold, deren Straßen mit Edelsteinen gepflastert seien und die von einer wilden Armee schöner Amazonen bewacht wurde. Natürlich waren das alles Übertreibungen. In Wirklichkeit gab es eine Reihe von den sogenannten vergoldeten Männern – eine Erbfolge von Königen, die einen Dämonengott anbeteten, der im kolumbianischen Guatavita-See lebte.

Sobald ein neuer Monarch seine Herrschaft antrat, wurde sein Körper mit Fett eingerieben und dann mit Goldstaub bestreut, so entstand die Geschichte vom goldenen Mann. Man setzte ihn in ein Zeremonienboot, lud es üppig mit allen möglichen Schätzen und Kultgegenständen und ruderte dann in die Mitte des Sees, wo diese Reichtümer dem Gott geopfert wurden, indem man sie ins Wasser warf. An den Namen des Gottes kann ich mich nicht erinnern.«

»Hat man den Schatz jemals gehoben?«

»Bevor die kolumbianische Regierung 1965 die Gegend unter ihren Schutz stellte, gab es mehrere vergebliche Versuche, den See trockenzulegen.«

»Und die goldene Stadt?«

»Wurde nie gefunden«, sagte O'Meara und machte der Bardame ein Zeichen, die nächste Runde zu bringen. »Viele haben nach ihr gesucht und starben. Nikolaus Federmann, Ambrosius Dalfinger, Sebastian de Belalcazar, Gonzalo und Hernan Jiminez de Quesada, sie alle suchten Eldorado, aber sie fanden nur seinen Fluch. Sir Walter Raleigh ging es übrigens genauso. Nach einer vergeblichen Expedition verlor er im wahrsten Sinne den Kopf – auf dem Richtblock. Die legendäre Stadt von Eldorado und der größte Schatz, von dem je berichtet wurde, blieben für immer verschollen.«

»Warte mal einen Augenblick«, unterbrach Pitt. »Der Schatz auf dem Seegrund ist doch nicht verschollen.«

»Aber das sind nur verwitterte Überreste«, erklärte O'Meara. »Der wirklich große Preis, der Haupttreffer, der Schatz am Ende des Regenbogens ist bis heute noch nicht aufgetaucht. Wenn man von zwei Ausnahmen absieht, hat ihn noch nie jemand zu Gesicht bekommen. Die einzigen Beschreibungen, die wir haben, stammen von einem Mönch, der sich 1675 aus dem Dschungel in eine spanische Siedlung am Orinoco schleppte. Bevor er eine Woche später starb, erzählte er von seiner Teilnahme an einer portugiesischen Expedition, die auf der Suche nach Diamantminen war. Von den achtzig Männern war er der einzige Überlebende. Er behauptete, sie wären auf eine verlassene Stadt im Dschungel gestoßen, die von hohen Felsen umgeben sei und von einem Stamm bewacht würde, der sich selbst Zanonas nannte. Die Portugiesen lebten drei Monate in der Stadt, aber sie starben einer nach dem anderen. Zu spät entdeckten sie, daß die Zanonas nicht so freundlich waren, wie es den Anschein hatte, sondern die Gäste einen nach dem anderen vergifteten, um sie dann aufzufressen. Nur dem Mönch gelang die Flucht. Er beschrieb riesige Tempel und Gebäude, fremdartige Inschriften und den legendären Schatz.«

»Einen echten goldenen Mann«, spekulierte Pitt. »Eine Statue?«

»Du bist nah dran«, bestätigte O'Meara. »Verdammt nah, aber du hast dir das falsche Geschlecht vorgestellt.«

»Geschlecht?«

»*La mujer dorada*, die goldene Frau«, erklärte O'Meara. »Oder etwas knapper: *La Dorada*.«

»Hat der Mönch sie beschrieben?«

»In sehr lebendigen Details. Aber ich bezweifle, daß man seiner Geschichte glauben darf. Sie ist nackt, fast ein Meter achtzig groß und steht auf einem Podest aus Rosenquarz. Ihr Körper besteht aus solidem Gold. Mein Gott, sie muß fast eine Tonne wiegen. In ihre Brust eingelassen, dort, wo das Herz liegt, trägt sie einen riesigen Rubin, von dem man annehmen kann, daß er fast zwölfhundert Karat hat.«

»Ich muß gestehen, daß ich da kein Experte bin«, sagte Pitt, »aber ich weiß, daß Rubine zu den wertvollsten Edelsteinen gehören und daß schon einer von dreißig Karat eine Seltenheit ist. Zwölfhundert Karat sind unglaublich.«

»Das ist noch gar nicht alles«, fuhr O'Meara fort. »Der Kopf der Statue besteht aus einem einzigen riesigen Smaragd, tief dunkelgrün und makellos. Ich hab' keine Ahnung, wieviel so etwas wert sein könnte, aber es muß ebenso unvorstellbar sein. Kannst du dir diese Statue unter den Scheinwerfern des Hauptsaales vom Washingtoner Museum für Naturgeschichte vorstellen?« fragte O'Meara träumerisch.

»Ich kann nur versuchen, mir vorzustellen, wieviel man für so etwas auf dem heutigen Markt bekommen könnte.«

»Du kannst mit Sicherheit sagen, sie wäre unbezahlbar.«

»Wer war der andere Mann, der diese Statue sah?« fragte Pitt.

»Colonel Ralph Morehouse Sigler, ein echter englischer Entdecker von altem Schrot und Korn. Als Ingenieur im Dienste der englischen Armee bereiste er das ganze Empire, vermaß die Grenzen und baute Festungen in Afrika und Indien. Außerdem war er ein geologischer Experte und trat überall als Prospektor in Aktion. Er war entweder verdammt gut, oder er hatte verdammt viel Glück, denn er entdeckte große Chromeisenstein-Vorkommen in Südafrika und verschiedene Edelstein-Felder in Indochina. Aber ihm blieb wenig Zeit, seinen Reichtum zu genießen. Der Kaiser marschierte in Frankreich ein, und man entsandte ihn an die Westfront, um Befestigungsanlagen zu bauen.«

»Also kam er nicht vor dem Ende des Ersten Weltkrieges nach Südamerika.«

»Doch, im Sommer 1916 ging er in Georgetown an Land. Offenbar hatte ein besonders eifriger Beamter des britischen Schatzamtes die Idee, Expeditionen auf die Suche nach Goldminen zu schicken, mit denen der Krieg in Europa finanziert werden sollte. Sigler wurde von der Front abberufen und mit Sonderauftrag in das Innere Südamerikas geschickt.«

»Glaubst du, er wußte von dieser Geschichte des Mönchs?« wollte Pitt wissen.

»In seinen Aufzeichnungen und seinem Tagebuch weist nichts darauf hin, daß er an eine versunkene Stadt geglaubt hätte. Dieser Bursche war kein verrückter Schatzjäger. Ihn interessierten nur geologische Formationen, er war Prospektor. Mit archäologischen Schätzen hatte er nichts im Sinn. Hast du auch solchen Hunger, Dirk?«

»Ja, du erinnerst mich daran, daß man mir heute das Abendessen vorenthalten hat.«

»Vielleicht bekommen wir hier noch etwas, wenn wir die Dame hinter der Theke besonders nett bitten.«

O'Meara becircte die Bardame mit seinem Charme und bat sie, noch zwei Krabbencocktails zu servieren.

»Genau das richtige«, freute sich Pitt. »Wo waren wir stehengeblieben?«

»Sigler war kurz davor, *La Dorada* zu entdecken. Nachdem er eine Expedition von zwanzig Männern zusammengestellt hatte, die meisten von ihnen britische Soldaten, machte Sigler sich auf den Weg in die Wildnis. Monatelang hörte man nichts von ihm. Die Engländer ahnten nichts Gutes und schickten mehrere Suchtrupps los, aber man fand keine Spur der Männer. Schließlich stolperte fast zwei Jahre später ein amerikanisches Team, das eine Eisenbahnlinie vermessen sollte, etwa fünfhundert Meilen nordöstlich von Rio de Janeiro über Sigler. Er war allein, der einzige Überlebende.«

»Das klingt nach einer unglaublichen Entfernung, wenn man nur daran denkt, daß er in Georgetown aufgebrochen ist.«

»Fast zweitausend Meilen Luftlinie.«

»In was für einer Verfassung befand er sich denn?«

»Mehr tot als lebendig, wenn man dem Bericht des Ingenieurs glauben darf, der ihn fand. Man trug Sigler zu einem nahe gelegenen Dorf, in dem es ein kleines Krankenhaus gab, und man schickte eine Nachricht zum nächsten amerikanischen Konsulat. Ein paar Wochen später tauchte ein Rettungstrupp aus Rio auf.«

»Amerikaner oder Engländer?«

»Da ist eine merkwürdige Sache passiert«, antwortete O'Meara. »Das britische Konsulat behauptete, es hätte nie etwas von Siglers Auftauchen erfahren. Gerüchte wollen jedoch wissen, der amerikanische Generalkonsul sei selbst aufgetaucht, um den Wiederentdeckten zu befragen. Was immer geschehen ist, Sigler ist kurz darauf für immer verschwunden. Man sagt, er sei aus dem Hospital geflohen und wieder in den Dschungel zurückgelaufen.«

»Es ist aber doch unwahrscheinlich, daß er nach zwei Jahren in der grünen Hölle der Zivilisation gleich wieder den Rücken kehrte«, meinte Pitt.

O'Meara zuckte mit den Achseln. »Wer kann das schon beurteilen?«

»Gab Sigler irgendeinen Bericht ab über die Erlebnisse, die er und seine Begleiter auf der Expedition hatten, bevor er verschwand?«

»Die meiste Zeit muß er im Delirium gelegen haben. Zeugen erzählten später, er habe von einer riesigen Stadt phantasiert, die von steilen Felsen umgeben im Dschungel verborgen sei. Seine Beschreibung paßte allerdings sehr gut zu der des portugiesischen Mönchs. Er zeichnete sogar eine grobe Skizze der goldenen Frau, die von einer Krankenschwester aufgehoben wurde und jetzt in der brasilianischen Nationalbibliothek aufbewahrt wird. Ich sah sie mir mal an, als ich mich dort wegen der Vorstudien zu einem anderen Projekt aufhielt. Die Dame muß schon ein ganz und gar außergewöhnlicher Anblick sein.«

»Aber sie verbirgt sich noch immer im Dschungel?«

»Eigentlich nicht, da wird es spannend«, seufzte O'Meara. »Sigler behauptet, er und seine Männer hätten die Statue gestohlen und sie zwanzig Meilen weit durch den Dschungel zu einem Fluß geschleppt, wobei sie ständig von den Zanona-Indianern angegriffen wurden. Als sie es endlich geschafft hatten, ein Floß zu bauen und *La Dorada* an Bord zu hieven, lebten nur noch drei Männer von der Expedition. Einer davon starb an seinen Verletzungen, und der zweite ging über Bord, als sie durch ein Gebiet mit Stromschnellen rasten.«

Pitt war von O'Mearas Erzählung fasziniert, aber es fiel ihm immer schwerer, die Augen offenzuhalten. »Die Frage, die bleibt, ist: Wo hat Sigler die goldene Frau versteckt?«

»Wenn ich das nur wüßte«, erwiderte O'Meara.

»Gab er denn keinen Hinweis?«

»Die Krankenschwester berichtete, er habe gesagt, das Floß hätte sich in seine Bestandteile aufgelöst und die Statue wäre keine fünfhundert Meter von der Stelle entfernt, wo ihn die Vermessungsleute fanden, in den Fluß gesunken. Aber mach dir keine falschen Hoffnungen. Er hat da nur Unsinn gestammelt. Schatzsucher haben mit Metallsuchgeräten den ganzen Flußlauf jahrelang abgesucht. Vergeblich.«

Pitt ließ die Eiswürfel in seinem Glas kreisen. Er wußte es, er wußte, was Ralph Morehouse Sigler und *La Dorada* widerfahren war.

»Der amerikanische Generalkonsul«, sagte Pitt langsam, »er war also die letzte Person, die Sigler lebend gesehen hat?«

»Das Rätsel wird da noch verworrener, aber soweit es irgend jemand feststellen kann, müßte er es gewesen sein.«

»Laß mich überlegen, ob ich zur Lösung etwas beitragen kann. Das alles fand im Januar oder Februar 1918 statt. Richtig?«

O'Meara nickte und sah Pitt leicht verwundert an.

»Und der Name des Generalkonsuls war Alfred Gottschalk, der ein paar Wochen später auf der *Cyclop* starb. Richtig?«

»Woher weißt du das?« wollte O'Meara mit aufgerissenen Augen wissen.

»Möglicherweise hatte Gottschalk durch Verbindungen zum britischen Konsulat irgend etwas über Siglers Mission erfahren. Als er eine Botschaft der Eisenbahnvermesser erhielt, daß Sigler noch lebte, behielt er sie zunächst für sich und reiste ins Landesinnere, um den Briten vielleicht ein wichtiges Geheimnis vor der Nase wegstehlen zu können – Informationen über wertvolle Funde, die er lieber seiner eigenen Regierung überbringen wollte. Was er dann aber erfuhr, ließ ihn jede Moral endgültig über Bord werfen. Gottschalk entschied sich, den Schatz ganz für sich allein zu behalten. Er entdeckte die goldene Statue im Fluß und schaffte es, sie zusammen mit Sigler unbemerkt nach Rio de Janeiro zu transportieren. Seine Spuren verwischte er, indem er jeden mit Geld bestach, nicht über die Geschichte zu reden, und ich nehme wohl an, daß er die Männer umbringen ließ, die nicht zu bestechen waren. Dann benutzte er seinen Einfluß bei der Navy, um Sigler und *La Dorada* an Bord der *Cyclop* zu schmuggeln. Das Schiff ging verloren, und das Geheimnis verschwand mit ihm.«

In O'Mearas Augen brannte ein Feuer, das nicht allein vom Alkohol stammte. »Also«, sagte er, »das kannst du unmöglich mit Bestimmtheit behaupten.«

»Warum sonst sollte LeBaron nach etwas suchen, von dem er annimmt, daß es *La Dorada* sein könnte?«

»Da hast du ein gutes Argument«, gab O'Meara zu. »Aber es bleibt immer noch eine etwas merkwürdige Frage. Warum hat Gottschalk Sigler nicht einfach umgebracht, nachdem er die Statue gefunden hatte? Warum wollte er den Engländer unbedingt mitschleppen?«

»Ganz einfach. Der Generalkonsul war völlig dem Goldrausch verfallen. Er wollte nicht nur *La Dorada*, sondern auch die ganze goldene Stadt. Sigler war die einzige lebende Person, die ihm weitere Hinweise auf die Lage Eldorados geben konnte.«

»Ich glaube, so könnte es gewesen sein. Ich mag deine Art, Theorien zu entwickeln, Dirk. Das verlangt einfach noch nach einem Drink.«

»Zu spät, die Bar schließt. Ich glaube, jetzt will man uns hier wirklich nicht mehr haben.«

O'Meara spielte den verzweifelten Alkoholiker. »Das ist das Furchtbare an der Zivilisation. Das primitive Leben hat auch seine Vorteile, keine Polizeistunde.« Er nahm den letzten Schluck aus seinem Glas. »Also, wie sehen deine Pläne aus?«

»Nichts Außergewöhnliches«, erklärte Pitt lächelnd. »Ich werde mich daran machen, die *Cyclop* zu finden.«

11

Der Präsident war ein Frühaufsteher. Er wachte gegen sechs Uhr morgens auf und trainierte dann dreißig Minuten, bevor er duschte und ein leichtes Frühstück zu sich nahm. Sein morgendliches Ritual hatte sich schon kurz nach der Hochzeitsreise entwickelt, denn er liebte es, morgens eine ruhige Stunde zu haben. Seine Frau war eine Langschläferin, und sie schaffte es nie, vor halb acht Uhr aufzustehen.

An diesem Morgen wartete im Gymnastikraum unter dem Westflügel des Weißen Hauses bereits ein Mann auf ihn. Der Mann war ziemlich fett und lag auf einer Bank unter schweren Gewichten, die er stemmte und dabei stöhnte wie eine Frau im Kindbett. Der Schweiß lief ihm über die Stirn unter den dichten, weißen Haaren, die recht kurz geschnitten waren. Sein Bauch ragte hoch auf – riesig und behaart, die Arme und Beine standen wie knochige Äste von seinem Leib ab. Er erinnerte an einen Jahrmarkt-Ringer, der seine besten Jahre lange hinter sich hatte.

»Guten Morgen, Ira«, sagte der Präsident. »Ich freue mich, daß du es geschafft hast.«

Der dicke Mann setzte das Gewicht ab und hängte es an einen Haken über seinem Kopf, erhob sich von der Bank und drückte dem Präsidenten die Hand. »Schön dich zu sehen, Vince.«

Der Präsident lächelte. Keine Verbeugungen, keine Kratzfüße, keine Grüße an »Mr. Präsident«. Der alte, stoische Ira Hagen, freute er sich. Der kauzige alte Geheimagent hat noch nie vor jemandem Respekt gehabt.

»Ich hoffe, es macht dir nichts aus, dich so mit mir zu treffen.«

Hagen stieß ein heiseres Gelächter aus, das von den Wänden des Gymnastikraums widerhallte. »Ich bin schon an erheblich schlimmere Plätze für neue Aufträge bestellt worden.«

»Was macht das Restaurant?«

»Wirft einen hübschen Profit ab, seit wir die europäische Spitzenküche durch eine amerikanische Hausmannskost ersetzt haben. Jetzt haben wir nur noch fünf Hauptgänge, die es in keinem anderen der Spitzenrestaurants gibt: Schinken, Huhn, Fischkasserolle, Stew und Braten.«

»Da hast du wahrscheinlich eine Goldmine gefunden«, stimmte der Präsident zu. »Ich habe keinen vernünftigen Braten mehr auf dem Teller gehabt, seit ich ein Kind war.«

»Unsere Gäste sind richtig wild danach, besonders weil wir die intime Atmosphäre und den guten Service beibehalten haben. Meine Ober tragen noch immer alle Smokings, auf jedem Tisch stehen Kerzen, das ganze Essen wird sehr europäisch präsentiert. Aber das Schönste daran ist, daß die Leute sogar schneller essen, weil es ihnen so gut schmeckt, so daß wir die Tische viel schneller freibekommen.«

»Und ihr könnt jetzt beim Essen wenigstens die Kosten reinbekommen, während ihr beim Wein und den Spirituosen einen anständigen Profit macht, richtig?«

Hagen lachte wieder. »Vince, du bist in Ordnung. Mir ist

egal, was die Zeitungen über dich schreiben, solltest du mal als Politiker arbeitslos werden, dann machen wir zusammen eine Restaurantkette auf.«

»Vermißt du eigentlich die Arbeit als Ermittler für das Justizministerium, Ira?«

»Manchmal schon.«

»Du warst der beste Geheimagent, an den das Ministerium jemals Aufträge vergeben hat, bis Martha starb jedenfalls.«

Der Präsident senkte den Blick.

»Für die Regierung Beweise über das Verbrechen zu sammeln schien mir damals einfach nicht mehr interessant zu sein. Ich hatte schließlich drei Töchter, deine Nichten, um die ich mich kümmern mußte, und dieser Job hat mich ja wochenlang von zu Hause ferngehalten.«

»Den Mädchen geht es gut?«

»Ganz ausgezeichnet. Sie sind inzwischen alle wirklich glücklich verheiratet und haben mir schon fünf Enkel geschenkt.«

»Ein Jammer, daß Martha sie nicht mehr sehen kann. Von meinen sechs Geschwistern war sie mir immer die liebste.«

»Aber du hast mich nicht von Denver in einem Air-Force-Jet kommen lassen, um über alte Zeiten zu reden«, mutmaßte Hagen. »Was liegt an?«

»Weißt du noch, wie man Nachforschungen anstellt?«

»Hast du vergessen, wie man Fahrrad fährt?«

Jetzt konnte der Präsident sich ein Lachen leisten. »Wenn man dumm fragt . . .«

»Meine Reflexe sind natürlich nicht mehr so schnell, aber die kleinen grauen Zellen funktionieren noch zu hundert Prozent.«

Der Präsident warf seinem Schwager eine Aktenmappe zu. »Schau dir das mal an, während ich ein paar Meilen in meiner Tretmühle laufe.«

Hagen wischte sich mit einem Handtuch den Schweiß von der Stirn und setzte sich auf das Trainingsfahrrad, dessen Gestell sich unter seinem Gewicht ein wenig bog. Er öffnete die Mappe und hörte nicht auf zu lesen, bis der Präsident die ersten beiden Meilen gelaufen war.

»Was hältst du davon?« fragte der Präsident schließlich.

Hagen zuckte mit den Achseln und las weiter. »Würde einen guten Pilotfilm für eine TV-Serie abgeben. Versteckte Finanztransaktionen, ein undurchdringlicher Sicherheitsschirm, verschwörerische Aktionen von ungeheurem Umfang, eine geheime Mondstation. Ich glaube, H. G. Wells hätte seine helle Freude an so etwas.«

»Glaubst du, das Ganze ist ein übler Scherz?«

»Sagen wir: Ich würde es gern glauben. Welchem patriotischen Steuerzahler wäre bei so was nicht unheimlich? Unsere ganzen Sicherheitsdienste sehen nach dieser Lektüre aus, als hätten sie die letzten zwanzig Jahre verschlafen. Aber wenn es ein übler Scherz ist, was könnte das Motiv sein?«

»Wenn man nicht die Regierung in größtem Ausmaße lächerlich machen will, kann ich mir nichts vorstellen.«

»Laß mich erst zu Ende lesen. Die letzten Seiten sind in Kurzschrift.«

»Meine Aufzeichnungen des Gespräches auf dem Golfplatz. Tut mir leid, daß es so hingekritzelt ist, aber ich kann einfach nicht vernünftig Schreibmaschine schreiben.«

Hagen starrte ihn nachdenklich an. »Du hast niemandem davon erzählt, nicht einmal dem Sicherheitsrat?«

»Vielleicht bin ich ja paranoid, aber dieser ›Joe‹ ist einfach durch den Sicherheitskordon meiner persönlichen Leibwache geschlüpft wie ein Fuchs in einen Hühnerstall. Und er behauptete, daß einige wichtige Mitglieder dieser obskuren Organisation in der NASA und im Pentagon in einflußreichsten Stellen arbeiten würden. Ich habe das Gefühl, daß er längst auch Leute im Stab des Weißen Hauses und bei unseren Geheimdiensten zu seinen Männern gemacht hat.«

Hagen studierte den Bericht des Präsidenten genau und blätterte hin und wieder zurück, um ihn mit Daten aus den Jersey-Colony-Unterlagen zu vergleichen. Schließlich wälzte er seinen Körper von dem Fahrrad und hockte sich auf die

Bank. Er sah zum Präsidenten auf. »Diese Foto-Vergrößerung von dem Mann neben dir in dem Golf-Cart, ist das Joe?«

»Ja. Als wir zum Klubhaus zurückkamen, entdeckte ich einen Reporter von der *Washington Post*, der Fotos mit einem Teleskop gemacht hatte. Ich bat ihn, mir eine Vergrößerung zu schicken, weil ich sie meinem Caddy mit einem Autogramm schicken wollte.«

»Gute Idee«, räumte Hagen ein und starrte das Bild intensiv an. »Was willst du jetzt von mir, Vince?«

»Beschaff mir die Namen des *Harten Kerns* dieser Organisation.«

»Sonst nichts? Keine Informationen oder Beweise für das Jersey-Colony-Projekt?«

»Wenn ich weiß, wer sie sind«, sagte der Präsident mit flacher Stimme, »werden wir sie zusammentreiben und befragen. Dann werden wir herausfinden, wie weit ihre Tentakel schon reichen.«

»Meiner Meinung nach sollte man den Burschen Orden verleihen.«

»Vielleicht mach' ich das auch«, erwiderte der Präsident mit kaltem Lächeln. »Aber nicht, bevor ich sie davon abgehalten habe, auf dem Mond den dritten Weltkrieg anzufangen.«

»Du befindest dich also in der typischen Situation eines Präsidenten, der nicht handeln kann. Bei deinen eigenen Leuten kannst du niemandem trauen, also mußt du dir privat einen Mann anheuern, der als dein persönlicher Agent arbeitet.«

»Ja.«

»Wieviel Zeit habe ich?«

»Das russische Raumschiff soll den Mond in neun Tagen erreichen. Ich darf keine Stunde verlieren, wenn ich einen sinnlosen Kampf zwischen ihren Kosmonauten und unseren Mondkolonisten verhindern möchte, aus dem sich schnell ein Konflikt zwischen den Supermächten entwickeln kann. Der *Harte Kern* muß dazu gebracht werden, zurückzustecken. Ich muß sie einfach unter Kontrolle haben, Ira, wenigstens vierundzwanzig Stunden bevor die Russen landen.«

»Acht Tage ist nicht viel, um neun Männer zu finden.«

Der Präsident zuckte hilflos mit den Achseln. »Nichts ist einfach.«

»Eine Urkunde, die beweist, daß du mein Schwager bist, wird mir nicht helfen, die bürokratischen und juristischen Hindernisse zu überwinden. Ich brauche eine konkrete Tarnung.«

»Ich überlasse es ganz dir, da was zu finden. Aber eine Alpha II-Freigabe dürfte dir die meisten Türen öffnen.«

»Nicht schlecht«, sagte Hagen. »Der Vizepräsident hat nur eine Alpha III.«

»Ich gebe dir die Nummer eines abhörsicheren Telefonanschlusses. Du kannst mich Tag und Nacht anrufen. Verstanden?«

»Verstanden.«

»Fragen?«

»Raymond LeBaron, lebt er noch?«

»Das ist unklar. Seine Frau hat glaubwürdig behauptet, die Leiche aus dem Zeppelin sei nicht die ihres Mannes. Sie hatte recht. Ich habe heute FBI-Direktor Sam Emmett gefragt, der die Leichen inzwischen aus dem Dade County in Florida in unser Walter Reed Army Hospital überführt hat, wo sie noch gründlicher untersucht werden.«

»Kann ich den Bericht des Gerichtsmediziners aus Florida sehen?«

Der Präsident schüttelte verwundert den Kopf. »Du läßt auch nichts aus, was, Ira?«

»Zweifellos gibt es einen solchen Bericht.«

»Ich sorge dafür, daß du eine Kopie bekommst.«

»Und eine von den Laborresultaten aus dem Walter Reed.«

»Die auch.«

Hagen stopfte die Unterlagen zurück in die Aktenmappe, aber er behielt das Foto vom Golfplatz in der Hand. Er studierte noch einmal sorgfältig das Gesicht darauf. »Du bist dir darüber im klaren, daß wir Raymond LeBaron möglicherweise nie mehr finden.«

»Ich nehme an, daß man davon ausgehen muß.«

»Neun kleine Negerlein. Und dann waren es nur noch acht . . . macht eigentlich sieben.«

»Sieben?«

Hagen hob das Foto hoch und hielt es dem Präsidenten unter die Nase. »Erkennst du ihn nicht?«

»Eindeutig nicht. Aber er sprach davon, daß wir uns vor vielen Jahren schon einmal gesehen hätten.«

»Unsere Baseballmannschaft an der High School. Du hast damals mit mir zusammen in einem Team gespielt, und Leonard Hudson war unser Fänger.«

»Hudson!« Der Präsident schnappte ungläubig nach Luft. »Joe ist Leo Hudson. Aber Leo war doch so dick! Er wog mindestens zweihundert Pfund.«

»Er wurde später ein Gesundheitsfreak. Hat sich fast sechzig Pfund abgehungert und lief eine Zeitlang sogar Marathonrennen. Du hast dich niemals sehr um die alte Truppe gekümmert. Aber ich habe sie immer aus Sentimentalität ein wenig im Auge behalten. Weißt du nicht mehr? Leo war das Genie der Schule. Er hat alle möglichen Preise für seine wissenschaftlichen Projekte gewonnen. Später hat er mit Auszeichnungen in Stanford seinen Abschluß gemacht und wurde dann Direktor des Harvey Pattenden National Physics Laboratory in Oregon. Hat bei der Entwicklung von Raketen und Weltraumeinrichtungen Pionierarbeit geleistet.«

»Schaff ihn mir her, Ira. Hudson muß der Schlüssel zu den anderen sein.«

»Da werd' ich eine Schaufel brauchen.«

»Willst du damit sagen, daß er begraben ist?«

»Tot und begraben.«

»Wann?«

»Irgendwann 1965, da hat es ihn bei einem Unfall mit einer Privatmaschine erwischt. Sie stürzte in den Columbia River.«

»Aber wer ist dann Joe?«

»Leonard Hudson.«

»Aber du hast doch gesagt...«

»Seine Leiche wurde nie gefunden. Paßt doch, oder?«

»Er hat seinen Tod vorgetäuscht«, murmelte der Präsident, als habe er gerade eine Offenbarung gehabt. »Dieser Hundesohn hat seinen Tod inszeniert, damit er unerkannt bei der Jersey Colony seine Ziele erreichen konnte.«

»Eine brillante Idee, wenn man darüber nachdenkt. Er brauchte niemandem Rechenschaft abzulegen. Man konnte seinen Namen in keiner Weise mit dem Programm in Verbindung bringen. Und indem er die jeweils für ihn nützlichsten Charaktere annahm, konnte er all seine Fähigkeiten optimal ausnutzen. Eine Nicht-Person kann erheblich mehr erreichen als der übliche Steuerzahler, dessen Name, Geburtsdatum und unangenehme Angewohnheiten in Tausenden von Computern gespeichert sind.«

Es wurde eine Weile still, dann erklärte der Präsident mit grimmiger Entschlossenheit: »Finde ihn mir, Ira. Finde Leonard Hudson, und bringe ihn zu mir, bevor hier der Teufel los ist.«

Außenminister Douglas Oates starrte durch seine Lesebrille auf die letzte Seite des dreißigseitigen Briefes. Er ließ seinen Blick sehr genau über jeden einzelnen Absatz gleiten, so als wolle er zwischen den Zeilen lesen. Schließlich sah er zu seinem Stabssekretär Victor Wykoff auf.

»Also, auf mich wirkt das so, als sei es echt.«

»Unsere Experten sind auch der Ansicht«, bestätigte Wykoff. »Die Semantik, die unzusammenhängenden Sätze, das ganze demagogische Gehabe, alles paßt in das übliche Muster.«

»Also gut, wir können nicht bestreiten, daß es wie Fidel klingt«, sagte Oates geduldig. »Aber es ist ja nicht der Ton des Briefes, der mich erstaunt. Man hat fast den Eindruck, daß er um etwas bettelt.«

»Das glaub' ich nicht. Es ist eher so, als versuche er, uns

in aller Diskretion mitzuteilen, daß es sich um eine äußerst wichtige Sache handelt.«

»Die Konsequenzen seines Vorschlages sind atemberaubend.«

»Mein Stab hat die Sache aus jedem Blickwinkel durchleuchtet«, meinte Wykoff. »Castro hat überhaupt keinen Vorteil, wenn er uns durch eine solche Aktion hinters Licht führt.«

»Sie sagten, daß er ungeheuerliche Anstrengungen unternommen hat, dieses Dokument unauffällig in unsere Hände zu spielen.«

Wykoff nickte. »Es klingt wirklich verrückt, aber die beiden Kuriere, die das Ganze bei unserem CIA-Büro in Miami abgegeben haben, behaupteten, sie hätten sich aus Kuba an Bord eines Zeppelins in die USA geschmuggelt.«

12

Die öden Berge und die harten Schatten der Mondkrater sprangen Anastas Rykow entgegen, als er durch die Doppellinsen des Stereoskops spähte. Unter den Augen des sowjetischen Geophysikers zog die verlassene Mondoberfläche dreidimensional und in lebensechten Farben vorbei. Aus einer Höhe von etwa fünfzig Kilometern aufgenommen, wirkte jedes Detail verblüffend scharf.

Rykow lag mit dem Gesicht nach unten auf einer Art Bahre und beobachtete die Bilder, die unter dem Stereoskop vor seinem Kopf abgerollt wurden. Seine Aufgabe glich der eines Filmdirektors, der seinen Film schnitt, aber die ganze Anlage war komfortabler. Seine Hand lag auf einer schmalen Kontrollschaltung, mit der er die Filmbänder jederzeit stoppen und bestimmte Sektoren vergrößern konnte.

Die Bilder, die er so ausführlich durchsah, stammten von einer hochentwickelten Kamera auf einer der russischen Sonden, die im letzten Jahr den Mond umkreist hatten. Aus den von dieser Sonde übertragenen Daten, die von einem Computer bearbeitet und ergänzt wurden, war ein dreidimensionales Laser-Abbild der Mondoberfläche entstanden, das man dann wieder auf Film belichtet hatte. Rykow nahm die Brille ab und rieb sich die blutunterlaufenen Augen. Er warf einen Blick auf seine Armbanduhr. Es war drei Minuten vor Mitternacht. Seit über neun Tagen analysierte er jetzt schon bis in die Nacht hinein die Täler des Mondes. Er setzte die Brille wieder auf und fuhr sich kurz mit der Hand durch das dichte, ölig-schwarze Haar, wobei ihm zum ersten Mal bewußt wurde, daß er seit Beginn dieses Projekts nicht einmal mehr die Kleider gewechselt hatte.

Entschlossen schüttelte er die Erschöpfung ab und nahm pflichtbewußt wieder seine Arbeit auf, die darin bestand, den geeigneten Landeplatz für die nächste Mondmission zu suchen. Nur noch ein halber Meter der Rolle war übrig, bevor die Übertragung ein geheimnisvolles Ende gefunden hatte. Seine Vorgesetzten hatten Rykow nicht darüber informiert, was die Ursache dieser plötzlichen Unterbrechung gewesen war, aber er nahm an, es müßte sich um eine Störung der Aufnahmeeinrichtung gehandelt haben.

Die Mondoberfläche war hier narbig und verwinkelt wie picklige Haut unter einem Vergrößerungsglas. In Farbe sah sie eher braun als grau aus. Das beständige Bombardement mit Meteoriten hatte einen Krater neben dem anderen entstehen lassen, nicht unähnlich einem Netz von sich ständig kreuzenden Narben.

Fast hätte Rykow es übersehen. Sein Blick blieb an einer merkwürdigen Unebenheit hängen, aber sein erschöpfter Verstand weigerte sich zunächst zu erkennen, was die Augen wahrnahmen. Müde drehte er die Spulen zurück und vergrößerte einen kleinen Vorsprung direkt unter dem steilen Ringwall eines kleinen Kraters. Drei winzige Objekte wurden langsam deutlicher.

Was er sah, war unglaublich. Rykow erhob sich von dem

Stereoskop und holte tief Luft, um den Nebel in seinem Kopf zu vertreiben. Dann sah er noch einmal hin.

Die drei Objekte waren noch immer da, aber es waren keine Steine. Er sah ganz deutlich menschliche Gestalten!!

Rykow war gebannt von dem, was er entdeckt hatte. Dann setzte der Schock ein, und seine Hände begannen zu zittern, sein Magen rebellierte. Er schleppte sich zu seinem Arbeitstisch und schlug einen kleinen Kalender auf, der die Privatnummern der Kommandantur des sowjetischen Weltraumprogramms enthielt. Er verwählte sich zweimal, bevor er endlich die richtige Nummer schaffte.

Der Stimme, die antwortete, hörte man den Wodka an. »Was gibt es?«

»General Maxim Jasenin?«

»Ja, wer spricht da?«

»Wir haben uns noch nie getroffen. Mein Name ist Anastas Rykow. Ich bin Geophysiker am Mondprojekt Kosmos.«

Der Oberbefehlshaber des sowjetischen militärischen Weltraumprogramms ließ keinen Zweifel daran, daß ihn Rykows Eindringen in seine Privatsphäre durchaus irritierte. »Warum, zum Teufel, rufen Sie mich mitten in der Nacht an?«

Rykow begriff erst jetzt, wie weit er seine Grenzen überschritten hatte, aber er konnte nicht mehr zurück. »Beim Analysieren der Bilder, die *Selenos 4* aufgenommen hat, bin ich auf etwas gestoßen. Ich glaube, daß Sie der erste sein sollten, der davon erfährt.«

»Sind Sie betrunken, Rykow?«

»Nein, General. Ich bin völlig nüchtern.«

»Wenn Sie kein totaler Narr sind, dann müßten Sie doch wissen, daß Sie sich in äußerste Schwierigkeiten begeben, wenn Sie Ihre Vorgesetzten in dieser Weise übergehen.«

»Meine Information ist so wichtig, daß ich sie niemandem mitteilen kann, der sich nicht mindestens auf Ihrer Ebene befindet.«

»Schlafen Sie darüber, und morgen kommen Sie sich dann nicht mehr so wichtig vor«, meinte Jasenin. »Ich werde Ihnen den Gefallen tun und die ganze Sache vergessen. Gute Nacht.«

»Warten Sie!« verlangte Rykow und vergaß jede Vorsicht. »Wenn Sie meinen Anruf ignorieren, bleibt mir nichts anderes übrig, als meine Entdeckung direkt an Wladimir Polevoj weiterzugeben.«

Auf Rykows Ankündigung erfolgte eisiges Schweigen. Schließlich meinte Jasenin: »Was bringt Sie auf den Gedanken, der Leiter der Staatssicherheit würde sich mit einem Verrückten abgeben?«

»Wenn er meine Akte überprüft, wird er schnell merken, daß ich ein angesehenes Parteimitglied bin und als Wissenschaftler einen hervorragenden Ruf habe.«

»So?« fragte Jasenin, der langsam neugierig zu werden begann. Er entschied sich, Rykow festzunageln. »Also gut. Ich werde es mir anhören. Was ist also so wichtig, daß es nicht über den vorgeschriebenen Dienstweg vorgebracht werden kann?«

Rykow sprach, so ruhig er konnte: »Ich habe den Beweis dafür, daß sich Menschen auf dem Mond befinden.«

Fünfundvierzig Minuten später betrat General Jasenin die geophysikalische Abteilung des Raumfahrtzentrums. Er war ein großer, kräftiger Mann mit ständig leicht gerötetem Gesicht, die Haare schon etwas grau, die Augen hart und ausdruckslos. Er streckte den Kopf wie ein Raubvogel auf Beutesuche nach vorn.

»Sie sind Rykow?« fragte er ohne jede Begrüßung.

»Ja«, bestätigte Rykow knapp und bestimmt.

Sie starrten sich für einen Augenblick lang an, ohne daß sie auf die Idee kamen, sich die Hand zu reichen. Schließlich räusperte Rykow sich und wies auf die Liege mit dem Stereoskop. »Hier bitte, General«, sagte er. »Legen Sie sich auf das Lederpolster, und schauen Sie durch die Okulare.«

Fast fünf Minuten lang beschäftigte sich der General mit dem Film. Zweimal sah er auf, wandte sich dann aber wieder dem Stereoskop zu. »Kann es sich um keine optische Täuschung handeln?« fragte er schließlich dumpf.

»Nein, Herr General. Was Sie sehen, ist absolut real. Zwei menschliche Gestalten in Schutzanzügen, die mit einem unbekannten Gerät auf die *Selenos 4* zielen.«

Jasenins Verstand konnte noch immer nicht begreifen, was seine Augen gesehen hatten. »Das ist unmöglich. Woher sollten die denn kommen?«

Rykow zuckte hilflos mit den Achseln. »Das weiß ich nicht. Wenn sie keine Astronauten der Vereinigten Staaten sind, dann muß es sich wohl um Außerirdische handeln.«

»An so einen Blödsinn glaube ich einfach nicht.«

»Aber wie sollten die Amerikaner es schaffen, Männer auf den Mond zu schicken, ohne daß unser Geheimdienst oder die Weltpresse irgend etwas davon bemerkt hat?«

»Nehmen wir an, sie ließen ein paar Männer und entsprechendes Material bei ihrem Apollo-Programm zurück. So etwas wäre ja nicht völlig auszuschließen.«

»Die letzte bekannte Mondlandung war *Apollo 17* im Jahre 1972«, erinnerte sich Rykow. »Kein menschliches Wesen kann in der lebensfeindlichen Umgebung des Mondes 17 Jahre ohne jeden Nachschub durchhalten.«

»Aber etwas anderes kann ich mir nicht vorstellen«, beharrte Jasenin. Er studierte noch einmal sehr ausführlich den Fotoausschnitt.

»Ich weiß, wonach Sie suchen, Herr General«, meinte Rykow. »Ich habe mir bereits selbst die ganze Umgebung des Kraters gründlich angesehen, aber nirgendwo läßt sich die Spur eines Raumfahrzeugs entdecken.«

»Vielleicht sind sie über den Wall geklettert?«

»Dann müßten sie fast dreihundert Meter in die Tiefe gesprungen sein.«

»Ich kann mir das einfach nicht erklären«, gab Jasenin ehrlich zu.

»Schauen Sie sich doch das Gerät einmal genau an, mit dem der eine auf die *Selenos 4* deutet. Es scheint sich um eine große Kamera mit einem extrem langen Teleskop zu handeln.«

»Nein«, entgegnete Jasenin. »Da befinden wir uns in meinem Fachgebiet. Das ist keine Kamera, das ist eine Waffe.«

»Ein Laser?«

»Nein, es ist keine so moderne Waffe. Sieht mir mehr nach einer Boden-Luft-Waffe amerikanischer Bauart aus. Eine Lariat 40, würde ich sagen. Mit einer Infrarot-Sucheinrichtung ist sie auf über fünfzehn Kilometer zielgenau bei irdischen Bedingungen, ihre Reichweite ist auf der atmosphärlosen Mondoberfläche wahrscheinlich noch wesentlich größer. Seit etwa sechs Jahren benutzen die NATO-Streitkräfte diese Waffe. Soviel also zur Theorie der außerirdischen Besucher.«

Rykow staunte nicht schlecht. »Jedes Gramm Gewicht ist bei einem Weltraumflug ungeheuer wertvoll. Warum sollte jemand etwas so Schweres und Nutzloses wie einen Raketenwerfer mitschleppen?«

»So nutzlos scheint das Ding für die Männer dort am Krater gar nicht zu sein. Immerhin haben sie offenbar unsere *Selenos 4* damit getroffen.«

Rykow dachte einen Augenblick nach. »Das würde erklären, warum unser Aufnahmegerät eine Minute später versagt hat. Es wurde beschädigt . . .«

»Durch das Geschoß«, beendete Jasenin.

»Wir haben Glück gehabt, daß die Daten alle digitalisiert und zu uns gefunkt wurden, bevor es passierte.«

»Schade, daß die Besatzung weniger Glück gehabt hat.«

Rykow starrte den General an, als wolle er seinen Ohren nicht trauen. »*Selenos 4* war unbemannt.«

Jasenin nahm ein kleines Goldetui aus der Jacke, nahm sich umständlich eine Zigarette und zündete sie mit dem im Etui eingebauten Feuerzeug an. Dann steckte er das Prachtstück zurück in seine Brusttasche.

»Ja, selbstverständlich, *Selenos 4* war unbemannt.«

»Aber Sie sagten doch . . .«

Jasenin lächelte kalt. »Ich sagte gar nichts.«

Die Botschaft kam an. Rykow schätzte seine jetzige Stellung viel zu sehr, um weiter nachzubohren. Er nickte einfach. »Möchten Sie einen Bericht über das, was wir heute Nacht gesehen haben?« erkundigte er sich.

»Das Original, keine Kopien, liegt morgen früh um zehn Uhr auf meinem Schreibtisch, und, Rykow, betrachten Sie das als ein Staatsgeheimnis höchster Stufe.«

»Ich werde mit niemandem darüber sprechen, außer mit Ihnen selbst, General.«

»Sie sind ein zuverlässiger Mann. Die Partei wird das nicht vergessen.«

Jasenin wandte sich noch einmal dem Stereoskop zu, als wolle er sich das Bild der beiden Unbekannten ins Gehirn brennen. »Also hat der legendäre Krieg der Sterne jetzt begonnen«, murmelte er zu sich selbst. »Und die Amerikaner haben den ersten Schlag geführt.«

13

Pitt entschied sich gegen ein Mittagessen und öffnete stattdessen die Schreibtischschublade, in der er Müsli-Riegel aufbewahrte. Während er sich weiter ganz auf die riesige Seekarte konzentrierte, die er auf seinem Tisch ausgebreitet hatte, versuchte er einen Riegel auszuwickeln, ohne ihn völlig zu zerkrümeln. Die Karte zeigte einen großen Teil des alten Bahama-Kanals. Im Süden wurde er vom Archipelago de Camagüey, einer Gruppe kleiner Inselchen vor der kubanischen Küste, begrenzt, im Norden von den Untiefen der Großen Bahama Bank. In die linke Ecke der Karte ragte noch ein Stück der Cay Sal Bank, während am südöstlichen Zipfel noch die Anguilla Cays zu sehen waren.

Schließlich schaffte Pitt es, einen Bissen vom Müsli-Riegel zu nehmen. Gleichzeitig grenzte er mit Zirkel und Bleistift das Gebiet auf der Karte ein, in dem sich die *Cyclop* vor ihrem

Untergang befunden haben mußte. Wenn man die Funkmeldungen der *Crogan Castle* berücksichtigte, ließ sich die Position der *Cyclop* relativ gut eingrenzen. Aber es gab ein Problem. Raymond LeBarons Suchaktion war, nach den Informationen, planlos. Pitt war überzeugt davon, daß jemand wie der Finanzmagnat seine Schatzsuche exzellent vorbereitet haben mußte, also über mindestens die gleichen Informationen wie die NUMA verfügt hatte. Aber nach diesen Berechnungen würde die *Cyclop* etwa in siebenhundert Metern Tiefe liegen. Sie war für jeden Beobachter völlig unsichtbar, es sei denn für einen Schwarm Fische.

Ein U-Boot oder eine Tauchsonde mit Unterwasser-Sonar wären angemessener gewesen als ausgerechnet ein Zeppelin. Außerdem lag das Gebiet, in dem das Wrack aller Wahrscheinlichkeit nach zu finden war, keine zwanzig Seemeilen vor der kubanischen Küste. Kaum eine Gegend, in der es besonders viel Freude gemacht haben könnte, mit einem riesigen Zeppelin zu kreuzen. Castros Kanonenboote hätten sich dieses seltsamen Eindringlings sicherlich schnell angenommen.

In Gedanken versunken knabberte Pitt an seinem Müsli-Riegel, als seine Gegensprechanlage summte. Er schaltete sie ein.

»Ja?«

»Sandecker. Können Sie mal in mein Büro kommen?«

»In fünf Minuten, Admiral.«

»Versuchen Sie es in zwei.«

Admiral James Sandecker war der Direktor der National Underwater and Marine Agency (NUMA). Ein kleiner Mann von Ende Fünfzig, mit einem dünnen, hageren Körper, aber Muskeln hart wie Stahlplatten. Das Bürstenhaar und der Vandyke-Bart schimmerten feuerrot. Sandeckers Karriere in der Marine verdankte er mehr einer sturen Effizienz als besonderen strategischen Fähigkeiten. Zwar erfreute er sich in Washingtoner Gesellschaftskreisen nicht gerade besonderer Beliebtheit, aber die Politiker respektierten ihn wegen seiner organisatorischen Fähigkeiten und seiner Integrität.

Der Admiral begrüßte Pitt nur mit einem knappen Kopfnikken, dann deutete er auf eine Frau, die es sich auf der ledernen Sitzecke bequem gemacht hatte.

»Dirk, darf ich Ihnen Mrs. Jessie LeBaron vorstellen?«

Sie sah auf und lächelte, aber es war ein etwas gezwungenes Lächeln. Pitt verbeugte sich leicht und reichte ihr die Hand.

»Entschuldigen Sie«, sagte er gleichgültig. »Ich habe das Gefühl, daß wir uns schon begegnet sind.«

Sandecker zog die Augenbrauen hoch. »Ist mir da etwas entgangen?«

»Mein Fehler«, erwiderte Jessie. Sie sah Pitt in die Augen und entdeckte nur grünes Eis. »Ich war zu Mr. Pitt gestern abend sehr unhöflich. Ich hoffe, er akzeptiert meine Entschuldigung und vergibt mir meine schlechten Manieren.«

»Sie brauchen es nicht so förmlich zu machen, Mrs. LeBaron. Da wir ja alte Kumpel sind, können Sie mich ruhig Dirk nennen. Was nun das Verzeihen angeht, was wird es mich denn wohl kosten?«

»Ich hatte die Absicht, Sie einzustellen«, antwortete sie und ignorierte seine Bemerkung völlig.

Pitt warf Sandecker einen amüsierten Blick zu. »Merkwürdig, aber ich bin bisher immer davon ausgegangen, daß ich bei der NUMA beschäftigt bin.«

»Admiral Sandecker hat sich freundlicherweise bereit erklärt, für ein paar Tage auf Sie zu verzichten, vorausgesetzt natürlich, daß wir beide uns einigen«, fügte sie hinzu.

»Um was zu tun?«

»Nach meinem Mann suchen.«

»Kommt nicht in Frage.«

»Darf ich fragen, warum?«

»Ich arbeite an anderen Projekten.«

»Sie wollen nicht für mich tätig sein, weil ich eine Frau bin. Ist's das?«

»Das Geschlecht spielt bei meiner Entscheidung keine Rolle. Sagen wir es so, ich arbeite nicht für jemanden, den ich nicht respektieren kann.«

Für einen Augenblick entstand peinliche Stille. Pitt sah den Admiral an, der keine Miene verzog, nur die Augen funkelten verräterisch. Der alte Bastard hat seinen Spaß daran, dachte er.

»Sie schätzen mich falsch ein, Dirk.« Jessies Gesicht war gerötet, aber ihre Augen blieben hart wie Kristall.

»Bitte.« Sandecker hob beide Hände. »Schließen wir einen Waffenstillstand. Ich schlage vor, Sie beide gehen zusammen essen und machen das untereinander aus.«

Pitt und Jessie starrten sich einen langen Moment schweigend an. Dann verzog Pitts Mund sich langsam zu einem Grinsen. »Na gut, einverstanden, aber ich zahle.« Gegen ihren Willen mußte auch Jessie lächeln. »Lassen Sie mir ein wenig Selbstrespekt. Teilen wir die Rechnung?«

»O. K.«

»Dann zurück zum Geschäft«, mischte Sandecker sich auf seine sachliche Art ein. »Bevor Sie zu uns stießen, Dirk, haben wir gerade über die verschiedenen Theorien über Mr. LeBarons Verschwinden diskutiert.«

Pitt sah Jessie erstaunt an. »Sie sind also immer noch davon überzeugt, daß die Leichen in dem Zeppelin nicht die von Mr. LeBaron und seiner Besatzung waren?«

Jessie schüttelte den Kopf. »Sie waren es nicht.«

»Ich habe sie gesehen. Es war nicht viel übrig, was zur Identifikation hätte helfen können.«

»Die Leichen sind in der Gerichtsmedizin gründlichst untersucht worden«, erklärte Jessie. »Es gibt gar keinen Zweifel daran, daß es sich um jemand anders handeln muß.«

Pitt ließ seinen Blick zwischen Sandecker und Jessie LeBaron hin- und herwandern. »Können Sie mir einen vernünftigen Grund dafür nennen, Mrs. LeBaron, warum jemand den Zeppelin mit fremden Leichen bestücken sollte?«

»Ich weiß selbst nicht, was ich davon halten soll.«

»Wußten Sie, daß es nötig war, die Hülle des Zeppelins wenigstens achtundvierzig Stunden vor seinem Auftauchen in Key Biscayne wieder neu mit Helium aufzupumpen?«

Sie öffnete ihre Handtasche, nahm ein Kleenex heraus und tupfte sich damit die Nase ab, damit ihre Hände eine Weile beschäftigt waren. »Nachdem die Polizei die *Prosperteer* untersucht hatte, konnte die Bodenmannschaft meines Mannes alles überprüfen. Ich habe den Bericht. Wenn Sie daran interessiert sind, können Sie ihn gerne lesen. Natürlich haben Sie völlig recht, die Gastanks sind aufgefüllt worden. Übrigens nicht mit Helium, sondern mit Wasserstoff.«

Pitt sah sie überrascht an. »Wasserstoff? Der ist bei Luftschiffen seit dem Brand der *Hindenburg* nicht mehr verwendet worden.«

»Machen Sie sich keine Sorgen«, beruhigte Sandecker. »Die *Prosperteer* ist inzwischen wieder mit Helium gefüllt worden.«

»Worum geht es denn nun genau?« erkundigte sich Pitt vorsichtig.

Sandecker warf ihm einen strengen Blick zu. »Ich habe gehört, Sie sind hinter der *Cyclop* her.«

»Das ist kein Geheimnis«, bestätigte Pitt.

»Dafür stehen Ihnen aber nicht die Männer und die Ausrüstung der NUMA zur Verfügung. Der Kongreß würde mich bei lebendigem Leibe auffressen, wenn jemand dahinter kommt, daß ich Regierungsgelder für eine Schatzsuche verschwende.«

»Dessen bin ich mir bewußt.«

»Wollen Sie vielleicht einen anderen Vorschlag hören?«

»Hören immer.«

»Es ist wohl nicht nötig, daß ich jetzt besonders darauf hinweise, daß dieses Gespräch besser zwischen uns bleibt. Wenn etwas davon herauskommt, sieht es für mich übel aus. Nicht wahr?«

»Wenn Sie es sagen, Admiral, wird es so sein.«

»Von den Projekten, die in den nächsten Wochen anstehen, kann ich Sie freistellen. Sie können von mir einen unbezahlten Urlaub bekommen, wenn Sie ihn nutzen, um das Verschwinden von Raymond LeBaron klären zu helfen.«

»Finden Sie Raymond LeBaron«, wiederholte Pitt sarkastisch. »Was für ein Vergnügen. Die Spur ist schon seit zwei Wochen kalt und wird jeden Tag kälter. Es gibt kein Motiv, keine Hinweise, nicht einmal ein Indiz, warum er verschwunden sein könnte, wo das geschehen ist und wie. Das Unterfangen unmöglich zu nennen wäre in diesem Zusammenhang eine Untertreibung.«

»Wollen Sie es nicht wenigstens versuchen?« fragte Sandekker.

Pitt starrte eine Weile auf die Holzplanken des Bodens von Sandeckers Büro. Seine Augen sahen ein tropisches Meer zweitausend Meilen weit entfernt. Es gefiel ihm nicht besonders, sich in ein Rätsel stürzen zu müssen, für das er nicht den entferntesten Weg für eine Lösung parat hatte. Ihm war klar, daß Sandecker wußte, daß er die Herausforderung trotzdem annehmen würde. Hinter dem nächsten Horizont das Unbekannte zu suchen war eine Verlockung, der Pitt noch nie wiederstanden hatte.

»Wenn ich diesen Auftrag akzeptiere, brauche ich das beste Wissenschaftler-Team der NUMA und ein erstklassiges Suchschiff. Dazu die nötige politische Unterstützung sowie das Militär, falls wir Ärger bekommen.«

»Dirk, mir sind die Hände gebunden. So etwas kann ich Ihnen nicht anbieten.«

»Was?«

»Sie haben doch gehört. Die Situation verlangt, daß die Suche in aller Stille durchgeführt wird. Sie müssen es ohne jede Hilfe der NUMA schaffen.«

»Ich bin doch nicht James Bond«, knurrte Pitt. »Sie erwarten von mir, daß ich als einzelner Mann etwas schaffe, das die Marine, die Luftwaffe und die Küstenwache tagelang vergeblich versucht haben? Wenn die es nicht geschafft haben, ein über hundert Meter langes Luftschiff zu finden, bis es von selbst wieder aufgetaucht ist, womit soll ich mich dann auf die Suche machen? Vielleicht mit einem Paddel und einem Kanu?«

»Unsere Idee ist etwas anders«, erklärte Sandecker geduldig. »Wir wollen mit der *Prosperteer* noch einmal LeBarons Route abfliegen, soweit sie sich rekonstruieren läßt.«

Pitt ließ sich langsam auf das Bürosofa sinken. »Das ist der verrückteste Plan, von dem ich je gehört habe«, seufzte er ungläubig. Er wandte sich an Jessie. »Sind Sie damit einverstanden?«

»Ich werde alles tun, was notwendig ist, um meinen Mann zu finden«, erklärte sie fest.

»Ein Haufen Irrer«, stellte Pitt traurig fest. Er stand wieder auf und ging im Büro auf und ab, während er die Hände ineinander verschränkte. »Warum die ganze Geheimhaltung? Ihr Mann ist doch eine wichtige Persönlichkeit, eine Berühmtheit, der Vertraute von Reichen und Politikern, ein Mann mit Einfluß bei höchsten Regierungsstellen, einer der wichtigsten Finanz-Gurus unserer Wirtschaft. Warum, zum Teufel, bin ich der einzige Mann in diesem Land, der ihn suchen kann?«

»Dirk«, drängte Sandecker sanft. »Raymond LeBarons Finanzimperium ist für Hunderttausende von Menschen wichtig. Aber niemand kann in seinen Unternehmen eine vernünftige Entscheidung treffen, solange nicht geklärt ist, ob LeBaron nun lebt oder nicht. Die Regierung hat die Suche abgeblasen, weil sie schon über fünf Millionen Dollar für den Einsatz von militärischen und zivilen Rettungsmannschaften ausgegeben hat, ohne auch nur eine einzige Spur zu finden. Sie können sich ja denken, was die nächste Überprüfung durch den zuständigen Kongreßausschuß bei den Finanzen ergeben wird. Mehr ist einfach nicht zu machen.«

»Warum gibt es denn kein vernünftiges privates Unternehmen, das sich um LeBarons Verschwinden kümmern kann?«

»Vergessen Sie nicht, daß es auch genügend Leute gibt, denen mehr daran gelegen ist, LeBaron nicht mehr wiederzusehen. Viele, auch innerhalb seines Konzerns, haben ein durchaus erkennbares Interesse daran, ihn höchstens als Leiche wieder auftauchen zu lassen. Die Lage ist nicht ganz so einfach, wie es auf den ersten Blick erscheinen mag.«

»Mrs. LeBaron hat von seinem Tod auch Vorteile«, meinte Pitt mit einem Seitenblick.

Sie lächelte dünn. »Das kann ich nicht leugnen. Aber der größte Teil seines Vermögens geht an Familienmitglieder und Wohltätigkeitsorganisationen. Was ich erbe, ist allerdings eine nicht ganz unerhebliche Summe.«

»Sie müssen doch eine Yacht besitzen, Mrs. LeBaron. Warum suchen Sie sich nicht einfach eine Mannschaft von guten Leuten zusammen und machen sich auf eine Kreuzfahrt in die Karibik, die dem Kurs Ihres Mannes folgt?«

»Es gibt gute Gründe, Dirk, warum ich mir nicht leisten kann, in der Öffentlichkeit zu viel Wirbel zu veranstalten. Gründe, die Sie nicht wissen müssen. Der Admiral und ich glauben, es besteht eine Möglichkeit, eine sehr kleine Möglichkeit nur, wenn drei Leute in aller Stille mit der *Prosperteer* den Flug unter den gleichen Bedingungen wiederholen können und dabei herausfinden, was mit Raymond geschehen ist.«

»Warum der Aufwand?« fragte Pitt. »Alle Inseln und Riffe in der Reichweite des Zeppelins sind doch bei der ersten Suche ausführlich untersucht worden. Wir könnten doch nur das gleiche Gebiet erforschen.«

»Sie haben vielleicht etwas übersehen.«

»Meinen Sie Kuba?«

Sandecker schüttelte den Kopf. »Castro hätte LeBaron als CIA-Agenten betrachtet und ihn natürlich sofort der Welt präsentiert – wahrscheinlich als erste Zeppelin-Invasion der USA. Nein, es muß eine andere Antwort geben.«

Pitt trat zum Fenster und starrte sehnsüchtig zu einer kleinen Flotte von Segelbooten hinab, die auf dem Anacostia eine Regatta fuhr.

»Worauf sollen wir uns denn eigentlich konzentrieren?« fragte er, ohne sich umzudrehen. »Wir müßten ein Gebiet durchkämmen, das über tausend Quadratkilometer groß ist. Mit einem Zeppelin kann man sich dort wochenlang herumtreiben.«

»Ich habe alle Unterlagen und Karten meines Mannes gesichert«, sagte Jessie.

»Er hat sie zurückgelassen?«

»Nein, man hat sie an Bord des Zeppelins gefunden.«

Pitt beobachtete stumm die Segelboote. Er versuchte die Motive hinter der Aktion zu entdecken, die Intrige zu durchschauen, sich einen persönlichen Sicherheitsbereich zu schaffen. Es gelang ihm nicht völlig.

»Wann brechen wir auf?« fragte er schließlich.

»Morgen bei Sonnenaufgang«, erwiderte Sandecker.

»Und Sie beide bestehen weiterhin darauf, daß ich diesen Angelausflug leite?«

»Das tun wir«, erklärte Jessie fest.

»Ich möchte zwei alte Kameraden für die Crew. Sie sind beide bei der NUMA beschäftigt. Entweder bekomme ich sie, oder die Sache läuft ohne mich.«

Sandeckers Stirn bewölkte sich. »Wie ich bereits erklärt habe ...«

»Sie haben gerade den Mond erobert, Admiral, und jetzt wollen Sie auch noch den Mars. Sie kennen mich lange genug, um zu wissen, daß ich nicht arbeite, wenn es keine ausreichend gesicherte Basis für ein Projekt gibt. Geben Sie den beiden ebenfalls unbezahlten Urlaub. Es ist mir egal, wie Sie das arrangieren.«

Sandecker war weder verärgert, noch regte er sich weiter auf. Wenn es in diesem Land einen Mann gab, der das Undenkbare schaffen würde, dann war es Pitt. Der Admiral hatte keine Karte mehr, die er ausspielen konnte, also paßte er. »In Ordnung«, sagte er ruhig. »Sie bekommen sie.«

»Da ist noch etwas.«

»Was denn?« wollte Sandecker wissen.

Pitt wandte sich mit einem Grinsen vom Fenster ab. Sein Blick wanderte von Jessie zum Admiral. Dann zuckte er mit den Schultern und sagte: »Ich habe noch nie einen Zeppelin geflogen.«

14

»Auf mich wirkt das, als würden Sie etwas hinter meinem Rücken vorbereiten, Mr. Präsident«, sagte Sam Emmett, der mächtige Chef des Federal Bureau of Investigation.

Der Präsident sah ihn über den Schreibtisch des Oval Office an und lächelte versöhnlich. »Sie haben natürlich völlig recht, Sam. Genau das muß ich tun.«

»Es gefällt mir, daß Sie wenigstens ehrlich sind.«

»Regen Sie sich nicht auf, Sam. Was ich vorhabe, hat in keinster Weise etwas mit Ihnen oder dem FBI zu tun.«

»Warum können Sie mir dann nicht erzählen, worum es eigentlich geht?« wollte Emmett wissen und konnte seine Verärgerung nur mühsam unterdrücken.

»In erster Linie geht es um ein außenpolitisches Problem.«

»Haben Sie denn schon Martin Brogan von der CIA konsultiert?«

»Martin ist noch nicht damit befaßt worden. Das kann ich Ihnen versprechen.«

»Und in zweiter Linie?«

Der Präsident ließ sich nicht unter Druck setzen. »Das ist allein meine Angelegenheit.«

Emmett richtete sich auf. »Wenn der Präsident wünscht, daß ich mein Amt zur Verfügung stelle ...«

»Ich wünsche überhaupt nichts derartiges«, unterbrach ihn der Präsident. »Sie sind der fähigste und qualifizierteste Mann, um das FBI zu leiten. Sie haben diese Arbeit großartig verrichtet, und ich habe immer zu den Politikern gehört, von denen Sie unterstützt worden sind. Aber wenn es Ihnen jetzt zuviel wird und Sie lieber beleidigt sein und Ihre Sachen packen wollen, dann gehen Sie ruhig. Beweisen Sie mir, daß ich mich in Ihnen getäuscht habe.«

»Aber wenn Sie mir nicht mehr vertrauen ...«

»Nun aber mal langsam, Sam. Sagen wir doch heute nichts, was uns schon morgen leid tun muß. Ich habe nicht die geringsten Zweifel an Ihrer Loyalität oder Integrität. Niemand will Ihnen einen Dolch in den Rücken stoßen. Wir reden nicht über Kriminalität. Die Angelegenheit berührt weder das FBI noch einen der Geheimdienste direkt. In der Tat ist es so: Ich brauche Ihr ganz besonderes Vertrauen für die nächsten Wochen. Sind Sie bereit, es mir zu schenken?«

Emmetts Ego schien beruhigt. Er zuckte mit den Achseln und entspannte sich. »Sie haben gewonnen, Mr. Präsident. Status quo. Ich folge Ihrer Führung.«

Der Präsident seufzte schwer. »Ich verspreche, daß ich Sie nicht im Stich lasse, Sam.«

»Ich weiß das zu schätzen.«

»Sehr gut. Dann fangen wir noch einmal von vorn an. Was wissen wir inzwischen über die drei Leichen aus Florida?«

Emmett öffnete seinen Aktenkoffer und reichte dem Präsidenten eine ledergebundene Mappe. »Hier ist der detaillierte Bericht der Pathologie des Walter-Reed-Krankenhauses. Das Labor dort hat uns den entscheidenden Hinweis für die Identifikation gegeben.«

Der Präsident sah ihn erstaunt an. »Ihr habt sie identifiziert?«

»Es war die Analyse der Borschtsch-Paste, die uns schließlich weiterbrachte.«

»Borschtsch was?«

»Erinnern Sie sich noch daran, daß der Gerichtsmediziner des Dade County feststellte, daß der Tod durch Unterkühlung oder Erfrieren eintrat?«

»Ja.«

»Na ja, Borschtsch-Paste ist eines der scheußlichen Tuben-Nahrungsmittel für russische Kosmonauten. Die Mägen der drei Leichen waren damit vollgestopft.«

»Sie wollen mir erzählen, daß Raymond LeBaron und seine Mannschaft gegen drei tote sowjetische Kosmonauten ausgetauscht wurden?«

Emmett nickte. »Wir sind sogar in der Lage, die Namen

der drei zu nennen. Wir haben einen Überläufer, der früher als Arzt für das russische Weltraumprogramm gearbeitet hat. Er hatte alle drei schon einmal untersucht. Es sind Sergej Zochenko, Alexander Judenich und Iwan Ronsky. Judenich war ein Neuling, aber Zochenko und Ronsky gehörten zu den Veteranen der russischen Raumflüge.«

»Ich gäbe mein nächstes Jahresgehalt dafür, herauszubekommen, wie die drei in den verdammten Zeppelin gelangt sind.«

»Bedauerlicherweise haben wir nicht das geringste herausgefunden, was uns in dieser Hinsicht der Lösung des Geheimnisses nähergebracht hätte. Zur Zeit sind die einzigen Russen im Weltraum vier Kosmonauten an Bord der *Saljut 9*-Raumstation. Es geht ihnen gut, und sie umkreisen seit Wochen die Erde.« Der Präsident nickte. »Damit scheiden alle sowjetischen Kosmonauten auf Raumflügen aus, es bleiben uns nur noch die auf der Erde.«

»Das macht es ja so verrückt«, fuhr Emmett fort. »Nach den pathologischen Untersuchungen der Burschen vom Walter Reed haben die drei sich den Tod im Weltraum geholt.«

Der Präsident hob die Augenbrauen. »Kann man das beweisen?«

»Nein, aber es gibt einige entscheidende Hinweise, angefangen bei der Borschtsch-Paste und der Analyse des weiteren Mageninhalts, der auf die typische russische Weltraum-Nahrung hinweist. Dazu gibt es physiologische Anzeichen dafür, daß die Männer Luft mit einem hohen Sauerstoffanteil geatmet haben und längere Zeit in schwereloser Umgebung verbrachten.«

»Es wäre ja nicht das erste Mal, daß die Sowjets jemanden hochgeschickt haben und ihn nicht wieder runterholen konnten. Vielleicht waren sie schon seit Jahren da oben und sind erst vor ein paar Wochen abgestürzt, nachdem ihr Orbit zusammengebrochen ist.«

»Ich habe mich beim Aerospace Defense Command Center erkundigt. Das Luftkommando teilte mit, daß in den letzten

Jahren nur ein sowjetisches Raumprogramm genügend Nutzlast hatte, eine Besatzung in den Weltraum zu befördern – wenn man von den Shuttles zu den russischen Raumstationen absieht: das waren die Selenos-Mondsonden.«

Bei dem Wort Mond wurde der Präsident hellhörig. »Was ist mit den Selenos-Sonden?«

»Sie flogen zum Mond, und keine kam zurück. Das Luftkommando findet, daß es selbst für die Sowjets etwas unwahrscheinlich ist, drei simple Sonden hintereinander bei Mondumkreisungen zu verlieren.«

»Glauben Sie, sie könnten bemannt gewesen sein?«

»Das tue ich in der Tat«, nickte Emmett. »Die Sowjets lieben ja die Geheimnistuerei. Wie Sie wissen, können sie einen Fehlschlag ihrer Raumfahrtprogramme nur schwer eingestehen. Ich vermute, daß die Vorbereitung ihrer geplanten Mondlandung routinemäßig geheimgehalten wurde.«

»Aber wenn wir die Theorie akzeptieren, daß die drei Leichen aus einer Selenos-Sonde stammen, wo ist sie gelandet? Sicherlich nicht wie üblich in den Steppen von Kasachstan.«

»Meine Vermutung geht in die Richtung, daß sie irgendwo bei Kuba niederging.«

»Kuba.« Der Präsident ließ die beiden Silben ganz langsam auf den Lippen zergehen. Dann schüttelte er den Kopf. »Die Russen würden niemals zulassen, daß ihre Nationalhelden, lebendig oder tot, für so eine verrückte Geheimdienstsache mißbraucht werden.«

»Vielleicht wissen sie nichts davon.«

Der Präsident sah Emmett an. »Nichts davon wissen?«

»Nehmen wir einfach mal an, daß ihr Raumfahrzeug nicht mehr richtig funktionierte, außer Kontrolle geriet und über Kuba niederging. Etwa zur gleichen Zeit taucht Raymond LeBaron mit seinem Zeppelin auf und wird gefangengenommen. Dann tauschen die Kubaner aus einem schwer nachvollziehbaren Grund die Leichen der Kosmonauten gegen LeBaron und seine Mannschaft aus und schicken uns den Zeppelin zurück nach Florida.«

»Haben Sie eigentlich eine Vorstellung, wie lächerlich das klingt?«

Emmett lachte. »Natürlich, aber wenn man die bekannten Fakten voraussetzt, ist das immer noch die am wenigsten lächerliche Erklärung.«

Der Präsident lehnte sich zurück und starrte zu den Dekkenornamenten hinauf. »Wissen Sie, das hat mich auf einen Gedanken gebracht.«

Ein fragender Ausdruck erschien auf Emmetts Gesicht. »Welchen?«

»Versuchen wir es doch einmal damit. Nehmen wir an, nehmen wir nur einmal an, Fidel Castro will uns eine Botschaft übersenden.«

»Da hat er sich aber einen sehr merkwürdigen Weg dazu ausgesucht.«

Der Präsident nahm einen Bleistift und malte etwas auf einen Zettel. »Fidel war noch nie jemand, der besonders viel Freude an diplomatischen Umgangsformen hatte.«

»Sollen wir die Untersuchung fortsetzen?« erkundigte sich Emmett.

»Nein«, antwortete der Präsident entschieden.

»Sie bestehen also weiterhin darauf, das FBI in dieser Sache im dunkeln zu lassen?«

»Das fällt nicht in Ihren Zuständigkeitsbereich, Sam. Ich bin Ihnen für Ihre Hilfe sehr dankbar, aber Sie haben alles getan, was im Augenblick in Ihrer Macht steht.«

Emmett klappte seinen Aktenkoffer zu und stand auf. »Kann ich Ihnen noch eine etwas heikle Frage stellen?«

»Nur los.«

»Nachdem wir jetzt einen wenn auch schwachen Hinweis auf eine mögliche Entführung von Raymond LeBaron durch die Kubaner haben, warum behält der Präsident der Vereinigten Staaten diese Hinweise für sich und untersagt der zuständigen Regierungsstelle, der Sache weiter nachzugehen?«

»Eine gute Frage, Sam. Vielleicht wissen wir in ein paar Tagen beide die Antwort.«

Nachdem Emmett das Oval Office verlassen hatte, schwang der Präsident in seinem Drehsessel herum und starrte aus dem Fenster. Sein Mund wurde trocken, in seinen Achselhöhlen sammelte sich der Schweiß. Eine düstere Vorahnung hatte ihn befallen, daß es zwischen der Jersey Colony und dem Versagen der russischen Mond-Sonden eine Verbindung gab.

15

Ira Hagen stieg aus dem Mietwagen und zeigte dem Sicherheitsbeamten seinen Regierungsausweis. Der Wächter rief beim Besucherzentrum des Harvey Pattenden National Physics Laboratory an und winkte Hagen dann vorbei.

Er fuhr weiter zum Parkplatz und stellte fest, daß sich die High-Tech-Zentren des Landes wenig voneinander unterschieden. Überall die gleiche Glas-Architektur mit Ziegelwänden und abgerundeten Ecken. Am Empfang erwartete ihn eine attraktive Dame, die hinter einem hufeisenförmigen Tisch saß. Sie lächelte sofort, als er die Lobby betrat. »Kann ich Ihnen helfen?«

»Thomas Judge, Besucher für Dr. Mooney.«

Sie machte den üblichen Telefonanruf und nickte. »Alles in Ordnung, Mr. Judge. Bitte gehen Sie dort drüben durch die Sicherheitsschleuse. Von dort wird man Ihnen den Weg zeigen.«

»Kann ich mir die Hände waschen, bevor ich mich einschleuse?«

»Sicher«, erwiderte sie und wies in die Richtung. »Die Tür rechts am Ende des Ganges.«

Auf der Toilette öffnete Hagen seine Aktentasche und machte sich auf einem kleinen Notizblock schnell ein paar Aufzeichnungen zum Sicherheitssystem. Normalerweise hätte er keinerlei schriftliche Notizen während einer Geheimdienstoperation akzeptiert, aber Hagen wußte, daß er sich diesmal etwas größere Risiken leisten konnte, denn der Präsident würde ihn überall herauspauken, falls seine Tarnung aufflog.

Ein paar Minuten später betrat er die Sicherheitsschleuse. Hinter einem Schalter saßen vier uniformierte Wachen und beobachteten etwa zwanzig Fernsehmonitore an der Wand. Einer erhob sich und trat an den Schalter. »Sir?«

»Ich habe eine Verabredung mit Dr. Mooney.« Der Wachmann warf einen Blick auf seine Besucherliste. »Ja, Sir, Sie müssen Thomas Judge sein. Können Sie sich bitte ausweisen?«

Hagen zeigte ihm seinen Führerschein und den Regierungsausweis. Dann öffnete er höflich die Aktentasche. Nach einer oberflächlichen Durchsuchung wies der Wachmann Hagen schweigend weiter, ließ ihn aber noch einen Passierschein abzeichnen und gab ihm einen Plastikanstecker für seine Brusttasche. »Dr. Mooneys Büro befindet sich auf dem Korridor hinter der Doppeltür.«

Im Gang draußen setzte Hagen seine Lesebrille auf und musterte eingehend die beiden Bronzetafeln, die in der Wand eingelassen waren. Jede trug das Profil eines Mannes. Die eine war Dr. Harvey Pattenden, dem Gründer des Laboratoriums, gewidmet und gab eine kurze Beschreibung seiner Leistungen auf dem Gebiet der Physik. Aber die andere Platte interessierte Hagen wirklich. Dort las er:

In Erinnerung an

DR. LEONARD HUDSON
1926-1965

Sein kreativer Genius ist die
Inspiration für unseren Weg

Nicht sehr originell, dachte Hagen. Aber man mußte Hudson dafür bewundern, daß er bei seinem Spiel kein Detail ausgelassen hatte.

Nach einem kurzen Plausch mit einer ältlichen Sekretärin im Marine-Kostüm begrüßte Hagen dann endlich Earl J. Mooney.

Der wissenschaftliche Leiter des Laboratoriums war erst sechsunddreißig Jahre alt, jünger, als Hagen erwartet hatte. Mooneys Background wies erstaunliche Ähnlichkeiten mit dem von Hudson auf: ein brillanter Geist, hohe akademische Auszeichnungen, sogar dieselbe Universität. Vor Hagen saß ein schlanker Mann mit dunkelgrünen Augen unter buschigen Augenbrauen und einem Schnurrbart. In seinem weißen Tennishemd und Blue Jeans sah er nicht gerade wie ein Intellektueller aus.

»Setzen Sie sich, Mr. Judge, und sagen Sie mir, was ich für Sie tun kann.«

Hagen senkte seine schwere Gestalt in einen hochlehnigen Sessel und meinte: »Wie ich schon am Telefon erklärte, gehöre ich zum Bundesrechnungshof, und wir haben eine Anfrage aus dem Senat, die uns zwingt, Ihre Finanzen zu überprüfen.«

»Wer hat denn diese Anfrage vorgebracht?«

»Senator Henry Kaltenbach.«

»Ich nehme an, er glaubt nicht, daß das Pattenden Laboratory in irgendwelche finanziellen Machenschaften verwickelt ist«, knurrte Mooney verteidigungsbereit.

»Überhaupt nicht. Um ehrlich zu sein, der Senator versucht es einfach überall mal. Er ist für seine Hexenjagden berühmt, die immer dann anfangen, wenn seine nächste Wiederwahl ins Haus steht. Für uns ist das auch kein Vergnügen, aber ich muß zugeben, hin und wieder hat eine solche Aktion tatsächlich die Verschwendung von Steuermitteln zutage gebracht.«

»Sie müssen natürlich berücksichtigen, daß unsere Arbeit hier unter die höchste Geheimhaltungsstufe fällt.«

Hagen zuckte mit den Achseln. »Ich bin Finanzbeamter, Doktor, kein Physiker. Für Ihre wissenschaftlichen Geheimnisse interessiere ich mich nicht, nicht einmal für deren

Geheimhaltung. Bei mir sind alle Formeln sicher, weil ich sie sowieso nicht verstehe. Mein Job ist es nur, dem Steuerzahler zu helfen, daß er für sein Geld auch eine entsprechende Leistung bekommt.«

»Wie kann ich Sie unterstützen?«

»Ich würde gerne mit Ihrem Controller reden und mit den Personalverwaltungsstellen. Außerdem müßte ich mich mit der Buchhaltung des Laboratoriums unterhalten. Mein Prüfungsteam kommt in zwei Wochen aus Washington hierher. Ich würde es sehr begrüßen, wenn Sie uns in einer ruhigen Ecke unterbringen könnten, die nicht allzu weit von Ihrer Finanzabteilung entfernt ist.«

»Sie können sich ganz auf unsere Mitarbeit verlassen. Natürlich muß ich Sie und Ihr Team den üblichen Sicherheitsüberprüfungen unterwerfen.«

»Natürlich.«

»Ich werde Sie jetzt herumführen und mit allen Leuten bekannt machen, die für Ihre Arbeit wichtig sind.«

»Noch etwas«, sagte Hagen. »Erlauben Sie jemandem, während der Nacht zu arbeiten?«

Mooney lächelte. »Wir sind hier nicht in einem Verwaltungsbüro. Physiker und Ingenieure haben keine festen Dienstzeiten. Viele von uns arbeiten manchmal rund um die Uhr. Ich selbst bevorzuge es bisweilen, dreißig Stunden hier drin zu bleiben. Auf diese Weise können wir die Computerkapazität ausnutzen.«

»Wäre es denn möglich, daß ich mich schon einmal etwas gründlicher umsehe, als Überprüfungsvorbereitung sozusagen? Sagen wir von jetzt an bis zehn Uhr abends?«

»Ich wüßte nicht, was dagegen spräche«, willigte Mooney freundlich ein. »Wir haben eine Cafeteria, die die ganze Nacht geöffnet ist, im Keller, und außerdem ist immer ein Sicherheitsbeamter in der Nähe, der Ihnen den richtigen Weg zeigen kann.«

»Und mich aus den Sperrgebieten heraushält.« Hagen lachte.

»Ich bin sicher, daß Sie mit solchen Einrichtungen vertraut sind.«

»Na klar«, gab Hagen zu. »Ich wäre ein reicher Mann, wenn ich für jede Stunde einen Dollar bekommen würde, die ich schon in den verschiedenen Pentagon-Abteilungen herumgesessen habe.«

»Wenn Sie mir bitte folgen wollen«, sagte Mooney und stand auf.

»Noch eine Frage aus Neugier«, drängte Hagen und blieb sitzen. »Ich habe von Harvey Pattenden gehört. Er hat mit Dr. Robert Goddard gearbeitet, wenn ich mich nicht irre.«

»Ja, Dr. Pattenden hat mehrere unserer Raketentriebwerke erfunden.«

»Aber Leonard Hudson ist mir nicht weiter bekannt.«

»Ein heller Bursche«, meinte Mooney. »Er hat uns allen den Weg geebnet; auf seinem Zeichenbrett entstanden die meisten unserer Raumfahrzeuge, bereits Jahre bevor die eigentliche NASA-Planung begann. Wenn er nicht vorangegangen wäre, stünden wir heute nicht da, wo die Raumfahrt sich befindet.«

»Wie starb er?«

»Unfall mit einem Privatflugzeug. Er flog zu einem Seminar in Seattle, bei ihm war Dr. Gunnar Eriksen, als das Flugzeug in der Luft explodierte und in den Columbia River stürzte.«

»Wer war denn dieser Eriksen?«

»Auch ein großer Denker. Vielleicht der brillanteste Astrophysiker, den es in diesem Land je gegeben hat.«

In Hagens Kopf schrillte eine Alarmglocke. »Forschte er auf einem besonders wichtigen Gebiet?«

»Nun, er befaßte sich mit der Synopsis geolunarer Morphologie im Hinblick auf industrialisierte Ansiedlungen.«

»Können Sie mir das übersetzen?«

»Natürlich.« Mooney lachte. »Eriksen war von der Idee besessen, eine Kolonie auf dem Mond zu bauen.«

16

Wegen der Zeitverschiebung war es in Moskau in diesem Augenblick zwei Uhr morgens. Vor einem Kaminfeuer saßen dort vier Männer. Es brannte in einem kleinen Wohnzimmer des Kremls, das von seinem Schein nur schwach erleuchtet wurde. Eine düstere Atmosphäre beherrschte den Raum. Zigarettenrauch mischte sich mit dem einer einzigen Zigarre.

Parteichef Georgi Antonow blickte gedankenverloren in die Flammen. Nach dem Essen hatte er wie immer das Jackett abgelegt und sich einen alten Seemannspullover übergestreift. Wladimir Polevoj, Leiter des KGB, und Sergej Kornilow, Direktor des sowjetischen Weltraumprogramms, trugen dunkle wollene Anzüge, die in London geschneidert waren, während General Jasenin in voller Uniform angetreten war.

Polevoj warf den Bericht und die Fotografien auf den niedrigen Tisch und schüttelte erstaunt den Kopf. »Ich begreife nicht, wie sie so etwas schaffen konnten, ohne daß es irgendwo ein Sicherheitsleck gegeben hat.«

»Ein so außergewöhnlicher Fortschritt scheint unglaublich«, stimmte Kornilow zu. »Ich kann es nicht glauben, bis ich mehr Beweise gesehen habe.«

»Der fotografische Beweis ist eindeutig«, sagte Jasenin. »Rykows Bericht läßt keinen Zweifel zu. Studieren Sie die Details. Die beiden Gestalten dort stehen wirklich auf dem Mond. Es kann sich nicht um eine Täuschung handeln, die durch Schatten oder eine Beschädigung des Objektivs hervorgerufen worden ist. Sie existieren.«

»Die Raumanzüge sind nicht genau die, die im Augenblick von amerikanischen Astronauten getragen werden«, entgegnete Kornilow. »Die Helme sehen anders aus.«

»Mit solchen Kleinigkeiten würde ich mich nicht aufhalten«, meinte Jasenin. »Aber sie halten etwas in der Hand, was sich eindeutig identifizieren läßt. Das ist eine Boden-Luft-Rakete amerikanischer Bauart.«

»Wo ist dann ihr Raumschiff?« beharrte Kornilow. »Wo ist ihr Mondfahrzeug? Sie können doch nicht einfach aus dem Nichts materialisiert sein.«

»Ich teile Ihre Zweifel«, bestätigte Polevoj. »Es ist absolut unmöglich, daß die Amerikaner Männer und Nachschub auf den Mond transportieren, ohne daß unser Geheimdienst-Netz irgend etwas von diesen Vorgängen mitbekommt. Unsere Horchstationen hätten zumindestens im Weltraum Funkverkehr auffangen müssen.«

»Es ist sogar noch merkwürdiger«, bestätigte Antonow, »daß die Amerikaner diesen enormen Fortschritt nicht öffentlich verkündet haben. Was gewinnen sie dabei, wenn sie so etwas geheimhalten?«

Kornilow nickte schwer. »Ein weiterer guter Grund, Rykows Report anzuzweifeln.«

»Sie übersehen alle eine bedeutende Tatsache«, warf Jasenin in ruhigem Ton ein. »*Selenos 4* verschwand, kurz nachdem die Sonde die Gestalten auf dem Foto aufgenommen hatte. Ich sage, unsere Sonde wurde von einem Geschoß getroffen, das die Hülle durchschlug, zu einem plötzlichen Druckabfall führte und unsere Kosmonauten tötete.«

Polevoj sah ihn an und riß die Augen auf. »Welche Kosmonauten?«

Jasenin und Kornilow tauschten amüsierte Blicke aus. »Es scheint offenbar Dinge zu geben, die selbst der KGB nicht weiß«, sagte der General.

Polevoj sah Kornilow merkwürdig an. »*Selenos 4* war also eine bemannte Sonde?«

»Wie auch *Selenos 5* und *6*. Jedes der Raumfahrzeuge war mit drei Leuten bemannt.«

Er wandte sich an Antonow, der ruhig an seiner Havanna zog. »Wußtest du davon?«

Antonow nickte. »Ja, man hat mich unterrichtet. Du darfst nicht vergessen, Wladimir, daß nicht alle Angelegenheiten des Raumfahrtprogramms direkt zur Staatssicherheit gehören.«

»Als eure kostbare Sonde euch dann aber außer Kontrolle geriet und über der Karibik verschwand, habt ihr keine Zeit verloren, zum KGB zu rennen«, schnaubte Polevoj ärgerlich.

»Unvorhergesehene Umstände«, erklärte Jasenin geduldig. »Wir hatten die Sonde ja eigentlich schon abgeschrieben, aber nachdem sie fast eineinhalb Jahre automatisch im Erdorbit gehalten wurde, gelang es uns doch noch, Kontakt zu ihrer Steuereinheit aufzunehmen. Für eine wirklich kontrollierte Landung reichte es dann aber nicht mehr. *Selenos 4* stürzte zehntausend Kilometer vor ihrem geplanten Landegebiet ab. Natürlich mußte der Tod unserer heldenhaften Kosmonauten ein Geheimnis bleiben, deshalb waren die Dienste des KGB absolut notwendig.«

»Glaubt ihr nicht«, erkundigte sich der Parteichef, »daß die amerikanischen Raumüberwachungssysteme den Abstieg und die ungefähre Landezone der Sonde verfolgen konnten? Wenn sie die Absicht gehabt hätten, sich *Selenos 4* zu beschaffen, hätten sie sie wahrscheinlich schon längst in Ruhe in einem ihrer Laboratorien untersucht.«

»Natürlich haben sie den Abstieg der Sonde verfolgt«, erklärte Jasenin. »Aber ihre Geheimdienstexperten hatten keinen Grund, anzunehmen, daß es sich bei *Selenos 4* um etwas anderes als um eine Mondsonde handelte, die programmiert war, in kubanischen Gewässern zu landen.«

»Es gibt da einen Fehler in deiner schönen Theorie«, argumentierte Polevoj. »Die Vereinigten Staaten haben eine ausführliche Luft- und Wassersuche genau in dem in Frage kommenden Gebiet durchgeführt. Der offizielle Grund für diese Aktion ist das Verschwinden des Kapitalisten Raymond LeBaron, der angeblich in diesem Gebiet verlorengegangen ist! Ich habe den starken Verdacht, daß es sich dabei um ein Unternehmen handelte, das allein unserer Sonde galt.«

»Ich habe den Bericht über die LeBaron-Affäre gelesen«, erklärte Kornilow. »Aber zu dieser Schlußfolgerung kann ich nicht kommen. Es ist nirgendwo eine Unterwassersuche durchgeführt worden. Die Rettungsaktion für den Zeppelin wurde auch schnell wieder abgeblasen. LeBaron und seine Mannschaft gelten in der amerikanischen Presse noch immer als vermißt und werden für tot gehalten. Es handelt sich um eine rein zufällige Übereinstimmung der Zielgebiete.«

»Dann können wir wohl alle davon ausgehen, daß *Selenos 4* und die Kosmonauten irgendwo auf dem Meeresgrund liegen.« Antonow unterbrach sich und blies einen Rauchring in die Luft. »Die Frage, der wir uns jetzt stellen müssen, ist: Haben wir die Gewißheit, daß sich die Amerikaner mit einer Basis auf dem Mond befinden, und wenn das so ist, was bedeutet es für unsere weiteren Handlungen?«

»Ich glaube, die Basis gibt es«, erklärte Jasenin mit Überzeugung.

»Wir können die Möglichkeit zumindest nicht ignorieren«, räumte Polevoj ein.

Antonow starrte Kornilow scharf an. »Und du, Sergej?«

»*Selenos 8*, unser erstes bemanntes Mondfahrzeug, soll in sieben Tagen an den Start gehen«, antwortete er langsam. »Ein solches Raumfahrzeug zu besitzen ist ein Fortschritt, der uns große Propagandaerfolge und militärischen Nutzen verspricht. Wenn unser Ziel bleiben soll, den Weltraum zu dominieren und die Amerikaner beim Wettlauf zum Mars zu schlagen, müssen wir jetzt wissen, was auf dem Mond vor sich geht. Ich stimme dafür, die *Selenos 8* so zu programmieren, daß sie in der nächsten Umgebung des Ortes landet, an dem wir die Astronauten gesehen haben, und die Männer dann eliminiert.«

»Ich stimme völlig mit Kornilow überein«, sagte Jasenin. »Die Tatsachen sprechen für sich. Die Amerikaner haben sich zu einer aktiven imperialistischen Aggression im Weltraum hinreißen lassen. Die Bilder beweisen uns, daß sie bereits eines unserer Raumfahrzeuge zerstört und die Mannschaft ermordet haben. Ich nehme an, daß die Kosmonauten von *Selenos 5* und *6* dieses Schicksal teilten. In der üblichen kolonialistischen Manier haben sie den Mond besetzt und zu ihrem Eigentum erklärt. Der Beweis ist eindeutig. Man wird unsere Kosmonauten angreifen und umbringen, sobald sie versuchen, den Roten Stern auf dem Mond aufzupflanzen.«

Ein langes Schweigen trat ein. Niemand sprach seine Gedanken aus.

Schließlich machte Polevoj den Anfang. »Also du und Kornilow, ihr seid für einen Präventivschlag?«

»Ja«, bestätigte Jasenin, der sich auch für diese Taktik erwärmte. »Denken wir doch an die Vorteile. Wenn es uns gelingt, die amerikanische Mondbasis zu besetzen und ihre Technologie in die Hand zu bekommen, haben wir unser Weltraumprogramm um zehn Jahre weitergebracht.«

»Das Weiße Haus würde sicher eine Propagandakampagne gegen uns starten und uns beschimpfen, wie man es nach dem Zwischenfall mit dem KAL-Flug 007 getan hat«, protestierte Polevoj.

»Man wird still bleiben«, versicherte Jasenin. »Wie kann man behaupten, daß wir etwas erobert haben, von dem niemand weiß, daß es überhaupt existiert?«

»Der General hat die Sache auf den Punkt gebracht«, sagte Antonow.

»Ihr seid euch darüber im klaren, daß wir beschuldigt werden könnten, einen Weltraumkrieg angefangen zu haben«, dämpfte Polevoj.

»Die Vereinigten Staaten haben doch angefangen. Es ist unsere Pflicht, uns zu verteidigen.« Jasenin wandte sich an Antonow. »Es muß letzten Endes deine Entscheidung sein.«

Der Parteichef blickte lange ins Feuer. Dann legte er die Havanna in den Aschenbecher und knetete seine zitternden Hände. Sein Gesicht schien grau und eingefallen. Die Zeichen waren eindeutig. Die Kräfte des Bösen waren denen des Guten wieder einmal fast überlegen. Wenn man den geplanten Weg erst eingeschlagen hatte, würde sich die Lage schnell von selbst weiterentwickeln, bis sie außer Kontrolle geriet. Aber er konnte auch nicht zulassen, daß die Imperialisten seinem Land ins Gesicht schlugen. Schließlich nickte er müde. »Für Mütterchen Rußland und die Partei«, meinte er düster. »Bewaffnet die Kosmonauten, und gebt den Befehl, die Amerikaner anzugreifen.«

17

Nach acht Vorstellungen und drei ermüdenden Gesprächen im Harvey Pattenden National Physics Laboratory saß Hagen in einem kleinen Büro und hämmerte fieberhaft auf eine Rechenmaschine ein. Wissenschaftler spielen gerne an Computern, und Ingenieure bevorzugen Taschenrechner, aber Finanzprüfer sind eine altmodische Truppe. Sie bevorzugen die traditionelle Rechenmaschine mit endlosen Papierrollen, auf die sie ihre Ergebnisse hämmern können.

Der Chefbuchhalter des Instituts kam von der Texas School of Business und hatte lange bei der Navy gearbeitet. Auf seinem Schreibtisch standen Fotografien der Schiffe, auf denen er gedient hatte. Hagen war eine Unsicherheit im Blick des Mannes aufgefallen, aber sie ging nicht über das hinaus, was man bei einem Finanzverwalter zu erwarten hatte, der sich urplötzlich einem Regierungsprüfer in seinen eigenen heiligen Hallen gegenübersah.

Ohne zu zögern, hatte der Mann ihm die Telefonlisten ausgehändigt, als Ira danach verlangte und vorgab, eine Stichprobenkontrolle der Telefonabrechnungen vornehmen zu wollen. Jeder, der Hagen jetzt in dem Büro eifrig Notizen machen und auf der armen Rechenmaschine herumhämmern gesehen hätte, wäre überzeugt gewesen, es mit einem Profi zu tun zu haben.

Er tippte tatsächlich Zahlen, nichts als Zahlen. Aber die Notizen, die er sich machte, bestanden aus einem genauen Diagramm der Blickwinkel der Kameras des Überwachungssystems im Gang zwischen seinem Aushilfsbüro und dem von Mooney. Außerdem schrieb er zwei Namen auf und machte sich zu jedem seine Notizen. Der erste war Raymond LeBaron, und der zweite war Leonard Hudson. Und jetzt hatte er einen dritten: Gunnar Eriksen.

Hagen war sicher, daß Eriksen seinen Tod gemeinsam mit Hudson nur vorgetäuscht hatte, um sich ungestört dem Jersey-Colony-Projekt widmen zu können. Er wußte auch, daß Hudson und Eriksen ihre Verbindungen zum Pattenden Labory niemals komplett aufgeben würden. Dieses Institut und seine hochtalentierte Crew junger Wissenschaftler waren eine viel zu große Unterstützung, um sie völlig zu ignorieren. Es mußte von hier eine Untergrund-Verbindung zum *Harten Kern* geben.

Die Telefonabrechnungen für ein Unternehmen mit dreitausend Beschäftigten füllten mehrere Kartons. Die Überprüfung der einzelnen Mitarbeiter war sehr genau. Jeder mußte jeden Anruf auf einer persönlichen Telefonliste eintragen, war er dienstlich oder privat. Hagen hatte selbstverständlich nicht vor, sie alle zu untersuchen, nicht einmal stichprobenweise. Damit hätte er sich wochenlang aufgehalten. Ihn interessierten nur die Einträge in Mooneys Telefonlisten, insbesondere diejenigen von Ferngesprächen über eine größere Distanz.

Er entdeckte sechs interessante Nummern, mit denen Mooney in den letzten neunzig Tagen mehr als einmal gesprochen hatte. Zwei waren als Privatgespräche aufgeführt, die anderen vier als dienstlich. Natürlich waren es nur vage Vermutungen, die Hagen anstellen konnte, aber irgendwo hier mußte es eine Spur zum *Harten Kern* geben.

Er ließ sich eine freie Leitung von der Zentrale geben und versprach selbstverständlich, auch jedes seiner Gespräche ordentlich auf einer Telefonliste einzutragen. Es war schon spät, und die Nummern auf seiner kleinen Liste führten an die Ostküste oder in den Mittelwesten. Aller Wahrscheinlichkeit nach waren die meisten Büros dort schon geschlossen, aber er versuchte es trotzdem. Die ersten vier Anrufe brachten ihm nur Gespräche mit zwei Telefonanrufbeantwortern und zwei wenig erfreuten Spätschichten in Telefonzentralen ein. Auch bei Dr. Donald Fremont kam er nicht viel weiter. Der Doktor stellte sich als ehemaliger Professor von Mooney heraus. Er war freundlich und gerne bereit, einen Regierungsbeamten bei der Stichprobenkontrolle der Telefonlisten zu unterstützen. Aber offensichtlich gehörte er nicht zum *Harten Kern*, jedenfalls gab es eine recht einleuchtende Verbindung zwischen ihm und Mooney, aus der sich nichts weiteres ableiten ließ. Ähnlich war es auch bei dem Laboratorium der Brandeis University in Waltham und einem nicht identifizierbaren Büro der National Science Foundation in Washington, doch nahm Hagen sich vor, beide Nummern noch einmal morgen gründlich zu überprüfen. Schließlich war ein gewisser Anson Jones an der Reihe.

»Hallo?«

»Mr. Jones, mein Name ist Judge.«

»Wer?«

»Thomas Judge. Ich arbeite für den Bundesrechnungshof, und wir überprüfen gerade die Buchhaltung von Pattenden.«

»Ich kenne keinen Pattenden. Da müssen Sie sich in der Nummer geirrt haben.«

»Sagt Ihnen denn der Name Dr. Earl J. Mooney nichts?«

»Habe noch nie von ihm gehört.«

»Er hat Sie aber in den letzten sechzig Tagen dreimal angerufen.«

»Dann muß es da eine Panne bei der Telefongesellschaft gegeben haben.«

»Sie sind doch Anson Jones, Vorwahl 303, Durchwahl 547 ...«

»Falscher Name, falsche Nummer.«

»Bevor Sie aufhängen, habe ich noch eine Botschaft für Sie.«

»Was für eine Botschaft?«

Hagen unterbrach sich, dann machte er seinen Zug. »Sagen Sie Leo, daß Gunnar verlangt, daß er endlich für das Flugzeug bezahlt. Haben Sie das verstanden?«

Auf der anderen Seite war es einen Augenblick still. Schließlich meldete sich Jones: »Sind Sie ein Irrer?«

»Auf Wiederhören, Mr. Jones.«

Ein blödes Spiel, aber was sollte Hagen machen? Er versuchte es noch mit einer weiteren Nummer, doch da erwischte er nur den Anrufbeantworter eines Börsenmaklers. Auch nicht sehr vielversprechend. Ein Gefühl der Enttäuschung stieg in Hagen auf. Mooney gehörte offenbar nicht zum *Harten Kern*, auch wenn er mit ihm in Verbindung stand.

Ein Blick auf seine Armbanduhr sagte Hagen, daß es acht Minuten vor Mitternacht war. Er schloß seinen Aktenkoffer und schlüpfte in seinen Mantel. Aus einer Tasche nahm er ein Feuerzeug und klappte das untere Ende auf, so daß eine winzige technische Apparatur erschien. Als nächstes zog er aus einer versteckten Seitentasche des Mantels etwas, das einem Zahnarztspiegel glich.

Kurz vor der Türschwelle blieb er stehen. Er preßte den Aktenkoffer zwischen die Knie und schob den winzigen Spiegel vorsichtig am Türrahmen vorbei in den Korridor. Ein Blick. Alles war menschenleer. Er verschob den Spiegel, bis die TV-Kamera am Ende des Ganges darin auftauchte. Dann brachte er das Feuerzeug in Position, so daß es knapp über den Türrahmen hinausragte, und preßte den Anzündeknopf.

In der Sicherheitszentrale wurde das Bild eines Monitors der Überwachungssysteme plötzlich undeutlich, dann erschien nur noch Schnee. Der Wachmann vor der Bildschirmkonsole reagierte hektisch. »Ich habe ein Problem mit Nr. 12«, verkündete er.

Sein Vorgesetzter stellte sich neben die Monitoren und beobachtete die Schaltungen. »Interferenzen. Diese Eierköpfe im Elektroniklabor müssen das sein.«

Plötzlich hörten die Interferenzen auf, nur um auf einem anderen Monitor anzufangen.

»Merkwürdig«, meinte der Chef der Überwachungsabteilung. »Ich hab' es noch nie in Sequenzen erlebt.«

Nach ein paar Sekunden wurde auch der zweite Bildschirm

wieder klar und zeigte nichts anderes als den leeren Gang. Die beiden Wachmänner sahen sich einen Augenblick lang an und zuckten dann mit den Schultern.

Hagen schaltete den winzigen elektronischen Störsender aus, sobald er die Tür von Mooneys Büro hinter sich gelassen hatte. Er zog ein paar dünne Plastikhandschuhe an und schaltete die Deckenbeleuchtung ein. In der Durchsuchung eines Raumes war Hagen Meister. Er hielt sich nicht lange mit dem Offenkundigen auf, den Schubladen, Akten, Adreßbüchern und Karteien. Als erstes trat er an das Bücherregal und fand das, was er suchte, bereits nach sieben Minuten. Mooney mochte einer der wichtigsten Physiker der Nation sein, aber Hagen hatte in ihm gelesen wie in einem Bilderbuch. Das kleine Notizbuch war in einem der wissenschaftlichen Bücher versteckt. Es enthielt einen Code aus mathematischen Gleichungen. Für Hagen hätte es Griechisch sein können, aber er erkannte, um was es sich handelte. Normalerweise hätte er das geheime Material nur fotografiert, aber jetzt steckte er es einfach in die Tasche. Es war nicht mehr wichtig, allzusehr auf die Geheimhaltung der Arbeit zu achten, wichtiger war ein schnelles Ergebnis.

Die Wachmänner waren noch immer mit den Störungen auf den Bildschirmen beschäftigt, als er vor dem Schalter neben der Sicherheitsschleuse auftauchte.

»Muß ich etwas unterschreiben, um hier herauszukommen?« fragte er lächelnd.

Ein Wachmann kam zum Schalter und musterte ihn mit einem fragenden Blick. »Kommen Sie gerade aus der Finanzabteilung?«

»Ja.«

»Wir haben Sie gar nicht auf den Überwachungsbildschirmen gesehen.«

»Da kann ich Ihnen nicht helfen«, erklärte Hagen unschuldig. »Ich bin zur Tür hinausgegangen und den Gang hinunter hierhergekommen. Sonst kann ich Ihnen leider nichts erzählen.«

»Haben Sie irgend jemanden gesehen? Irgend etwas Ungewöhnliches?«

»Nein, nichts. Aber die Lichter im Gang flackerten ein paarmal und wurden etwas dunkler.«

Der Wachmann nickte. »Elektrische Interferenzen aus dem Elektroniklabor. Das hab' ich mir schon gedacht.«

Hagen unterschrieb seinen Passierschein und wanderte in die wolkenlose Nacht hinaus. Er summte leise vor sich hin.

ZWEITER TEIL

Die »Cyclop«

25. Oktober 1989,
Key West, Florida

18

Pitt lag mit dem Rücken auf dem kühlen Beton des Landefeldes und blickte zur *Prosperteer* hinauf. Die Sonne schob sich langsam über den Horizont und übergoß die verschrammte Hülle des Zeppelins mit einem blassen Orange. Das Luftschiff hatte etwas Unheimliches an sich, jedenfalls erschien es Pitt so; ein Geist aus Aluminium, der noch nicht wußte, wen er heimsuchen sollte.

Die meiste Zeit des Fluges von Washington nach Key West hatte Pitt damit verbracht, sich noch einmal Buck Cäsars Karten des Old Bahama Channel anzusehen und darin den Kurs von Raymond LeBarons rätselhaftem Flug in Gedanken zu verfolgen. Jetzt schloß er wieder die Augen und versuchte sich zum hundertsten Mal ein Bild von der geisterhaften Fahrt der *Prosperteer* zu machen. Wenn die Gastanks des Zeppelins nicht auf einem Schiff nachgefüllt worden waren, eine äußerst unwahrscheinliche Lösung, dann konnte die Antwort auf Raymond LeBarons Verschwinden nur in Kuba liegen.

Die ganze Zeit fühlte Pitt sich von einem unterbewußten Gedanken verfolgt, einem noch nicht wirklich in Worte faßbaren Gefühl, das sich jetzt plötzlich beim Anblick des Zeppelins kristallisierte. Dieser zweite Flug war nur Fassade. Es ging gar nicht um die Suche nach LeBaron, ihre Expedition diente als Tarnung für etwas anderes. Ohne daß er die Konsequenzen dieses Gedankens erkennen konnte, spürte Pitt, daß dies die Lösung war, mit der sich alle Widersprüche erklären ließen. Es paßte ins Muster. Gerade war er dabei, sich weitere Konsequenzen zu überlegen, als ihn jemand unterbrach.

»Na, wen haben wir denn da«, meinte eine bekannte Stimme, »sieht aus, als hätte Schneewittchen sich mal wieder einen Apfel andrehen lassen.«

»Entweder das, oder es ist in den Winterschlaf verfallen«, meinte eine andere Stimme, die Pitt ebenfalls kannte. Er öffnete die Augen, schirmte sie gegen die Sonne mit einer Hand ab und sah zwei grinsenden Männern ins Gesicht, die auf ihn herabsahen. Der kleinere der beiden Männer war ein muskelbepackter Bursche mit tonnenförmiger Brust, schwarzen Locken und dem eisernen Gesichtsausdruck eines Mannes, der Ziegelsteine zum Frühstück aß. Es handelte sich um niemand anderen als um Pitts alten Freund und den stellvertretenden Projektdirektor bei der NUMA Al Giordino.

Al ergriff Pitts ausgestreckte Hand und zog ihn auf die Füße. »Wir fliegen in zwanzig Minuten.«

»Ist unser unbekannter Pilot endlich aufgetaucht?« erkundigte sich Pitt.

Der andere Mann, etwas größer und erheblich dünner als Giordino, schüttelte den Kopf. »Keine Spur.«

Rudi Gunn spähte vorsichtig mit einem Paar blauer Augen durch dicke Brillengläser. Er erweckte den Eindruck eines unterernährten Hilfsbuchhalters, der sich nichts sehnlicher als eine goldene Armbanduhr wünschte. Aber dieser Eindruck täuschte. Gunn war der Chef vom Dienst aller ozeanographischen Projekte der NUMA. Während Admiral Sandecker seine Schlachten mit dem Kongreß und der Regierungsbürokratie schlug, kümmerte sich Gunn um die täglichen Entscheidungen der Agentur. Für Pitt war es ein großer Triumph gewesen, Sandecker Gunn und Giordino gleichzeitig zu entlocken.

»Wenn wir LeBarons Abflugzeit einhalten wollen, müssen wir uns langsam auf den Weg machen«, sagte Giordino unbeteiligt.

»Ich glaube, wir schaffen es schon noch«, meinte Pitt. »Hast du dir die Gebrauchsanweisung durchgelesen?«

Giordino nickte. »Man braucht ungefähr fünfzig Flugstunden, um sich für einen Luftschiff-Führerschein zu qualifizieren. Die Beherrschung der Kontrollen ist nicht sehr schwierig, aber es ist eine Kunst, diesen luftgefüllten Darm in einer steifen Brise auch nur ein paar Sekunden auf stabilem Kurs zu halten.«

Pitt mußte über Giordinos knappe Beschreibung grinsen. »Ist unsere Ausrüstung an Bord verstaut?«

»Geladen und gesichert«, bestätigte Gunn ihm.

»Dann denke ich, machen wir uns mal auf den Weg.«

Als sie sich der *Prosperteer* näherten, kletterte der Chef von LeBarons Bodenmannschaft aus der Gondel. Er wechselte noch ein paar Worte mit seiner Crew und winkte den Ankömmlingen einen freundlichen Gruß zu.

»Sie ist zum Start bereit, Gentlemen.«

»Wie ist die Wetterlage im Vergleich zum damaligen Flug?« erkundigte sich Pitt.

»Mr. LeBaron mußte gegen einen Wind von fünf Meilen in der Stunde aus Südost fliegen. Sie werden acht Meilen haben. Außerdem gibt es einen für diese Jahreszeit relativ späten Hurrikan, der sich aus Richtung der Turks and Caicos Islands nähert. Die Metereologen haben ihn Little Eva genannt; er hat weniger als achtzig Kilometer Durchmesser. Nach den Vorhersagen soll er nach Norden zu den Carolinen drehen. Wenn Sie nicht später als vierzehn Uhr abdrehen, dann wird Ihnen Little Eva nur eine kräftige Brise in den Rücken verpassen, die Sie schnell nach Hause bringt.«

»Und wenn wir das nicht tun?«

»Was nicht tun?«

»Um vierzehn Uhr abdrehen.«

Der Crewchef lächelte dünn. »Ich würde nicht empfehlen, sich mit einem sechzig Jahre alten Luftschiff in einen tropischen Sturm mit Windgeschwindigkeiten von über achtzig Stundenkilometern zu begeben.«

»Da haben Sie ein verdammt gutes Argument«, gab Pitt zu.

»Wenn man den Gegenwind berücksichtigt«, meinte Gunn, »werden wir unser eigentliches Suchgebiet nicht vor zehn Uhr dreißig erreichen. Das läßt uns nicht sehr viel Zeit, uns umzusehen.«

»Ja«, ergänzte Giordino, »aber auf LeBarons bekanntem Flugweg müßten wir ja direkt im Tor landen.«

»Alles hübsch vorbereitet«, überlegte Pitt laut. »Zu hübsch.«

Die drei NUMA-Männer wollten gerade an Bord der Gondel klettern, als LeBarons große Limousine neben dem Zeppelin hielt. Angelo stieg aus und öffnete mit geübtem Schwung die Beifahrertür. Heraus stieg Jessie LeBaron und spazierte zum Zeppelin. Sie trug einen Safarianzug aus einem teuren Modegeschäft. Das Haar war mit einem hellen Schal zusammengebunden: Stil der späten dreißiger Jahre. Über der Schulter trug sie eine seidene Fliegertasche.

»Sind wir startbereit?« fragte sie gut gelaunt und huschte an den Männern vorbei zur Leiter.

Gunn verpaßte Pitt einen grimmigen Blick. »Du hast uns ja gar nicht erzählt, daß wir zu einem Picknick fliegen.«

»Mir hat das auch keiner erzählt«, erklärte Pitt und starrte hinter Jessie her, die gerade in der Gondel verschwand.

»Meine Schuld«, rief Jessie von oben. »Ich habe vergessen, Ihnen zu erzählen, daß ich euer Pilot bin.«

Giordino und Gunn sahen sich an, als hätten sie gerade lebende Heringe gefrühstückt. Pitt grinste amüsiert. »Keine faulen Witze, bitte«, sagte er.

»Raymond hat mir beigebracht, die *Prosperteer* zu fliegen«, erklärte sie. »Ich habe fast achtzig Stunden an den Kontrollen verbracht, und ich habe einen Flugschein für Zeppeline.«

»Keine Witze«, wiederholte Pitt, aber er schien fasziniert zu sein.

Giordino fand gar nichts Lustiges an der Neuigkeit. »Wissen Sie auch, wie man taucht, Mrs. LeBaron?«

»Seit über dreißig Jahren.«

»Wir können keine Frau mitnehmen«, verkündete Gunn resolut.

»Bitte, Mrs. LeBaron«, bat der Chef der Bodenmannschaft. »Wir wissen doch gar nicht, was mit Ihrem Mann passiert ist. Der Flug könnte sehr gefährlich sein.«

»Wir werden uns bei den Funkmeldungen genau wie Raymond auf seinem letzten Flug verhalten«, erklärte sie und ignorierte jeden Einwand. »Wenn wir irgend etwas Interessantes finden, werden wir aber ohne Code direkt davon berichten.«

»Das ist lächerlich«, knurrte Gunn.

Pitt zuckte mit den Schultern. »Ach, ich weiß nicht. Mir soll es recht sein.«

»Das ist doch nicht dein Ernst!«

»Warum nicht?« erwiderte Pitt mit sardonischem Grinsen. »Ich glaube fest an die Gleichberechtigung. Sie hat genauso ein Recht darauf, sich umbringen zu lassen, wie wir.«

Stumm verfolgte die Bodenmannschaft den Start des Zeppelins, der sich langsam gegen die aufgehende Sonne hob. Plötzlich sackte er wieder ab. Alle hielten den Atem an, als das Landerad eine Woge berührte. Bockend wurde das Luftschiff wieder nach oben gestoßen und kämpfte sich Meter für Meter höher.

Jemand flüsterte aufgeregt: »Hoch, Baby, hoch!«

Noch zweimal sackte die *Prosperteer* ab, bevor sie schließlich ihre sichere Flughöhe erreicht hatte. Die Bodenmannschaft beobachtete bewegungslos das Schiff, bis es als kleiner Punkt am stummen Horizont verschwand. Diesmal gab es kein Volleyballspiel. Alle drängten sich in den kleinen Mannschaftsbus und verfolgten die Funkmeldungen.

Die erste Durchsage kam wie verabredet um sieben Uhr. Pitt erklärte die Schwierigkeiten beim Start. Jessie hatte den fehlenden Auftrieb nicht kompensiert, da sie von der zusätzlichen Last, die Giordino und Gunn mit der Spezialausrüstung an Bord gebracht hatten, nichts wissen konnte. Von da an bis vierzehn Uhr meldete Pitt sich regelmäßig wie LeBaron auf seinem letzten Flug. Er verglich alle Beobachtungen mit LeBarons Funkdurchsagen. Bei der letzten Meldung wies der Chef der Bodenmannschaft nachdrücklich auf die neueste Hurrikan-Warnung hin.

»Hören Sie, *Prosperteer.* Die Küstenwache hat die Sturmwarnung von Little Eva noch einmal präzisiert. Der Hurrikan hat seine Geschwindigkeit verdoppelt und bewegt sich Richtung Osten. Die südlichen Bahamas haben bereits Sturmwarnung erhalten. Wenn Little Eva auf ihrem gegenwärtigen Kurs bleibt, wird sie heute abend die Ostküste von Kuba erreichen. Ich wiederhole, Little Eva hat nach Osten gedreht und läuft genau in Ihre Richtung. Drehen Sie um, *Properteer,* und kommen Sie nach Hause.«

»Machen wir, Großmütterchen. Wir gehen auf neuen Kurs in Richtung Florida Keys.«

Die nächste halbe Stunde war Pitt wie vereinbart still. Als er sich aber um vierzehn Uhr fünfunddreißig noch nicht wieder gemeldet hatte, rief die Bodenmannschaft das Luftschiff.

»*Prosperteer,* bitte kommen. Over.«

Keine Antwort.

»Kommen, *Prosperteer.* Hier ist Großmutters Haus. Hören Sie?« Nichts.

Eisige Kälte schien sich plötzlich im Bus der Bodenmannschaft auszubreiten. Die Sekunden krochen vorbei, während der Funker vergeblich versuchte, den Zeppelin zu erreichen. Die *Prosperteer* meldete sich nicht mehr.

Der Chef der Bodenmannschaft legte schließlich die Kopfhörer ab und stand vom Funkgerät auf. Er sprang aus dem Bus und lief zu der geparkten Limousine. Er riß die Tür des Fonds auf. »Sie sind weg! Wir haben sie verloren, genauso wie beim letzten Mal!«

Der Mann hinten im Wagen nickte einfach. »Versuchen Sie weiter, sie zu erreichen«, sagte er ruhig.

Als der Operationschef zum Funkgerät zurückeilte, hob

Admiral James Sandecker den Hörer des Autotelefons ab und wählte eine lange Nummer.

»Mr. Präsident?«

»Ja, Admiral.«

»Sie sind verschwunden.«

»Verstanden. Ich habe Admiral Clyde Monfort von der karibischen Task Force der Marine informiert. Er hat bereits Schiffe und Flugzeuge in der Nähe der Bahamas in Bereitschaft. Sobald Sie aufgelegt haben, werde ich ihm den Befehl geben, eine groß angelegte Suchoperation einzuleiten.«

»Bitte weisen Sie Monfort darauf hin, wie eilig die Sache ist. Ich habe gerade erfahren, daß die *Prosperteer* im Aufmarschgebiet eines Hurrikans verschwunden ist.«

»Kehren Sie nach Washington zurück, Admiral, und machen Sie sich keine Sorgen. Ihre Leute und Mrs. LeBaron werden in wenigen Stunden wiedergefunden.«

»Ich möchte Ihren Optimismus gerne teilen, Mr. Präsident. Vielen Dank.«

Wenn es einen Grundsatz gab, an dem Sandecker aus vollem Herzen festhielt, dann war es der, nie einem Politiker zu glauben. Er wählte sofort noch eine Nummer.

»Admiral James Sandecker. Ich würde gerne mit Admiral Monfort sprechen.«

»Sofort, Sir.«

»Jim, bist du tatsächlich am Apparat?«

»Hallo, Clyde. Schön, deine Stimme zu hören.«

»Verdammt, es ist schon wieder zwei Jahre her. Was hast du auf dem Herzen?«

»Sag mir, Clyde, bist du für eine Suchaktion bei den Bahamas alarmiert worden?«

»Wo hast du denn das gehört?«

»Aus der Gerüchteküche.«

»Ist mir neu. Der größte Teil der karibischen Streitkräfte ist mit einer Landeübung auf Jamaika beschäftigt.«

»Jamaika?«

»Eine kleine Muskelübung, um die Sowjets und die Kubaner aufzuschrecken. Soll Castro daran erinnern, daß wir es auch mal auf Kuba versuchen könnten.«

»Würden wir das?«

»Wozu, zum Teufel? Kuba ist die wirksamste PR-Kampagne gegen den Kommunismus, die wir uns im Augenblick wünschen können. Außerdem ist es ja wohl besser, wenn die Sowjetunion zwölf Millionen Dollar am Tag in Castros Toilette spült, als wenn wir das übernehmen müßten.«

»Du hast also keinen Befehl erhalten, einen Zeppelin zu beobachten, der heute morgen von den Keys aus gestartet ist?«

Auf der anderen Seite der Leitung wurde es eine Weile beunruhigend still.

»Ich sollte dir das vielleicht nicht sagen, Jim, aber ich habe eine mündliche Anweisung bezüglich des Zeppelins erhalten. Man hat mir befohlen, unsere Schiffe und Flugzeuge von den Bahama-Banks fernzuhalten und allen Funkverkehr aus diesem Gebiet zu ignorieren.«

»Kam dieser Befehl direkt aus dem Weißen Haus?«

»Frag mich nicht aus, Jim, bitte.«

»Vielen Dank, daß du mich ins Bild gesetzt hast, Clyde.«

»Mach' ich gern. Laß uns mal wieder essen gehen in Washington.«

»Ich freue mich schon darauf.«

Sandecker legte auf. Sein Gesicht glühte rot vor Zorn. »Gott helfe uns«, flüsterte er durch die zusammengepreßten Zähne. »Man hat uns alle hereingelegt.«

19

Die Anspannung und Konzentration zeichnete Falten in Jessies glattes Gesicht. Regenböen und Windstöße zerrten an der Haut des Zeppelins. Ihre Hände und Handgelenke wurden langsam gefühllos, als ihre Finger in einem endlosen Tanz über die Kontrollhebel und Tasten jagten. Mit dem Gewicht der Regennässe auf der Hülle, wurde es zunehmend schwieriger, den Flug des Luftschiffes stabil und auf einer Höhe zu halten. Die Angst kroch über Jessies Rücken.

»Wir müssen uns nach dem nächstgelegenen Landeplatz umsehen«, erklärte sie mit unsicherer Stimme. »Ich kann sie bei diesen Turbulenzen nicht viel länger in der Luft halten.«

Pitt sah sie an. »Die nächstgelegene Landemöglichkeit ist in Kuba.«

»Besser verhaftet als tot.«

»Noch ist es nicht soweit«, erwiderte Pitt von seinem Platz etwas rechts und leicht hinter ihr. »Versuchen Sie es noch ein bißchen. Der Sturm treibt uns zurück Richtung Key West.«

»Ohne das Funkgerät werden sie nicht wissen, wo sie uns suchen sollen, wenn wir erst mal im Meer gelandet sind.«

»Dann hätten Sie eben nicht Ihren Kaffee über den Sender schütten und ihn damit kurzschließen sollen.«

Sie warf ihm einen heimlichen Blick zu. O Gott, dachte sie, das war verrückt. Er lehnte sich zum Steuerbordfenster hinüber und starrte nonchalant mit einem Fernglas über die aufgewühlte See. Giordino beobachtete die Backbordseite, während Gunn in aller Ruhe die Ausdrucke des Navigationscomputers las und ihren Kurs auf einer Karte eintrug. Dabei hielt er ebenso gelassen das Schonstedt-Gradiometer im Auge, ein Instrument, mit dem man Eisen anpeilen konnte. Alle drei Männer sahen aus, als würden sie sich von nichts in der Welt bei ihrer Arbeit stören lassen.

»Habt ihr nicht gehört, was ich gesagt habe?« fragte sie entnervt.

»Wir haben es gehört«, erklärte Pitt.

»Ich kann den Zeppelin bei diesem Wind nicht mehr unter Kontrolle halten. Er ist zu schwer geworden. Wir müssen Ballast abwerfen oder irgendwo landen.«

»Den letzten Ballast haben wir schon vor einer Stunde abgeworfen.«

»Dann schafft mir das Zeug vom Hals, das ihr zusätzlich an Bord gebracht habt«, befahl sie und zeigte mit der Hand auf den kleinen Berg von Aluminiumkisten, die auf dem Boden der Gondel festgezurrt waren.

»Tut mir leid. Dieses Zeug, wie Sie es nennen, werden wir gleich noch dringend brauchen.«

»Aber wir verlieren ständig an Höhe.«

»Dann strengen Sie sich ein wenig an.«

Jessie wies nach vorne durch das Bugfenster. »Die Insel dort drüben ist Cayo Santa Maria, die größere Landmasse dahinter ist bereits Kuba. Ich werde versuchen, den Zeppelin auf einen Südkurs zu bringen, dann müssen wir unser Glück bei den Kubanern versuchen.«

Plötzlich wandte Pitt sich vom Fenster ab und starrte sie mit seinen grünen Augen scharf an. »Sie haben sich freiwillig für diese Mission gemeldet«, erklärte er hart. »Sie wollten einer von uns sein. Jetzt sind Sie auch mit dabei.«

»Benützen Sie doch Ihren Verstand, Pitt«, fuhr sie ihn an. »Wenn wir noch eine halbe Stunde länger hier draußen herumhängen, zerfetzt uns der Hurrikan.«

»Ich glaube, ich habe etwas«, rief Giordino.

Pitt stand von seinem Sitz auf. »Welche Richtung?«

Giordino wies nach unten. »Wir sind gerade darüber hinweggeflogen. Etwa hundert Meter rechts vom Bug.«

»Ein großes Metallvorkommen«, erklärte Gunn aufgeregt. »Die Nadel ist bis zum Ende der Anzeige ausgeschlagen.«

»Zurück auf denselben Kurs«, befahl Pitt Jessie. »Wir müssen versuchen, über der Stelle stillzustehen.«

Die Pilotin widersprach nicht. Plötzlich spürte auch sie das Fieber der Entdeckung, alle Müdigkeit fiel von ihr ab. Mit einigen Mühen gelang es ihr, das Luftschiff zu wenden. Schwere Windböen schlugen gegen die Aluminiumhülle, die kleine Führergondel wurde kräftig durchgeschüttelt. Aber im Inneren blieb es still wie in der Krypta einer Kathedrale. Gunn ließ den Sensor des Metallsuchgeräts an einer Leine aus dem Rumpf des Zeppelins herab bis dicht über die schäumenden Wogen. Dann konzentrierte er sich wieder ganz auf das Aufzeichnungsgerät und wartete darauf, daß der Gradiometer den kleinen Griffel zum Ausschlag auf dem Papier brachte. Bald begann der Schreiber zu zittern und kritzelte heftig auf das Papier.

»Nähern uns dem Ziel«, verkündete Gunn kurz.

Giordino und Pitt ignorierten den Wind und lehnten sich so weit wie möglich aus den Fenstern. Auf immer mehr Wellen erschienen Schaumkronen. Gischt wehte zu ihnen herauf. Der Blick in die sonst so transparente Tiefe war kaum noch möglich. Jessie mußte hart mit den Leitwerken kämpfen, um den wild schüttelnden und bockenden Zeppelin einigermaßen auf Kurs zu halten. Er führte sich auf wie ein Wal, der die Stromschnellen des Colorados hinaufschwimmen muß.

»Ich habe sie!« rief Pitt laut. »Sie liegt von Nord nach Süd, etwa hundertzwanzig Meter Steuerbord.«

Giordino kam zu ihm auf die andere Seite der Gondel gelaufen und starrte nach unten. »Okay, ich sehe auch etwas.«

»Kann irgend jemand den Ladebaum ausmachen?« wollte Gunn wissen.

»Ihre Umrisse sind deutlich, aber Details kann man nicht sehen. Ich würde sagen, sie liegt etwa dreißig Meter unter der Wasseroberfläche.«

»Eher fünfunddreißig«, verkündete Pitt.

»Ist es die *Cyclop*?« fragte Jessie aufgeregt.

»Zu früh, um es mit Sicherheit zu sagen.« Pitt wandte sich an Gunn. »Markiere die Position auf dem Vikor.«

»Position markiert«, bestätigte Gunn.

Pitt nickte zu Jessie. »In Ordnung, Pilot, versuchen wir es noch einmal. Und diesmal müssen wir versuchen, im Gegenwind über dem Ziel zu schweben.«

»Warum verlangt ihr nicht von mir, Blei in Gold zu verwandeln?« rief sie zurück.

Pitt kam zu ihr und küßte sie leicht auf die Wange. »Sie sind großartig. Bleiben Sie noch ein bißchen bei der Stange, und ich werde Sie ablösen.«

»Ich brauche kein Schulterklopfen«, erklärte sie scharf, aber ihre Augen nahmen einen warmen Ausdruck an, und die angespannten Linien um ihre Lippen wurden wieder weicher. »Sagen Sie mir bloß, wo ich den Bus parken soll.«

Eine sehr energische Person, dachte Pitt. Zum ersten Mal stellte er fest, daß er Raymond LeBaron beneidete. Er ging wieder nach hinten und legte Gunn die Hand auf die Schulter.

»Benütze das Klinometer, und sieh zu, ob du uns eine ungefähre Angabe über die Länge verschaffen kannst.«

Gunn nickte. »Mach' ich.«

»Wenn das die *Cyclop* ist«, sagte Giordino glücklich, »hast du verdammt gut geraten.«

»Eine Menge Glück mit ein wenig Planung«, gab Pitt zu. »Nicht zu vergessen, die Hinweise, mit denen Raymond LeBaron und Buck Cäsar uns freundlicherweise geholfen haben. Das Rätsel ist eigentlich, warum die *Cyclop* so weit ab aller Hauptschiffahrtslinien liegt.«

Giordino tippte sich hilflos an den Kopf. »Das wird wahrscheinlich nie jemand herausfinden.«

»Sind wieder über dem Zielgebiet«, meldete Jessie.

Gunn stellte die Entfernung auf dem Klinometer ein und vermaß dann das Objekt unter Wasser durch das Okular. Er schaffte es, sein Instrument ruhig zu halten, während Jessie einen meisterhaften Kampf gegen den Wind führte.

»Man kann es im Augenblick nicht exakt abmessen, denn ich weiß nicht, ob ihr Rumpf auf der Seite liegt oder schräg«, meinte er, während er die Kalibrierung studierte.

»Was ist denn die Gesamtlänge?« fragte Pitt.

»Zwischen hundertdreißig und hundertfünfzig Metern, würde ich sagen.«

»Das paßt gut«, bestätigte Pitt, sichtbar erleichtert.

»Wenn wir noch etwas tiefer gehen könnten, bekäme ich eine genauere Abmessung«, erklärte Gunn.

»Noch einmal, Jessie«, befahl Pitt.

»Ich glaube, das wird nicht mehr klappen.« Sie hob die Hand von den Kontrollen und deutete mit dem Finger aus dem Fenster. »Wir bekommen Besuch.«

Sie wirkte ruhig, fast zu ruhig, als die Männer mit eher beiläufigem Erstaunen einen Helikopter ausmachten, der etwa vierhundert Meter über dem Zeppelin aus den Wolken auftauchte. Einige Sekunden lang schien er bewegungslos dort zu hängen, dann kam er schnell näher. Er schlug einen Parallelkurs zur *Prosperteer* ein.

Durch die Ferngläser konnten sie deutlich die grimmigen Gesichter des Piloten und der beiden Besatzungsmitglieder sehen, die sich hinter die Maschinengewehre an der Seitentür geklemmt hatten.

»Sie haben noch Freunde mitgebracht«, erklärte Gunn fröhlich. Er hatte sein Fernglas auf ein kubanisches Schnellboot gerichtet, das etwa vier Kilometer vor ihnen durch die Gischt jagte. Giordino sagte nichts. Er riß nur die Halteriemen von den Metallkisten herunter und begann den Inhalt auf dem Deck auszubreiten, so schnell er mit den Händen arbeiten konnte. Gunn schloß sich ihm an, während Pitt einen seltsam aussehenden Sichtschirm zusammenbastelte.

»Sie halten uns ein Schild in Englisch entgegen«, verkündete Jessie.

»Was steht denn drauf?« erkundigte sich Pitt, ohne aufzusehen.

»Folgt uns, und bewahrt Funkstille«, las sie laut vor. »Was soll ich machen?«

»Da wir sowieso Funkstille bewahren müssen, lächeln Sie die Burschen an, und winken Sie ihnen zu. Hoffen wir, daß sie nicht gleich schießen, wenn sie sehen, daß Sie eine Frau sind.«

»Da würde ich mich nicht drauf verlassen«, knurrte Giordino.

»Und halten Sie den Zeppelin über dem Wrack«, fügte Pitt noch hinzu.

Jessie gefiel gar nicht, was da in der Kontrollgondel vor sich ging. Sie wurde immer blasser. Schließlich meinte sie: »Wir sollten doch wohl besser tun, was sie von uns verlangen.«

»Die können uns mal«, meinte Pitt kalt. Er öffnete ihren Sicherheitsgurt und hob sie aus dem Sitz. Giordino hielt ein Paar Sauerstofftanks bereit, und Pitt schnallte sie Jessie blitzschnell um die Schultern. Dann reichte Gunn ihr eine Tauchermaske, Schwimmflossen und eine Druckausgleichsweste.

»Schnell«, befahl er. »Ziehen Sie das an.«

Sie sah ihn verdutzt an. »Was habt ihr vor?«

»Ich dachte, das wüßten Sie«, sagte Pitt. »Wir wollen schwimmen gehen.«

»Was wollen wir?« Ihre dunklen Augen waren weit aufgerissen, aber weniger vor Erschrecken als aus Verblüffung.

»Die Verteidigung hat leider keine Zeit mehr, noch ein Plädoyer zu halten«, erklärte Pitt ruhig. »Nennen Sie es meinetwegen einen verrückten Überlebensplan, aber belassen Sie es dabei. Jetzt tun Sie, was wir Ihnen sagen, legen Sie sich auf das Deck hinter diesen Schirm dort, und bleiben Sie ruhig.«

Giordino starrte den zentimeterdicken Schirm zweifelnd an. »Hoffen wir, daß man sich auf ihn verlassen kann. Ich bin nicht gerne in der Gegend, wenn eine Kugel sich in einen Sauerstofftank verirrt.«

»Keine Angst«, erwiderte Pitt, als die drei Männer, so schnell sie konnten, ihre Tauchausrüstung anlegten. »Der Hersteller dieses Spezialplastiks garantiert, daß es jedes Geschoß bis hin zu einer 20-Millimeter-Kugel aufhält.«

Nachdem niemand mehr an den Kontrollen saß, wurde der Zeppelin von den Böen rasch zur Seite und nach unten gedrückt. Jeder griff instinktiv nach einem Haltegriff und suchte einen Platz auf dem Deck. Die leeren Kisten knallten gegen den Pilotensessel.

Es gab kein Zögern mehr, keinen weiteren Versuch der Kommunikation. Der kubanische Pilot des Helikopters hielt das plötzliche Abtreiben des Zeppelins offenbar für einen Fluchtversuch und befahl seiner Crew, das Feuer zu eröffnen. Ein Hagel von Kugeln schlug in die Steuerbordseite der *Prosperteer.* Die Gondel verwandelte sich fast sofort in Trümmer. Rauch vernebelte das Innere der Kanzel.

Pitt lag über Jessie, Gunn und Giordino flankierten die beiden. Sie lauschten auf das Hämmern der Kugeln gegen den schußfesten Schirm. Dann änderte der Schütze des Helikopters sein Ziel und konzentrierte sich auf die Propeller. Die Aluminiumverkleidung wurde nach wenigen Salven abgerissen und davongeweht. Die Maschinen keuchten und kamen stotternd zum Stillstand.

»Die Treibstofftanks!« hörte Jessie sich erschrocken rufen. »Sie werden explodieren!«

»Das ist im Augenblick unsere kleinste Sorge«, schrie Pitt ihr ins Ohr. »Die Kubaner verwenden schließlich keine Leuchtspurgeschosse, und die Tanks sind aus sich selbst versiegelnden Neopren-Gummi.«

Giordino kroch aus den Trümmern hervor und machte sich an einer der letzten ungeöffneten Kisten zu schaffen. Er zog etwas heraus, das auf Jessie wie eine Art riesige Tube wirkte. Er schob es vor sich das schräg stehende Deck hinauf.

»Brauchst du Hilfe?« rief Pitt.

»Wenn Rudi meine Beine stützen könnte . . .« Giordinos Stimme verlor sich im Tosen des Windes.

Gunn brauchte keine weiteren Anweisungen. Er stemmte seine Füße gegen einen umgestürzten Tisch und hielt Giordinos Knie mit festem Griff.

Der Zeppelin war jetzt völlig außer Kontrolle geraten. Er hing in den Luftströmungen, seine Nase fast vierzig Grad nach unten zur See gebeugt. Der Auftrieb war völlig verschwunden, und er sank immer schneller, während die Kubaner ihn weiterhin beschossen. Die alte *Prosperteer* lag in ihren Todeszuckungen. Aber sie sollte nicht alleine sterben.

Giordino öffnete den tubenförmigen Behälter, zog einen M 72-Raketenwerfer heraus und lud ihn mit einer 66-Millimeter-Rakete. Langsam, mit sorgfältig berechneten Bewegungen, schob er die Mündung der bazookaähnlichen Waffe über das zerschmetterte Glas im Rahmen des Fensters vor ihm und zielte.

Zur Verwunderung der Besatzung des Schnellbootes, das sich noch etwa einen Kilometer entfernt befand, verwandelte der Helikopter sich mitten im Flug in einen Feuerpilz. Der Donner der Explosion rollte über die See, gefolgt von einem Feuerregen aus Metallstücken, die zischten, als sie die Wasseroberfläche berührten.

Der Zeppelin hing noch immer am Himmel und drehte sich langsam um seine eigene Achse. Das Helium entwich immer schneller durch die Risse in der Hülle. Das Aluminiumgerüst im Innern barst knirschend. Mit einem letzten Seufzer fiel die *Prosperteer* in sich zusammen und stürzte in die schäumenden Wogen. Beim Aufprall wurde die Gondel abgerissen und begann sofort zu sinken. Wasser flutete durch die zertrümmerten Fenster. Es schien, als zöge die Hand eines Riesen das ganze Luftschiff unter Wasser. Unter ihnen huschte ein gelber Fischschwarm davon, bevor die Gondel auf dem Meeresboden aufschlug. Eine Wolke feinen Sandes wirbelte auf und nahm den Insassen die Sicht. Dann wurde es still wie in einem Grab, nur das sanfte Sprudeln entweichender Luft war noch zu hören.

Auf der wild bewegten Wasseroberfläche suchte die Besatzung des Schnellbootes an der Unglücksstelle nach Anzeichen für Überlebende. Sie fanden nur Ölflecken und einige treibende Trümmer.

Der Wind des näher kommenden Hurrikans steigerte sich zu Stärke 8. Die Wogen erreichten eine Höhe von fast sechs Metern und machten jede weitere Suche unmöglich. Dem Kapitän des Schiffes blieb nichts anderes übrig, als den nächsten sicheren Hafen in Kuba anzulaufen. Hinter ihm blieb eine wütende und schäumende See zurück.

20

Die schimmernde Wolke von Sand und Schlamm, in der die Überreste der *Prosperteer* verschwunden waren, wurde rasch von einer schwachen Grundströmung davongetragen. Pitt stützte sich auf Arme und Knie. Dann sah er sich vorsichtig in den Trümmern der Gondel um. Gunn saß aufrecht am Boden, den Rücken gegen eine Verstrebung gelehnt. Sein linker Knöchel war zur Größe einer Kokosnuß angeschwollen, aber er atmete gleichmäßig durch sein Mundstück und hob zwei Finger zu einem V.

Giordino richtete sich etwas mühsam auf und rieb sich vorsichtig die rechte Seite der Brust. Ein gebrochener Knöchel und vielleicht ein paar eingedrückte Rippen, dachte Pitt, es hätte schlimmer kommen können. Er beugte sich über Jessie und hob ihren Kopf. Ihre Augen schienen hinter der Tauchermaske leer. Aber das dumpfe Zischen ihres Atemregulators und das gleichmäßige Heben und Senken ihrer Brust zeigten, daß sie normal atmete, höchstens ein wenig zu schnell. Er strich mit den Händen über ihre Arme und Beine, fand aber keine Anzeichen von Brüchen. Außer einem großen blauen Fleck, der sicher in den nächsten vierundzwanzig Stunden erst richtig aufblühen würde, schien sie völlig in Ordnung. Wie um ihn zu bestätigen, griff sie nach seinem Arm und drückte ihn kräftig.

Zufrieden wandte Pitt seine Aufmerksamkeit sich selbst zu. Alle Gelenke ließen sich ordentlich bewegen, die Muskeln funktionierten, nichts schien durcheinandergeraten. Doch auch er war nicht ganz unversehrt entkommen. Auf seiner Stirn entwickelte sich eine dunkelrote Beule, und als er den Kopf bewegte, spürte er eine unangenehme Steifheit des Nackens. Pitt verdrängte alle Schmerzen mit dem beruhigenden Gefühl, daß jedenfalls niemand blutete. Einmal Haaresbreit am Tode vorbei reichte pro Tag, dachte er sich. Das letzte, was sie jetzt brauchten, war ein Angriff von Haien.

Er konzentrierte sich auf das nächste Problem: sie mußten aus der Gondel heraus. Die Tür war verklemmt, kein Wunder – nach dem Absturz. Er griff mit beiden Händen nach einem verbogenen Fensterrahmen und trat ihn mit den Füßen ganz hinaus. Treten war natürlich auch eine Übertreibung, er machte die Bewegungen, die der Wasserdruck hier noch zuließ. Aber Erfolg hatte er schließlich doch.

Giordino schwamm als erster hinaus, den Kopf in einer Wolke von Blasen aus seinem Atemregulator. Er streckte seinen Arm wieder nach innen, stemmte seine Füße in den Sand und winkte. Während Pitt und Gunn von innen schoben, zog er ein großes eingewickeltes Bündel langsam durch die Öffnung, bis es auf dem Grund draußen lag. Dann folgten acht Stahltanks mit Sauerstoff, die Giordino sicher daneben verstaute.

In der zertrümmerten Gondel bemühte sich Jessie um den Druckausgleich in den Ohren. Das Blut dröhnte in ihrem Kopf und jagte stechende Schmerzen durch ihre Trommelfelle. Sie schnaubte kräftig. Endlich knackte es in ihren Ohren, und die Erleichterung war so wunderbar, daß ihr Tränen in die Augen traten. Sie nahm einen tiefen Atemzug aus dem Mundstück. Wie wunderschön es doch wäre, jetzt im eigenen Bett aufzuwachen, dachte sie. Etwas berührte ihren Arm, es war eine feste rauhe Hand. Sie sah auf und entdeckte Pitts Augen direkt vor ihrer Tauchermaske; sie schienen zu lächeln. Er nickte ihr zu, ihm zu folgen.

Er führte sie hinaus in die weite Wasserwüste. Sie sah nach oben und verfolgte den Strom ihrer Luftblasen zur unruhigen Oberfläche. Trotz des Sturmes über ihnen war die Sicht hier am Grund fast fünfzig Meter weit. Sie erkannte nahezu die ganze Länge des zerfetzten Luftschiffes, das in einiger Entfernung von der Gondel aufgeschlagen war. Von Gunn und Giordino war nichts zu sehen.

Pitt gab ihr Zeichen, bei den Sauerstofftanks und dem seltsamen Bündel zu warten. Er überprüfte seinen Kompaß am linken Handgelenk und schwamm dann in die blaue

Dämmerung davon. Jessie trieb schwerelos, ihr Kopf benommen von einer leichten Nitrogen-Narkose. Sie fühlte sich plötzlich sehr einsam. Erleichtert hob sie den Kopf, als Pitts schattenhafter Umriß wieder auftauchte. Sie folgte seinen Zeichen und paddelte langsam hinter ihm her. Bald hatte sie ihn eingeholt.

Unter ihnen stoben Fischschwärme davon. Plötzlich stieß Jessie ihre Finger in Pitts Oberschenkel und deutete nach oben und hinter ihn. Dort trieb in fauler Langeweile keine zwanzig Meter entfernt ein Schwarm Barracudas. Es mußten mehr als zweihundert sein, und keiner war unter einem Meter lang. Sie drehten wie ein Kampfgeschwader gleichmäßig ab und begannen dann die Taucher mit glotzäugiger Neugier zu umkreisen. Schließlich entschieden sie, daß Pitt und Jessie die Mühe nicht wert schienen, und waren im nächsten Augenblick verschwunden.

Als Pitt sich umwandte, sah er hinter sich Rudi Gunn aus dem Vorhang der blauen Dämmerung auftauchen. Gunn hielt neben ihnen und winkte ihnen zu, ihm schnell in seiner Richtung zu folgen. Dann hob er die Hand zum V-Zeichen des Erfolges.

Gunn paddelte heftig mit einer Flosse und hob sich schnell fast zehn Meter über den Grund, Pitt und Jessie folgten ihm, so gut sie konnten.

Sie hatten etwa fünfzig Meter zurückgelegt, als Gunn plötzlich langsamer wurde und seinen Körper in eine waagerechte Position brachte. Er streckte eine Hand aus und hatte den Finger sichelförmig gekrümmt wie der Sensenmann.

Wie ein Spukschloß in den Nebeln des Yorkshire-Moores ragte die geisterhafte Gestalt der *Cyclop* aus der nassen Dämmerung, böse und drohend, als würde in ihrem Inneren eine unaussprechliche Macht lauern.

21

Pitt war schon zu vielen Schiffswracks getaucht, und er war der erste Mensch gewesen, der das Wrack der *Titanic* leibhaftig gesehen hatte, aber dieses verlorene Geisterschiff der Seefahrtslegende hier vor sich zu sehen erweckte in ihm eine fast abergläubische Ehrfurcht. Das Wissen, daß vor ihm das Grab von über dreihundert Männern lag, verstärkte die böse Aura des Schiffes nur noch.

Das versunkene Schiff lag auf der Backbordseite, etwa um fünfundzwanzig Grad geneigt, den Bug nach Norden. Man sah ihm an, daß es nicht auf den Meeresgrund gehörte, und Mutter Natur hatte sich schon an die Arbeit gemacht, es mit einem Sediment von Unterwasserorganismen zu überziehen, um es seiner Umgebung anzupassen.

Sie entdeckten, daß Giordino schon fleißig dabei war, die Ablagerungen an einer kleinen Stelle neben der Heckreling abzukratzen. Er wandte sich um, als sie näher kamen, und zeigte stolz sein Arbeitsergebnis. Die freigelegten Lettern ergaben deutlich das Wort *Cyclop*.

Pitt warf einen Blick auf seine orangenfarbene Doxa-Taucheruhr. Es schien eine Ewigkeit her zu sein, daß der Zeppelin abgestürzt war, aber in Wirklichkeit waren erst neun Minuten vergangen, seit sie die Gondel verlassen hatten. Oberstes Gebot war der sparsame Umgang mit dem Sauerstoff. Sie mußten das Wrack noch durchsuchen und dann genug übrighalten, um mit den Reservetanks die Dekompression durchzuführen. Ihre Sicherheitsmenge war gefährlich gering.

Er überprüfte Jessies Sauerstoffanzeige und ihre Augen. Sie sah ihn klar an. Ihr Atem ging langsam und gleichmäßig. Sie gab ihm das Daumen-nach-oben-Zeichen und begleitete es mit einem koketten Blinzeln. Ihr Flirt mit dem Tod in der *Prosperteer* war für den Augenblick vergessen.

Pitt blinzelte zurück. Sie scheint tatsächlich Spaß daran zu finden, dachte er.

Die vier bildeten eine Linie und begannen das Schiff der Länge nach abzusuchen. Die Türen der Heckaufbauten waren abgefault. Aber jedes winzigste Stück flacher Oberfläche war hoch von staubigen Sedimenten bedeckt. Aus dem Studium des Plans der *Cyclop* wußte Pitt, daß er keine Zeit am Heck zu verlieren brauchte. Wenn sie die La-Dorada-Statue finden wollten, dann hatten sie die besten Chancen im Frachtraum unter der Brücke. Er winkte den anderen zu, sich auf den Bug zu konzentrieren.

Langsam und vorsichtig schwammen sie an dem Laufgang über den Kohlebunkern entlang und zwängten sich an den Überresten des zusammengestauchten Ladebaums vorbei, der wie Riesenfinger in die Dämmerung ragte. Es wurde immer deutlicher, daß die *Cyclop* einen schnellen und gewaltsamen Tod gefunden haben mußte. Die verrotteten Überreste der Rettungsboote hingen noch in ihren Davits. Und die ganze Hülle sah aus, als hätte sie den Schlag einer Riesenfaust empfangen.

Immer deutlicher wurde die merkwürdige Schachtelform der Brücke erkennbar. Ihre beiden Stützpfeiler auf der Steuerbordseite waren eingeknickt, aber die Schräglage des Schiffes hatte dafür gesorgt, daß die Brücke in etwa ihre Form behalten hatte. Mit eigentümlichem Galgenhumor hatte das Unglück die Brücke sogar in perfekt horizontaler Lage zurückgelassen, während das ganze restliche Schiff schräg lag.

Die Dunkelheit hinter der leeren Türöffnung des Ruderhauses wirkte drohend. Pitt schaltete seine Taucherlampe an und schwebte vorsichtig hinein. Er achtete sorgsam darauf, mit seinen Flossen keinen Schlick vom Deck aufzuwirbeln. Schwaches Licht drang durch die schlammüberzogenen Bullaugen. Pitt rieb den Schmutz von der Schiffsuhr ab. Ihre verrosteten Zeiger standen auf zwölf Uhr einundzwanzig. Er untersuchte auch den großen Kompaß. Er hatte den Untergang ohne Schäden überstanden. Das Schiff lag genau dreihundertvierzig Grad nach Norden.

Pitt untersuchte gerade den Maschinentelegraph, der auf volle Fahrt stand, als Jessie hinter ihm eine schreckhafte

Bewegung vollzog, die Pitt einen Schauer über den Nacken jagte. Er wirbelte herum und sah sie im Geist schon von einem Hai davongezerrt, als er ihre heftigen Gesten zu einem Objekt hin bemerkte, das aus dem Schlamm hervorragte.

Zwei menschliche Schädel, bis zu der Nasenöffnung im Schlick begraben, starrten sie aus leeren Augenhöhlen an. Sie vermittelten Pitt das unheimliche Gefühl, beobachtet zu werden. Jetzt entdeckte er auch die Knochen eines anderen Besatzungsmitgliedes vor dem Ruder. Noch immer ruhten knöcherne Finger zwischen den Speichen. Pitt fragte sich, ob einer dieser traurigen Überreste wohl Kapitän Worley war.

Sonst gab es nichts zu sehen, so daß Pitt Jessie wieder aus dem Ruderhaus nach draußen führte und dann die Gangway zu den Passagierquartieren hinunter. Sie fanden weitere menschliche Überreste, aber keine Spur von Gepäck oder gar einer Kiste, die eine Statue enthalten konnte. Schließlich schwammen sie wieder zurück auf das Deck. Giordino erwartete sie schon und winkte sie zu einer halb offenen Luke. Pitt zwängte sich hinein. Sein Sauerstofftank klirrte gegen den Rahmen. Er schwamm einen engen Tunnel neben einer verrotteten Leiter hinunter.

Unten befand er sich in einem Raum, der nach dem Anblick der Trümmer und Überreste in dem unirdischen Schimmer von Gunns Taucherlampe ein Gepäckabteil gewesen sein mußte. Dahinter lag ein Haufen Knochen. Ein Kiefer unter einem Schädel stand weit offen, als wolle er einen Schreckensschrei ausstoßen.

Gunn war bereits damit beschäftigt, intensiv die verrotteten Einzelteile einer riesigen auseinandergefallenen Kiste zu untersuchen. Von der Kiste an die Wand gedrückt, entdeckten sie die Überreste von zwei weiteren Männern.

Einen Augenblick klopfte Pitts Herz vor Aufregung und Vorfreude, denn er war sich sicher, den größten Schatz der Meere entdeckt zu haben. Dann sah Gunn auf, und Pitt konnte die bittere Enttäuschung in seinen Augen lesen. Die Kiste war leer.

Aber die weitere Suche in dem Frachtraum brachte eine andere erstaunliche Entdeckung. In den dunklen Schatten fanden sie die zusammengeklappte Hülle eines altmodischen Tiefseetaucheranzuges. Die Arme waren ausgestreckt, die Füße befanden sich in schweren Stiefeln nach Frankenstein-Manier. Ein kupferner Taucherhelm und die dazugehörige Brustplatte bedeckten Kopf und Nacken. Zusammengerollt wie eine tote graue Schlange ringelte sich neben dem Anzug der dazugehörende Luftschlauch. Er war etwa anderthalb Meter vom Helm aus abgeschnitten worden.

Die Ablagerungen auf dem Anzug und dem Schlauch deuteten darauf hin, daß er sich schon viele Jahre hier befinden mußte. Pitt zog ein Messer, das er am rechten Oberschenkel trug, aus der Scheide und benutzte es, um die Schrauben an der Helmplatte aufzudrehen. Er öffnete den Helm und leuchtete hinein. Geschützt vor dem Meer und seinen Räubern zeigte der Schädel im Inneren noch Überreste von Fleisch und Haaren.

Pitt und seine Begleiter waren nicht die ersten, die das grausame Geheimnis der *Cyclop* erforscht hatten. Jemand anders war schon hier gewesen und hatte *La Dorada* mitgenommen.

22

Pitt überprüfte noch einmal die Zeit auf seiner Doxa-Uhr und kalkulierte ihre Dekompressionsstops durch.

Nach dem Verlassen der *Cyclop* hatten sie schnell ihre fast leeren Sauerstofftanks gegen die Reserve ausgewechselt und ihren langsamen Aufstieg zur Oberfläche begonnen. Ein paar Meter entfernt ließen Gunn und Giordino etwas mehr Luft in ihre Auftriebskompensatoren, um mit dem Gewicht des schweren Bündels zurechtzukommen.

Unter ihnen in der nassen Dämmerung lag verloren die

Cyclop. Noch einmal zehn Jahre, dann würden ihre verrosteten Wände nach innen fallen, und in einem Jahrhundert hatte die rastlose See diese traurigen Überreste unter einem Leichentuch von Sand und Schlamm für immer verborgen. Die Oberfläche über ihnen war ein wirbelnder Quecksilberschimmer. Beim nächsten Dekompressionshalt begannen sie die schweren Schläge der gewaltigen Wogen über ihnen zu spüren. Ein weiterer Stop kurz unter der Oberfläche würde ihnen nichts mehr bringen. Ihre Luftvorräte waren fast aufgebraucht, und alles, was ihnen jetzt noch widerfahren konnte, war ein Tod in den Tiefen. Es blieb ihnen nichts anderes übrig, als zur Oberfläche aufzutauchen und ihr Glück in dem Sturm über ihnen zu versuchen.

Jessie schien unberührt und gelassen. Pitt begriff, daß sie sich von der Gefahr an der Oberfläche noch kein Bild gemacht hatte. Sie dachte nur daran, endlich wieder den Himmel zu sehen.

Pitt sah noch einmal auf die Uhr und deutete dann mit dem Daumen nach oben. Gleichmäßig begannen sie den letzten Aufstieg, Jessie an Pitts Bein hängend, Gunn und Giordino das Bündel ziehend. Das Licht wurde heller, und als Pitt aufsah, stellte er zu seiner Überraschung fest, daß der weiße Schaum bereits einen Meter über seinem Kopf begann.

Er tauchte in einer Woge auf, die ihn schnell über eine aufgetürmte grüne Wand trug, leicht wie ein Badewannenspielzeug. Der Wind heulte ihm in den Ohren, und die Gischt peitschte seine Wangen. Er riß sich die Maske herunter und blinzelte.

Der Himmel im Osten wurde von dunklen wirbelnden Wolken verhüllt, schwarz wie Kohle, die über das graugrüne Meer rasten. Die Geschwindigkeit des schnell heranziehenden Sturms ließ sich schwer abschätzen. Er schien sich von Horizont zu Horizont zu erstrecken.

Jessie tauchte neben ihm auf und starrte mit aufgerissenen Augen auf die düsteren Vorboten des Sturmes. Sie spuckte ihr Mundstück aus. »Was ist das?«

»Der Hurrikan«, schrie Pitt durch den Wind. »Er ist schneller herangezogen, als der Wetterbericht angab.«

»O Gott!« keuchte sie.

»Schnell runter mit dem Gewichtsgürtel und den Sauerstofftanks!« schrie er.

Den anderen brauchte er nichts weiter zu sagen. Sie hatten sich bereits der Ausrüstung entledigt und rissen das Bündel auf. Die Wolken rasten über sie hinweg, und die Welt verschwand in einem düsteren Zwielicht ohne alle Farben. Verblüfft entdeckten sie, wie schnell die Macht sich entfaltete. Der Wind verdoppelte plötzlich seine Stärke und füllte die Luft mit Gischt und Schaum, den er von den sich immer höher auftürmenden Wellen fegte.

Abrupt öffnete sich das sorgsam mitgeschleppte Bündel zu einem automatisch aufblasbaren Boot, komplett mit einem wasserdicht mit Plastik eingehüllten 20-PS-Außenbordmotor. Giordino rollte sich über die Seite in das Boot, gefolgt von Gunn, der sofort fieberhaft die Motorhülle herunterriß. Der wilde Sturm trieb das Boot schnell von Pitt und Jessie davon. Der Abstand vergrößerte sich mit alarmierender Geschwindigkeit.

»Der Seeanker!« brüllte Pitt. »Werft den Seeanker aus!«

Gunn konnte Pitt durch das Tosen des Windes kaum verstehen. Er hob einen sackartigen Gegenstand über die Seite des Bootes und ließ ihn fallen. Als der Anker Grund faßte, drehte sich der Bug des Bootes in den Wind, und es verlangsamte seine Drift.

Während sich Giordino mit dem Motor abmühte, warf Gunn Pitt eine Leine zu, der sie unter Jessies Arm band. Während sie zum Boot gezogen wurde, versuchte Pitt, so gut er konnte, hinter ihr herzuschwimmen, während immer wieder Brecher über seinen Kopf rollten. Die Tauchermaske wurde ihm abgerissen, und er mußte sich immer wieder das Salzwasser aus den Augen wischen. Als er sah, daß sich der Abstand zum Boot trotzdem weiter vergrößerte, verdoppelte er seine Anstrengungen.

Giordinos muskelbepackte Arme fuhren ins Wasser und packten Jessie an den Handgelenken. Er hob sie mit einer Leichtigkeit an Bord, als wäre sie ein mittelgroßer Hering. Pitt konnte mit vom Salzwasser getrübten Augen die Leine, die sich um seine Schulter legte, kaum noch sehen. Aber er sah Giordinos Grinsen, und so griff er fest zu. Sekunden später lag er auf dem Boden des wild schaukelnden Bootes und keuchte nach Luft.

»Noch eine Minute, und du wärst außer Reichweite der Leine gewesen«, schrie Giordino.

»Die Zeit vergeht wie im Flug, wenn man so richtig Spaß hat«, schrie Pitt zurück.

Giordino rollte, verzweifelt über diese Bemerkung, mit den Augen und wandte sich wieder dem Motor zu.

Die größte Gefahr war jetzt, daß ihr Boot kenterte. Solange es nicht gelang, den Motor zu starten, um ihrem Schlauchboot wenigstens ein Mindestmaß an Stabilität zu geben, konnte jede nächste Woge es auf den Rücken werfen.

Die Stärke des Windes war nahezu unglaublich. Er zerrte an ihren Haaren und Körpern, die Gischt fegte über ihre Wangen, als befänden sie sich in einem Sandsturm. Das kleine Schlauchboot bog und wand sich unter dem rasenden Ansturm der Wellen, aber es schaffte es irgendwie immer wieder, an der Katastrophe vorbeizuschlingern.

Pitt kniete auf dem Gummideck, hielt sich mit der rechten Hand an der Rettungsleine fest und wandte dem Wind den Rücken zu. Dann streckte er den linken Arm aus. Es war ein alter Seemannstrick, auf den man sich in der nördlichen Hemisphäre immer verlassen konnte. Seine linke Hand würde jetzt auf das Zentrum des Sturms deuten.

Sie befanden sich noch ein wenig außerhalb des eigentlichen Zentrums, urteilte er. Die relative Ruhe im Auge des Hurrikans würde ihnen in den nächsten Stunden keine Erleichterung bringen. Das Hauptdurchzugsgebiet lag wahrscheinlich noch gut fünfzig Kilometer Richtung Nordwesten. Also stand ihnen das Schlimmste noch bevor.

Schließlich gab Giordino Handzeichen, daß der Motor endlich lief. Im Heulen des Windes konnte niemand hören, ob er angesprungen war.

Schnell hievten Pitt und Gunn den Treibanker und die Ballastsäcke wieder an Bord.

Pitt formte die Hände zum Trichter und brüllte Giordino in die Ohren: »Reite vor dem Sturm!«

Zu kreuzen wäre unmöglich gewesen. Die verbündeten Kräfte von Wind und Wasser hätten das Boot in wenigen Minuten zum Kentern gebracht. Gegen den Sturm anzulaufen, hätte das Boot über kurz oder lang regelrecht zerschmettert. Ihre einzige Hoffnung lag darin, den Weg des geringsten Widerstandes einzuschlagen.

Giordino nickte grimmig und schwang das Ruder herum. Das Boot schoß wild bockend zur Seite und den nächsten Wogenkamm hinauf. Die See, die an ihnen vorbeirauschte, war weiß von Gischt. Alle kauerten sich flach auf den Boden des Bootes außer Giordino. Er hatte die Rettungsleine um einen Arm gewickelt und hielt unter dem anderen das Ruder des Außenbordmotors.

Der letzte Rest von Tageslicht schwand dahin, und die Nacht würde keine Stunde mehr auf sich warten lassen. Die Luft war feucht und schwer. Das Atmen fiel schwer. Die fast solide Wand von aufgepeitschtem Wasser schränkte die Sicht auf weniger als hundert Meter ein. Pitt lieh sich Gunns Tauchermaske aus, die als einzige übriggeblieben war. Es kam ihm vor, als stände er unter den Niagarafällen und versuchte nach oben zu schauen.

Giordino führte das Boot in einen Todestanz, und er wußte, daß sie eigentlich keine Chance mehr hatten. Der Hurrikan steigerte seine Kraft von Minute zu Minute. Die Wogen türmten sich immer höher auf. Daß sie bis jetzt überlebt hatten, war reines Glück, aber jede weitere Woge, die sie überstanden, führte sie dem Ende um so unausweichlicher entgegen. Eine kleine Bewegung mit dem eisern gehaltenen Ruder, und alles war vorbei. Für eine Sekunde erlaubte Giordino sich einen Blick zu den anderen, und er sah das breite, aufmunternde Lächeln in Pitts Gesicht. Falls der Freund, den er jetzt seit fast dreißig Jahren kannte, den Tod kommen sah, ließ er es sich jedenfalls nicht anmerken. Pitt winkte munter und starrte dann wieder angestrengt Richtung Bug. Giordino wunderte sich, was es dort außer Gischt zu sehen gab.

Pitt studierte die Wellen. Sie türmten sich höher und höher auf, der Wind trieb den Schaum über die Kämme. Die Abstände zwischen den Wogen wurden immer kürzer. Wie die Reihen einer stehenbleibenden Marschkolonne drängten sie sich immer enger zusammen. Der Grund kam näher. Der Wind trieb sie offenbar in niedrigeres Wasser.

Pitt starrte angestrengt, um die chaotische Wasserwand irgendwo zu durchdringen. Langsam, so als würde man beim Entwickeln eines Schwarzweiß-Fotos zusehen, nahmen schattenhafte Formen Gestalt an. Das erste Bild, das sich in seinem Kopf festsetzte, war die Vorstellung von Zähnen, schwarzen Zahnstummeln, die mit weißer Zahnpasta geputzt wurden. Allmählich begriff er die Realität: Es waren Felsen, gegen die sich die Wogen in endlosen weißen Explosionen warfen. Pitt sah, wie das Wasser zum Himmel spritzte, wenn die rücklaufende Brandung auf den nächsten Wogenkamm traf. Als die Gischt für einen Augenblick verwehte, entdeckte er ein niedriges Riff, das parallel zu den Felsen einen natürlichen Wall vor einem weißen, weiten Strand bildete. Es mußte die kubanische Insel Cayo Santa Maria sein, sagte er sich.

Sich die neue Gefahr vorzustellen bereitete keine Schwierigkeiten: Körper, die an den scharfen Riffen zerfetzt oder auf den zerklüfteten Felsen zerschmettert wurden. Er wischte sich das Salz von der Taucherbrille und spähte weiter in den Sturm. Dann entdeckte er sie, die Chance von tausend zu eins, der Wucht der Wellen zu entkommen.

Auch Giordino hatte es gesehen – einen kleinen Durchlaß zwischen den Felsen. Er steuerte darauf zu, obwohl er wußte, daß seine Chance weniger als minimal war.

Dann erwischte einer der rückflutenden Brecher sie wie

eine Lawine. Die Schraube des Außenbordmotors wirbelte in der Luft, als sie hochgerissen wurden. Ihr Surren wurde jedoch vom Donnern der Brandung übertönt. Gunn öffnete den Mund, um eine Warnung zu brüllen, aber kein Laut war in dem Chaos zu hören. Das Boot stürzte ins nächste Wellental, und der Brecher überrollte es mit der Gewalt einer Lokomotive. Er riß Gunn wie ein Spielzeug von Bord.

In einer Gischtwolke wurde das Boot über das Riff geschleudert. Die Korallen zerfetzten die Luftkammern von unten: ein Feld von Rasierklingen hätte nicht effektiver arbeiten können. Für einige Sekunden waren sie völlig unter Wasser. Dann richtete sich das tapfere kleine Gummiboot wieder auf und durchbrach die Wasseroberfläche. Sie befanden sich etwa zwanzig Meter hinter dem Riff im offenen Wasser der Lagune. Gunn tauchte nur wenige Meter neben ihnen auf und schnappte nach Luft. Pitt gelang es, ihn bei den Schultern zu erwischen und an den Riemen seiner Taucherweste an Bord zu zerren. Die Rettung kam keinen Augenblick zu früh. Der nächste Brecher fegte über das Riff wie eine Herde von Bisons auf der Flucht vor einem Präriefeuer.

Giordino hing noch immer grimmig am Ruder des Außenbordmotors, der mit letzter Kraft arbeitete. Man brauchte nicht Hellseher zu sein, um zu wissen, daß die Luftkammern des Bootes zerfetzt waren. Es hielt sich nur mit den Resten der noch nicht entwichenen Luft über Wasser. Sie hatten fast die Lücke zwischen den Strandfelsen erreicht, als die nächste Welle sie packte. Die rückflutende letzte Welle erhöhte diesen Brecher noch, so daß er sich fast doppelt so hoch aufwarf. Er schien immer schneller zu werden, je näher sie dem felsigen Strand kamen.

Pitt sah auf. Über ihm erhoben sich die drohenden Felszacken. Das Wasser wirbelte um sie wie in einem kochenden Kessel. Das Boot wurde von der Brandungswelle hochgerissen, und für einen kurzen Moment dachte Pitt, der Brecher würde sie über die Felsen hinwegtragen. Aber dann schmetterte das Wasser plötzlich gegen einen Felsen neben dem schmalen Durchlaß, den er eben noch gesehen hatte. Das zerfetzte Boot und seine Insassen wurden in die Luft geworfen und dann in den Mahlstrom gestürzt.

Pitt hörte aus größerer Entfernung Jessies Schrei. Er wollte ihr antworten, aber da verschwamm ihm alles vor Augen. Das Boot wurde so über den Strand gejagt, daß der Motor abriß.

Pitt erinnerte sich an nichts mehr. Ein schwarzer Wirbel öffnete sich vor ihm, und er versank in der Dunkelheit.

23

Der Mann, der die treibende Kraft hinter der Jersey Colony war, lag auf der Couch im Büro des geheimen Hauptquartiers seines Projektes. Er hatte die Augen geschlossen und konzentrierte sich auf die Erinnerung an das Treffen mit dem Präsidenten auf dem Golfplatz.

Leonard Hudson wußte verdammt gut, daß der Präsident nicht einfach stillsitzen und geduldig auf den nächsten Gesprächstermin warten würde. Der Kopf der Exekutive war ein Macher, der nie etwas dem Zufall überlassen hatte. Auch wenn Hudsons Quellen im Weißen Haus und die verschiedenen Nachrichtendienste keinerlei Anzeichen für eine Untersuchung des Jersey-Projekts meldeten, war er sicher, daß der Präsident einen Weg suchte, den *Harten Kern* ans Tageslicht zu zerren.

Er konnte fast fühlen, wie sich das Netz um sie zusammenzog.

Sein Sekretär klopfte leise an die Tür und trat dann ein. »Entschuldigen Sie die Störung, aber Mr. Steinmetz ist auf dem Monitor und will mit Ihnen sprechen.«

»Ich bin in einer Minute da.«

Hudson konzentrierte sich auf das anstehende Gespräch, während er sich die Schuhe zuband. Wie ein Computer konnte er ein Problem beseite schieben und ein anderes abrufen. Es würde kein Vergnügen sein, sich mit Steinmetz zu streiten, selbst wenn der Mann eine viertel Million Meilen entfernt war.

Eli Steinetz war die Art von Ingenieur, der für jedes Problem eine technische Lösung konstruieren konnte und sie notfalls eigenhändig zusammenbaute. Sein Talent zu Improvisationen war der Grund, warum Hudson ihn als Leiter der Jersey Colony ausgewählt hatte. Als Absolvent von Caltech mit einem Abschluß am MIT hatte er bereits Projekte in der halben Welt durchgeführt, selbst in Rußland.

Als der *Harte Kern* ihn angesprochen hatte, ob er die erste menschliche Siedlung auf dem Mond bauen wollte, hatte Steinmetz sich fast eine Woche Zeit gelassen, um eine Entscheidung zu treffen und sich in Gedanken mit dem gewaltigen Konzept und der schwierigen Logistik eines solchen Projekts auseinanderzusetzen. Schließlich hatte er akzeptiert, aber nur zu seinen eigenen Bedingungen.

Er und nur er allein wählte die Crew aus, die mit ihm auf dem Mond leben sollte. Es sollten keine Piloten oder primadonnenhaften Astronauten dabei sein. Alle Weltraumflüge würden von der Bodenstation oder Bordcomputern gesteuert. Nur Männer mit ganz speziellen Qualifikationen, die für die erste Bauphase der Siedlung überlebenswichtig waren, durften dazugehören. Auf Steinmetz' Wunsch waren die ersten drei Siedler Geologen und Bergbauingenieure. Monate später kamen ein Biologe und ein Arzt hinzu, dann ein geochemischer Ingenieur und ein Gärtner. Andere Wissenschaftler und Techniker folgten, sobald ihre besonderen Fähigkeiten und ihr Spezialwissen notwendig waren.

Zunächst hatte man Steinmetz für zu alt gehalten. Er war dreiundfünfzig, als er den Mond betrat, jetzt war er neunundfünfzig. Aber Hudson und der *Harte Kern* schätzten Erfahrung mehr als Jugend, und sie hatten nie Grund, ihre Entscheidung zu bereuen.

Jetzt beobachtete Hudson Steinmetz auf dem Fernsehmonitor, den Blick auf die Flasche in der Hand des Ingenieurs geheftet. Anders als die Kolonisten ließ sich Steinmetz keinen Bart wachsen. Sein Kopf war glatt rasiert. Seine Haut hatte eine dunkle Farbe, die zu seinen schwarzen Augen paßte. Steinmetz war amerikanischer Jude, aber er hätte, ohne aufzufallen, in jeder arabischen Moschee untertauchen können.

»Na, was sagt ihr zu diesem Triumph der autarken Versorgung?« fragte Steinmetz. »Château Lunar, 1989. Nicht grade ein erstklassiger Jahrgang. Es reichte mit den Trauben nur für vier Flaschen. Wir hätten dem Wein im Gewächshaus noch ein Jahr zum Reifen geben sollen, aber wir wurden ungeduldig.«

»Ich sehe, daß ihr sogar eure eigenen Flaschen angefertigt habt«, stellte Hudson fest.

»Ja, unsere erste chemische Fabrik ist inzwischen voll in Betrieb. Wir haben unseren Ausstoß sogar erhöht, so daß wir jetzt fast zwei Tonnen Monderde in zweihundert Pfund eines Bastardmetalls oder in fünfhundert Pfund Glas in fünfzehn Tagen verwandeln können.«

Steinmetz schien an einem langen flachen Tisch in einer kleinen Höhle zu sitzen. Er trug ein dünnes Baumwollhemd und Shorts. »Bei Ihnen scheint es ganz so zu sein wie hier unten«, bemerkte Hudson.

»Das war ja auch die erste Priorität, als wir landeten«, verkündete Steinmetz lächelnd. »Erinnern Sie sich?«

»Ja. Den Eingang der Höhle versiegeln und dann das Ganze mit Luft füllen, so daß man unter atmosphärischen Bedingungen arbeiten konnte, ohne das Handicap eines Raumanzuges.«

»Nachdem wir fast acht Monate in dem verdammten Anzug zugebracht hatten, können Sie sich gar nicht vorstellen, was das für eine Erleichterung war, da wieder herauszukommen.«

Hudson schwieg einen Augenblick. »Es wird nicht mehr lange dauern, Eli.«

»Große Veränderungen auf der Erde, seit wir aufgebrochen sind?«

»Alles so wie immer, nur etwas mehr Smog, etwas mehr Verkehr, etwas mehr Leute.«

Steinmetz lachte. »Wollen Sie mich zu einer Verlängerung überreden, Leo?«

»Daran denke ich im Traum nicht. Wenn Sie hier plötzlich aus heiterem Himmel auftauchen, werden Sie den größten Empfang seit Lindbergh bekommen.« Eigentlich hatte Hudson nur vorsichtig das Gespräch darauf bringen wollen, aber jetzt spürte er, daß ein klares Wort angebracht war. »Kurz bevor ihr euch auf den Weg macht, werdet ihr euch noch um die Russen kümmern müssen«, erklärte er mit ausdrucksloser Stimme.

»Das haben wir doch schon durchgesprochen«, erwiderte Steinmetz entschieden. »Es gibt keinen Grund anzunehmen, daß die Russen auch nur auf zweitausend Meilen Entfernung an die Jersey Colony herankommen.«

»Dann sucht ihr sie eben und vernichtet sie. Ihr habt die Waffen und die Ausrüstung für eine solche Expedition. Die russischen Wissenschaftler werden nicht bewaffnet sein. Das letzte, was sie auf dem Mond erwarten, ist ein Angriff von jemandem, der sich bereits dort befindet.«

»Die Jungs hier und ich, wir werden gern unsere Blockhütte verteidigen, aber wir gehen nicht raus und schießen unbewaffnete Männer nieder, die überhaupt keine Bedrohung darstellen.«

»Hören Sie mir zu, Eli«, drängte Hudson. »Es gibt eine Bedrohung, eine sehr reale sogar. Wenn die Sowjets irgendwie hinter die Existenz der Jersey Colony kommen, dann werden sie die Siedlung besetzen. Ihr verlaßt die Station knapp vierundzwanzig Stunden nach der Landung der Kosmonauten, also ist die Colony leicht einzunehmen, solange die Russen nur warten.«

»Das ist mir völlig klar«, unterbrach ihn Steinmetz aufgebracht. »Und ich habe keinerlei Freude an dem Gedanken.

Aber wir müssen uns dem traurigen Umstand stellen, daß wir unsere Abreise nicht ohne weiteres verschieben können. Ich kann meine Männer nicht dazu überreden, hier noch einmal sechs Monate oder ein Jahr zu warten, bis unsere Freunde da unten es geschafft haben, einen weiteren Flug in den Orbit zu arrangieren, der uns nach Hause bringen kann. Daß die Russen ausgerechnet ihr Landedatum für den gleichen Zeitpunkt festgelegt haben, ist eben Pech.«

»Wir haben die älteren Besitzrechte am Mond«, verkündete Hudson wütend. »Männer der Vereinigten Staaten haben ihn zuerst betreten, und wir waren die ersten, die ihn kolonisiert haben. Um Himmels willen, Eli, verschenken Sie ihn nicht an eine Bande von Kommunisten.«

»Verdammt, Leo, es gibt genug Mond für jeden. Außerdem ist hier oben nicht gerade der Garten Eden. Mit der Einrichtung von Spielcasinos wird es wohl noch eine Weile dauern. Auch wenn die Kosmonauten über unsere Kolonie stolpern sollten, sie werden nicht gerade eine Goldmine an wertvollen Informationen entdecken. Unsere gesammelten Daten gehen mit zur Erde. Was wir hier zurücklassen müssen, werden wir zerstören.«

»Seid doch keine Narren. Warum etwas zerstören, was für die nächsten Kolonisten, die bestimmt kommen werden, ein Vorteil ist, den sie bitter nötig haben werden?«

Auf dem Monitor vor sich sah Steinmetz die Zornesröte auf Hudsons Gesicht, das zweihundertvierzigtausend Meilen von ihm entfernt war. »Ich habe Ihnen meine Position klargemacht, Leo, deutlich genug. Wir werden die Jersey Colony verteidigen, sollte das nötig sein, aber erwarten Sie nicht von uns, daß wir einen Trupp losschicken, der unschuldige Kosmonauten umbringt. Es ist eine Sache, auf eine unbemannte Raumsonde zu schießen, aber eine ganz andere Sache, menschliche Artgenossen zu ermorden, nur weil sie sich auf einem Gebiet bewegen, das sie nach allem Recht betreten können.«

Nach dieser deutlichen Erklärung wurde es für eine Weile

still, aber letzten Endes war sie genau das, was Hudson von Steinmetz erwartet hatte. Der Mann war kein Feigling, aber er hatte Prinzipien. Schließlich brach Hudson den Bann. »Nehmen wir an, die Sowjets landen in weniger als fünfzig Meilen Entfernung? Wäre das Beweis genug, daß sie einen Angriff auf euch vorhaben?«

Steinmetz rutschte unsicher auf seinem aus Stein gehauenen Stuhl hin und her, unwillig, sich auf ein Zugeständnis einzulassen. »Warten wir ab, und sehen wir, was passiert.«

»Niemand hat je eine Schlacht gewonnen, indem er in die Defensive gegangen ist«, belehrte Hudson ihn. »Wenn ihr Landepunkt sich in Angriffsweite befindet und sie auf die Kolonie vorrücken, werden Sie dann einen Kompromiß akzeptieren und angreifen?«

Steinmetz nickte langsam. »Sie wollen mir unbedingt eine Situation beschreiben, die mir keine andere Wahl läßt.«

»Es steht zuviel auf dem Spiel«, sagte Hudson. »Und Sie werden wirklich keine andere Wahl haben.«

24

Langsam verzog sich der Nebel in Pitts Kopf, und allmählich nahmen seine Sinne, einer nach dem andern, wieder die normale Funktion auf. Mühsam öffnete er die Augen und versuchte, einen klaren Blick zu bekommen. Fast eine halbe Minute starrte er auf die vom Wasser gerunzelte Haut seiner linken Hand, dann auf das orangefarbene Ziffernblatt seiner Taucheruhr, als wäre es die erste Uhr, die ihm je vor Augen gekommen wäre.

Im schwachen Zwielicht las er die Uhrzeit: sechs Uhr vierunddreißig. Ihm kam es vor, als läge er hier schon ein halbes Leben.

Der Wind donnerte noch immer mit der Geschwindigkeit eines Expreßzuges über das Meer, und die Gischt hämmerte mit Regen vermischt auf seinen Rücken. Er versuchte sich auf Händen und Knien aufzurichten, aber seine Beine schienen wie einbetoniert zu sein. Er wälzte sich zur Seite und sah nach unten. Die Brandung hatte ihn halb unter dem Sand des Strandes begraben.

Einige Minuten lag Pitt still, sammelte seine Kräfte und versuchte sich ein Bild von der Situation zu machen. Giordino schien es doch geschafft zu haben. Er hatte sie durch das Nadelöhr der Felsbarriere gesteuert. Dann hörte er plötzlich durch das Heulen des Windes Jessies schwache Rufe. Er grub seine Beine aus und zwang sich auf die Knie. Im Sturmwind schwankend, spie er das Salzwasser aus, das ihm in Nase, Mund und Kehle gelaufen war. Halb über den Sand kriechend, halb stolpernd, erreichte er schließlich die wie betäubt dasitzende Jessie. Ihre Haare hingen ihr strähnig über die Schultern, in ihren Schoß hatte Gunn seinen Kopf gelegt. Sie blickte auf, und für einen kurzen Augenblick spiegelte sich Erleichterung in ihren Augen. »Gott sei Dank«, murmelte sie, Worte, die der Sturm ihr von den Lippen riß. Pitt legte ihr aufmunternd den Arm um die Schultern und wandte seine Aufmerksamkeit dann Gunn zu. Der Kampfgefährte war bewußtlos. Sein gebrochener Fußknöchel hatte fast die Größe eines Fußballs erreicht. Unter dem Haaransatz sah man eine übel aussehende Schramme, und die Korallen hatten Gunns Körper an verschiedenen anderen Stellen zerkratzt, aber er lebte und atmete ruhig und gleichmäßig.

Pitt schützte seine Augen mit einer Hand und versuchte den Strand zu überblicken. Von Giordino war nirgendwo etwas zu sehen. Zunächst wollte Pitt es nicht glauben. Die Sekunden vergingen, während er in das Unwetter starrte. Für einen winzigen Augenblick erhaschte er dann den Blick auf etwas Orangefarbenes, was er schließlich als Überrest des Gummibootes identifizierte. Es hing unterhalb der Brandungslinie und wurde von den Wellen langsam hin und her gezerrt. Pitt watete bis zur Hüfte ins Wasser und versuchte, die an ihm reißenden Brecher einfach zu ignorieren. Er tauchte unter das zerfetzte Boot und tastete mit den Händen an ihm herum. Seine Finger berührten nur zerrissenes Gummi. Dem verzweifelten Drang folgend, absolut sicher zu sein, zog er das Boot den Strand hinauf.

Eine große Welle traf ihn unerwartet von hinten und drückte ihn nieder. Irgendwie schaffte er es, auf den Füßen zu bleiben und das Boot in niedriges Wasser zu ziehen. Als die Gischt der Welle vom Wind davongetragen worden war, entdeckte er neben sich ein paar Beine unter dem Boot hervorragen. Schockiert und ungläubig starrte er sie an. Eine fast fanatische Ablehnung, den Tod von Giordino zu akzeptieren, stieg in Pitt auf. Wie ein Wahnsinniger riß er die Fetzen des Gummibootes auseinander und fand darunter Giordinos Körper flach im Wasser treibend, den Kopf tief in einer der Gummikammern des Bootes steckend. Ein Hoffnungsschimmer, der Pitt fast schlecht werden ließ vor Begeisterung. Giordino lebte vielleicht noch.

Pitt zerrte den Freund aus den Überresten des Bootes. Er beugte sich über Giordinos Gesicht und war im Innersten überzeugt, daß er nur noch ein lebloses Blau entdecken würde. Aber es hatte Farbe, und Giordino atmete schwach – unregelmäßig, kaum zu spüren, aber da war noch Leben. Der zähe kleine Italiener hatte auf unglaubliche Art überlebt, indem er die Luft der Kammer des Gummibootes geatmet hatte, in der sein Kopf steckte.

Plötzlich fühlte Pitt sich zu Tode erschöpft. Physisch und psychisch war seine Belastungsgrenze überschritten. Er schwankte, der Wind drohte ihn zu Boden zu drücken. Nur die Entschlossenheit, seine Freunde zu retten, trieb ihn weiter. Langsam, schwerfällig schob er seinen schweren Arm unter Giordino und hob ihn hoch. Der schlaffe Körper schien das Gewicht einer Tonne zu haben.

Gunn tauchte gestützt von Jessie neben ihm auf. Er sah Pitt fragend an. »Wir müssen uns einen Schutz vor dem Sturm suchen«, schrie Pitt, die Stimme krächzend. »Kannst du laufen?«

»Ich helfe ihm«, schrie Jessie zurück. Sie schob beide Arme um Gunns Hüfte, stemmte ihre Füße in den Sand und stützte ihn.

Mit letzter Kraft schleppten sie sich zu einer Reihe von Palmen, die den Strand begrenzten. Jessie hatte irgendwo eine der Tauchermasken wiedergefunden, die sie jetzt trug, so daß sie die einzige war, die im Sturm und Regen etwas sehen konnte. Die anderen mußten die Augen zu schmalen Schlitzen zusammenpressen, um dem beißenden Sand zu entgehen.

Auch hinter den Bäumen ließ der Hurrikan ihnen keine Atempause. Die Bäume wurden von der Gewalt des Sturmes fast bis auf den Boden gedrückt. Kokosnüsse und Blätter flogen an ihnen vorbei, so daß sie sich vorkamen wie auf einem Schlachtfeld unter Granatbeschuß.

Pitt hatte den Kopf nach hinten gewandt und konnte kaum sehen, wohin er Giordino trug. Ehe er sich versah, hing er in einem Zaun aus Maschendraht. Jessie stoppte mit Gunn direkt neben ihm. Ein vorsichtiger Blick nach rechts und links den Zaun entlang zeigte keinerlei Öffnung. Ihn zu überklettern war ausgeschlossen. Der Zaun war wenigstens drei Meter hoch, und über den Maschen folgten drei Stacheldrähte.

»Wohin jetzt?« schrie Jessie.

»Sie gehen vor«, brüllte Pitt ihr ins Ohr. »Ich kann praktisch nichts sehen.«

Sie nickte und führte den hinkenden Gunn nach links. Vom Sturm niedergedrückt schleppten sie sich weiter, Pitt noch immer Giordino auf den Schultern tragend. Zehn Minuten später waren sie noch keine hundert Meter weit gekommen. Pitt konnte sich kaum noch auf den Beinen halten. Seine Arme waren bereits gefühllos, und er hatte kaum noch die Kraft in den Fingern, Giordinos Körper zu halten. Er schloß die Augen und begann blind Schritt für Schritt zu zählen, seinen Weg mit der Schulter am Maschendraht entlang fühlend. Dann hörte er Jessie etwas rufen und öffnete vorsichtig ein Auge. Sie gestikulierte wild mit einem Arm und deutete nach vorne. Vor ihnen hatte der Sturm eine entwurzelte Palme auf den Zaun geworfen und ihn niedergedrückt. Fast im selben Moment wurde es rabenschwarz. Das letzte bißchen Licht verschwand, um sie herum war die Finsternis einer Hurrikan-Nacht. Mit übermenschlicher Kraft ertasteten sie sich den Weg über den umgestürzten Baum. Pitt mußte Giordino hinter sich herziehen. Hundert Meter, dann noch einmal fünfzig Meter, plötzlich schienen Gunn und Jessie vor ihm im Boden zu verschwinden. Pitt ließ Giordino los und ließ sich nach hinten sinken. Vor sich entdeckte er einen steilen Abhang zu einer schmalen Straße, eine Art Hohlweg. Irgendwo unter sich sah er zwei geduckte Gestalten.

»Seid ihr verletzt?« brüllte er.

»Nicht mehr als vorher.« Gunns Stimme wurde vom Sturm überdeckt, aber Pitt hörte deutlich, daß er beim Rufen die Zähne zusammenpressen mußte.

»Jessie?«

»Ich bin in Ordnung ... glaub' ich jedenfalls.«

»Könnt ihr mir mit Giordino helfen?«

»Wir versuchen es.«

»Ich lasse ihn jetzt runter«, schrie Pitt. »Fangt ihn auf.«

Pitt hielt Giordino so lange bei den Händen, bis die beiden unten seine Füße zu packen bekamen. Dann ließen sie ihn langsam über den Hang hinabgleiten. Sobald Giordino ausgestreckt auf dem Boden lag, rutschte Pitt ihm nach. Er sah sich sofort um. Die Straße bot einen gewissen Schutz vor dem Hurrikan. Der Sand wurde über sie hinweggeblasen, so daß Pitt wenigstens die Augen öffnen konnte. Die Oberfläche der Straße schien aus einbetonierten Seemuscheln zu bestehen und machte einen wenig benutzten Eindruck. In keiner Richtung ließ sich ein Licht erkennen. Aber das war keine Überraschung, denn man konnte davon ausgehen, daß mögliche Bewohner der Insel bei Herannahen des Hurrikans die Gegend verlassen hatten.

Jessie und Gunn waren völlig erschöpft, ihr Atem klang kurz und keuchend. Pitt spürte, wie sein Herz in der Brust raste. Aber erschöpft und ausgelaugt, wie sie waren, dachte Pitt sich, war es das reinste Gottesgeschenk, wenigstens ein wenig Deckung vor dem Sturm gefunden zu haben.

Zwei Minuten später begann Giordino zu stöhnen. Dann richtete er sich langsam auf und sah sich mit leeren Augen um.

»Jesus, ist das dunkel«, murmelte er zu sich selbst, offenbar noch nicht wieder ganz bei Sinnen.

Pitt kniete neben ihm und erklärte: »Willkommen im Land der lebenden Toten.«

Giordino hob die Hand und berührte Pitts Gesicht in der Dunkelheit. »Dirk?«

Zur allgemeinen Beruhigung stellte sich heraus, daß Giordino relativ wenig abbekommen hatte. Nur seine Schulter war ausgerenkt. Pitt blieb nichts anderes übrig, als sich auf seine Sanitäterausbildung zu besinnen. Er schaffte es, das Gelenk mit einem geübten Griff wieder einzurenken. Dann stolperten sie weiter. Diesmal führte Pitt sie. Er folgte der Straße nach rechts, ohne daß er dafür einen bestimmten Grund hätte angeben können. Wenigstens fiel ihnen das Gehen etwas leichter. Sie mußten nicht mehr durch tiefen Sand waten und über umgestürzte Palmen stolpern. Aber sie bewegten sich durch völlige Dunkelheit und konnten kaum eine Hand vor Augen sehen.

Nach einer Zeit, die Pitt wie mindestens eine Stunde vorkam, schienen sie kaum weiter als eine Meile gekommen zu sein. Er wollte gerade eine Rast anordnen, als Giordino plötzlich stehenblieb. »Da wird gegrillt!« brüllte er. »Riecht ihr das nicht? Jemand brät Fleisch.«

Pitt schnupperte in der Luft. Das Aroma war kaum wahrnehmbar, aber es war tatsächlich da. Er zerrte Giordino weiter. Der Geruch von gegrillten Steaks wurde mit jedem Schritt stärker. Nach fünfzig Metern hatten sie ein massives Stahltor erreicht, dessen Gitter tanzende Delphine aus

Schmiedeeisen zierten. Eine hohe Mauer, von Glassplittern gekrönt, erstreckte sich nach beiden Seiten. Direkt neben dem Tor gab es ein Pförtnerhaus. Allerdings war es leer, was bei dem Hurrikan niemanden überraschte. Das Tor selbst war verschlossen, aber die äußere und die innere Tür des Pförtnerhauses ließen sich ohne weiteres öffnen. Also gingen sie hinein. Wenige Meter weiter endete die Straße an einem runden Platz, an dessen anderem Ende sich etwas befand, was in der stürmischen Nacht wie der Eingang zu einer riesigen Gruft wirkte. Als sie näher kamen, erkannten sie eine kastenförmige Anlage, deren Dach und drei Seiten von Sand und Gebüsch bedeckt waren. Nur die Vorderseite sah wie ein Gebäude aus, eine Betonwand ohne Fenster, in die eine kunstvoll verzierte riesige Mahagonitür eingelassen war.

»Sieht mir aus wie ein halb vergrabener ägyptischer Tempel«, knurrte Gunn.

»Wenn es nicht dieses schöne Tor gäbe«, sagte Pitt, »würde ich das eher für eine Art Militärdepot halten.«

Jessie wußte Bescheid: »Ein unterirdisches Haus. Die Erde dient zur Isolation gegen die Hitze und das Wetter. Ich kenne einen Architekten, der sich auf solche Anlagen spezialisiert hat.«

»Sieht verlassen aus«, bemerkte Giordino.

Pitt lehnte sich gegen die Tür. Sie schwang langsam auf. Der Geruch nach Essen verstärkte sich noch.

»Riecht aber nicht verlassen«, meinte Pitt.

Sie betraten einen leeren Vorraum, und Pitt zog die Tür hinter ihnen zu. Das Heulen des Sturmes draußen und ihre keuchenden Atemzüge schienen auf merkwürdige Weise die Stille im Inneren des Hauses nur noch zu steigern. »Irgend jemand zu Hause?« rief Pitt laut.

Er wiederholte die Frage mehrmals, aber die einzige Antwort war eine geisterhafte Stille. Sie zögerten, einfach in den nächsten Korridor hineinzumarschieren. Ein anderer Geruch mischte sich in den Duft des gegrillten Fleisches. Tabakrauch.

Stärker als die tödlichen Abgase von Admiral Sandeckers Zigarren. Pitt war kein Experte, aber er wußte, daß teure Zigarren noch widerlicher rochen als billige. Er nahm an, daß der Tabakgeruch von den teuersten Havannas stammte.

Er wandte sich an die anderen. »Was meint ihr?«

»Haben wir eine Wahl?« murmelte Giordino dumpf.

»Zwei«, erwiderte Pitt. »Wir können entweder wieder hinauswandern und es im Hurrikan versuchen. Wenn er nachläßt, beschaffen wir uns ein Boot und versuchen, zurück nach Florida zu kommen ...«

»Oder wir liefern uns der Gnade der Kubaner aus«, unterbrach Gunn ihn.

»So sieht's aus.«

Jessie schüttelte den Kopf und blickte sie aus ihren weichen, gefühlvollen Augen an. »Wir können nicht zurück«, meinte sie ruhig ohne jede Angst. »Der Sturm braucht Tage, bis er sich gelegt hat, und keiner von uns ist in der Verfassung, dort draußen mehr als ein paar Stunden zu überleben. Ich bin dafür, wir versuchen es mit Castro. Das Schlimmste, was uns passieren kann, ist, daß sie uns ins Gefängnis stecken, bis man aus Washington einen Unterhändler schickt.«

Pitt sah zu Gunn hinüber. »Rudi, was meinst du?«

»Wir sind fertig, Dirk. Jessie hat die Logik auf ihrer Seite.«

»Al, siehst du es auch so?«

Giordino zuckte mit den Achseln. »Wenn du es sagst, schwimme ich zurück in die USA.« Und Pitt wußte, daß er das so meinte. »Aber die Wahrheit ist, daß wir am Ende sind. Das beste ist wohl, wenn wir das Handtuch werfen.«

Pitt sah sich seine Truppe an und stellte fest, daß er sich für eine Lage wie diese kein besseres Team hätte wünschen können. Aber man mußte kein Hellseher sein, um zu erkennen, daß ihre Aussichten alles andere als angenehm waren.

»Okay«, erklärte er mit einem grimmigen Lächeln. »Dann wollen wir mal sehen, wo hier die Party steigt.«

Sie wanderten den Korridor hinunter und gelangten schließlich durch einen Torbogen in einen riesigen Aufenthaltsraum, der mit spanischen Antiquitäten ausstaffiert war. Gigantische Wandteppiche verunzierten die Wände, alte Schiffslaternen aus Kupfer und farbigem Glas erleuchteten den Raum schwach. Im Kamin knisterte ein Feuer, die Temperatur glich der eines Treibhauses.

Und nirgendwo war eine Menschenseele zu sehen.

»Unheimlich«, murmelte Jessie. »Unser Gastgeber hat einfach einen furchtbaren Geschmack.«

Pitt hob die Hand. »Leise«, sagte er ruhig. »Dort hinten höre ich Stimmen.« Er wies auf einen Durchgang, an dessen Seiten zwei alte Rüstungen standen. Der Gang führte sie vor einen schweren Vorhang. Einen Augenblick blieben sie stehen, dann zog Pitt ihn zur Seite, und sie traten ein.

Sie befanden sich in einem großen, festlichen Speisezimmer, in dem etwa vierzig Menschen saßen, die abrupt ihre Unterhaltung unterbrachen und Pitt und die anderen mit dem Ausdruck einer Gruppe von Bauern, die gerade die Landung von Außerirdischen erlebten, anstarrten. Die Frauen trugen elegante Abendkleider, die eine Hälfte der Männer Smokings, die andere militärische Ausgehuniformen. Pitt war sich bewußt, daß er und seine Freunde einen schockierenden Anblick bieten mußten. Naß bis auf die Knochen, die Kleidung zerfetzt, mit verletzten Armen und Beinen, die Gesichter zerkratzt. Sie mußten aussehen wie ertrunkene Ratten, die man aus einem vergifteten Abwasser gefischt hatte. Pitt stieß Gunn an und fragte: »Wie sagt man denn auf spanisch: Entschuldigen Sie bitte unser Eindringen?«

»Habe nicht die geringste Ahnung. Auf der Schule hab' ich nur Französisch gehabt.«

Dann kapierte Pitt. Die meisten der uniformierten Männer waren hochrangige sowjetische Offiziere. Nur einer schien die Uniform der kubanischen Streitkräfte zu tragen.

Jessie war in ihrem Element. Daß ihr Designer-Safari-Anzug in Fetzen an ihr herunterhing, störte sie nicht im geringsten. »Gibt es unter Ihnen vielleicht einen Gentleman, der einer Lady einen Stuhl anbieten würde?« verlangte sie.

Bevor sie eine Antwort erhalten konnte, stürzten zehn Männer mit russischen Maschinenpistolen in den Raum und umzingelten die kleine Gruppe. Mit unbeweglichen Gesichtern zielten die Neuankömmlinge auf ihre vier Mägen. Die Augen der Soldaten waren eisig, und ihre Lippen bildeten dünne Striche.

Es gab für Pitt keinen Zweifel, daß diese Männer auf Kommando sofort töten würden.

Giordino, der den Anblick eines Mannes bot, den gerade ein Müllwagen überfahren hatte, richtete sich mühsam zu seiner vollen Größe auf und starrte die Soldaten an. »Habt ihr jemals so viele freundliche Gesichter gesehen?« erkundigte er sich nebenher.

»Nein«, bestätigte Pitt mit einem breiten Grinsen. »Seit der Geschichte am Little Big Horn hat es keinen so freundlichen Empfang mehr gegeben.«

Jessie hörte überhaupt nicht mehr zu. Wie in Trance zwängte sie sich einfach zwischen den Bewaffneten durch und erreichte den Tisch. Sie baute sich neben einem großen, grauhaarigen Mann im Abendanzug auf, der von seinem Stuhl mit ungläubigem Staunen zu ihr aufsah.

Sie strich sich das nasse, verklebte Haar mit einer eleganten Pose zurück. Dann sprach sie mit sanfter, befehlender Stimme. »Sei so gut, Raymond, und schenk deiner Frau ein Glas Wein ein.«

25

Hagen verließ Colorado Springs auf dem Highway 94. Nach einer halben Stunde hatte er den Haupteingang des Unified Space Operations Center erreicht. Das 2-Milliarden-Dollar-Projekt hatte sich in den letzten zehn Jahren zur heimlichen Hauptstadt der Weltraumfahrt entwickelt. Von hier aus entwickelte, testete und kontrollierte die Air Force ihr gesamtes

Weltraumprogramm. Hagen zeigte seinen Ausweis und fuhr unbehindert auf den Besucherparkplatz. Von dort fuhr er jedoch gleich weiter zu dem riesigen Gebäude, in dem sich die zentrale Verwaltung befand. Er stieg nicht aus, sondern blieb im Wagen sitzen, als wolle er jemanden abholen.

In dem Gebäude vor ihm befand sich Hagens derzeit einzige Spur zum *Harten Kern* der Jersey-Colony-Gruppe. Mit Hilfe eines alten Freundes beim FBI hatte er eine der Nummern, die er sich bei Pattenden beschafft hatte, zu General Clark Fisher verfolgt, dem Leiter des Vereinigten Weltraumkommandos der Streitkräfte.

Eine Stunde vorher hatte Hagen als Kammerjäger getarnt das Haus des Generals durchsucht. Die Frau Fishers war hocherfreut, den Besuch eines Inspektors des Gesundheitsdienstes zu erleben, der sich so um die Insektenverseuchung in der Nachbarschaft kümmerte. Sie hatte sich schließlich schon seit Tagen bei ihrem Mann über die Spinnenplage im Keller beklagt. Während sich die Dame des Hauses in der Küche zu schaffen machte, gelang es Hagen sogar, in das Arbeitszimmer des Generals vorzudringen. Doch was er dort fand, hätte keinem sowjetischen Agenten bei der Beförderung geholfen, erst recht nicht einem Detektiv des Präsidenten, der den General einer Verschwörung überführen wollte. Alles war aufgeräumt, keinerlei Hinweise auf die beruflichen Hintergründe des Generals. Als sich Hagen von Mrs. Fisher verabschieden wollte, telefonierte sie gerade und winkte ihm freundlich mit der Hand zu. Im Hinausgehen hörte Hagen noch mit, daß sie ihren Mann gerade bat, auf dem Nachhauseweg eine Flasche Sherry mitzubringen.

Während er im Rückspiegel den Ausgang des Verwaltungsgebäudes beobachtete, genehmigte er sich ein großes Sandwich, das er in Colorado Springs aufgetrieben hatte. Schließlich erschien in der Tür ein hochgewachsener Mann in einer Generalsuniform, ein Typ, wie er im Film von Gregory Peck verkörpert wurde. Hagen erkannte den Mann von den Fotos im Haus der Fishers. Dem General folgte ein breitschultriger

Sergeant. Der Sergeant riß die Tür eines blauen Air-Force-Sedan auf, und der General setzte sich nach hinten.

Irgend etwas an der Szene brachte Hagen auf einen Gedanken. Er richtete sich auf und drehte sich ganz offen zur Seite, um das andere Fahrzeug anzustarren. Während Fisher sich auf dem Rücksitz niederließ, preßte er einen Aktenkoffer fest an seine Brust. Das war es. Er hielt den Aktenkoffer nicht einfach am Griff, wie man es normalerweise tut. Fisher drückte ihn an sich wie einen Ball, hielt ihn fest, als müsse er ihn verteidigen.

Hagen hatte eigentlich vorgehabt, das Büro des Generals zu durchsuchen, sobald er auf dem Nachhauseweg war. Aber jetzt improvisierte er auf der Stelle. Falls der Gedankenblitz, der ihm gerade gekommen war, ihm nicht weiterhalf, konnte er immer noch zurückkommen. Er ließ den Motor an und verfolgte den Wagen des Generals. Die Flasche Sherry fiel ihm wieder ein, und Hagen wußte, daß der General sie sich sicher auf die für einen Militär übliche Weise besorgen würde. Als Fishers Wagen auf dem Parkplatz vor dem Supermarkt der nächsten Kaserne hielt, befand sich Hagen keine zwanzig Meter hinter ihm. Er suchte sich eine Parklücke in der gegenüberliegenden Autoreihe, drei Plätze weiter. Blieb die Frage, ob der General sich seinen Sherry selbst im Laden holen würde. Er schickte den Sergeant.

Als der Sergeant in der Ladentür verschwand, stand Hagen bereits neben dem Sedan des Generals. Zwei schnelle Blicke in die Runde überzeugten ihn, daß kein gelangweilter Kunde gerade auf sie zusteuerte. Die Luft war rein. Was für ein schönes Klischee, dachte sich Hagen und zog grinsend, ohne weiter zu zögern, einen kleinen Gummi-Totschläger aus einer Spezialtasche unter dem Arm seiner Jacke. Er riß die Seitentür auf. Ein schneller Hieb aus der Armbeuge. Kein Wort zur Begrüßung, keine Konversationsfloskeln. Der Totschläger erwischte Fisher genau am richtigen Punkt des Schädels, ohne ihn ernsthaft zu verletzen.

Hagen zog ihm die Aktentasche vom Schoß, schlug die Tür

zu und ging langsam zurück zu seinem eigenen Wagen. Die ganze Aktion hatte keine zehn Sekunden gedauert.

Während er vom Parkplatz des Supermarktes zurück zum Kasernentor fuhr, spielte er in Gedanken die zeitlichen Abläufe der folgenden Ereignisse durch. Fisher würde für mindestens zwanzig Minuten bewußtlos sein, vielleicht sogar für eine ganze Stunde. Der Sergeant würde fünf Minuten für den Sherry brauchen, dann war er wieder beim Wagen. Noch einmal fünf Minuten, bevor jemand Alarm auslösen konnte, immer vorausgesetzt, daß der Sergeant sofort bemerkte, was mit seinem General passiert war, und daraus die richtige Schlußfolgerung zog.

Hagen war zufrieden mit sich. Er würde das Kasernengelände längst verlassen haben, wenn die Militärpolizei etwas merkte. Wahrscheinlich befand er sich dann sogar schon im Flugzeug über Colorado Springs.

Kurz nach Mitternacht begann es in Süd-Colorado zu schneien. Der Schnee verging sofort wieder auf dem weiten Asphalt des Flugplatzes, aber etwas später begann sich langsam eine weiße Decke zu bilden. In einem kleinen, nicht mit Aufschriften verzierten Lear Jet auf einem abgelegenen Stellplatz des Flughafens saß Hagen an einem Tisch und studierte den Inhalt von General Fishers Aktentasche. Das meiste war hochgeheimes Material, das sich mit der täglichen Arbeit des Weltraumzentrums des Pentagons beschäftigte. Eine Akte befaßte sich mit dem Flug des Space Shuttle *Gettysburg*, das in zwei Tagen von der Vandenberg Air Base in Kalifornien starten sollte. Amüsiert fischte Hagen unter den Akten auch ein Pornomagazin hervor. Aber sein großer Treffer war ein schwarzes, in Leder gebundenes Notizbuch, das neununddreißig Namen und Telefonnummern enthielt. Keine Adressen oder Bemerkungen, nur Namen und Nummern in drei Listen. In der ersten gab es vierzehn, der zweiten siebzehn, der letzten acht. Keiner der Namen sagte Hagen irgend etwas. Es konnte durchaus sein, daß es sich um Freunde oder private

Verbindungen von Fisher handelte. Er starrte die dritte Liste an, bis sie ihm vor den Augen zu verschwimmen begann.

Plötzlich hatte er es. Nicht der Nachname, sondern die Vornamen. Schockiert blickte er auf und stellte fest, daß er die einfachsten Dinge auch am leichtesten übersah. Es war eine so offensichtliche Verschlüsselung, daß niemand sie finden würde, der nach einem Code suchte. Er schrieb die Namen auf einen Notizzettel und fügte die richtigen Nachnamen dort hinzu, wo er sie kannte:

Gunnar Mowol/Erikson
Irvin Dupuy
Leonard Murpley/Hudson
Daniel Klein
Steve Larson
Ray Sampson/LeBaron
Dean Beagle
Clyde Ward

Nur acht Namen, nicht neun, also nicht der *Harte Kern?* Dann schüttelte Hagen wieder den Kopf, heute nacht war er wirklich nicht in bester Verfassung. Natürlich fehlte General Clark Fisher selbst. Warum sollte er auch seinen eigenen Namen auf eine Telefonliste setzen?

Fast hatte er es jetzt geschafft, nur die Müdigkeit schien ihn noch aufzuhalten. Er war nicht mehr ausreichend konzentriert, nachdem er fast vierundzwanzig Stunden kein Auge zubekommen hatte. Der direkte Zugriff auf General Fishers Aktentasche hatte ein ungewöhnliches Ergebnis gebracht. Anstatt einer Spur hatte er jetzt fünf, alle Decknamen der Männer des *Harten Kerns*. Alles, was er jetzt noch tun mußte, war, die Namen mit den Telefonnummern in Verbindung zu bringen, dann war sein Job eigentlich erledigt.

Aber das war Wunschdenken. Das Spiel mochte bestenfalls unentschieden stehen, und er hatte sich selbst diese Situation zuzuschreiben. Sein Anruf von Pattenden bei General Fisher war eine etwas zu offensichtliche Attacke gewesen. In Verbindung mit dem Diebstahl der Aktentasche würde der General jetzt Bescheid wissen und alle seine Mitverschwörer warnen. Es gab keinen Weg, wie Hagen ihn daran hindern konnte. Der Schaden war da, und Hagen trug selbst die Schuld. Er mußte weitermachen, und zwar so schnell wie möglich. Jede Stunde ließ den Verschwörern Zeit, sich abzuschotten. In diesem Augenblick betrat der Pilot den Passagierraum. »Entschuldigen Sie die Unterbrechung, Mr. Hagen, aber der Schneesturm nimmt zu. Der Tower hat mich gerade informiert, daß der Flughafen in spätestens zehn Minuten geschlossen wird. Wenn wir jetzt nicht starten, werden wir keine Starterlaubnis vor morgen früh bekommen können.«

Hagen nickte. »Hat keinen Zweck, hier noch länger herumzuhängen.«

»Können Sie mir einen Zielflughafen nennen?«

Eine Weile studierte Hagen seine Notizen. Hudson hob er sich für die letzte Aktion auf. Außerdem hatten Eriksen, Hudson und Daniel Klein Telefonnummern aus demselben Gebiet. Er erkannte die Vorwahl hinter Clyde Wards Namen und entschied sich für ihn, weil er offenbar nur ein paar hundert Kilometer südlich von Colorado Springs lebte.

»Albuquerque«, wies er den Piloten schließlich an.

»Ja, Sir«, erwiderte der Pilot. »Wenn Sie sich bitte anschnallen wollen, ich bin in fünf Minuten in der Luft.«

Sobald der Pilot wieder im Cockpit saß, lehnte Hagen seinen Sitz zurück und öffnete seine Hose. Er schlief schon fest, noch ehe das Flugzeug abgehoben hatte.

26

Es gab keine furchterregendere Persönlichkeit im Weißen Haus als Dan Fawcett, den Stabschef des Präsidenten. Er war in einer einzigartig machtvollen Position in Washington. Als Hüter des Allerheiligsten ging praktisch jede Aktennotiz, jedes Dokument, das dem Präsidenten übersandt wurde, über seinen Schreibtisch. Und niemand, absolut niemand, weder ein Kabinettsmitglied noch einer der Kongreßführer erhielt Zutritt zum Oval Office, wenn Fawcett ihm keinen Termin gegeben hatte.

Daß jemand Fawcetts Terminplanung nicht akzeptierte, hatte es einfach noch nicht gegeben. Wenn Fawcett nein sagte, hieß es, daß der Präsident nicht zu sprechen war. Er wußte deshalb einfach nicht, wie er auf jemanden reagieren sollte, der sein Nein nicht akzeptierte. Aber jetzt saß ihm Admiral Sandecker gegenüber, und Fawcett konnte sich nicht daran erinnern, jemals einen so wütenden Mann gesehen zu haben, auch wenn er spürte, daß der Admiral sich mit äußerster Disziplin bemühte, seine Wut unter Kontrolle zu halten.

»Es tut mir leid, Admiral«, wiederholte Fawcett, »aber der Terminplan des Präsidenten ist völlig dicht. Es gibt wirklich keinen Weg, wie ich Sie da noch reinquetschen kann.«

»Ich muß ihn sprechen«, verlangte Sandecker mit zusammengepreßten Lippen.

»Unmöglich«, erwiderte Fawcett entschieden.

Sandecker beugte sich in verletzender Art und Weise weit über den Schreibtisch seines Gastgebers, bis das Gesicht des Admirals nur noch wenige Zentimeter von Fawcetts Nase entfernt war. »Dann sagen Sie diesem Hundesohn«, schnarrte der Admiral, »daß er gerade drei meiner besten Freunde umgebracht hat. Und wenn er mir dafür nicht eine verdammt gute Erklärung gibt, dann werde ich hier rausmarschieren, eine Pressekonferenz abhalten und so viel Schmutz aufwühlen, daß seine kostbare Administration für den Rest seiner Amtszeit damit beschäftigt ist, die Wogen zu glätten. Kapieren Sie das, Dan?«

Fawcett saß da und bemühte sich, wütend zu werden, damit man ihm den Schock nicht anmerkte. »Damit zerstören Sie doch nur Ihre eigene Karriere. Was macht das für einen Sinn?«

»Hören Sie mir nicht zu? Ich werde es Ihnen noch einmal

erklären. Der Präsident ist verantwortlich für den Tod von drei meiner nächsten Freunde. Einen von ihnen kennen Sie. Sein Name ist Dirk Pitt. Wenn Pitt nicht gewesen wäre, dann verrottete der Präsident jetzt irgendwo auf dem Meeresgrund, statt im Weißen Haus zu sitzen. Jetzt will ich wissen, was für einen Sinn Pitts Tod hat. Und wenn es mich meine Karriere als Chef der NUMA kostet, dann ist es mir das, verdammt noch mal, wert.«

Sandeckers Gesicht hing so nahe vor ihm, daß Fawcett glaubte, den stacheligen roten Bart des Admirals am Kinn zu spüren. »Pitt ist tot?« fragte er dumpf. »Aber ich habe nicht gehört ...«

»Erzählen Sie dem Präsidenten einfach, daß ich hier bin«, unterbrach Sandecker ihn mit stählerner Stimme. »Dann wird er mich schon sehen wollen.«

Die Neuigkeit war so abrupt und brutal verkündet worden, daß Fawcett aus der Fassung geriet. »Ich werde den Präsidenten über Pitt informieren«, sagte er langsam.

»Es wird ihn nicht überraschen. Ich weiß, daß er davon Kenntnis hat. Wir haben schließlich die gleichen militärischen Quellen.«

»Ich brauche Zeit, um herauszufinden, um was es eigentlich geht«, erklärte Fawcett.

»Sie haben aber keine Zeit«, beharrte Sandecker stur. »Das nächste Rüstungsgesetz des Präsidenten steht morgen im Senat zur Abstimmung an. Überlegen Sie mal, was passiert, wenn jemand Senator George Pitt erzählt, daß der Präsident am Tod seines Sohnes schuld ist. Wenn der Senator plötzlich zur Opposition überläuft, möchte ich nicht in eurer Haut stecken.«

Fawcett war ein zu erfahrener Politiker, um nicht sofort zu erkennen, was sich da zusammenbraute. Er stieß seinen Stuhl vom Tisch zurück, klatschte in die Hände und stand auf. Dann marschierte er zur Tür. »Also los, Admiral. Der Präsident ist gerade in einer Besprechung mit Verteidigungsminister Simmons. Sie müßten jetzt fertig sein.«

Sandecker wartete vor dem Amtszimmer des Präsidenten, während Fawcett eintrat, sich entschuldigte und einige Worte flüsterte. Zwei Minuten später kam Jess Simmons heraus, grüßte den Admiral freundlich, gefolgt von Fawcett, der ihn zum Präsidenten hereinwinkte.

Der Präsident stand hinter seinem Schreibtisch auf und schüttelte Sandeckers Hand. Sein Gesicht war ausdruckslos, seine Haltung kontrolliert, und in seinen intelligenten Augen funkelte es hart. Er flüsterte Fawcett zu: »Würdest du uns bitte entschuldigen, Dan? Ich möchte mit Admiral Sandecker unter vier Augen sprechen.«

Wortlos verließ Fawcett das Arbeitszimmer und schloß die doppelte Tür hinter sich.

Der Präsident bot dem Admiral einen Stuhl an und lächelte. »Setzen wir uns doch.«

»Ich möchte lieber stehen«, erklärte Sandecker mit flacher Stimme.

»Wie Sie wünschen«, meinte der Präsident und ließ sich in einem schweren Ohrensessel nieder. »Wegen Pitt und den anderen bin ich sehr betroffen«, erklärte er ohne jedes weitere Vorspiel. »Niemand hat damit gerechnet, daß es dazu kommen könnte.«

»Darf ich Sie mit allem Respekt um Auskunft bitten, was, zum Teufel, da eigentlich gespielt wurde?«

»Sagen Sie mir, Admiral, würden Sie mir glauben, wenn ich Ihnen versichere, daß ich die Crew auf dem Zeppelin losgeschickt habe, um etwas anderes in die Wege zu leiten, als einen vermißten Industriellen zu suchen?«

»Dafür müßten Sie mir schon eine sehr solide Erklärung anbieten.«

»Würden Sie mir glauben, daß Mrs. LeBaron neben der Suche nach ihrem Ehemann den Auftrag hatte, eine geheime Kommunikationslinie zwischen mir selbst und Fidel Castro zu etablieren?«

Sandecker starrte den Präsidenten an und vergaß für einen Augenblick seine Wut. Der Admiral besaß keinerlei Respekt vor dem Staatsoberhaupt. Er hatte zu viele Präsidenten kommen und gehen sehen, als daß er noch einen von ihnen auf ein Podest stellen konnte. »Nein, Mr. Präsident, das kaufe ich Ihnen nicht ab«, erklärte er in sarkastischem Ton. »Wenn mich meine Erinnerung nicht trügt, haben Sie mit Douglas Oates einen ausgesprochen fähigen Außenminister, der sogar über ein sehr effektiv arbeitendes Ministerium verfügt. Ich würde sagen, er ist durchaus in der Lage, Ihnen jede Verbindung mit Castro herzustellen, die Sie brauchen.«

Der Präsident lächelte schwach. »Es mag Zeiten geben, bei denen Verhandlungen zwischen nicht befreundeten Staaten über normale diplomatische Kanäle nicht im Interesse beider Seiten liegen. Das werden Sie mir sicher abnehmen.«

»Selbstverständlich.«

»Admiral, Sie sind kein Mann der Parteipolitik, der Staatsangelegenheiten, unserer Washingtoner Parties, der Lobbys und Cliquen?«

»Das bin ich nicht.«

»Aber wenn ich Ihnen einen Befehl geben würde, dann befolgen Sie ihn.«

»Ja, Sir, das tue ich«, erwiderte Sandecker ohne zu zögern. »Außer natürlich, er wäre illegal, unmoralisch oder gegen unsere Verfassung.«

Der Präsident schien über diese Antwort nachzudenken. Dann nickte er und deutete noch einmal auf einen Sessel. »Bitte, Admiral. Meine Zeit ist begrenzt, aber setzen Sie sich, damit ich Ihnen etwas so gut wie möglich erzählen kann.« Er wartete, bis Sandecker saß. »Also dann . . . Vor fünf Tagen erreichte mich ein hochgeheimes Dokument, von Fidel Castro selbst aufgesetzt, das aus Havanna zu unserem Außenminister geschmuggelt worden war. Im Grunde handelt es sich um eine vorsichtige Fühlungnahme, ob es keinen Weg gäbe, die Beziehungen zwischen Kuba und Amerika auf eine völlig neue, freundschaftlich konstruktive Ebene zu stellen.«

»Was ist daran so erstaunlich?« fragte Sandecker. »Seit Präsident Reagan ihn aus Grenada rausgeschmissen hat, ist ihm durchaus an besseren Beziehungen zum großen Nachbarn gelegen.«

»Sicher«, bestätigte der Präsident. »Aber bis jetzt war das einzige, was wir an Vereinbarungen am Verhandlungstisch erreicht haben, eine Erhöhung der Auswanderungsquoten für Dissidenten. Aber seine neuen Wünsche gehen erheblich weiter. Castro braucht unsere Hilfe, um die Russen endgültig rauszuschmeißen.«

Sandecker sah ihn skeptisch an. »Castros Haß auf die USA grenzt an Besessenheit. Warum, zum Teufel, hält er sonst ständig Übungen gegen eine amerikanische Invasion ab? Die Russen kann man nirgendwo so ohne weiteres rausschmeißen. Kuba ist ihre einzige Bastion in der westlichen Hemisphäre. Selbst wenn sie einen Krach mit Castro provozieren, kann sich die Insel ohne russische Unterstützung ihre sozialistische Gesinnung gar nicht leisten. Kuba kann doch nicht auf eigenen Füßen stehen, es fehlt doch am Überlebensnotwendigen. Ich würde Fidel das nicht einmal abnehmen, wenn Jesus Christus die Botschaft persönlich gebracht hätte.«

»Der Mann ist zuverlässig wie Quecksilber«, bestätigte der Präsident. »Aber man darf seine Intentionen nicht unterschätzen. Die Sowjets haben ihre eigenen ökonomischen Schwierigkeiten. Die Paranoia des Kremls hat das Militärbudget inzwischen in eine so astronomische Höhe ansteigen lassen, daß die Partei sich ihre eigene Armee kaum noch leisten kann. Der Lebensstandard der Bürger ist trotz aller Versprechungen wieder einmal dramatisch gesunken. Nichts funktioniert so, wie es im Fünfjahresplan steht – die Ölexporte, die Ernteergebnisse, die Industrieproduktion, alles geht in den Keller. Und was Kuba angeht, dürften die Russen an einem Punkt angekommen sein, wo sie endlich mehr sehen und weniger investieren wollen. Die Tage der billigen Millionen-Dollar-Hilfen, der kostenlosen Waffenlieferungen und billigen Kredite sind endgültig vorbei.«

Sandecker schüttelte den Kopf. »Aber wenn ich in Castros Schuhen stecken würde, hielte ich das für ein schlechtes

Geschäft. Es gibt keinen Weg, den Kongreß dazu zu bewegen, Kuba zu subventionieren, und ohne Importe können die zwölf Millionen Kubaner doch gar nicht überleben.«

Der Präsident warf einen schnellen Blick auf seine Schreibtischuhr. »Ich habe nur ein paar Minuten. Aber Castros größte Angst sind eigentlich nicht die ökonomischen Katastrophen, es ist auch nicht die Konterrevolution. Was ihn wirklich beunruhigt, ist der ständig wachsende sowjetische Einfluß in allen Winkeln seiner Regierung und Partei. Die Burschen aus Moskau bohren sich überall tief in das kubanische Establishment und warten geduldig ab, bis sie wieder einen von Castros Leuten durch jemanden ersetzen können, der ihnen völlig hörig ist. Irgendwann muß Castro aufgewacht sein, und dann hat er gesehen, daß ihm der Kreml sein eigenes Land unter dem Hintern wegstiehlt. Die russische Infiltration des Offizierskorps und der hohen Parteifunktionäre ist unglaublich weit fortgeschritten.«

»Das überrascht mich. Die Kubaner mögen doch die Russen eigentlich nicht sehr. Im Grunde vertragen sich die Lebensstile Kubas und Rußlands überhaupt nicht.«

»Sicher hat Kuba nie vorgehabt, ein Satellit des Kremls zu werden, aber seit der Revolution haben Tausende von kubanischen Studenten russische Universitäten besucht.«

»Castro wird noch immer vom kubanischen Volk verehrt«, meinte Sandecker. »Ich kann mir nicht vorstellen, daß die Kubaner mit ansehen, wie er sich von Moskau völlig unterjochen läßt.«

Der Präsident nickte ernst. »Genau das ist der springende Punkt. Die wirkliche Gefahr liegt darin, daß die Russen die Castro-Brüder eliminieren und die Schuld dem CIA in die Schuhe schieben. Da wir ja selbst schon einmal einige dilettantische Versuche in dieser Richtung unternommen haben, würde so etwas durchaus glaubwürdig wirken.«

»Und der Kreml braucht nur hereinzuspazieren und sein eigenes Marionettenregime zu installieren.«

Der Präsident nickte wieder. »Und das bringt uns zum

wirklichen Hintergrund eines amerikanisch-kubanischen Paktes. Castro will die Russen nicht so verschrecken, daß sie ihn gleich in die Luft jagen, bevor er etwas mit uns in die Wege leiten kann. Deshalb bemüht er sich um so geheime Kanäle bei seinen Verhandlungen. Unglücklicherweise hat er das Spiel eröffnet, aber seitdem keinen Zug mehr unternommen. Douglas Oates und ich haben keine einzige weitere Botschaft erhalten.«

»Sieht mir nach der alten Masche mit der Mohrrübe am Stock aus, die ständig Appetit machen soll.«

»So kommt es mir auch vor.«

»Und was haben nun die LeBarons mit dieser Sache zu tun?«

»Sie stolperten sozusagen hinein«, erklärte der Präsident in einem Anflug von Ironie. »Sie kennen doch die Geschichte. Raymond LeBaron suchte mit seinem alten Zeppelin nach einem Schatz. Aber in Wirklichkeit hatte er ein anderes Ziel, um das sich aber weder NUMA noch Sie selbst Gedanken machen müssen. Wie das Schicksal es wollte, befand Raul Castro sich gerade in der Nähe, als LeBaron von kubanischen Patrouillen aufgebracht wurde. Der Gedanke kam ihm, daß er hier einen Weg gefunden hatte, völlig unauffällig mit uns in Verbindung zu treten. Er benutzte den Zeppelin, um uns eine Botschaft zukommen zu lassen.«

»Den Rest kann ich mir denken«, sagte Sandecker. »Obwohl das ja eine recht unsichere Methode gewesen ist, einen Zeppelin über die Karibik treiben zu lassen. Warum keine Brieftauben?«

»Ein bißchen genauer hat man es schon vorbereitet«, meinte der Präsident grinsend. »Sie schickten einen Mann an Bord der Gondel mit der Botschaft rüber. Er wird den Zeppelin bis in die Nähe der Küste gesteuert haben und dann abgesprungen sein.«

»Ich würde nur zu gern wissen, was es mit den drei Leichen in der Gondel auf sich hatte«, forschte Sandecker.

»Eine etwas melodramatische Art von Castro, uns zu zeigen, wie gut er es meint. Die Pointe kann ich im Augenblick noch nicht erklären.«

»Und die Russen sind nicht mißtrauisch geworden?«

»Noch nicht. Ihr Überlegenheitsgefühl gegenüber den Kubanern hindert sie daran, hinter die Genialität kubanischer Geheimdienstaktionen zu schauen.«

»Also lebt Raymond LeBaron noch und läßt es sich in Kuba gutgehen.«

Der Präsident hob unsicher die Hände. »Ich kann über seine Situation nur Mutmaßungen anstellen. CIA-Quellen berichten, daß der sowjetische Geheimdienst eine Vernehmung von LeBaron verlangt hat. Die Kubaner haben zugestimmt, seitdem hat man von unserem Freund nichts mehr gesehen.«

»Versuchen Sie denn nicht einmal, LeBarons Freilassung auszuhandeln?« erkundigte sich Sandecker.

»Die Situation ist schwierig genug, ohne diesen Fall auch noch auf den Verhandlungstisch zu legen. Sobald wir zu unserem neuen Freundschaftspakt gekommen sind, habe ich keinen Zweifel, daß Castro sich um LeBaron kümmert und ihn uns überstellt.« Der Präsident schwieg einen Augenblick und sah dann wieder auf die Uhr. »Ich komme zu spät zur Konferenz mit meinen Finanzleuten.« Er stand auf und ging zur Tür. Dann drehte er sich noch einmal zu Sandecker um. »Ich muß es so kurz wie möglich machen. Jessie LeBaron wußte über unsere Situation Bescheid und hatte meine Botschaft für Castro bei sich. Unsere Idee war, den Zeppelin mit einem Familienmitglied der LeBarons an Bord zurückzuschikken. Castro sollte darin ein Signal sehen, daß wir seine Botschaft auf dem gleichen Wege beantworten, den er selbst benutzt hatte. Etwas lief schief. Sie haben ja Jess Simmons getroffen, als Sie draußen warteten. Er hat mich von dem unterrichtet, was wir unseren Luftaufnahmen entnehmen konnten. Statt den Zeppelin zu kapern und nach Cardenas zu bringen, eröffnete der kubanische Helikopter einfach das Feuer. Dann explodierte der Hubschrauber aus ungeklärten

Gründen, und beide stürzten ins Meer. Wegen der delikaten Natur der Mission konnte ich unmöglich eine Rettungsmannschaft losschicken, Admiral, das werden Sie verstehen. Pitt tut mir wirklich leid, er ist ein großer Verlust. Ich stehe in seiner Schuld, die ich niemals zurückzahlen kann. Wir können nur beten, daß er, Jessie LeBaron und seine Freunde irgendwie überlebt haben.«

»Niemand kann einen solchen Absturz direkt vor einem Hurrikan überleben«, stellte Sandecker nachdrücklich fest. »Sie müssen mir verzeihen, Mr. Präsident, aber selbst Micky Maus hätte eine solche Operation besser organisieren können.«

Auf dem Gesicht des Präsidenten erschien ein schmerzhaftes Lächeln. Er wollte noch etwas sagen, überlegte es sich dann aber und verließ das Amtszimmer. »Es tut mir leid, Admiral, aber ich muß auf die nächste Sitzung.«

Das waren seine letzten Worte. Er ging hinaus und ließ einen einsamen und verwirrten Sandecker zurück.

27

Der Hurrikan streifte die kleine Insel nur und drehte nach Nordosten in den Golf von Mexiko. Bald fiel die Windstärke auf acht, aber es würde noch zwei Tage dauern, bis das Wetter zu den sanften südlichen Winden zurückgefunden hatte. Cayo Santa Maria wirkte wie eine Insel ohne jedes Leben, keine Tiere, keine Menschen. Vor zehn Jahren hatte Fidel Castro die Insel in einer Geste des guten Willens seinen kommunistischen Brüdern und Schwestern übergeben. Die wenigen Einwohner wurden in aller Stille und mit allem Nachdruck auf das Festland umgesiedelt. Dann tauchten Bautrupps der GRU (Glavnoye Razvedyvatelnoye Upravleninye, der Zentralen Nachrichtendienststelle des Sowjetischen Generalstabes) auf, des militärischen Armes des KGB, um eine hochgeheime unterirdische Station zu errichten. Gearbeitet wurde nur nachts, und es wurden Fahrzeuge benutzt, die wenig Rückschlüsse auf das eigentliche Ziel der Bautätigkeit zuließen. Die Spionageflugzeuge des CIA entdeckten niemals etwas, das wirklich alarmierend wirkte. Routinemäßig überflogen sie die Insel, aber eine Bedrohung für die Vereinigten Staaten ließ sich dort nirgendwo erkennen.

Irgendwo tief unter dem sturmgepeitschten Sand der kleinen Insel erwachte Pitt in einem winzigen, sterilen Raum. Er lag recht bequem auf einer schmalen Liege unter einem Federbett. Die Decke war angenehm weich, und Pitt beschloß spontan, sich in den Staaten ebenfalls solchen Komfort zuzulegen. Sah man von Schrammen, blauen Flecken und einem leichten pochenden Kopfschmerz ab, fühlte er sich ganz ausgezeichnet. Der Raum wurde von einer flackernden Neonröhre beleuchtet, und während Pitt zu ihr hinaufstarrte, zogen die Ereignisse der letzten Nacht noch einmal vor seinem inneren Auge vorbei. Nachdem Jessie ihren Ehemann wiedergefunden hatte, führten die Wachen Pitt, Giordino und Gunn in eine Krankenstation, in der eine russische Ärztin von riesenhafter Statur sich über sie hermachte. Danach hatte es zum Dinner einen Eintopf gegeben, wie man ihn nicht einmal in einem Fernfahrerimbiß des östlichen Texas jemandem vorzusetzen wagen würde. Und schließlich hatte man ihn in dieses Zimmer eingeschlossen, in dem es eine Toilette, ein Waschbecken, ein Bett und einen winzigen Wandschrank gab. Seine gefüllte Blase erinnerte Pitt daran, daß er auch nur ein Mensch war, und brachte ihn endlich in Aktion. Neben der Toilette fand er auf einem Waschtischchen seine Doxa-Uhr. Sie zeigte elf Uhr fünfundfünfzig an. Da er noch nie in seinem Leben länger als neun Stunden geschlafen hatte, nahm er an, daß es kurz vor zwölf Uhr des folgenden Tages mußte.

Nachdem er die hygienischen Möglichkeiten seines Gefängnisses so gut wie möglich genutzt hatte, entdeckte er im Wandschrank ein Khakihemd und Hosen sowie ein Paar Sandalen. Die schwere Eisentür war natürlich verschlossen, also hämmerte er auf das Metall. Ein dumpfes Dröhnen hallte von den Betonwänden.

Irgendwann erschien ein junger Mann in sowjetischer Uniform und mit einer Maschinenpistole vor dem Bauch. Er führte Pitt einen Gang hinunter, von dem weitere Eisentüren abgingen. Möglicherweise lagen dort Gunn und Giordino. Schließlich gelangten sie in einen Aufzug, vor dessen Türen weitere Wachen standen. Ein Blick auf die Anzeigen des Lifts zeigte Pitt, daß es mindestens fünf Etagen in der Anlage geben mußte. Keine kleine Installation, dachte er. Als der Aufzug anhielt, schob die Wache Pitt in einen tapezierten Raum mit gewölbter Decke. An den beiden Seitenwänden standen lange, gefüllte Bücherregale. Die meisten Bücher waren in Englisch, viele der bekannten amerikanischen Bestseller waren darunter. Am gegenüberliegenden Ende des Raumes wurde die Wand von einer riesigen Karte Nordamerikas verdeckt. Das ganze Zimmer wirkte auf Pitt wie ein privates Arbeitszimmer. Auf einem riesigen antiken Tisch mit Marmorplatte lagen die neuesten amerikanischen Tageszeitungen, Fachzeitschriften und Wissenschaftsmagazine. Die Wache ließ Pitt allein in dem leeren Raum zurück. Die Aufzugtüren schlossen sich, andere Türen waren nicht zu sehen.

Jetzt wollen sie sich ihr Versuchskaninchen also erst mal in Ruhe ansehen, dachte sich Pitt. Er ersparte sich, mit den Augen nach der Linse einer Videokamera zu suchen. Statt dessen entschloß er sich, eine Reaktion des verborgenen Beobachters zu provozieren. Er schwankte wie ein Betrunkener, verdrehte die Augen und brach dann auf dem Teppich zusammen.

Es verging keine halbe Minute, und eine in der Wandkarte verborgene Tür öffnete sich. Ein kleiner, schlanker Mann in einer elegant geschnittenen russischen Armeeuniform betrat das Zimmer. Er kniete neben Pitt und starrte in seine halboffenen Augen.

»Können Sie mich hören?« fragte er auf englisch.

»Ja«, murmelte Pitt.

Der Russe ging zu einem Tischchen und füllte ein Glas aus einer Kristallkaraffe. Er setzte es Pitt an die Lippen.

»Trinken Sie das«, befahl er.

»Was ist das?«

»Courvoisier-Cognac, ein wenig brennend auf der Zunge«, antwortete der russische Offizier mit einer fehlerlosen amerikanischen Aussprache. »Gut für Herz und Nieren.«

»Ich bevorzuge den weicheren, vollmundigeren Remy Martin«, erwiderte Pitt und nahm das Glas selbst in die Hand. »Prost.«

Nachdem er das Glas geleert hatte, sprang Pitt auf die Beine, suchte sich einen Sessel und ließ sich gemütlich hineinsinken.

Der Offizier beobachtete ihn amüsiert. »Sie scheinen sich schnell erholt zu haben.« Er nahm Pitt gegenüber Platz. »Ich bin Peter Velikow.«

»General Velikow, wenn ich mich noch an die russischen Militärinsignien erinnern kann.«

»Völlig korrekt«, bestätigte Velikow. »Möchten Sie noch einen Cognac?«

Pitt schüttelte den Kopf und studierte sein Gegenüber aufmerksam. Velikow mochte Ende Vierzig sein. Er wirkte auf eine beruhigende Art freundlich, aber Pitt spürte deutlich die verborgene Kälte. Sein Haar war kurz geschnitten, dunkel, aber schon mit einem leichten Anflug von Grau an den Schläfen. Die Augen waren blau wie ein Alpensee, und das hellhäutige Gesicht zeigte eher einen klassisch-römischen Einschlag als einen slawischen. Mit einer Toga und einem Lorbeerkranz, überlegte Pitt, würde er sich gut als Marmorbüste von Julius Cäsar machen.

»Ich hoffe, es wird Ihnen nichts ausmachen, wenn ich Ihnen ein paar Fragen stelle«, fuhr Velikow freundlich fort.

»Überhaupt nicht. Ich habe heute nachmittag sowieso nichts anderes vor. Verfügen Sie über meine Zeit.«

Für eine Sekunde blitzte es in den Augen Velikows eisig

auf, dann wirkte er entspannt wie zuvor. »Würden Sie mir erzählen, wie Sie nach Cayo Santa Maria gelangt sind?«

Pitt hob die Hände in einer hilflosen Geste. »Ich will Sie nicht lange aufhalten und darum herumreden. Ich bin Präsident des CIA. Wir haben uns dazu entschlossen, eine spezielle Propagandaaktion gegen Kuba zu starten. Von einem Zeppelin haben wir Coupons für Klopapier abgeworfen, nachdem wir gehört haben, daß es da einen akuten Notstand gibt. Die Kubaner haben uns natürlich sofort durchschaut und abgeschossen.«

General Velikow schaute amüsiert, aber auch etwas irritiert drein. Er zog eine Brille aus der Brusttasche der Uniform und setzte sie umständlich auf. »Ich habe Ihr Dossier hier vor mir, Mr. Pitt.« Er zog eine Akte unter dem Zeitschriftenstapel hervor. »Dirk Pitt, wenn ich das richtig lese. Aus unseren Unterlagen geht hervor, daß Sie über einen Hang zum trokkenen Humor verfügen.«

»Weisen Ihre Unterlagen Sie auch darauf hin, daß ich ein pathologischer Lügner bin?«

»Nein, aber Sie scheinen eine interessante Lebensgeschichte zu haben. Bedauerlich, daß Sie nicht auf unserer Seite stehen.«

»Na hören Sie mal, General, welche Zukunft hätte ein Nonkonformist wie ich schon in Moskau?«

»Keine große, fürchte ich.«

»Ein Kompliment für Ihre Ehrlichkeit.«

»Warum sagen Sie mir nicht einfach die Wahrheit?«

»Nur, wenn Sie bereit sind, mir zu glauben.«

»Glauben Sie, das kann ich nicht?«

»Nicht, wenn Sie unter jedem Stein ein Komplott des CIA suchen und sich der allgemeinen kommunistischen Hysterie in Geheimdienstdingen hingeben.«

»Ich werde darauf achten«, versicherte Velikow mit feinem Lächeln. »Nachdem Sie mir nun gesagt haben, was Sache ist, würden Sie mir jetzt bitte auch erzählen, wie Sie hierhergekommen sind?«

Pitt nickte in Richtung der Karaffe. »Ich glaube, jetzt hätte ich gern noch einen Cognac.«

»Bitte bedienen Sie sich.«

Pitt füllte sich sein Glas zur Hälfte und setzte sich wieder in den Sessel.

»Was ich Ihnen jetzt erzähle, ist die reine Wahrheit. Ich möchte, daß Sie wissen, daß ich keinen Grund habe, Ihnen etwas vorzulügen. Nach bestem Wissen und Gewissen befinde ich mich auf keinerlei Geheimdienstmission für meine Regierung. Verstehen Sie mich, General?«

»Selbstverständlich.«

»Haben Sie Ihren Rekorder eingeschaltet?«

Velikow besaß die Freundlichkeit zu nicken. »Natürlich.«

Und Pitt erzählte die ganze Geschichte von seiner Entdekkung des führerlosen Zeppelins bis zu ihrem Flug mit der *Prosperteer,* der schließlich mit dem Abschuß durch den kubanischen Helikopter geendet hatte. Er ließ nur Giordinos Raketenangriff auf den Hubschrauber und ihre Tauchexpedition zum Wrack der *Cyclop* aus.

Velikow sah nicht auf, als Pitt seine Erzählung beendet hatte. Er blätterte weiter durch die Akte vor ihm. Sein Gesicht blieb ausdruckslos. Der General wirkte, als wäre er mit den Gedanken kilometerweit entfernt.

Pitt ging auf das Spiel ein. Er stand auf und wanderte durch den Raum. Gedankenverloren nahm er eine Ausgabe der *Washington Post* in die Hand und stellte zu seiner Überraschung fest, daß sie das Datum des Tages trug.

»Sie müssen ein sehr gut funktionierendes Postsystem haben«, bemerkte er.

»Entschuldigung?«

»Ihre Zeitung ist erst ein paar Stunden alt.«

»Fünf Stunden, um genau zu sein.«

Der Cognac glühte angenehm in Pitts leerem Magen. Nach dem dritten Drink ging Pitt zum Angriff über.

»Warum halten Sie Raymond LeBaron hier gefangen?« verlangte er zu wissen.

»Im Augenblick ist er unser Gast.«

»Das erklärt aber nicht, warum Sie diesen Besuch seit über zwei Wochen streng geheimhalten.«

»Ich muß Ihnen das nicht erklären, Mr. Pitt.«

»Warum bekommt Mr. LeBaron ein exzellentes Dinner vorgesetzt, während meine Freunde und ich wie gewöhnliche Gefangene behandelt werden?«

»Weil Sie genau das sind, Mr. Pitt, gewöhnliche Gefangene. Mr. LeBaron ist ein reicher und mächtiger Mann, mit dem zu sprechen für uns von großem Interesse ist. Sie, auf der anderen Seite, sind nicht viel mehr als lästige Eindringlinge. Befriedigt das Ihre Neugier?«

»Das befriedigt gar nichts«, meinte Pitt und gähnte.

»Wie haben Sie den Patrouillen-Hubschrauber abgeschossen?« fragte Velikow plötzlich.

»Wir haben mit unseren Schuhen danach geworfen«, gab Pitt knurrig zurück. »Was haben Sie von vier Zivilisten anderes erwartet, von denen einer eine Frau ist und die mit einem vierzig Jahre alten Gasbeutel vor der kubanischen Küste auftauchen?«

»Helikopter explodieren nicht ohne Grund im Flug.«

»Vielleicht ist er vom Blitz getroffen worden.«

»Also gut, Mr. Pitt, Sie befanden sich also auf der Suche nach Mr. LeBaron und einem Schatz, aber wie erklären Sie dann den Bericht des Kapitäns der kubanischen Küstenwache, der davon berichtet, daß die Gondel des Zeppelins förmlich vom Geschützfeuer durchsiebt wurde? Daß man bei der Suche nach Überlebenden an der Absturzstelle keinerlei Spuren fand? Daß Sie alle wie von Zauberhand inmitten eines Hurrikans auf dieser Insel auftauchen, während unsere Sicherheitskräfte vor dem Wind Schutz suchen müssen? Würden Sie nicht auch sagen, daß das alles ein wenig – sagen wir – märchenhaft ist?«

»Kommt darauf an, was Sie sich daraus zusammenbasteln.«

»Der Zeppelin wurde entweder ferngesteuert, oder eine andere Crew starb unter dem Beschuß durch den Helikopter.

Sie und Mrs. LeBaron wurden am Strand von einem U-Boot abgesetzt, aber beim Landemanöver wurde Ihr Schlauchboot auf die Felsen geschleudert.«

»Was die Phantasie angeht, Herr General, sind Sie hervorragend, aber es fehlt Ihnen doch etwas an Genauigkeit. Nur was die Landung angeht, da sind Sie im Bilde. Sie haben nämlich die wichtigste Zutat zu Ihrem Bild vergessen – das Motiv. Warum sollten vier unbewaffnete Gestrandete etwas angreifen, was sich hier auf der Insel befinden könnte?«

»Darauf habe ich noch keine Antwort«, gab Velikow mit entwaffnendem Lächeln zu.

»Aber Sie haben vor, diese Antwort zu finden?«

»Ich bin nicht der Mann, der ein Rätsel ungelöst läßt, Mr. Pitt. Ihre Geschichte ist einfallsreich, aber sie paßt nicht.« Er drückte einen Knopf unter dem Tisch. »Wir unterhalten uns bald weiter.«

»Wann können wir erwarten, daß Sie mit unserer Regierung Kontakt aufnehmen, um über unseren Austausch zu verhandeln?«

Velikow musterte Pitt mit leichter Herablassung. »Ich bitte um Entschuldigung. Ich habe übersehen, Ihnen mitzuteilen, daß wir Ihre Regierung bereits vor einer Stunde unterrichtet haben.«

»Von unserer Rettung?«

»Nein, von Ihrem Tod.«

Es dauerte ein paar Sekunden, bis es Pitt dämmerte. Dann verstand er. Er preßte die Zähne zusammen, und seine Augen sprühten Funken.

»Können Sie mir das erklären, General?«

»Sehr einfach«, erläuterte Velikow in seiner freundlichen Art, als hielte er ein Schwätzchen mit dem Postboten. »Ob nun durch Zufall oder mit Absicht, Sie sind in eine der geheimsten militärischen Installationen außerhalb der Sowjetunion gestolpert. Wir können Ihnen nicht erlauben, uns wieder zu verlassen. Nachdem ich von Ihnen alles Wissenswerte erfahren habe, werden Sie alle sterben müssen.«

28

Nachdem er seinem Lieblingshobby, einer ausgiebigen mexikanischen Mahlzeit, nachgegangen war, fuhr Hagen zu der Adresse, die er für Clyde Wards hielt. Wards Nummer in General Fishers schwarzem Büchlein gehörte zum öffentlichen Telefon einer Tankstelle. In genau sechs Minuten würde Hagens Pilot vom geparkten Jet aus diese Nummer über Funktelefon anrufen.

Die Tankstelle lag in einem Industriegebiet nicht weit vom Güterbahnhof. Sie verlangte Selbstbedienung und gehörte zu keiner der bekannten Ketten. Direkt nach der Landung auf dem Flughafen von Albuquerque hatte Hagen einen Mietwagen genommen und vorsichtshalber zwanzig Liter aus dem vollen Tank abgepumpt. Ein Besuch bei einer Tankstelle wirkte also in jeder Beziehung echt. Das Benzin gurgelte in den halbleeren Tank. Hagen sah dabei unauffällig auf die Uhr. Noch eine Minute.

Er hängte den Füllstutzen zurück an die Tanksäule, schraubte schnell den Tankdeckel auf und betrat das kleine Kassenbüro. Der wachhabende Tankwart machte sich gerade an einem Reifen auf dem Boden zu schaffen. Als Hagen seine Brieftasche zog, klingelte das Telefon. Der Tankwart wischte die schmutzigen Hände ab und griff zum Hörer.

»Mels Tankstelle ... Wer? ... Hier gibt es keinen Clyde ... ja, da bin ich sicher. Sie haben die falsche Nummer ... Nein, das ist die richtige Nummer, aber ich arbeite hier nun schon seit sechs Jahren, und von einem Clyde hab' ich noch nie was gehört.«

Er hängte auf und trat hinter die Registrierkasse. »Wieviel haben Sie sich gezapft?«

»Zwanzig Liter.« Hagen reichte ein paar Dollarscheine über die Theke.

Während der Tankwart das Wechselgeld zusammensuchte, musterte Hagen unauffällig den Raum. Er kam nicht umhin, die professionelle Tarnung zu bewundern, denn darum handelte es sich bei dieser Tankstelle, einem getarnten Verbindungsbüro. Das Kassenhäuschen hatte offenbar seit Jahren keinen Putzlappen gesehen. In den Ecken hingen Spinnweben, die herumliegenden Werkzeuge waren halb verrostet, und die Fingernägel des Tankwarts sahen nicht so aus, als hätten sie jahrelang in Schmieröl gewühlt. Aber was Hagen wirklich in Erstaunen versetzte, war das Überwachungssystem. Sein geübtes Auge entdeckte eine Reihe von elektrischen Leitungen, die absolut nicht zu einer gewöhnlichen Tankstelle paßten. Er spürte förmlich die verborgenen Kameras und Wanzen.

»Können Sie mir einen Gefallen tun?« fragte Hagen den Tankwart, als er das Wechselgeld entgegennahm.

»Was brauchen Sie?«

»Ich habe so ein komisches Geräusch im Motor gehört. Können Sie mal einen Blick unter die Motorhaube werfen und mir sagen, ob das was Ernstes ist?«

»Klar, warum nicht. Hier ist ja sowieso nichts los.«

Der Haarschnitt des Tankwarts sah nach einem teuren Friseur aus, den man hier sicher nicht um die Ecke fand. Der schmutzige Overall war neben dem rechten Oberschenkel verräterisch ausgebeult.

Hagen hatte seinen Wagen gegenüber der zweiten Tanksäule an dem vom Kassenhäuschen entferntesten Platz geparkt. Er ließ den Motor an und öffnete die Haube. Der Tankwart setzte den Fuß auf die Stoßstange und beugte sich über den Motorblock.

»Ich hör' nichts.«

»Kommen Sie mal nach hinten ans Steuer«, rief Hagen. »Hier hört man es deutlicher.« Er stand mit dem Rücken zur Straße, durch die Tanksäulen vor jeder Kamera, die ihn aus dem Kassenhäuschen hätte beobachten können, geschützt.

Der Tankwart stellte sich neben Hagen und beugte sich durch das geöffnete Fenster zu der Fahrerseite, um hinter dem Lenkrad zu lauschen. Hagen zog seinen Revolver aus dem Gürtelhalfter und preßte dem Mann den Lauf zwischen die Schenkel. »Das ist eine Magnum, die ich Ihnen da in den Arsch schiebe, und sie ist mit Dum-Dum-Projektilen geladen. Verstehen Sie?«

Der Tankwart verkrampfte sich, aber er zeigte keine Anzeichen von Panik. »Ja, verstanden, Kumpel.«

»Sie wissen ja, was so ein Teufelszeug aus der Nähe anrichtet!«

»Ich weiß es, es braucht gar nicht aus der Nähe zu sein.«

»Gut, dann haben wir uns ja verstanden.«

»Was wollen Sie, Kumpel?«

Hagen langte dem Mann in die Overalltasche und zog eine kleine Beretta Kaliber 38 daraus hervor. »Okay, Kumpel, wo finde ich Clyde?«

»Nie von ihm gehört.«

Hagen rammte dem Burschen die Magnum noch tiefer in den Hintern, so daß der Overall riß. Der Tankwart stöhnte vor Schmerz auf. »Für wen arbeiten Sie?« keuchte er.

»Den *Harten Kern*«, antwortete Hagen.

»Das kann nicht sein.«

Hagen stieß wieder zu. Das Gesicht des Tankwarts verzog sich vor Schmerz.

»Wer ist Clyde?« verlangte Hagen.

»Clyde Booth«, murmelte der falsche Tankwart zähneklappernd.

»Ich kann Sie nicht verstehen, Kumpel.«

»Sein Name ist Clyde Booth.«

»Erzählen Sie mir von ihm.«

»Er ist so eine Art Genie. Erfindet und entwirft wissenschaftliches Gerät für den Weltraum. Geheime Sachen für die Regierung. Ich weiß nichts Genaues, ich gehöre nur zur Sicherheitsabteilung.«

»Wo?«

»Die Fabrik liegt zehn Meilen westlich von Santa Fé. Sie heißt QB-Tech.«

»Wofür steht QB?«

»Quarter Back«, knurrte der Tankwart. »Booth war Football-Star in Arizona.«

»Sie wußten, daß ich hier auftauchen würde?«

»Man hat uns vor einem dicken Kerl gewarnt.«

»Wie viele andere stehen hier noch in der Nähe der Tankstelle rum?« wollte Hagen wissen.

»Drei. Einer an der Straße neben dem Lastwagen, einer auf dem Dach des Lagerhauses hinter der Tankstelle, einer in dem roten Lieferwagen neben der Imbißstube drüben auf der anderen Seite.«

»Warum haben sie sich noch nicht gerührt?«

»Unser Befehl lautet nur, Sie im Auge zu behalten.«

Hagen steckte den Revolver wieder zurück. Dann entlud er die Waffe des Tankwarts, warf sie auf den Boden und schob sie mit dem Fuß unter den Wagen.

»Okay«, sagte Hagen. »Dann marschieren Sie mal los, laufen Sie nicht, gehen Sie ganz langsam zurück in Ihr Büro.«

Bevor der Tankwart die halbe Strecke zurückgelegt hatte, war Hagen schon ein Stück weiter. Er bog schnell viermal ab, um den Lieferwagen abzuschütteln, dann gab er Gas und raste zum Flughafen.

29

Leonard Hudson trat aus dem Aufzug, mit dem man ins Herz des Unternehmens Jersey Colony gelangte. Er trug einen Schirm, von dem noch das Regenwasser tropfte, und in der anderen Hand eine Aktentasche aus glänzendem Leder.

Er sah weder nach rechts noch nach links, die Begrüßung seines Stabes quittierte er nur mit einem kurzen Nicken. Hudson war kein nervöser Mensch, aber er war auch kein großer Kämpfer, im Augenblick war er einfach aus der Fassung gebracht. Die Berichte, die er von den anderen Mitgliedern des *Harten Kerns* erhalten hatte, verhießen Gefahr.

Jemand spürte sie methodisch einen nach dem anderen auf. Ein Außenseiter war in ihr sorgfältig präpariertes Sicherheitssystem eingebrochen.

In einem geräumigen, aber spartanisch möblierten Büro wurde Hudson von Gunnar Eriksen erwartet. Eriksen saß auf einer Couch, nippte an einer Tasse heißen Kaffees und rauchte Pfeife. Sein rundes, glattes Gesicht wirkte düster. Wie immer war er teuer, aber etwas nachlässig gekleidet. Man hätte ihn sich gut als Verkäufer von Jaguars oder Ferraris vorstellen können.

»Du hast mit Fisher und Booth geredet«, sagte Hudson und steckte den Schirm in einen Ständer neben der Tür.

»Das habe ich.«

»Und irgendeine Idee, was dahintersteckt?«

»Nein.«

»Merkwürdig, daß er keinen einzigen Fingerabdruck hinterlassen hat«, meinte Hudson, der sich neben Erikson auf die Couch sinken ließ und eine Tasse Kaffee aus der großen Porzellankanne einschenkte.

Erikson sandte eine Wolke Pfeifenrauch zur Decke. »Noch merkwürdiger, daß alle seine Aufnahmen auf Video elektronisch gestört sind.«

»Er muß so eine Art elektronischen Radiergummi bei sich tragen.«

»Offensichtlich nicht der nette Privatdetektiv von nebenan«, überlegte Eriksen.

»Wir haben es mit einem Spitzenprofi zu tun, der alle technischen Möglichkeiten zur Verfügung hat.«

»Er kennt sich aus, er verfügt über korrekte Papiere und Sicherheitsausweise, um überall reinzukommen. Die Geschichte, die er Mooney erzählt hat, daß er vom Bundesrechnungshof wäre, war erstklassig. Da wäre ich wahrscheinlich selbst drauf reingefallen.«

»Könnte es sein, daß der Präsident uns einen seiner Geheimdienste auf den Hals geschickt hat?«

»Wenn das der Fall wäre«, meinte Hudson zweifelnd, »dann

hätten wir's mit einer ganzen Armee von Geheimagenten zu tun. Aber dieser Mann scheint völlig allein zu arbeiten.«

»Hältst du's für möglich, daß der Präsident sich in aller Stille jemanden privat angeheuert hat?« erkundigte sich Eriksen.

»Der Gedanke kam mir schon, aber ich weiß nicht recht. Unser Freund im Weißen Haus wird schließlich beobachtet. Jeder der sein Oval Office betritt, muß durch so viele Sicherheitssperren, daß er kaum unerkannt den Präsidenten besuchen kann. Natürlich hat der Präsident eine private, gesicherte Telefonnummer, aber ich glaube nicht, daß er sich einen Ermittler per Telefon bestellen würde.«

»Interessant«, meinte Eriksen. »Der Dicke hat mit seinen Untersuchungen ausgerechnet in dem Labor angefangen, in dem wir auch unser Unternehmen Jersey Colony gestartet haben.«

»Das stimmt«, bestätigte Hudson. »Pattenden Lab, danach machte er sich an General Fisher heran. Er sagte am Telefon sogar etwas davon, daß du von mir das Flugzeug bezahlt haben wolltest.«

»Ein unübersehbarer Hinweis auf unseren vorgetäuschten Tod«, überlegte Eriksen laut. »Das heißt also, er hat uns miteinander in Verbindung gebracht.«

»Dann tauchte er in Colorado auf und überfiel Fisher, stahl ihm sein Notizbuch mit den Namen und Nummern unseres *Harten Kerns.* In Neu-Mexiko war er auf unsere Falle bestens vorbereitet und entkam. Unser Mann am Flughafen von Albuquerque konnte nur berichten, daß der Jet schon nach zwei Stunden wieder abhob.«

»Er muß einen Wagen gemietet haben, also brauchte er etwas, um sich zu identifizieren.«

Hudson schüttelte den Kopf. »Nichts, was uns nützen könnte. Wir haben das überprüft. Er legte einen Führerschein und eine Kreditkarte von jemandem vor, der gar nicht existiert.«

Eriksen klopfte die Asche aus der Pfeife. »Mich wundert,

daß er gar nicht nach Santa Fé gefahren ist, um sich bei Clyde Booth umzusehen.«

»Ich glaube, er ist nur hinter unserer Identität her.«

»Aber wer bezahlt ihn? Die Russen?«

»Sicher nicht der KGB«, meinte Hudson. »Sie machen keine versteckten Anspielungen am Telefon oder fliegen in einem Privatjet über die Staaten. Nein, dieser Mann hat es eilig. Ich würde sagen, er hat seine Untersuchungen zu einem festen Termin abzuschließen.«

Eriksen starrte auf die Kaffeetasse. »Die Sowjets landen in fünf Tagen auf dem Mond. Das muß der Termin sein.«

»Ich glaube, da hast du recht.«

Eriksen starrte ihn an. »Also siehst du jetzt auch, daß die Macht hinter diesem Ermittler nur der Präsident selbst sein kann«, stellte er ruhig fest.

Hudson nickte langsam. »Ich habe diese Möglichkeit irgendwie nicht in meine Überlegungen einbeziehen wollen«, bemerkte er mit abwesender Stimme. »Ich wollte glauben, er würde uns bei der Sicherung der Jersey Colony gegen die Russen unterstützen.«

»Nach dem, was du mir von diesem Treffen erzählt hast, war er von der Idee eines Kampfes zwischen uns und den sowjetischen Kosmonauten nicht gerade angetan. Er hatte auch kein großes Vergnügen daran, zu erfahren, daß Steinmetz drei sowjetische Raumfahrzeuge abgeschossen hat.«

»Mir macht etwas anderes Sorgen«, erklärte Hudson. »Wenn wir davon ausgehen, daß wirklich der Präsident dahintersteckt, warum hat er dann bei all seinen Möglichkeiten nur einen einzelnen Mann auf uns angesetzt?«

»Wenn er die Existenz der Jersey Colony akzeptiert hat, dann wird er auch wissen, daß unsere Anhänger ihn ständig im Auge haben. Also muß er davon ausgehen, daß wir jede groß angelegte Untersuchung zumindest zeitweise in die Irre führen könnten. Er wird davon ausgehen, daß wir damit rechnen. Ein kluger Bursche, unser Präsident. Er hat unsere Verteidigung mit einem schnellen Rechtsaußen überspielt.«

»Wir haben immer noch Zeit, diesen Ermittler auf eine falsche Fährte zu lenken.«

»Zu spät. Der Dicke hat jetzt Fishers Notizbuch«, meinte Eriksen. »Er weiß, wer wir sind und wo er uns finden kann. Er ist eine echte Bedrohung. Er hat am Schwanz angefangen, aber jetzt sitzt er uns schon im Nacken. Sobald der Dicke hier durch die Tür marschiert, Leo, wird der Präsident in der Lage sein, etwas gegen jede Auseinandersetzung zwischen den sowjetischen Kosmonauten und unseren Leuten auf dem Mond zu unternehmen.«

»Meinst du, wir sollten den Dicken eliminieren?« fragte Hudson.

»Nein«, erwiderte Eriksen. »Besser, wir verärgern den Präsidenten nicht noch weiter. Wir legen den Dicken nur für ein paar Tage auf Eis.«

»Ich frage mich, wo er wohl als nächstes auftaucht«, überlegte Hudson.

Eriksen stopfte sich in aller Ruhe seine Pfeife neu. »Er hat mit seiner Hexenjagd in Oregon angefangen und sich von Colorado nach Neu-Mexiko durchgearbeitet. Mein Tip ist, als nächstes wäre Texas an der Reihe – das Büro unseres Mannes bei der NASA in Houston.«

Hudson ging an den Schreibtisch und wählte eine Nummer. »Ein Jammer, daß ich nicht dabeisein kann, wenn wir den Mistkerl schnappen.«

30

Pitt verbrachte die nächsten beiden Stunden auf dem Bett. Er lauschte auf das Geräusch der sich öffnenden und schließenden Metalltüren im Gang und versenkte sich in den Rhythmus der Schritte draußen vor seiner Zelle. Der junge Wachtposten brachte ihm ein Mittagessen und wartete, bis Pitt aufgegessen hatte. Er nahm alle Eßutensilien sofort wieder mit. Diesmal wirkte die Wache besser gelaunt. Unbewaffnet war sie auch. Der Soldat hatte während der Mahlzeit sogar die Tür offengelassen, so daß Pitt unauffällig den Mechanismus des Riegels studieren konnte.

Zu seiner Überraschung stellte Pitt fest, daß es sich um ein ganz gewöhnliches Türschloß handelte, ohne jede besondere Sicherheitseinrichtung. Das war keine Gefängniszelle, dieser Raum war einfach nur eine gewöhnliche abschließbare Mannschaftsunterkunft oder eine Abstellkammer.

Nachdem der Posten mit den Überresten der nicht sehr schmackhaften Mahlzeit verschwunden war, machte Pitt sich an die Arbeit. Er suchte systematisch in seiner Zelle nach einem Draht, einer Schraube oder irgendeinem spitzen Gegenstand. Mit den Scharnieren seines kleinen Garderobenschrankes würde sich etwas anfangen lassen. Aber wie sollte er die Schrauben herausdrehen? Mit den Fingernägeln? Während er noch das Problem im Kopfe wälzte, schwang die Tür wieder auf. Der Wachtposten winkte Pitt, ihm zu folgen. Er führte ihn durch ein Labyrinth aus grauen Betonkorridoren, bis sie schließlich vor einer Tür mit einer aufgemalten Sechs stehenblieben.

Mit einem rauhen Stoß wurde Pitt in das kleine, spärlich erleuchtete Zimmer befördert. Ein Übelkeit erregender Geruch empfing ihn. Im Betonboden gab es einen großen Abfluß mit einem Gitter darüber. Die Wände waren in mattem Rot gestrichen, auf dem sich nichts Gutes bedeutende dunkle Flecken abzeichneten. Die einzige Beleuchtung kam von einer matten gelben Birne, die an einem Kabel von der Decke hing. Es war der deprimierendste Raum, in dem Pitt sich je befunden hatte.

Das einzige Möbelstück war ein billiger, ziemlich mitgenommener Stuhl. Aber es war der Mann auf dem Stuhl, dem Pitts ganze Aufmerksamkeit galt. Die Augen, die seinen neugierigen Blick erwiderten, waren ausdruckslos wie Eiswürfel. Pitt konnte die Größe des Fremden schlecht abschätzen, aber seine Brust und seine Schultern wirkten so gewaltig, daß er fast deformiert schien, wie ein Bodybuilder, der zu lange nur bestimmte Muskeln trainiert hat. Der Kopf war völlig glattrasiert, und das Gesicht hätte man fast hübsch nennen können, wäre nicht die große, unförmige Nase gewesen, die überhaupt nicht zu den Augen und dem Mund paßte. Der Mann trug nur Gummistiefel und Bermudashorts. Wenn man von dem Bismarck-Schnauzbart absah, hatte er etwas, das Pitt seltsam vertraut vorkam.

Ohne aufzusehen, begann er eine Liste von Verbrechen von einem Blatt abzulesen, deren Pitt angeklagt war. Es begann mit der Verletzung des kubanischen Luftraums, dem Abschuß eines Helikopters, der Ermordung der Besatzung, der Arbeit für einen ausländischen Geheimdienst und endete beim illegalen Grenzübertritt. Der Mann sprach ein erstklassiges Amerikanisch mit einem Anflug eines europäischen Akzents.

»Was haben Sie dazu zu sagen?«

»Schuldig wie die Sünde.«

Eine riesige Hand streckte Pitt einen Kugelschreiber und ein Blatt Papier entgegen. »Dann unterschreiben Sie bitte hier Ihr Geständnis.«

Pitt unterschrieb und reichte das Blatt wortlos zurück. Der Verhörspezialist starrte die Unterschrift nachdenklich an. »Ich glaube, Sie haben einen Fehler gemacht.«

»Und wo bitte?«

»Ihr Name ist nicht Benedict Arnold.«

Pitt schnippte mit den Fingern. »O Gott, da haben Sie recht. Das war ja letzte Woche. Diese Woche bin ich Millard Fillmore.«

»Sehr amüsant.«

»Da General Velikow die Amerikaner bereits offiziell über meinen Tod unterrichtet hat«, erklärte Pitt ernst, »sehe ich keinen großen Sinn darin, ein Geständnis zu unterschreiben. Das kommt mir so vor, als würde man einem Skelett Penicillin injizieren. Was für einen Sinn soll das haben?«

»Absicherung gegen unerwünschte Zwischenfälle, Propagandagründe, vielleicht brauchen wir auch einmal etwas, um zu verhandeln«, antwortete der Verhörspezialist gleichgültig. »Es könnte eine Menge Gründe geben.« Er schwieg einen Augenblick, dann las er in der Akte in seiner Hand. »Aus dem Dossier, das mir General Velikow gab, ersehe ich, daß Sie am Sankt-Lorenz-Strom an einer Bergungsaktion beteiligt waren.«

»Das ist richtig.«

»Ich glaube, an dem Projekt hab' ich auch gearbeitet.«

Pitt starrte ihn an. Da gab es diese merkwürdige Vertrautheit, aber es fiel ihm einfach nichts ein. Er schüttelte den Kopf. »Ich kann mich nicht daran erinnern, Sie in meinem Team gehabt zu haben. Wie heißen Sie denn?«

»Foss Gly«, sagte der andere langsam. »Ich habe mit den Kanadiern gearbeitet, um Ihre Operation zu stören.«

Und jetzt erinnerte sich Pitt. Da war dieser kahlköpfige Bursche gewesen, den er von hinten niederschlagen mußte, um das Leben eines britischen Geheimagenten zu retten. Zu seiner großen Erleichterung wußte er genau, daß Gly ihm dabei den Rücken zugewandt hatte.

»Von Angesicht zu Angesicht haben wir uns wohl nie getroffen«, meinte Pitt ruhig. Er suchte in Glys Augen nach einer Erinnerung, aber der Blick verriet rein gar nichts.

»Wahrscheinlich nicht.«

»Sie sind ziemlich weit weg von zu Hause.«

Gly zuckte mit den großen Schultern. »Ich arbeite für jeden, der mir meine Dienstleistungen entsprechend honoriert.«

»Und diesmal wird in Rubeln bezahlt.«

»Nun, eigentlich in Gold«, erläuterte Gly. Er seufzte und stand langsam auf. Er reckte sich. Die Haut spannte sich so um seine Muskeln, daß jede Ader deutlich sichtbar hervortrat. Wenn er stand, befand sich sein glattrasierter Schädel ein wenig unterhalb von Pitts Kinn.

»Ich würde unser Gespräch über alte Erinnerungen gerne fortsetzen, Mr. Pitt, aber ich brauche die Antworten auf einige Fragen und Ihre Unterschrift unter diesem Geständnis.«

»Ich werde mit Ihnen gern alles besprechen, was Sie interessiert, wenn man mir versichert, daß den LeBarons und meinen Freunden nichts geschieht.«

Gly antwortete nicht, er starrte nur gelangweilt geradeaus.

Pitt spürte den kommenden Schlag und spannte seinen Körper, um ihn abgleiten zu lassen. Aber Gly ging nicht darauf ein. Statt dessen packte er Pitt mit einer Hand dicht am Nacken und krallte sich in das weiche Muskelfleisch der Schulter. Zunächst war der Druck nur leicht, dann wurde er stärker, bis der Schmerz wie Feuer explodierte.

Pitt packte Glys Handgelenk mit beiden Händen und versuchte die eiserne Klaue loszuzerren, aber er hätte genausogut versuchen können, eine Eiche mit bloßen Händen aus dem Boden zu reißen.

Verzweifelt knirschte er mit den Zähnen, bis er befürchtete, sie würden abbrechen. Durch die Schmerzwolken in seinem Hirn hörte er Glys Stimme.

»Okay, Pitt, Sie brauchen sich das nicht anzutun. Erzählen Sie mir einfach, wer sich diese Operation ausgedacht hat und warum. Sie haben keinen Grund, zu leiden, es sei denn, Sie sind ein überzeugter Masochist. Glauben Sie mir, es wird Ihnen nicht gefallen, was ich mit Ihnen tun muß. Erzählen Sie dem General, was er wissen will. Was Sie geheimhalten wollen, wird den Lauf der Geschichte auch nicht groß ändern. Es hängen mit Sicherheit nicht Tausende von Menschenleben davon ab. Warum wollen Sie Tag für Tag Ihren Körper zusammenschlagen lassen, bis Sie sich wie Kartoffelbrei fühlen. Denn genau das wird Ihnen passieren, wenn Sie nicht mitspielen. Verstehen wir uns?«

Der grauenvolle Schmerz ließ langsam nach, als Gly den Griff lockerte. Pitt schwankte, starrte seinen Peiniger aus zusammengekniffenen Augen an und versuchte sich die Schulter zu massieren. Er begriff, daß dieser Mann keine Geschichte akzeptieren würde, die er ihm erzählte, ob sie nun wahr oder erfunden wäre. Die Folter würde so lange weitergehen, bis seine Belastungsgrenze überschritten war und er ein körperliches und psychisches Wrack sein würde.

Er fragte höflich: »Bekommen Sie für jedes Geständnis einen Bonus?«

»Ich arbeite nicht auf Kommissionsbasis«, meinte Gly humorvoll.

»Sie haben gewonnen«, sagte Pitt ruhig. »Ich habe eine niedrige Schmerzgrenze. Was wollen Sie, daß ich unterschreibe, ein Geständnis über einen Attentatsversuch gegen Fidel Castro oder über einen Geheimplan, die russischen Berater zu Demokraten zu bekehren?«

»Nur die Wahrheit, Mr. Pitt.«

»Die habe ich General Velikow schon erzählt.«

»Ja, ich habe hier alles im Dossier.«

»Dann wissen Sie, daß Mrs. LeBaron, Al Giordino, Rudi Gunn und ich auf der Suche nach Raymond LeBaron und einem Wrack, das möglicherweise einen Schatz birgt, waren. Was ist denn daran so zweifelhaft?«

»General Velikow sieht es als vorgetäuschtes Manöver, um eine besondere Mission zu verbergen.«

»Welche zum Beispiel?«

»Einen Versuch, mit Castro Verbindung aufzunehmen.«

»Lächerlich. Es wird ja wohl einen einfacheren Weg geben, auf dem sich zwei Regierungen verständigen können.«

»Gunn hat uns alles erzählt«, sagte Gly. »Sie hatten die Führung dieser Operation, die sich in kubanischem Hoheitsgebiet von einer Patrouille aufbringen und zur Hauptinsel eskortieren lassen sollte. Dort angekommen, sollten Sie lebenswichtige Informationen weitergeben, die auf eine geheime Beziehung zwischen Kuba und den Vereinigten Staaten hinauslaufen.«

Pitt verstand überhaupt nichts mehr. Das waren böhmische Dörfer für ihn. »Das ist die blödeste Geschichte, die man mir je angedreht hat.«

»Warum waren Sie dann so gut bewaffnet, daß Sie einen kubanischen Patrouillenhubschrauber abschießen konnten?«

»Wir hatten keine Waffen«, log Pitt. »Der Helikopter explodierte vor unseren Augen. Ich weiß auch nicht, warum.«

»Dann erklären Sie mir, warum das kubanische Patrouillenboot an der Absturzstelle keine Überlebenden bergen konnte.«

»Wir waren im Wasser. Es war dunkel, und es herrschte hoher Seegang. Da findet man nicht so leicht jemanden.«

»Aber Sie waren trotz dieses Wetters in der Lage, sich sechs Meilen durch einen Hurrikan zu kämpfen, als Gruppe zusammenzubleiben und gemeinsam auf Cayo Santa Maria zu landen. Wie ist das möglich?«

»Wir haben einfach Glück gehabt, vermute ich.«

»Wer will hier wem eine blöde Geschichte andrehen?«

Pitt bekam keine Chance zu antworten. Ohne jede Warnung rammte ihm Gly die Faust in die linke Niere.

Der Schmerz kam gemeinsam mit der plötzlichen Erkenntnis, was an der Expedition faul gewesen sein mußte. Eine reichlich späte Erkenntnis. Während er in der schwarzen Tiefe der Bewußtlosigkeit versank, griff er nach Jessie, aber sie lachte nur und wandte sich von ihm ab.

31

Eine tiefe, volle Stimme sagte etwas, dicht neben seinem Ohr. Die Worte klangen vage und weit entfernt. Aber die Stimme war ganz nah. Eine Armee von Skorpionen kroch über die Bettdecke und rammte ihre Stacheln in seine Seite. Er öffnete die Augen. Das helle Licht über ihm blendete ihn, deshalb schloß er sie schnell wieder. Sein Gesicht fühlte sich feucht an. Er glaubte zu schwimmen und versuchte die Arme zu heben. Dann wurde die Stimme neben ihm deutlicher.

»Ganz ruhig liegenbleiben, Partner. Ich wische dir nur gerade das Gesicht ab.«

Pitt öffnete die Augen und schaffte es, das Gesicht eines älteren, grauhaarigen Mannes zu erkennen. Ihre Blicke trafen sich, und der Mann lächelte.

»Tut es sehr weh?«

»Es geht so.«

»Möchten Sie noch Wasser?«

»Ja, bitte.«

Als der Mann aufstand, berührte sein Kopf fast die Decke. Er füllte im Waschbecken eine Tasse.

Pitt rieb sich die Seite und richtete sich mühsam in eine sitzende Position auf. Ihm war schlecht, aber gleichzeitig hatte er Hunger. Wann hatte er zum letzten Mal etwas gegessen? Benommen, wie er war, erinnerte er sich nicht mehr daran. Dankbar trank er. Dann sah er seinen Wohltäter an. »Der alte Fuchs Raymond, nehme ich an.« LeBaron deutete ein Lächeln an. »Nicht unbedingt eine Anrede, auf die ich mir im Augenblick etwas einbilden kann.«

»Man findet Sie nicht so einfach heutzutage.«

»Meine Frau hat mir erzählt, wie Sie ihr das Leben gerettet haben. Ich möchte Ihnen dafür danken.«

»Nach General Velikows Urteil ist das nur ein kleiner Aufschub gewesen.«

LeBarons Lächeln verschwand. »Was sagen Sie da?«

»Er verkündete, und ich zitiere wörtlich, wir werden alle sterben.«

»Hat er einen Grund genannt?«

»Was er mir erzählte, war eine Geschichte davon, daß wir eine besonders geheime sowjetische Militäranlage entdeckt hätten.«

LeBaron runzelte die Stirn. Er wirkte nachdenklich, dann sagte er: »Velikow hat gelogen. Diese Einrichtung dient dem Abhören von Kurzwellen-Sendungen der USA, aber die rasante Entwicklung von Spionagesatelliten hat sie fast völlig überflüssig gemacht.«

»Woher wissen Sie das so genau?«

»Man hat mir erlaubt, mir die Insel anzusehen. Das wäre

wohl unmöglich gewesen, wenn es hier etwas streng Geheimes gäbe. Ich habe keinerlei Hinweise auf irgendein fortgeschrittenes Kommunikationssystem, Antennenanlagen oder sonst etwas gesehen. Außerdem hab' ich mich mit einigen kubanischen Besuchern angefreundet, die so nach und nach einige Informationen rausließen. Das Ganze ist mehr so etwas wie eine von unseren Manager-Tagungsstätten. Hochrangige sowjetische und kubanische Militärs und Funktionäre treffen sich hier, um die Politik der nächsten Jahre abzusprechen.«

Pitt fiel es schwer, sich zu konzentrieren. Seine linke Niere brannte wie Feuer. Er fühlte sich noch immer benommen. Mühsam wankte er zur Toilette. Sein Urin war rosa von Blut, aber nicht so sehr, daß er sich beunruhigte. Also keine lebensgefährlichen Verletzungen.

»Wir sollten diese Unterhaltung besser nicht fortsetzen«, erklärte Pitt. »Meine Zelle ist wahrscheinlich verwanzt.«

LeBaron schüttelte den Kopf. »Nein, das glaube ich nicht. Diese ganze Anlage ist nicht für Hochsicherheits-Gefangene eingerichtet worden. Man kann auch von hier nicht entkommen. Das kubanische Festland ist mehr als zwanzig Seemeilen entfernt. Das Wasser wimmelt von Haien. In die andere Richtung muß man schon bis zu den Bahamas schwimmen. Da braucht man ein paar Wochen. Wenn Sie an Flucht denken – das können Sie vergessen.«

Pitt ließ sich vorsichtig wieder auf seinem Bett nieder. »Haben Sie die anderen gesehen?«

»Ja.«

»Und wie geht es denen?«

»Giordino und Gunn sind zusammen in einer Zelle etwa dreißig Meter den Gang hinunter. Wegen ihrer Verletzungen hat man ihnen einen Besuch in Raum sechs bisher erspart. Bis jetzt wurden sie ganz passabel behandelt.«

»Jessie?«

LeBarons Gesicht spiegelte seine Sorgen. »General Velikow hat ihr großzügigerweise unseren VIP-Raum zugewiesen.

Wir dürfen sogar gemeinsam mit den Offizieren die Mahlzeiten einnehmen.«

»Es freut mich, daß man Ihnen beiden einen Besuch in Raum sechs ebenfalls erspart hat.«

»Ja, Jessie und ich, wir haben Glück.«

LeBarons Stimme klang nicht sehr überzeugend. Er sah an Pitt vorbei. Das war nicht der berühmte, erfolgreiche Unternehmer mit abenteuerlichem Erfindungsgeist. Von diesem Mann hätte sich die Finanzwelt nicht jahrelang beraten lassen. Er erinnerte Pitt an einen Farmer, dem die Bank gerade die Hypothek gekündigt hatte.

»Was ist denn aus Buck Cäsar und Joe Cavilla geworden?« erkundigte Pitt sich.

LeBaron zuckte traurig mit den Schultern. »Buck ist es gelungen, die Wachen einen Augenblick abzulenken, als er draußen spazierengehen durfte. Er hat sich in die Brandung geworfen und ist losgeschwommen. Ein treibender Baumstamm diente ihm als Floß. Drei Tage später spülte die Brandung seine Leiche an den Strand, oder besser gesagt das, was die Haie von ihm übriggelassen hatten. Joe fiel nach einigen Sitzungen in Raum sechs in ein Koma und starb. Es gab für ihn keinen Grund, mit General Velikow zusammenzuarbeiten.«

»Und Sie haben Foss Gly nie besuchen dürfen?«

»Nein, diese Erfahrung hat man mir erspart. Warum, weiß ich auch nicht recht. Vielleicht glaubt General Velikow, daß ich eines Tages noch einmal ein wertvolles Tauschobjekt sein könnte.«

»Also hat man mich ausgewählt«, meinte Pitt grimmig.

»Ich wünschte, ich könnte Ihnen irgendwie helfen, aber General Velikow hat auch schon bei Joe alle meine Bitten ignoriert. In Ihrem Fall ist er genauso abweisend.«

Pitt kam nicht umhin, sich darüber Gedanken zu machen, warum LeBaron von Velikow immer so respektvoll mit der militärischen Rangbezeichnung sprach. »Ich verstehe diese brutalen Verhöre überhaupt nicht. Was für einen Sinn machte es denn, Cavilla zu töten? Was haben sie gehofft, von ihm zu erfahren?«

»Die Wahrheit«, erklärte LeBaron einfach.

Pitt sah ihn scharf an. »Die Wahrheit, so wie ich sie kenne, ist, daß Sie und Ihr Team auf der Suche nach der *Cyplop* verschwanden. Ihre Frau und wir anderen haben die Suche nach dem Wrack in der Hoffnung wiederholt, dabei einen Hinweis auf Ihren Verbleib zu finden. Sagen Sie mir, was daran so falsch klingt.«

LeBaron wischte sich den Schweiß von der Stirn. »Es hat keinen Zweck, mit mir zu streiten, Dirk, ich bin nicht derjenige, der Ihnen nicht glaubt. Die russische Mentalität vermutet hinter jeder Wahrheit eine Lüge.«

»Sie haben doch mit Jessie gesprochen. Sicher hat sie Ihnen erzählt, wie wir die *Cyclop* gefunden haben und auf dieser Insel gelandet sind.«

LeBaron zuckte sichtbar bei der Erwähnung der *Cyclop* zusammen. Er schien vor Pitt zurückzuweichen. Dann klopfte er an die Tür. Sie wurde fast sofort von außen geöffnet, und schon war er verschwunden.

Voss Gly wartete in aller Ruhe, als LeBaron Raum sechs betrat. Er saß einfach da, gefährlich, böse, eine menschliche Killermaschine. Er roch nach Tod und Verwesung.

LeBaron stand zitternd vor ihm und zog ein kleines Aufnahmegerät aus seiner Jackentasche. Gly spielte das Band zurück. Ein paar Sekunden hörte er es sich an, um sicherzugehen, daß die Aufnahme deutlich verständlich war.

»Hat er Ihnen vertraut?« fragte Gly.

»Ja, er hat nicht versucht, etwas vor mir zu verbergen.«

»Arbeitet er für den CIA?«

»Ich glaube nicht. Seine Landung hier war wirklich eine Art Zufall.«

Gly stand auf und packte die lose Haut seitlich an LeBarons Handgelenk, dann drehte er sie langsam immer weiter, als wolle er sie aufwickeln. Die Augen des Millionärs traten fast aus den Höhlen. Er krümmte sich, sank dann langsam auf die Knie.

Gly beugte sich mit einem boshaften Grinsen über ihn. »Versuch nicht, mich reinzulegen, Scheißkerl«, knurrte er drohend, »oder deine süße Frau ist die nächste Besucherin hier und zahlt mit ihrem Körper für dein Geschwätz.«

32

Ohne es zu wissen, trickste Ira Hagen Hudson und Eriksen ganz nebenher aus. Er flog nicht nach Houston. Es gab gar keinen Grund für eine solche Reise. Der Computer in seinem Jet verschaffte ihm alle nötigen Informationen. Mit Hilfe der Telefonnummern ermittelte er vom Jet aus die Männer hinter den Codenamen. Ihm blieben noch sechsundsechzig Stunden. Der Präsident war über seine Fortschritte informiert und hatte ihn noch einmal darauf hingewiesen, daß die Zeit knapp wurde. Neun Männer gehörten offenbar zum *Harten Kern*, einer davon, LeBaron, fiel aus. Von Fisher, Booth, Mitchell und Busche hatte er die genauen Adressen ermittelt. Blieben noch ein gewisser Dean Beagle in Philadelphia und Daniel Klein in Washington; bei diesen beiden kannte er die wahre Identität nicht. Und dann waren da noch Leonard Hudson und Gunnar Eriksen, bei denen er nicht wußte, wo sie sich genau aufhielten. Der Präsident stellte bereits heimlich ein Team von Spezialisten zusammen, das den *Harten Kern* einsammeln und an einen vom Präsidenten bestimmten Ort bringen sollte. Aber die letzten vier waren eine harte Nuß. Hagen verließ sich wieder einmal mehr auf seine Intuition. Er flog nach Philadelphia und bestellte schon vom Jet aus einen Wagen. Zwei Stunden später saß er im historischen Restaurant des Horse and Artellery Inn, in dem schon George Washington abgestiegen war. Zum Abendessen war es noch zu früh, und eine freundliche junge Bedienung führte ihn an einen Tisch in einer stillen Ecke des fast leeren Restaurants. »Ist Dean da?« fragte er beiläufig.

»Ja, Sir«, antwortete das Mädchen bereitwillig. »Der Senator steht in der Küche. Möchten Sie ihn sprechen?«

»Ich wäre dankbar, wenn er mir ein paar Minuten widmen könnte.«

»Wollen Sie solange schon einmal die Karte sehen?«

»Ja, bitte.«

Hagen studierte das Menü und fand das Angebot an Speisen der alten Gründerväter-Küche sehr verlockend. Aber seine Gedanken waren nicht bei einem möglichen Essen. War es möglich, überlegte er, daß Dean Beagle Senator Dean Porter war, der einmal dem einflußreichen Komitee für Auslandsfragen vorgesessen hatte und nur knapp bei den Vorwahlen McGovern unterlag? Bis er sich vor zwei Jahren zurückgezogen hatte, galt Porter als einer der einflußreichsten Senatoren des Landes.

Ein kahlköpfiger Mann, etwa Ende Siebzig, erschien in der Schwingtür zur Küche und wischte sich die Hände an einer Schürze ab. Er wirkte wenig beeindruckend, eher wie ein gemütlicher Großvater. Vor Hagens Tisch blieb er stehen und sah ihn ausdruckslos an. »Sie wollten mich sprechen?«

Hagen stand auf. »Senator Porter?«

»Ja.«

»Mein Name ist Ira Hagen. Ich bin selbst Restaurantbesitzer und habe mich auf amerikanische Küche spezialisiert, aber was die Rezepte angeht, habe ich keine vergleichbare Kreativität entwickelt.«

»Leo hat mir schon gesagt, daß Sie mal vorbeischaun würden«, meinte Porter ruhig.

»Wollen Sie sich nicht setzen?«

»Bleiben Sie zum Dinner, Mr. Hagen?«

»Das hatte ich vor.«

»Dann erlauben Sie mir, Ihnen eine Flasche Wein des Hauses anzubieten.«

»Vielen Dank.«

Porter gab der Bedienung eine Anweisung. Dann wandte er sich wieder Hagen zu und sah ihm gerade in die Augen. »Wie viele von uns haben Sie schon aufgespürt?«

»Sie sind der sechste«, erklärte Hagen.

»Sie haben Glück gehabt, daß Sie es nicht in Houston versucht haben. Leo hat schon ein Empfangskomitee für Sie bereitgestellt gehabt.«

»Waren Sie von Anfang an ein Mitglied des *Harten Kerns*, Senator?«

»Ich bin 1964 an Bord gegangen und habe die ganze verdeckte Finanzierung organisiert.«

»Mein Kompliment, das war erstklassige Arbeit.«

»Ich nehme an, Sie arbeiten für den Präsidenten?«

»Korrekt.«

»Was hat er mit uns vor?«

Hagen zuckte mit den Schultern. »Irgendwann wird er Ihnen wohl die Ehre zuteil werden lassen, die Sie schon so lange verdienen. Aber vorher will er Ihre Leute wohl daran hindern, auf dem Mond einen Krieg anzufangen.«

Porter schwieg eine Weile, während die Bedienung eine Flasche gekühlten Weißwein servierte. Mit Expertengriff entkorkte er den Wein und goß ein Glas voll. Er nahm einen kräftigen Schluck und ließ den Wein genießerisch im Mund verweilen, bevor er schluckte. »Sehr schön.« Dann füllte er Hagens Glas.

»Vor fünfzehn Jahren, Mr. Hagen, hat unsere Regierung einen dummen Fehler gemacht. Sie hat unseren Vorsprung im Weltraum für eine Propagandaaktion, die man den Handschlag im Raum nannte, aufgegeben. Die Russen waren immer zwanzig Jahre hinter uns zurück, und nachdem wir ihnen die Chance zur sogenannten Kooperation gegeben haben, konnten sie hemmungslos bei uns abkupfern. Ihre Technologie hätte ihnen keine Chance gegeben, etwas Vergleichbares auf die Beine zu stellen. Aber wir haben eben alles verschenkt. Damals habe ich mich entschlossen, dafür zu sorgen, daß so etwas nicht wieder vorkommen kann. Und diesmal werden wir nicht zusehen, wie uns die Russen die Früchte der Jersey Colony vor der Nase wegstehlen. Wenn sie uns technisch überlegen wären, dann würden die Russen uns sofort jeden Zutritt zum Mond verwehren, daran habe ich keinerlei Zweifel.«

»Also stimmen Sie mit Leo darin überein, daß die ersten Russen, die auf dem Mond landen werden, zu eliminieren sind.«

»Sie tun alles, was in ihrer Macht steht, um an die wissenschaftlichen Erkenntnisse unserer Mondbasis heranzukommen. Wachen Sie auf, Mr. Hagen. Es gibt keine amerikanischen Geheimagenten, die in Rußland heimlich die neueste Technologie aufkaufen und in den Westen schmuggeln. Die Sowjets waren und sind auf unseren Fortschritt angewiesen, weil sie zu dumm und zu kurzsichtig sind, selbst voranzukommen.«

»Sie haben keine hohe Meinung von den Russen«, bemerkte Hagen.

»Wenn der Kreml sich dafür entscheiden würde, wirklich eine bessere Welt aufzubauen, statt sie aufzuteilen und zu tyrannisieren, könnte ich es mir vielleicht noch einmal überlegen.«

»Wollen Sie mir helfen, Leo zu finden?«

»Nein«, sagte der Senator schlicht.

»Das wenigste, was der *Harte Kern* tun könnte, wäre, dem Präsidenten zuzuhören und mit ihm zu diskutieren.«

»Hat er Sie deshalb losgeschickt?«

»Er hoffte, ich könnte Sie noch alle finden, bevor es zu spät ist.«

»Zu spät für was?«

»In weniger als vier Tagen landen die ersten russischen Kosmonauten auf dem Mond. Wenn Ihre Leute von der Jersey Colony sie ermorden, könnte die russische Regierung sich in eine Lage versetzt sehen, in der es ihr zweckmäßig erscheint, ein Space Shuttle oder das Space Lab abzuschießen.«

Der Senator sah Hagen einen Augenblick schweigend an. Seine Augen wurden kalt wie Eis. »Eine interessante Situation. Ich glaube, wir werden einfach abwarten müssen und sehen, was dabei herauskommt.«

33

Pitt benutzte schließlich den Verschluß seiner Armbanduhr als Schraubenzieher. Er entfernte von jeder der Türen seines wackeligen Garderobenschrankes ein Scharnier, ohne daß es dem Möbel wesentlich schadete. Als die Wache ihm die nächste Mahlzeit servierte, handelte er. Sobald der Mann, das Tablett balancierend, die Tür hinter sich zuzog, sprang Pitt aus dem toten Winkel der Tür zum Schloß. Sekunden bevor die Tür zufiel, schob er ein Scharnier über die Öffnung für den Riegel im Türrahmen. Die Tür wurde zugezogen, und Pitt lehnte sich mit aller Kraft gegen das schwere Eisen und imitierte mit einem Schlag des anderen Scharniers das Klicken des einrastenden Schlosses. Der Posten kam gar nicht auf den Gedanken, die Tür zu überprüfen. Er hatte nur routinemäßig die Tür zugeschlagen. Seine Schritte entfernten sich schnell und zielstrebig den Gang hinunter. Sobald die Schritte nicht mehr zu hören waren, öffnete Pitt vorsichtig die Tür und klebte ein Stück Pflaster von seinen Verbänden über den ins Schloß gedrückten Riegel. Die schwere Eisentür hing auch mit gesperrtem Riegel ordentlich an Ort und Stelle. Es sah aus, als wäre alles wie immer. Im Gang zog Pitt sich schnell die Sandalen aus und stopfte sie sich in den Gürtel. Er klebte mit Speichel ein Haar über den Türspalt und schlich dann lautlos den leeren Korridor hinunter. Von Wachen oder Sicherheitseinrichtungen gab es keine Spur.

Pitts erstes Ziel war, seine Freunde zu finden und mit ihnen einen Fluchtplan zu schmieden. Aber nach zehn Metern entdeckte er einen engen, runden Einstieg mit einer Leiter dahinter. Es war eine Art Luftschacht. Er entschied sich, diesen Fluchtweg genauer zu untersuchen. Nach einer endlosen Kletterei kam er oben bei einer hölzernen Abdeckung an. Er stieß mit dem Kopf dagegen und versuchte sie sehr vorsichtig hochzudrücken. Es knarrte laut, als der Deckel sich hob.

Pitt hielt den Atem an. Nachdem fünf Minuten lang alles ruhig geblieben war, wagte er es schließlich, den Deckel hoch genug zu heben, um sich umzusehen. Der Schacht mündete in einer Art Garage, in der sich mehrere Militärfahrzeuge und Planierraupen befanden. Es war eine große Halle, die Decke, die von Stahlträgern gehalten wurde, befand sich mindestens fünfundzwanzig Meter über dem Boden. Rings um ihn war es dunkel, aber in einiger Entfernung sah er ein kleines Wachhäuschen mit Glaswänden. Dort brannte Licht. Zwei Russen in Armeeuniform saßen vor einem Tisch und spielten Schach.

Pitt robbte aus dem Schacht unter einen geparkten Wagen. Dann kroch er unter dem Fenster des Wachpostens bis zum Haupttor. Bis hierher war alles so einfach gelaufen, daß seine Enttäuschung nun um so größer war. Das Tor ließ sich nur elektrisch öffnen. Dieser Weg war verschlossen, es sei denn, man würde den Verdacht der Schachspieler auf sich lenken.

Im Schatten der Wand suchte Pitt nach einem anderen Ausgang. In der entfernten Ecke der Halle entdeckte er schließlich etwas. Ein leichter Luftzug machte ihn darauf aufmerksam. In zehn Metern Höhe befand sich in der Wand eine Belüftungsöffnung, in der wahrscheinlich einmal ein Ventilator installiert gewesen war. Die Öffnung wäre gerade groß genug für ihn. Lautlos kletterte Pitt auf das Dach eines Lastwagens und hangelte sich von dort an den Stahlträgern der Fertigbauhalle nach oben. Er schaffte es knapp durch das enge Loch. Die frische, feuchte Luft draußen wirkte auf Pitt wie ein belebendes Bad. Noch immer wehte ein starker Wind, aber mit dem Hurrikan vor zwei Tagen war diese Brise nicht zu vergleichen. Wolken jagten über den Himmel, und zwischen ihnen blitzte immer wieder eine helle Mondsichel auf, die gerade so viel Licht spendete, daß man etwa zehn Meter weit sehen konnte.

Die Garage war zum Glück ebenfalls tief in die Erde eingelassen. Die Lüftungsöffnung befand sich praktisch auf einer Höhe mit dem Erdboden. Die nächste Schwierigkeit für Pitt war, das Militärgelände unbemerkt zu verlassen. Diesmal war das Wachhaus am Tor bemannt. Aber auch jetzt hatte er Glück. Als er an der Mauer entlangschlich, stieß er auf ein großes Abflußrohr. Die mannshohe Betonröhre war von einem rostigen Gitter blockiert, das sich aber leicht zur Seite biegen ließ. Die salzige Seeluft hatte Pitts Fluchtweg gut vorbereitet.

Drei Minuten später lief Pitt über den Weg, auf dem sie den Stützpunkt erreicht hatten. Anzeichen von Wachposten oder irgendwelchen Überwachungsgeräten gab es auch hier nicht. Er verließ den Weg und lief in Richtung Strand, bis er den elektrischen Zaun erreicht hatte. Es dauerte nicht lange, und er hatte die Stelle gefunden, die von den Palmen während des Hurrikans niedergedrückt worden war. Den Schaden im Zaun hatte man inzwischen repariert, aber der abgesplitterte Baumstumpf war noch deutlich zu sehen. Pitt ließ sich auf die Knie fallen und begann mit den Händen im Sand zu schaufeln, bis er sich unter den Drähten durchgegraben hatte. Es war eine anstrengende Arbeit. Der Schweiß rann ihm in Strömen über den Körper, als er sich auf der anderen Seite des Zaunes aus dem Sand wand. Mehr als eine Stunde hatte er wühlen müssen. Seine Schulter und die Niere schmerzten. Mühsam suchte er sich im fahlen Mondlicht den Weg zu ihrem unfreiwilligen Landeplatz am Strand. Sicher konnte er nicht sein, aber einige der Felsen kamen ihm bekannt vor. Er wanderte eine Zeitlang am Strand auf und ab, und er wollte schon aufgeben, als sein Blick auf einen Gegenstand fiel, der im Licht des Mondes blinkte: der Benzintank des Außenbordmotors! Die Schraube und der Motor selbst waren tief im Sand vergraben. Er buddelte alles frei. Dann legte er sich die Maschine über die Schulter und wanderte mit ihr den Strand entlang immer weiter von der russischen Anlage weg.

Die verzweifelte Hoffnung, ein sicheres Versteck für seinen wertvollen Fund zu finden, trieb ihn vorwärts. Alle hundert Meter mußte er keuchend stehenbleiben und seine Last einen Augenblick absetzen. Nach etwa drei Kilometern stieß er auf einen Weg mit tiefen Lastwagenspuren. Er führte zu einer Reihe verfallener Häuser. Es waren nicht viel mehr als Holzhütten am Rande einer kleinen Lagune. Offenbar war das einmal ein Fischerdorf gewesen, überlegte Pitt. Er konnte sich denken, daß man den Bewohnern einen Umzug auf das Festland nahegelegt hatte, als die Sowjets hier auftauchten.

Dankbar setzte er den Motor im Schatten einer Hauswand ab und begann, die Hütten zu durchsuchen. Alles war leer und verlassen, die Dächer zusammengefallen, die Scheiben zerbrochen. Aber er entdeckte ein auf den Strand gezogenes Boot. Die aufflackernde Begeisterung wurde schnell gedämpft. Der Rumpf war durchgefault.

Hier im Dunkeln ein Floß zu bauen war keine erfreuliche Aussicht. Was dabei herauskommen würde, war bei rauherer See nichts, auf das man seine Hoffnungen setzen konnte. Die Leuchtziffern seiner Uhr zeigten schon ein Uhr dreißig. Wenn er noch mit Giordino und Gunn reden wollte, mußte er so schnell wie möglich zurück.

Neben einer zerfallenen Hütte fand er eine umgekippte Badewanne. Er hob sie hoch und versteckte den Außenbordmotor darunter, dann tarnte er das Ganze noch mit zwei verbrannten Autoreifen und einer verrotteten Matratze und machte sich auf den Heimweg.

Zum Stützpunkt zu gelangen bereitete keine größeren Schwierigkeiten als der Weg nach draußen. Er bog das Eisengitter im Abflußrohr wieder zurecht und verwischte die Spuren seines nächtlichen Abenteuers. Die Sowjets hatten offenbar nach dem Motto gehandelt, daß es besser sei, auf Sicherheitseinrichtungen so gut wie ganz zu verzichten, so daß die Insel unbewohnt und verlassen wirkte. Auch für Kommandotrupps von Exilkubanern gab es auf diesem öden Flecken nichts zu sehen. Und solange hier niemand landete und niemand floh, gab es ja für die Russen auch nichts, was besonders zu bewachen war. Unten im Gang war es genauso ruhig wie bei Pitts Aufbruch. Er überprüfte seine Zellentür und stellte fest, daß sich das Haar, das er dort angeklebt hatte, noch an Ort und Stelle befand.

Danach machte er sich auf die Suche nach Gunn und Giordino. Pitt wußte, wie sehr er sein Schicksal herausforderte, aber wahrscheinlich würde er nie mehr eine solche Gelegenheit bekommen. Der einzige beruhigende Gedanke war, daß er hier unten Schritte von russischen Armeestiefeln schon von sehr weit hören würde. Zwei Türen führten in dunkle Abstellkammern. Bei der dritten hatte er seine Freunde vor sich.

»Dirk!« rief Giordino.

»Ruhe«, flüsterte Pitt.

»Schön, dich mal zu sehen, alter Bursche.«

»Habt ihr überprüft, ob sie hier Wanzen haben?« wollte Pitt leise wissen.

»Alles sauber«, versicherte Gunn.

Dann sah Pitt den dunklen Schatten um Giordinos Auge. »Wie ich sehe, hattest du auch schon dein Treffen mit Foss Gly in Raum sechs.«

»Die Unterhaltung war sehr interessant – ein bißchen einseitig, leider.«

Pitt entdeckte an Gunn keine Zeichen von Folterungen. »Was ist mit dir?«

»Er ist zu faul, sich mit mir viel Mühe zu machen«, erklärte Gunn mit einem schmerzhaften Lächeln. Er deutete auf seinen gebrochenen Knöchel. Der Verband war verschwunden. »Es reicht ihm, wenn er ein bißchen an meinem Fuß dreht.«

»Was ist mit Jessie?«

Gunn und Giordino wechselten einen wütenden Blick. »Wir befürchten das Schlimmste«, knurrte Gunn. »Wir haben die Schreie einer Frau am späten Nachmittag gehört, als wir aus dem Aufzug geführt wurden.«

»Wir kamen von einem Verhör bei diesem schleimigen Mistkerl Velikow.«

»Das ist so ihr System«, erklärte Pitt. »Der General macht es mit Zuckerbrot, und Gly läßt dann die Peitsche knallen.« Er ging wütend in dem winzigen Raum auf und ab. »Wir müssen Jessie finden und aus diesem Loch hier raus.«

»Wie?« fragte Giordino. »LeBaron hat uns besucht und deutlich darauf hingewiesen, daß die Fluchtchancen hier gleich Null sind.«

»Ich traue unserem ruhmreichen Unternehmer nicht recht über den Weg«, verkündete Pitt erbost. »Ich glaube, Gly hat längst das letzte bißchen Mumm aus ihm rausgeprügelt.«

»Scheint uns auch so.«

Gunn rieb sich den gebrochenen Knöchel. »Hast du eine Vorstellung, wie wir von dieser Insel runterkommen?«

»Ich habe mir schon einmal unseren Außenbordmotor beiseite gelegt. Jetzt brauch' ich noch ein Boot.«

»Was?« Giordino starrte Pitt ungläubig an. »Du bist hier einfach rausspaziert?«

»Na, ein Spaziergang war es nicht gerade«, erklärte Pitt. »Aber ich habe einen Fluchtweg ausgekundschaftet.«

»Ein Boot zu stehlen dürfte unmöglich sein«, meinte Gunn tonlos.

»Dann weißt du etwas, was ich noch nicht weiß.«

»Meine Russischkenntnisse sind hier ganz nützlich. Ich habe so einiges von den Wachen aufgeschnappt. Außerdem konnte ich Velikow in seinem Renommierbüro über die Schultern sehen. Was da so auf den Akten stand, war auch nicht uninteressant. Diese Einrichtung wird nachts von U-Booten aus versorgt.«

»Warum so kompliziert?« murmelte Giordino. »Kann man doch wirklich einfacher haben.«

»Aber wenn man hier einen Hafen einrichtet, dann kann man ihn auch aus der Luft beobachten«, erklärte Gunn. »Was immer vorgeht, sie wollen auf gar keinen Fall irgend jemanden darauf aufmerksam machen.«

»So kommt es mir auch vor«, bestätigte Pitt. »Die Russen haben sich verdammt viel Mühe gegeben, um diese Insel so verlassen wie möglich aussehen zu lassen.«

»Kein Wunder, daß sie schockiert waren, als wir so einfach hereinspazierten«, murmelte Giordino nachdenklich. »Das erklärt auch die Folterungen und die energischen Verhöre.«

»Nur noch mehr Grund, daß wir uns so schnell wie möglich aus dem Staub machen und unser Leben retten.«

»Und unsere Geheimdienste benachrichtigen«, fügte Gunn hinzu.

»Wann soll es denn losgehen?« fragte Giordino.

»Morgen nacht, sobald die Wache das Abendessen abgeräumt hat.«

Gunn maß Pitt mit einem langen harten Blick. »Du wirst allein gehen müssen, Dirk.«

»Wir sind zusammen gekommen, wir gehen auch zusammen.«

Giordino schüttelte den Kopf. »Du kannst Jessie und uns schlecht auf dem Rücken tragen.«

»Er hat recht«, sagte Gunn. »Al und ich, wir sind nicht in der Verfassung, auch nur zwanzig Meter zu kriechen. Besser, wir bleiben hier, als dir deine einzige Chance zu vermasseln. Schnapp dir Jessie und Raymond LeBaron und schwimm in die Staaten.«

»Ich kann es nicht riskieren, Raymond LeBaron ins Vertrauen zu ziehen. Er wird uns mit Sicherheit verraten. Er log wie gedruckt, um mir weiszumachen, das sei hier eine Art Erholungsheim für Funktionäre.«

Gunn schüttelte ungläubig den Kopf. »Was für ein Erholungsheim ist das, in dem russische Generäle ihre Gäste foltern lassen?«

»Vergessen wir LeBaron.« Giordinos Augen spiegelten seine unterdrückte Wut. »Aber, um Himmels willen, rette Jessie vor diesem Dreckskerl Gly, bevor er sie totprügelt.«

Pitt sah einen Augenblick verwirrt aus. »Ich kann nicht abhauen und euch hier beide dem Tod überlassen.«

»Wenn du es nicht tust«, stellte Gunn entschieden fest, »wirst du auch sterben, und niemand wird erzählen können, was hier passiert ist.«

34

Diesmal trafen sie sich bei der Enthüllung eines Veteranendenkmals in Washingtons Rock Creek Park. Der Präsident hatte seine für solche Anlässe übliche Rede gehalten und schüttelte gerade einer Reihe anwesender Kriegsveteranen die Hand, als er eine vertraute Stimme hörte. »Eine beeindruckende Rede, Mr. Präsident. Können wir uns kurz unter vier Augen sprechen?«

Leonard Hudsons Lippen waren zu einem ironischen Lächeln geschwungen. Er hatte keine Ähnlichkeit mehr mit dem Golf-Caddy Reggie Salazar. Ein grauer Kinnbart gab Leonard Hudson etwas leicht Satanisches. Wie die anderen trug er den für den Anlaß passenden dunklen Anzug. Der Präsident wandte sich an den Sicherheitsbeamten neben ihm. »Dieser Mann wird mich auf der Rückfahrt begleiten.«

»Eine große Ehre, Sir«, bedankte sich Hudson.

Der Präsident musterte ihn einen Augenblick und entschied sich dann, auf das Spiel einzugehen. Mit einem strahlenden Lächeln verkündete er: »Ich kann mir doch diese Gelegenheit nicht entgehen lassen, mit einem alten Kumpel ein paar Kriegsgeschichten auszutauschen, oder, Joe?«

Zehn Minuten später saßen sie in der riesigen Präsidentenlimousine und fuhren inmitten des Sirenengeheuls der Sicherheitskolonne die Massachusetts Avenue hinunter. Ein paar Minuten schwiegen sie beide. Schließlich machte Hudson den Eröffnungszug.

»Ist Ihnen wieder eingefallen, woher wir uns kennen?«

»Nein«, log der Präsident. »Sie kommen mir überhaupt nicht bekannt vor.«

»Ich nehme an, wenn man so viele Leute trifft...«

»Ich gebe zu, daß ich wichtigere Dinge im Kopf habe.«

Hudson überhörte die Unfreundlichkeit des Präsidenten. »Wie etwa, mich ins Gefängnis zu bringen?«

»Ich dachte eigentlich eher daran, den passenden Kanaldekkel zu finden.«

»Sie sind nicht die Spinne, Mr. Präsident, und ich zapple noch nicht in Ihrem Netz. Es mag so aussehen, als sei ich Ihnen in eine Falle gegangen, weil Sie mich bei sich im Wagen haben und draußen die Kolonne Ihrer Sicherheitsbeamten. Aber ich garantiere Ihnen, daß ich hier in Frieden hinausmarschiere.«

»Wieder der alte Bomben-Trick?«

»Eine neue Variante. Eine Plastikbombe unter dem Tisch eines Vier-Sterne-Restaurants, an den sich vor genau acht Minuten Senator Adrian Gorman und Ihr Außenminister Douglas Oates zu einem Frühstückstreffen gesetzt haben.«

»Sie bluffen.«

»Kann sein, aber ich glaube, Sie sollten nicht versuchen, das herauszufinden.«

Der Präsident beugte sich leicht vor. »Was wollen Sie diesmal?«

»Pfeifen Sie Ihren Spürhund zurück.«

»Wovon reden Sie?«

»Schaffen Sie mir Ira Hagen vom Hals, solange ihm noch nichts Ernsthaftes zugestoßen ist.«

»Wen?«

»Ira Hagen, Ihren alten Schulfreund, der früher für das Justizministerium gearbeitet hat.«

Der Präsident starrte gedankenverloren aus dem Fenster, als müsse er sich an jemanden erinnern. »Scheint schon ein halbes Leben her zu sein, seit ich Ira das letzte Mal gesehen habe.«

»Lügen Sie mich nicht an, Mr. Präsident, das nützt nichts.

Sie haben ihn angeheuert, um den *Harten Kern* aufzuspüren.«

»Was habe ich?« Der Präsident wirkte ehrlich überrascht. Dann lachte er. »Sie vergessen, wer ich bin. Mit einem Anruf kann ich das ganze Potential von FBI, CIA und mindestens fünf anderen Geheimdiensten hinter Ihnen herjagen.«

»Warum haben Sie es dann nicht getan?«

»Weil ich mich mit meinen wissenschaftlichen Beratern unterhalten habe und ich von ihnen einige sehr beeindrukkende Auskünfte erhielt. Sie stimmen alle darin überein, daß die Jersey Colony Blödsinn ist – kompletter Unfug. Ich weiß nicht, was Sie mit diesem Trick beabsichtigen, Joe, aber wir werden nicht darauf hereinfallen.«

Hudson geriet aus dem Gleichgewicht. »Ich schwöre Ihnen bei Gott, die Jersey Colony gibt es. Sie ist Realität.«

»Ja, so wie das Land Oz und Shangri-La.«

»Glauben Sie mir, Vince, wenn unsere Kolonisten vom Mond zurückkehren, dann werden sie der Welt eine neue Botschaft zu verkünden haben.«

Der Präsident ignorierte die plumpe Vertraulichkeit, ihn mit dem Vornamen anzureden. »Was Sie wirklich wollen, ist, daß wir eine Nachricht an die Öffentlichkeit weitergeben, daß wir auf dem Mond mit den Russen kämpfen. Aber wozu das Ganze? Soll das so eine Art Hollywood-Reklame-Gag sein?«

Hudson konnte seine Wut nicht länger unterdrücken. »Sie Idiot!« schnappte er. »Sie können doch vor der größten wissenschaftlichen Errungenschaft des Jahrhunderts nicht einfach die Augen verschließen!«

»Dann passen Sie mal auf.« Der Präsident griff zum Hörer der Sprechanlage und befahl dem Fahrer: »Roger, wir halten an. Mein Gast steigt hier aus.«

Hinter der Glasscheibe, die den Fond abteilte, hob der Chauffeur bestätigend die Hand. Er unterrichtete die anderen Wagen der Kolonne. Eine halbe Minute später kamen die Wagen zum Stehen. Der Präsident öffnete selbst die Tür.

»Das war es dann wohl, Joe. Ich weiß nicht, was Sie sich da mit Ira Hagen eingeredet haben, aber wenn ich höre, daß jemandem dieses Namens etwas zugestoßen ist, dann werde ich vor jedem Gericht bezeugen, daß Sie sein Leben bedroht haben. Vielleicht sind Sie ja auch schon in einem Luxusrestaurant zum Massenmörder geworden.«

Verwirrt und wütend sprang Hudson aus der Limousine. Er zögerte kurz, beugte sich dann noch einmal in den Wagen zurück. »Sie machen einen schrecklichen Fehler«, verkündete er anklagend.

»Das ist sicherlich nicht der erste in meiner Laufbahn«, kommentierte der Präsident knapp und gab das Zeichen zum Weiterfahren.

Der Präsident lehnte sich zufrieden in die Polster zurück. Die Denkmalenthüllung war Hagens bester Einfall gewesen. Sie konnten Hudson keinen besseren Platz für ein zweites Rendezvous anbieten, und natürlich war er sofort darauf angesprungen.

Kaum war die Wagenkolonne des Präsidenten außer Sicht, da tauchte ein unauffälliger Lieferwagen auf. Er hielt neben Hudson, der schnell in die Seitentür sprang. »Wie hat es geklappt?« fragte ihn Gunnar Eriksen drinnen sofort.

»Der Mistkerl hat mich einfach rausgeworfen«, keuchte Hudson noch außer Atem vor Wut. »Er will nichts von Ira Hagen wissen und tut so, als hielte er die Kolonie für einen dummen Jungenscherz.«

»Aber wozu das Ganze? Er ist der einzige, der Hagen mit solchen Vollmachten ausstatten kann. Er muß dahinterstekken.«

Hudson schüttelte den Kopf. »Das macht mir ja auch soviel Sorgen, Gunnar. Ich habe einfach keine Ahnung, was er bezweckt. Und das gefällt mir nicht.«

»Vielleicht hat der Präsident mit diesem Treffen gerechnet«, überlegte Eriksen, »und sich entsprechend darauf vorbereitet. Wir sollten jedenfalls entsprechend vorgehen.« Hudson nickte nur stumm.

Ira Hagen hatte drei Wagen und zwei Hubschrauber zur Beobachtung des Lieferwagens zur Verfügung. Sie standen in ständigem Sprechfunkverkehr. Vielleicht war das der Grund, warum sie es letzten Endes nicht schafften. Sie verloren die Insassen des Lieferwagens in einer Tiefgarage eines Supermarkts endgültig. Wenn Hagen allein die Beschattung übernommen hätte, wäre ihm so etwas nicht passiert. Aber er hatte sich zu sehr auf die Technik verlassen. Und darauf, daß Hudson nicht mit einer Verfolgung rechnete.

35

Pitt konnte bei Licht nicht gut schlafen, deshalb kletterte er auf den Garderobenschrank und schraubte die Neonröhre aus der Fassung. Er wachte erst auf, als ihm die Wache das Frühstück brachte. Er fühlte sich erfrischt und stopfte den ungenießbaren Fraß in sich hinein, als wäre es sein Lieblingsessen. Der Posten schien beunruhigt zu sein, weil das Licht nicht mehr brannte, aber Pitt zuckte nur mit den Achseln. Er aß sein Frühstück im Licht der Gangbeleuchtung. Kurz danach schraubte ein anderer Soldat eine neue Röhre ein.

Zwei Stunden später brachte man Pitt wieder in das Büro von General Velikow. Wieder ließ man ihn warten, um ihn aus dem Gleichgewicht zu bringen. Die Russen waren wirklich nicht besonders einfallsreich. Aber er tat ihnen den Gefallen und lief nervös auf und ab. Die nächsten vierundzwanzig Stunden waren eine kritische Zeit und hoffentlich seine letzte auf dieser Insel. Auf dem ausgekundschafteten Fluchtweg würde er es mit Sicherheit schaffen, aber was er nicht wußte, war, ob er noch ein Gespräch mit Foss Gly überstehen würde. Wie auch immer, nach ein oder zwei weiteren Verhören durch diesen Sadisten würde er rein körperlich nicht mehr zu einer Flucht in der Lage sein.

Velikow betrat schließlich den Raum und musterte Pitt

eine Weile stumm, bevor er ihn ansprach. Der General strahlte diesmal deutlich Kälte aus. Eine unübersehbare Härte lag in seinem Blick. Er wies Pitt mit einem Nicken einen harten Stuhl zu, den man extra für diesen Zweck in den Raum gestellt hatte. Seine Worte hatten einen leicht drohenden Unterton. »Werden Sie jetzt das Geständnis Ihrer Spionageunternehmungen unterschreiben?«

»Wenn es Sie glücklich macht.«

»Es wird Ihnen nichts einbringen, wenn Sie versuchen, hier den harten Mann zu spielen, Mr. Pitt.«

Pitt ließ sich von seiner Wut hinreißen. »Auf das Wohlwollen von Kerlen, die Frauen foltern lassen, bin ich nicht angewiesen.«

Velikow zog eine Augenbraue hoch. »Erklären Sie mir das.«

»Geräusche hallen in Betongängen recht deutlich wider. Die Schreie von Jessie LeBaron hätte man wahrscheinlich überall hören können.«

»Haben Sie sie gehört?« Velikow strich sich in einer marinierten Geste die Haare glatt. »Es scheint, daß Sie doch jetzt einsehen müßten, daß in einer Zusammenarbeit nur Vorteile für Sie liegen. Wenn Sie mir die Wahrheit erzählen, werde ich einen Weg finden, Ihnen und Ihren Freunden weitere Ungelegenheiten zu ersparen.«

»Sie kennen die Wahrheit bereits. Deshalb machen Sie auch keine Fortschritte mit uns. Vier Menschen haben Ihnen die gleiche Geschichte erzählt. Ist das nicht selbst für einen erfahrenen Verhörspezialisten wie Sie überraschend? Vier Menschen, die Sie lange genug gefoltert haben, geben Ihnen auf alle Fragen die gleichen Antworten. Es muß wohl an Ihrer merkwürdigen russischen Mentalität liegen, daß Sie so viel Wert auf Geständnisse legen. Sobald ich eine Spionagetätigkeit zugebe, verlangen Sie ein Geständnis, daß ich Verbrechen gegen das russische Volk begangen habe, danach muß ich dann gestehen, auf den Bürgersteig gespuckt zu haben. Ihre psychologische Taktik ist ungefähr so weit entwickelt wie Ihre Speisekarte und Ihre Architektur in Moskau. Die Wahrheit?

Sie würden die Wahrheit nicht akzeptieren, selbst wenn Sie mit der Nase darauf gestoßen werden.«

Velikow blieb still sitzen und musterte Pitt mit der Verachtung, wie sie nur ein Slawe für einen Mongolen aufbringen kann. »Ich frage Sie noch einmal, ob Sie mit uns zusammenarbeiten wollen?«

»Ich bin Ingenieur für Schiffahrtstechnik. Ich kenne keine militärischen Geheimnisse.«

»Ich interessiere mich nur dafür, was Ihre Vorgesetzten Ihnen über diese Insel erzählt haben und wie Sie hierhergekommen sind.«

»Was habe ich davon? Sie haben mir doch schon klargemacht, daß meine Freunde und ich sterben müssen.«

»Vielleicht kann aus Ihrer Zukunft doch noch etwas werden.«

»Wir haben Ihnen bereits alles gesagt, was wir wissen.«

Velikow trommelte mit den Fingern auf die Tischplatte. »Sie behaupteten also noch immer, daß Sie rein zufällig auf Cayo Santa Maria gelandet sind?«

»Das tue ich.«

»Und Sie erwarten von mir, daß ich glaube, Mrs. LeBaron hätte ausgerechnet von allen Küsten Kubas die Insel zufällig herausgefunden, auf der sich ihr Gatte gerade aufhält, ohne irgendeine vorherige Ahnung gehabt zu haben?«

»Ich gestehe, das ist auch für mich ein ziemlich unwahrscheinlicher Zufall. Aber so ist es nun einmal passiert.«

Velikow starrte Pitt an, aber er schien an dem Mann eine Integrität wahrzunehmen, die er aus rationalen Gründen nicht akzeptieren konnte. »Ich habe alle Zeit der Welt, Mr. Pitt. Ich bin davon überzeugt, daß Sie mir lebenswichtige Informationen vorenthalten. Wir unterhalten uns weiter, wenn Sie etwas von Ihrer Arroganz aufgegeben haben.« Er drückte einen Knopf unter dem Tisch, der die Wachen rief. Auf seinem Gesicht lag ein Lächeln, aber es war kein Lächeln der Zufriedenheit, es hatte keinerlei Humor. Wenn es überhaupt ein Gefühl verriet, dann war es Trauer.

»Sie müssen entschuldigen, daß ich so abrupt bin«, meinte Foss Gly. »Die Erfahrung hat mich gelehrt, daß ein unerwartetes Vorgehen oft bessere Resultate bringt, als allzulange nur zu drohen.«

Als Pitt Raum sechs betreten hatte, war kein Wort gesprochen worden. Er hatte gerade einen Schritt über die Schwelle getan, da schlug Gly ihm die Faust in die Taille dicht über den Nieren. Irgendwie schaffte Pitt es, auf den Beinen zu bleiben.

»Oh, Mr. Pitt, da ich ja nun Ihre volle Aufmerksamkeit habe, möchten Sie mir vielleicht das eine oder andere erzählen.«

»Hat Ihnen schon einmal jemand gesagt, daß Sie ein Fall für den Psychiater sind?« murmelte Pitt durch zusammengepreßte Lippen.

Er sah den Schlag kommen und wich so gut aus, wie er konnte, ohne daß es auffiel. Dann ließ er sich zu Boden fallen und täuschte Bewußtlosigkeit vor. Seine Nase blutete. Er hielt die Augen geschlossen und entspannte sich. Ihm blieb nur, die Folterung so gut wie möglich zu überstehen, indem er sich auf die Schläge vorbereitete. Es gab keinen Weg vorbei an Glys Brutalitäten. Es blieb wirklich nur, jede ernsthafte Verletzung zu vermeiden.

Gly spritzte Pitt mit Wasser aus einem schmutzigen Becken ab. »Kommen Sie schon, Mr. Pitt. Wenn ich Männer richtig beurteilen kann, dann vertragen Sie noch ganz andere Schläge.«

Pitt kämpfte sich auf Hände und Knie hoch, spuckte Blut auf den Zementboden und stöhnte überzeugend. »Ich kann Ihnen nicht mehr erzählen als vorher«, murmelte er. Gly nahm ihn wie ein kleines Kind hoch und warf ihn auf den Stuhl. Er beugte sich über Pitts Gesicht. »Für wen arbeiten Sie?«

Pitt preßte die Hände gegen den pochenden Schädel. »Ich bin von Jessie LeBaron angestellt worden, um ihren Mann zu finden.«

»Sie sind mit einem U-Boot gelandet.«

»Wir haben Florida Keys in einem Zeppelin verlassen.«

»Ihre Absicht war, Informationen über eine Machtverschiebung auf Kuba zu sammeln.«

Pitt horchte auf. »Machtverschiebung? Ich weiß gar nicht, wovon Sie reden.«

Diesmal erwischte Glys Schlag Pitt im Magen. Der Folterknecht trat gelassen zurück und sah sich die Reaktion auf den Angriff an.

Pitt rang um Atem. Es schien ihm, als habe sein Herz ausgesetzt. Magensäure stieg in die Kehle, Schweiß perlte von seiner Stirn, und seine Lungen schienen zu versagen. Die Wände des Raumes verschwammen vor seinen Augen. Glys boshaftes Grinsen verhöhnte ihn.

»Mit welchen Befehlen sind Sie auf Cayo Santa Maria gelandet?«

»Keine Befehle«, stöhnte Pitt.

Gly trat näher und holte wieder aus. Pitt richtete sich schwankend auf, ließ sich zur Seite fallen. Er hatte Glys schwachen Punkt fest im Auge. Wie alle Sadisten war Gly im Grunde ein Feigling. Er würde von jedem echten Angriff aus der Fassung gebracht werden.

Gly nahm in Ruhe für den nächsten Schlag Maß. Pitt reagierte. Aus einer taumelnden Bewegung heraus schmetterte er dem Folterknecht mit all seiner verbliebenen Kraft die rechte Faust auf die Nase. Er hörte das Nasenbein brechen und ließ mit der Linken zwei schnelle Nierenhaken folgen. Glys Muskelmassen vermittelten ihm das Gefühl, er müßte sich mit dem Empire State Building prügeln. Jeder andere Mann wäre zu Boden gegangen, aber Gly taumelte nur einige Schritte zurück. Eine Sekunde stand er in atemloser Überraschung da, dann lief sein Gesicht vor Wut rot an. Blut tropfte aus seiner Nase, aber er achtete nicht darauf. Er hob eine Faust und schüttelte sie gegen Pitt. »Dafür schlage ich dich tot«, schrie er. Pitt blickte in die blutunterlaufenen Augen eines Berserkers.

Gly riß das Waschbecken aus der Wand, riß es regelrecht von den Rohren ab und warf es in Pitts Richtung. Pitt sprang zur Seite und duckte sich. Das Spülbecken segelte auf ihn zu, als habe man aus einem Hochhaus einen Safe nach ihm geworfen. Er ahnte, daß er Sekundenbruchteile zu spät reagiert hatte. Instinktiv riß er die Hände in einer hilflosen Geste der Abwehr hoch. Es war die Tür, vor der Pitt stand, die ihn rettete. Eine Ecke des Waschbeckens erwischte die Klinke und riß die Tür auf. Pitt stürzte mit dem Becken in den Gang, dem überraschten Wachtposten direkt vor die Füße. Zu den Schmerzen in seiner Seite und im Arm, kam jetzt auch noch eine Prellung der linken Schulter. Mühsam kämpfte er gegen die aufsteigende Benommenheit an und richtete sich langsam wieder auf, mit den Händen an der Wand des Ganges Halt suchend.

Gly hob das Becken von der Türschwelle auf und musterte Pitt mit einem mordlustigen Blick. »Sie sind so gut wie tot, Pitt. Sie werden langsam sterben, zentimeterweise, und mich anbetteln, mit Ihnen Schluß zu machen. Wenn wir uns das nächste Mal treffen, breche ich Ihnen jeden Knochen im Leib. Ich reiße Ihnen das Herz aus der Brust.«

Die Schmerzen ließen nach, und Erleichterung stieg in Pitt auf. Er hatte überlebt. Er war verletzt, aber noch immer aktionsfähig. Der Fluchtweg stand offen.

»Wenn wir uns das nächste Mal treffen«, sagte Pitt kalt, »dann bringe ich einen großen Knüppel mit.«

36

Nachdem der Wachtposten ihm in die Zelle geholfen hatte, schlief Pitt. Er wachte drei Stunden später auf. Sein Körper schmerzte bei jeder Muskelanspannung, aber Pitt konzentrierte sich zehn Minuten lang auf Lockerungsübungen, bis er sich wieder einigermaßen bewegen konnte. Die Wache brachte das Abendessen, und als sie es wieder mitnahm, blockierte Pitt wie in der letzten Nacht den Riegel der Tür. Die Einfachheit der Methode überraschte Pitt selbst. Er wartete ein paar Minuten, bis alle Geräusche im Gang draußen verklungen waren.

Gern hätte er sich von Giordino und Gunn verabschiedet, aber es gab zuviel in den wenigen Stunden der Dunkelheit zu tun.

Zunächst mußte er Jessie finden und mitnehmen. Er entdeckte sie hinter der fünften Tür, die er öffnete. Sie lag nackt auf dem bloßen Steinboden, nur in ein schmutziges Bettuch gewickelt. Ihr Körper zeigte keine Verletzungen, aber ihr einmal so schönes Gesicht war von furchtbaren Schlägen angeschwollen und entstellt. Pitt beugte sich über sie und nahm sie sanft in den Arm, während er eine rasende Wut auf Gly in sich aufsteigen spürte. Zähneknirschend verdrängte er seine Haßgefühle für einen Augenblick und weckte Jessie vorsichtig.

»Jessie? Jessie, verstehst du mich?«

Ihre Lippen zitterten, während sie sich bemühte, ihn anzusehen. »Dirk«, stöhnte sie erleichtert, »bist du es?«

»Ja, ich hol' dich hier raus.«

»Raus ... wohin?«

»Ich habe einen Fluchtweg entdeckt.«

»Aber die Insel. Raymond hat gesagt, man kann von dieser Insel nicht entkommen.«

»Ich habe draußen den Außenbordmotor unseres Schlauchbootes versteckt. Wenn wir ein kleines Floß bauen können ...«

»Nein!« flüsterte sie entschieden.

Sie versuchte, sich aufzurichten, das Gesicht von Konzentration und Schmerzen verzerrt. Er stützte ihre Schultern und half ihr hoch.

»Beweg dich nicht«, riet er.

»Du mußt allein gehen«, beharrte sie.

»Ich werde dich nicht so hier zurücklassen.«

Sie schüttelte schwach den Kopf. »Nein. Ich würde nur deine Chancen mindern.«

»Tut mir leid«, meinte Pitt, »ob du's nun magst oder nicht, du kommst mit.«

»Verstehst du nicht«, flehte sie. »Du bist die einzige Hoffnung, uns alle zu retten. Wenn du es in die Staaten schaffst und dem Präsidenten erzählst, was hier passiert, muß Velikow uns am Leben lassen.«

»Was hat der Präsident damit zu tun?«

»Mehr, als du ahnst.«

»Dann hatte Velikow recht. Es gibt eine Verschwörung.«

»Verschwende keine Zeit mit Spekulationen. Geh, geh so schnell wie möglich. Wenn du dich selbst rettest, dann rettest du auch uns.«

Pitt empfand tiefe Bewunderung für diese Frau. Sie sah furchtbar aus, gefoltert und hilflos, aber er merkte jetzt, wie sehr ihre äußere Schönheit einem tapferen, entschlossenen Herzen entsprach. Er beugte sich über sie und küßte sie sanft auf die geschwollenen Lippen.

»Ich schaffe es«, erklärte er zuversichtlich. »Versprich mir, daß du so lange durchhältst, bis ich zurück bin.«

Sie versuchte zu lächeln, aber ihre Mundwinkel reagierten nicht. »Du verrückter Clown. Du kannst doch nicht nach Kuba zurückkommen.«

»Wart es ab.«

»Alles Gute«, murmelte sie sanft. »Verzeih mir, daß ich dich in so einen Mist hineingezogen habe.«

Pitt lächelte, aber ihm stiegen Tränen in die Augen. »Das ist es, was Männer so an Frauen mögen. Sie sorgen dafür, daß es nie langweilig wird.«

Er küßte sie noch einmal auf die Stirn und wandte sich ab, die Hände zu Fäusten geballt.

Bei der Kletterei durch den Luftschacht spürte Pitt jeden Muskel, und als er oben ankam, erholte er sich ein paar Minuten, bevor er den Deckel nach oben schob. Die beiden

Soldaten spielten wieder Schach – es schien zu ihrer Nachtwache zu gehören. Sie sahen nie von ihrem Brett auf, sie hatten ja auch eigentlich auf nichts Besonderes zu achten. Wahrscheinlich waren es sowieso nur Mechaniker im Bereitschaftsdienst, überlegte Pitt, keine Wachtposten.

Trotzdem achtete Pitt sorgfältig auf Deckung, während er die Garagenhalle durchsuchte. Er fand ohne große Mühe zwei volle Benzinkanister, die zur Reserve an den Lastwagen angebracht waren. Schwieriger war es schon, einen Weg zu finden, die Kanister durch die Lüftungsöffnung nach draußen zu befördern. Aber unter dem herumliegenden Werkzeug ließ sich auch ein geeignetes Seil auftreiben. Leise band Pitt die beiden Kanister zusammen und zog sie lautlos hoch, indem er das Seil über einen herausragenden Deckenträger warf. Die Ventilatoröffnung befand sich zum Glück außerhalb des Gesichtsfeldes der Mechaniker. Pitt kletterte selbst hoch und zog die vor dem Loch baumelnden Kanister vorsichtig hinter sich her. Zwei Minuten später huschte er, in jeder Hand einen Kanister, durch die Dunkelheit zum Abflußrohr in der Mauer. Das verrostete Gitter ließ sich wie in der vorausgegangenen Nacht schnell zur Seite biegen. Der Himmel war klar, der Mond leuchtete. Der Wind flüsterte nur noch, die Nachtluft empfing Pitt mit angenehmer Kühle. Er hoffte, daß die See sich ebenfalls beruhigt hatte.

Ohne besonderen Grund hielt er sich diesmal auf der rechten Seite der kleinen Straße. Mit den beiden schweren Kanistern kam er nur mühsam im Sand voran. Seine Füße sanken ein, und alle fünf Minuten mußte er stehenbleiben, um das Benzin abzusetzen. Bald brauchte er eine längere Rast und sah sich nach einer Deckung um. In einiger Entfernung bemerkte er eine größere Bodensenke. Als er näher kam, stolperte er über ein nur wenige Zentimeter aus dem Boden ragendes Drahtgeflecht. Er rutschte in ein niedriges Gebüsch, aus dem er sich nur mit einiger Mühe wieder befreien konnte. Dabei stellte er zu seiner Überraschung fest, daß dieses Strauchwerk aus Plastik war. Er brauchte ein paar

Minuten, dann wußte er, daß der ganze Rand der Bodensenke mit Plastikbüschen getarnt war. Noch ein paar tastende Schritte später begriff er, daß er sich am Rand einer riesigen Antennen-Anlage befand, die mit künstlichem Buschwerk gegen Luftaufnahmen getarnt war.

Die Folgerung aus dieser Entdeckung verblüffte Pitt. Er hatte bereits angenommen, daß es sich bei der unterirdischen Anlage um ein verborgenes Kommunikationszentrum gehandelt hatte. Aber welchem Zweck diente es? Der amerikanische Funkverkehr ließ sich mit modernen Spionagesatelliten viel besser abhorchen. Pitt blieb keine Zeit, lange nachzudenken. Er versuchte sich ein ungefähres Bild von der Antenne zu machen, soweit die Dunkelheit es zuließ, dann schleppte er sich mit seinen Benzinkanistern weiter.

Das verlassene Dorf schien viel weiter entfernt zu sein, als er es in Erinnerung hatte. Keuchend und schwitzend erreichte er schließlich den kleinen Hof, in dem er den Außenbordmotor unter der Badewanne versteckt hatte. Dankbar ließ er die Kanister fallen und ruhte sich eine halbe Stunde auf der alten Matratze aus. Auch wenn er keine Minute zu verlieren hatte, mußte er eine Erholungspause riskieren. Er nutzte sie, um weiter über seinen Fluchtplan nachzudenken. Schließlich kristallisierte sich eine Idee, die so einfach war, daß er erstaunt war, warum er erst jetzt darauf kam. Er schleppte die Kanister zur Lagune hinunter. Dann holte er den Außenbordmotor. Not ist die Mutter aller Erfindungen, sagte sich Pitt und begann in den leeren Häusern nach verwendbarem Material zu suchen. Schließlich hatte er ein paar Drähte, alte Stricke und ein passables Brett zusammen. Eine Stunde später hatte er die alte Badewanne aus dem Hof ans Ufer gezerrt. Er benutzte das Brett, um den Außenbordmotor mit den Drähten darauf festzubinden. Dann säuberte er den Ölfilter. Ein Stück Blech, als Trichter zurechtgebogen, half ihm, den Tank zu füllen. Das Blech würde ihm auch helfen, Wasser aus seinem Gefährt zu schöpfen. Er verstopfte den Abfluß mit alten Lumpen, so fest es ging. Dann schob er die Wanne ins tiefe Wasser, bis sie frei schwamm. Er zerrte zwölfmal an der Anlasserschnur, bevor ein sanftes Dröhnen ertönte. Vorsichtig glitt er in sein schwankendes Gefährt. Aber das Gewicht seines Körpers und des einen ihm verbliebenen Benzinkanisters ließ das merkwürdige Boot erstaunlich stabil im Wasser liegen. Behutsam senkte er die Schraube des Außenborders ins Wasser und schob den Antriebshebel auf ›Vorwärts‹.

Langsam bewegte sich das improvisierte Boot durch die Lagune in Richtung auf den Hauptdurchlaß. Im Mondlicht zeigte sich die See ruhig, die Wogen waren kaum höher als einen halben Meter. Pitt konzentrierte sich auf die Brandung an den Riffen. Das Schwierigste war jetzt, sicher über die Brecher hinweg aufs offene Meer zu kommen. Er drehte den Motor herunter und zählte die Brecher. Nach neun hohen dauerte es immer etwas länger, bis der zehnte kam. Pitt drehte den Motor auf volle Kraft und lehnte sich im Heck zurück. Der nächste Wellenkamm überschlug sich direkt vor ihm. Er nutzte den Schwung der Gischt und ließ sich mit dem vom Strand zurückströmenden Wasser durch die Woge treiben. Die Wanne schüttelte sich, dann faßte die Schraube wieder Wasser, und das Gefährt nahm den nächsten Wellenkamm. Er war auf offener See. Pitt jubelte laut vor Begeisterung. Das Schlimmste war vorbei, jetzt konnten sie ihn nur noch durch puren Zufall entdecken. Die Badewanne war zu klein, um auf dem Radar aufzufallen. Er drehte den Motor wieder so weit wie möglich herunter, um Treibstoff zu sparen. Er griff mit der Hand ins Wasser und schätzte seine Geschwindigkeit auf vier Knoten. Bei Sonnenaufgang würde er das kubanische Hoheitsgebiet hinter sich haben.

Pitt sah kurz zum Himmel hinauf, orientierte sich an den Sternbildern und nahm Kurs auf den Bahama-Kanal.

DRITTER TEIL

»Selenos 8«

30. Oktober 1989,
Moskau, UdSSR

37

Der Start von *Selenos 8* verlief ohne jeden Zwischenfall. Für die Öffentlichkeit war es die erste bemannte russische Mondmission, und das russische Weltraumprogramm beherrschte die internationalen Schlagzeilen. Parteichef Antonow ließ es sich nicht nehmen, General Jasenin persönlich am Telefon zu beglückwünschen. Noch mußte man abwarten, ob der Mission auch der doppelte Erfolg des Schlages gegen die amerikanische Kolonie vergönnt war.

»Wer führt eigentlich unser Einsatzkommando?« erkundigte Antonow sich am Telefon.

»Major Grigorj Leuschenko. Ein Experte im Guerillakampf. Der Major hat sich beim Einsatz in Afghanistan mehrfach ausgezeichnet. Für seine Fähigkeit als loyaler und hervorragender Soldat verbürge ich mich persönlich.«

»Eine gute Wahl, General. Die Frage ist nur, was ihn bei den Amerikanern erwartet.«

»Nun, wie afghanische Banditen werden sie nicht gerade kämpfen. Es sind harmlose Wissenschaftler.«

Der Parteivorsitzende wollte eine Diskussion vermeiden. »Wir haben den Vorteil der Überraschung auf unserer Seite.«

»Nicht nur das«, bestätigte der General, »wir haben eben echte Soldaten da oben. In etwa sechzig Stunden wird es den ersten Weltraumkrieg geben, und die Sowjetunion kann ihn nicht verlieren. Es wird alles vorbei sein, bevor die Amerikaner hier unten überhaupt merken, um was es geht.«

Im Hauptquartier des KGB fand zur gleichen Zeit ein

Gespräch statt, bei dem die Beteiligten sich über die Kalkulierbarkeit der Situation nicht so einig waren wie der Parteivorsitzende und sein General. Der Leiter der Auslandsabteilung Polevoj versuchte eine Regung in dem ausdruckslosen, flachen Gesicht seines Stellvertreters Maisky zu entdecken, der ihm Bericht erstattete. Maisky war ein nützliches Werkzeug, aber seine völlige Teilnahmslosigkeit und sein gleichbleibend ausdrucksloses Gesicht reizten Polevoj manchmal bis zur Weißglut. »Ich verlange eine Erklärung«, herrschte er Maisky an.

»Die Gegenwart der LeBarons war nicht eingeplant«, erklärte Maisky ruhig.

»Die Ankunft von Mrs. LeBaron und ihren Schatzsuchern war vielleicht nicht vorher einzukalkulieren. Aber warum hat Velikow sich den Kerl von den Kubanern geholt?«

»Der General dachte, Raymond LeBaron wäre vielleicht ein nützliches Unterpfand bei Verhandlungen mit dem State Department, sobald wir Castro vom Hals haben.«

»Seine guten Absichten haben die Sache erheblich gefährlicher gemacht«, sagte Polevoj.

»Velikow hat mir versichert, daß er LeBaron unter strenger Aufsicht hält und mit falschen Informationen füttert.«

»Aber es ist nicht auszuschließen, daß dieser LeBaron hinter die wahre Funktion von Cayo Santa Maria kommt.«

»Dann müssen wir ihn eben eliminieren.«

»Und Jessie LeBaron?«

»Ich denke, daß sie und ihre Freunde, sobald alles wie geplant gelaufen ist, nützliche Indizien sein können, um die Sache dem CIA anzulasten.«

»Haben unsere Verbindungsleute in Washington irgend etwas herausgefunden, was darauf hindeutet, daß amerikanische Geheimdienste hinter der Landung auf der Insel stecken können?«

»Negativ«, erwiderte Maisky. »Auch der persönliche Hintergrund der Crew von Jessie LeBaron deutet auf keinerlei Verbindungen zum CIA oder zum Militär.«

»Ich will keine Verwicklungen«, entschied Polevoj. »Wir sind zu dicht vor einem großen Erfolg. Geben Sie das an Velikow weiter.«

»Er wird unterrichtet werden.«

Es klopfte, und Polevojs Sekretär brachte ein Fernschreiben herein. Ein kurzer Blick darauf, und Polevojs Gesicht lief rot an. »Verdammt! Kaum spricht man von einer Komplikation, da wird sie schon zur echten Gefahr. Einer von Velikows Gefangenen ist entkommen.«

Maiskys Gesicht blieb ausdruckslos, aber seine Hände zuckten nervös. »Das ist nicht möglich. Es gibt keine Boote auf Cayo Santa Maria, und falls er so dumm gewesen ist, einfach ins Meer zu schwimmen, ertrinkt er, oder die Haie erwischen ihn. Wer immer es auch war, weit schafft er es nicht.«

»Er heißt Dirk Pitt, und nach Velikows Informationen ist er der gefährlichste der ganzen Truppe.«

»Gefährlich oder nicht ...«

Polevoj brachte ihn mit einer Handbewegung zum Schweigen und stand auf. Er wanderte unruhig vor seinem Schreibtisch auf und ab. »Wir können keine Komplikationen riskieren. Der Termin für unsere kubanische Aktion muß vorverlegt werden.«

Maisky schüttelte den Kopf. »Die Schiffe können nicht früher in Havanna sein. Außerdem können wir auch den kubanischen Feiertag nicht vorverlegen. Nur an diesem Jubelfest versammeln sich Fidel und seine ganze Regierung. An der Terminplanung läßt sich nichts mehr ändern. *Rum and Cola* muß entweder abgebrochen werden oder nach Plan laufen.«

Polevoj klatschte aufgebracht in die Hände. »*Rum and Cola,* was für ein blöder Name für eine solche Operation.«

»Aber ein wohlüberlegter. Unser Desinformationsprogramm ist bereits angelaufen. Die Gerüchte über einen CIA-Anschlag gegen Kuba werden ausgestreut. *Rum and Cola* klingt so schön amerikanisch, keine ausländische Regierung wird so eine Aktion mit Moskau in Verbindung bringen.«

Polevoj zuckte mit den Achseln. »Na gut, aber ich mag nicht an die Konsequenzen denken, falls dieser Pitt durch einen dummen Zufall überlebt und es schafft, in die Staaten zu gelangen.«

»Er ist schon tot«, verkündete Maisky selbstsicher. »Daran kann es keinen Zweifel geben.«

38

Der Präsident schaute kurz in Daniel Fawcetts Büro hinein. »Bleib sitzen, ich wollte dir nur sagen, daß ich hochgehe, um mit meiner Frau Mittag zu essen.«

»Vergiß nicht, daß wir in einer Dreiviertelstunde das Treffen mit Oates und den Geheimdienstchefs haben«, erinnerte Fawcett ihn.

»Ich verspreche, daß ich pünktlich bin.«

Der Präsident nahm den Aufzug in seine Wohnräume im zweiten Stock des Weißen Hauses. Ira Hagen erwartete ihn in der Lincoln Suite.

»Du siehst müde aus, Ira.«

Hagen lächelte. »Ich habe ja auch Urlaubssperre.«

»Wie sieht's aus?«

»Die Identität aller neun Mitglieder des *Harten Kerns* ist aufgedeckt. Sieben haben wir festgenagelt. Nur Leonard Hudson und Gunnar Eriksen sind noch nicht im Netz.«

»Du hast die Spur beim Supermarkt endgültig verloren?«

Hagen zögerte. »Von da an wurde es schwierig.«

»Die Sowjets haben ihre Rakete vor acht Stunden zum Mond gestartet«, meinte der Präsident. »Ich kann nicht mehr länger warten. Heute nachmittag werde ich den Befehl geben, alles einzusammeln, was wir vom *Harten Kern* finden können.«

»Armee oder FBI?«

»Weder noch. Ein alter Kumpel aus dem Marinekorps hat

das Vergnügen. Ich habe ihm bereits deine Namensliste gegeben.« Der Präsident schwieg kurz und sah Hagen nachdenklich an. »Du hast gesagt, du kennst die Identität aller neun Männer, Ira, in deinem Bericht hab' ich nur acht Namen gefunden.«

Hagen schien zu zögern, aber dann griff er in seine Tasche und zog einen Zettel heraus. »Bei dem letzten wollte ich ganz sichergehen. Wir mußten ein Telefongespräch abwarten und seine Stimme analysieren.«

Der Präsident nahm das Blatt aus Hagens Hand, faltete es auseinander und warf einen schnellen Blick darauf. Dann nahm er die Brille ab und putzte sich müde die Gläser, als wolle er seinen Augen nicht trauen. Schließlich steckte er das Blatt in seine Jackettasche.

»Ich nehme an, daß ich schon früher einen Verdacht hätte haben können, aber an diesen Komplizen wollte ich einfach nicht denken.«

»Urteile nicht so hart, Vince. Diese Männer sind Patrioten, keine Verräter. Ihr einziges Verbrechen besteht in ihrer Geheimhaltungstaktik. Denk an die Fälle von Hudson und Eriksen. All die Jahre mußten sie sich totstellen. Denk an die Entbehrungen und Schmerzen, die es sie und ihre Familien und Freunde gekostet hat. Die Nation wird sie niemals für dieses Opfer entschädigen können oder auch nur begreifen, was es eigentlich bedeutet hat.«

»Willst du mir einen Vortrag halten, Ira?«

»Ja, Sir, das tue ich.«

Der Präsident merkte plötzlich etwas von Hagens innerem Kampf. Er begriff, daß sein Freund nicht mit dem ganzen Herzen bei der letzten Auseinandersetzung auf der Seite des Präsidenten stand. Hagens Loyalität wurde arg strapaziert.

»Du verbirgst mir etwas, Ira.«

»Ich will dich nicht anlügen, Vince.«

»Du weißt, wo Hudson und Eriksen sich verstecken.«

»Sagen wir mal, ich habe einen verdammt guten Tip.«

»Kann ich mich darauf verlassen, daß du sie mir holst?«

»Ja, das kannst du.«

»Du bist ein verdammt guter Scout, Ira.«

»Wann soll ich sie dir abliefern und wo?«

»Camp David«, erklärte der Präsident. »Acht Uhr morgen früh.«

»Ich werde dasein.«

»Du kannst nicht dabeisein, Ira.«

»Das ist das einzige, was ich von dir verlange, Vince. Du schuldest es mir, es ist meine ganze Bezahlung. Das Finale will ich miterleben.«

Der Präsident überlegte einen Augenblick. »Du hast wohl recht. Das ist das wenigste, was ich für dich tun kann.«

Martin Brogan, der Direktor des CIA, Sam Emmett vom FBI und Außenminister Douglas Oates standen auf, als der Präsident den Konferenzraum betrat, Dan Fawcett auf seinen Fersen.

»Bitte bleiben Sie sitzen, Gentlemen«, bat der Präsident lächelnd.

Man tauschte einige Minuten Belanglosigkeiten aus, bis der nationale Sicherheitsberater Alan Mercier eintrat. »Tut mir leid, daß ich zu spät komme«, begann er und setzte sich schnell. »Ich hatte nicht mal Zeit, mir eine gute Entschuldigung auszudenken.«

»Ein ehrlicher Mann«, meinte Brogan lachend. »Wie abstoßend.«

Der Präsident klopfte mit seinem Kugelschreiber auf den Notizblock vor ihm. »Wie sieht es mit den Kubanern aus?« fragte er und sah zu Oates.

»Solange wir es nicht schaffen, mit Castro in einen direkten Dialog einzutreten, ist das sehr schwer zu sagen.«

»Gibt es eine winzige Chance, daß Jessie LeBaron es vielleicht doch geschafft hat?«

Brogan schüttelte den Kopf. »Es ist sehr zweifelhaft, daß sie durchgekommen ist. Seit der Zeppelin abgeschossen wurde, haben wir nichts mehr von ihr gehört. Wir müssen davon ausgehen, daß sie tot ist.«

»Und von Castro kein Wort?«

»Nichts.«

»Was gibt es Neues aus dem Kreml?«

»Der heimliche Machtkampf zwischen Castro und Antonow wird sich nicht mehr lange vor der Öffentlichkeit verbergen lassen«, meinte Mercier. »Unsere Leute im kubanischen Verteidigungsministerium bestätigen, daß Castro die Truppen aus Afghanistan in Kürze abzieht.«

»Das ist die Bruchstelle«, erklärte Fawcett. »Antonow wird bestimmt nicht einfach dabeistehen und zusehen, falls es dazu kommt.«

Emmett beugte sich vor und faltete die Hände auf dem Tisch. »Durch das afghanische Abenteuer sind die Beziehungen zwischen Kuba und Moskau nahezu auf den Nullpunkt gesunken. Nur die hohen Schulden haben Castro dazu gezwungen, sich der sowjetischen Anforderung von Beteiligung im Afghanistankrieg gefügig zu zeigen. Er sollte nicht einfach ein paar Kompanien hinschicken, Antonow verlangte zwanzigtausend Mann.«

»Was sagt der CIA über die Gefallenenrate?« erkundigte sich der Präsident bei Brogan.

»Wir schätzen, daß sie ungefähr sechzehnhundert Tote haben, zweitausend Verletzte und fünfhundert Vermißte.«

»Mein Gott, das sind ja fast zwanzig Prozent!«

»Noch ein Grund für die Kubaner, die Russen nicht mehr zu mögen«, fuhr Brogan fort. »Castro erinnert an einen Schiffbrüchigen, der zwischen einem lecken Ruderboot, dessen Besatzung mit Gewehren auf ihn zielt, und einer Luxusyacht absäuft, deren Passagiere ihm mit Champagnerflaschen winken. Wenn er sich zu der Luxusyacht wendet, bekommt er eine Salve aus dem Kreml verpaßt.«

»Sie haben tatsächlich vor, ihm eine Salve zu verpassen«, fügte Emmett hinzu.

»Haben wir schon irgendwelche Vorstellungen, wie das mit

diesem Attentat im Detail zugehen soll?« wollte der Präsident wissen.

Brogan wand sich auf seinem Stuhl. »Unsere Quellen können uns noch nichts über den genauen Zeitplan sagen.«

»Sie haben einen verdammt dicken Mantel der Verschwiegenheit über das Ganze gebreitet«, meinte Mercier. »Unsere Computer haben bisher nichts dechiffrieren können, was irgendeinen Hinweis auf die Operation gibt. Nur Andeutungen und versteckte Hinweise, aus denen sich aber keine Einzelheiten ableiten lassen.«

»Wissen Sie, wer bei der Aktion das Kommando hat?« verlangte der Präsident zu wissen.

»General Peter Velikow vom GRU, dem wir den nigerianischen Umsturzversuch vom letzten Jahr zu verdanken haben. Er ist ein Spezialist für Infiltrationsaktionen in der Dritten Welt.«

»Arbeitet er von Havanna aus?«

»Man bekommt ihn nie zu Gesicht«, erklärte Brogan. »Seit vier Jahren gibt es keine neuen Fotos von Velikow. Er leitet die Sache aus einem sicheren Versteck, wir wissen nicht einmal, ob er auf Kuba ist.«

Der Präsident warf einen harten Blick in die Runde. »Sie haben also nicht mehr als die vage Theorie, daß der Kreml ein Attentat gegen Castro und seine Leute plant, das er uns in die Schuhe schieben will, um dann die Regierung in Kuba zu übernehmen. Gentlemen, ich kann nicht aufgrund so vager Vermutungen handeln. Ich brauche Fakten.«

»Aber es ist eine Vermutung, die auf handfesten Fakten beruht«, wehrte sich Brogan. »Wir kennen die Kubaner genau, die auf der russischen Gehaltsliste stehen und sich für die Regierungsübernahme bereithalten. Die Anzeichen für das Attentat sind unübersehbar und aus verschiedenen Quellen bestätigt worden. Daß man es dann dem CIA in die Schuhe schieben wird, ist ja schon fast selbstverständlich.«

»Und trotzdem bekommen wir keinen Kontakt zu Castro, um mit ihm über eine Hilfsaktion zu verhandeln?«

»Nein, Sir«, sagte Oates. »Er ignoriert alle Versuche, die wir unternommen haben, um auf den üblichen diplomatischen Kanälen an ihn heranzukommen.«

»Begreift er denn nicht, daß seine Zeit abläuft?« fragte der Präsident.

»Er schwebt in einer Art Vakuum«, erklärte Oates. »Auf der einen Seite weiß er, daß die große Masse der Kubaner ihn noch immer unterstützt und bewundert. Es gibt wenige politische Führer, die von einer Bevölkerungsmehrheit so verehrt werden. Auf der anderen Seite jedoch ist die sowjetische Bedrohung, über die er aber nichts Konkretes weiß. Ob die Russen wirklich etwas planen, kann er nur vermuten.«

»Sie wollen mir also erzählen«, meinte der Präsident mit düsterer Stimme, »daß wir, solange die Geheimdienste keine Fortschritte machen und auch niemand an Castro herankommt, nichts anderes tun können, als uns zurückzulehnen und zuzusehen, wie Kuba den Russen völlig in die Hände fällt.«

»Ja, Mr. Präsident«, bestätigte Brogan. »Das ist genau das, was wir Ihnen sagen müssen.«

39

Hagen schlenderte in aller Ruhe durch das Einkaufszentrum über der Tiefgarage, in der sie Leonard Hudson verloren hatten. Es lag am Stadtrand von Washington und beherbergte in seinem weitläufigen Gebäudekomplex neben Büros auch eine lokale Rundfunkstation. Der Geruch von frisch gerösteten Nüssen erinnerte Hagen daran, daß er seit Stunden nichts mehr gegessen hatte. Er kaufte sich eine Tüte Cashews und setzte sich einen Augenblick, um die Füße auszuruhen. Von einer Nische aus sah Hagen sich auf einer Fernsehwand die Wiederholung des Startes der *Gettysburg* an. Das Space Shuttle hatte vor einer Stunde abgehoben, aber da es in den letzten zwölf Monaten fünfmal gestartet war, blieb niemand mehr stehen, um sich dieses Wunder der Technik näher anzusehen. Es war nur noch eine belanglose Nachrichtenmeldung mehr. Aber Hagen erinnerte sie daran, wie dringlich sein Auftrag war.

Nachdem er eine weitere halbe Stunde die Auslagen bewundert hatte, konnte er sich eine erste Vorstellung von der etwas merkwürdigen Zusammensetzung der Kunden dieses Hauses machen. Neben den Hausfrauen stieß er immer wieder auf Männer jüngeren oder mittleren Alters in legerer Kleidung, nicht unähnlich den Typen, die er im Pattenden Laboratory gesehen hatte. Sie erledigten Routineeinkäufe oder holten sich Sandwiches von den Erfrischungsständen. Aber sie trugen nie die üblichen Aktenkoffer eines Angestellten oder die Einkaufstüten eines zum Einkaufen ausgeschickten Ehemannes bei sich. Dafür schienen sie sich recht gut auszukennen. Zwei der Männer verfolgte Hagen, nachdem sie sich Kaffee und einen Imbiß genehmigt hatten. Sie nahmen den Aufzug in das Tiefgeschoß und marschierten durch die Einkaufszone zu einer Eisentür mit der Aufschrift »Nur für Angestellte«.

In Hagens Kopf läutete die Alarmglocke. Hinter einem Regal entledigte er sich des Mantels und seiner Jacke, dann steckte er sich einen Kugelschreiber hinter das Ohr. Als die Bedienung dieser Abteilung, die Betten verkaufte, sich intensiv mit einem Kunden beschäftigte, schnappte er sich einen Stapel Bestellunterlagen vom Kassentisch. Er nahm Kurs auf die Eisentür und gelangte in einen Flur, von dem Türen zu einer Lagerhalle und zwei Ruheräumen abzweigten. An einer dritten Tür stand ein Schild mit der Warnung »Vorsicht – Hochspannung!« Er riß sie auf und sprang hinein. Ein überraschter Sicherheitsbeamter hinter einem Schreibtisch sah auf. »He, Sie haben hier nichts zu suchen . . .« Weiter kam er nicht, denn Hagen warf ihm die Formulare ins Gesicht und verpaßte ihm einen Karateschlag in den Nacken. Hinter der nächsten Tür warteten noch zwei Wächter, aber Hagen schlug sie in weniger als fünf Sekunden nieder. Er wirbelte herum, um sich der nächsten Bedrohung zu stellen. Hunderte von Augen musterten ihn in erstauntem Schrecken.

Hagen befand sich in einer riesigen Halle. Sie war wie ein Großraumbüro mit Menschen, Schreibtischen, Computern, Kommunikationseinrichtungen und Monitoren gefüllt. Für eine Sekunde war sogar Hagen von der Größe der Einrichtung verblüfft. Dann lief er einfach weiter und ergriff eine entsetzte Sekretärin am Arm. Er zog sie aus ihrem Stuhl.

»Leonard Hudson!« schrie er sie an. »Wo kann ich ihn finden?«

Man sah der Frau ihre Angst an. Ihr Kopf zuckte fast unfreiwillig in eine Richtung. »Da ... da ... da hinten, hinter der blauen Tür ...« stammelte sie.

»Vielen herzlichen Dank«, beruhigte Hagen sie mit einem breiten Grinsen.

Er ließ die Frau los und marschierte entschlossen auf die bezeichnete Tür zu. Sein Gesicht strahlte etwas aus, das jedem riet, ihn nicht weiter aufzuhalten. Aber niemand machte auch nur den Versuch. Die Menschenmenge teilte sich vor ihm wie das Rote Meer vor Moses.

Als er die blaue Tür erreichte, blieb Hagen stehen und sah sich kurz um. Er mußte Hudson für diese Tarnung bewundern, sie war raffiniert. Das Einkaufszentrum war so alt wie das Projekt, und diese zusätzliche Installation fiel sicherlich nicht auf. Wissenschaftler, Ingenieure und Sekretärinnen konnen gemeinsam mit den Kunden ein- und ausgehen, ihre Wagen verschwanden einfach unter den Hunderten der Besucher in der Tiefgarage. Dazu kam die Rundfunkstation, deren Antennen alle Kommunikationseinrichtungen wirkungsvoll tarnten. Wer würde schon darauf kommen, daß hier Sendungen vom Mond aufgefangen und nicht die Top Twenties ausgestrahlt wurden. Hagen öffnete die Tür und betrat einen Raum, der an eine Art Aufnahmestudio erinnerte.

Hudson und Eriksen saßen mit dem Rücken zu ihm und widmeten ihre Aufmerksamkeit einem großen Monitor, auf dem der glattrasierte Kopf eines Mannes zu erkennen war, der bei Hagens Eintreten seinen Satz unterbrach und meinte: »Wer ist das hinter euch?«

Hudson warf einen Blick über die Schulter. »Hallo, Ira.« Die Stimme war so kalt wie seine Augen. »Ich habe mich schon gefragt, wann Sie hier auftauchen.«

»Kommen Sie rein«, meinte Eriksen genauso kühl. »Sie sind gerade rechtzeitig da, um mit unserem Mann auf dem Mond zu konferieren.«

40

Pitt hatte die kubanischen Gewässer längst hinter sich gelassen, aber nun ließ ihn sein Glück im Stich. Die wenigen Schiffe, die am Horizont auftauchten, übersahen ihn. Ein riesiger Tanker mit panamesischer Flagge stampfte nur eine Meile entfernt vorbei. Pitt winkte so heftig, wie er in einer schwimmenden Badewanne konnte, und wedelte mit dem Hemd, aber sein winziges Gefährt wurde von der Crew nicht wahrgenommen.

Es war auch etwas viel verlangt, daß zufällig ein wachhabender Offizier sein Fernglas genau auf jenen Punkt richtete, an dem alle paar Sekunden eine winzige Badewanne auf einem Wellenkamm auftauchte, um dann wieder im nächsten Wellental außer Sicht zu verschwinden. Pitt dämmerte die traurige Wahrheit: Er war zu leicht zu übersehen. Seine Bewegungen waren längst rein mechanisch geworden. Die Beine spürte er kaum noch, und der Rücken war wie sein Hinterteil vom ständigen Hin- und Herrutschen in der schwankenden Wanne wundgescheuert. Die Sonne hatte ihn längst verbrannt, die Haut hing ihm in Fetzen herunter. Glücklicherweise blieb wenigstens die See ruhig. Aber das winzige Gefährt auf Kurs gegen die Wellen zu halten kostete ihn immer mehr Kraft und Konzentration. Die letzten Tropfen aus dem Benzinkanister waren längst im Außenbordmotor verschwunden. Er hatte die Kanister mit Seewasser füllen müssen, damit sie weiterhin als Ballast zum Ausbalancieren dienen konnten. In zwanzig oder dreißig Minuten würde der Motor die letzten Zuckungen von sich geben. Dann war alles vorbei. Ohne Steuerungsmöglichkeit würde die Wanne bald voll Wasser schlagen und sinken.

Seit sechsunddreißig Stunden hatte Pitt jetzt nicht geschlafen, und eine dumpfe Teilnahmslosigkeit breitete sich in seinem Kopf aus. Er versank in Halbschlaf. Erst als der Wind sich langsam hob und ein kurzer Schauer niederging, sammelte er die letzten Kraftreserven. Etwas Regenwasser blieb in der Wanne. Es war nicht das sauberste, aber besser als gar nichts. Er schöpfte es mit der Hand und trank es dankbar. Wenigstens eine kleine Erfrischung. In einer Stunde würde es dunkel werden. Mit der Sonne sank auch Pitts letzte Hoffnung. Selbst wenn er es schaffte, die Wanne über Wasser zu halten, konnte ihn in der Dunkelheit erst recht niemand mehr sehen. Hätte ich nur daran gedacht, eine Taschenlampe mitzunehmen, verfluchte er sich.

Der Außenbordmotor stotterte kurz, dann verstummte er. Pitt riß noch einige Male an der Anlasserkordel, aber er wußte, daß es vergeblich war. Die See war jetzt fast heimtükkisch ruhig. Pitt leerte einen der Benzinkanister. Sollte die Wanne sinken, konnte er den Kanister als Rettungsboje benutzen. Solange er noch einen Muskel bewegen konnte, würde er nicht aufgeben.

Eine weitere halbe Stunde trieb er durch das Zwielicht. Dann war Pitt so müde und erschöpft, daß er die Bewegung im Wasser keine zweihundert Meter von ihm entfernt nicht mehr wahrnehmen konnte.

Kommandant Kermit Fulton wandte den Blick vom Periskop ab. Er maß den Kontrollraum seines U-Bootes *Denver,* das zur amerikanischen Karibikflotte gehörte, mit einem Blick und suchte das Gesicht seines Ersten Offiziers. »Was sagen unsere Sensoren?«

Der Erste Offizier schüttelte den Kopf. »Nichts auf dem Radar, Skipper. Bis vor einer halben Stunde hatten wir noch etwas auf dem Sonar.«

»Was halten Sie davon?«

»Nach den Sonaraufzeichnungen müßte es ein Außenbordmotor gewesen sein. Nicht mehr als zwanzig PS.«

»So was dürfte hier eigentlich selten anzutreffen sein«, meinte Fulton. »Ich will wissen, was das war. Gehen wir noch näher ran.«

Wieder preßte er den Kopf gegen das Periskop-Augenstück und schaltete die Vergrößerung so hoch wie möglich. Langsam, sehr langsam wandte er sich dann wieder um. »Geben Sie Befehl zum Auftauchen.«

»Konnten Sie was sehen?« fragte der Erste Offizier.

Der Kommandant nickte stumm.

Jeder im Kontrollraum starrte Fulton erwartungsvoll an. Schließlich ergriff der Erste Offizier die Initiative. »Macht es Ihnen etwas aus, Sir, uns zu sagen, was Sie gesehen haben?«

»Dreiundzwanzig Jahre auf See«, sagte Fulton, »und ich dachte, da hat man alles gesehen. Aber ich will verdammt sein, wenn da oben nicht jemand herumschwimmt, etwa hundert Meilen von der nächsten Küste entfernt, in einer Badewanne.«

41

Seit dem Absturz des Zeppelins hatte Admiral Sandecker sich in seinem Büro vergraben. Persönliche Tragödien wie diese hatte er nie zuvor erlebt. Seine Eltern und seine Frau lebten noch. Der Krieg war lange her, und damals hatte er nicht zur kämpfenden Truppe gehört. Seit er von der Navy zur NUMA gekommen war, empfand er für Pitt so etwas wie väterliche Gefühle. Pitt, Gunn und Giordino waren seine liebsten Mitarbeiter, auch wenn das verschlossene Wesen des Admirals keine allzu engen Beziehungen zuließ. Diese Männer waren der persönliche Rückhalt, den er gerade wegen seiner Zurückgezogenheit immer so gebraucht hatte. Menschen, auf die er sich verlassen konnte, die ihn achteten und deren Eskapaden er mit liebevoller Strenge verfolgte. Und nun war er allein.

Als der Anruf ihn erreichte, war der Admiral gerade wieder in düstere Gedanken versunken. Das Privattelefon auf seinem Schreibtisch klingelte, eine Nummer, die nur wenigen Vertrauten bekannt war. Erstaunt griff er zum Hörer.

»Ja?«

»Jim, bist du das? Ich habe deine Privatnummer von einem gemeinsamen Freund im Pentagon.«

»Tut mir leid. Ich war gerade in Gedanken versunken, und ich kann mit Ihrer Stimme nichts anfangen.«

»Hier spricht Clyde. Clyde Monfort.«

Sandecker horchte auf. »Clyde, was ist los?«

»Ein Funkspruch eines unserer U-Boote in der Karibik ist gerade über meinen Schreibtisch gewandert.«

»Worum geht es?«

»Der Kommandant hat einen Schiffbrüchigen an Bord genommen. Vor etwa zwanzig Minuten. Es gehört nicht gerade zu den normalen Aufgaben unserer U-Boote, Fremde aufzufischen, aber dieser Bursche behauptet, dich zu kennen, und er wurde sehr ausfallend, als der Skipper sich weigerte, ihn einen Funkspruch absetzen zu lassen.«

»Pitt!«

»Genau der«, antwortete Montfort. »So gab er seinen Namen jedenfalls an, Dirk Pitt. Du kennst ihn?«

»Gott sei Dank! Was ist mit den anderen? War er allein?«

»Niemand war bei ihm. Pitt kam allein in einer Badewanne.«

»Sag das noch mal.«

»Der Kommandant schwört, daß er den Mann in einer Badewanne mit einem Außenbordmotor aufgegriffen hat.«

Sandecker kannte Pitt gut genug, um an der Geschichte keine Sekunde zu zweifeln. »Wie schnell kannst du ihn mit einem Helikopter vom U-Boot abholen und nach Washington schicken?«

»Du weißt, daß das nicht möglich ist, Jim. Ich kann ihn da nicht runterholen, bevor das U-Boot in Charleston eingelaufen ist.«

»Bleib dran, Clyde. Ich werde das mit dem Weißen Haus klären, und du bekommst eine direkte Anweisung vom Präsidenten.«

»Ist die Sache so wichtig?« erkundigte sich Monfort ungläubig.

»Lebenswichtig.«

»Kannst du mir sagen, was da vorgeht, Jim?«

»Du würdest es gar nicht wissen wollen.«

Der Präsident erhielt die Nachricht während eines Empfangs für den indischen Premierminister. Fawcett nahm ihn beiseite und flüsterte ihm etwas von einem wichtigen Dokument des Kongresses zu. Das war der Code für einen dringenden Telefonanruf. Drei Minuten später nahm der Präsident das Gespräch in einem kleinen Privatbüro neben den Empfangsräumen entgegen.

»Hier spricht der Präsident.«

»Admiral Sandecker, Sir.«

»Ja, Admiral, was ist los?«

»Ich habe den Chef unserer karibischen Flotte auf der anderen Leitung. Er hat mir gerade davon Mitteilung gemacht, daß einer unserer Leute, die mit Jessie LeBaron verschwunden sind, von einem U-Boot gerettet wurde.«

»Ist er identifiziert worden?«

»Es ist Dirk Pitt.«

»Der Mann muß entweder unsterblich sein oder Superman«, erwiderte der Präsident mit deutlicher Erleichterung in der Stimme. »Wie schnell können wir ihn hierhaben?«

»Das hängt davon ab, ob Sie der Marine einen Befehl für einen Lufttransport geben.«

»Das erledigen wir, kein Problem.«

Der Präsident winkte Fawcett neben sich. »Kümmern Sie sich um diesen Montfort, und veranlassen Sie alles, Dan.«

Dann wandte der Präsident sich dem Hörer zu, aber gleichzeitig bedeutete er Dan mit einer Handbewegung, noch zu bleiben. »Die ganze Sache muß völlig geheimgehalten werden. Sorgen Sie dafür, Admiral«, er nickte gleichzeitig Dan zu, »daß niemand auch nur das geringste davon erfährt. Das U-Boot bleibt so lange auf See, bis die ganze Angelegenheit im Sinne des CIA geklärt ist. Wir lassen ihn mit einem Hubschrauber abholen. Im CIA-Hauptquartier in Langley wird er von seinen Erlebnissen berichten. Alles verstanden, Sandecker?«

»Selbstverständlich, Mr. Präsident.«

Er legte auf und seufzte schwer. Dann sammelte er seine Gedanken und konzentrierte sich wieder auf die Veranstaltung, derentwegen er hier war. Fawcett wußte, was im Präsidenten vorging, aber er mußte ihn noch einmal stören: »Wahrscheinlich ist es kein schlechter Gedanke, wenn ich an Pitts Befragung teilnehme.«

Der Präsident warf ihm einen langen prüfenden Blick zu. »Du wirst mich morgen nach Camp David begleiten.«

Fawcett sah ihn erstaunt an. »Ich habe für morgen nichts auf unserem Terminplan in Camp David. Morgen vormittag ist ein Treffen mit mehreren Kongreßführern wegen des Budgets vorgesehen.«

»Das muß warten. Ich habe morgen eine wesentlich wichtigere Konferenz.«

»Als Stabschef darf ich vielleicht fragen, um was für eine Konferenz es sich handelt!«

»Eine Gruppe von Männern, die sich selbst den *Harten Kern* nennen.«

Fawcett riß die Augen auf. »Ich verstehe nichts.«

»Das solltest du aber, Dan. Du gehörst nämlich auch dazu.«

Bevor der verblüffte Fawcett etwas antworten konnte, hatte der Präsident das Büro verlassen und kümmerte sich wieder um den Staatsempfang.

42

Der Ruck beim Aufsetzen des Flugzeuges weckte Pitt. Durch das kleine Fenster des Marine-Jets sah er in die Dämmerung. Die zarte Morgenröte paßte nicht sehr zu seiner Stimmung. Die wunden Stellen an seinem Hintern hatten das Sitzen zur Qual gemacht. Die letzten Stunden hatte er sich bemüht, in einer verkrampften Seitenlage ein wenig Schlaf zu finden. Er brauchte dringend etwas anderes zu trinken als die ewigen Fruchtsäfte, mit denen der Arzt des U-Bootes versucht hatte, ihn zu ertränken. Seine Gedanken wanderten zurück zu Foss Gly. Immer wieder mußte er daran denken, was dieses Scheusal jetzt wohl mit Jessie, Giordino und Gunn anstellte. Er hatte fast ein schlechtes Gewissen, daß ihm die Flucht geglückt war. Neben dem Jet wartete bereits Admiral Sandecker mit einem Hubschrauber, der ihn nach Langley zum CIA-Hauptquartier bringen sollte. Es gab eine kurze, heftige Umarmung. Ein Anzeichen für die innere Bewegtheit des Admirals, der sich sonst kaum zu einem Händeschütteln aufraffen konnte.

»Unkraut vergeht nicht«, verkündete Sandecker mit heiserer Stimme.

»Das ist eben der Vorteil, wenn man Unkraut ist«, erwiderte Pitt lachend.

Sandecker nahm ihn am Arm und führte ihn hinüber zum Hubschrauber. »In Langley warten sie schon auf uns.«

Pitt zögerte einen Augenblick, ihm zu folgen. »Sie leben noch«, erklärte er knapp.

»Leben?« fragte Sandecker erstaunt. »Alle?«

»Sie werden von den Russen gefangengehalten und von einem Überläufer mißhandelt, der den Folterknecht spielt.«

Sandeckers Gesicht wirkte leicht begriffsstutzig. »Du warst auf Kuba?«

»Auf einer der vorgelagerten Inseln«, erläuterte Pitt. »Wir müssen den Russen so schnell wie möglich signalisieren, daß ich erfolgreich durchgekommen bin und hier alle Bescheid wissen ...«

»Langsam«, unterbrach Sandecker. »Das geht mir etwas zu hastig. Warte erst mal ab, und laß uns die ganze Geschichte den Kollegen in Langley erzählen. Ich habe das Gefühl, daß du über eine sehr heiße Geschichte gestolpert bist.«

Eine Stunde später saßen sie in einem der ödesten Konferenzräume, in den es Pitt je verschlagen hatte. Das Mobiliar wirkte, als habe man es beim nächstgelegenen Supermarkt bestellt.

Die Befragung, wie man ein Verhör der eigenen Leute freundlicherweise nannte, wurde von CIA-Direktor Martin Brogan persönlich geleitet. Pitt hatte eine Reihe von Händen schütteln müssen und Namen gehört, die er sofort wieder vergessen hatte. Aber man erfüllte ihm noch vor dem Beginn der Sitzung einen Wunsch: ein großes Bier.

Das Bier kam gemeinsam mit einer riesigen Mappe voller Luftaufnahmen der Insel Cayo Santa Maria aus dem Archiv. Nach einem ersten großen Schluck erzählte Pitt seine Geschichte. Als er schließlich geendet hatte, war die Flasche Bier geleert. Er räkelte vorsichtig seinen schmerzenden Körper in dem unbequemen Konferenzstuhl und sah den versammelten CIA-Abteilungsleitern zu, wie sie ihre Notizblöcke durchblätterten.

Schließlich begann Brogan selbst mit der eigentlichen Befragung. »Sie hatten Waffen auf dem Zeppelin dabei. Warum?«

»Wir vermuteten das Wrack der *Cyclop* in kubanischen Gewässern. Da schien es angebracht zu sein, uns ein wenig gegen den Übereifer der kubanischen Küstenwache zu wappnen.«

»Sind Sie sich darüber im klaren«, meinte ein Mann, der Pitt als jemand aus dem Außenministerium vorgestellt worden war, »daß Sie mit Ihrer Aktion die ganze Außenpolitik unseres Landes diskreditiert haben und dazu gegen eine Reihe von Gesetzen verstoßen haben?«

»Ich folgte einem höheren Gesetz«, meinte Pitt mit sardonischem Grinsen.

»Und was für ein Gesetz war das, wenn man fragen darf?«

»Es kommt aus dem alten Westen, heute nennt man es wohl Selbstschutz. Die Kubaner haben das Feuer eröffnet. Sie haben etwa tausend Schuß abgegeben, würde ich sagen, bevor Giordino zurückschoß.«

Brogan lächelte. Man merkte ihm an, daß Pitt ein Mann nach seinem Herzen war. »Unsere Hauptsorge sollte sein, herauszufinden, was es mit der russischen Militäranlage auf dieser Insel auf sich hat. Sie sagten, die Insel wäre unbewacht.«

»Auf der Erdoberfläche gab es nur einen Wachtposten am Tor. Keine Patrouillen am Strand oder auf den Straßen. Die einzige Sicherheitsmaßnahme war ein elektrischer Zaun.«

»Das erklärt, warum unsere Infrarotaufnahmen keinerlei Anzeichen menschlicher Aktivität zeigten«, meinte einer der CIA-Experten und schwenkte mehrere Fotos.

»Ich glaube, wir sollten uns eingestehen, daß die Russen diesmal zu clever für uns gewesen sind«, erklärte Brogan. »Wenn man davon ausgehen kann, daß Ihre Beobachtungen korrekt sind.«

Pitt warf Brogan einen kalten Blick zu. Dann erhob er sich mühsam von seinem Stuhl und marschierte langsam zur Tür. »In Ordnung, wenn Sie es so haben wollen. Ich habe also gelogen, vielen Dank für das Bier.«

»Darf ich Sie fragen, wohin Sie gehen?«

»Ich halte eine Pressekonferenz ab«, erklärte Pitt direkt an Brogan gewandt. »Ich verschwende hier nur wertvolle Zeit. Je früher ich meine Flucht von der Insel öffentlich bekanntmache, desto besser stehen die Chancen für die LeBarons, Giordino und Gunn. Vielleicht werden sie vor weiteren Foltern bewahrt.«

Die Konferenzrunde schwieg schockiert. Niemand der Anwesenden hielt es für möglich, daß Pitt tatsächlich einfach den Raum verlassen würde, niemand außer Sandecker. Er saß da und lächelte wie der Manager eines tabellenführenden Fußballklubs. »Ich glaube, wir haben da gerade den Hinweis auf einen brillant vorbereiteten Geheimdienstcoup der Russen erhalten. Und wenn das niemandem von Ihnen, meine Damen und Herren, aufgefallen ist, sollten Sie sich vielleicht nach einem anderen Broterwerb umsehen.«

Brogan mochte ein hochgradiger Egozentriker sein, aber er war kein Narr. Er stand schnell auf und legte Pitt den Arm um die Schulter. »Vergeben Sie einem alten Iren, der schon so oft hereingelegt worden ist, daß er es kaum noch zählen kann. Dreißig Jahre in diesem Geschäft, und Sie trauen nicht einmal mehr ihrer eigenen Großmutter. Bitte helfen Sie uns, dieses Puzzle zusammenzusetzen. Danach werden wir gemeinsam überlegen, was wir für Ihre Freunde tun können.«

»Das kostet Sie aber noch ein Bier«, erwiderte Pitt.

Brogan und die anderen lachten. Das Eis war gebrochen, die Konferenz konnte weitergehen.

Die Fragen konzentrierten sich jetzt auf die von Pitt entdeckte Antennenanlage. Trotz Pitts spärlicher Beobachtungen im Dunkeln konnte man sich anhand der vorhandenen Luftbilder ein recht anschauliches Bild machen, nachdem man erst einmal wußte, wonach man zu suchen hatte. Schließlich bat Brogan seinen Experten für Abhöranlagen um seine Meinung. »Was hältst du davon, Charly?«

»Um eine exakte Zweckbestimmung vornehmen zu können, habe ich natürlich noch nicht genügend technische Details. Aber es gibt drei Möglichkeiten. Erstens könnte es sich um eine Abhörstation handeln, die unsere Telefonverbindungen, Funksendungen und Radarsignale auffängt. Zweitens könnte es sich um einen sehr starken Störsender handeln, der einfach für den Fall bereitgehalten wird, wenn es bei einer Auseinandersetzung zwischen uns und den Russen militärisch sinnvoll wird, unsere Kommunikationseinrichtungen zu stören. Die dritte Möglichkeit ist auch nicht sehr erfreulich. Möglicherweise kann man mit der Anlage sogar falsche Informationen in unser Kommunikationssystem abstrahlen und unsere eigenen Sendungen damit überlagern. Was mir aber am meisten Sorgen macht, ist die Tarnung und die Größe dieses Systems. Mit einer solchen Antennenanlage kann man möglicherweise alle drei Funktionen erfüllen.«

Brogans Gesicht wurde hart. Die Tatsache, daß sich keine zweihundert Meilen von der Küste der Vereinigten Staaten entfernt eine solche geheime gegnerische Installation befand, die bisher völlig übersehen worden war, machte dem Chef des CIA sichtlich keine Freude.

»Wenn wir vom schlimmsten aller Fälle ausgehen, was haben wir dann dort auf der Insel vor uns?«

»Wenn wir das Schlimmste annehmen, haben wir es dort mit einer Anlage zu tun«, antwortete Charly, »die elektronisch so weit fortgeschritten ist, daß sie unsere Funk- oder Telefonsignale auffangen, speichern, modifizieren und dann in unser System synthetisierte Sendungen einspeisen kann, die auf jeden Empfänger so wirken, als handle es sich um echte. Wir verfügen über ähnliche Einrichtungen, aber wir haben noch nirgendwo eine Großstation dieser Art.«

Eine der anwesenden Frauen stellte eine direkte Frage an Pitt. »Sie haben uns erzählt, daß auf der Insel Frauen waren? Was für Frauen?«

»Wie meinen Sie das?« erkundigte sich Pitt vorsichtig.

»Nun, handelt es sich um weibliche Militärangehörige, Huren, Frauen von Offizieren?«

»Soweit ich das beurteilen kann, waren es die Frauen von kubanischen Gästen und einige weibliche Offiziere der russischen Streitkräfte.«

»Was, zum Teufel, plant dieser Velikow da eigentlich?« erkundigte sich Brogan bei niemand Besonderem. »Kubaner und ihre Frauen in einer hochgeheimen russischen Anlage? Das macht doch keinen Sinn!«

Sandecker starrte auf die Tischplatte vor sich. »Für mich macht das nur dann Sinn, wenn Velikow die Insel für etwas ganz anderes benutzt als nur für elektronische Spionage.«

»Worauf wollen Sie hinaus, Jim?« erkundigte sich Brogan.

»Die Insel wäre doch eine perfekte Basis für Operationen zum Sturz Castros.«

Brogan sah den Admiral verblüfft an. »Woher wissen Sie von solchen Operationen?«

»Der Präsident erzählte mir davon«, erwiderte Sandecker beiläufig.

»Ich verstehe.« Aber man sah Brogan an, daß er gar nichts verstand.

»Ich kann mir vorstellen, wie interessant das alles für Sie ist«, mischte Pitt sich ein, »aber jede Minute ist wertvoll, wenn wir das Leben meiner Freunde retten wollen. Unternehmen Sie etwas, um ihnen zumindest eine zeitweilige Sicherheit zu garantieren. Unterrichten Sie die Russen davon, daß wir über den Aufenthalt der Gefangenen im Bilde sind.«

Auf Pitts Appell hin wurde es merkwürdig still. Niemand außer Sandecker sah ihn an. Besonders die hochrangigen CIA-Spezialisten vermieden seinen Blick.

»Verzeihen Sie mir«, meinte Brogan ruhig. »Ich glaube, das wäre im Augenblick keine gute Idee.«

Sandecker wurde rot vor Wut. »Passen Sie auf, was Sie hier verkünden, Martin. Ich halte von Ihrer machiavellistischen Einstellung nicht unbedingt viel. Seien Sie vorsichtig, mein Freund. Sie bekommen Ärger mit mir persönlich, wenn Sie meine Freunde da draußen den Haien vorwerfen lassen.«

»Wir befinden uns mitten in einem Pokerspiel mit höchsten Einsätzen«, erklärte Brogan. »Das Beste, was wir im Augenblick tun können, ist, Velikow im unklaren zu lassen.«

»Und mehrere Leben für eine vage Geschichte zu opfern?« erkundigte Pitt sich bitter. »Kommt nicht in Frage.«

»Nun hören Sie mir doch einen Augenblick zu«, bat Brogan. »Ich bin ja damit einverstanden, daß wir durchsickern lassen, von der Gefangenschaft der LeBarons und Ihrer NUMA-Freunde zu wissen. Wir werden die Kubaner bezichtigen, sie irgendwo in Havanna gefangenzuhalten.«

»Wie kann man erwarten, daß Velikow auf so einen Unfug hereinfällt?«

»Niemand erwartet, daß er sich hinters Licht führen läßt. Er ist kein Idiot. Er wird natürlich riechen, daß daran etwas faul ist, und sich überlegen müssen, wieviel wir nun wirklich von seiner Insel wissen. Aber das ist alles, was er tun kann – es sich überlegen. Wir werden es ihm noch ein wenig schwerer machen, indem wir ausstreuen, unsere Anschuldigungen gegenüber den Kubanern stützten sich auf das Luftfoto des ans Ufer gespülten Gummibootes. Und dann kommt die besondere Überraschung. Ein paar Fischer von den Bahamas werden Pitts von den Haien angenagte Leiche in ihren Netzen entdecken.«

»Was, zum Teufel, soll das werden?« wollte Sandecker wissen.

»Ich habe es noch nicht ganz ausgeklügelt«, gab Brogan zu. »Aber die Kernidee dahinter ist, daß wir Pitt wieder zurück auf die Insel schicken.«

Sobald die Konferenz abgebrochen war, rief Brogan von seinem Büro aus den Präsidenten an. Der Anruf lief über den üblichen Dienstweg, aber nach nur dreimaligem Durchstellen hatte er bereits den Präsidenten am Telefon.

»Bitte, machen Sie's schnell, Martin. Ich bin auf dem Weg nach Camp David.«

»Wir sind mit der Befragung von Dirk Pitt fertig.«

»Konnte er uns die fehlenden Puzzleteile beschaffen?«

»Pitt hat uns genau den Durchblick verschafft, den wir dringend gebraucht haben.«

»Velikows Hauptquartier?«

»Er hat uns genau gezeigt, wo wir die Höhle des Löwen zu suchen haben.«

»Gute Arbeit. Jetzt können Ihre Leute eine Infiltrations-Operation einleiten.«

»Ich glaube, eine endgültigere Lösung wäre angebrachter.«

»Sie glauben, man sollte die Bedrohung bannen, indem man ihre Existenz der Weltöffentlichkeit vor Augen führt?«

»Nein. Ich glaube, daß wir dort landen und die Anlage vernichten sollten.«

43

Nach der Landung im Camp David nahm der Präsident noch schnell ein leichtes Frühstück zu sich. Das Wetter war ungewöhnlich warm, und der Chef der Exekutive trug nur eine Leinenhose und ein kurzärmeliges Hemd. Noch am Frühstückstisch sah er die Dossiers über die persönliche Geschichte der Männer des *Harten Kerns* durch. Nachdem er die letzte Akte zugeklappt hatte, schloß er für einen Augenblick die Augen und konzentrierte sich auf seine Möglichkeiten. Als Hagen das Frühstückszimmer betrat, hatte der Präsident die Augen noch immer geschlossen.

»Wir sind soweit, Vince.«

Der Präsident erhob sich langsam von seinem Stuhl. »Dann fangen wir wohl am besten an.«

Sie erwarteten ihn um den langen Tisch des kleinen Konferenzraumes gruppiert, wie der Präsident es arrangiert hatte. Es gab keine Wachen, man brauchte keine. Dies waren ehrenwerte Männer, die nicht verbrecherisch gehandelt hatten, jedenfalls nicht nach ihrer eigenen Auffassung. Respektvoll standen alle auf, als der Präsident den Raum betrat, aber er winkte ihnen sitzenzubleiben.

Acht waren hier anwesend: General Fisher, Booth, Mitchell und Busche saßen auf der einen Seite des Tisches gegenüber von Eriksen, Senator Porter und Dan Fawcett. Hudson hatte sich an das entfernte Ende des Tisches gesetzt. Nur Raymond LeBaron fehlte. Sie trugen alle legere Freizeitkleidung, so daß es wie bei einem Treffen in einem Golfklub aussah, entspannte, zuversichtliche, erfolgreiche Geschäftsleute an einem freien Sonntagmorgen.

»Guten Morgen, Mr. Präsident«, grüßte Senator Porter in bester Laune. »Welchem Umstand verdanken wir die Ehre dieser geheimnisvollen Zusammenkunft?«

Der Präsident räusperte sich. »Sie alle wissen, warum Sie hier sind. Wir können uns dieses Geplänkel ersparen.«

»Sie wollen uns nicht gratulieren?« erkundigte sich Clyde Booth sarkastisch.

»Ob Orden verteilt werden, hängt davon ab«, sagte der Präsident kühl, »wie die Situation sich weiterentwickelt.«

»Welche Situation?« wollte Eriksen barsch wissen.

»Ich glaube, was der Präsident andeutet«, erklärte Hudson, »bezieht sich auf seinen Wunsch, unseren Segen zu erhalten, den Russen den Mond abzutreten.«

»Darauf und auf ein Geständnis von Massenmord.«

Das Blatt hatte sich gewendet. Die Runde schien verunsichert, alle starrten den Präsidenten mit weit aufgerissenen Augen an.

Senator Porter meldete sich zuerst zu Wort. »Was für Morde, haben wir Killer losgeschickt oder jemanden vergiftet? Wenn man fragen darf, Mr. Präsident, wovon sprechen Sie überhaupt?«

»Von der Kleinigkeit des Todes von neun sowjetischen Kosmonauten.«

»Die dem russischen Raumfahrtprogramm zum Opfer gefallen sind, wie viele ihrer Kollegen seit den fünfziger Jahren?« fragte Fawcett.

»Nein«, antwortete der Präsident. »Diese neun Russen wurden getötet, als man die Selenos-Mondsonden beschossen hat.«

Hudson griff nach der Tischkante und wirkte, als hätte man ihm einen Elektroschock verpaßt. »Die Selenos-Sonden waren unbemannt.«

»Die Russen wollten die Welt das glauben machen, aber diese Sonden hatten jeweils drei Mann Besatzung. Eine der Crews liegt in der Leichenhalle des Walter-Reed-Hospitals auf Eis, falls sie sich jemand ansehen möchte.«

Es blieb längere Zeit still. Niemand sah dem anderen in die Augen. Diese Männer hielten sich für ehrenwerte Patrioten, die ihrer Nation einen großen Dienst erwiesen hatten. Natürlich waren sie bereit, dafür auch einen kriegerischen Konflikt zu riskieren. Aber sie hatten niemals vorgehabt, heimtückisch zu töten. Die Angriffe auf die russischen Sonden hatten aus ihrer gutgemeinten Aktion ein internationales Fiasko werden lassen. Jetzt befanden sie sich wirklich in der Hand des Präsidenten. Auch Hagen konnte nur fasziniert zusehen. Vom Tod der Astronauten hatte auch er nichts gewußt.

»Wenn Sie mir bitte folgen wollen«, fuhr der Präsident fort, »werde ich jetzt einmal versuchen, Spekulationen und Fakten zu verbinden. Natürlich haben Sie und Ihre Mondkolonisten eine unglaubliche Leistung für unser Land vollbracht. Dazu kann ich Ihnen jederzeit gratulieren, und wahrscheinlich werde ich in den nächsten Wochen auch gute Gelegenheiten dazu haben. Aber Ihr großer Irrtum war der Angriff auf die Russen, und dieser Irrtum kann tragische Folgen haben, die Ihr ganzes Projekt gefährden. Eine der Sonden, *Selenos 4*, hat es geschafft, zur Erde zurückzukehren, obwohl sie einen Treffer abbekam. Nachdem sie achtzehn Monate außer Kontrolle im Orbit hing, gelang es russischen Weltraumingenieuren, den Computer von der Erde aus so zu programmieren, daß die Kapsel landen konnte. Sie ging aber nicht in den Steppen von Kasachstan nieder, sondern irgendwo in kubanischen Gewässern.

Sie haben daraufhin Raymond LeBaron ausgeschickt, der sie vor den Russen bergen sollte. So hofften Sie, alle Hinweise auf Ihre Angriffe tarnen zu können. LeBaron gab seine Aktion als Schatzsuche aus. Aber die Kubaner waren schneller als Sie und auch schneller als die Russen. Bisher wußten Sie von diesem Stand der Dinge nichts und die Russen möglicherweise auch nicht. Es sei denn ...«

Der Präsident wartete einige Sekunden. »Es sei denn, Raymond LeBaron hat unter der Folter sein Wissen von der Jersey Colony preisgegeben. Ich muß davon ausgehen, daß er sich in der Hand des sowjetischen Geheimdienstes auf Kuba befindet.«

»Raymond würde nie reden«, verkündete Hudson entschieden.

»Ob er nun geredet hat oder nicht«, erwiderte der Präsident, »könnte eine untergeordnete Rolle spielen. Vor einigen Stunden haben mir meine Wissenschaftler, die ich beauftragt habe, noch einmal den von uns aufgefangenen gesamten Funkverkehr mit *Selenos 4* seit der Rückkehr in den Erdorbit zu prüfen, eine unerfreuliche Mitteilung gemacht. Die Sonde hat ihre auf dem Mond gesammelten Daten noch zur Erde funken können. Wissen Sie, welche Konsequenzen das haben kann, meine Herren?«

»Wir verstehen, auf was Sie hinauswollen.« General Fisher hatte sich zu Wort gemeldet. »Die Sowjets haben wahrscheinlich bereits fotografische Hinweise auf die Jersey Colony.«

»Ja, und wenn sie zwei und zwei zusammenzählen können, dann wissen Sie auch, daß unsere Leute hinter den Selenos-Katastrophen stecken. Wir können sicher sein, daß sie dafür Vergeltung suchen werden. Bisher habe ich keinerlei offizielle Anfragen, Memoranden, Bezichtigungen aus Moskau zu hören bekommen. Die Schlacht um den Mond wird also von beiden Seiten in aller Stille ausgetragen. So wie es jetzt aussieht, meine Herren, haben Sie einen Krieg auf dem Mond angefangen, den wir kaum gewinnen können.«

Die Männer zeigten sich verwirrt und wütend. Wütend waren sie wegen der falschen Einschätzung der Situation, die sich jetzt so fatal auswirkte. Es dauerte einige Minuten, bis sie die Konsequenzen im Detail begriffen hatten.

»Sie sprechen von russischer Vergeltung, Mr. Präsident«, erkundigte sich Fawcett vorsichtig und sprach seinen Vorgesetzten der Lage entsprechend förmlich an. »Haben Sie irgendwelche Hinweise, wie diese Vergeltung im einzelnen aussehen wird?«

»Versetzen Sie sich doch alle mal in die Lage der Russen. Aller Wahrscheinlichkeit nach wußten sie von der Existenz unserer Kolonie bereits eine Woche, bevor *Selenos 8* gestartet wurde. Wenn ich Präsident Antonow wäre, hätte ich Anweisung gegeben, die nächste Mondmission von einer wissenschaftlichen Forschungsreise in eine militärische Operation umzuwandeln. Für mich gibt es wenig Zweifel, daß *Selenos 8* nach seiner Landung in vierundzwanzig Stunden auf dem Mond ein sowjetisches Kommando absetzen wird, das die Kolonie erobern soll. Erzählen Sie mir jetzt, welche Möglichkeiten die Basis besitzt, sich gegen einen solchen Angriff zu verteidigen.«

General Fisher sah Hudson kurz an, dann wandte er sich dem Präsidenten zu und zuckte mit den Schultern. »Das ist schwer zu sagen. Wir haben uns niemals auf einen bewaffneten Angriff auf die Kolonie vorbereitet. Soweit ich weiß, haben sie dort oben nur zwei Gewehre und den Raketenwerfer als Waffen.«

»Wann sollten Ihre Kolonisten den Mond eigentlich verlassen?«

»Die Rückreise soll in sechsunddreißig Stunden beginnen«, antwortete Hudson.

»Wie interessant«, erklärte der Präsident. »Wie wollten Ihre Leute hier auf der Erde landen? Sicher ist das Mond-Fahrzeug nicht in der Lage, einen Atmosphärenflug zurückzulegen.«

Hudson lächelte. »Sie werden natürlich auf einem Shuttle aus dem Orbit zurückkehren.«

Der Präsident seufzte. »Richtig, die *Gettysburg*. Wie dumm von mir, das zu übersehen. Sie hat ja gerade an unserer Station im Orbit angedockt.«

»Die Crew der *Gettysburg* hat noch keine Anweisungen bekommen«, erklärte Steve Busche von der NASA, »aber wenn Sie erst mal begriffen haben, wer ihnen da gegenübersteht, werden sie unsere Kolonisten sicherlich gerne als zusätzliche Passagiere an Bord nehmen.«

Der Präsident starrte die Männer des *Harten Kerns* eine Weile mit leeren Augen an. »Die brennendste Frage dürfte im Augenblick wohl sein, meine Herren, ob Ihre Kolonisten überhaupt noch lange genug leben, um die Rückreise anzutreten.«

44

»Und Sie glauben wirklich, daß es klappt?« erkundigte Pitt sich.

Colonel Ramon Kleist, US-Marinekorps, pensioniert und jetzt in CIA-Diensten, kratzte sich im Nacken. »Sofern wir unsere Einheit mit allen Toten und Verletzten wieder geschlossen von der Insel herunterbekommen, meine ich, ist ein erfolgreicher Einsatz möglich.«

»Etwas so Kompliziertes läuft niemals perfekt ab«, entgegnete Pitt. »Die unterirdische Anlage, die Antenne und die Militäreinrichtungen zu zerstören und Velikow und seinen Stab zu eliminieren klingt mir doch etwas zu sehr nach James Bond. Damit kommen wir nie durch.«

»Ihre eigenen Beobachtungen und die Auswertung unserer Luftaufnahmen sollten genügen, um uns angemessen vorzubereiten.«

»Wie viele Männer stellen denn das Team dar?« wollte Pitt wissen.

»Einunddreißig mit Ihnen.«

»Die Russen werden herausfinden, wer über ihre geheime Basis hergefallen ist. Wir stechen in ein Hornissennest.«

»Das gehört zu unserem Plan«, verkündete Kleist zufrieden. »Ich dachte, es gäbe eine ungeschriebene Übereinkunft zwischen CIA und KGB: Solange wir eure Agenten nicht umbringen, laßt ihr unsere in Frieden.«

Der Colonel warf Pitt einen unschuldigen Blick zu. »Wie kommen Sie denn darauf, daß der CIA so eine schmutzige Sache durchführen würde?«

Pitt antwortete nicht, sondern sah Kleist nur gespannt an.

»Die ganze Aktion wird selbstverständlich von kubanischen Spezialeinheiten durchgeführt«, erklärte der Colonel. »So etwa das Äquivalent zu unseren SEALs. Wenn man es genau betrachtet, stecken dahinter natürlich von uns ausgebildete Exilkubaner. Aber selbst ihre Socken und ihre Unterwäsche sind übliche kubanische Militärware. Waffen, Uhren und die ganze Ausrüstung sind aus der Sowjetunion. Unsere Leute werden durch nichts von kubanischen Einheiten zu unterscheiden sein.«

»Klingt ganz vernünftig.«

»Wir wollen ja effizient sein.«

»Werden Sie die Aktion leiten?«

Kleist lächelte. »Nein, ich bin doch schon etwas zu alt, um noch sonnige Strände hinaufzustürmen. Die Einsatzgruppe wird von Major Angelo Quintana geführt. Ich überwache die Aktion von unserem U-Boot aus.« Der Colonel war zwar noch rüstig, aber man sah ihm die Jahre deutlich an. Er hatte seit seiner Pensionierung offenbar einige Entbehrungen des Soldatenlebens wiedergutgemacht.

»Was für ein U-Boot?«

»Es handelt sich um einen speziellen Unterwasser-Truppentransporter«, erklärte Kleist, »ein Fahrzeug, das man eigens für solche Aufgaben konstruiert hat. Die meisten Leute wissen gar nicht, daß es so etwas gibt. Als Marine-Experte werden Sie es sicher sehr interessant finden.«

»Ich bin nicht gerade jemand, der über ein gediegenes Combat-Training verfügt.«

»Ihr Job besteht ja auch nur darin, das Team durch den Ventilatorschacht in die unterirdische Anlage zu führen. Dann kehren Sie zum Strand zurück und halten sich versteckt, bis die Sache gelaufen ist.«

»Haben Sie schon einen genauen Ablaufplan für den Überfall?«

Kleist verzog schmerzlich das Gesicht. »Wir bevorzugen es, von einer verdeckten Operation zu sprechen.«

»Entschuldigen Sie, das Handbuch der CIA-Terminologie bei Einsatzberichten wurde mir noch nicht ausgehändigt.«

»Um auf Ihre Frage zurückzukommen, die Landung ist für zwei Uhr morgens in vier Tagen vorgesehen.«

»Vier Tage können für meine Freunde eine lange Zeit sein, vielleicht zu lange.«

Kleist wirkte ehrlich besorgt. »Wir arbeiten wirklich schon, so schnell wir können, und schränken alle vorbereitenden Übungen auf das Nötigste ein. Aber wir müssen einiges vorkalkulieren, die Männer müssen auch sehr genau wissen, wie sie sich zu bewegen haben. Wir lassen den ganzen Plan mehrfach durch einen Computer laufen. Wenn wir Ihre Freunde wirklich retten wollen, dürfen wir uns keine einzige Panne leisten.«

»Und was ist mit dem menschlichen Faktor bei Ihrem Computerplan?«

Kleists besorgtes Gesicht wurde wieder hart und ausdruckslos. »Die Gefahr für menschliches Versagen bei diesem Plan liegt ganz bei Ihnen, Mr. Pitt. Das nötige Glück außer acht gelassen, hängen Erfolg und Mißerfolg des Unternehmens allein von Ihren Fähigkeiten ab.«

Stundenlang schleifte man Pitt von einem Büro ins andere, bis es seiner Meinung nach im ganzen CIA keine Abteilung mehr gab, die nicht genauestens über alle Details von Cayo Santa Maria, an die er sich erinnerte, informiert waren. Zwischendurch schickte man ihn auch noch in die medizinische Abteilung, um seinen Gesundheitszustand zu testen.

Ein weiteres Gespräch mit Martin Brogan verschaffte Pitt endlich die Chance, auch ein persönliches Anliegen durchzudrücken. Dabei waren die Ressourcen eines Geheimdienstes sicherlich mehr als nützlich. Es ging Pitt um einen bestimmten Taucherhelm, dessen Seriennummer er sich genau gemerkt hatte. Der Helm verbarg einen Totenschädel und befand sich auf dem Grund des Meeres in einem Wrack unweit der kubanischen Küste – der *Cyclop*. Es zeigte sich, daß der Dienst entgegen aller Beteuerungen gegenüber dem Kongreß durchaus auch zu Inlandsermittlungen in der Lage war. Am nächsten Morgen wußte Pitt, wer den Helm vor über zwanzig Jahren gekauft hatte. Das Ausrüstungsunternehmen für Taucher, von dem der Anzug stammte, hatte eine gut geführte Kundenkartei.

Aber als noch interessanter erwies sich der Hinweis auf

den inzwischen ausgeschiedenen Gründer des Unternehmens. Er war früher selbst Taucher gewesen, und seine Söhne, die inzwischen das Geschäft führten, unterstellten ihm, daß er fast jeden Berufstaucher in der Karibik persönlich gekannt hatte.

Unter falschem Namen rief Pitt ihn an und fragte ihn über Hans Kornberg aus, so war der Name des Mannes, der den Helm gekauft hatte.

Hans war seit den fünfziger Jahren verschollen, und Pitt wußte jetzt, warum nie wieder jemand von ihm etwas gehört hatte. Der alte Taucher-Ausrüster bedankte sich für die Information. Er hatte schon damals mit einem Unfall gerechnet. Alles, was er Pitt sonst noch über seinen ehemaligen Kunden sagen konnte, war ein Hinweis auf die Witwe. Sie hatte dem Laden noch einige Jahre lang Weihnachtskarten geschickt.

Von jetzt an wurde es für Pitt schwierig, denn Brogan hatte nicht die Absicht, Pitt auch nur einen Schritt aus dem Gebäudekomplex in Langley tun zu lassen. Schließlich blieb Pitt nur der Rückgriff auf eine ziemlich brutale Erpressung. Er verlangte, sofort persönlich mit dem Präsidenten zu sprechen. Brogan sah ein, daß er seinem zukünftigen Kommando-Scout einiges schuldig war. Pitt durfte seine Ermittlungen mit Hilfe des CIA fortsetzen. Eine Spur zu Hilda Kronberg, der Witwe, ließ sich relativ schnell finden. Die alte Dame saß in einem Pensionärsheim, und es war möglich, daß sie bereit war, einen jungen Taucher zu empfangen, der sich für die Arbeit ihres verschollenen Ehemannes interessierte.

45

Ohne allzu großes Mitleid im Herzen dachte Pitt an den armen Bürokraten, der die Abrechnung für die CIA-Aktion zu prüfen hatte, durch die Pitt nach Virginia – mit Hilfe eines neutralen Lieferwagens – vor die Tür eines ziemlich feudalen Altersheimes befördert wurde. Anschließend würde er mit einem Jet vom nächsten Flughafen nach El Salvador zum Ausbildungs-Camp der Einsatzgruppe fliegen. Es blieben Pitt nicht mehr als dreißig Minuten für sein Gespräch.

Er wanderte mit einem riesigen Blumenstrauß zur Rezeption. »Wo finde ich Mrs. Kronberg?«

Eine attraktive, rothaarige Altenbetreuerin widmete ihm sofort ihre ganze Aufmerksamkeit. »Lassen Sie die Blumen doch einfach bei mir«, meinte sie freundlich, »ich sorge dafür, daß die alte Dame sie bekommt.«

»Leider muß ich sie persönlich übergeben«, erklärte Pitt. »Ich habe nämlich außerdem noch eine mündliche Botschaft zu überbringen.«

Sie nickte und wies zur Seitentür. »Gehen Sie dort hinaus. Sie finden Mrs. Kronberg am Pool. Aber ich muß Sie warnen. Die Dame ist nicht sehr gesprächig, um ehrlich zu sein, meistens befindet sie sich nicht so recht in unserer Welt.«

Pitt bedankte sich freundlich und machte sich auf den Weg. Er fand Hilda Kronberg ohne große Schwierigkeiten. Sie saß allein in einem Rollstuhl und hatte einen abwesenden Blick, als sei sie meilenweit von diesem Ort entfernt.

»Mrs. Kronberg?«

Sie beschattete die Augen mit der Hand und blinzelte zu ihm hinauf. »Ja?«

»Mein Name ist Dirk Pitt, und ich glaube, Sie könnten mir ein paar Fragen beantworten, wenn es Ihnen recht ist?«

»Mr. Pitt, habe ich richtig verstanden?« erkundigte sich die alte Dame mit sanfter Stimme. Sie musterte seine Uniform, die der CIA ihm beschafft hatte – für einen Lieferanten von Blumensträußen wirkte er allerdings etwas zu alt und intellektuell. »Warum soll mir denn ein Blumenausträger Fragen stellen wollen?«

Pitt lächelte und reichte ihr den Strauß. »Es geht um Ihren verstorbenen Ehemann Hans.«

»Hatten Sie etwas mit ihm zu tun?« erkundigte sie sich mißtrauisch.

»Nein.«

Hilda wirkte abgemagert, und ihre Haut hatte die Transparenz von Pergament. Das Gesicht war stark geschminkt. An ihren Fingern blitzte eine Flotte von Diamantringen, mit der man sich ein oder sogar zwei Rolls-Royce hätte leisten können. Pitt vermutete, daß sie durchaus fünfzehn Jahre jünger war, als sie aussah – aber sie wirkte wie eine Achtzigjährige. Hilda Kronberg war eine Frau, die auf den Tod wartete. Trotzdem lächelte sie, als Pitt ihren Mann erwähnte.

»Sie sehen zu jung aus, um Hans noch selbst gekannt haben zu können«, sagte sie.

»Mr. Conden von der Weehawken-Ausrüstungsgesellschaft hat mir von ihm erzählt.«

»Bob Conden, natürlich. Er und Hans waren ja alte Poker-Kumpel.«

»Sie haben nach seinem Tod nicht mehr geheiratet?«

»O doch, ich war wieder verheiratet.«

»Aber Sie führen noch immer seinen Namen?«

»Das ist eine lange Geschichte, die Sie nicht interessieren würde.«

»Wann haben Sie Hans zum letztenmal gesehen?«

»Das war an einem Donnerstag. Ich sah ihn mit dem Dampfer *Monterey* Richtung Havanna verschwinden, am 10. Dezember 1958. Hans jagte wieder nach dem Schatz am Ende des Regenbogens. Er und sein Partner waren auf Schatzsuche. Er schwor, daß sie diesmal genug Gold finden würden, um uns ein Traumhaus zu kaufen, wie ich es mir immer gewünscht hatte. Leider kam er nie zurück.«

»Können Sie sich noch erinnern, wer sein Partner war?«

Ihr sanftes Gesicht bekam plötzlich einen verschlossenen Ausdruck. »Was suchen Sie eigentlich, Mr. Pitt? Wen repräsentieren Sie hier?«

»Ich bin Direktor für Sonderprojekte der NUMA«, erklärte er. »Während einer Unterwasser-Unternehmung haben wir das Wrack eines Schiffes namens *Cyclop* gefunden, und in diesem Wrack habe ich etwas entdeckt, was wahrscheinlich die sterblichen Überreste Ihres Mannes sind.«

»Sie haben Hans gefunden?« rief sie ehrlich überrascht.

»Ich konnte ihn natürlich nicht wirklich identifizieren, aber die Nummer seines Taucherhelms hat mich zu Ihnen geführt.«

»Hans war ein guter Kerl«, meinte sie nachdenklich. »Kein guter Familienvater, vielleicht, aber das Leben mit ihm hat immer Spaß gemacht . . . nun, bis zu seinem Tod jedenfalls.«

»Wer war sein Partner?«

»Na ja . . . es ist so eine Art Leiche im Keller, Mr. Pitt. Ich werde hier sehr gut versorgt. Jemand kümmert sich ständig um mich. Ich habe nicht zu klagen. Es ist immer jemand da, und an den dachte ich . . .« Ihre Stimme wurde immer leiser und brach schließlich ab.

Pitt versuchte sie noch einmal für sich zu interessieren, bevor sie sich wieder in ihre Tagträume flüchten konnte. »Hat dieser Jemand, der sich so um Sie kümmert, Ihnen auch erzählt, daß Hans ermordet wurde?«

Etwas in Hildas Augen flackerte kurz auf, dann schüttelte sie verloren den Kopf.

Pitt kniete neben ihr und griff nach ihren Händen. »Jemand hat ihm das Sauerstoffkabel durchgeschnitten, während er unter Wasser arbeitete.«

Er spürte, wie sie innerlich zitterte. »Warum erzählen Sie mir so etwas?«

»Weil es die Wahrheit ist, Mrs. Kronberg. Ich gebe Ihnen mein Wort darauf. Wer immer damals mit Hans zusammengearbeitet hat, ist wahrscheinlich sein Mörder geworden, damit er seinen Schatz nicht mit Hans teilen mußte.«

Hilda saß für Minuten gedankenverloren wie in Trance da. »Wissen Sie von dem La-Dorada-Schatz?« wollte sie dann wissen.

»Ja«, antwortete Pitt. »Ich weiß, wie er an Bord der *Cyclop* gekommen ist. Ich weiß auch, daß Hans und sein Partner ihn heben wollten.«

Hilda begann mit einem der Diamantenringe an ihrer Hand zu spielen. »Tief in meinem Inneren habe ich immer vermutet, daß Ray Hans umgebracht hat.«

Langsam dämmerte es Pitt, und für eine Weile war er über die Zusammenhänge so verblüfft, daß er schwieg. Dann versuchte er es mit einem Überraschungsangriff. »Sie glauben also, daß Hans von Ray LeBaron ermordet wurde?«

Sie nickte.

Diese unerwartete Enthüllung verblüffte ihn. Pitt schüttelte den Kopf und versuchte sich ein Bild von der ganzen Geschichte zu machen. »Und das Motiv war der Schatz?« bohrte er mit sanfter Stimme weiter.

»Nein. Ich war das Motiv.« Sie schüttelte ebenfalls den Kopf und lächelte leicht.

Pitt antwortete nicht, sondern wartete still.

»Die Dinge sind halt geschehen«, flüsterte sie. »Ich war jung und schön in diesen Tagen. Können Sie sich vorstellen, daß ich einmal sehr schön war, Mr. Pitt?«

»Sie sind noch immer sehr schön.«

»Ich glaube, Sie brauchen eine Brille, junger Mann, aber vielen Dank für das Kompliment.«

»Sie sind auch geistig noch sehr beweglich.«

Sie hob die Hand und deutete auf das Altenheim. »Hat man Ihnen nicht erzählt, daß ich schon ein wenig senil bin?«

»Die Empfangsdame deutete an, Sie könnten etwas an ...«

»Das mag ich gern. Damit kann ich mir sie alle vom Leibe halten. Ein abwesender Blick, und man wird stundenlang in Ruhe gelassen.«

Ihre Augen funkelten vergnügt, dann nahmen sie wieder den abwesenden Blick an.

»Hans war ein prima Kerl, aber er war fast siebzehn Jahre älter als ich. Ich habe ihn sehr geliebt, aber in dieser Liebe schwang auch immer etwas Mitleid mit. Ich weiß nicht, ob Sie gehört haben, daß er nur noch eine halbe Lunge besaß. Er war im Grunde ein Invalide. Drei Jahre nachdem wir geheiratet haben, brachte er eines Abends Ray mit nach Hause. Wir wurden bald alle drei enge Freunde, und die Männer gründeten ein kleines Bergungsunternehmen. Sie tauchten nach Wracks und verkauften ihre Funde an Antiquitätenhändler und Reedereien. Ray war sehr gutaussehend damals, und es dauerte nicht lange, da ließ ich mich auf eine Affäre mit ihm ein.« Sie zögerte und musterte Pitt prüfend. »Haben Sie schon einmal zwei Frauen gleichzeitig wirklich geliebt, Mr. Pitt?«

»Ich fürchte, daß dies eine Erfahrung ist, die ich nicht vorweisen kann.«

»Das Erstaunliche daran war, daß ich mich nie schuldig gefühlt habe. Hans zu täuschen war mehr ein Abenteuer. Es war ein Spiel, ich glaube nicht einmal, daß es ihn wirklich verletzt hätte. Heute bin ich trotzdem froh, daß er es nicht herausgefunden hat, bevor er starb.«

»Können Sie mir etwas vom La-Dorada-Schatz erzählen?«

»Nachdem er sein Studium in Stanford abgeschlossen hatte, trampte Ray eine Zeitlang durch Brasilien und war auch auf Goldsuche. Er hörte von einem amerikanischen Landvermesser von der La-Dorada-Geschichte. Ich kann mich an die Details nicht mehr erinnern, aber er war sicher, daß sich die Statue auf der *Cyclop* befand, als das Schiff verschwand. Er und Hans verbrachten zwei Jahre damit, in der karibischen See nach dem Wrack zu fahnden. Schließlich haben sie es gefunden. Ray lieh sich Geld, und sie statteten ein Bergungsschiff aus. Hans hatte noch einen Auftrag in New Jersey zu erledigen, also fuhr Ray schon einmal nach Kuba und richtete eine Basis ein.«

»Haben Sie irgendwann etwas von Hans gehört, nachdem er ihm nach Kuba gefolgt ist?«

»Er rief mich mal aus Kuba an. Aber er erzählte mir nur, daß er und Ray in der nächsten Woche aufbrechen würden, um das Wrack zu untersuchen. Zwei Wochen später kam Ray zu mir und erzählte mir, daß Hans nicht wieder aufgetaucht sei.«

»Und der Schatz?«

»Ray beschrieb ihn als eine riesige goldene Statue«, erzählte sie. »Er hat ihn irgendwie geborgen und nach Kuba gebracht.«

Pitt stand auf, reckte sich und kniete dann wieder neben Hilda nieder.

»Merkwürdig, daß er diese wunderbare Statue nicht mit in die Staaten gebracht hat.«

»Er hatte Angst vor der brasilianischen Regierung, dem Staat Florida, der Bundesbehörde, anderen Schatzjägern und Archäologen, alle waren hinter *La Dorada* her und wollten versuchen, sie ihm abzunehmen. Dann gab es natürlich auch noch die Frage, ob nicht irgend jemand Eigentumsrechte am Wrack geltend machen konnte. Ray wollte es einfach nicht darauf ankommen lassen. Deshalb erzählte er niemandem von seiner Entdeckung.«

»Was wurde aus ihr?«

»Ray brach den gigantischen Rubin im Herzen der Statue heraus, zerschnitt ihn zu kleinen Steinen und verkaufte sie stückweise.«

»Das war der Anfang vom finanziellen Imperium des Unternehmers LeBaron«, kommentierte Pitt.

»Ja, aber bevor Ray den Kopf mit den Smaragden oder das Gold einschmelzen konnte, übernahm Castro in Kuba die Macht, und das zwang Ray, die Statue zu verstecken. Er hat mir nie erzählt, wo er sie versteckt hat.«

»Dann ist *La Dorada* noch immer irgendwo auf Kuba?«

»Ich bin sicher, daß Ray noch nicht in der Lage gewesen ist, sie sich wieder zu beschaffen.«

»Haben Sie Mr. LeBaron denn danach noch einmal gesehen?«

»O ja, das habe ich sehr wohl«, erklärte sie lächelnd. »Wir waren verheiratet.«

»Sie waren die erste Mrs. LeBaron?« erkundigte Pitt sich erstaunt.

»Immerhin dreiunddreißig Jahre lang.«

»Aber die Unterlagen sagen, daß seine erste Frau Hillary hieß und vor einigen Jahren starb.«

»Ray mochte Hillary immer lieber als Hilda, als er ein reicher Mann geworden war. Es klang irgendwie mehr nach Klasse. Mein Tod war für ihn das angenehmste Arrangement, als ich krank wurde. Eine kranke alte Frau zu verlassen hätte er sich nie erlauben können. Also begrub man Hillary LeBaron, während Hilda Kronberg hier ihre letzten Tage fristet.«

»Das kommt mir unmenschlich vor.«

»Mein Ehemann war immer sehr großzügig, aber nicht unbedingt mitfühlend. Wir haben zwei völlig verschiedene Leben gelebt. Aber das macht mir nichts. Jessie kommt mich immer wieder einmal besuchen.«

»Die zweite Mrs. LeBaron?«

»Eine sehr charmante und geistvolle Person.«

»Wie kann sie mit ihm verheiratet sein, solange Sie noch leben?«

Sie lächelte strahlend. »Da hat Ray ausnahmsweise mal ein schlechtes Geschäft gemacht. Die Ärzte erzählten ihm, daß ich nur noch wenige Monate zu leben hätte. Aber ich hab' sie alle hereingelegt und habe nun schon sieben Jahre länger, als sie dachten, überlebt.«

»Dann ist er ein Bigamist, ein Mörder und ein Dieb.«

Hilda bestritt das nicht. »Ray ist ein schwieriger Mann. Er nimmt mehr, als er gibt.«

»Wenn ich Sie wäre, würde ich ihn ans nächste Kreuz nageln lassen.«

»Es ist zu spät für mich, Mr. Pitt.« Sie sah zu ihm auf und zwinkerte ihm zu. »Aber Sie könnten ja für mich etwas unternehmen.«

»Was?«

»Finden Sie *La Dorada*«, verlangte sie entschieden. »Finden

Sie diese Statue, und geben Sie sie der Welt. Sorgen Sie dafür, daß sie öffentlich ausgestellt wird. Das würde Ray mehr verletzen als der Ruin seines Verlages. Aber was für mich noch wichtiger ist: Es wäre genau das, was Hans sich gewünscht hätte.«

Pitt nahm ihre Hand und drückte sie sanft. »Hilda«, versprach er, »ich werde mein Bestes versuchen.«

46

Hudson stellte das Bild scharf und nickte dem Gesicht auf dem Monitor grüßend zu. »Eli, ich habe hier jemanden, der mit dir sprechen will.«

»Man freut sich über jedes neue Gesicht«, antwortete Steinmetz gut gelaunt.

Der Mann, der Hudson vor der Fernsehkamera ablöste, sah einen Moment in sprachloser Faszination in die Linse. »Sind Sie wirklich auf dem Mond?« erkundigte er sich schließlich.

»Showtime«, meinte Steinmetz mit verständnisvollem Grinsen. Er verschwand kurz vom Bildschirm und tauchte dann mit einer tragbaren Kamera wieder auf. Er richtete sie auf ein Quarz-Fenster aus, hinter dem sich die Mondlandschaft ausbreitete. »Es tut mir leid, daß ich Ihnen die Erde nicht zeigen kann, aber wir sind auf der falschen Seite.«

»Ich glaube Ihnen.«

Steinmetz nahm wieder seine normale Position vor der Kamera ein. Er beugte sich leicht vor und starrte intensiv auf das Bild vor ihm. Sein Lächeln verschwand langsam, und in seine Augen trat ein fragender Ausdruck. »Sind Sie der, für den ich Sie halte?«

»Erkennen Sie mich?«

»Sie sehen aus und hören sich an wie der Präsident.«

Jetzt war der Präsident an der Reihe zu lächeln. »Ich war

nicht sicher, ob Sie mich kennen würden, denn als Sie die Erde verlassen haben, war ich Senator, und in Ihrer Nachbarschaft werden ja keine Zeitungen geliefert.«

»Wir können hier allerdings eine ganze Menge von der irdischen Satelliten-Kommunikation mithören. Auf Nachrichten sind wir natürlich immer besonders gespannt, und wir haben auch den neuesten Paul-Newman-Film aus dem Satellitenfernsehen mitgeschnitten.«

»Die Jersey Colony ist eine unglaubliche Errungenschaft. Eine dankbare Nation wird für immer in Ihrer Schuld stehen.«

»Vielen Dank, Mr. Präsident, auch wenn es mich etwas überrascht, daß Leo schon jetzt die Katze aus dem Sack gelassen hat. Wir hatten eigentlich vereinbart, daß die Öffentlichkeit erst nach unserer Rückkehr alles erfahren soll.«

»Es hat bisher keine öffentlichen Verlautbarungen gegeben«, versicherte der Präsident ernst. »Außer Ihnen und den Leuten, die hier unten an dem Projekt gearbeitet haben, bin ich der einzige, der etwas von Ihrer Existenz weiß – außer vielleicht den Russen.«

Steinmetz starrte ihn über Millionen von Kilometern Weltraum an. »Woher sollten die etwas von der Jersey Colony wissen?«

Der Präsident warf Hudson einen längeren Blick zu. Hudson schüttelte den Kopf.

»Die Selenos-Mondsonden«, erklärte der Präsident und entschied sich, nichts darüber zu sagen, daß sie bemannt waren. »Eine hat es geschafft, ihre Daten zurück in die Sowjetunion zu vermitteln. Wir nehmen an, daß sie auf ihren photographischen Aufnahmen die Jersey Colony zeigt. Wir haben auch allen Grund anzunehmen, daß die Russen davon ausgehen, Ihre Siedler hätten die Sonden von der Mondoberfläche aus abgeschossen.«

Man sah Steinmetz an, daß er nichts Gutes ahnte. »Sie glauben, daß die Russen einen Angriff auf uns planen, ist es das?«

»Ja, Eli, das glaube ich«, bestätigte der Präsident. »*Selenos 8* hat vor drei Stunden den Orbit um den Mond erreicht.

Unsere NASA-Computer analysieren das Flugverhalten der Russen so, daß wir mit einer Landung in Ihrer nächsten Umgebung rechnen nüssen. Da es auf der erdzugewandten Mondseite sichere Landeplätze gibt, ist eine Landung auf der Rückseite ein riskantes Unterfangen, auf das sich die Russen mit Sicherheit nur eingelassen haben, weil sie ein bestimmtes Ziel anpeilen.«

»Die Jersey Colony.«

»An Bord des Landefahrzeuges befinden sich mindestens sieben Männer«, fuhr der Präsident fort. »Zur Steuerung der Landeeinheit werden zwei Piloten gebraucht. Da bleiben fünf für einen Angriff übrig.«

»Wir sind zehn Männer«, erklärte Steinmetz. »Zwei zu eins, kein schlechtes Verhältnis.«

»Wenn man davon absieht, daß die anderen über Kampftraining und entsprechende Feuerkraft verfügen. Die Männer in der Mondsonde dürften das beste Angriffsteam sein, das die Russen zusammenstellen konnten.«

»Sie malen da ein düsteres Bild, Mr. Präsident. Was schlagen Sie vor, was sollen wir tun?«

»Sie haben schon mehr für unser Land getan, als man erwarten kann. Jetzt hat die andere Seite alle Trümpfe in der Hand. Zerstören Sie die Kolonie, und verschwinden Sie, um jedes Blutvergießen zu vermeiden. Ich will Sie und Ihre Leute sicher auf der Reise zur Erde wissen, damit Sie die Ehrungen auch erleben können, die Sie verdient haben.«

»Ich glaube, Sie haben noch nicht ganz begriffen, wie wir uns hier oben abgerackert haben, um diese Kolonie aufzubauen.«

»Was immer Sie dort vollbracht haben, es ist es nicht wert, daß Sie es mit Ihrem Leben bezahlen.«

»Wir alle haben in den letzten sechs Jahren ständig mit dem Tod gelebt«, erklärte Steinmetz langsam. »Da wird uns das jetzt auch nicht viel ausmachen.«

»Riskieren Sie nicht alles. Sie können den Kampf unmöglich gewinnen«, drängte der Präsident.

»Entschuldigen Sie, Mr. Präsident, aber Sie sprechen mit einem Mann, dessen Vater in der Normandie gefallen ist. Ich werde hier oben abstimmen lassen, aber ich vermute, das Ergebnis kenne ich bereits. Die anderen Burschen werden hier genausowenig abhauen wollen wie ich. Wir bleiben und kämpfen.«

Der Präsident war stolz, und gleichzeitig fühlte er sich besiegt. »Welche Waffen haben Sie?« erkundigte er sich resigniert.

»Unser Arsenal besteht aus einem Raketenwerfer mit einer letzten Rakete, einem M 14-Gewehr und zwei Pistolen. Wir haben sie eigentlich nur mitgenommen, um eine Reihe von Experimenten in der teilweisen Schwerelosigkeit durchführen zu können.«

»Dann sind Sie erheblich unterbewaffnet, Eli«, mußte der Präsident feststellen. »Begreifen Sie das nicht?«

»Nein, Sir. Ich weigere mich, aus solchen technischen Gründen aufzugeben.«

»Was heißt technische Gründe?«

»Die Russen sind doch die Angreifer.«

»Ja und?«

»Das macht uns zu den Verteidigern«, folgerte Steinmetz augenzwinkernd. »Und die Verteidiger sind in jedem militärischen Planspiel im Vorteil.«

»Sie sind gelandet«, verkündete Sergej Kornilov und schlug mit der Faust in die offene Hand. »*Selenos 8* hat auf dem Mond aufgesetzt!«

Präsident Antonow hob ein Glas Krimsekt. »Auf den Ruhm der Sowjetunion und der Partei.«

Der Toast wurde von den anwesenden Funktionären und hochrangigen Militärs mit erhobenen Gläsern erwidert.

»Auf unseren ersten Schritt in Richtung der Eroberung des Mars«, fiel General Jasenin ein.

»Auf den Mars!« Die Gläser klirrten.

Antonow setzte sein leeres Glas ab und wandte sich einen Augenblick mit ernstem Gesicht an Jasenin. »Wie lange wird es noch dauern, bis Major Leuschenko Kontakt mit der Mondbasis aufgenommen hat?« fragte er.

»Wenn wir ihnen die übliche Zeit geben, ihr Landesystem zu sichern und ihr Angriffskader in Position zu bringen, würde ich sagen, vier Stunden.«

»Wie weit liegt der Landeplatz von der feindlichen Basis entfernt?«

»*Selenos 8* wurde programmiert, etwa drei Kilometer entfernt von der Stelle aufzusetzen, an der wir die Astronauten lokalisiert haben«, antwortete der General.

»Das ist aber ziemlich nahe«, meinte Antonow. »Wenn die Amerikaner das Landemanöver beobachtet haben, hat Leuschenko alle Chancen für einen Überraschungsangriff verspielt.«

»Es gibt wenig Zweifel, daß sie inzwischen wissen, was wir vorhaben.«

»Und das bereitet Ihnen keine Sorgen?«

»Unser Vorteil liegt in Leuschenkos militärischer Erfahrung und in seiner überlegenen Bewaffnung, Genosse Vorsitzender.«

Jasenin strahlte absolute Zuversicht aus. »Die Amerikaner sind in einer Situation, die ihnen nicht die geringste Chance läßt.«

47

Major Grigorj Leuschenko lag ausgestreckt im feinen grauen Mondstaub und starrte über die endlose Fläche vor ihm unter einem pechschwarzen Himmel. Die Stille und die geisterhafte Landschaft erinnerten ihn an die öden Wüsten des afghanischen Seistan Basin. Die rollenden Hügel und Bodenwellen waren von verwirrender Eintönigkeit und ließen kaum eine Orientierung zu. Sie erinnerten Leuschenko an eine riesige Fläche erstarrten Gipses, doch irgendwie waren sie ihm auch merkwürdig vertraut.

Er kämpfte kurz gegen eine aufsteigende Übelkeit. Er und seine Männer litten unter der Schwerelosigkeit. Anders als reguläre Kosmonauten hatten sie nur wenige Tage Zeit gehabt, sich in einem Training auf die veränderten Umweltbedingungen einzustellen. Die meiste Zeit der knapp einwöchigen Vorbereitung hatte man mit militärischen Instruktionen verschwendet und ihnen ein möglichst genaues Bild der Lage der amerikanischen Station vermittelt.

Er spürte, wie sich eine Hand auf seine Schulter legte. Ohne sich umzudrehen, meldete er sich in seinem Helm-Funkgerät.

»Was ist los?«

Leutnant Dimitri Petrow ließ sich neben ihm niedersinken und wies mit der Hand in Richtung eines flachen Tales zwischen den Hängen zweier fast zusammengefallener Krater etwa tausend Meter zur Linken. »Fahrzeugspuren und Fußabdrücke führen in den Schatten unter dem linken Kraterrand. Ich kann dort drei, möglicherweise vier kleine Gebäude ausmachen.«

»Das sind Treibhäuser«, erklärte Leuschenko. Er starrte wieder durch eine Art Fernglas, eine kastenförmige Konstruktion auf einem Stativ, deren breites Okular er gegen seinen Helm preßte. »Jetzt kann ich es deutlich sehen, es gibt eine Art Eingang in den Felsen, wahrscheinlich eine Luftschleuse zur Station. Aber kein Lebenszeichen. Die ganze äußere Anlage wirkt verlassen.«

»Sie könnten es mit einem Hinterhalt versuchen«, meinte Petrow.

»Wo sollen sie sich verstecken?« fragte Leuschenko und breitete die Arme aus. »Die Felsbrocken hier sind zu klein, um einem Mann Deckung zu geben. Es gibt keine Senken oder Gräben, und ich sehe auch keinerlei Anzeichen für irgendeine Verteidigungsanlage. Ein Astronaut in einem unförmigen weißen Druckanzug fällt hier so auf wie ein Schneemann auf einer Kohlenhalde. Nein, sie müssen sich in ihrer Höhle verbarrikadiert haben.«

»Keine sehr geschickte Verteidigungsposition. Der Vorteil liegt bei uns.«

»Sie haben noch immer den Raketenwerfer.«

»Damit können sie aber gegen Männer, die in einer aufgefächerten Formation anrücken, nichts ausrichten.«

»Das stimmt, aber wir haben keine Deckung und wissen nicht, welche Waffen sie sonst noch haben.«

»Wenn wir das Feuer direkt auf die Luftschleuse konzentrieren, können wir sie völlig in Schach halten«, schlug Petrow vor.

»Unsere Befehle lauten, keine unnötigen Zerstörungen an der Basis anzurichten«, erinnerte Leuschenko. »Wir müssen eindringen . . .«

»Da bewegt sich etwas!« rief Petrow.

Leuschenko widmete sich wieder seinem Fernglas. Ein merkwürdig aussehendes offenes Fahrzeug bog um eine Ecke eines Treibhauses und näherte sich langsam ihrer Position. Von einer Antenne hing etwas, das man für eine weiße Flagge halten konnte. Der russische Offizier beobachtete die Annäherung, bis das Fahrzeug etwa fünfzig Meter entfernt anhielt und eine weiße Gestalt ausstieg.

»Interessant«, meinte Leuschenko nachdenklich. »Die Amerikaner wollen verhandeln.«

»Könnte ein Trick sein. Vielleicht wollen sie nur feststellen, wie stark wir sind.«

»Das glaube ich nicht. Sie würden es nicht mit einer Kontaktaufnahme unter der weißen Fahne versuchen, wenn sie sich in einer Position der Stärke fühlen würden. Ihre Geheimdienst-Leute und ihre Beobachtungssysteme auf der Erde werden sie bereits von unserer Ankunft unterrichtet haben, also wissen sie wahrscheinlich auch, daß wir ihnen militärisch überlegen sind. Amerikaner sind Kapitalisten. Sie sehen alles aus einer streng geschäftsmäßigen Sicht. Wenn ein Kampf keine Aussicht auf Erfolg bringt, dann versuchen sie es mit einem Geschäft.«

»Sie wollen sich mit ihm treffen?« erkundigte sich Petrow.

»Das kann uns nicht schaden. Er scheint nicht bewaffnet zu sein. Vielleicht kann ich ihn überreden, daß sie uns die Kolonie übergeben, um ihr Leben zu retten.«

»Unsere Befehle lauten, keine Gefangenen zu machen.«

»Die hab' ich nicht vergessen«, erwiderte Leuschenko nervös. »Wir werden dieses Problem lösen, sobald wir erst einmal in der Basis sind. Gib den Männern Anweisung, den Amerikaner genau im Auge zu behalten. Falls ich die linke Hand hebe, schießt ihr auf ihn.«

Er gab seine automatische Waffe Petrow und erhob sich vorsichtig. Das Gehen auf dem Mond fiel ihm nicht leicht, und er wollte dem Amerikaner keinesfalls zeigen, daß er und seine Männer auf diesen Einsatz nur ungenügend vorbereitet waren, was die Bewegung in der teilweisen Schwerelosigkeit anging. Mit der für die Schwerkraftbedingungen des Mondes typischen Fortbewegungsweise näherte Leuschenko sich dem Amerikaner in Sprüngen und Schritten. Fünf Meter vor dem Fahrzeug blieb er stehen. Der amerikanische Mondkolonist lehnte selbstsicher an dem merkwürdigen Lenkrad. Er sank dann in die Knie und zeichnete eine Zahl in den Staub.

Leuschenko verstand und schaltete seinen Funkempfänger auf die angegebene Frequenz. Dann nickte er.

»Können Sie mich verstehen?« fragte der Amerikaner in schlechtem Russisch.

»Ich spreche Englisch«, erwiderte Leuschenko.

»Gut. Das vermeidet Mißverständnisse. Mein Name ist Eli Steinmetz.«

»Sind Sie der Kommandant der amerikanischen Basis?«

»Ich führe dieses Projekt, ja.«

»Major Grigorj Leuschenko, Sowjetunion.«

Steinmetz trat näher, und sie schüttelten sich steif die Hände.

»Es sieht so aus, als hätten wir ein Problem, Major.«

»Eines, das keiner von uns beiden aus der Welt schaffen kann.«

»Sie könnten sich umdrehen und zurück zu Ihrem Landefahrzeug wandern«, schlug Steinmetz vor.

»Ich habe meine Befehle«, versicherte Leuschenko mit fester Stimme.

»Sie sollen uns angreifen und die Kolonie besetzen?«

»Ja.«

»Gibt es keinen Weg, auf dem wir Blutvergießen vermeiden können?«

»Sie können sich ergeben.«

»Komisch«, entgegnete Steinmetz, »genau das wollte ich Ihnen auch gerade vorschlagen.«

Leuschenko war sicher, daß Steinmetz bluffte, aber hinter der verspiegelten Helmscheibe ließ sich kein Gesicht erkennen, in dem er hätte lesen können. Alles, was Leuschenko im Raumhelm sah, war sein eigenes Spiegelbild.

»Sie müssen sich doch darüber im klaren sein, daß Ihre Leute keine ernsthaften Gegner für uns sind.«

»In einem direkten Feuergefecht sind Sie uns sicher überlegen«, stimmte Steinmetz zu. »Aber Sie können nur wenige Stunden außerhalb ihres Landefahrzeuges hier draußen operieren, bevor Sie Ihre Sauerstoffvorräte erneuern müssen. Ich vermute, es bleiben Ihnen nur noch zwei Stunden.«

»Das reicht, um unsere Operation durchzuführen«, versicherte Leuschenko entschieden.

»Ich muß Sie warnen, Major. Wir haben eine geheime Waffe. Sie und Ihre Männer werden mit Sicherheit sterben.«

»Das ist ein ziemlich alberner Bluff, Mr. Steinmetz. Ich hätte von einem Wissenschaftler etwas Intelligenteres erwartet.«

Steinmetz korrigierte ihn. »Ingenieur, das ist ein Unterschied.«

»Was auch immer«, antwortete Leuschenko ungeduldig. Als Soldat sah er nicht viel Sinn darin, sich um Worte zu streiten. Er wollte endlich in Aktion treten. »Es ist wenig sinnvoll, unsere Unterhaltung auf diese Weise fortzusetzen. Wenn Sie klug sind, dann schicken Sie Ihre Männer unbewaffnet nach draußen und übergeben uns die Anlage. Ich werde Ihnen garantieren, daß Sie in Sicherheit sind, bis wir Sie zurück zur Erde schicken können.«

»Sie lügen, Major. Entweder Ihre Leute oder meine werden eliminiert. Niemand kann es sich leisten, daß die Überlebenden der Welt berichten, was hier passiert ist.«

»Sie irren sich, Mr. Steinmetz. Ergeben Sie sich, und Ihre Männer und Sie selbst sind in Sicherheit.«

»Tut mir leid, kommt nicht in Frage.«

»Dann können wir kein Pardon geben.«

»Das erwarte ich auch nicht«, verkündete Steinmetz grimmig. »Ihr Angriff und die Verluste an menschlichem Leben liegen jetzt allein in Ihrer Verantwortung.«

Leuschenko spürte, wie er wütend wurde. »Als jemand, der den Tod von neun sowjetischen Kosmonauten zu verantworten hat, sind Sie kaum in der Lage, mich über den Wert von menschlichem Leben zu belehren, Mr. Steinmetz.«

Leuschenko war sich nicht sicher, aber es schien, als wäre Steinmetz zusammengezuckt. Ohne auf eine Antwort zu warten, wandte der russische Offizier sich ab und hüpfte davon. Er sah über die Schulter und merkte, daß Steinmetz noch einige Sekunden bewegungslos neben seinem Fahrzeug stand, bevor er wieder hineinkletterte und zurück zur Kolonie fuhr. Eine silbrige Staubwolke hing über der Stelle, an der das Fahrzeug gewendet hatte.

Leuschenko beglückwünschte sich selbst. In zwei Stunden war diese Sache erledigt. Als er wieder bei seinen Männern war, studierte er noch einmal das Gelände vor der Luftschleuse durch sein Fernglas. Schließlich war er sicher, daß sich keine Amerikaner hinter irgendwelchen Steinen versteckten. Er gab den Befehl, sich aufzuteilen und in breiter Formation vorzurücken. Das Team von sowjetischen Elitesoldaten begann seinen Angriff, ohne im geringsten zu ahnen, daß es direkt in Steinmetz' Falle lief.

48

Vor dem Eingang zur Jersey Colony parkte Steinmetz sein Mondfahrzeug und verschwand in der Luftschleuse. Er ließ sich bewußt Zeit, damit Leuschenko jede seiner Bewegungen beobachten konnte.

Aber sobald er außer Sicht der Russen war, eilte er aus dem Vorraum der Schleuse in einen Seitentunnel, der den Hang des Kraters hinaufführte. Zehn große Mondschritte und eine Minute später kauerte er in einer kleinen, hinter Geröll verborgenen Höhlenöffnung, die von der Umgebung nicht zu unterscheiden war. Neben ihm lag eine andere Gestalt im Raumanzug auf dem Boden und starrte durch das Teleskop eines Gewehres.

Willy Shea, der Geophysiker der Kolonie, merkte nicht, daß er Besuch bekommen hatte, bevor Steinmetz ihm auf die Schulter klopfte. »Sehr beeindruckt scheinst du sie nicht zu haben«, meinte Shea. »Die Indianer greifen unser Blockhaus an.«

Von seinem erhöhten Beobachtungsposten aus sah Steinmetz deutlich, daß Major Leuschenko und seine Männer in Gefechtsformation auf das Tal vorrückten. Sie kamen wie Jäger, die ihre Beute beschleichen. Dabei bewegten sie sich unbeholfen, sprangen auf und ab, warfen sich alle paar Meter hinter Felsbrocken und nutzten jeden Schatten und jede Geländekontur.

Die hüpfenden Bewegungen, die wegen der Mondschwerkraft sowieso unvermeidlich waren, taten ein Übriges. Selbst ein erfahrener Scharfschütze hätte seine Schwierigkeiten gehabt, auch nur eine dieser Gestalten mit Sicherheit zu treffen.

»Schieß dem Mann an der Spitze vor die Füße«, sagte Steinmetz. »Ich will seine Reaktion beobachten.«

»Wenn sie unsere Frequenz abhören, werden sie genau mitbekommen, was wir vorhaben«, protestierte Shea.

»Sie haben überhaupt keine Zeit, die Frequenzen abzusuchen. Ruhig jetzt, schieß lieber.«

Shea zuckte in seinem Raumanzug mit den Schultern, spähte wieder durch sein Zielfernrohr und jagte eine Garbe los.

Die Schüsse waren völlig lautlos, denn in der Atmosphäre des Mondes konnten sich die Schallwellen nicht ausbreiten.

Vor Leuschenko wirbelte Staub auf. Der russische Offizier warf sich sofort zu Boden. Seine Männer bewegten sich fast simultan und beobachteten aufmerksam die Umgebung, um festzustellen, von wo geschossen worden war. Sie warteten auf den nächsten Schuß, aber nichts geschah.

»Hat jemand gesehen, wo der Schütze sitzt?« wollte Leuschenko wissen.

Die Antworten waren negativ.

»Sie befinden sich noch außer Schußweite«, erklärte Hauptmann Iwan Ostrowski. Dem Veteranen des Afghanistan-Krieges fiel es schwer, daran zu glauben, daß er sich zur Zeit im Nahkampf-Einsatz auf dem Mond befand. Er deutete mit der Hand auf einen Ring von Steinen etwa zweihundert Meter vor ihnen. »Was halten Sie von diesen bunt bemalten Steinen, Major?«

Zum ersten Mal fielen Leuschenko einige Gesteinsbrocken auf, die sich in einer unregelmäßigen Linie durch das Tal zogen und mit orangefarbenen Farbklecksen gekennzeichnet waren.

»Ich glaube nicht, daß das etwas mit uns zu tun hat«, meinte er. »Wahrscheinlich dienen sie zu irgendeinem wissenschaftlichen Experiment.«

»Es kommt mir vor, als wären wir von oben beschossen worden«, bemerkte Petrow.

Leuschenko nahm wieder das Fernglas zur Hand, setzte es auf den Dreifuß und suchte sorgfältig die Ränder des Kraterhanges ab. Die Sonne erstrahlte in blendendem Weiß, aber da es keine Luft gab, in der das Licht sich ausbreiten konnte, war ein Astronaut im Schatten eines Steines praktisch völlig unsichtbar.

»Nichts zu sehen«, meinte er schließlich.

»Falls sie darauf warten, daß wir in ihre Schußweite kommen, werden sie nicht allzuviel Munition bereithaben.«

»Noch dreihundert Meter, dann werden wir genau wissen, was für einen Empfang sie für uns vorbereitet haben«, murmelte Leuschenko. »Sobald wir in Deckung der Gewächshäuser sind, könnten sie uns vom Höhleneingang aus nicht mehr direkt beschießen.« Er erhob sich auf die Knie und winkte mit dem Arm vorwärts. »Ausfächern und höchste Alarmbereitschaft.« Das sowjetische Angriffskommando sprang auf und verteilte sich. Als sie die orangefarbenen Steine passierten, wirbelte der nächste Schuß den Sand vor ihnen auf. Wieder warfen sie sich in Deckung, eine weit verteilte Linie von weißen Gestalten, nur ihre reflektierenden Helmblenden leuchteten in der Sonne auf.

Nur noch knapp hundert Meter trennten sie von den Gewächshäusern, aber die aufsteigende Übelkeit nagte an ihrer Kampfkraft. Sie waren sicherlich eines der besten Nahkampfteams der Erde, aber in dieser fremden Umgebung mußten sie sich mit der Übelkeit, die der verringerten Schwerkraft entstammte, auseinandersetzen. Leuschenko wußte, daß er sich auf jeden einzelnen seiner Männer verlassen konnte; sie würden ihre Kräfte bis zum letzten verausgaben. Trotzdem mußten sie es in weniger als einer Stunde geschafft haben, sich Zutritt zur Kolonie zu verschaffen, andernfalls hatten sie kaum eine Chance, ihr Landefahrzeug zu erreichen, bevor ihre Lebenserhaltungssysteme aufgebraucht waren. Er ließ ihnen eine Minute Zeit zum Ausruhen, während er noch einmal sehr genau die Umgebung musterte.

Leuschenko besaß einen sechsten Sinn für Fallen. In Afghanistan hatte er drei Hinterhalte der Rebellen überlebt. Es war nicht das, was seine Augen sahen, was ihn beunruhigte. Etwas, das er nicht sah, ließ eine Warnglocke anschlagen. Die beiden Schüsse paßten zu keinem Verhaltensmuster. Eine Art

Warnung? Nein, das mußte etwas anderes bedeuten, spekulierte er. Ein Signal vielleicht?

Die Isolation innerhalb des Raumanzugs irritierte ihn. Er wünschte sich, etwas mehr von seiner Umwelt wahrnehmen zu können – Gerüche, den Wind, die Temperatur. Wieder wurde ihm übel. Die Situation war verteufelt, er ärgerte sich. Nichts war hier so, wie er es gewohnt war. Seine Männer lagen relativ schutzlos in der Gegend herum. Es gab keinerlei Aufklärung über die Waffen der Amerikaner, außer daß ein Raketenwerfer dabeisein mußte. Nun befanden sie sich in der Schußweite von Gewehren oder vielleicht Pistolen. Wenn man dort drüben eine schwere vollautomatische Feuerwaffe gehabt hätte, wären sie schon vor einigen hundert Metern unter schweren Beschuß geraten. Aber warum hatten sie es noch immer nicht mit dem Raketenwerfer versucht? Worauf warteten die Amerikaner?

Was ihn wirklich beunruhigte, war das Fehlen von jeder Aktion seitens der Kolonisten. Alles in der Nähe des Höhleneinganges, die Gewächshäuser, die kleinen Experimentiertische und Gerätschaften, wirkte völlig verlassen.

»Bevor ihr das Ziel nicht seht«, befahl er, »gebt kein Feuer, bevor wir Deckung gefunden haben. Dann bilden wir neue Gruppen und stürmen den Haupteingang.«

Leuschenko wartete, bis alle vier Männer bestätigt hatten, dann gab er das Zeichen zum Sturm.

Korporal Jussuk befand sich dreißig Meter hinter den anderen links außen, als sie vorstürmten. Er richtete sich halb auf und versuchte dann, gebückt vorwärts zu springen. Nach einigen wenigen Schritten spürte er plötzlich einen brennenden Schmerz in den Nieren. Ein zweiter Schmerz in seinem Rücken flammte auf. Er griff nach hinten und tastete über das Stück seines Raumanzuges unter dem Rückentornister mit den Lebenserhaltungseinrichtungen. Es wurde ihm schwarz vor Augen, und er hörte das Keuchen seines eigenen Atems. Er sank in die Knie und starrte dumpf auf seine Hände. Der Handschuh war rot vor Blut, das dampfte.

Jussuk versuchte Leuschenko zu warnen, aber seine Stimme versagte. Er rollte in den grauen Staub. Seine Augen nahmen nur noch undeutlich eine Gestalt mit einem merkwürdigen Raumanzug wahr, die sich mit einem Messer über ihn beugte. Dann wurde es völlig schwarz um ihn her.

Von seiner Aussichtsplattform aus beobachtete Steinmetz Jussuks Tod und gab über sein Helmfunkgerät eine Reihe von knappen Befehlen aus. »Okay, Dawson, dein Mann ist drei Meter links von dir und fünf Meter vor dir. Gallagher, deiner ist fünfzehn Meter nach rechts und bewegt sich von dir weg. Vorsicht, er bewegt sich in Richtung auf Dawson. Okay, schnapp ihn dir jetzt.«

Er sah, wie zwei der Kolonisten wie von Zauberhand aus dem Nichts aufzutauchen schienen und die Russen angriffen, die sich am weitesten hinter der Angriffsspitze Leuschenkos befanden.

»Zwei erledigt, bleiben noch drei«, murmelte Steinmetz vor sich hin.

»Ich habe den Mann an der Spitze im Visier«, erklärte Shea. »Aber ich kann keinen sicheren Schuß versprechen, solange er nicht für eine Sekunde stehenbleibt.«

»Schieß noch einmal, ziel diesmal direkt vor ihn, damit sie wieder am Boden Deckung suchen. Dann behalt ihn genau im Visier. Wenn sie doch noch dahinterkommen, haben unsere Leute keine Chance. Sobald die Russen sich einmal umdrehen, können sie uns jederzeit niederschießen. Knall jeden sofort ab, der auch nur den Kopf wendet.«

Shea zielte wieder mit seinem M 14 und gab einen weiteren lautlosen Schuß ab, der den Staub keinen Meter vor den Stiefeln des Mannes an der Spitze aufwirbelte.

»Cooper! Snyder!« befahl Steinmetz. »Euer Mann liegt etwa acht Meter vor euch schräg links flach auf dem Boden. Schnappt ihn euch jetzt!« Er schwieg kurz, während er den zweiten Russen ins Auge faßte. »Für Russell und Perry gilt das gleiche, etwa fünfzehn Meter vor euch; los!«

Der dritte Mann des russischen Angriffskommandos erfuhr nie, wie er starb. Ein lautloser Pistolenschuß zerschmetterte seinen Helm. Acht Kolonisten stürmten jetzt von hinten auf die letzten beiden Russen zu, deren ganze Aufmerksamkeit sich auf den Eingang zur Kolonie konzentrierte.

Plötzlich erstarrte Steinmetz. Der Mann ein paar Schritte hinter dem Offizier der Russen wandte sich langsam um, gerade als Russell und Perry ihn ansprangen wie in einem Footballspiel.

Leutnant Petrow bemerkte die näher kommenden Schatten neben sich, als er aufsprang, um die letzten Meter in die Deckung des Gewächshauses vor ihm zu stürmen. Instinktiv fuhr er herum, als Russell und Perry fast über ihm waren. Als professioneller Kämpfer hätte er sofort schießen müssen, aber er zögerte einen Sekundenbruchteil aus purer Überraschung. Für ihn wirkte es, als wären die Amerikaner aus dem Nichts materialisiert wie Dämonen. Er schaffte es noch, einen Schuß abzufeuern, der den Oberarm eines Angreifers traf. Dann blitzte ein Messer auf.

Leuschenko hatte seine ganze Aufmerksamkeit der Kolonie gewidmet. Von dem Gemetzel hinter ihm bemerkte er nichts, bis er Petrow im Helmfunk eine Warnung keuchen hörte. Er wirbelte herum und erstarrte.

Seine vier Männer lagen leblos auf dem Mondstaub ausgestreckt. Acht amerikanische Kolonisten waren aus dem Nichts aufgetaucht und kreisten ihn schnell ein. Haß angesichts der toten Kameraden überwältigte ihn. Er brachte seine Waffe in Anschlag.

Ein Schuß traf seinen Oberschenkel und zerrte ihn zur Seite. Er zog am Abzug. Zwanzig Schuß rasten durch das Magazin. Die meisten verteilten sich wirkungslos in der Mondwüste, aber zwei fanden ihr Ziel. Einer der Kolonisten wurde nach hinten gerissen, der andere sank in die Knie und hielt seine Schulter.

Dann traf Leuschenko eine Kugel in den Nacken. Er hielt

den Finger eisern um den Abzug gekrümmt und schoß, bis sein Magazin leer war. Fluchend sank er dann zu Boden. »Verdammte Amerikaner!« stöhnte er in seinen Helmfunk. Das Ganze erschien ihm unfair, so als hätte die Gegenseite nicht nach den vereinbarten Regeln gespielt. Er lag auf dem Rücken und starrte zu den gesichtslosen Gestalten hinauf, die sich über ihn beugten. Dann traten sie zurück, um einem anderen Kolonisten Raum zu geben, neben Leuschenko niederzuknien.

»Steinmetz?« fragte Leuschenko mit schwacher Stimme. »Können Sie mich hören?«

»Ja, ich bin auf Ihrer Frequenz«, antwortete Steinmetz. »Ich höre Sie.«

»Ihre Geheimwaffe ... wie haben Sie es geschafft, die Leute aus dem Nichts auftauchen zu lassen?«

Steinmetz wußte, daß er in wenigen Sekunden nur noch zu einer Leiche sprechen konnte. »Eine gewöhnliche Schaufel«, erklärte er. »Da wir alle Schutzanzüge tragen müssen, die völlig autark sind, war es keine große Aktion, die Männer im weichen Mondstaub zu vergraben.«

»Sie waren durch die orangefarbenen Steine markiert?«

»Ja, von einer versteckten Aussichtsplattform am Rand des Kraterhanges konnte ich sie dirigieren, sobald Ihre Männer an ihnen vorbei waren, damit wir sie von hinten angreifen konnten.«

»Ich will nicht hier begraben werden«, murmelte Leuschenko. »Sagen Sie meinem Volk ... sagen Sie ihnen, daß sie uns nach Hause holen sollen.«

Es war knapp, aber Steinmetz schaffte es noch, von dem Sterbenden verstanden zu werden. »Ihr werdet alle nach Hause geflogen«, sagte er. »Das ist ein Versprechen.«

Auf der fernen Erde wandte sich ein grimmiger General Jasenin an den Genossen Antonow. »Wir haben es alle gehört«, erklärte er mit zusammengebissenen Lippen. »Sie sind erledigt.«

»Sie sind tot«, wiederholte Antonow mechanisch. »Es war so, als kämen Leuschenkos Worte direkt von nebenan.«

»Der Funkverkehr wurde von den beiden Besatzungsmitgliedern des Landungsfahrzeuges direkt zu uns übertragen«, erklärte Kornilow.

Antonow ließ sich neben dem Fenster des riesigen Kontrollzentrums auf einen Stuhl sinken. Sein Gesicht sah alt und verfallen aus. Er blickte auf seine Hände und schüttelte traurig den Kopf.

»Schlechte Vorbereitung«, erklärte er leise. »Wir haben die Leben von Major Leuschenko und seinen Männern sinnlos vergeudet und nichts erreicht.«

»Die Eile, in der diese Mission vorbereitet werden mußte, ließ keine bessere Planung zu«, entschuldigte Jasenin sich lahm.

»Unter diesen Umständen haben wir alles versucht, was möglich war«, fügte Kornilow hinzu.

»Wir haben noch immer den Ruhm, daß wir es geschafft haben, Sowjetmenschen auf den Mond zu schicken.«

»Der Ruhm verblaßt schnell.« Antonows Stimme wirkte angeschlagen. »Die Amerikaner haben etwas viel Beeindrukkenderes mit ihrer Mondkolonie vorzuweisen.«

»Vielleicht können wir sie noch aufhalten«, meinte Jasenin bitter.

Kornilow starrte den General an. »Sollen wir eine bessere Kommandoeinheit raufschicken?«

»Genau das.«

»Warum warten wir nicht besser ab, bis sie zurückfliegen?«

Antonow musterte Kornilow neugierig. »Was schlagen Sie da vor?«

»Ich habe mit Wladimir Polevoj gesprochen. Unser Abhörzentrum auf Kuba ist in der Lage, den Funkverkehr zwischen der Mondkolonie und einem Kontrollzentrum in Washington abzuhören. Er schickte uns die Aufzeichnungen per Kurier nach Moskau. Aus einer von ihnen geht eindeutig hervor, wann die Kolonisten die Rückkehr zur Erde planen.«

»Sie kehren zurück?« erkundigte sich Antonow.

»Ja«, antwortete Kornilow. »Nach Polevojs Informationen planen sie, mit ihrem Mondfahrzeug in sechsundvierzig Stunden an der amerikanischen Orbitalstation anzulegen, von dort werden sie dann mit dem Shuttle *Gettysburg* nach Cape Canaveral zurückfliegen.«

Antonows Gesicht hellte sich auf. »Dann haben wir also noch eine Chance, sie aufzuhalten?«

Jasenin nickte. »Wir können sie im Weltraum abschießen, bevor sie an dem amerikanischen Weltraum-Laboratorium anlegen können. Die Amerikaner werden keine Vergeltungsmaßnahmen wagen, nachdem sie selbst solche Verbrechen im Weltraum begangen haben.«

»Warum sollen wir den Amerikanern das Gesetz des Handelns überlassen?« meinte Kornilow und lächelte geheimnisvoll. »Es sind doch unsere imperialistischen Feinde, die jetzt in der Defensive sind. Das Weiße Haus läßt sicher schon jetzt eine Antwort auf unsere erwartete Protestnote vorbereiten. Ich schlage vor, wir verhalten uns gegen alle Erwartung still. Wir übernehmen nicht die Rolle einer Nation, mit der man so umspringen kann. Statt dessen nutzen wir unseren Stellungsvorteil und gehen selbst zum Angriff über.«

»Was für einen Stellungsvorteil?« wollte Antonow wissen.

»Wir sind in der Lage, uns in Besitz der gesammelten Daten und damit des gesamten Ergebnisses der Arbeit der amerikanischen Mondkolonie zu setzen.«

»Wie soll das funktionieren?« wollte Jasenin kopfschüttelnd wissen.

Das geheimnisvolle Lächeln verschwand von Kornilows Gesicht, und seine Augen wurden hart. »Wir werden die *Gettysburg* zu einer Notlandung in Kuba zwingen.«

VIERTER TEIL

Die »Gettysburg«

3. November 1989,
San Salvador Island

49

Pitt wurde fast verrückt. Zwei Tage ereignislosen Wartens strapazierten seine Nerven bis zum äußersten. Aber es gab für ihn nichts zu tun, solange das Kommando noch nicht einsatzbereit war. Er befand sich in einem Trainingscamp des CIA auf der kleinsten Insel der Bahama-Gruppe. San Salvador besaß ein malerisches Touristenzentrum am alten Hafen, aber keiner der Feriengäste dort hatte je etwas von den verborgenen Militäranlagen bemerkt. Sie befanden sich am äußersten Südzipfel der Insel. Keine Straße verband das Lager mit der Hauptstadt. Alle Besucher und alle Versorgungsgüter wurden mit Hubschraubern oder Booten transportiert.

Am Morgen des dritten Tages joggte Pitt zum Strand und schwamm eine halbe Stunde in der Lagune. Danach ließ er sich erschöpft in den Sand sinken. Seinen Blick richtete er über das Meer nach Kuba, als ein Schatten über ihn fiel. Er sah auf.

Vor ihm stand ein dunkelhäutiger Mann in Shorts und einem weiten Baumwollhemd. Zu seinem schwarzen, anliegenden Haar paßte der enorme rabenschwarze Schnurrbart. Traurige Augen musterten Pitt aus einem Gesicht, in das Wind und Sonne Hunderte von Falten gezogen hatten.

»Mr. Pitt?«

»Ja.«

»Wir sind uns noch nicht offiziell vorgestellt worden, aber ich bin Major Angelo Quintana, der Leiter des Einsatzkommandos.«

Pitt sprang auf, und sie schüttelten sich die Hände. »Also Sie werden das Kommando führen?«

Quintana nickte. »Colonel Kleist hat mir schon erzählt, daß Sie ihn täglich schwer bedrängen, doch endlich loszuschlagen.«

»Ich habe Freunde zurücklassen müssen, die jetzt wahrscheinlich um ihr Überleben kämpfen.«

»Ich habe auch Freunde in Kuba zurücklassen müssen, Mr. Pitt. Nur daß die ihr Leben bereits verloren haben. Mein Bruder und mein Vater starben im Gefängnis, nur weil einer aus dem örtlichen Blockkomitee, der unserer Familie Geld schuldete, uns konterrevolutionärer Verschwörung bezichtigte. Ich habe Verständnis für Ihre Probleme, aber Sie haben kein Monopol auf Trauer und Haß.«

Pitt verbiß sich jede Geste der Anteilnahme. Quintana wirkte auf ihn wie ein Mann, der so etwas nicht mochte.

»Solange es noch Hoffnung gibt, muß man alles versuchen«, erklärte er fest, »also drängle ich weiter.«

Quintana lächelte ihn an. Er schien das zu mögen, was er in Pitts Augen entdeckt hatte. Dies war ein Mann, dem man auch in schwierigen Lagen trauen konnte. Ein harter Kämpfer, der eine Niederlage einfach nicht zulassen wollte.

»Sie haben also diese geniale Flucht aus Velikows Hauptquartier geschafft?«

»Ich hatte in erster Linie ungewöhnlich viel Glück.«

»Können Sie mir etwas über die Moral der Truppe dort sagen?«

»Also, wenn es um ihre geistige Verfassung geht, würde ich sagen, sie langweilen sich zu Tode. Russen sind auch an die Siesta-Müdigkeit der Tropen nicht gewöhnt. Auf mich wirkten sie sehr nachlässig.«

»Wie viele Patrouillen gibt es auf der Insel?«

»Keine, soweit ich gesehen habe.«

»Und das Wachhaus am Haupteingang?«

»Dort gibt es zwei Posten.«

»Ein sorgloser Mensch, dieser Velikow.«

»Ich vermute eher, daß er größten Wert darauf legt, die Insel so verlassen wie möglich wirken zu lassen.«

»Da haben Sie wahrscheinlich recht. Aber ich hätte trotzdem eine kleine Armee von Wachsoldaten und die üblichen sowjetischen Sicherheitsmaßnahmen erwartet. Velikow scheint nicht wie ein Russe zu denken. Er plant wie ein Amerikaner, verfeinert seine Planung dann mit der Gründlichkeit eines Japaners und führt sie mit der Zuverlässigkeit eines Deutschen aus. Der Mann ist ein verdammt harter Gegner.«

»So kam er mir auch vor.«

»Ich habe gehört, daß Sie ihn getroffen haben.«

»Wir hatten einige Gespräche.«

»Was für einen Eindruck hatten Sie von ihm?«

»Er liest das *Wall Street Journal.*«

»Das ist alles?«

»Er spricht besser Englisch als ich. Seine Nägel sind sauber und gut geschnitten. Wenn er auch nur die Hälfte der Bücher und Zeitschriften, die er in seinem Büro hat, gelesen hat, weiß er mehr über die Vereinigten Staaten als die meisten Politiker in Washington.«

»Sie sind wahrscheinlich der einzige Westler, der lebend herumläuft und diesen Mann von Angesicht zu Angesicht kennt.«

»Das war gar kein so schreckliches Ereignis, glauben Sie mir.«

Quintana bohrte nachdenklich den Zeh in den Sand. »Eine so geheime Einrichtung so wenig zu bewachen ist eine offene Einladung für einen Überfall.«

»Nicht, wenn Velikow genau weiß, wer kommt«, sagte Pitt.

»Okay, das kubanische Radar und die russischen Spionagesatelliten können jedes Flugzeug und jedes Schiff im Umkreis von fünfzig Seemeilen aufspüren. Ein Luftangriff oder eine Landung vom Meer aus ist deshalb unmöglich. Aber mit einem U-Boot kann man diese Überwachungsmöglichkeiten mit Leichtigkeit unterlaufen.« Quintana schwieg kurz und grinste breit. »In Ihrem eigenen Fall war das Boot einfach zu winzig, um auf dem Radarschirm aufzufallen.«

»Mein Beitrag zur Entwicklung seegängiger Fahrzeuge dürfte eher bescheiden gewesen sein«, meinte Pitt grinsend. Dann wurde er wieder ernst. »Sie haben etwas übersehen.«

»Was haben wir übersehen?«

»Velikows Verstand. Sie sagen selbst, daß er ein raffinierter Geheimdienstmann ist. Er hat die Anlage nicht befestigt und mit einem Minengürtel umgeben, weil er dafür einen einfachen Grund hat: Er braucht es gar nicht. Sie und Colonel Kleist haben eine sehr optimistische Vorstellung von der Sache, wenn Sie sich darauf verlassen, mit einem U-Boot einfach seine Überwachung unterfahren zu können.«

Quintana zog die Augenbrauen zusammen. »Weiter.«

»Ich tippe auf Unterwassersensoren«, erklärte Pitt. »Velikow wird die ganze Insel mit Sensoren auf dem Meeresgrund umgeben haben, die jede Bewegung eines Unterwasser-Angreifers sofort entdecken.«

»Aber unser Spezial-U-Boot ist genau darauf konzipiert worden, solche Systeme unbemerkt zu passieren.«

»Das funktioniert nicht, wenn Velikows Fachleute die Sensoren im Abstand von weniger als fünfzig Metern aufgestellt haben. Nicht einmal ein Schwarm Fische könnte unbemerkt dort hindurchkommen. In der Garage von Velikows Zentrale habe ich mehrere Militärtansporter gesehen. Nach einer Vorwarnung hat Velikow innerhalb von zehn Minuten den Strand mit Soldaten besetzt, die jeden niederschießen können, der einen Fuß auf die Insel setzt. Ich schlage vor, daß Kleist seine elektronischen Kriegsspiele entsprechend neu programmieren läßt.«

Quintana schwieg längere Zeit. Der genau ausgearbeitete Landungsplan löste sich vor seinem inneren Auge in Nichts auf. »Unsere Computer hätten daran denken sollen«, meinte er bitter.

»Sie können nichts bedenken, was man ihnen nicht eingegeben hat«, erwiderte Pitt philosophisch.

»Sie begreifen natürlich, daß wir unter diesen Umständen die ganze Aktion abblasen müssen. Ohne das Element der Überraschung haben wir nicht die geringste Chance, die Anlage zu zerstören und Mrs. LeBaron und Ihre Freunde zu retten.«

»Da möchte ich widersprechen.«

»Sie glauben, daß Sie cleverer als unsere Computer sind?«

»Ich bin von Cayo Santa Maria entkommen, ohne entdeckt zu werden. Auf dem gleichen Weg kann ich auch Ihre Leute auf die Insel bringen.«

»Mit einer Flotte von Badewannen?« erkundigte Quintana sich sarkastisch.

»Ich dachte an eine etwas modernere Variation.«

Quintana musterte Pitt neugierig.

»Sie haben eine Idee, wie wir es trotzdem schaffen?«

»Die habe ich allerdings.«

»Und in unserer Zeitplanung bleiben können?«

»Ja.«

»Und Erfolg haben?«

»Soll ich Ihnen erst eine Versicherungspolice unterschreiben?«

Quintana spürte, wie sehr Pitt von seiner Sache überzeugt war. Er wandte sich ab und marschierte in Richtung des Lagers davon. »Kommen Sie mit, Mr. Pitt. Es ist wohl an der Zeit, daß wir Sie ein wenig arbeiten lassen.«

50

Fidel Castro saß entspannt in dem Anglerstuhl am Heck des dreißig Meter langen Kabinenkreuzers. Lässig holte er die Angelschnur ein, um sich ganz der Unterhaltung mit seinem Bruder zu widmen, der sich neben ihm auf dem Deck niedergelassen hatte.

Castros muskulöse Figur wirkte im Alter weicher und

fülliger, das lockige Haar und der stachelige Bart waren von zahllosen grauen Strähnen durchzogen, aber das revolutionäre Feuer in den dunklen Augen brannte noch so hell wie in jenen Tagen, als er vor dreißig Jahren von den Bergen der Sierra Maestra aus seine Revolution begonnen hatte.

Rauls Stimme hatte einen leicht vorwurfsvollen Klang. Fidels jüngerer Bruder stand dem Ministerrat vor und hatte seine Besorgnis über die russischen Aktivitäten oft genug zur Sprache gebracht. »Wie sollen wir in den Verhandlungen mit den Amerikanern weiterkommen, solange du einfach nur hier angelst und dich keinen Verhandlungen stellst?«

Fidel zündete sich eine Zigarre an, bevor er antwortete. »Inzwischen dürfte der Präsident begriffen haben, daß unser Angebot, die Verbindungen zu den Sowjets abzubrechen und uns auf ein Handelsabkommen mit den Vereinigten Staaten einzulassen, ehrlich gemeint ist. Aber wenn wir jetzt zu sehr auf Verhandlungen drängen, wird er nur die Bedingungen hochschrauben. Wir dürfen nicht den Eindruck erwecken, als seien wir auf ihn angewiesen. Laß ihn noch eine Weile schmoren. Wenn er verstanden hat, daß ich nicht über die Schwelle des Weißes Hauses gekrochen komme, wird er realistische Vorschläge besser aufnehmen.«

»Die Verhandlungsbereitschaft des Präsidenten wird sich noch steigern, wenn er erst im Detail erfährt, wie Antonows Leute unsere Regierung zu übernehmen gedenken.«

Fidel unterstrich die nächsten Sätze, indem er mit zackigen Bewegungen mit seiner Zigarre herumfuchtelte. »Darum lasse ich die Russen ja auch in Ruhe ihre Vorbereitungen treffen. Die amerikanischen Ängste vor einer sowjetischen Totalübernahme Kubas sind unsere beste Verhandlungsgrundlage. Je mehr die Amerikaner sehen, wie weit die Russen hier schon sind, desto mehr kommen sie uns entgegen.«

Raul leerte eine Flasche Bier und warf sie über Bord. »Aber warte nicht zu lange, großer Bruder, oder wir verlieren unseren Job.«

»Das geschieht niemals.« Fidels Gesicht zeigte ein überzeugtes Grinsen. »Ich bin alles, was die Kräfte der Revolution zusammenhält. Ich muß mich nur vor unser Volk stellen und die Verräter und den sowjetischen Plan entlarven, der unsere heilige Souveränität gefährdet. Und du wirst dann als Vorsitzender des Ministerrates verkünden, daß wir alle Beziehungen zum Kreml abbrechen. Was es jetzt an öffentlicher Unzufriedenheit gibt, wird sich gegen die Russen richten, und es wird einen nationalen Jubel ohnegleichen geben. Mit einem Schlag befreien wir uns von der massiven russischen Verschuldung und erreichen gleichzeitig die Aufhebung des Handelsembargos durch die USA.«

»Je früher, desto besser.«

»Meine nächste öffentliche Rede in Havanna wird alles klarstellen.«

Raul blickte auf den Kalender an seiner Armbanduhr. »Das sind jetzt noch fünf Tage.«

»Es ist die beste Gelegenheit für den Schlag gegen die Russen.«

»Ich würde mich wohler fühlen, wenn wir etwas genauer wüßten, wie der amerikanische Präsident zu unseren Vorschlägen steht.«

»Ich überlasse es ganz dir, mit dem Weißen Haus Kontakt aufzunehmen und ein Treffen mit amerikanischen Diplomaten während der Feierlichkeiten des Erziehungstages zu organisieren.«

»Vor deiner Rede, hoffe ich.«

»Natürlich.«

»Forderst du unser Schicksal nicht heraus, wenn du bis zum letzten Augenblick wartest?«

»Die Amerikaner werden schon mitspielen«, verkündete Castro überzeugt. »Da gibt es wenig Zweifel. Und mein Geschenk in Gestalt dieser drei russischen Kosmonauten hat ihnen eindeutig bewiesen, wie ernst es uns ist.«

Raul runzelte die Stirn. »Könnte es sein, daß sie uns bereits eine Antwort geschickt haben?«

Fidel funkelte ihn an. »Davon weiß ich nichts.«

»Ich habe nur eine vage Vermutung«, erklärte Raul nervös. »Deshalb möchte ich auch mit niemandem außer dir darüber reden. Ich glaube, der Präsident hat Raymond LeBarons Luftschiff benutzt, um auf Kuba einen geheimen Botschafter einzuschmuggeln.«

»Verdammt, wurde der nicht kürzlich von einem unserer Hubschrauber abgeschossen?«

»Dummer Übereifer der Küstenwache«, gestand Raul. »Es gab keine Überlebenden.«

Fidel wirkte zum ersten Mal leicht irritiert. »Also deshalb beschuldigt das State Department uns, Mrs. LeBaron und ihre Besatzung gefangenzuhalten?«

»Ich weiß es nicht, aber das könnte dahinterstecken.«

»Warum werde ich über diese Dinge nicht sofort genauestens informiert?«

»Du hast einen Bericht darüber erhalten, aber wie so viele andere Berichte der letzten Zeit liegt er noch ungelesen auf deinem Schreibtisch. Es ist nicht mehr einfach, an dich heranzukommen, großer Bruder. Dein Interesse für die Details dessen, was auf Kuba vorgeht, ist nicht mehr so wie früher.«

Fidel hob den Arm und winkte dem Kapitän des Kabinenkreuzers energisch zu. »Wir nehmen Kurs auf Havanna.«

»Was hast du vor?«

Fidel grinste breit. »Ich geh' auf Entenjagd.«

»Jetzt? Heute?«

»Sobald wir anlegen, werden wir uns in meinem Landsitz in der Nähe von Havanna verstecken. Du bleibst bei mir. Wir werden in den nächsten Tagen keine Anrufe entgegennehmen und keine Sitzungen besuchen. Und dann in fünf Tagen geht es los.«

»Glaubst du, daß es klug ist, den amerikanischen Präsidenten einfach warten zu lassen, während wir uns sozusagen vergraben?«

»Was kann es uns schaden? Die Räder des amerikanischen Imperialistenkarrens drehen sich langsam, aber regelmäßig. Sollte sein Botschafter tot sein, kann der Präsident nur warten, bis wir den nächsten Schritt unternehmen. Und was die Russen angeht, so haben sie noch nicht den richtigen Augenblick gefunden, um zuzuschlagen.« Er klopfte Raul auf die Schulter. »Keine Sorge, kleiner Bruder. Was soll schon in den nächsten fünf Tagen passieren, das wir beide, du und ich, nicht unter Kontrolle haben?«

Genau das fragte Raul sich gerade. Und er wunderte sich, warum es ihn plötzlich unter der heißen karibischen Sonne so fröstelte.

Es war kurz nach Mitternacht, und General Velikow stand steif neben seinem Schreibtisch, als die Tür des Aufzugs sich öffnete und der Genosse Maisky den Arbeitsraum betrat.

Velikow begrüßte ihn kühl. »Genosse Maisky, welch unerwartetes Vergnügen.«

»Genosse General.«

»Kann ich Ihnen eine Erfrischung anbieten?«

»Dieses feuchte Wetter hier ist ein Fluch«, erwiderte Maisky und wischte sich mit der Hand über die schweißnassen Augenbrauen. »Ich könnte ein Glas eisgekühlten Wodka vertragen.«

Velikow griff nach dem Telefon und gab eine kurze Bestellung durch. Dann wies er auf den nächsten Stuhl. »Bitte, machen Sie es sich doch bequem.«

Maisky ließ sich schwer in einen weichen Ledersessel sinken und gähnte. Der Klimawechsel machte ihm zu schaffen. »Es tut mir leid, daß man Sie vor meinem Besuch nicht warnen konnte, General, aber Genosse Polevoj dachte, um das Risiko eines Mithörens der USA auszuschließen, besser gar nicht erst eine Funknachricht über meine Reise vorauszuschicken.«

Velikow hob die Augenbrauen und musterte Maisky nachdenklich. »Neue Instruktionen?«

»Ja, es geht um eine äußerst anspruchsvolle Operation.«

»Ich hoffe, der Chef des KGB befiehlt nicht, daß wir unser Castro-Projekt absagen müssen.«

»Ganz im Gegenteil. Ich bin sogar beauftragt, Ihnen zu sagen, daß die Schiffe mit der georderten Fracht einen halben Tag vor der geplanten Zeit im Hafen von Havanna eintreffen werden.«

Velikow nickte dankbar. »Wir können jedes bißchen zusätzlicher Zeit gut brauchen.«

»Gibt es irgendwelche Probleme?« erkundigte sich Maisky.

»Alles läuft ohne Schwierigkeiten.«

»Alles?« wiederholte Maisky. »Genosse Polevoj war nicht sehr glücklich über die Flucht eines Ihrer Gefangenen.«

»Es gibt keinen Grund zur Besorgnis. Ein Fischer fand die Leiche des Entflohenen in seinen Netzen. Das Geheimnis dieser Anlage hier ist absolut sicher.«

»Und was ist mit den anderen? Sie werden wissen, daß das State Department inzwischen offiziell die Auslieferung bei den kubanischen Behörden beantragt hat.«

»Ein primitiver Bluff«, erwiderte Velikow.

»Der CIA hat nicht die geringste Ahnung, ob seine Kommandoeinheit noch lebt. Allein die Tatsache, daß man in Washington eine Forderung an die Kubaner gestellt hat und nicht an uns, zeigt deutlich, daß sie nur mit einem Stock im dunkeln herumstochern.«

»Die Frage ist, wonach sie stochern!« Maisky schwieg einen Augenblick und nahm ein Platin-Zigarettenetui aus seiner Brusttasche. Er zündete sich eine lange, filterlose Zigarette an und blies den Rauch zur hohen Decke hinauf. »Nichts darf *Rum and Cola* aufhalten.«

»Castro wird seine Rede wie angekündigt halten.«

»Können wir sicher sein, daß er sich nicht plötzlich dazu entschließt, sie abzusagen?«

»Wenn die Geschichte sich wiederholt, befinden wir uns auf festem Boden. El Jefe Maximo hat noch niemals die Gelegenheit, eine Rede zu halten, ausgelassen.«

»Sieht man von Unfällen, plötzlichen Erkrankungen oder Wirbelstürmen ab.«

»Manche Dinge befinden sich jenseits menschlicher Kontrolle, aber ich denke nicht daran, in diesem Fall ein Versagen zu erlauben.«

Ein uniformierter Posten erschien mit einer gekühlten Flasche Wodka und einem Glas. »Nur ein Glas, General? Halten Sie nicht mit?«

»Vielleicht später einen Brandy.«

Velikow wartete geduldig, bis Maisky ein Drittel der Flasche heruntergeschüttet hatte. Dann griff er an.

»Darf ich fragen, was der Stellvertreter des Leiters des Ersten Direktoriums mir über meine neuen Operationspläne mitzuteilen hat?«

»Natürlich«, verkündete Maisky gutgelaunt. »Sie haben Ihre gesamten elektronischen Möglichkeiten dafür zu nutzen, um das Space Shuttle der Vereinigten Staaten durch Funkbefehle zu einer Notlandung in Kuba zu zwingen.«

»Habe ich Sie richtig verstanden?« fragte Velikow verblüfft nach.

»Ihre Befehle, die Sie direkt vom Genossen Antonow erhalten, lauten, daß Sie in die Computer-Fernkontrolle des Landeanflugs der *Gettysburg* einbrechen und das Schiff durch Überlagerung der Codes so fernsteuern, daß es auf unserem Militärflughafen Santa Clara niedergeht statt in Cape Canaveral.«

Eine Weile starrte Velikow den KGB-Offizier mit gerunzelter Stirn an, als hätte er es mit einem Verrückten zu tun. »Wenn ich mir dieses Urteil erlauben darf: Es handelt sich um den verrücktesten Plan, den das Direktorat jemals ersonnen hat.«

»Alles ist von unseren Raum-Wissenschaftlern genauestens ausgearbeitet worden«, widersprach Maisky freundlich. Er stieß mit dem Fuß an seine große Aktentasche.

»Die Daten befinden sich alle hier in den Computer-Disketten, von denen Ihr Stab sie übernehmen kann.«

»Meine Leute sind Nachrichteningenieure.« Velikow wirkte verloren und tatsächlich leicht verunsichert. »Sie haben von den Besonderheiten des Raumflugs keine Ahnung.«

»Das müssen sie auch nicht. Die Computer werden alles für sie erledigen. Die Programme habe ich ja mitgebracht. Alles, was Sie zu tun haben, ist die Überlagerung der Steuer-Sendungen des Kontrollzentrums in Houston, so daß wir die unmittelbare Kontrolle des Shuttles übernehmen können.«

»Wann soll das alles passieren?«

»Nach den Plänen der NASA wird die *Gettysburg* den Eintritt in die Erdatmosphäre in neunundzwanzig Stunden beginnen.«

Velikow schüttelte noch einmal den Kopf. Aber dann fiel der Schock der Überraschung langsam von ihm ab, und er gewann wieder seine gewohnte Selbstkontrolle zurück, sein Verstand arbeitete mit der ruhigen Professionalität des erfahrenen Geheimdienstmannes. »Natürlich werde ich Ihnen jede Unterstützung gewähren, die möglich ist, aber ich kann mir nicht verkneifen, noch einmal darauf hinzuweisen, daß wir hier ein mittleres Wunder vollbringen müssen.«

Maisky schüttete das nächste Glas Wodka in sich hinein und überging Velikows Pessimismus mit einer Handbewegung. »Glauben Sie einfach nicht an Wunder, sondern an die Genialität sowjetischer Wissenschaftler und Ingenieure, General. Damit werden wir es schaffen, das beste Fahrzeug des amerikanischen Raumflugprogrammes sicher auf eine Landebahn in Kuba zu zwingen.«

Giordino musterte mißtrauisch den Teller auf seinem Schoß. »Erst füttern sie uns mit dem letzten Dreck und jetzt gibt es die besten Steaks und Eier. Ich traue diesen Bastarden nicht. Wahrscheinlich haben sie es mit Arsen gewürzt.«

»Die billige russische Foltermethode, erst wollen sie uns wieder hochpäppeln, damit sie uns anschließend noch besser fertigmachen können«, erklärte Gunn und verschlang hungrig sein Fleisch. »Aber ich ignoriere das einfach.«

»Der Irre aus Raum sechs hat uns jetzt schon drei Tage in Ruhe gelassen. Da stinkt irgend etwas.«

»Hättest du denn gern noch eine gebrochene Rippe?« murmelte Gunn zwischen zwei Bissen.

Giordino stocherte mit der Gabel in dem Rührei herum, gab dann auf und probierte es. »Wahrscheinlich mästen sie uns für das Schlachtfest.«

»Ich hoffe nur, daß sie Jessie ebenfalls besser behandeln.«

»Sadisten wie Gly macht es besonders an, wenn sie Frauen schlagen können.«

»Hast du dich eigentlich je gefragt, warum Velikow nie auf Glys Parties mit dabei ist?«

Plötzlich wurde die Tür aufgerissen, und Foss Gly betrat die Zelle. Seine dicken, wulstigen Lippen öffneten sich zu einem Lächeln, aber die Augen waren dunkel, schwarz und leer wie immer. »Schmeckt Ihnen das Essen, Gentlemen?«

»Sie haben den Wein vergessen«, beschwerte Giordino sich gleichmütig. »Und mein Steak ist etwas zu sehr durchgebraten.«

Gly trat näher, und bevor Giordino ahnte, was ihm blühte, wurden seine Rippen mit einem kräftigen Schwinger bombardiert.

Giordino keuchte. Sein Körper schüttelte sich wie in einem Krampf. Sein Gesicht wurde aschfahl, und doch schaffte er es, verzerrt zu grinsen. Gunn stemmte sich mit einem Arm von seinem Lager hoch und schleuderte den Teller mit dem Steak nach Glys Kopf. Die Eier verteilten sich auf den Wangen des Folterknechts, während das Fleisch einen Volltreffer auf dem Mund landete.

»Eine dumme Reaktion«, verkündete Gly mit gefährlich leiser Stimme. »Das wird euch noch leid tun.« Er packte nach Gunns gebrochenem Knöchel und drehte ihn, bis er knirschte.

Gunn biß sich die Lippen blutig, aber er gab keinen Laut von sich. Gly trat zurück und studierte ihn fasziniert. »Für einen so kleinen Mann bist du ein harter Kerl – sehr hart.«

»Kriech zurück in dein Loch, du Ratte«, keuchte Giordino, der noch immer um Atem rang.

»Wie eigensinnig«, meinte Gly unbeeindruckt. Für eine

Sekunde flackerte etwas in seinen Augen auf, dann kehrte die übliche schwarze Leere zurück. »Ach, ihr habt mich abgelenkt. Ich wollte euch eigentlich Neuigkeiten von eurem Freund Dirk Pitt bringen.«

»Was ist mit ihm?«

»Er hat einen Fluchtversuch unternommen und ist dabei ertrunken.«

»Du lügst«, rief Gunn.

»Ein Fischer von den Bahamas hat ihn gefunden. Das amerikanische Konsulat hat die Leiche bereits identifiziert, oder besser gesagt, das, was die Haie von ihm übriggelassen haben.« Dann wischte Gly sich die Eier aus dem Gesicht, nahm das Steak von Giordinos Teller, warf es auf den Boden und bohrte seinen Absatz hinein. »Guten Appetit, Gentlemen.«

Er marschierte aus der Zelle und schloß die Tür hinter sich.

Giordino und Gunn sahen sich schweigend an, während es ihnen langsam dämmerte. Dann leuchteten ihre Gesichter in einem befreiten Lachen auf.

»Er hat es geschafft!« schrie Giordino, dessen Erleichterung den Schmerz verdrängte. »Dirk hat es geschafft.«

51

Die offiziellen Arbeiten der Raumstation *Columbus* waren: die Herstellung exotischer Medikamente, die Züchtung von Kristallen für Computer-Chips und die Beobachtung von Gammastrahlen. Aber ihren eigentlichen Nutzwert erzielte diese vierzig Tonnen schwere Siedlung durch die Reparatur und Wartung von Satelliten.

Jack Sherman, der Kommandant der Station, befand sich gerade bei solchen Wartungsarbeiten in der luftleeren Schleusenkammer der Station, als er zum ersten Mal von den merkwürdigen Funksprüchen erfuhr. Der Wachhabende aus der Zentrale unterrichtete ihn per Helmfunk von einem merkwürdigen Anruf auf der geschützten Frequenz der Station. Zehn Minuten später stand Sherman in der Zentrale neben der Funkkonsole. Die Art des Anrufes hatte selbst ihn als alten Hasen der NASA neugierig gemacht.

»Bitte identifizieren Sie sich!« rief der Funkingenieur immer wieder in das Mikrofon.

Nach längerer Pause kam die erwartete Antwort: »*Columbus*, hier spricht Jersey Colony. Bitten um Genehmigung, bei Ihrer Station anzudocken.«

Der Ingenieur sah Sherman nachdenklich an und schüttelte den Kopf. »Was halten Sie davon? Muß ein Irrer von der Erde sein, der unsere Frequenz aufgespürt hat.«

Sherman beugte sich über die Konsole. »Jersey Colony oder wer immer da ruft, Sie senden auf einem reservierten NASA-Kanal. Dies ist eine ernsthafte Störung der Weltraum-Operation. Bitte unterlassen Sie sofort weitere Sendungen.«

»Keinesfalls«, kam die Antwort der unbekannten Stimme. »Unser Mondlandefahrzeug wird in zwei Stunden ein Rendezvous-Manöver mit Ihnen beginnen. Bitte erteilen Sie uns Anweisung für die Andock-Prozedur.«

»Mondlandefahrzeug?« Shermans Gesicht spiegelte aufkeimenden Ärger. »Houstonkontrolle, haben Sie mitgehört?«

»Hören mit«, kam die Stimme des Wachhabenden aus dem Weltraumzentrum in Houston.

»Was halten Sie davon?«

»Wir versuchen den Sender anzupeilen, *Columbus*. Bleiben Sie dran.«

»Ich weiß nicht, wer Sie sind, Bürschchen«, schnappte Sherman, »aber Sie handeln sich gerade ziemlichen Ärger ein.«

»Mein Name ist Eli Steinmetz. Bitte halten Sie alle medizinische Hilfe bereit, die Sie zur Verfügung haben. Es befinden sich zwei verwundete Männer an Bord.«

Sherman schlug mit der Faust auf die Funkkonsole. »Das ist verrückt.«

»Mit wem spreche ich?« erkundigte sich Steinmetz.

»Es spricht Jack Sherman, Kommandant der *Columbus.*«

»Entschuldigen Sie unser Eindringen in Ihre Funkkanäle, Sherman, aber ich hatte gedacht, man hätte Sie bereits von unserer bevorstehenden Ankunft unterrichtet.«

Bevor Sherman antworten konnte, meldete sich das Weltraumzentrum von Houston.

»*Columbus*, die Sendungen kommen nicht von der Erde, wiederhole, nicht von der Erde. Der Sender befindet sich im Weltraum.«

»In Ordnung, ihr Burschen da draußen, was soll das Ganze?«

Die Stimme des NASA-Direktors für Raum-Operationen meldete sich auf dem gleichen Kanal. »Hat alles seine Richtigkeit, Jack, hier spricht Erwin Mitchell. Bereite die Crew darauf vor, Steinmetz und seine Kolonisten an Bord zu nehmen.«

»Was für Kolonisten?«

»Wurde aber auch Zeit, daß sich jemand vom *Harten Kern* blicken läßt«, funkte Steinmetz. »Einen Augenblick dachte ich schon, wir müßten die Tür einrennen.«

»Tut mir leid, Eli. Der Präsident hielt es für das beste, alles so unauffällig wie möglich abzuwickeln, bevor Sie in Reichweite der *Columbus* sind.«

»Würde mir vielleicht jemand erklären, was hier eigentlich vorgeht?« verlangte Sherman außer Atem.

»Eli wird euch alles erklären, sobald er bei euch ist«, antwortete Mitchell. Dann wandte er sich an Steinmetz. »Haben Sie Verwundete?«

»Denen geht es ganz gut, aber einer braucht einen vernünftigen Chirurgen. Er hat eine Kugel im Rückgrat.«

»Du hast es gehört, Jack«, sagte Mitchell. »Alarmiere die Crew des Shuttles. Wahrscheinlich müssen wir die Landung vorverlegen.«

»Darum kümmere ich mich«, versprach Sherman. Seine Stimme hatte sich wieder beruhigt, aber er war viel zu erfahren, um nicht zu begreifen, daß hier etwas Einmaliges für die amerikanische Raumfahrt vorging. »Wo, zum Teufel, kommt sie eigentlich her ... diese Jersey Colony?«

»Würdest du glauben, daß sie vom Mond kommt?« antwortete Mitchell.

»Nein«, sagte Sherman kategorisch. »Das würde ich, verdammt noch mal, nicht glauben.«

Der Theodor-Roosevelt-Raum des Weißen Hauses wurde als Sitzungszimmer für besondere Gelegenheiten reserviert. Der Präsident schätzte den Raum wegen seiner intimen Atmosphäre, vielleicht auch, weil er keine Fenster hatte. Diesmal hatte er hier eine besondere Gruppe zusammengerufen, die Funktionen wahrnahm, wie sie sonst dem Nationalen Sicherheitsrat zukamen. Er hatte auch vermieden, die in Frage kommenden Punkte zu Themen der Kabinettssitzungen zu machen. Um den Tisch versammelt befanden sich der Verteidigungsminister Jess Simmons, CIA-Direktor Martin Brogan, Dan Fawcett und Leonard Hudson. Ebenfalls anwesend waren der Außenminister Douglas Oates, der Sicherheitsberater Alan Mercier und Luftwaffengeneral Alan Post, der die militärischen Raumprogramme leitete.

Seit über einer Stunde hatte Hudson die Konferenzteilnehmer ausführlich in die Geheimnisse der Jersey Colony eingeweiht. Über das Stadium der verblüfften Bewunderung und begeisterten Zustimmung war man längst hinaus, und inzwischen hatte das Gespräch sich den Problemen mit den Sowjets zugewandt.

»Sobald die Jersey-Kolonisten sicher auf Cape Canaveral gelandet sind«, sagte der Präsident, »kann ich Antonow vielleicht damit besänftigen, ihm einen Teil der riesigen Datenmenge zugänglich zu machen, die Steinmetz und sein Team für uns mitbringen.«

»Warum sollen wir etwas verschenken?« wollte Simmons wissen. »Sie haben uns schon genug von unserer Technologie gestohlen.«

»Daran kann es keinen Zweifel geben«, erwiderte der Präsident. »Aber wenn ich in Antonows Lage wäre, würde ich nicht schweigend zusehen, wie vierzehn unserer Kosmonauten umgebracht werden.«

»Da muß ich Ihnen beipflichten, Mr. Präsident«, meldete sich der Außenminister zu Wort. »Aber wenn Sie sich tatsächlich in Antonows Lage versetzen können, was für eine Vergeltungsmaßnahme würden Sie an seiner Stelle einleiten?«

»Das ist einfach«, mischte General Post sich ein. »Wenn ich Antonow wäre, mein Befehl würde lauten, die *Columbus* abzuschießen.«

»Ein furchtbarer Gedanke, aber einer, den wir sehr ernst nehmen müssen«, erklärte Brogan. »Die Sowjets müssen sich in diesem Fall wirklich im heiligsten Recht fühlen, unsere Station vom Himmel zu schießen.«

»Oder das Shuttle und seine Crew«, fügte Post hinzu.

Der Präsident musterte seinen General. »Können wir *Columbus* und die *Gettysburg* in irgendeiner Form schützen?«

Post schüttelte den Kopf. »Unsere Laser-Verteidigungssysteme sind noch nicht einsatzbereit. Das wird noch mindestens zwei Jahre dauern. Solange sich die Station und der Shuttle im Weltraum befinden, sind sie eine leichte Beute für die eintausendvierhundert Killer-Satelliten der Sowjets. Für die *Gettysburg* können wir einen sicheren Schutz erst bieten, sobald sie wieder in die Atmosphäre eingetreten ist.«

Der Präsident wandte sich an Brogan. »Was halten Sie davon, Martin?«

»Ich glaube nicht, daß sie die *Columbus* angreifen. Damit würden sie uns geradezu zu Vergeltungsaktionen gegen ihre eigene Raumstation *Saljut 10* herausfordern. Ich glaube, sie werden etwas mit dem Shuttle versuchen.«

Betroffenes Schweigen breitete sich aus, während alle Konferenzteilnehmer sich bemühten, eine Aktionslinie für die Situation zu finden. Hudson meldete sich als erster wieder zu Wort. »Wir haben etwas übersehen«, sagte er fast gleichmütig.

»Was denn?« erkundigte sich Fawcett.

»Den eigentlichen Zweck ihres Angriffs auf die Jersey Colony.«

Brogan griff den Gedanken auf. »Sie wollten das Gesicht wahren, indem sie jede Spur unseres Erfolges in der Mondforschung beseitigten.«

»Nicht beseitigen, sie wollten alles für sich selbst haben«, verkündete Hudson entschieden. »Der Mord an den Kolonisten war nicht als Strafaktion im biblischen Sinne gemeint. Jess Simmons hat den richtigen Fingerzeig gegeben. Für das Denken des Kremls ist es erheblich wichtiger, eine funktionsfähige Mondbasis in die Hand zu bekommen und sich dort kostenlos mit unserer Technologie, den Forschungsergebnissen und den Resultaten von zwanzig Jahren harter Arbeit versorgen zu können. Rache stand nur an zweiter Stelle der Motive.«

»Das scheint mir eine kluge Überlegung«, bestätigte Oates. »Nur jetzt, nachdem unsere Kolonisten auf dem Rückflug sind, steht die Kolonie jedem Zugriff schutzlos offen.«

»Mit unserem Mondlandefahrzeug haben wir innerhalb von zwei Wochen eine neue Crew dort oben«, beruhigte ihn Hudson.

»Aber es warten doch noch zwei Kosmonauten in der *Selenos 8*«, erinnerte sich Simmons. »Was hindert sie daran, einfach in die Kolonie zu marschieren und sie zu übernehmen?«

»Ich muß mich entschuldigen«, erklärte Hudson. »Ich habe vergessen, Ihnen zu erzählen, daß Steinmetz die fünf toten Russen zurück zum russischen Landefahrzeug gebracht und verladen hat. Dann hat er die überlebende Crew gezwungen zu starten, indem er ihnen mit dem Raketenwerfer drohte. Sie haben relativ schnell die Rückreise angetreten.«

»Der Sheriff hat seine Stadt gesäubert«, bemerkte Brogan bewundernd. »Ich kann es gar nicht erwarten, diesem Teufelskerl die Hand zu schütteln.«

»Aber das hat seinen Preis gekostet«, rief Hudson ins

Gedächtnis. »Steinmetz bringt zwei Schwerverletzte und einen Toten mit zurück.«

»Wie ist der Name des Toten?« erkundigte sich der Präsident.

»Dr. Kurt Perry, ein brillanter Biochemiker.«

Der Präsident nickte zu Fawcett hinüber. »Sorg du dafür, daß er hier unten eine würdevolle Beerdigungszeremonie und posthume Ehrungen erhält.«

General Post brachte die Runde wieder zum eigentlichen Kern der Diskussion zurück. »Okay, wenn die Sowjets die Kolonie nicht übernehmen können, was bleibt ihnen dann?«

»Die *Gettysburg*«, antwortete Hudson. »Die Russen haben noch immer eine Chance, sich mit einem Piratenhandstreich unserer Forschungsergebnisse zu bemächtigen.«

»Indem sie das Shuttle im Raum stehlen?« fragte Simmons sarkastisch. »Ich wußte gar nicht, daß sie da drüben einen Raumtransporter bereitstehen haben.«

»Den brauchen sie nicht«, wies Hudson ihn zurecht. »Es ist technisch ohne weiteres möglich, in das Landeprogramm des Flugleitsystems falsche Daten einzuspeisen. Man braucht den Computer per Funk von der Erde nur mit falschen Daten zu füttern – ich meine den Bordcomputer der *Gettysburg*. Es gibt da eine ganze Reihe durchaus praktikabler Möglichkeiten, denn der Landeanflug des Shuttles wird weitgehend durch die Daten aus Houston gesteuert. Theoretisch kann man das Shuttle zur Landung in einem Umkreis von gut tausend Kilometern um Cape Canaveral zwingen, ohne daß die Besatzung etwas merkt, bevor es zu spät ist.«

»Aber die Piloten können doch das automatische System abschalten und das Shuttle wieder selbst fliegen«, protestierte Post.

»Nicht, wenn sie einfach annehmen, daß die Raumflugzentrale in Houston ihnen die Daten geschickt hat. Sie müssen ja überhaupt erst einmal merken, daß etwas nicht stimmt.«

»Ist so etwas denn wirklich möglich?« erkundigte sich der Präsident ungläubig.

Alan Mercier nickte. »Vorausgesetzt, die Sowjets haben einen Sender mit der ausreichenden Kapazität, sich über den Funkverkehr zwischen Houston und dem Shuttle zu legen, können sie direkt auf den Kurs Einfluß nehmen. Es ist einfach eine Frage der elektronischen Kapazität.«

Der Präsident wechselte einen grimmigen Blick mit Brogan.

»Cayo Santa Maria«, murmelte Brogan verzweifelt.

»Eine Insel im Norden von Kuba mit einer sehr starken Sende- und Empfangsanlage, die wahrscheinlich einen solchen Job ausführen könnte«, erklärte der Präsident den anderen.

»Dann wird uns nichts anderes übrigbleiben, als einen Plan zu entwickeln, wie wir diese Anlage neutralisieren können«, schlug Post vor.

Brogan lächelte. »Erfreulicherweise fügt es sich gerade so, daß eine entsprechende Operation bereits angelaufen ist.«

Post lächelte zurück. »Wenn Sie planen, was ich denke, dann will ich gar nicht wissen, was genau es ist.«

»Es gibt da Gerüchte, daß ein Teil des kubanischen Militärs eine direkte Aktion gegen eine sowjetische Installation auf Kuba plant, die noch heute um Mitternacht ausgeführt werden soll.«

»Und wann soll das Shuttle mit dem Landeanflug beginnen?« fragte Alan Mercier.

»Fünf Uhr morgens«, antwortete Post.

»Damit ist ja alles geregelt«, verkündete der Präsident. »Informieren Sie den Kommandanten der *Columbus*, daß die *Gettysburg* noch so lange angedockt bleibt, bis wir eine sichere Rückkehr garantieren können.«

Alle am Tisch schienen für die Augenblick beruhigt zu sein – alle außer Hudson. Er wirkte wie ein Junge, dem man gerade sein Lieblingsspielzeug weggenommen hatte. »Ich wünschte nur«, murmelte er zu niemand Bestimmtem, »daß das alles so einfach wäre.«

52

Maisky hatte ausgiebig den Kontrollraum von Velikows Sendeanlage inspiziert. Während um ihn und Velikow geschäftige Aktivitäten herrschten, blickte Maisky lange und schweigend auf die Bildschirme, auf denen der Funkverkehr zwischen der amerikanischen Raumstation und der NASA in Houston aufgezeichnet wurde.

»Wenn ich die Daten auf dem Monitor richtig verstehe«, meinte er schließlich zu Velikow, »dann hat Houston gerade der *Gettysburg* befohlen, ihren Abflug zu verschieben. Mir gefällt das nicht besonders.«

»Aber daran ist nichts Verdächtiges«, erklärte Velikow dem Genossen aus Moskau. »Der Präsident hat wahrscheinlich eine große Propaganda-Kampagne vorbereitet, die der Welt den amerikanischen Weltraum-Triumph verkünden soll. Dazu wird er einen geeigneten Landetermin suchen.«

»Oder er hat etwas von unseren Plänen erfahren.« Maisky wirkte versonnen und nachdenklich. Schon seit einer halben Stunde schien ihm etwas im Kopf herumzugehen.

Velikow musterte ihn leicht amüsiert. »Wenn es tatsächlich etwas geben könnte, das unsere Pläne stört, kann ich jederzeit die Frequenz des Kontrollzentrums in Houston überlagern und dem Shuttle falsche Befehle durchgeben.«

»Das können Sie tun?«

»Ich kann es.«

»Einen Befehl so simulieren, daß dieses Shuttle die Station verläßt und von sich aus mit der Landung beginnt?«

»Ja.«

»Und den Kommandant der Station und den des Shuttles so täuschen, daß sie glauben müssen, eine bekannte Stimme von der Erde über Funk zu hören?«

»Sie werden keinen Unterschied feststellen können. Unsere Computer-Stimmen-Synthesizer sind mit den Stimmen, den Akzenten und den sprachlichen Eigenheiten von über zwanzig NASA-Spezialisten gefüttert worden. Was wir senden, sind die Stimmen dieser Leute, selbst ein Computer könnte keinen Unterschied feststellen.«

»Wie können Sie Houston daran hindern, den Befehlen sofort zu widersprechen?«

»Ich kann die Sendungen aus Houston mit einem Störsender überlagern, bis es zu spät ist, das Shuttle zurückzurufen. Wenn die Instruktionen, die sie uns von unseren russischen Wissenschaftlern mitgebracht haben, richtig sind, dann können wir damit das Steuersystem des Shuttles übernehmen und mit Daten füttern, die eine Landung auf Santa Clara erzwingen.«

Maisky sah Velikow noch eine Weile nachdenklich an, dann zuckte er mit den Achseln. Schließlich sagte er: »Tun Sie das, und tun Sie das sofort.«

Der Präsident schlief fest, als das Telefon neben seinem Bett läutete. Er rollte sich zur Seite und warf einen schnellen Blick auf die Leuchtziffern seiner Armbanduhr. Zehn nach ein Uhr morgens. Dann hob er ab. »Ja, bitte?«

Die Stimme, die ihm antwortete, war die von Dan Fawcett. »Tut mir leid, Sie wecken zu müssen, Mr. Präsident, aber es ist etwas geschehen, über das Sie Bescheid wissen müssen.«

»Ich höre. Was gibt es?«

»Ich habe gerade einen Anruf von Erwin Mitchell aus Houston bekommen. Er teilte mit, daß die *Gettysburg* von *Columbus* abgekoppelt hat und sich im Orbit zur Vorbereitung des Eintritts in die Erdatmosphäre befindet.«

Der Präsident saß sofort aufrecht im Bett und weckte seine Frau neben sich auf. »Wer hat den Rückkehrbefehl gegeben?« wollte er wissen.

»Mitchell kann es nicht erklären. Die Kommunikation zwischen Houston und der Raumstation ist seit zwei Stunden wegen eines nicht näher definierbaren Störsenders ausgefallen.«

»Woher weiß er dann von dem Abkoppeln des Shuttles?«

»General Fisher läßt jeden Vorgang an der *Columbus* von Colorado Springs aus über die Weltraumbeobachtungsstellen des Pentagon überwachen. Das Abkopplungsmanöver der *Gettysburg* konnte genau beobachtet werden. Er rief mich sofort an, nachdem er darüber unterrichtet worden war.«

Der Präsident schlug verärgert mit der Faust auf seine Matratze. »Verdammt!«

»Ich habe mir erlaubt, schon einmal Jess Simmons zu alarmieren. Er hat bereits zwei Luftwaffenstaffeln Startbefehl gegeben, damit sie das Shuttle eskortieren und schützen können, sobald es in die Atmosphäre eingetreten ist.«

»Wieviel Zeit haben wir noch bis zur Landung der *Gettysburg*?«

»Wenn alles wie bei einer üblichen Landung verläuft, dann dürften zwischen Abkoppeln und Aufsetzen etwa zwei Stunden liegen.«

»Die Russen sitzen uns im Nacken.«

»Das scheint wohl der Fall zu sein«, bestätigte Fawcett. »Natürlich wissen wir es nicht mit Sicherheit, aber alles deutet auf einen Störsender aus Kuba hin, mit dem wir ja bereits gerechnet haben.«

»Wann wird Brogans Spezialkommando auf Cayo Santa Maria landen?«

»Um zwei Uhr.«

»Wer wird den Einsatz leiten?«

Am anderen Ende der Leitung raschelte Papier. »Ich schaue gerade im CIA-Report von gestern nach. Die Leitung hat Colonel Ramon Kleist.«

»Den kenne ich, ein zuverlässiger Mann. Hat die Ehrenmedaille des Kongresses verliehen bekommen.«

»Dirk Pitt wird bei dem Kommando sein.«

»Der Mann hat schon viel zuviel für uns getan.« Der Präsident seufzte leise. »Ist seine Gegenwart wirklich nötig?«

»Entweder Pitt oder niemand«, erklärte Fawcett. »Ohne ihn wird es nicht gehen.«

»Wird das Kommando die Sendeanlagen rechtzeitig zerstören können?«

»Um ehrlich zu sein, es wird eine knappes Rennen.«

»Sagen Sie Jess Simmons Bescheid, daß er mich in einer halben Stunde im Krisenraum trifft«, erklärte der Präsident düster. »Wenn irgend etwas schiefgeht, haben wir wohl nur noch die Alternative, die *Gettysburg* und ihre wertvolle Fracht vor den Sowjets zu schützen, indem wir das Shuttle abschießen. Haben Sie mich verstanden, Dan?«

»Ja, Sir«, sagte Fawcett betroffen. »Ich werde alles Notwendige vorbereiten.«

53

»Alle Maschinen stop«, befahl Kleist. Er überprüfte die Position noch einmal auf der Seekarte vor ihm im kleinen Kommandoraum des U-Bootes. »Wir befinden uns sieben Meilen östlich von Cayo Santa Maria. Näher können wir mit unserem kleinen Schleich-Boot nicht rangehen.«

Major Quintana trug bereits seinen tarnfarbenen Kampfanzug. Er beugte sich ebenfalls über die Karte und deutete auf eine gelbe Markierung. »Das wird uns gut vierzig Minuten kosten, die Insel zu umfahren und von der kubanischen Seite her anzulaufen. Ein Glück, daß die See so ruhig und der Mond hinter den Wolken verschwunden ist. Draußen ist es rabenschwarz.«

»Leider bringt das auch seine Nachteile. Wir wissen nicht, wo ihr landet. Es kann meilenweit von unserem Ziel entfernt sein.«

Kleist wandte sich um und starrte eine hochgewachsene, lässig wirkende Gestalt an, die an einer Verstrebung des U-Bootes lehnte. Der Mann trug einen Kampfanzug wie Quintana. Die durchdringenden grünen Augen erwiderten Kleists Blick gleichmütig.

»Und Sie können uns immer noch keine genaueren Ortsangaben machen?«

Pitt lächelte offen und entgegnete einfach: »Nein.«

»Sie machen uns nicht gerade Mut«, erwiderte Quintana erbost.

»Mag ja sein, aber ich bin wenigstens ehrlich. Was erwarten Sie von mir? Wir sind während eines Sturms gelandet, und ich bin mitten in der Nacht geflohen. Ich habe die Insel nie bei Tageslicht gesehen. Das Gelände besteht aus Büschen, Palmen und Sand. Es gibt keine Hügel, keine markanten Punkte. Die Antennenanlage und der Stützpunkt sind durch eine Straße, die am Strand entlangführt, verbunden. Egal, wo wir landen, wir werden an Land gehen und vorstoßen, bis wir auf die Straße treffen. Dann geht es nach links zum Stützpunkt und nach rechts zu der Antenne. Mehr weiß ich einfach nicht.«

Quintana nickte resigniert. »Unter diesen Umständen können wir wohl nicht mehr verlangen.«

Ein Offizier der U-Bootbesatzung reichte Kleist einen Funkspruch. Er überflog das Blatt und gab es dann an Quintana weiter, der es gemeinsam mit Pitt studierte. Washington unterrichtete sie davon, daß die Landung auf der Insel höchste Eile hatte. Es sah so aus, als hätten die Russen mit ihren Super-Sendeanlagen das Space-Shuttle übernommen und mit falschen Daten zu einer Landung auf Kuba gezwungen. So, wie es jetzt aussah, würde das Shuttle um drei Uhr vierzig auf kubanischem Boden aufsetzen.

»Nett von ihnen, uns noch eben zu warnen«, meinte Pitt grimmig. »Noch zwei Stunden bis drei Uhr vierzig.«

Quintana sah Kleist durchdringend an. »Können die Sowjets sich wirklich erlauben, so etwas zu machen?«

Kleist hörte ihm gar nicht zu. Er fuhr mit einem kleinen Bleistift über die Karte und markierte den Kurs um Cayo Santa Maria herum. »Wo, glauben Sie, befindet sich die Antenne ungefähr?«

Pitt nahm ihm den Bleistift ab und machte ein kleines

Kreuz auf dem Schwanz der Insel, die auf der Karte wie ein langgezogener Fisch wirkte.

»Das ist aber nur eine blinde Vermutung.«

»In Ordnung. Wir werden Sie mit einem kleinen wasserdichten Sender und Empfänger ausstatten. Ich werde Ihre Signale von hier aus auffangen und über den Bordcomputer Ihre genaue Position errechnen, um Sie dorthin zu führen.«

»Dann sind Sie aber nicht der einzige, der uns anpeilen kann.«

»Ein kleines Risiko, das wir eingehen müssen, um wertvolle Zeit zu gewinnen. Sie werden schneller die Antenne in die Luft jagen können, als sich einen Weg in das Innere des Stützpunkts zu erkämpfen. Das Wichtigste ist, die *Gettysburg* der russischen Kontrolle zu entziehen.«

»Das klingt vernünftig.«

»Wenn Sie einverstanden sind«, meinte Kleist ruhig, »dann würde ich den Gentlemen jetzt vorschlagen, sich auf den Weg zu machen.«

Auf dem Deck des aufgetauchten Spezial-U-Bootes, das eigens für geheime Transport-Aktionen des CIA konstruiert worden war, versammelte sich Quintanas Einsatzkommando. Alle Männer waren Exil-Kubaner und trugen Kampfuniformen der kubanischen Streitkräfte. Das letzte Stück des Weges würden sie in sogenannten Dashers zurücklegen, Pitts Geheimwaffe. Mit diesen kleinen Rennbooten würde man die Radarkontrollen von Cayo Santa Maria umgehen können.

Dashers waren im Grunde nichts anderes als zwei nebeneinanderliegende zusammengeschweißte Torpedos, auf denen der Pilot lag, jedes Bein an einem der Antriebsaggregate, in der Hand ein kleines Steuer, nicht unähnlich dem eines Wagens. Angetrieben wurde das Gefährt von Elektrobatterien, die einen Wasser-Jet-Motor mit Energie versorgten, so daß man etwa drei Stunden lang zwanzig Knoten Geschwindigkeit erreichen konnte. Eigentlich waren diese kleinen, schnellen Sportboote als Freizeitvergnügen gedacht, und Pitt hatte sie auf einem Urlaub an der mexikanischen Küste kennengelernt. Kleist war es gelungen, sie direkt vom französischen Hersteller zu organisieren und mit Hilfe der Air Force innerhalb von fünfzehn Stunden nach San Salvador einfliegen zu lassen.

Einer nach dem anderen kletterten die Männer des Einsatzkommandos in ihre Dashers, legten sich hin und wurden dann mit ihrem Fahrzeug vom nassen Deck des U-Bootes in die dunklen Wellen geschoben. Am Heck jedes Dashers gab es ein kleines, abgeblendetes blaues Licht, an dem sich der Hintermann orientieren konnte. Ein Boot folgte so dem anderen.

Quintana griff nach Pitts Arm. »Sie sind der nächste.« Er starrte einen Augenblick angestrengt auf die dunkle Gestalt neben sich. »Was, zum Teufel, ist das denn?«

Pitt hielt einen Holzknüppel in der einen Hand. »Ein Baseballschläger.«

»Wozu brauchen Sie denn den? Sie haben doch eine Maschinenpistole AK 74.«

»Ist ein Geschenk für einen Freund.«

Quintana schüttelte verdutzt den Kopf. »Na dann los. Sie übernehmen die Führung. Ich bleibe der Schlußmann und sammle die Bummelanten ein.«

Pitt nickte, legte sich in seinen Dasher und justierte den kleinen Empfänger in seinem Ohr. Bevor ihn die Männer des U-Bootes über Bord hoben, beugte sich Colonel Kleist über ihn und klopfte auf Pitts Schulter. »Bringen Sie sie sicher ins Ziel«, erklärte er entschlossen.

Pitt antwortete mit einem aufgeräumten Grinsen. »Genau das habe ich vor.«

Dann raste sein Dasher über die nächtliche See. Ob die anderen ihm folgten, konnte er nicht beobachten. Er mußte sich darauf verlassen. Nur ein schwacher Schimmer der Sterne spiegelte sich auf den dunklen Wellen. Er steigerte die Geschwindigkeit und bestimmte seinen Kurs nach der

Leuchtanzeige des Kompasses an seinem Handgelenk. Hin und wieder hörte er Kleists Stimme in seinem Ohr wispern. Dreimal mußte er auf diese Anweisungen hin den Kurs korrigieren. In der Ferne flammte einmal das Suchlicht eines Patrouillenbootes der kubanischen Küstenwache auf. Sonst gab es keinerlei Hinweise auf andere Schiffe. Auf der Kuba zugewandten Seite besaß Cayo Santa Maria keine vorgelagerten Riffe. Der Strand war flach und sandig. Die Landung verlief mit fast beunruhigender Problemlosigkeit. Lediglich die Männer im Dunkeln zu versammeln dauerte einige Zeit. Quintana ließ jeden seine Ausrüstung sorgfältig durchchekken. Erst als er mit dem ganzen Kommando zufrieden war, wandte er sich an Pitt: »Dir nach, *amigo.*«

Pitt warf einen schnellen Blick auf den Kompaß, dann führte er die Gruppe in einem leichten Bogen nach links. Er streckte den Baseball-Schläger vor sich aus wie ein blinder Mann seinen Stock. Nicht weiter als sechzig Meter von ihrem Landungsort entfernt stieß der Schläger auf den elektrischen Zaun. Pitt blieb abrupt stehen, und der Mann hinter ihm prallte gegen seinen Rücken.

»Vorsicht!« zischte Pitt. »Geben Sie weiter: Wir sind am Zaun.«

Zwei Männer mit Schaufeln tauchten neben ihnen auf und begannen einen Tunnel zu graben. Es dauerte nicht lange, und das Loch war groß genug, um einen kleinen Esel hindurchzutreiben.

Pitt kletterte als erster auf die andere Seite. Für einen Augenblick war er unsicher, welchen Weg er von hier aus einzuschlagen hatte. Er zögerte, schnupperte im Wind. Dann wußte er plötzlich wieder genau, wo er war.

»Nicht gerade ein Volltreffer«, flüsterte er Quintana zu. »Der unterirdische Stützpunkt ist nur hundert Meter nach links. Aber die Antenne ist eine gute Meile in der entgegengesetzten Richtung, und bei der hätten wir eigentlich ankommen müssen.«

»Wieso sind Sie so sicher?«

»Benutzen Sie doch auch mal Ihre Nase. Man kann hier deutlich den Geruch der Dieselabgase des Hauptgenerators wahrnehmen.«

Quintana inhalierte tief. »Sie haben recht. Eine Brise aus dem Nordwesten treibt ihn her.«

»Also mit der schnellen Lösung wird es schwierig. Es wird Sie und Ihre Männer mindestens eine halbe Stunde kosten, die Antenne zu erreichen und zu zerstören.«

»Dann nehmen wir uns erst einmal den Stützpunkt vor.«

»Sicherer ist es, an beiden Punkten gleichzeitig loszuschlagen. Schicken Sie Ihre besten Läufer los, um die Antenne in die Luft zu jagen, während der Rest von uns sich die Kontrollzentrale im Stützpunkt vornimmt.«

Quintana brauchte nur wenige Sekunden, um diesen Plan abzuwägen. Dann wandte er sich um und wählte blitzschnell fünf Männer aus. Pitt gab ihnen eine genaue Beschreibung des Weges und der Anlage weiter. Seinen Kompaß gab er dem Sergeanten, der die kleine Gruppe befehligen sollte. Lautlos verschwand dieser dann mit seinen Männern in der Dunkelheit.

Pitt und der Rest von Quintanas kleiner Streitmacht rannten in Richtung des Stützpunktes davon. Das Wetter verschlechterte sich, dunkle Wolken zogen über den Himmel, die ersten Regentropfen klatschten auf die Palmwipfel neben der Straße. Die Spuren des Hurrikans waren noch immer überall zu sehen. Pitt hatte die Führung übernommen und legte eine Geschwindigkeit vor, die von seinen Ängsten um Jessie und seine Freunde bestimmt wurde. Als die dunklen Umrisse des Wachhauses am Tor auftauchten, winkte Pitt den anderen zu, anzuhalten. Ein schmaler Lichtschein fiel aus dem Fenster des kleinen Gebäudes.

Quintana klopfte Pitt auf die Schulter und gab einen geflüsterten Befehl in Spanisch an den Mann neben ihm, der lautlos in Richtung des Lichts verschwand.

Pitt mußte nicht fragen. Er wußte, daß die Wachtposten am Tor nur noch wenige Minuten zu leben hatten.

Er führte die Männer an der Mauer entlang bis zu der Abflußröhre, und zu seiner Verblüffung stellte er fest, daß man nicht einmal das Gitter wieder richtig befestigt hatte. Vielleicht war sein Fluchtweg nie wirklich entdeckt worden. Eine halbe Minute später standen sie bereits vor dem Lüftungsloch, das in die Garage der Anlage führte. Bis hierhin sollte Pitt die anderen begleiten. Kleists eindeutige Instruktionen an Quintana besagten, daß der Scout das Kommando hier verlassen mußte. Er sollte in Sicherheit warten, bis die Aktion abgeschlossen war.

So lautete der Befehl, aber Pitt hatte andere Pläne. Ehe Quintana überhaupt etwas sagen konnte, schwang der NUMA-Mann sich als erster in den Lüftungsschacht und war verschwunden.

54

Dave Jurgens, Flugkapitän der *Gettysburg*, war nicht sehr erstaunt. Die überraschende Ankunft der Steinmetz-Mannschaft hatte die übliche Routine an Bord der Raumstation über den Haufen geworfen, und so war man auf weitere Überraschungen gefaßt. Auch der plötzliche Befehl von der Erde, das Shuttle so schnell wie möglich mit den Kolonisten und ihrer wissenschaftlichen Ausbeute zu beladen, versetzte niemanden in Erstaunen.

Die einzige Unstimmigkeit war die abrupte Anweisung von Houston, eine Nachtlandung in Cape Canaveral vorzunehmen. Jurgens' Bitte, wenigstens bis Sonnenaufgang warten zu dürfen, wurde kühl abgelehnt. Warum die NASA-Leitung plötzlich ihre strikte Anweisung, Landungen nur bei Tageslicht vorzunehmen, aufgegeben hatte, an der nun schon seit über dreißig Jahren festgehalten worden war, wurde mit keinem Wort erklärt.

Dave warf seinem Kopiloten Karl Burkhart, einem alten

Veteranen des Weltraumprogramms, einen schnellen Blick zu. »Wir werden bei diesem Anflug von den Sümpfen in Florida nicht viel zu sehen bekommen.«

»Wenn man einen Alligator gesehen hat, kennt man alle«, antwortete Burkhart lakonisch.

»Sind unsere Passagiere alle angeschnallt?«

»Alles, wie es sich gehört.«

»Computer für Wiedereintritt programmiert?«

»Alles klar.«

Jurgens prüfte noch einmal die Bildschirme in der Mitte der Hauptkontrollen. Dann begannen er und Burkhart mit der Prozedur des Durchcheckens aller Instrumente.

»Wir sind soweit, Houston.«

»Okay, Don«, antwortete die Bodenkontrolle. »Triebwerksstart einleiten.«

»Aus den Augen, aus dem Sinn«, meinte Jurgens. »So ist das wohl?«

»Nicht verstanden, kommen.«

»Als wir die Erde verließen, hieß ich noch Dave.«

»Tut mir leid, Dave.«

»Wer ist denn da in der Leitung?« fragte Jurgens neugierig geworden.

»Merv Foley. Erkennst du meine volltönende Stimme nicht mehr?«

»Nach all diesen wunderbaren Funkdialogen hast du am Ende meinen Namen vergessen, was für eine Schande!«

»War nur ein Versprecher«, beruhigte ihn die vertraute Stimme von Foley. »Können wir jetzt mit dem Gerede aufhören und mit den Startvorbereitungen fortfahren?«

»Ganz wie du willst, Houston.«

Neunzig Sekunden später hatte die *Gettysburg* den Orbit verlassen und begann ihren langsamen Abstieg. Über Australien flammten die Bremstriebwerke erneut auf, um den eigentlichen Abstieg einzuleiten. Dreißig Minuten später fand der Atmosphäreneintritt kurz vor Hawaii statt.

Als die Atmosphäre dichter wurde, glühte der Rumpf der

Gettysburg in einem grellen Orange auf. Computer kontrollierten jede Bewegung des Shuttles. Jurgens und Burkhart blieb wenig mehr zu tun, als die Monitoren zu kontrollieren und von ihren Instrumenten die einzelnen Flugabschnitte abzulesen.

»Houston, wir haben ein Rotlicht.«

»Wir können hier nichts feststellen, *Gettysburg*. Alle Systeme laufen prächtig.«

»Etwas stimmt nicht, Houston«, beharrte Burkhart.

»Kann sich nur um einen Computerfehler handeln.«

»Negativ. Alle drei Navigations-Rechner stimmen überein.«

»Ich hab' es«, rief Jurgens. »Wir haben eine Abweichung vom Kurs.«

Die kühle Stimme aus dem Johnson Space Center meldete sich wieder. »Nicht beachten, Dave. Ihr seid genau auf dem Leitstrahl. Verstanden?«

»Verstanden, Foley, aber laß mich den Reservecomputer noch einmal zuschalten.«

»Wenn es dir Spaß macht. Aber alle Systeme sind okay.«

Die *Gettysburg* besaß für ihren zentralen Navigationscomputer ein Ersatzsystem wie für alle anderen lebenswichtigen Einrichtungen. Jurgens aktivierte es und rief seine Daten ab.

»Foley, da stimmt was nicht. Auch die Reserve zeigt, daß wir vierhundert Meilen südlich und hundert östlich von Canaveral runterkommen.«

»Vertrau mir, Dave«, antwortete Foley gelangweilt. »Alle Leitstationen zeigen euch auf richtigem Kurs.«

Jurgens starrte aus dem Seitenfenster in die Finsternis hinunter. Er schaltete den Funk ab und wandte sich an Burkhart. »Es ist mir verdammt egal, was Houston sagt. Wir haben unseren Kurs verlassen. Da unten gibt es nur Wasser, obwohl wir längst die Baja-California-Halbinsel sehen müßten.«

»Wo du recht hast, hast du recht«, meinte Burkhart und wand sich unbehaglich in seinem Sitz. »Was hast du vor?«

»Wir halten uns bereit, auf manuelle Kontrolle umzuschalten. Wenn ich's nicht besser wissen würde, könnte ich schwören, daß Houston uns zu einer Landung auf Kuba lotst.«

»Wir haben sie wie einen Drachen an der Leine«, meinte Maisky mit wölfischem Grinsen.

Velikow nickte. »Noch drei Minuten, und die *Gettysburg* ist nicht mehr in der Lage, den Kurs zu ändern.«

»Den Kurs zu ändern?« wiederholte Maisky.

»Zu wenden und noch die Landebahn des Kennedy-Zentrums zu erreichen.«

Maisky rieb die Handflächen aneinander. »Ein amerikanisches Shuttle in sowjetischen Händen. Das wird der Geheimdienst-Coup des Jahrhunderts.«

»Washington wird schreien wie am Spieß und das gute Stück zurückverlangen.«

»Sie bekommen ihr Millionen-Dollar-Spielzeug schon zurück. Aber nicht, bevor unsere Raumfahrt-Ingenieure alles gesehen und fotografiert haben.«

»Und dann haben wir das ganze Material der Mondkolonisten«, erinnerte Velikow ihn.

»Ein unglaublicher Schlag, General. Der Leninorden sollte Ihnen sicher sein.«

»Noch haben wir den Fisch nicht im Netz, Genosse Maisky. Wir können die Reaktion des Präsidenten nicht voraussagen.«

Maisky zuckte mit den Achseln. »Dem sind die Hände gebunden, wenn wir sofort Verhandlungen anbieten. Unser einziges Problem sind für mich die Kubaner.«

»Da brauchen wir uns nicht zu sorgen. Generaloberst Kolchak hat einen Schutzschirm aus fünfzehnhundert sowjetischen Soldaten um die Landebahn von Santa Clara aufgezogen. Und da unsere Ratgeber die Kontrolle über Kubas Luftabwehr haben, ist die Anflugbahn des Shuttle völlig gesichert.«

»Dann ist es also so gut wie in unseren Händen.«

Velikow nickte. »Ich glaube, das kann man jetzt sagen.«

Der Präsident saß im Morgenmantel hinter seinem Schreibtisch im Krisenraum und stützte das Kinn auf die Hände. Sein Gesicht wirkte müde und eingefallen.

Er sah plötzlich auf und meinte: »Ist es sicher, daß Houston keinerlei Kontakt mit der *Gettysburg* aufnehmen kann?«

Martin Brogan nickte. »So hat es Mitchell von der NASA durchgegeben. Ihre Funksignale werden durch die Interferenzen des kubanischen Störsenders völlig ausgeschaltet.«

»Steht Jesse Simmons im Pentagon bereit?«

»Wir haben eine Direktverbindung zu ihm«, bestätigte Dan Fawcett.

Der Präsident zögerte, und als er dann weitersprach, flüsterte er nur. »Dann sollte er den Piloten der Abfangjäger jetzt den Startbefehl geben.«

Fawcett nickte und nahm den Hörer des klingelnden Telefons auf. »Was macht Ihre Truppe, Martin?«

»Ich weiß nur, daß sie auf der Insel gelandet sind«, verkündete Brogan hilflos. »Seitdem gibt es nichts Neues.«

Der Präsident fühlte Verzweiflung in sich aufsteigen. »Mein Gott, wir hängen zwischen Himmel und Erde.«

Das nächste der vier Telefone läutete, und Fawcett hob ab. »Ja, ja. Er ist hier. Ja, ich sag' es ihm.«

Er legte den Hörer wieder auf. Sein Gesicht wurde noch grimmiger.

»Das war Mitchell. Die *Gettysburg* ist von ihrem Kurs so weit abgewichen, daß sie Cape Canaveral keinesfalls mehr erreichen kann.«

»Sie könnte es noch mit einer Wasserlandung versuchen«, erklärte Brogan ohne großen Enthusiasmus.

»Vorausgesetzt, daß man sie rechtzeitig warnen kann«, fügte Fawcett hinzu.

Der Präsident schüttelte den Kopf. »Keine Chance. Sie hat eine Landegeschwindigkeit von fast vierhundert Stundenkilometern. Sie würde in Stücke gerissen, wenn sie auf dem Wasser aufsetzt.«

Die andern standen schweigend da und suchten nach Worten. Der Präsident rutschte in seinem Stuhl hin und her, starrte aus dem Fenster und fuhr sich durch die Haare.

Nach ein paar Augenblicken wandte er sich wieder den Männern zu. »Gott helfe mir, falls ich das Todesurteil für diese tapferen Männer unterzeichnen muß.«

55

Pitt schwang sich aus dem Lüftungsschacht und rannte los, sobald seine Füße den Betonboden berührten. Er riß die Türen zu Giordino und Gunns Zelle mit solcher Gewalt auf, daß die Angeln beinah abgebrochen wären.

Die winzige Zelle war leer.

Der Lärm hatte ihn verraten. Eine Wache kam um die Ecke gelaufen und starrte Pitt erstaunt an. Dieses Zögern wurde ihr zum Verhängnis. Gerade als der junge Soldat seine Waffe heben wollte, erwischte ihn der Baseballschläger am Kopf. Pitt schnappte den zusammengesunkenen Mann um die Hüfte und zog ihn in die Zelle. Dort warf er ihn auf ein Bett und schloß die Türe schnell wieder.

»Da hast du noch einmal Glück gehabt, Kind. Ich schieße nie auf jemanden unter zwanzig.«

Der junge Russe atmete normal, und Pitt vermutete, daß er nicht mehr als eine Gehirnerschütterung hatte.

Quintana kletterte gerade aus dem Schacht, als Pitt die Tür abschloß und weiterhetzte. Mit Vorsicht hielt er sich nicht länger auf, sollte ein weiterer Wachtposten auftauchen, würde er ihn nur zu gerne mit seinem Baseballschläger bekanntmachen. Auch die Zelle von Jessie war leer.

Böse Ahnungen stiegen in ihm auf. Er stürzte den Korridor entlang zu Raum sechs. Auch dort erwartete ihn nichts als der Gestank der Folter.

Die Ahnungen wandelten sich in kalte, unbeherrschte Wut. Pitt wurde zu jemand anderem, einem Mann ohne Gewissen und Moral, der nicht länger in der Lage war, seine Gefühle zu bezähmen, einem Mann, für den eine Gefahr nichts mehr bedeutete. Die Angst vor dem Tod hatte für ihn aufgehört zu existieren, es existierte nur noch Rachedurst.

Quintana holte auf und ergriff Pitt am Arm. »Sie sollten doch am Strand bleiben! Sie kennen die Befehle . . .«

Weiter kam er nicht. Pitt stieß ihm die Mündung der AKA 74 in den Bauch und drückte ihn damit gegen eine Wand. Quintana hatte dem Tod schon oft in die Augen gesehen, aber jetzt starrte er in grüne, eiskalte Augen, deren mörderische Entschlossenheit ihm eindeutig sagte, daß er mit einem Fuß im Sarg stand.

Pitt sprach nicht. Er zog die Waffe zurück, hob den Baseball-Schläger auf die Schulter und zwängte sich durch Quintanas nachgekommene Männer. Plötzlich blieb er stehen und fuhr herum. »Zum Aufzug geht es hier entlang«, verkündete er ruhig.

Quintana befahl seinen Männern, Pitt zu folgen. Sie waren zusammen fünfundzwanzig. Bis zum Aufzug trafen sie keine weiteren Posten. Die Korridore wirkten verlassen. Wenn die Gefangenen tot waren, überlegte Pitt, brauchte Velikow hier in den Lagerräumen nicht mehr als einen Posten zu stationieren. Wozu auch?

Als Pitt vor dem Aufzug stand und gerade den Fahrstuhl holen wollte, leuchtete die Lampe über dem Rufknopf auf. Er winkte nach hinten, und alle drückten sich so flach wie möglich an die Wand. Sie warteten und lauschten auf das Anhalten des Fahrstuhls ein Stockwerk über ihnen, Murmeln von Stimmen und leises Gelächter drangen zu ihnen hinunter. Dann sank der Fahrstuhl tiefer, und sie beobachteten das Licht zwischen den Türschlitzen.

In weniger als zehn Sekunden war alles vorbei. Die Türen öffneten sich, zwei Techniker in weißen Kitteln traten heraus und starben ohne das leiseste Geräusch durch Messerstiche direkt ins Herz. Pitt war über die stille, effiziente Kampfweise erstaunt.

»Wir müssen uns entscheiden«, sagte Pitt. »Der Aufzug nimmt nur zehn Männer auf.«

»Wir haben noch vierzehn Minuten, bis das Shuttle landet«, drängte Quintana. »Wir müssen den Generator der Anlage lahmlegen.«

»Über uns gibt es vier Etagen. Velikows Arbeitszimmer liegt ganz oben. Die Wohnräume ebenfalls. Nehmt euch eine der drei anderen Etagen.«

»Da können wir ja gleich Strohhalme ziehen.«

»So ist es«, bestätigte Pitt schnell. »Aber wir können uns auch aufteilen. Wenn wir in drei Gruppen vorgehen, eine für jedes Stockwerk, sind wir am schnellsten am Ziel.«

»Klingt vernünftig«, stimmte Quintana hastig zu. »Bisher sind wir ohne Entdeckung vorgestoßen. Sie werden keine Besucher erwarten, die ihnen plötzlich überall in die Quere kommen.«

»Ich gehe mit den ersten acht Männern auf Stockwerk zwei und schicke den Aufzug dann für das nächste Team wieder runter, das sich dann das dritte Stockwerk vornimmt, und so weiter.«

»Dann los.« Quintana hielt sich nicht mit langen Vorbereitungsgesprächen auf. Er wählte blitzschnell acht Mann aus und befahl sie in den Aufzug zu Pitt. Gerade bevor die Türen sich schlossen, zischte er noch: »Und Sie bleiben am Leben, merken Sie sich das!«

Die Fahrt nach oben schien endlos. Keiner der Männer sah seinen Partnern in die Augen. Alle hatten die Finger am Abzug.

Schließlich blieb der Fahrstuhl stehen, und die Türen öffneten sich langsam. Die Kubaner stürmten in eine Operationszentrale, in der sich etwa zwanzig sowjetische Offiziere in Uniform aufhielten. Die meisten starben hinter ihren Kontrollkonsolen im Kugelhagel, ohne recht begriffen zu haben, was eigentlich vorging.

Pitt hielt sich nicht lange auf. Er drückte den Aufzugknopf für das erste Stockwerk und fuhr allein weiter nach oben in

Velikows Arbeitsraum. Seitlich an die Wand gedrückt, die Waffe schußbereit gehoben, warf er einen schnellen Blick durch die sich öffnenden Türen, bevor man ihn erkannt hatte. Der Anblick im Zimmer vor ihm erleichterte ihn und machte ihn zugleich rasend.

Sieben GRU-Offiziere saßen im Halbkreis um Foss Gly, der gerade wieder seine sadistische Arbeit ausführte. Von den dumpfen Schüssen im Stockwerk darunter schien hier niemand etwas bemerkt zu haben, aber als Pitt die leeren Wodkaflaschen sah, wunderte ihn das nicht.

Rudi Gunn lag auf der Seite, das Gesicht zerschlagen, und versuchte verzweifelt, den Kopf mit einem gewissen Stolz hochzuhalten. Einer der Offiziere hielt eine kleine automatische Pistole an den Kopf des blutenden Al Giordino, den man an einen Metallstuhl gefesselt hatte. Der kleine Italiener war nach vorne gesunken, sein Kopf hing dicht über den Knien, er zitterte leicht. Einer der Russen hob ein Bein und trat Giordino in die Seite, so daß der Stuhl umfiel. Ray LeBaron saß daneben, etwas schräg hinter Gly. Der einst so dynamische Industrielle hatte sich in einen Mann verwandelt, der kaum noch ein Schatten seiner selbst war. Die Augen wirkten blicklos, das Gesicht ausdruckslos. Gly hatte aus ihm ein Wrack gemacht.

In der Mitte des Raumes kniete Jessie LeBaron und starrte Gly herausfordernd an. Das Haar hatte man ihr kurz geschnitten. Um die Schultern hielt sie ein Bettuch gewickelt. Häßliche rote Striemen und dunkle Schrammen bedeckten ihre nackten Arme und Beine. Sie sah aus, als würde sie nichts mehr erschüttern können, als sei sie immun gegen jeden Schmerz geworden. Trotz ihrer erbärmlichen Lage wirkte sie unglaublich schön, mit einer bemerkenswerten Haltung und Unangreifbarkeit.

Foss und der andere Mann wandten sich beim Öffnen der Aufzugstüren langsam um, hielten ihn aber auf den ersten Blick für leer und nahmen ihre Beschäftigung wieder auf.

Erst als die Türen sich wieder zu schließen begannen,

sprang Pitt in den Raum. Mit unmenschlicher Ruhe hielt er die AKA 74 auf Brusthöhe und gab Feuer.

Die erste sorgfältig gezielte Garbe traf den Mann, der gerade Giordino zu Boden getreten hatte. Die zweite traf die Brust des Offiziers, der neben Gunn saß. Die dritte und vierte Salve erwischte die drei Männer rechts hinter ihnen. Dann schwang er die Mündung in einem Bogen auf Foss Gly zu, aber der schwergewichtige Söldner reagierte schneller als alle anderen.

Gly zerrte Jessie auf die Füße und zog sie als Schild vor sich. Pitt nahm den Finger gerade lange genug vom Drücker, um dem letzten überlebenden Russen eine Chance zu geben, seine automatische Pistole zu ziehen und einen ungezielten Schuß abzugeben.

Die Kugel traf Pitts Maschinenpistole, zerschmetterte das Magazin und schwirrte dann zur Decke. Pitt hob die nutzlose Waffe auf und sprang im gleichen Moment zur Seite, als er den zweiten Schuß aufblitzen sah. Alles geschah wie in Zeitlupe. Selbst der erschrockene Ausdruck auf dem Gesicht des Russen, als er den Abzug zum dritten Mal drücken wollte, aber der Schuß nie mehr kam. Der Kolben der AKA 74 schwang durch die Luft und traf seinen Schädel tödlich.

Zunächst glaubte Pitt, die zweite Kugel hätte ihn verfehlt, aber dann spürte er Blut in seinen Nacken laufen. Es tropfte von dem, was von seinem linken Ohrläppchen übrig war. Einen Augenblick stand er wie angewurzelt, während Gly Jessie brutal zur Seite stieß.

Ein satanisches Grinsen legte sich über Glys boshaftes Gesicht. »Da bist du ja wieder.«

»Gut beobachtet – für einen Kretin wie dich.«

»Ich habe dir versprochen, daß du langsam sterben wirst, falls ich dich noch einmal treffe«, sagte Gly drohend. »Hast du das vergessen?«

»Nein, das hab' ich nicht vergessen«, bestätigte Pitt. »Ich habe sogar daran gedacht, einen kräftigen Knüppel mitzubringen.«

Pitt hatte keinen Zweifel daran, daß Gly ihm mit seinen gewaltigen Händen das Leben aus dem Leib pressen würde. Und er wußte, daß sein einziger Vorteil – außer dem Baseballschläger – seine eigene Furchtlosigkeit war. Gly war es gewohnt, daß seine Opfer hilflos, nackt und von seiner Brutalität eingeschüchtert waren. Pitts Lippen erwiderten das satanische Grinsen, als er sich Gly langsam näherte.

Mit einem schnellen Baseballschlag erwischte Pitt Gly genau am Knie. Der Hieb zerschmetterte Glys Kniescheibe, und er stöhnte dumpf, blieb aber auf den Beinen. In einem Augenblick hatte er sich erholt und warf sich auf Pitt. Ein Schlag gegen die Rippen preßte Gly die Luft aus den Lungen. Für einen Augenblick stand er bewegungslos da und beobachtete Pitt.

Pitt sprang zurück und senkte den Schläger. »Erinnerst du dich noch an diesen britischen Agenten am St.-Lorenz-Strom?« fragte er ruhig.

Das von Haß verzerrte Gesicht zeigte plötzlich Verwunderung. »Den britischen Agenten? Woher kennst du den?«

»Vor sechs Monaten habe ich ihm das Leben gerettet, als ich dir einen Knüppel über den Kopf schlug. Erinnerst du dich noch?«

»Das warst du?«

Pitt weidete sich an dem wütenden Aufflackern von Glys Augen.

»Eine letzte Enthüllung, die ich dir noch gönnen wollte«, erklärte Pitt boshaft grinsend.

»Das Geständnis eines Toten.« In Glys Stimme lag keine Herausforderung, nichts Beleidigendes, es war einfach eine Feststellung.

Ohne weitere Worte begannen die beiden Männer einander zu umkreisen wie Wölfe. Pitt hielt den Schläger erhoben, Gly zog sein verletztes Bein hinter sich her. Eine unheimliche Stille senkte sich über den Raum. Rudi Gunn schleppte sich durch ein Gewirr von umgefallenen Stühlen zu der automatischen Pistole, aber Gly sah die Bewegung aus dem Augenwinkel und stieß die Waffe mit dem Fuß außer Reichweite. Noch auf dem Stuhl festgebunden, versuchte Giordino sich aufzurichten, fiel aber in hilfloser Verzweiflung wieder zurück, während Jessie ausgestreckt auf dem Boden lag und das Geschehen mit morbider Faszination verfolgte.

Pitt trat einen Schritt vor und holte aus, als er auf dem Blut der toten Russen ausrutschte. Der Schläger hätte Gly am Kopf erwischen sollen, aber so ging der Hieb zehn Zentimeter daneben. Ein Reflex ließ Gly den Arm hochreißen, und sein gewaltiger Bizeps verarbeitete den Schlag mühelos.

Der Holzschaft zitterte in Pitts Händen, als habe er gegen eine Parkuhr gehämmert. Gly holte mit der freien Hand aus, bekam das Ende des Schlägers zu packen und hob es wie ein Gewichtheber. Pitt klammerte sich an das andere Ende wie an eine Rettungsleine, aber er wurde wie ein Kind in die Luft gehoben und quer durch den Raum gegen ein Bücherregal geschleudert. Dort rutschte er zu Boden, und eine Lawine von ledergebundenen Bänden donnerte über ihn herein.

Verzweifelt begriffen Jessie und die anderen, daß Pitt diesen Aufprall nicht überstanden haben konnte. Selbst Gly entspannte sich und ließ sich eine Weile Zeit, bis er auf den Körper am Boden zuging. Plötzlich hielt Gly inne und starrte ungläubig auf das Schauspiel vor ihm. Pitt erhob sich unter dem Bücherberg wie ein zu Boden geworfener Footballspieler, der sich aufrappelt. Was Pitt wußte und außer ihm niemand gemerkt hatte – die Bücher hatten den Aufprall gedämpft. Er hatte Schmerzen am ganzen Körper, aber kein Knochen war gebrochen. Den Schläger erhoben, wartete er auf den eisenharten Gegner und rammte ihm dann das stumpfe Ende mit aller Kraft in das verzerrte Gesicht.

Aber wieder hatte er die übermenschliche Kraft des Riesen falsch eingeschätzt. Gly zuckte zur Seite und wehrte den Schläger mit der Faust ab, boxte ihn zur Seite und benutzte Pitts Vorwärtsbewegung, um ihn mit eisernem Griff um den Rücken packen zu können. Pitt strampelte verzweifelt und knallte sein Knie in Glys Lenden. Jeden anderen Mann hätte das zu Fall gebracht – nicht so Foss Gly. Er stöhnte kurz auf, blinzelte, und dann verstärkte er den Druck seiner gewaltigen Arme, die Pitt in der bärenhaften Umklammerung das Leben herauspreßten.

Ohne zu blinzeln, starrte Gly aus zehn Zentimetern Entfernung in Pitts Augen. Auf seinem Gesicht war nicht das geringste Anzeichen körperlicher Anstrengung zu sehen, nur das boshafte Grinsen war zurückgekehrt. Er hob Pitt von den Füßen und drückte weiter, während er darauf wartete, im Gesicht seines Opfers die verzerrten Züge des Erstickenden zu sehen.

Pitt mußte nach Luft ringen. Der Raum begann vor ihm zu verschwimmen, als der Schmerz in seiner Brust zu flammender Todesangst wurde. Er hörte Jessie schreien, Giordino rief etwas, aber er konnte die Worte nicht verstehen. Trotz der Schmerzen blieb sein Geist jedoch erstaunlich scharf und klar. Er weigerte sich, den Tod zu akzeptieren, und überlegte einen ganz simplen Weg, doch noch davonzukommen.

Ein Arm war frei, während er in dem anderen noch immer den Baseballschläger hielt, der sich ebenfalls in Glys gnadenlosem Griff befand. Der schwarze Vorhang vor Pitts Augen senkte sich zum letzten Mal, und er begriff, daß der Tod nur Sekunden entfernt war, als er seine letzte verzweifelte Abwehr ausführte.

Pitt hob die freie Hand bis auf die Höhe von Glys Gesicht und stieß seinen Daumen mit aller Kraft in das Auge seines Gegners, drückte es bis tief in den Schädel zurück.

Der Schock jagte das Grinsen aus Glys Gesicht. Die bärenhafte Gestalt zuckte zusammen und löste instinktiv den Griff ihrer Arme um Pitt. Dann bedeckte er das Auge mit der Hand und begann furchtbar zu schreien.

Trotz der schrecklichen Verletzung blieb Gly noch immer auf den Füßen und tobte wie ein wildes Tier durch den Raum. Pitt konnte nicht glauben, daß dieses Ungeheuer noch immer lebte, fast schien Gly ihm unsterblich – bis ein ohrenbetäubender Donner die furchtbaren Schreie erstickte.

Einmal, zweimal, dreimal, ruhig und kaltblütig zog Jessie den Abzug der automatischen Pistole und schoß Foss Gly in den Unterleib. Die Kugeln schlugen in ihn ein, und er taumelte einige Schritte zurück, dann stand er grotesk für Sekunden still, als würde er wie eine Marionette an Fäden geführt. Schließlich brach er zusammen. Er stürzte zu Boden wie ein gefällter Baum. Das eine Auge war noch immer offen, schwarz und böse im Tod wie im Leben.

56

»Höhe sechsunddreißigtausend Meter, neun Minuten bis zur Landung.«

Burkhart las die Instrumentenergebnisse für Jurgens ab.

»Wir haben Lichter zu unserer Rechten.«

»Wo kommen wir runter, Houston?« wollte Jurgens wissen, die Stirn gerunzelt. »Wo, zum Teufel, landet ihr uns?«

»Ruhig bleiben«, antwortete die unbeteiligte Stimme von Flugdirektor Foley. »Ihr seid genau auf Kurs. Lehnt euch einfach zurück, und wir bringen euch sauber runter.«

»Radar und Navigation sagen uns eindeutig, daß ihr uns mitten auf Kuba landet. Überprüft das wenigstens noch mal.«

»Nicht nötig, *Gettysburg*, Sie sind im endgültigen Landekorridor.«

»Houston, hört auf damit. Ich wiederhole, wo landet ihr uns?«

Keine Antwort.

»Hört zu«, rief Jurgens fast verzweifelt, »ich schalte auf manuelle Steuerung um.«

»Negativ, Dave. Bleib auf Auto. Alle Systeme arbeiten zufriedenstellend.«

Jurgens ballte hilflos die Fäuste. »Warum?« verlangte er energisch. »Warum macht ihr das?«

Es gab keine Antwort.

Jurgens sah zu Burkhart hinüber. »Wir schalten um auf TAEM, unser Landeverzögerungssystem. Ich will das Schiff so lange in der Luft halten, wie es nur möglich ist, bis wir eine vernünftige Antwort von denen da unten haben.«

»Damit können wir das Unabänderliche aber auch nur für ein paar Minuten hinausschieben«, stellte Burkhart fest.

»Wir können doch nicht einfach hier rumsitzen und so etwas akzeptieren.«

»Wir haben es nicht mehr in der Hand«, erwiderte Burkhart müde. »Wir können nicht mehr auf irgendeinen anderen Landeplatz ausweichen.«

Der richtige Foley saß hinter den Kontrollen von Houston in hilfloser Wut. Sein Gesicht war kalkweiß und zeigte den Ausdruck ohnmächtiger Verzweiflung. Er hämmerte mit den Fäusten auf die Konsole ein.

»Wir verlieren sie«, murmelte er.

Irwin Mitchell vom *Harten Kern* stand direkt hinter ihm. »Unsere Funkzentrale tut alles, um zu ihnen durchzukommen.«

»Zu spät, verdammt, zu spät!« brach es aus Foley heraus. »Sie sind bereits im endgültigen Landeanflug.« Er fuhr herum und packte Mitchell am Arm. »Um Gottes willen, Irwin, bitte den Präsidenten, sie landen zu lassen. Gebt das Shuttle den verdammten Russen, laß sie alles nehmen, was sie unbedingt haben wollen. Aber laß die Männer nicht sterben!«

Mitchell starrte wie betäubt auf die Monitoren vor ihm. »Besser so«, sagte er mit undeutlicher Stimme.

»Diese Mondkolonisten – das sind doch deine Leute. Nach allem, was sie erreicht haben, nach diesen mörderischen Jahren auf dem Mond, die sie so glänzend bestanden haben, kann man sie doch nicht einfach so dicht vor der Haustür gnadenlos abschreiben.«

»Sie kennen diese Männer nicht. Sie würden niemals erlauben, daß man ihnen die Früchte ihrer Arbeit einfach stiehlt. Wenn ich dort oben wäre und Steinmetz hier unten säße, er würde keinen Augenblick zögern, die *Gettysburg* in die Luft zu jagen.«

Foley sah Mitchell einen langen Augenblick an. Dann wandte er sich ab und verbarg den Kopf in den Händen.

57

Jessie hob den Kopf und starrte Pitt mit braunen, verschleierten Augen an. Tränen rollten über ihre zerkratzten Wangen. Sie zitterte vor Erleichterung, schaudernd über die Leichen und gleichzeitig glücklich über die gelungene Rettung. Pitt sagte nichts und drückte sie fest an sich, dann nahm er ihr sanft die Pistole aus der Hand. Er zerschnitt Giordinos Fesseln, tätschelte Gunn beruhigend die Schulter und trat vor die riesige Weltkarte an der Wand.

Vorsichtig klopfte er mit dem Knöchel gegen die Karte. Dann trat er zurück und versetzte dem Indischen Ozean einen kräftigen Fußtritt. Die Geheimtür schwang auf und knallte gegen die Wand des Korridors dahinter.

»Ich bin bald zurück«, rief er und rannte los.

Der Gang hinter der Wandtür war hell erleuchtet und mit einem Teppich ausgelegt. Pitt hielt die Pistole vor sich ausgestreckt und lief ohne jede Vorsicht. Als er eine Kreuzung mit einem anderen Korridor erreichte, bogen fast gleichzeitig zwei bewaffnete Posten um die Ecke. Pitt hatte die Überraschung ganz auf seiner Seite, denn die Wachen rechneten hier – in der Nähe von General Velikows Arbeitszimmer – nicht mit einem Gegner. Die Pistole in seiner Hand feuerte viermal, bevor die Posten überhaupt ihre Maschinenpistolen in Anschlag bringen konnten. Während sie tödlich getroffen zusammenbrachen, sprang Pitt über sie hinweg.

Der Zwischenfall hatte ihn nur wenige Sekunden aufgehalten. Aber als er weitere zwanzig Meter gerannt war, wurde ihm plötzlich klar, daß er sich völlig kopflos verhielt. Er hatte nur noch einen Schuß. Statt blind weiter zu stürmen, hätte er sich eine der Waffen der Posten nehmen und vorsichtig erkunden sollen, woher die Russen kamen. Jetzt blieb keine Zeit mehr, den Fehler zu korrigieren.

Vor ihm tauchte ein Lichtschimmer am Ende des Ganges auf, und er hörte Stimmen. Er erreichte eine halb offene Eisentür und spähte vorsichtig in den Raum dahinter. Vor ihm lag eine Art Galerie, die um einen großen Kontrollraum herumführte, in dem Computer und Monitoren die Wände bedeckten. Mindestens zehn Techniker und Ingenieure arbeiteten konzentriert an ihren Plätzen, fünf oder sechs weitere diskutierten aufgebracht.

Die wenigen anwesenden uniformierten Wachen hatten hinter Tischen am Ende des Raumes Stellung genommen und ihre Waffen auf die schwere Haupttür aus Stahl angelegt. Von der anderen Seite hörte man Schüsse, und Pitt wußte, daß Quintana und seine Männer hier bald eindringen würden. Jetzt ärgerte er sich noch mehr, daß er die Waffen der toten Posten nicht eingesammelt hatte. Er wollte sich schon umdrehen und zurücklaufen, als der Donner einer Explosion durch den Raum hallte. Trümmerstücke schwirrten umher. Die Tür war mit einem Schlag verschwunden. Noch bevor der Staub sich gesetzt hatte, stürmten die Kubaner wild feuernd in die Zentrale. Die ersten drei fielen im Feuer der russischen Soldaten, aber dann sanken die Verteidiger unter den unaufhörlichen Salven der Maschinenpistolen zu Boden. Das Donnern der Schüsse in dem von Betonmauern umgebenen Raum war ohrenbetäubend, aber dennoch hörte Pitt deutlich die Schreie der Verwundeten und Sterbenden. Die meisten Techniker versteckten sich hinter ihren Arbeitskonsolen. Alle, die Widerstand leisteten, wurden auf der Stelle niedergeschossen.

Pitt schlich auf der Galerie entlang, den Rücken dicht an der Wand. Etwa fünfzehn Meter entfernt sah er zwei Männer stehen, die auf das Gemetzel unter ihnen entsetzt herabsahen. Einen von ihnen erkannte er als General Velikow. Er hatte sich ihm erst wenige Schritte nähern können, als Velikow plötzlich von der Brüstung zurücktrat und sich umdrehte. Für einen Augenblick sah er Pitt verständnislos an, dann riß er erstaunt die Augen auf, als er seinen alten Gegner erkannte. Zu Pitts grenzenloser Verwunderung lächelte der Russe langsam. Der Kerl schien Nerven wie Drahtseile zu haben.

Pitt hob die Pistole und zielte sorgfältig. Velikow reagierte mit der Eleganz eines Raubtieres, sprang zur Seite und riß den Mann neben sich direkt in die Schußlinie, eine Sekunde bevor die Waffe abgefeuert wurde.

Die Kugel traf Maisky in die Brust. Der stellvertretende KGB-Chef bäumte sich auf und starrte sekundenlang versteinert auf Pitt, bevor er zurücktaumelte und über die Brüstung nach unten stürzte.

Pitt zog wieder und wieder den Abzug, aber die Pistole war leer. In einer verzweifelten Geste schleuderte er sie nach Velikow, der sie grinsend mit dem Arm abwehrte.

Velikow nickte. Sein Gesicht verriet Neugier, aber keine Angst. »Sie sind ein erstaunlicher Mann, Mr. Pitt.«

Bevor Pitt antworten konnte, verschwand der General nach hinten durch eine weitere Tür und schlug sie hinter sich zu. Pitt warf sich gegen die Tür, aber es war zu spät. Innen hatte sich der Schlüssel gedreht.

Diese Eisentür ließ sich nicht mit einem Fußtritt öffnen. Wütend hämmerte Pitt auf den Stahl, obwohl er wußte, daß es sinnlos war. Schließlich wandte er sich ab und lief die Treppe hinunter in die Zentrale.

Er bahnte sich einen Weg durch die Leichen zu Quintana, der das Magazin seiner AKA 74 in eine Computerbank abfeuerte.

»Vergessen Sie das!« schrie Pitt Quintana ins Ohr. Er deutete auf die Funkanlage. »Falls Ihre Männer die Antenne noch nicht zerstört haben, will ich versuchen, mit dem Shuttle Kontakt aufzunehmen.«

Quintana senkte seine Waffe und sah ihn an. »Die Bezeichnungen an den Kontrollen sind in Russisch. Können Sie damit umgehen?«

»Wenn ich's nicht versuche, finden wir das nie heraus«, erwiderte Pitt. Er setzte sich vor die Funkanlage und studierte einen Augenblick die verwirrenden flackernden Lichter und Tastaturen mit kyrillischen Buchstaben.

Quintana beugte sich über Pitts Schulter. »Sie werden niemals rechtzeitig die richtige Frequenz finden.«

»Sind Sie Katholik?«

»Ja. Warum?«

»Dann beten Sie mal zu dem Heiligen, der sich um die verlorenen Seelen kümmert, daß diese Anlage bereits auf die Frequenz des Shuttles eingestellt ist.«

Pitt setzte den Kopfhörer auf und drückte eine Reihe von Tasten, bis es in seinen Ohren zu summen begann. Dann justierte er das Mikrofon und drückte die zentrale Sendetaste herunter oder jedenfalls das, was er dafür hielt.

»Hallo, *Gettysburg*, hören Sie? Over.«

Er drückte auf das, was er für die Empfangstaste hielt.

Nichts.

Er versuchte es ein zweites und ein drittes Mal. »*Gettysburg*, kommen! Over.«

Er hämmerte auf einige weitere Tasten. »*Gettysburg! Gettysburg*, bitte antworten«, drängte Pitt. »Hören Sie mich!? Over.«

Stille, und dann: »Hier, *Gettysburg*. Wer, zum Teufel, sind Sie? Over.«

Die plötzliche Antwort überraschte selbst Pitt, und er brauchte einige Sekunden, um darauf reagieren zu können.

»Es ist zwar nicht wichtig, aber ich heiße Dirk Pitt. Um Gottes willen, *Gettysburg*, ändern Sie sofort den Kurs. Ich wiederhole, Kursänderung. Sie sind im Anflug auf Kuba.«

»Und was ist daran neu?« meinte Jurgens. »Ich kann diesen Vogel nur noch ein paar Minuten in der Luft halten und muß eine Landung auf dem nächstmöglichen Rollfeld versuchen. Wir haben keine andere Möglichkeit.«

Pitt antwortete nicht sofort. Er schloß die Augen und versuchte zu denken. Dann klickte es irgendwo in seinem Kopf.

»*Gettysburg*, schaffen Sie es bis Miami?«

»Negativ. Over.«

»Versuchen Sie es mit der Key-West-Marinebasis. Sie liegt an der Spitze der Keys.«

»Verstanden. Unser Computer zeigt, daß sie hundertzehn Meilen nördlich und leicht östlich von uns liegt. Sehr zweifelhaft. Over.«

»Besser auf dem Wasser runterkommen, als alles den Russen übergeben.«

»Das sagt sich so leicht für Sie da unten. Wir haben hier ein Dutzend Leute an Bord. Over.«

Pitt rang einen Augenblick mit seinem Gewissen, ob er hier Gott spielen durfte. Dann rief er drängend: »*Gettysburg*, versucht es! Versucht es mit den Keys.«

Er konnte nicht ahnen, daß Jurgens gerade zu der gleichen Entscheidung gekommen war. »Warum nicht? Was haben wir schon zu verlieren außer einer Milliarden-Dollar-Maschine und unserem Leben. Drücken Sie uns die Daumen.«

»Sobald ich abschalte, müssen Sie wieder mit Houston, dem wirklichen Houston, kommunizieren können«, sagte Pitt. »Alles Gute, *Gettysburg*! Kommen Sie sicher nach Hause. Ende.«

Pitt saß erschöpft vor der Konsole. In dem verwüsteten Raum herrschte eine merkwürdige Stille, eine Stille, die durch das leise Stöhnen der Verletzten nur noch spürbarer wurde. Er sah zu Quintana auf und lächelte dünn. Seine Rolle in diesem Stück war jetzt gespielt, dachte er vage, jetzt konnte er nur noch seine Freunde einsammeln und nach Hause zurückkehren.

Aber dann wanderten seine Gedanken wieder zu *La Dorada*.

58

Während sie still durch die Nacht glitt, bot die *Gettysburg* ein leichtes Ziel. Ihre abgeschalteten Triebwerke glühten nur noch schwach, aber Navigationslichter erleuchteten sie vom Bug bis zum Heck. Das Shuttle hing etwa einen Kilometer vor Major Hollyman, der mit seinem Abfängjäger einen Verfolgungskurs eingeschlagen hatte. Hollyman wußte, daß nichts mehr das Shuttle und die Männer an Bord retten konnte. Der feurige Tod war nur noch Sekunden entfernt.

Dreimal hatte Major Hollyman rückgefragt, bis er die Angriffsvorbereitungen begann, die man ihm befohlen hatte. Viel zu tun gab es dabei sowieso nicht. Ein Computer übernahm die Zielverfolgung. Das Shuttle befand sich genau im Schnittpunkt der Visierlinien. Hollyman mußte nur noch auf einen Knopf drücken.

»Colorado Control, habe das Ziel anvisiert.«

»Roger, Fox Leader. Vier Minuten bis zur Landung. Angriff beginnen.«

Der Pilot des Abfangjägers war zutiefst verunsichert. Der Gedanke an die schreckliche Tat, die von ihm verlangt wurde, bereitete ihm körperliche Übelkeit. Bis zur letzten Sekunde hatte er verzweifelt gehofft, daß es sich um eine Übung handelte, um einen furchtbaren Irrtum vielleicht und daß in jedem Augenblick der Befehl kommen würde, die ganze Aktion abzubrechen.

Nach diesem Flug würde Hollymans Airforce-Karriere beendet sein, das ahnte er bereits. Auch wenn er nur Befehle ausführte, war er für immer als der Mann gebrandmarkt, der die *Gettysburg* abgeschossen und ihre Crew ermordet hatte. Aus seiner Unsicherheit wurde Wut, Wut auf seine Vorgesetzten und die wahnsinnigen Politiker in Washington, die diese verrückte Situation zu verantworten hatten.

Er konnte nicht akzeptieren, daß er dieses Pech hatte, und er fühlte sich auch nicht vom Schicksal zum Henker berufen.

»Wiederholen, Fox Leader, bitte kommen. Die Verbindung war gestört.«

»Nichts, Control. Es war nichts.«

»Warum zögern Sie?« fragte General Post. »Beginnen Sie sofort den Angriff.«

Hollymans Finger schwebte über dem Feuerknopf. »Gott verzeih mir«, flüsterte er. Die Sekunden verstrichen, und noch immer senkten sich die Finger nicht.

Plötzlich begannen die Ziffern auf der Zielverfolgung sich rasch zu verändern. Er studierte sie kurz, dann wurde er neugierig. Die Zieljustierung veränderte sich. Er sah hinüber zum Shuttle. Es schien sich auf die Seite zu legen.

»Colorado Control!« brüllte er in sein Mikrofon. »Hier ist Fox Leader. Die *Gettysburg* hat ihren Kurs geändert. Verstanden? *Gettysburg* verläßt Kurs nach links und dreht nach Norden.«

»Verstanden, Fox Leader«, antwortete Post mit deutlicher Erleichterung in der Stimme. »Wir können die Kursänderung auf unseren Radarschirmen deutlich verfolgen. Bleiben Sie hinter dem Shuttle. Die Burschen an Bord brauchen jetzt alle moralische Unterstützung, die wir bieten können.«

»Mit Vergnügen«, rief Hollyman laut und voll freudiger Erleichterung. »Mit dem größten Vergnügen.«

Dumpfe Stille lastete auf dem Kontrollraum der NASA. Ohne etwas von der nur knapp verhinderten Tragödie des Eingreifens der Luftwaffe zu ahnen, erlebten die vier Flugleiter und eine wachsende Schar von Wissenschaftlern und Verwaltungsbeamten der NASA ein Fegefeuer der Verzweiflung. Zwar zeigte das Radar jetzt die Kursveränderung Richtung Norden, aber es hätte genausogut einen Looping anzeigen können, so wenig traute man den eigenen Instrumenten noch.

Dann durchbrach Jurgens' Stimme überraschend die Stille. »Houston, hier ist *Gettysburg*. Verstanden? Over.«

Der Kontrollraum explodierte förmlich vor Begeisterung

und Jubel. Merv Foley reagierte schnell und zuverlässig. »Verstanden, *Gettysburg*. Willkommen auf dem Heimweg.«

»Habe ich da den richtigen Merv Foley in der Leitung?«

»Wenn es zwei von uns beiden geben sollte, hoffe ich, daß Sie den anderen bald erwischen, bevor er noch Schecks in unserem Namen ausstellt.«

»Das ist der alte Foley, in Ordnung.«

»Was ist euer Status, Dave? Ende.«

»Habt ihr uns auf dem Schirm?«

»Alle Systeme sind in Ordnung, nur der Funk und die Fernsteuerung sind blockiert gewesen, seid ihr von der Station abgekoppelt habt.«

»Dann wißt ihr, daß wir jetzt auf vierundvierzigtausend Fuß Höhe sind, Geschwindigkeit eintausendeinhundert. Wir versuchen eine Landung auf der Key West Marine Base Ende.«

Foley sah verzweifelt zu Irwin Mitchell hinüber.

Mitchell nickte und klopfte Foley aufmunternd auf die Schulter. »Versuchen wir es einfach, unsere Jungs nach Hause zu bringen.«

»Die sind gut fünfhundert Kilometer vom Kurs ab«, meinte Foley abweisend. »Wir haben es mit einem Raumschiff zu tun, das bei einem Gewicht von über hundert Tonnen mit einer Geschwindigkeit von zehntausend Fuß in der Minute sinkt. Wir schaffen das nie!«

»Sag niemals nie«, antwortete Mitchell. »Sag ihnen, wir schaffen es schon. Und achte darauf, daß es überzeugend klingt.«

»Überzeugend?« Foley atmete zweimal tief durch, dann drückte er den Sendeknopf. »Okay, Dave, wir arbeiten an dem Problem, euch nach Key West zu bekommen. Seid ihr auf dem automatischen Landeverzögerungssystem? Ende.«

»Sind wir. Wir bemühen uns, um jeden Preis Höhe zu halten. Damit fällt die übliche Landeprozedur aus, wir leiten den eigentlichen Vorgang erst kurz vor dem Aufsetzen ein. Ende.«

»Verstanden. Wir alarmieren alle Luft- und Seerettungseinheiten der Umgebung.«

»Wäre keine schlechte Idee, der Navy einen Tip zu geben, uns zum Frühstück zu erwarten.«

»Machen wir«, antwortete Foley. »Bleibt auf Rufbereitschaft.«

Er kontrollierte noch einmal die Flugdaten auf dem Monitor vor ihm. Noch immer hatte die *Gettysburg* achtzig lange Meilen vor sich.

Mitchell schaltete sich jetzt selbst in den Funkverkehr ein. »Dave, hier ist Irwin Mitchell. Schalt auf Automatik. Verstanden? Ende.«

»Verstanden, Irve, aber das gefällt mir nicht.«

»Laß die Computer lieber diese letzten Meilen durchkalkulieren. Du kannst zehn Meilen vor dem Aufsetzen wieder auf Manuell umschalten.«

»Verstanden, Ende.«

Foley sah Mitchell erwartungsvoll an. »Wie nah sind sie dran?« war alles, was er fragte.

Mitchell holte tief Luft. »Hauchdünn.«

»Können sie es schaffen?«

»Wenn der Wind uns keinen Strich durch die Rechnung macht, ist es vielleicht drin. Aber falls sie auch nur ein paar Böen zuviel bekommen, sind sie erledigt.«

Im Cockpit der *Gettysburg* hatte niemand Angst. Es gab einfach keine Zeit dafür. Jurgens verfolgte jeden Meter des Landeanflugs genau auf den Monitoren. Wie ein Klavierspieler bog er immer wieder seine Finger, aufgeregt darauf wartend, für die letzten Meilen wieder selbst die Steuerung zu übernehmen.

»Wir haben Begleitung«, verkündete Burkhart.

Zum ersten Mal sah Jurgens wieder von den Instrumenten auf und aus dem Fenster. Er sah den F 15-Jäger in zweihundert Metern Entfernung. Während sie das Flugzeug beobachteten, schaltete der Pilot die Navigationslichter ein und winkte mit den Flügeln. Zwei andere Flugzeuge folgten in einiger Entfernung. Jurgens schaltete den Funk auf eine Militärfrequenz.

»Wo kommt ihr denn her?«

»Wir kamen gerade in der Nachbarschaft vorbei und überlegten fieberhaft, wen wir vor uns haben«, antwortete Hollyman. »Können wir irgend etwas für euch tun? Ende.«

»Haben Sie ein Abschleppseil? Ende.«

»Leider gerade keines dabei.«

»Danke, daß ihr uns nicht allein laßt, Ende.«

Jurgens fühlte sich ein wenig besser, denn selbst wenn sie vor Key West im Wasser herunterkamen, gab es jetzt wenigstens jemanden, der ihre Position sofort durchgeben konnte.

Burkhart begann ihm die Geschwindigkeit und die Höhe durchzugeben, während Jurgens sich jetzt ganz auf die Steuerung konzentrierte. Er schaltete den Autopiloten ab.

»*Gettysburg*, Sie sind dreihundert Fuß zu tief«, gab Foley durch. »Aber wenn Sie jetzt noch mal hochziehen, verlieren Sie die Kontrolle.«

Es schien eine Ewigkeit zu dauern, bis die Landebahn größer wurde. Das Shuttle war nur noch vier Meilen vor ihr, aber es sah aus, als wären es hundert. Jurgens wußte plötzlich, daß er es schaffen würde. Er mußte es schaffen.

Das Shuttle fraß förmlich die letzten Höhenmeter seiner Gleitbahn. Jurgens zog es so weit hoch wie nur irgend möglich. Aber es hatte einfach keinen Schub, es war, als müsse er einen Papierflieger landen. Deutlich sah er jetzt die Küste und keine vierzig Meter dahinter den Beginn der erleuchteten Landebahn. Bis zur letzten möglichen Sekunde wartete er, dann betätigte er den Knopf für das Fahrwerk. Unter normalen Umständen hätte er achtzehnhundert Meter weiter aufgesetzt, aber Jurgens hielt den Atem an in der Hoffnung, daß sie überhaupt Asphalt unter ihre Räder bekamen.

Der Sandstreifen des Strandes fegte unter ihnen vorbei. Burkhart gab weiterhin ungerührt die Daten durch. »Geschwindigkeit 205. Fahrwerk auf 10 Fuß ... 5 Fuß ... 3 Fuß ... 2 Fuß ... 1, 2, Kontakt!«

»Sie haben es geschafft!« brüllte Hollyman begeistert über Funk.

»*Gettysburg* an Houston Control«, meldete Jurgens mit einem hörbaren Seufzer. »Wir haben auf der Landebahn aufgesetzt.«

»Großartig! Großartig!« schrie Foley.

»Gratulation, Dave«, setzte Mitchell hinzu. »Niemand hätte das besser machen können.«

Langsam rollte das Shuttle aus. Die Bodenberührung hatte keine zehn Meter hinter dem Beginn der Landebahn stattgefunden.

Burkhart sah zu Jurgens hinüber und sagte nichts, sondern hielt nur stumm den Daumen nach oben.

Jurgens lehnte sich zurück, spürte noch immer das Adrenalin in seinen Adern pulsen, freute sich über diesen Triumph gegen alle Wahrscheinlichkeiten. Zum ersten Mal wanderten seine Gedanken zurück zu den Ereignissen der letzten Stunden, und er fragte sich müde, wer wohl dieser Dirk Pitt gewesen war. Er schaltete die Bordverbindung ein.

»Mr. Steinmetz.«

»Ja, Kapitän?«

»Willkommen daheim auf der Erde. Wir sind zu Hause.«

59

Als Pitt in Velikows Arbeitszimmer zurückkehrte, knieten alle auf dem Boden um Raymond LeBaron, der flach ausgestreckt dalag. Jessie hielt seine Hand und murmelte unverständliche Worte. Gunn sah bei Pitts Ankunft auf und schüttelte den Kopf.

»Was ist passiert?« fragte Pitt teilnahmslos.

»Er war aufgesprungen, um dir zu helfen, und hat die Kugel erwischt, die dein Ohrläppchen mitgenommen hat«, erklärte Giordino.

Bevor er sich ebenfalls hinkniete, starrte Pitt einen Augenblick auf den tödlich getroffenen Millionär hinab. Auf der Brust hatte sich durch Hemd und Jackett ein großer dunkler Fleck ausgebreitet. In den Augen war noch Leben, und LeBarons Blick konzentrierte sich ganz auf Jessies Gesicht. Sein Atem war schnell und keuchend.

Pitt ging neben Jessie in die Knie. Sie wandte sich zu ihm, und er sah Tränen auf ihren bleichen Wangen. Ohne etwas zu sagen, sah er sie einen Augenblick lang an. Er wußte nicht, wie er sie hätte trösten können. Für einen klaren Gedanken war er zu erschöpft.

»Raymond hat versucht, dich zu retten«, flüsterte sie. »Ich wußte, daß sie ihn niemals endgültig brechen konnten. Am Ende hat er sich noch einmal aufgerafft.«

LeBaron hustete. Er sah zu Jessie auf, sein Gesicht bleich und blutleer. »Kümmere dich um Hilda«, keuchte er. »Ich gebe alles in deine Hände.«

Bevor er noch etwas sagen konnte, erzitterte der Raum unter dem Donner einer Explosion. Quintanas Team hatte damit begonnen, die elektronischen Einrichtungen der Anlage zu sprengen. Sie würden bald von hier verschwinden müssen, und sie würden Raymond LeBaron nicht mitnehmen können.

Pitt dachte an all die Zeitungsartikel und Magazinberichte, die diesen sterbenden Mann als einen stahlharten Geschäftsmann und Finanzmagier glorifiziert hatten, der seinen Willen riesigen Konzernen und Politikern in höchsten Ämtern aufgezwungen hatte. Ein Mann, der Firmen förmlich zertreten hatte, dem Tausende von Arbeitern den Verlust ihrer Stellen zu verdanken hatten. Pitt wußte das alles, aber was er hier vor sich sah, war ein sterbender alter Mann, ein gebrechlicher, besiegter Mensch, der seinem besten Freund die Frau gestohlen hatte und ihn dann für einen Schatz auf dem Meeresgrund umgebracht hatte. Pitt fühlte kein Mitleid für einen Mann wie LeBaron, er spürte nichts.

Der seidene Faden, an dem LeBarons Leben noch hing,

begann zu reißen. Pitt beugte sich dicht über die Lippen des Mannes.

»*La Dorada*«, flüsterte Pitt. »Was hast du mit ihr gemacht?«

LeBaron sah auf, und seine Augen schimmerten für einen Augenblick, als kehrten seine Gedanken in fernste Vergangenheit zurück. Seine Stimme klang schwach, als er versuchte, die letzte Kraft für eine Antwort aufzubringen. Die Worte kamen fast gleichzeitig mit seinem letzten Atemzug.

»Was hat er gesagt?« fragte Giordino.

»Ich bin mir nicht sicher«, antwortete Pitt mit erstauntem Gesicht. »Es klang wie: ›Sucht auf der Hafenseite.‹«

Für die Kubaner auf der Hauptinsel klangen die Sprengungen wie ferner Donner, und niemand nahm davon Notiz. Es gab auch keinen Lichtblitz am Horizont, keine Feuersäule – nichts, das diesen Donner erklärte. Da die Anlage von innen zerstört wurde, waren die Explosionen gedämpft. Selbst von der Sprengung der großen Antenne merkte man in Kuba nichts. Pitt half Jessie zum Landepunkt am Strand hinab. Giordino folgte ihnen, Gunn wurde von zwei Kubanern auf einer Bahre getragen. Quintana tauchte neben ihnen auf und ließ alle Vorsicht außer acht, als er Pitt mit einer Taschenlampe ins Gesicht leuchtete.

»Sie sollten sich besser das Ohr verbinden.«

»Bis wir im U-Boot sind, werde ich noch überleben.«

»Ich muß zwei Männer zurücklassen, die wir so begraben haben, daß sie niemand finden wird. Aber es kommen mehr Leute mit zurück, als mit uns gelandet sind. Deshalb werden wir ein bißchen Probleme auf unseren Wasserflitzern haben. Pitt, Sie nehmen Mrs. LeBaron mit. Mr. Gunn kann bei mir mitfahren. Sergeant Lopez kümmert sich ...«

»Der Sergeant kann allein zurückkehren«, unterbrach Pitt.

»Allein?«

»Wir lassen einen Mann zurück«, erklärte Pitt.

Quintana ließ den Scheinwerferkegel der Taschenlampe schnell über die Gruppe wandern. »Raymond LeBaron?«

»Er kommt nicht mit.«

Quintana zuckte mit den Achseln, verbeugte sich vor Jessie und sagte schlicht: »Tut mir leid.«

Dann wandte er sich ab und begann seine Männer für die Rückkehr zum Mutterschiff zu sammeln.

Pitt zog Jessie dicht an sich und sagte sanft: »Er hat dich darum gebeten, für seine erste Frau Hilda zu sorgen, die noch lebt.«

Er sah die Überraschung auf ihrem Gesicht nicht, aber er spürte, wie sich ihr Körper versteifte.

»Woher weißt du davon?« fragte sie ungläubig.

»Ich habe sie vor ein paar Tagen getroffen und mich mit ihr unterhalten.«

Sie mußte das akzeptieren und fragte nicht weiter, wie er die Dame aufgespürt hatte. »Raymond und ich haben die Hochzeit abgehalten und unsere Rollen als Mann und Frau gespielt, aber es war niemals wirklich vor dem Gesetz eine Ehe. Er hat es nicht über das Herz gebracht, sich von Hilda offiziell scheiden zu lassen.«

»Ein Mann, der zwei Frauen liebte.«

»Auf seine eigenwillige Art war es genau so. Im Geschäft war er ein Tiger, aber zu Hause ein Lamm. Als Hilda krank und alt wurde, fühlte er sich völlig verloren. Er brauchte dringend eine Frau, auf die er sich stützen konnte. Mit seinem Einfluß und seiner Macht war es kein großes Problem, ihren Tod vorzutäuschen und sie unter ihrem früheren Namen in einem Altenheim unterzubringen.«

»Und dann kam dein Auftritt.« Er wollte nicht zynisch klingen, aber es tat ihm auch nicht leid.

»Ich war bereits Teil seines Lebens«, sagte sie, ohne sich verletzt zu fühlen. »Ich war der Chefredakteur des *Prosperteer.* Raymond und ich hatten seit Jahren ein Verhältnis. Wir kamen gut miteinander aus. Sein Vorschlag war so etwas wie eine Geschäftsvereinbarung, eine vorgetäuschte Ehe aus Geschäftsgründen, aber dann wurde doch bald mehr daraus, viel mehr. Glaubst du das?«

»Ich habe kein Talent darin, andere Menschen zu verurteilen«, antwortete Pitt ruhig.

Quintana tauchte aus den nächtlichen Schatten auf und berührte Pitt am Arm. »Wir stechen in See. Ich übernehme den Funk und führe euch.«

Er trat neben Jessie und sagte mit sanfter Stimme: »Eine Stunde noch, dann sind Sie in Sicherheit. Glauben Sie, daß Sie noch so lange durchhalten?«

»Ich bin in Ordnung. Vielen Dank für Ihr Mitgefühl.«

Die Miniboote wurden über den Strand gezogen und ins Wasser gesetzt. Auf Quintanas Befehl stiegen alle auf und starteten die Motoren. Diesmal übernahm Pitt die Position am Ende, während Quintana den Funkverkehr mit Colonel Kleist aufnahm und sich zum Mutterschiff dirigieren ließ.

Hinter ihnen blieb eine Insel der Toten zurück. Aus der riesigen russischen Militäranlage war ein Trümmerberg geworden. Tief unter dem Korallensand brannte die Anlage endgültig aus. Die riesige Antenne lag in tausend Trümmern und würde sich nicht wieder reparieren lassen. Ein paar Stunden später würde es hier von Hunderten russischer Soldaten wimmeln, die durch die Ruinen krochen, um Hinweise auf den Hergang der Katastrophe zu finden. Aber die einzigen Indizien, die sich vielleicht finden ließen, deuteten nur auf den verräterischen Fidel Castro und nicht auf den CIA.

Pitt konzentrierte sich ganz auf das schwache blaue Licht am Heck des Bootes direkt vor ihm. Sie liefen jetzt genau gegen die Flut, und die winzigen Fahrzeuge tanzten über die Wellen wie auf einer Achterbahn. Jessies zusätzliches Gewicht verlangsamte Pitts Boot, und er drückte die Beschleunigungspedale bis zum Anschlag durch, um nicht zu weit zurückzufallen.

Sie hatten noch keine zehn Meilen zurückgelegt, als Pitt plötzlich spürte, daß Jessie sich von dem Griff um seine Hüften löste.

»Bist du in Ordnung?« fragte er.

Die Antwort war eine kalte Pistolenmündung, die sich unter seiner Achselhöhle gegen seine Brust drückte. Er wandte sehr langsam den Kopf und sah an seiner Seite entlang. Es war tatsächlich eine automatische Pistole, eine 9-mm-Makarow, die sich gegen seine Rippen drückte, und die Hand, in der diese Waffe lag, war sehr ruhig.

»Ist es auch nicht zu direkt«, fragte er ehrlich überrascht, »wenn ich dich jetzt mal frage, was du eigentlich vorhast?«

»Eine kleine Änderung im Plan«, erwiderte sie mit angespannter Stimme. »Unser Job ist erst zur Hälfte getan.«

Kleist marschierte auf dem Landungsdeck des U-Bootes auf und ab, während die einzelnen Boote an Bord gehievt und in der riesigen Ladehalle verstaut wurden. Quintana fuhr so lange im Kreis um das aufgetauchte U-Boot, bis der letzte seiner Männer an Bord gekommen war. Erst dann ließ er sich selbst hochhieven.

»Wie hat es geklappt?« fragte Kleist neugierig.

»Auf dem Broadway würden sie sagen, ein Superhit. Die Zerstörung ist vollständig gelungen. Du kannst Langley melden, daß die GRU sich nicht mehr in unseren Funkverkehr einschaltet.«

»Gute Arbeit«, bestätigte Kleist. »Du wirst einen schönen Bonus und einen langen Urlaub bekommen. Mit freundlichen Grüßen von Martin Brogan.«

»Pitt verdient einen guten Anteil an diesem Lob. Er hat uns direkt in die Anlage geführt, bevor die Russen richtig wach wurden. Er hat auch über Funk noch geschafft, das Shuttle zu warnen.«

»Unglücklicherweise gibt es für solche Operationen keine Orden«, erklärte Kleist nachdenklich. Dann fragte er: »Und was wurde aus General Velikow?«

»Vermutlich tot und unter den Trümmern begraben.«

»Irgendwelche Verluste?«

»Ich habe zwei Männer verloren.« Quintana unterbrach sich kurz. »Raymond LeBaron ist auch getötet worden.«

»Der Präsident wird über diese Neuigkeit weniger glücklich sein.«

»Es war mehr ein Unfall. Er unternahm einen tapferen, aber unsinnigen Versuch, Pitts Leben zu retten, und dabei wurde er erschossen.«

»Also ist der alte Bastard als Held gestorben.« Kleist trat an die niedrige Reling und starrte in die Dunkelheit. »Und was ist mit Pitt?«

»Eine leichte Wunde, nichts Ernstes.«

»Und Mrs. LeBaron?«

»Ein paar Tage ausruhen und ein bißchen Kosmetik, dann sieht sie wieder so gut wie neu aus.«

Kleist wandte sich abrupt um. »Wann habt ihr sie zuletzt gesehen?«

»Als wir vom Strand aufbrachen. Pitt nahm sie auf seinem Boot mit. Ich bin so langsam wie möglich gefahren, damit sie nicht den Anschluß verlieren.«

Quintana konnte es nicht sehen, aber Kleists Augen zeigten plötzlich tiefe Beunruhigung, denn etwas Schreckliches war schiefgelaufen. »Pitt und Mrs. LeBaron sind nicht an Bord gekommen.«

»Aber das müssen sie«, beharrte Quintana. »Ich war der letzte, der reinkam.«

»Sie haben sich nicht gemeldet«, sagte Kleist. »Sie sind noch irgendwo da draußen. Und da Pitt diesmal nicht das Funkgerät dabeihat, können wir sie nicht nach Hause dirigieren.«

Quintana schlug sich die Hand vor die Stirn. »Mein Fehler. Ich war verantwortlich.«

»Vielleicht, vielleicht auch nicht. Wenn etwas schiefgegangen ist, wenn sein Boot einen Schaden gehabt hätte, dann hätte Pitt bestimmt gerufen oder sich sonst wie bemerkbar gemacht.«

»Vielleicht können wir sie auf dem Radarschirm entdekken«, überlegte Quintana voll neuer Hoffnung.

Kleist klatschte in die Hände. »Dann beeilen wir uns besser. Es könnte mörderisch werden, wenn wir hier noch lange herumhängen.«

Er und Quintana stürmten die Leiter zum Kontrollraum hinunter. Der Radarspezialist saß vor dem leeren Schirm. Er sah auf, als sich die beiden Offiziere plötzlich zu ihm gesellten.

»Fahren Sie die Antenne aus«, befahl Kleist.

»Wir werden sofort von jeder Radareinheit an der kubanischen Küste angepeilt«, protestierte der Mann.

»Raus damit!« befahl Kleist scharf.

Drei Augenpaare beobachteten angespannt den zum Leben erwachenden Monitor.

»Was suchen wir denn?« erkundigte sich der Operator.

»Zwei unserer Leute fehlen«, antwortete Quintana.

»Sie sind zu klein, um hier auf dem Monitor aufzutauchen mit ihrem Boot.«

»Wie sieht es mit Computer-Auswertungen aus?«

»Wir könnten es versuchen.«

»Tun Sie das.«

Nach einer halben Minute schüttelte der Spezialist den Kopf. »Nichts im Umkreis von zwei Meilen.«

»Vergrößern Sie den Radius auf fünf Meilen.«

»Noch immer nichts.«

»Gehen Sie auf zehn.«

Der Operator konzentrierte sich jetzt ganz auf den Computerausdruck. »Okay, hier scheint ein winziges Objekt zu sein. Neun Meilen südwestlich, läuft auf zwei-zwei-zwei Grad.«

»Sie müssen sich verirrt haben«, murmelte Kleist.

Der Radarspezialist schüttelte den Kopf. »Das wäre nur möglich, wenn sie blind oder Vollidioten sind. Der Himmel draußen ist sternenklar. Jeder Jungpfadfinder weiß, wo der Nordstern steht.«

Quintana und Kleist starrten sich eine Minute lang verblüfft an, ohne völlig zu begreifen, was sie aus diesen Worten schließen mußten. Schließlich stellte Kleist die unvermeidliche Frage.

»Warum?« fragte er dumpf. »Warum sollten sie freiwillig nach Kuba fahren?«

FÜNFTER TEIL

Die »Amy Bigalow«

6. November 1989
An der kubanischen Nordküste

60

Pitt und Jessie wichen einem kubanischen Patrouillenboot aus und waren noch etwa zwei Kilometer vor der kubanischen Küste, als die Batterie des kleinen Bootes ihren Geist aufgab. Aus Sicherheitsgründen versenkte Pitt das Boot, und sie mußten die letzte Strecke schwimmend zurücklegen.

Das Wasser fühlte sich angenehm warm an, und die Wellen blieben niedrig. Am Horizont hing eine helle Mondsichel. Es mußten noch knapp zwei Stunden bis Sonnenaufgang sein. Mit dem Licht des Mondes und der ersten Dämmerung hatte Pitt keine Schwierigkeiten, Jessie im Auge zu behalten. Sie keuchte kurz, als hätte sie Wasser geschluckt, aber schien sich sonst ohne Schwierigkeiten zu halten.

»Dann mal los!« rief er ihr zu. »Kraulst du gut?«

»Es geht!« Sie spuckte Wasser und rief dann: »Ich habe mal den dritten Platz beim High-School-Wettschwimmen belegt.«

»In welchem Staat?«

»Wyoming.«

»Ich wußte gar nicht, daß es in Wyoming einen Swimmingpool gibt.«

»Sei nicht albern.«

»Die Flut läuft in unsere Richtung, also halten wir uns an sie, bevor die Ebbe einsetzt.«

»Es wird bald hell sein«, rief sie.

»Um so wichtiger, daß wir schnell ans Ufer kommen und ein Versteck finden.«

»Wie sieht es mit den Haien aus?«

»Die frühstücken nie vor sechs Uhr«, antwortete er ungeduldig. »Los jetzt, keine langen Reden mehr.«

Sie schwammen los, und Pitt war verblüfft, wie gut sich Jessie an seiner Seite hielt. In dieser Frau steckte eine ungeheure Energie. Sie zeigte keinerlei Ermüdung, während sie mit ruhigen Stößen neben ihm durch die Wogen glitt.

Bisher hatte sie ihm den Grund für diesen überraschenden Ausflug nach Kuba nicht genannt, und Pitt hatte sie nicht gefragt. Er mußte kein Hellseher sein, um zu wissen, daß sie eine sehr klare Vorstellung über ihre Ziele hatte, denn diese Lady war alles andere als verrückt. Was immer sie tat, hatte sehr gute Gründe. Er hätte ihr leicht die Waffe entreißen oder das kleine Schnellboot zum Kentern bringen können, aber er war auch sicher gewesen, daß sie nicht geschossen hätte, falls er die Kursänderung ablehnte.

Die Sache lief wie immer glatt für Pitt. Mitgefangen, mitgehangen. Nur daß er diesmal auch einige persönliche Gefühle einbrachte – nicht Liebe, aber er fühlte sich doch sehr von dieser ungewöhnlichen Frau angezogen. Dazu kam die kaum zu unterdrückende Neugier, was denn nun hinter all diesem steckte. Bisher hatte Pitt noch nie widerstehen können, irgendein Geheimnis zu erkunden. Und außerdem gab es noch die Lockungen des Schatzes von El Dorada. LeBarons Hinweis war spärlich genug, die Statue konnte überall auf Kuba sein. Aber immerhin schwammen sie in die richtige Richtung.

Als der Strand näher kam, tauchte Pitt und kam neben Jessie hoch, die erschrak. Er hatte sie gestreift. Ein großes schwarzes Ungetüm von unten war auf sie zugeschossen, und bis sie merkte, daß es kein Hai war, brach ihr der Schweiß aus.

»Still!« zischte er. »Du alarmierst sonst jede Küstenpatrouille vor uns.«

»O Gott, gut, daß du es bist!« stöhnte sie.

»Ruhig«, murmelte er dicht neben ihrem Ohr. »Stimmen tragen über dem Wasser verdammt weit. Wir lassen uns einen Augenblick treiben und sehen uns den Strand genauer an. Es sind keine fünfzig Meter mehr.«

Sie berührte ihn nur kurz zustimmend mit der Hand. Stumm traten sie Wasser und starrten gemeinsam in die Dämmerung. Vor ihnen lag ein schmaler Streifen weißer Sand und dahinter der dunkle Schatten eines langgezogenen Buschwaldes. Etwa zwei Meilen zur Rechten sahen sie Scheinwerfer von Autos auf einer Küstenstraße. In größerer Entfernung deutete ein Lichtschein auf eine kleine Hafenstadt.

Minutenlang starrte Pitt in die Dunkelheit hinter der Strandlinie, ohne eine Bewegung zu entdecken. Schließlich winkte er Jessie zu und schwamm weiter. Nach zwanzig Metern berührte sein Fuß den Grund. Er richtete sich auf und stand bis zur Brust im Wasser.

»Du kannst stehen«, rief er leise.

Es wurde einen Moment still, dann flüsterte sie hinter ihm: »Dem Himmel sei Dank, meine Arme fühlen sich an wie Blei.«

»Sobald wir da drüben im Schatten sind, kannst du dich hinlegen und ausruhen. Ich werde die Umgebung erkunden.«

»Sei bitte vorsichtig.«

»Kein Grund zur Sorge«, meinte er und grinste breit. »Man gewöhnt sich an alles. Das ist ja schon der zweite feindliche Strand, an dem ich heute Nacht lande.«

»Bist du immer so ernst?«

»Ganz den Umständen entsprechend. Wie jetzt zum Beispiel. Gib mir die Pistole.«

Sie zögerte. »Ich glaube, ich habe sie verloren.«

»Du glaubst?«

»Als wir ins Wasser sprangen ...«

»Du hast sie fallen lassen.«

»Ich hab' sie fallen lassen«, wiederholte sie mit unschuldiger Stimme.

»Du weißt gar nicht, was für ein Vergnügen es ist, mit dir zusammenzuarbeiten«, meinte Pitt erschöpft.

Die letzten Meter legten sie schweigend zurück. Dann

warfen sie sich auf den Strand und blieben bewegungslos liegen. Es rührte sich nichts in der näheren Umgebung. Schließlich sprang Pitt auf, rannte über den Sandstreifen und verschwand in den Schatten.

Jessie bemühte sich, nicht einzuschlafen. Ihr Körper war gefühllos vor Erschöpfung, und sie nahm dankbar wahr, daß sie zu müde war, die Schmerzen, die die vielen Schrammen und blauen Flecken von Glys Foltern verursachten, zu spüren. Sie fühlte überhaupt nichts mehr. Das sanfte Streicheln der Brandungsausläufer an ihren Füßen beruhigte sie wie ein Sedativum.

Und dann erstarrte sie, ihre Finger bohrten sich in den nassen Sand, ihr Herz raste.

Einer der Büsche hatte sich bewegt. Zehn, vielleicht zwölf Meter vor ihr löste sich eine dunkle Gestalt von den Bäumen und kam langsam über den Strand zur Brandungslinie.

Es war nicht Pitt.

Das schwache Licht des Mondes zeigte deutlich genug eine Gestalt in einer Uniform mit einem Gewehr. Sie lag wie gelähmt und war sich nur zu gut ihrer völligen Hilflosigkeit bewußt. Sie drückte ihren Körper verzweifelt in den Sand und versuchte Zentimeter für Zentimeter zurück ins Wasser zu robben.

Dann wanderte plötzlich der Kegel einer Taschenlampe über den Strand an der Wasserlinie entlang. Der kubanische Küstenwächter ließ den Lichtkegel schnell hin- und herwandern, während er genau den Grund untersuchte. Mit Entsetzen entdeckte Jessie, daß er Pitts Fußspuren bemerkt hatte. Sie ärgerte sich plötzlich wahnsinnig über Pitt, weil er sie hier allein gelassen hatte mit einer Spur, die direkt zu ihr führte.

Wenn der Kubaner noch zehn Schritte näher kam, mußte er sie entdecken.

Der Kubaner kam auf zehn Schritte heran. Hätte er sich nur eine Idee weiter in ihre Richtung gedreht, hätte er die Silhouette ihres Kopfes gesehen. Der Suchstrahl bewegte sich nicht weiter und fixierte sich auf die Spuren, die Pitt im Sand des Strandes hinterlassen hatte. Der Posten wandte sich nach rechts und beugte sich mit seiner Taschenlampe zum Dickicht am Rand des Sandes hinunter. Dann drehte er sich völlig unvorhersehbar abrupt nach links und hatte Jessie voll im Lichtkegel seiner Lampe. Sie war völlig geblendet.

Einen Moment lang stand der Kubaner wie angewurzelt da, dann aber hatte er mit seiner freien Hand das automatische Gewehr hochgerissen und im Anschlag. Er zielte direkt auf sie. Sie war gelähmt vor Schrecken und schloß die Augen in der sicheren Erwartung des Schusses, der nun gleich fallen würde.

Statt dessen hörte sie ein dumpfes Geräusch und ein unterdrücktes Aufstöhnen. Kein Schuß fiel. Es herrschte eine seltsame Stille. Dann wurde ihr bewußt, daß das Licht nicht mehr brannte. Sie erblickte ein Paar Beine, die knöcheltief im Wasser standen, direkt neben ihr. Und durch sie hindurch konnte sie auf den jetzt im Sand liegenden kubanischen Wachtposten sehen.

Pitt beugte sich herunter und zog sie vorsichtig hoch. Er strich ihr die Haarsträhnen aus dem Gesicht und sagte: »Ich kann dir wohl keine Sekunde den Rücken kehren, ohne daß du gleich in Schwierigkeiten gerätst, wie?«

»Ich dachte schon, mein letzter Augenblick sei gekommen«, sagte sie, während ihr Herzschlag sich allmählich wieder etwas beruhigte.

»Das mußt du inzwischen schon ungefähr drei Dutzend Male gedacht haben, seit wir von Key West loszogen.«

»Es braucht seine Zeit, bis man sich an Todesangst gewöhnt.«

Pitt hob die Taschenlampe des Wachtpostens auf, schirmte den Strahl mit seiner Hand ab und begann dem Kubaner die Uniform auszuziehen. »Zum Glück ist er ein kleiner Winzling, ziemlich genau deine Größe. In seinen Stiefeln wirst du vermutlich schwimmen, aber besser zu groß als zu klein, sage ich immer.«

»Ist er tot?«

»Nein, nur eine kleine Schramme am Schädel von dem Stein. In ein paar Stunden wird er wieder zu sich kommen.«

Sie rümpfte die Nase, als er ihr die Uniformteile zuwarf. »Der scheint sein Leben lang nicht gebadet zu haben.«

»Spül die Sachen im Meer aus und zieh sie naß an«, riet Pitt. »Und beeil dich. Jetzt ist keine Zeit, auf Eleganz zu achten. Seine Ablösung wird sich bald wundern, warum er nicht kommt. Der Sergeant vom Ablösekommando müßte jeden Augenblick hier sein.«

Nach fünf Minuten stand Jessie in der tropfnassen Uniform der kubanischen Wachtpatrouille da. Die Stiefel waren tatsächlich zwei Nummern zu groß. Sie band sich das Haar hoch und steckte es straff unter die Uniformmütze. Sie wandte sich Pitt zu, der mit dem Gewehr des Kubaners und einem Palmwedel unter den Bäumen und Büschen hinter dem Sand hervorkam.

»Was hast du mit ihm gemacht?« fragte sie.

»Ich habe ihn ein Stück landeinwärts unter einem Gebüsch versteckt«, sagte Pitt äußerlich mit beherrschter Ruhe, aber wenn sie genau hingehört hätte, hätte sie bemerkt, daß das keineswegs so war. Er wies auf den etwa eine Viertelmeile am Strand entfernten Lichtstrahl. »Sie kommen. Keine Zeit mehr. Los!«

Er stieß sie fast unter die Bäume und folgte ihr dann. Er ging rückwärts und verwischte ihre Spuren im Sand mit dem Palmwedel. Nach etwa siebzig Metern ließ er ihn fallen, und sie eilten, so schnell sie konnten, durch das Dschungeldikkicht, um bis zum Morgengrauen so viel Abstand wie möglich zwischen sich und die Verfolger zu legen.

Sie mochten an die fünf Meilen zurückgelegt haben, als sich im Osten das Schwarz des Himmels aufzuhellen und allmählich orange zu färben begann. Im ersten fahlen Morgenlicht war ein Zuckerrohrfeld erkennbar. An dessen Rand entlang gingen sie weiter, bis sie auf eine geteerte zweispurige Autostraße gelangten. Sie war völlig leer und verlassen, und weder nach der einen noch nach der anderen Richtung war auch nur ein Autoscheinwerfer zu sehen. Sie gingen am Rand der Straße weiter und duckten sich in die Böschung, als später dann doch das eine oder andere Auto oder ein Lastwagen vorbeikam. Pitt bemerkte, daß Jessies Schritte müder und ihr Atem schwerer wurden. Er blieb stehen, legte sein Taschentuch über die Lampe und leuchtete ihr ins Gesicht. Es war unverkennbar, sie war völlig erschöpft. Er legte ihr den Arm um die Hüfte und zog sie mit sich weiter, bis sie an dem abschüssigen Einschnitt eines kleinen Flüßchens ankamen.

»Ruh dich aus, bis ich zurück bin.«

Er ließ sich den Abhang hinuntergleiten. Unten war das ausgetrocknete Bett eines schmalen Wasserlaufes, der sich um einen kleinen Hügel herumwand, mit verstreuten Felsbrocken hier und dort. Der Wasserlauf zog sich, dort eingefaßt in ein großes Zement-Kanalisationsrohr, unter der Straße durch. Auf der anderen Seite führte er in eine eingezäunte Wiese.

Pitt kroch wieder hinauf zur Straße, nahm wortlos Jessies Hand und führte sie den Abhang hinunter bis zum Uferkies des trockenen Flußlaufs. Er leuchtete in das Kanalisationsrohr hinein.

»Das einzige freie Zimmer in der ganzen Stadt«, sagte er mit der aufgekratzten Stimme, die er unter diesen Umständen zustande brachte – was nicht viel war.

Es war in der Tat keine Penthouse-Suite. Aber in der trockenen Röhre lag immerhin eine weiche Sandschicht. Und hier waren sie sicherer, als sie es in der ganzen Gegend irgendwo hatten erwarten können. Jedes Suchkommando, das ihnen allenfalls bis zur Straße gefolgt wäre, mußte annehmen, daß die Flüchtigen dort aller Wahrscheinlichkeit nach wohl von einem wartenden Fahrzeug abgeholt worden seien.

Irgendwie gelang es ihnen, sich in der engen Dunkelheit der Röhre einigermaßen bequem hinzulegen. Pitt hielt das Gewehr und die Lampe in Reichweite und streckte sich aus.

»Okay, Lady«, sagte er, und seine Worte hallten dumpf in der Röhre, »ich glaube, jetzt ist es an der Zeit, daß du mir allmählich erzählst, warum, zum Teufel, wir überhaupt hier sind.«

Aber Jessie antwortete nicht.

Ungeachtet ihrer klammen, schlecht sitzenden Uniform und ihrer schmerzenden Füße und Gelenke lag sie eingerollt wie ein Baby da und schlief bereits wie bewußtlos.

61

»Tot? Alle tot?« sagte Kremlchef Antonow noch einmal aufgebracht. »Die gesamte Anlage ist zerstört, und es gibt nicht einen Überlebenden?«

Polevoj nickte schwer. »Der Kommandant des U-Bootes, der die Explosionen bemerkte, und der kommandierende Oberst der Sicherheitskräfte schickten ein Kommando an Land. Es meldete, keine Überlebenden gefunden zu haben. Sie entdeckten auch die Leiche meines Stellvertreters Maisky, aber General Velikow ist noch nicht gefunden worden.«

»Fehlten Geheimcodes oder Dokumente?«

Polevoj hütete sich, den eigenen Kopf auf den Henkersblock zu legen und die Verantwortung für das Desaster zu übernehmen. Aber wie es stand, hing seine Karriere jetzt an einem seidenen Faden, und es lag durchaus im Bereich des Möglichen, daß er bald ein vergessener Bürokrat war, der gerade noch ein abgelegenes Arbeitslager leiten durfte.

»Alle Geheimpapiere sind zuvor von General Velikows Stab vernichtet worden, bevor die Männer im Kampf fielen.«

Antonow akzeptierte diese Lüge. »Der CIA wieder mal«, sinnierte er. »Er steckt hinter dieser unfairen Provokation.«

»Nein, ich glaube nicht, daß wir das hier dem CIA anhängen können. Die ganzen Indizien deuten klar auf eine rein kubanische Operation hin.«

»Das gibt es nicht«, schnappte Antonow. »Unsere Vertrauensleute in Castros Armee hätten uns rechtzeitig gewarnt, wenn da etwas vorbereitet worden wäre, um die Insel zu erobern. Und außerdem übersteigt eine waghalsige und phantasievolle Operation dieser Art und vor allem dieser Größenordnung weit jedes lateinamerikanische Gehirn.«

»Das mag sein, aber unsere besten Geheimdienstleute glauben, daß der CIA keinen Schimmer von unserem Kommunikationszentrum auf Cayo Santa Maria hatte. Wir haben darüber auch nicht die kleinste Information hinausgelassen. Der CIA ist zweifellos gut, aber allmächtig und allwissend sind seine Leute auch nicht. Es ist praktisch unmöglich, daß sie den ganzen Coup geplant, geübt und innerhalb der paar kurzen Stunden ausgeführt haben sollten, die zwischen dem Abflug des Shuttle von der Raumstation und ihrem unvermittelten Verlassen unseres für sie programmierten Flugkurses nach Kuba lagen.«

»Soll das heißen, wir haben auch das Shuttle verloren?«

»Leider ja, die Überwachung des Funkverkehrs des Johnson Space Center ergab klar, daß das Shuttle sicher in Key West gelandet ist.«

»Mit den amerikanischen Mondkolonisten an Bord«, ergänzte Antonow kühl.

»Das stimmt, sie waren an Bord.«

Sekundenlang saß Antonow – zu wütend, um etwas zu tun – nur still und stumm da und starrte ins Leere. »Und wie haben sie das gemacht?« fragte er endlich. »Wie haben sie ihr kostbares Space Shuttle im letzten Augenblick doch noch gerettet?«

»Reines Glück«, sagte Polevoj, »einfaches, unverschämtes Glück.« Denn es konnte nie am eigenen Versagen liegen. »Sie haben sich ihre Asse gerettet, weil die Castro-Brüder sich aufs ärgerlichste eingemischt haben.«

Antonow fixierte Polevoj scharf. »Das sagen Sie mir, Genosse Direktor, nachdem Sie nicht müde wurden, mir oft und oft zu erklären, daß die Castro-Brüder nicht einmal aufs Klo gehen können, ohne daß unser KGB genau weiß, wieviel Papier sie verbrauchen? Und dann erzählen Sie mir, daß sie auf einmal zum amerikanischen Präsidenten ins Bett kriechen, ohne daß Ihre Agenten auch nur etwas davon ahnen?«

Polevoj saß mittlerweile wirklich tief in den Nesseln. Jetzt versuchte er, daraus wieder herauszukommen, indem er einfach das Thema wechselte. »Die Aktion *Rum and Cola* läuft nach wie vor programmgemäß in den Vorbereitungen. Sie mögen uns mit dem Space Shuttle – einer ergiebigen Quelle wissenschaftlicher Daten – ausgetrickst haben, gut. Aber angesichts der Tatsache, daß wir am Ende eben doch die totale Beherrschung Kubas auf unserem Konto verbuchen können, ist das sicher ein zu verschmerzender Verlust.«

Antonow wiegte den Kopf. »Ich habe da meine Zweifel. Wenn Velikow nicht mehr da ist, um die Operation zu leiten, sinken die Erfolgschancen mindestens auf die Hälfte.«

Polevoj widersprach. »Der General ist für *Rum and Cola* keineswegs mehr die alles entscheidende Figur. Der Plan ist zu neunzig Prozent vorbereitet. Morgen abend werden die Schiffe in den Hafen von Havanna einfahren, und für übermorgen ist Castros Rede vorgesehen. General Velikow hat zweifellos hervorragende Arbeit geleistet, indem er die ganze Basis für die Operation legte und aufbaute. Es sind auch schon in der ganzen westlichen Welt Gerüchte ausgestreut, daß der CIA ein neues Attentat auf Castro vorhat, und es ist Material vorbereitet, um den Amerikanern ihre Beteiligung nachzuweisen. Wir brauchen jetzt nur noch auf den Knopf zu drücken, damit alles wie geplant abläuft.«

»Sind unsere Leute in Havanna und Santiago alarmiert?«

»Alles ist bereit für ihren Einmarsch und die Bildung einer neuen Regierung, sobald die Attentate nur bestätigt sind.«

»Wer wird der nächste Führer sein?«

»Alicia Cordero.«

Antonow blieb fast der Mund offenstehen. »Wollen Sie mir im Ernst erzählen, daß Sie vorhaben, eine Frau als Nachfolgerin von Fidel Castro zu berufen?«

»Die Wahl ist sogar perfekt«, betonte Polevoj mit Nachdruck.

»Sie ist die Sekretärin des Zentralkomitees und des Staatsrates. Und was noch wichtiger ist, sie ist bekannt als nahe Vertraute Fidel Castros. Für das Volk ist sie nahezu ein Idol wegen ihres erfolgreichen Familienförderungsprogramms. Und wegen ihres Rednertalents. Ihr Charme und Charisma stehen dem Fidels kaum nach. Ihre Loyalität zur Sowjetunion unterliegt keinem Zweifel, und sie wird auch die volle Unterstützung des kubanischen Militärs haben.«

»Das für uns arbeitet.«

»Das zu uns gehört.«

»Also sind wir der Armee verpflichtet.«

»Jawohl, Genosse Präsident.«

»Und danach?«

»Nicaragua, Peru, Chile und, ja, Argentinien«, sagte Polevoj und redete sich warm. »Es wird keine verunglückten Revolutionen mehr geben, keine blutigen Guerillakriege. Wir infiltrieren die Regierungen fortan sanft und unsichtbar, immer darauf bedacht, keine feindseligen Reaktionen der USA zu provozieren. Wenn sie dann am Ende aufwachen, wird es jeweils zu spät sein. Und ganz Mittel- und Südamerika wird sicheres Einflußgebiet der Sowjetunion sein.«

»Nicht der Partei?«

»Sie ist die Basis, auf der wir aufbauen, Genosse Präsident. Aber wir können uns nicht für ewige Zeiten an eine überholte marxistische Philosophie ketten, nachdem wir hundert Jahre gebraucht haben, um festzustellen, daß sie nicht praktikabel ist. Wir sind nur noch ein Jahrzehnt vom 21. Jahrhundert entfernt. Die Zeit des nüchternen Realismus ist gekommen. Kuba ist der erste Schritt auf dem Weg zu einer Welt, die von uns dominiert werden wird.«

»Und Fidel Castro ist das Hindernis auf diesem Weg, meinen Sie?«

»Ja. Aber jetzt nur noch achtundvierzig Stunden lang.«

Air Force One hob von der Andrews Air Force Base ab und drehte nach Süden, über die historischen Hügel Virginias hinweg. Der frühe Morgenhimmel war klar und blau. Nur ein paar kleine Wölkchen waren zu sehen. Der Pilot, der diesen Jet schon für drei Präsidenten geflogen hatte, stieg bis zur Höhe von vierunddreißigtausend Fuß, ehe er die Ankunftszeit in Cape Canaveral seinen Passagieren durchsagte.

»Frühstück, Gentlemen?« fragte der Präsident und deutete auf die kleine Eßnische, die vor kurzem in seiner Präsidentenmaschine installiert worden war. Seine Frau hatte sie mit einer Tiffany-Lampe und einem Jugendstiltisch ausgestattet, um eine freundliche und ungezwungene Atmosphäre zu schaffen. »Wir haben auch Champagner, falls irgend jemand feiern möchte.«

»Mir reicht eine Tasse heißen schwarzen Kaffees«, sagte Martin Brogan. Er setzte sich und holte eine Akte aus seinem Diplomatenköfferchen.

Dan Fawcett zog sich einen Stuhl heran und setzte sich neben ihn. Douglas Oates blieb auf der anderen Seite neben dem Präsidenten sitzen. Ein Air-Force-Sergeant in weißer Jacke servierte Guava-Saft, den der Präsident bevorzugte, und Kaffee. Als alle bedient waren und darauf warteten, daß er das Gespräch eröffne, sagte der Präsident: »Also, wir haben eine Menge zu besprechen, bis wir am Cape landen. Dan, referieren Sie mal über den Stand von *Gettysburg* und die Sache Mondkolonisten.«

»Ich habe schon den ganzen Morgen mit den NASA-Leuten telefoniert«, begann Fawcett in hörbarer Hochstimmung. »Wir wissen ja alle, daß Dave Jurgens das Raumschiff in Key West sicher heruntergebracht hat, wenn auch äußerst knapp und haarscharf. Tolle Fliegerleistung! Die Marine-Luftstation ist für jederlei anderen Verkehr gesperrt worden. Tore und Zäune werden strengstens von der Marine bewacht. Der Präsident hat eine vorläufige absolute Nachrichtensperre angeordnet, bis er selbst die Existenz unserer neuen Mondbasis in gebührender Weise verkünden kann.«

»Ich kann mir vorstellen, daß die Reporter heulen wie verwundete Wölfe«, sagte Oates, »weil ihnen kein Mensch sagt, warum das Shuttle so weit ab vom geplanten Kurs gelandet ist.«

»Selbstverständlich. Und sehr lange kann man sie nicht hinhalten.«

»Wann wollen Sie die Neuigkeit verkünden?« fragte Brogan den Präsidenten.

»In zwei Tagen, nicht früher«, entgegnete der Präsident. »Wir brauchen einfach Zeit, um die ungeheure Tragweite genau kennenzulernen und um Steinmetz und seine Leute durch die Formalitäten und Befragungen zu schleusen, bevor wir die Meute auf sie loslassen können.«

»Aber je länger wir zögern, desto größer wird die Gefahr, daß irgend jemand im Weißen Haus plaudert.«

»Wo sind die Mondkolonisten im Augenblick?«

»Sie unterziehen sich medizinischen Tests im Kennedy Space Center«, sagte Fawcett. »Sie sind unmittelbar nach dem Niedergehen der *Gettysburg* aus Key West ausgeflogen worden, zusammen mit Jurgens.«

Brogan sah Oates an. »Hat der Kreml was verlauten lassen?«

»Bis jetzt nur Schweigen.«

»Wird interessant sein, zu verfolgen, wie sie darauf reagieren, daß sie ins Hintertreffen geraten sind.«

»Antonow ist ein träger alter Bär«, sagte der Präsident. »Er wird einen Propaganda-Blitzfeldzug ablehnen: Er wird nicht verlauten lassen, daß wir schuld an der Ermordung seiner Astronauten sind, weil er nämlich an der Fortsetzung unserer Geheimgespräche interessiert ist. Allenfalls dort wird er dann einen Ausgleich verlangen, indem er Informationen über die wissenschaftlichen Erkenntnisse und Daten verlangt.«

»Und? Werden Sie sie ihm geben?«

»Der Präsident ist dazu moralisch verpflichtet«, antwortete Oates für den Präsidenten.

Brogan sah überrascht auf, und Fawcetts Augen wurden groß.

»Aber dies ist doch keine politische Angelegenheit!« sagte Brogan leise. »Es gibt doch keinerlei Absprachen, nach denen wir verpflichtet wären, wichtiges, geheimes Material über unsere nationale Verteidigung preiszugeben.«

»Aber diesmal sind wir doch in der Rolle der Bösewichter, nicht die Russen«, wandte Oates ein. »Wir stehen ein paar Zentimeter vor der Unterzeichnung von SALT IV als Abkommen zum Stop aller künftigen nuklearen Raketenstellungen. Würde der Präsident Antonows Verlangen zurückweisen, hätten wir auf der Stelle wieder einen dieser berühmten Ausmärsche des sowjetischen Delegierten – und das ein paar Stunden vor der Unterzeichnung! Die ganze mühselig erarbeitete Geschichte wäre im Eimer!«

»Das kann schon sein«, sagte Fawcett. »Aber alle, die zwei Jahrzehnte lang hart an dem Jersey-Projekt gearbeitet haben, taten das nicht, um es anschließend an den Kreml zu verschenken!«

Der Präsident hatte diese Diskussion schweigend verfolgt. Jetzt hob er abwehrend die Hand. »Augenblick, Gentlemen. Ich werde selbstverständlich keinen Ausverkauf veranstalten. Aber es besteht doch kein Zweifel daran, daß wir eine enorme Vielfalt an Informationen mit den Russen – und mit der ganzen übrigen Welt – austauschen können. Davon würden wir schließlich auch selbst profitieren. Es wäre zum Besten der gesamten Menschheit. Wir müssen dahin kommen, daß medizinische Erkenntnisse, geologische, astronomische Informationen überall frei verfügbar sind. Sie können trotzdem ganz beruhigt sein, daß ich deshalb nicht gleich die Absicht habe, unser gesamtes Raumfahrt- und Verteidigungsprogramm preiszugeben. Dies wird natürlich auch in Zukunft ein Sektor sein, der fest in unserer eigenen Hand bleibt. Habe ich mich klar genug ausgedrückt?«

Alle schwiegen, bis der Steward Platten mit Ham and Eggs und heißem Gebäck brachte und die Kaffeetassen nachfüllte.

Der Präsident sah Brogan an. »Essen Sie nichts, Martin?«

»Ich frühstücke nie. Ich esse überhaupt nur mittags.«

»Sie wissen nicht, was Ihnen entgeht. Dieses Gebäck hier ist federleicht.«

»Vielen Dank. Ich bleibe bei meinem scharzen Kaffee.«

»Da können Sie uns ja, während wir essen, über die Operation Cayo Santa Maria berichten.«

Brogan nippte an seinem Kaffee, öffnete seine Akte und faßte deren Inhalt in einigen knappen Statements zusammen: »Ein Sonder-Kampfkommando Oberst Ramon Kleists unter Führung von Major Angelo Quintana landete auf der Insel um 2.00 Uhr heute nacht. Um 04.30 Uhr waren die sowjetischen Störsender und Abhöreinrichtungen einschließlich der großen Antenne zerstört und das gesamte Personal aufgerieben. Der Zeitpunkt erwies sich als überaus günstig, weil die letzte Radiowarnung die *Gettysburg* nur Minuten vor ihrer Landung auf kubanischem Boden erreichte.«

»Von wem kam die Warnung?« fragte Fawcett.

Brogan blickte ihn über den Tisch hinweg lächelnd an. »Er identifizierte sich als ein gewisser Dirk Pitt.«

»Nicht zu fassen«, sagte der Präsident kopfschüttelnd. »Der Bursche scheint überall zu sein!«

»Jessie LeBaron und zwei von Admiral Sandeckers NUMA-Leuten wurden gerettet«, fuhr Brogan fort. »Raymond LeBaron kam ums Leben.«

»Ist das bestätigt?« fragte der Präsident ernst.

»Ja, Sir, es ist bestätigt.«

»Das ist sehr traurig. Er verdiente Anerkennung für seine Verdienste um die Jersey Colony.«

»Trotzdem war die Mission ein großer Erfolg«, fuhr Brogan sachlich fort. »Major Quintana erbeutete zahlreiches höchst informatives Geheimmaterial, einschließlich der neuesten Codes der Sowjets. Es ist vor einer Stunde eingetroffen. Die Analytiker in Langley sitzen im Augenblick darüber.«

»Glückwünsche sind angebracht«, bekannte der Präsident. »Ihre Leute haben Beachtliches geleistet.«

»Seien Sie nicht zu voreilig mit dem Lob, Mr. Präsident, solange Sie nicht die ganze Geschichte gehört haben.«

»Nämlich, Martin?«

»Dirk Pitt und Jessie LeBaron ...« Brogan unterbrach sich und zuckte hilflos mit den Schultern. »Sie sind nicht zum Mutterschiff zu Major Quintana und seinen Leuten zurückgekehrt.«

»Sie meinen, Sie sind zusammen mit Raymond LeBaron auf der Insel umgekommen?«

»Das nicht, Sir. Sie sind wohl mit den anderen abgezogen. Aber dann haben sie sich nach Kuba abgesetzt.«

»Nach Kuba?« wiederholte der Präsident halblaut und verblüfft. Er blickte auf Oates und Fawcett, die ihn ihrerseits ungläubig ansahen. »Lieber Gott, Jessie versucht offenbar noch immer, unsere Erwiderung auf den vorgeschlagenen Pakt mit Kuba anzubringen.«

»Halten Sie es überhaupt für möglich, daß Sie Kontakt zu Castro aufnehmen kann?« wollte Fawcett wissen.

Brogan schüttelte bedauernd den Kopf. »Wohl kaum. Die ganze Insel strotzt vor Sicherheitskontrollen, Polizei und Milizeinheiten, die buchstäblich jede einzelne Meile jeder Straße unter Kontrolle halten. Es würde keine Stunde dauern, bis sie aufgegriffen würden. Vorausgesetzt, sie kommen überhaupt durch den Abschirmungsgürtel der Strandpatrouillen.«

»Vielleicht hat Pitt wieder einmal sein bekanntes Glück«, meinte Fawcett.

»Gewiß nicht«, murmelte der Präsident, dessen Gesicht offene Besorgnis zeigte. »So viel Glück gibt es nicht. Er hat seinen Anteil bereits über alle Maßen ausgeschöpft.«

In einem kleinen Büro im CIA-Hauptquartier in Langley saß Chefanalytiker Bob Thornburg. Er hatte die Beine übereinandergeschlagen und auf seinen Schreibtisch gelegt und arbeitete sich durch einen Stoß Material, der aus San Salvador eingeflogen worden war. Er saugte an seiner Pfeife und übersetzte den russischen Text.

Er überflog rasch drei Aktenordner und griff sich auch noch einen vierten, dessen Titel sein Interesse erregte. Die ganze Wortwahl war sehr amerikanisch. Es ging um eine Geheimaktion, die nach einem Mixgetränk benannt war. Er las es quer bis zum Ende und saß dann eine ganze Weile völlig verblüfft da.

Dann legte er entschlossen die Pfeife weg, nahm die Füße vom Schreibtisch und begann die ganze Geschichte genauer durchzulesen, Satz für Satz. Er machte sich dazu Notizen auf einem gelben Block.

Nach fast zwei Stunden griff er zum Telefon und wählte das Vorzimmer des stellvertretenden Direktors.

»Hallo, Eileen, Bob Thornburg. Können Sie mich mal mit Henry verbinden?«

»Er spricht gerade auf der anderen Leitung.«

»Er soll mich zurückrufen, sobald es geht. Es ist dringend.«

Dann ordnete er seine Notizen und begann das Material zum fünften Mal durchzulesen, bis ihn das Telefon unterbrach.

»Hallo, Bob. Henry hier. Was gibt's denn so Dringendes?«

»Kann ich sofort zu dir rüberkommen? Ich bin gerade einen Teil des Materials aus San Salvador durchgegangen.«

»Ist da was?«

»Ein Hammer, würde ich sagen.«

»Wie wär's mit einem Stichwort?«

»Fidel Castro.«

»Was hat er nun wieder Unartiges vor?«

»Er wird übermorgen tot sein.«

62

Pitt sah, als er aufwachte, als erstes auf die Uhr. Es war genau 12.18 Uhr. Er fühlte sich erholt und in guter Stimmung, er war fast optimistisch.

Bei näherem Nachdenken empfand er diese gehobene Stimmung als einigermaßen paradox. Seine Zukunft sah keineswegs rosig aus. Er hatte weder kubanisches Geld noch Papiere. Er war in einem kommunistischen Land ohne auch nur eine Kontaktmöglichkeit – oder, falls man ihn aufgriff, einen plausiblen Grund für sein Hiersein. Und er hatte obendrein die falsche Uniform an. Er würde von Glück sagen können, wenn er den Tag durchstand, ohne als Spion erschossen zu werden.

Er rüttelte Jessie sanft an der Schulter. Dann kroch er aus dem Kanalisationsrohr heraus, besah sich sorgfältig die Gegend und begann mit einigen Streckübungen, um seine steifen Muskeln wieder etwas geschmeidig zu machen.

Jessie öffnete die Augen. Sie erwachte nur langsam aus einem tiefen, erholsamen Schlaf und fand erst allmählich wieder in die Wirklichkeit zurück.

Sie war zusammengerollt gewesen und reckte und streckte jetzt erst einmal die Glieder wie eine Katze und stöhnte ein wenig, weil ihr alles weh tat.

Sie vermochte anfangs nur an idiotische Dinge zu denken – wie beispielsweise, wen sie alles zu ihrer nächsten Party einladen sollte, wie sie mit dem Koch die Speisen planen und mit dem Gärtner besprechen würde, wie die Hecken neben dem Gartenweg zu stutzen seien. Dann begannen Erinnerungen an ihren Mann vor ihrem Auge lebendig zu werden. Sie fragte sich wieder einmal, wie es möglich war, daß eine Frau, die zwanzig Jahre lang mit einem Mann zusammenlebte, immer noch nicht genau wissen konnte, wer und was er wirklich ist. Aber trotz allem war Raymond LeBaron auch jetzt noch für sie ein Mann, der weder besser noch schlechter war als irgendein Mann und der imstande war, Leidenschaft,

Pedanterie, Brillanz und auch brutale Rücksichtslosigkeit fast in ein und demselben Moment zu beweisen.

Sie schloß die Augen, um nicht den Augenblick seines Todes noch einmal heraufzubeschwören. Sie befahl sich, an etwas anderes zu denken: zum Beispiel daran, wie sie die nächsten paar Tage überleben konnte – gemeinsam mit Dirk Pitt.

Wer, fragte sie sich, war er eigentlich? Was für ein Mann? Sie konnte ihn vor ihrer Schlafstatt sehen, wie er mit seiner Gymnastik beschäftigt war, und zum erstenmal, seit sie sich begegnet waren, fühlte sie sich deutlich zu ihm hingezogen. Einfach lächerlich, sagte sie sich. Sie war schließlich mindestens fünfzehn Jahre älter als er. Und außerdem hatte er bisher mit keinem Wort und keiner Geste zu erkennen gegeben, daß sie ihn als Frau interessierte. Nicht eine Andeutung in dieser Richtung, nicht der kleinste Versuch. Dieser Pitt war ihr ein Rätsel. Ein Mann, der alles an sich hatte, was einen Frauenhelden ausmacht. Genau der Typ, der sehnsuchtsvolle Gedanken in jeder Frau weckt und sie reizt, ihm eben dies zu zeigen – und der doch zu keiner Sekunde für weibliche Verführungskünste anfällig zu sein schien.

Sie war so vertieft in diese Gedanken, daß sie überhaupt nicht bemerkte, wie er herankam und sich lächelnd über sie beugte. »Na, wie geht's?«

Sie wich seinem Blick nervös aus. »Zerschlagen, aber gefaßt, den Tag anzugehen.«

»Tut mir leid, daß das Frühstück noch nicht fertig ist«, sagte er, und seine Stimme hallte in dem Betonrohr. »Der Zimmerservice hier ist unter aller Kanone.«

»Ein Königreich für eine Tasse Kaffee.«

»Nach dem Straßenschild, das ich ein paar hundert Yards von hier gesehen habe, sind wir zehn Kilometer vom nächsten Ort entfernt.«

»Wie spät ist es?«

»Zwanzig vor eins.«

»Der halbe Tag ist schon vorbei«, murmelte sie und rollte

sich herum, um sich auf Hände und Knie zu stützen und ins Freie zu kriechen. »Wir müssen sehen, daß wir weiterkommen.«

»Bleib drin.«

»Warum?«

Er antwortete nicht, sondern kam nur in das Rohr hinein und setzte sich neben sie. Er nahm sanft ihr Gesicht in seine Hände und küßte sie.

Sie war erst völlig überrascht und riß die Augen auf, dann aber erwiderte sie den Kuß. Es dauerte lange, bis er sich von ihr trennte. Sie sah ihn erwartungsvoll an, aber er tat nichts weiter, sondern saß nur bewegungslos da und sah ihr in die Augen.

»Ich will dich«, sagte sie.

»Ja.«

»Jetzt.«

Er zog sie fest an sich und küßte sie noch einmal. Doch dann schob er sie abrupt weg.

»Das Wichtige zuerst.«

Sie sah ihn verwundert und leicht irritiert an. »Zum Beispiel?«

»Zum Beispiel, warum du mich nach Kuba verschleppt hast?«

»Ist das wirklich jetzt das Wichtigste?«

»Nun, üblicherweise erledige ich mein Liebesvorspiel auch nicht in einem Kanalisationsrohr.«

»Also, was willst du wissen?«

»Alles.«

»Und wenn ich es dir nicht sage?«

Er lachte. »Dann schütteln wir uns die Hand und gehen jeder unserer Wege.«

Sie blieb eine Weile an die Innenwand des Rohres gelehnt und überlegte, wie weit sie ohne ihn wohl käme. Vermutlich höchstens bis zur nächsten Stadt oder bis zum nächsten mißtrauischen Polizisten oder Wachtposten. Pitt schien ein unglaublich geschickter und erfahrener Mann zu sein. Das hatte sie inzwischen schon mehrfach feststellen können. Es war kein Vorbeikommen an der Tatsache, daß sie erheblich mehr auf ihn angewiesen war als er auf sie.

Sie versuchte die richtigen Worte zu finden – irgendeinen vernünftigen Anfang. Sie gab es schließlich auf und sagte es geradeheraus. »Der Präsident hat mich geschickt, damit ich mich mit Fidel Castro treffe.«

Seine tiefen grünen Augen musterten sie mit ehrlicher Neugierde. »Das ist ein echt origineller Anfang für eine Geschichte. Ich würde gern den Rest hören.«

Jessie holte tief Luft und begann.

Sie erzählte ihm von Fidel Castros ehrlichem Angebot eines Abkommens und der höchst ungewöhnlichen Art, wie er es an den allgegenwärtigen Augen des sowjetischen Geheimdienstes vorbeigeschmuggelt hatte.

Sie erzählte ihm von ihrem geheimen Treffen mit dem Präsidenten nach der unerwarteten Rückkehr der *Prosperteer* und von seiner Bitte an sie, seine Antwort unter dem Vorwand zu überbringen, sie gehe den Spuren des Luftschiff-Fluges ihres Mannes nach – eine Tarnung, die Castro sicherlich begreifen und genial finden würde.

Sie gab zu, wie enttäuscht sie über die Wahl ihrer Begleiter – Pitt, Giordino und Gunn – war, und bat ihn um Vergebung, daß wegen des überraschenden Angriffs des kubanischen Hubschraubers alles schiefgegangen war.

Und schließlich beschrieb sie ihm noch General Velikows zunehmendes Mißtrauen. Er hatte dem vorgeschobenen Grund keinen Glauben geschenkt und gehofft, die gewünschten Antworten mit Hilfe von Foss Glys Foltermethoden zu erhalten.

Pitt hörte sich die ganze Geschichte ohne Kommentar an.

Jessie hatte Angst vor einer Reaktion. Sie fürchtete sich davor, was er sagen und tun würde, jetzt, da er erfahren hatte, daß er einfach nur benutzt, belogen, irregeführt worden war. Schließlich war er blutiggeprügelt und bei mehreren Gelegenheiten fast getötet worden – alles für einen Auftrag, von dem er keine Ahnung hatte.

Es fiel ihr nichts anderes ein, als zu sagen: »Es tut mir leid.«

Pitt streckte ihr die Hand hin. Sie nahm sie, und er zog sie an sich. »Also, du hast mich die ganze Zeit zum Narren gehalten.«

O Gott, seine grünen Augen, dachte sie. Sie wäre am liebsten in sie hineingekrochen. »Ich kann es dir nicht verdenken, wenn du wütend auf mich bist.«

Er nahm sie lange schweigend in die Arme.

»Nun?«

»Nun was?«

»Willst du nichts sagen?« fragte sie. »Willst du mich nicht mal anschreien?«

Er öffnete die Knöpfe ihres Uniformhemdes und streichelte sanft ihre Brüste. »Du kannst von Glück sagen, daß ich nicht nachtragend bin.«

Und dann liebten sie sich. In der Kanalisationsröhre. Während über ihnen auf der Autostraße der Verkehr rollte.

Jessie fühlte sich unglaublich ruhig. Dieses Gefühl der Wärme, das schon die ganze Stunde, die sie offen am Straßenrand entlanggingen, in ihr war, blieb seltsamerweise und verging nicht. Ganz im Gegenteil, es dehnte sich in ihr aus wie eine Narkose und ließ sie völlig furchtlos werden; gleichzeitig verstärkte es ihr Vertrauen.

Pitt hatte ihr ihre Geschichte geglaubt und sich bereit erklärt, ihr bei dem Versuch zu helfen, zu Castro zu gelangen. Und da ging sie nun an seiner Seite, während er sie mit einer Selbstverständlichkeit, als gehöre es ihm, durch das kubanische Hinterland führte. Und sie fühlte sich sicher und geborgen bei ihm in der Nachwirkung der Erinnerung an ihre Intimität von vorhin.

Pitt fand ein paar Mangos, eine Ananas und zwei halbreife Tomaten. Sie aßen sie, während sie weitergingen. Mehrere Lastautos, die meisten mit Zuckerrohr und Zitrusfrüchten beladen, überholten sie und ab und zu auch einmal ein Militärtruck mit Soldaten oder Polizisten. Jessie spannte jedesmal alle Muskeln an, während Pitt ganz unbefangen sein Gewehr in die Höhe reckte und *»Saludos Amigos!«* rief.

»Ein Glück, daß sie dich nicht hören können!« sagte sie.

»Wieso denn?«

»Dein Spanisch ist grausam.«

»Bei den Hunderennen in Tijuana bin ich immer bestens damit durchgekommen.«

»Aber für hier wird es kaum reichen. Laß mich lieber reden, wenn es sein muß.«

»Ah, also du hältst dein Spanisch für besser als meines?«

»Viel besser. Ich spreche es wie die Einheimischen. Außerdem kann ich mich auch fließend auf russisch, französisch und deutsch unterhalten.«

»Wie viele Vorzüge hast du eigentlich noch?« fragte Pitt ganz ernsthaft. »Wußte Velikow denn, daß du Russisch kannst?«

»Dann wären wir jetzt alle tot.«

Pitt setzte zu einer Entgegnung an, unterbrach sich aber und deutete nach vorne. Sie kamen um eine Kurve, und dort stand ein Wagen. Die Motorhaube war geöffnet, und jemand fummelte am Motor herum. Kopf und Schulter waren nicht zu sehen.

Jessie zögerte, aber Pitt nahm sie entschlossen bei der Hand und zog sie mit sich. »Mach du das«, flüsterte er leise. »Und hab keine Angst. Wir haben beide Militäruniform an, ich sogar eine von einer Eliteeinheit.«

»Was soll ich denn sagen?«

»Irgendwas. Rede. Vielleicht nimmt er uns mit.«

Ehe sie noch protestieren konnte, hörte der Autofahrer ihre Schritte und richtete sich auf. Er war ein kleiner dunkelhäutiger Mann in den Fünfzigern mit dichtem schwarzem Haar. Er hatte kein Hemd an, nur Shorts und Sandalen. Militäruniformen waren so häufig in Kuba, daß er nicht weiter darauf achtete. Er lachte sie freundlich an. *»Hola.«*

»Macht der Motor Schwierigkeiten?« fragte Jessie auf spanisch.

»Das dritte Mal diesen Monat. Mistkarre.« Er zuckte mit den Schultern. »Bleibt einfach stehen.«

»Was ist es denn?«

Er hielt ein kurzes Kabelstück hoch, das an drei Stellen durchgescheuert war und gerade noch an der Isolierung zusammenhing. »Batteriekabel.«

»Da sollten Sie aber wirklich mal ein neues einbauen.«

Er sah sie mißtrauisch an. »Woher soll ich denn eines nehmen? Sie wissen doch, daß man für alte Autos kaum Ersatzteile kriegt.«

Jessie merkte, daß sie einen Fehler begangen hatte, und versuchte ihn rasch mit einem Lächeln und einer Schmeichelei auf den lateinamerikanischen *machismo* zu korrigieren: »Ich bin nur eine Frau«, sagte sie. »Was verstehe ich schon von Autos?«

Es wirkte prompt. »Na ja«, lächelte er hingerissen, »aber Sie sind jedenfalls eine sehr hübsche Frau.«

Pitt interessierte das Süßholzgeraspel wenig. Er ging um den Wagen herum und besah ihn sich. Dann warf er auch einen Blick in die offene Motorhaube. »Ein 57er Chevy«, sagte er bewundernd auf englisch. »Verdammt schönes Auto. Frag ihn, ob er ein Messer und etwas Isolierband hat.«

Jessie fiel fast das Kinn herunter.

Der Autofahrer sah ihn unsicher an. Dann fragte er in gebrochenem Englisch: »Sie sprechen nicht Spanisch?«

»Ja, was glauben Sie denn?« sagte Pitt und warf sich in die Brust. »Haben Sie vielleicht noch nie einen Iren gesehen?«

»Warum trägt ein Irländer eine kubanische Uniform?«

Pitt, der froh war, daß er rechtzeitig diese Kleidungsstücke »organisiert« hatte, antwortete: »Weil ich Major Paddy O'Hara bin, Irisch-Republikanische Armee, verpflichtet als Berater bei eurer Milizarmee, deshalb.«

Das Gesicht des Kubaners hellte sich wie unter einem Kamerablitz auf. Pitt bemerkte mit Befriedigung, daß der Mann so beeindruckt war, wie es sich gehörte.

»Herberto Figueroa«, stellte er sich vor und streckte die

Hand aus. »Ich habe Englisch vor vielen Jahren gelernt, als Amerikanos hier waren.«

Pitt schüttelte seine Hand und nickte Jessie zu. »Das ist Korporal Maria Lopez, meine Adjutantin und Führerin. Sie übersetzt auch mein gebrochenes Spanisch.«

Figueroa verbeugte sich vor ihr und entdeckte dabei ihren Ehering am Finger.

»Señora Lopez«, korrigierte er Pitt. »Sie versteht Englisch?« Seine englische Aussprache war mindestens so grausam wie Pitts spanische.

»Ein bißchen«, nickte Pitt. »Also gut, geben Sie mir ein Messer und etwas Isolierband, dann wollen wir mal sehen.«

»Einen Moment, einen Augenblick«, rief Figueroa eilfertig. Er holte ein Taschenmesser aus seinem Handschuhfach und fand tatsächlich auch einen kleinen Rest einer Isolierbandrolle im Werkzeugkasten.

Pitt schnitt sich aus den Leitungen im Motor, die lang genug waren, einige Stücke Kabel heraus und klemmte alle Enden wieder richtig zusammen. Dann flickte er die herausgeschnittenen Stücke aneinander und machte daraus ein neues Zündkabel. »Okay, versuchen Sie's.«

Und Figueroa brauchte nur zweimal den Anlasser vergeblich zu betätigen. Schon beim drittenmal sprang der große V8-Motor aufheulend an, weil Figueroa das Gas voll durchgetreten hatte.

»*Magnifico!*« rief er. »Wenn ich Sie vielleicht mitnehmen kann?«

»Wie weit fahren Sie denn?«

»Bis Havanna. Da wohne ich. Der Mann meiner Schwester ist in Nuevitas gestorben. Ich war bei seiner Beerdigung. Jetzt bin ich wieder auf dem Heimweg.«

Pitt nickte Jessie zu. Man konnte wirklich nicht sagen, daß sie heute kein Glück hatten. Er dachte daran, daß Havanna wohl an die zweihundert Meilen Luftlinie nordöstlich lag, was sicher gut dreihundert auf der Straße bedeutete.

Er hielt den Vordersitz nach vorne, während Jessie hinten

einstieg. »Wir sind Ihnen sehr dankbar, Herberto. Mein Dienstwagen ist nämlich vor zwei Meilen auch stehengeblieben. Das Öl ist ausgelaufen. Wir müssen zu einem Trainingslager östlich von Havanna. Wenn Sie uns am Verteidigungsministerium absetzen könnten, werde ich mich natürlich darum kümmern, daß Sie für Ihre Bemühungen entsprechend entschädigt werden.«

Jessie blieb wieder der Mund offenstehen, und sie sah Pitt völlig entgeistert und mit dem Ausdruck absoluter Mißbilligung an. Er bemerkte es wohl, hielt es aber nicht für nötig, darauf einzugehen.

»Ihr Pech ist mein Glück«, sagte Figueroa, dem die Aussicht, auch noch Pesos verdienen zu können, gar nicht unangenehm war.

Er fuhr so scharf an, daß der Kies unter den Reifen wegfegte, und schaltete zügig hoch, bis er den Wagen auf respektable hundert Stundenkilometer Geschwindigkeit gejagt hatte, die er flott beibehielt. Der Motor lief ganz ruhig, aber die Karosserie schepperte an einem Dutzend Stellen und durch den vom Rost schon ziemlich durchlöcherten Boden drangen auch Auspuffgase herein.

Pitt beobachtete Jessie im Rückspiegel. Sie schien sich sehr unbehaglich zu fühlen. Der alte Schlitten war nicht ihr Element. Sie war wohl mehr an große, bequeme Limousinen gewöhnt. Aber er selbst genoß die Situation. Allgemein, und weil er immer schon ein Faible für alte Autos gehabt hatte. Das ließ ihn sogar die Gefahr vergessen, in der sie sich tatsächlich befanden.

»Wieviel hat er denn schon drauf?« fragte er.

»O Senor, über 680 000 Kilometer!« sagte Figueroa voller Stolz.

»Da läuft er aber immer noch recht ordentlich!«

»Wenn die Yankees nur endlich mal ihr Handelsembargo aufheben würden, könnte ich Ersatzteile kaufen und ihn wieder richtig aufmöbeln. Aber ewig hält so ein Ding natürlich auch nicht.«

»Macht man Ihnen an den Kontrollstellen wegen des Wagens Schwierigkeiten?«

»Nein, sie winken mich immer durch.«

»Da müssen Sie aber ein einflußreicher Mann sein. Was machen Sie in Havanna?«

Figueroa lachte. »Ich bin Taxifahrer.«

Pitt versuchte nicht einmal, ein Lächeln zu unterdrücken. Das war ja noch besser, als er zu hoffen gewagt hätte. Er setzte sich bequem zurück und entspannte sich. Er genoß die Landschaft wie ein Tourist. Dann versuchte er sich LeBarons kryptische Beschreibung des Weges zum Schatz *La Dorada* zu vergegenwärtigen, aber seine Gedanken blieben unklar; er konnte die Lösung nicht finden.

Das einzige, was er genau wußte, war folgendes: Irgendwann auf dieser Fahrt mußte er Figueroa das bißchen Geld, das er bei sich hatte, abnehmen und sein altersschwaches Taxi dazu. Er hoffte nur, den freundlichen kleinen Mann dabei nicht ernsthaft verletzen zu müssen oder gar mehr.

63

Der Präsident kehrte vom Kennedy Space Center in Florida ins Weiße Haus zurück. Es war schon spät am Abend, aber er ging trotzdem sofort noch ins Oval Office. Nach dem geheimen Treffen mit Steinmetz und seinen Mondkolonisten und den enthusiastischen Berichten, die sie ihm über ihre Forschungen erstattet hatten, war seine Stimmung gehoben. Er dachte nicht mehr an Schlaf und begann an seinem Schreibtisch zu arbeiten, ganz allein, beflügelt von dem Plan einer ganz neuen Dimension im Weltraum.

Er öffnete eine der unteren Schubladen des Schreibtisches und holte sich aus einer Walnußkiste eine große Havanna-Zigarre, pulte sie mit Genuß aus der Zellophanhülle und begann sie hingebungsvoll zu rauchen. Nicht einmal seine Frau und seine persönlichen Adjutanten wußten, daß er hier war. Er amüsierte sich bei dem Gedanken an den öffentlichen Aufschrei, wenn bekannt würde, daß er hier dem Laster des Rauchens frönte, und noch dazu geschmuggelte Ware ... Der Präsident und kubanische Zigarren!

Es war ihm heute abend völlig egal. Seine Stimmung war einfach großartig. Die Wirtschaft war auf dem Höhepunkt, und der Kongreß hatte endlich auch die kritischen Ausgaben genehmigt und das Steuersenkungsgesetz abgesegnet. International war es erfreulich ruhig, wie vorübergehend dieser Zustand auch immer sein mochte. Und schließlich war auch seine Popularitätskurve wieder um fünf Prozentpunkte angestiegen. Obendrein konnte er nun auch noch von der Voraussicht seines Vorgängers profitieren – wie seinerzeit Nixon vom Erfolg des gar nicht von ihm stammenden Apollo-Programms. Der sensationelle Erfolg der Mondkolonie würde als eine der großen Leistungen seiner Regierung in die Geschichte eingehen!

Jetzt mußte er sich lediglich noch um eine Verbesserung seiner Bilanz auf dem Sektor Lateinamerika kümmern. Mit seinem geheimen Angebot eines Abkommens hatte Castro die Tür einen Spalt geöffnet. Wenn er, der Präsident, seinen Fuß da hineinsetzen konnte, ehe die Tür wieder zufiel, konnte ihm das eine reale Chance verschaffen, den steigenden marxistischen Einfluß in Mittel- und Südamerika zu neutralisieren.

Im Augenblick sah es natürlich noch lange nicht danach aus. Es war ziemlich wahrscheinlich, daß Pitt und Jessie LeBaron entweder schon erschossen oder zumindest verhaftet waren. Wenn nicht, dann konnte es nur noch eine Frage von Stunden sein, bis das Unausweichliche geschah. Die einzige Chance, die blieb, war, noch jemanden nach Kuba zu schmuggeln, damit der Kontakt zu Castro doch noch hergestellt werden konnte.

Seine Sprechanlage summte. Er meldete sich.

»Entschuldigen Sie die Störung, Mr. Präsident«, sagte eine

der Telefonvermittlerinnen des Weißen Hauses, »aber Mr. Brogan verlangt Sie dringend zu sprechen.«

»Na gut, stellen Sie durch.«

Nach einem kurzen Klicken sagte Brogan: »Waren Sie etwa schon im Bett?«

»Nein, nein, ich bin noch auf. Aber was gibt es so Wichtiges, das nicht bis morgen früh warten kann?«

»Ich bin noch immer in Andrews. Mein Adjutant hat mich dort mit einem übersetzten Dokument erwartet, das aus Cayo Santa Maria stammt. Es steht eine Menge heißes Zeug drin.«

»Nämlich?«

»Die Russen wollen übermorgen Castro stürzen. Der Codename der Aktion heißt *Rum and Cola*. Ganz detailliert ist beschrieben, wie die sowjetischen Agenten die gesamte kubanische Regierung übernehmen wollen.«

Der Präsident sah dem blauen Rauch aus seiner Havanna nach. »Sie wollen also schneller losschlagen, als wir annahmen«, sagte er sinnend. »Und wie wollen sie Castro aus dem Weg räumen?«

»Das ist der schlimmere Teil des Plans«, sagte Brogan. »Die GRU-Abteilung des KGB will ihn samt der Stadt in die Luft jagen.«

»Havanna?«

»Jedenfalls den größten Teil davon.«

»O mein Gott! Sie meinen, die lassen eine Atombombe hochgehen?«

»Nun, ehrlich gesagt, wie sie es genau machen wollen, steht nicht in dem Dokument. Aber es geht doch ziemlich klar daraus hervor, daß sie vorhaben, per Schiff irgendeinen Sprengkörper in den Hafen zu schmuggeln. Und zwar ein Ding, das gut vier Quadratmeilen verwüsten kann.«

Diese Nachricht ließ die Hochstimmung des Präsidenten abrupt verfliegen. »Steht drin, welches Schiff?«

»Es ist von drei Schiffen die Rede, aber es werden keine Namen genannt.«

»Und wann soll es passieren?«

»Während der Feierlichkeiten zum Erziehungs- und Bildungstag. Die Russen rechnen damit, daß Castro ohne Ankündigung erscheint und dann eine seiner üblichen Marathonreden hält. Zwei Stunden mindestens.«

»Ich kann einfach nicht glauben, daß Antonow sich an so etwas beteiligt. Und warum sollte er nicht einfach ein Scharfschützenkommando losschicken, das Castro ummäht? Wofür soll es gut sein, mit ihm hunderttausend unschuldige Opfer in den Tod zu schicken?«

»Castro ist für die Kubaner eine Kultfigur«, erläuterte Brogan. »Für uns mag er vielleicht die Karikatur eines Kommunisten sein, aber bei ihnen genießt er nahezu göttliche Verehrung, vergessen Sie das nicht. Ein einfaches Attentat würde einen ungeheuren Aufruhr der Gemüter gegen alle sowjetunterstützten und -orientierten Personen auslösen, die hinter ihm stehen und seinen Platz einnehmen wollen. Eine gewaltige allgemeine Katastrophe hingegen würde das Volk hinter den neuen Führern zusammenschweißen. Ganz besonders, wenn diese nachweisen würden, daß die Schuldigen wir, die USA, sind, noch genauer gesagt, unser CIA.«

»Es will mir nicht in den Kopf, daß jemand tatsächlich ein derartiges Massaker vorhaben sollte.«

»Ich versichere Ihnen, Mr. Präsident, daß dies alles hier schwarz auf weiß steht.« Brogan überflog schnell eine weitere Seite des Dokuments. »Seltsamerweise sind die Informationen sehr vage, was die Explosion betrifft, aber überaus präzise in der Auflistung der schrittweisen Propagandakampagne, mit der das Ding uns in die Schuhe geschoben werden soll. Selbst die Namen der sowjetischen Kampfabteilungen und ihrer genauen Positionen, die sie nach der Katastrophe zu beziehen haben, sind angegeben. Es wird Sie interessieren zu hören, daß Alicia Cordero als neue Präsidentin vorgesehen ist.«

»Gott steh' uns bei. Die ist doch doppelt so fanatisch, wie Castro es jemals war.«

»So oder so, die Sowjets gewinnen, und wir verlieren.«

Der Präsident legte die Zigarre weg und schloß die Augen. Daß die Probleme doch wirklich niemals enden können, dachte er. Eines erzeugt das nächste. Die Erfolgserlebnisse in diesem Amt dauern nie sehr lange. Druck und Frustrationen lasten pausenlos auf den Verantwortlichen.

»Kann unsere Marine diese Schiffe stoppen?«

»Nach dem Ablaufplan haben zwei bereits im Hafen von Havanna angelegt«, antwortete Brogan. »Das dritte könnte jede Stunde nachkommen. Ich habe selbst diese Überlegung auch schon angestellt. Aber es scheint, daß wir viel zu spät dran sind.«

»Wir müssen die Namen dieser drei Schiffe wissen.«

»Meine Leute sind bereits dabei, die Einlauflisten aller Schiffe im Hafen von Havanna zu beschaffen. Ich nehme an, sie können uns im Laufe der nächsten Stunde informieren.«

»Und ausgerechnet jetzt ist Castro auf Tauchstation gegangen«, sagte der Präsident entmutigt.

»Wir haben ihn gefunden.«

»Wo?«

»Er ist auf seinem Landsitz, hat sich dort aber völlig abgekapselt. Er ist unerreichbar für alles und jeden. Nicht einmal seine nächste Umgebung oder die wichtigsten Sowjets kommen zu ihm durch.«

»Und wen haben wir, der bis direkt zu ihm vordringen könnte?«

»Niemanden«, brummte Brogan.

»Irgendwen muß es doch geben, den wir hinschicken können!«

»Ich könnte Ihnen durchaus an die zehn Namen nennen, die dafür in Frage kämen – wenn Castro in mitteilsamer Stimmung wäre. Aber unter den gegenwärtigen Umständen ...«

Der Präsident dachte angestrengt nach. »Wie viele Kubaner bekommen wir zusammen, denen wir vertrauen können und die im Hafen arbeiten oder Erfahrung auf See haben?«

»Das müßte ich erst überprüfen.«

»Nur mal eine grobe Schätzung.«

»Über den Daumen gepeilt – fünfzehn bis zwanzig.«

»Gut«, sagte der Präsident, »trommeln Sie die zusammen. Sie sollen zusehen, ob sie irgendwie auf diese Schiffe kommen, und herausfinden, auf welchem sich die Bombe befindet.«

»Und einer, der mit solchen Dingen Bescheid weiß, müßte sie dann entschärfen.«

»Darüber zu reden ist noch Zeit, wenn wir wissen, wo das Ding ist.«

»Eineinhalb Tage sind verdammt kurz«, seufzte Brogan. »Vielleicht sollten wir uns mehr darauf konzentrieren, wie wir mit der Lage nach der Katastrophe fertig werden können.«

»Nun machen Sie schon. Berichten Sie mir persönlich alle zwei Stunden über den Fortgang Ihrer Bemühungen. Machen Sie alles mobil, was Beine hat. Die ganze Kuba-Abteilung soll daran arbeiten.«

»Sollen wir Castro nicht warnen?«

»Das übernehme ich persönlich.«

»Na dann, viel Glück, Mr. Präsident!«

»Gleichfalls, Martin.«

Der Präsident legte auf. Seine Zigarre war längst ausgegangen. Er zündete sie wieder an und überlegte. Dann ließ er sich mit Ira Hagen verbinden.

64

Der Wachtposten war jung, höchstens sechzehn, eifrig und Fidel Castro buchstäblich bis in den Tod ergeben – wie man eben nur in diesem Alter sein kann. Er war sichtlich völlig durchdrungen von revolutionärer Wachsamkeit. Er war sich der Wichtigkeit seiner Position voll bewußt und gab sich entsprechend arrogant, als er zum Fenster des Autos kam – das Gewehr lässig über der Schulter – und die Papiere zu sehen begehrte.

»Das mußte ja passieren«, murmelte Pitt halblaut.

Die Posten an den ersten drei Kontrollstellen hatten Figueroa mit seinem Taxi lässig und uninteressiert vorbeigewinkt, sobald dieser ebenso lässig seine Taxifahrerlizenz zum Fenster hinaushielt. Sie waren alle *campesinos*, die lediglich des einfacheren und bequemeren Lebens wegen Soldaten geworden waren, um sich nicht auf den Feldern oder in einer Fabrik abrackern zu müssen. Und wie die Soldaten überall auf der Welt fanden sie Postenschieben das Langweiligste und Ermüdendste überhaupt und verloren darüber mit der Zeit jegliche Wachsamkeit. Außer natürlich, wenn Vorgesetzte zur Inspektion kamen.

Figueroa reichte dem jungen Burschen seine Taxilizenz aus dem Fenster.

»Die ist nur für den Bezirk Havanna gültig«, nörgelte der Junge. »Was machen Sie hier draußen auf dem Land?«

»Mein Schwager ist gestorben«, erklärte Figueroa geduldig. »Ich war bei seinem Begräbnis.«

Der Posten beugte sich herunter und sah durch das offene Fenster des Fahrers. »Was sind das für Leute?«

»Sind Sie blind?« fuhr ihn Figueroa an. »Militär wie Sie!«

»Wir haben Order, einen Mann in einer gestohlenen Milizuniform zu suchen. Er ist womöglich ein imperialistischer Spion, der hundert Meilen von hier an der Küste gelandet ist.«

»Weil sie eine Uniform anhat«, sagte Figueroa, »meinen Sie wohl, die Yankee-Imperialisten schicken eine Frau zu uns, wenn sie eine Invasion anzetteln wollen?«

»Ich will ihre Papiere sehen«, beharrte der Posten.

Jessie kurbelte ganz ruhig das Rückfenster herunter und beugte sich hinaus. »Das hier ist Major O'Hara von der Irisch-Republikanischen Armee, ein Militärberater. Ich bin Korporal Lopez, seine Adjutantin. Schluß jetzt mit dem Unsinn. Lassen Sie uns weiterfahren.«

Der Posten blieb stur. »Wenn er ein Major ist, warum trägt er dann keine Rangabzeichen?«

Zum erstenmal fiel auch Figueroa auf, daß dies tatsächlich so war. Er starrte Pitt an, und auf seinem Gesicht machte sich nun ebenfalls Zweifel breit.

Pitt nahm an dem ganzen Hin und Her demonstrativ keinerlei Anteil. Jetzt erst drehte er sich langsam um und starrte den Posten an. Dann lächelte er freundlich. Als er sprach, war seine Stimme zwar sanft und ruhig, drückte aber totale Autorität aus.

»Notieren Sie sich Namen und Dienstgrad dieses Mannes. Ich werde ihn für seine Aufmerksamkeit im Dienst belobigen lassen. General Raul Castro hat schon oft betont, wie nötig Kuba Männer seines Kalibers braucht.«

Jessie übersetzte und vermerkte mit Genugtuung, daß der Posten sofort Haltung annahm und glücklich lächelte.

Dann wurde Pitts Stimme jedoch mit einem Schlag so eisig wie sein Blick. »Und jetzt soll er uns gefälligst den Weg freimachen. Oder ich sorge außerdem auch dafür, daß er als Freiwilliger nach Afghanistan darf.«

Der junge Posten war, nachdem ihm Jessie auch dies übersetzt hatte, nun doch einigermaßen verunsichert und wußte nicht mehr recht, was er tun sollte. Währenddessen aber kam hinter ihnen ein großer schwarzer Wagen herangerollt und hielt direkt hinter dem klapprigen alten Chevy. Eine siebensitzige Luxuslimousine aus Rußland für hochrangige Regierungsbeamte und Generalstabsoffiziere.

Der Fahrer hupte ungeduldig, der Posten war wie gelähmt. Er wandte sich mit bittendem Blick an einen anderen Soldaten, der mit der Abfertigung des Verkehrs in der anderen Richtung beschäftigt war. Der Fahrer der schwarzen Limousine hupte erneut und rief aus seinem Seitenfenster heraus.

»Schafft das Auto da weg, und laßt uns passieren!«

Da aber mischte sich Figueroa in patriotischer Aufwallung ein und schrie zu dem Russen zurück. »Ah, *stupid Russo*, hör doch auf und geh baden! Ich riech' dich bis hierher!«

Der russische Fahrer stieg, nun seinerseits zornentbrannt, aus und schob den Posten zur Seite. Er war ein Schrank von

Kerl. Nach seinen Rangabzeichen war er Sergeant. Er funkelte Figueroa zornig und aufgebracht an.

»Idiot!« schrie er. »Fahr deine Kiste hier weg, sag' ich!«

Figueroa schüttelte ihm furchtlos die Faust entgegen. »Das tue ich erst, wenn mir das mein Landsmann hier sagt, verstehst du?«

»Bitte«, versuchte Jessie zu beschwichtigen, »bitte!« Sie rüttelte Figueroa an der Schulter. »Hören Sie auf! Wir wollen hier keinen Ärger haben!«

»Na ja«, murmelte Pitt, »Zurückhaltung war noch nie eine kubanische Tugend.« Er hielt sein Sturmgewehr mit der Mündung sorgfältig auf den Russen gerichtet und öffnete langsam seine Tür.

Jessie wandte sich um und sah nach hinten auf die russische Limousine, aus der gerade ein russischer Offizier kletterte, dem zwei bewaffnete Leibwächter folgten. Er hörte sich mit leicht amüsiertem Lächeln das Geschrei am Taxi an. Jessie blieb der Mund offenstehen.

Es war niemand anderer als General Velikow. Er sah müde und mitgenommen aus. Er trug eine schlechtsitzende geborgte Uniform. Bevor Jessie Pitt warnen konnte, war der General herangekommen und stand direkt vor Pitt. Seine Aufmerksamkeit allerdings galt seinem Fahrer und Figueroa und einem weiteren kubanischen Posten, der sich inzwischen näherte. Der Streit wurde immer hitziger.

»Was ist denn hier los?« fragte Velikow in fließendem Spanisch.

Die Antwort kam nicht etwa von seinem Fahrer.

»Nichts, was wir nicht wie Gentlemen erledigen könnten«, sagte Pitt eisig auf englisch.

Velikow starrte ihn ungläubig an. Sein amüsiertes Lächeln fror in Zeitlupe ein, und sein Gesicht wurde völlig ausdruckslos. Das einzige Anzeichen seines verblüfften Erkennens war die plötzliche Härte in seinem Blick.

»Sieh mal an: Mr. Pitt!« zischte er. »So treffen wir Überlebenden uns wieder.«

»Wir Glücklichen«, sagte Pitt. »Ich würde eher sagen, wir haben Glück gehabt.« Seine Stimme war ruhig und fest.

»Meine Hochachtung zu Ihrer Flucht von der Insel. Wie haben Sie das geschafft?«

»Mit einem selbstgebastelten Boot. Und Sie?«

»Ein Hubschrauber, der in der Nähe versteckt war. Zum Glück haben Ihre Freunde ihn nicht entdeckt.«

»Solche Pannen passieren manchmal.«

Velikow sah sich unauffällig um. Er war irritiert über die lässige Haltung seiner Leibwächter.

»Was machen Sie auf Kuba?«

Pitts Hand schloß sich fester um sein Gewehr. Die Mündung deutete nur sehr knapp an Velikows Kopf vorbei in den Himmel. Den Finger hatte er am Abzug. »Warum machen Sie sich die Mühe, mich danach zu fragen, wo Sie doch den klaren Nachweis in Händen haben, daß ich ein notorischer Lügner bin?«

»Weil ich auch weiß, daß Sie nur dann lügen, wenn Sie einen Grund dazu haben. Zweifellos sind Sie nicht nach Kuba gekommen, um in der Sonne zu liegen und Rum zu trinken.«

»Vielleicht, aber was machen wir jetzt, General?«

»Sehen Sie sich um, Mr. Pitt. Ihre Position ist nicht besonders stark, würde ich sagen. Spionen bringen die Kubaner wenig Wertschätzung entgegen. Es wäre vermutlich am klügsten, wenn sie Ihr Gewehr weglegten und sich unter meinen Schutz begäben.«

»O nein, vielen Dank! Unter Ihrem Schutz war ich schon mal. Sie erinnern sich gewiß an Foss Gly? Der fand sein besonderes Vergnügen darin, seine Fäuste in anderer Leute Fleisch zu schlagen. Ich schätze mich glücklich, Ihnen mitteilen zu können, daß er nicht mehr in diesem Geschäftszweig tätig ist. Eines seiner Opfer schoß ihn dorthin, wo es am wehesten tut.«

»Meine Leute hier können Sie an der Stelle, wo Sie jetzt stehen, niederschießen, Mr. Pitt.«

»Ja, aber es ist offensichtlich, daß sie kein Englisch verstehen und überhaupt nicht mitkriegen, was hier vorgeht. Versuchen Sie nicht, ihnen ein Zeichen zu geben. Wenn Sie auch nur mit einem Nasenflügel zittern, fährt Ihnen meine Kugel in den anderen.«

Pitt sah sich um. Sowohl der russische Fahrer wie der junge Wachtposten hörten dem englischen Gespräch verständnislos zu. Jessie hatte sich auf ihren Rücksitz im Taxi verkrochen. Nur noch ihre Uniformmütze war im Fenster sichtbar. Velikows Gorillas standen noch immer ganz locker und lässig herum und hatten keine Ahnung von der Dramatik der Situation. Sie besahen sich, als hätten sie nichts Besseres zu tun, die Landschaft, und ihre Waffen steckten in ihren Seitenhalftern.

»Steigen Sie in unser Auto, General. Sie fahren mit uns.«

Velikow starrte Pitt an. »So? Und wenn ich mich weigere?«

Pitt starrte nicht minder entschlossen zurück. »Dann sind Sie zuerst ein toter Mann. Danach kommen Ihre Bullen dran und dann die kubanischen Posten. Ich bin im Gegensatz zu ihnen allen schußbereit und auch entschlossen zu schießen. Wenn ich also bitten darf!«

Velikows Leibwächter verstanden gar nichts, als ihr Chef wortlos Pitts einladender Geste folgte und sich auf den Vordersitz von Figueroas Klapperkiste setzte.

Velikow wandte sich kurz um und musterte Jessie.

»Mrs. LeBaron?«

»Ja, General?«

»Machen Sie mit diesem Verrückten hier gemeinsame Sache?«

»Ja.«

»Aber warum denn nur, um Himmels willen?«

Figueroa öffnete den Mund, um sich einzumischen, aber Pitt schob den russischen Fahrer rüde beiseite, faßte den freundlichen Kubaner hart am Arm und zog ihn vom Auto weg.

»Weiter als bis hierher fahren Sie nicht mehr, *amigo*. Erstatten Sie eine Anzeige, daß wir Sie entführt und Ihr Taxi entwendet haben.« Dann reichte er sein Gewehr rasch Jessie nach hinten und quetschte sich hinter das Steuer. »Beim kleinsten Mucks, den der General machen sollte, schießt du ihm eine Kugel in den Kopf.«

Jessie nickte nur und drückte Velikow den Gewehrlauf ins Genick.

Pitt legte den ersten Gang ein und fuhr so gemütlich los wie zu einem Sonntagsausflug. Hinter ihnen blieben Posten, Fahrer, Leibwächter und Figueroa zuerst wie angewurzelt, dann in heller Verwirrung herumlaufend zurück, bis die Leibwächter und der Fahrer endlich auf die Idee kamen, in den schwarzen Zil zu springen und die Verfolgung aufzunehmen.

Pitt hielt kurz an, nahm von Jessie das Gewehr und zerschoß die Telefonleitungen am Straßenrand. »Das bringt uns vielleicht eine halbe Stunde Vorsprung«, mutmaßte er.

»Sie kommen bereits hinter uns her«, berichtete Jessie.

»Abschütteln können Sie sie niemals«, stellte Velikow ganz ruhig fest.

»Warten wir's ab«, sagte Pitt. »Ein siebenundfünfziger Chevy ist ein ziemlich gutes Auto, müssen Sie wissen.« Und er trat das Gaspedal bis unten durch. Hundertzwanzig Kilometer schaffte der Chevy immer noch. Die Limousine kam gelegentlich bis auf fünfzig Meter heran, fiel jedoch in den Ortschaften wieder zurück.

»Warum geben Sie denn nicht auf?« sagte Velikow. »Am Ende kriegt er Sie so und so.«

»Ist ja gut«, sagte Pitt und trat, nach einem kurzen Blick in den Rückspiegel, der ihm zeigte, daß die Verfolger kaum drei Wagenlängen hinter ihm waren, abrupt und hart auf die Bremse. Der Fahrer der Limousine konnte nicht mehr reagieren oder ausweichen. Der schwarze Wagen prallte kreischend und quietschend auf den Chevy und war Augenblicke später nur noch verbeulter Schrott. Auch seine Insassen hatten wohl ein paar Schrammen abbekommen, jedenfalls kamen sie nicht sofort heraus. Für Pitt indessen war es höchste Zeit zum Aussteigen. Er beschloß, von dem nahegelegenen Parkplatz einer Kunstdüngerfabrik einen anderen Wagen zu organisieren. »Paß auf ihn auf«, sagte er zu Jessie und stieg aus.

Aber als er mit einem kurzgeschlossenen Auto wiederkam, war Jessie allein und blutete. »Tut mir leid«, jammerte sie. »Er hat mich überrascht und war schneller.«

Sie trug deutliche Spuren eines Kampfes im Gesicht, und Blut rann ihr über die Wange.

Velikow war weg, mit ihm das Gewehr.

»Was machen wir jetzt?« fragte sie.

»Wir müssen zur amerikanischen Mission in der Schweizer Botschaft. Wo ist die?«

»Sie nennt sich Abteilung für Sonderinteressen, kurz amerikanische Interessenvertretung. Die Botschaft ist am Boulevard Malecon in Havanna.«

»Bis zum Abend müssen wir uns verstecken. Velikow wird natürlich eine Großsuchaktion nach uns veranlassen. Zweifellos bewachen sie auch die Botschaft. Wir müssen also überlegen, wie wir ungesehen hineinkommen. Fühlst du dich noch kräftig genug für den ganzen Weg?«

»Weißt du was?« sagte Jessie und sah ihn schräg an. »Die Frage hängt mir inzwischen zum Hals heraus.«

65

Ira Hagen stieg aus dem Flugzeug und begab sich in das Abfertigungsgebäude des Flughafens José Martí. Er hatte sich auf langes Hin und Her bei den Einreisebeamten gefaßt gemacht, aber sie warfen lediglich einen kurzen Blick auf seinen Diplomatenpaß und ließen ihn ohne große Formalitäten passieren. Als er zur Gepäckausgabe ging, kam ein Mann in einem leichten Leinenanzug auf ihn zu.

»Mr. Hagen?«

»Ja?«

»Ich bin Tom Clark, Leiter der amerikanischen Interessenvertretung. Douglas Oates schickt mich, Sie abzuholen.«

Hagen musterte ihn prüfend. Er war ein athletischer, sonnengebräunter Fünfunddreißiger mit einem Erroll-Flynn-Bärtchen und einer Nase, die sichtlich schon mehrfach gebrochen war. Sie gaben sich die Hand.

»Viele Landsleute wird man hier ja sicher nicht treffen«, sagte Hagen.

»Sehr wenige«, bestätigte Clark. »Besonders seit Präsident Reagan seinerzeit die Insel für alle amerikanischen Touristen und Geschäftsleute gesperrt hat.«

»Sie sind über den Zweck meines Hierseins informiert, nehme ich an.«

»Warten wir damit lieber, bis wir im Auto sitzen«, sagte Clark und deutete mit dem Kopf auf eine dicke Kubanerin, die mit einem kleinen Köfferchen im Schoß in der Nähe saß.

Hagen verstand. Er brauchte keine offizielle Mitteilung darüber, daß das Köfferchen ein Abhör- und Aufnahmegerät enthielt, das jedes ihrer Worte empfing und aufzeichnete.

Als sie zu dem wartenden Botschaftswagen gingen, regnete es leicht. Sie fuhren direkt zur Schweizer Botschaft.

Vor vielen Jahren, noch vor der Revolution, hatte Hagen seine Flitterwochen auf Kuba verbracht. Er fand, daß sich Havanna gar nicht verändert hatte. Sicher, die Stuckhäuser entlang der palmenbestandenen Avenuen mit ihren pastellfarbenen Fassaden wirkten ein wenig heruntergekommen, aber sonst schien alles wie vor Jahren zu sein. Die Straßen waren voll mit alten amerikanischen Autos aus den fünfziger Jahren – eine seltsame Parade der Erinnerungen aus Kaisers, Studebakers, Packards, Hudsons, sogar dem einen oder anderen Edsel. Die neueren Autos waren kleiner und vorwiegend Fiats aus Italien oder Ladas aus Rußland.

Noch immer ging es bunt und lebhaft in der Stadt zu, wenn auch nicht annähernd so turbulent wie zu Zeiten der Batista-Diktatur. All die Bettler und Prostituierten waren verschwunden, und die triste Schäbigkeit, die man in allen kommunistischen Ländern findet, fiel besonders auf. Ordentlich, aber trist. Sauber, aber trostlos.

»Wie lange sind Sie schon im diplomatischen Dienst?« fragte er Clark, um Konversation zu machen.

»Überhaupt nicht«, antwortete Clark. »Ich bin bei der Firma.«

»Ach so. Beim CIA.«

Clark nickte. »Wenn Sie die Bezeichnung vorziehen.«

»Warum haben Sie Douglas Oates erwähnt?«

»Ach, nur, damit die Abhörer nicht ganz leer ausgehen. Martin Brogan hat mich über Ihren Auftrag informiert.«

»Wie weit seid ihr hier? Habt ihr schon eine Spur von der Bombe? Oder sie vielleicht sogar schon entschärft?«

Clark lächelte müde, um anzudeuten, wie unrealistisch eine solche Annahme war. »So was wie eine Bombe wird es wohl sein. Zweifellos eine mit Zündung knapp über dem Boden, aber mit genug Saft, um halb Havanna dem Erdboden gleichzumachen und einen Feuersturm zu entfachen, der noch in den Vorstädten jedes Holzhaus und jede Hütte verbrennt. Aber tatsächlich haben wir noch keine Spur von ihr. Wir haben zwanzig Leute, die sämtliche Docks und Piers absuchen und die drei in Frage kommenden Schiffe im Auge behalten. Nichts bisher. Es ist die Suche nach der Stecknadel im Heuhaufen. Und bis zu den Feierlichkeiten und Paraden sind es nur noch knappe achtzehn Stunden. Da müßten wir schon eine ganze Armee von zweitausend Leuten haben, um bei systematischer Suche noch rechtzeitig etwas zu finden. Aber unsere paar Leute haben es besonders schwer, weil sie sowohl die kubanischen wie die russischen Sicherheitsmaßnahmen umgehen müssen. Kurz gesagt, so, wie es aussieht, ist die Katastrophe überhaupt nicht mehr zu verhindern.«

»Wenn ich zu Castro durchkomme und ihm die Warnung des Präsidenten . . .«

»Das schlagen Sie sich mal aus dem Kopf«, unterbrach Clark barsch. »Castro empfängt derzeit absolut niemanden und spricht mit keinem. Nicht einmal unsere vertrauenswürdigsten Kontaktleute in der kubanischen Regierung – wir haben fünf davon in absoluten Spitzenpositionen – kommen zu ihm durch. Ich will Sie ja nicht entmutigen, aber Sie haben nicht den Hauch einer Chance.«

»Evakuieren Sie Ihre Leute?«

Clarks Augen verdüsterten sich etwas. »Nein. Wir bleiben alle bis zum bitteren Ende.«

Hagen schwieg. Der Fahrer bog vom Boulevard Malecon in die Einfahrt der Botschaft ab, die einst die amerikanische gewesen war, jetzt aber von den Schweizern verwaltet wurde. Zwei Wachen in Schweizer Uniform öffneten das schmiedeeiserne Tor.

Ohne Ankündigung oder Warnung flitzte plötzlich ein Taxi direkt hinter der Limousine in die Einfahrt und durch das Tor, bevor die überraschten Wachen es noch verhindern konnten. Das Taxi stand kaum, als eine Frau in Milizuniform heraussprang, hinter ihr ein Mann in schmutziger Kleidung. Die Wachen kamen eilends auf sie zugerannt. Noch ehe sie ihre Waffen gezogen hatten, hatte die Frau die Tür der Botschaftslimousine aufgerissen und sprang hinein.

»Sind Sie Amerikaner oder Schweizer?« fragte sie.

»Amerikaner«, antwortete Clark und wich vor der Dunstwolke, die von der Frau ausging, leicht angewidert zurück. »Was wollen Sie?«

»Jetzt gar nichts mehr«, seufzte die Frau mit sichtlicher Erleichterung. »Jetzt ist alles okay.«

Der Fahrer war inzwischen aufgewacht und hatte angehalten, um sie wieder aus dem Wagen zu zerren.

»Augenblick!« befahl Hagen, als er bemerkte, daß das Gesicht der Frau erhebliche Verletzungen aufwies. »Was ist hier los?«

»Ich bin Amerikanerin«, erklärte Jessie. »Mein Name ist Jessie LeBaron. Ich brauche Ihre Hilfe.«

»Lieber Himmel«, stammelte Hagen. »Doch nicht etwa Raymond LeBarons Frau?«

»Doch, genau die«, bestätigte Jessie. Sie deutete auf das

Gerangel, das sich am Eingang zur Botschaft entwickelt hatte. »Kümmern Sie sich um ihn. Er ist Dirk Pitt, Direktor für Spezialprojekte der NUMA.«

»Ich mach' das schon«, sagte Clark. Als er endlich eingreifen konnte, hatte Pitt bereits einen der Wächter zu Boden geschlagen und war im Clinch mit dem zweiten. Der kubanische Taxifahrer tanzte gestikulierend und schreiend um sie herum und wollte nichts als sein Fahrgeld haben. Einige Polizisten in Zivil waren ebenfalls bereits durch das nicht wieder geschlossene Tor hereingekommen und verlangten, daß Jessie und Pitt an sie übergeben würden. Clark ignorierte sie, schlichtete den Streit und bezahlte den Taxifahrer. Dann führte er Pitt zum Botschaftswagen.

»Wo, zum Teufel, kommen Sie her?« fragte Hagen. »Der Präsident hält Sie für tot oder verhaftet.«

»Nicht jetzt, nicht hier!« mahnte Clark. »Wir sehen besser zu, daß wir hier wegkommen, ehe die Polizisten vergessen, daß sie auf exterritorialem Botschafterterrain sind und unangenehm werden.«

Er schob sie rasch alle ins Haus und über den Korridor bis zur Abteilung für Sonderinteressen. Pitt bekam erst einmal Gelegenheit, zu duschen und sich zu rasieren. Einer der Botschaftsangehörigen von etwa seiner Figur lieh ihm einige seiner Kleider. Jessies Uniform wurde verbrannt, ein Arzt der schweizerischen Botschaft versorgte ihre Wunden, nachdem sie gebadet hatte, und ordnete an, daß sie nach einer ersten Mahlzeit einige Stunden ruhen sollte, bevor sie offiziell befragt würde.

Pitt wurde inzwischen in einen kleinen Konferenzraum geleitet. Dort stellten sich Hagen und Clark ihm erst einmal förmlich vor, ehe sie es sich alle in einer Sitzecke bequem machten.

»Für lange Erklärungen ist keine Zeit«, begann Clark dann ohne Umschweife. »Ich habe vor zwei Tagen von Ihrem Unternehmen auf Cayo Santa Maria erfahren. Ich sollte mich bereithalten – für den Fall, daß etwas schiefginge. Daß alles glatt über die Bühne gegangen ist, habe ich eben erst von Mr. Hagen erfahren . . .«

»Nennen Sie mich ruhig Ira«, warf Hagen ein.

»Ich habe im übrigen Direktiven von Brogan und vom Präsidenten persönlich, daß ich mich um Sie und Mrs. LeBaron kümmern soll. Ich sollte unverzüglich Bericht erstatten, falls ich etwas davon hörte, daß Sie beide aufgegriffen und verhaftet seien.«

»Oder exekutiert«, ergänzte Pitt.

»Oder exekutiert«, bestätigte Clark.

»Dann wissen Sie auch, warum Jessie und ich uns abgesetzt haben und nach Kuba gekommen sind?«

»Gewiß. Sie soll eine dringende Nachricht des Präsidenten an Castro überbringen.«

Pitt entspannte sich in seinem Sessel. »Schön. Soweit wären wir also. Meine Rolle in der Angelegenheit ist damit zu Ende. Ich wäre Ihnen verbunden, wenn Sie dafür sorgen könnten, daß ich in ein paar Tagen, nachdem ich einige persönliche Angelegenheiten erledigt habe, nach Washington zurückfliegen kann.«

Hagen und Clark sahen einander stumm an, aber keiner vermochte Pitt in die Augen zu sehen.

»Ich fürchte, ich muß Ihre Pläne durchkreuzen«, eröffnete ihm Clark schließlich. »Wir haben hier eine Krise zu bewältigen, und dabei könnte Ihre Erfahrung mit Schiffen durchaus hilfreich sein.«

»Da muß ich Sie enttäuschen. Ich kann Ihnen kaum von Nutzen sein. Meine Mission ist beendet.«

»Wenn Sie uns nur eine paar Minuten zuhören wollen!«

»Zuhören kann ich immer.«

Clark bedankte sich kopfnickend. »Mr. Hagen kommt direkt vom Präsidenten. Er ist auf dem neuesten Stand der Dinge und kann Sie besser informieren als ich.« Er gab das Wort mit einer Handbewegung an Ira Hagen weiter.

»Die Lage«, sagte Hagen sogleich, »ist die folgende . . .«

Er besaß eine ausgezeichnete Menschenkenntnis, und er

hatte Pitt vom ersten Augenblick an richtig eingeschätzt – als einen Mann, dem niemand etwas vormachen konnte. Hagen legte die Karten offen auf den Tisch und erläuterte den Plan der Russen, Castro zu beseitigen und seine Regierung zu stürzen. Er nannte konkrete und exakte Details, erwähnte auch, wie die Atombombe vermutlich in den Hafen geschmuggelt worden war, und nannte den vermutlichen Zeitpunkt ihrer Detonation.

Ergänzend erläuterte Clark den Plan, die Bombe noch rechtzeitig zu finden. Es war keine Zeit mehr, eine hochtrainierte Spezialtruppe von Fachleuten dafür einzuschleusen, ganz abgesehen davon, daß ihnen die Kubaner keinen Schritt in die Stadt erlauben würden. Es standen nur zwanzig Mann mit den einfachsten Strahlensuchgeräten zur Verfügung, und er, Clark, hatte die schreckliche Verantwortung, diese Suche zu leiten. Es war jedoch nicht viel Phantasie zu der Erkenntnis nötig, daß das ganze Unternehmen angesichts dieser Schwierigkeiten, der knappen Zeit und der mangelhaften Mittel von vornherein so gut wie aussichtslos war.

Dann sagte er zögernd: »Können Sie mir folgen, Mr. Pitt?«

»Natürlich«, entgegnete Pitt langsam, »doch, ich denke schon. Vielen Dank für die Nachfrage.«

»Sonst noch Fragen?«

»Einige. Aber die allerwichtigste scheint mir die folgende zu sein: Was passiert mit uns allen, wenn das Ding nicht gefunden und entschärft wird?«

»Ich bin sicher, daß Sie die Antwort genau kennen«, sagte Clark.

»Na schön, und wenn. Ich möchte Sie lieber von Ihnen hören.«

Clark gab ohne Umschweife zu: »Dann kommen wir hier alle um.«

»Also, helfen Sie uns?« fragte Hagen.

Pitt sah Clark an. »Wieviel Zeit bleibt?«

»Ungefähr sechzehn Stunden.«

Pitt stand auf und ging hin und her. Sein Gehirn arbeitete.

Hagen und Clark beobachteten ihn stumm, bis er sich endlich über den Stuhl beugte und sagte: »Ich brauche einen Plan der Docks.«

Es lag bereits einer bereit.

Pitt entfaltete ihn und strich ihn glatt. »Die Kubaner können nicht gewarnt werden, sagen Sie?« Er betrachtete sich intensiv die Karte mit den Hafenanlagen.

»Nein«, antwortete Hagen. »Ihre Regierung ist mit sowjetischen Spionen gespickt. Jede Warnung würde ignoriert oder unterdrückt, und unsere Aktion würde vereitelt.«

»Und Castro selbst?«

»Durch die ganze Sicherheitsabschirmung zu ihm vorzudringen ist mein Job«, sagte Hagen.

»Und alles ist so angelegt, daß die USA hinterher der Sündenbock sind?«

»Natürlich.«

»Kann ich mal einen Bleistift haben?« fragte Pitt und zeichnete dann einen Kreis auf die Landkarte.

»Ich würde darauf tippen, daß das Schiff mit der Bombe an der Antares-Einfahrt liegt.«

»Wieso gerade dort?« fragte Clark stirnrunzelnd.

»Weil es der geeignetste Platz für diesen Zweck zu sein scheint. Die Einfahrt mündet nahezu bis ins Herz der Stadt.«

»Das leuchtet ein«, nickte Clark. »In der Tat haben zwei der drei Schiffe dort festgemacht. Das dritte ankert auf der anderen Seite der Bucht.«

»Kann ich ein paar Details über die Schiffe erfahren?«

Clark überflog die Berichte über die Ankunft der Schiffe. »Zwei gehören zur sowjetischen Handelsflotte. Das dritte fährt unter panamaischer Flagge und gehört einer Firma, die von kubanischen Anti-Castro-Exilanten geführt wird.«

»Die in Wirklichkeit Strohmänner des KGB sind«, ergänzte Hagen. »Sie haben vor, alles als Werk der Exilkubaner hinzustellen, die ihrerseits nur der verlängerte Arm des CIA seien – damit wir vor aller Welt als die barbarischen Übeltäter dastehen. Und es wird so überzeugend gemacht sein, daß uns niemand auf der Welt unsere Beteuerungen, wir hätten nichts damit zu tun, glauben wird. Unsere späte Rache für die Schweinebucht, werden alle sagen.«

»Kein dummer Plan«, sagte Clark. »Und sie dürften kaum eines ihrer eigenen Schiffe als Lagerplatz der Bombe nehmen.«

»Aber warum sollten sie zwei weitere Schiffe samt ihrer Ladung für nichts aufs Spiel setzen?«

»Beispielsweise zur Erschwerung der Ortung.«

»Wie heißen die Schiffe, und was transportieren sie?«

Clark holte eine weitere Seite aus dem Bericht über die Schiffahrtsbewegungen und las vor. »*Ozero Zaysan*, sowjetisches Frachtschiff. Ladung: militärische Ausrüstung und Nachschub. *Ozero Baykai.* Ein Öltanker. Zweihunderttausend Tonnen. Und dann noch das angeblich kubanisch geführte Schiff mit der Panama-Flagge: die *Amy Bigalow*, ein Massengutfrachter mit einer Ladung von fünfundzwanzigtausend Tonnen Ammoniumnitrat.«

Pitt starrte nachdenklich zur Decke. »Ist der Öltanker das Schiff, das drüben auf der anderen Seite in der Bucht ankert?«

»Richtig. Bei der Ölraffinerie.«

»Ist von irgendeinem der drei Schiffe bereits Ladung gelöscht worden?«

Clark schüttelte den Kopf. »Es ist überhaupt nichts an den Schiffen passiert. Und der Tanker drüben liegt noch immer tief im Wasser.«

Pitt setzte sich wieder und blickte die beiden anderen Männer kalt und hart an. »Gentlemen, man hat Sie zum Narren gehalten.«

Clark hob den Kopf. »Wenn Sie sich vielleicht etwas präziser ausdrücken möchten?«

»Sie haben die Bühnenschau der Sowjets über- und ihre Kunsttricks unterschätzt«, sagte Pitt. »Auf keinem der drei Schiffe ist auch nur eine Spur einer Atombombe. Weil sie für das, was sie vorhaben, überhaupt keine brauchen.«

66

Generaloberst Viktor Kolschak, der Chef der auf Kuba stationierten sowjetischen Soldaten und Berater, kam Velikow von seinem Schreibtisch entgegen und umarmte ihn herzlich.

»Sie glauben gar nicht, General, wie sehr ich mich freue, Sie am Leben zu sehen.«

»Ganz meinerseits, Generaloberst«, sagte Velikow, »ganz meinerseits«, während er Kolschaks bärenartige Umarmung erwiderte.

»Kommen Sie, setzen Sie sich. Wir haben eine Menge zu besprechen. Wer auch für die Zerstörung unserer Einrichtungen auf der Insel verantwortlich sein mag, er wird dafür büßen. Auch Präsident Antonow hat nachdrücklich versichert, daß man die Angelegenheit keinesfalls auf sich beruhen lassen wird.«

»Ich bin durchaus der gleichen Meinung«, sagte Velikow. »Da ist allerdings noch ein anderes wichtiges Thema, über das wir reden müssen.«

»Ein Wodka?«

»Danke, nein, nicht für mich«, wehrte Velikow brüsk ab. »*Rum and Cola* ist nun für morgen früh um halb elf angesetzt. Sind Sie mit allen Ihren Vorbereitungen fertig?«

Kolschak goß sich selbst einen kleinen Wodka ein. »Unsere Leute und unsere kubanischen Freunde verlassen in unauffälligen kleinen Gruppen die Stadt. Der Großteil meiner Truppen hat bereits mit den Scheinmanövern vierzig Meilen außerhalb begonnen. Bis zum Morgengrauen werden alle Truppen und sämtliches Gerät sowie alle wichtigen Dokumente evakuiert sein, ohne daß jemand es bemerkt!«

»Ein paar sollten aber noch hier bleiben«, warf Velikow beiläufig ein.

Kolschak blickte ihn über seine randlose Brille hinweg mit dem Ausdruck einer Großmutter an, die eben unanständige

Wörter von ihrem Enkelkind gehört hat. »Wer oder was soll hierbleiben, General?«

Velikow entzog sich dem spöttischen Blick. »Fünfzig sowjetische Zivilpersonen, Ehefrauen und Familienangehörige, und zweihundert Ihrer Soldaten.«

»Ist Ihnen klar, was Sie da verlangen?«

»Durchaus. Aber wir können nicht gut den CIA für den Tod von hunderttausend Menschen verantwortlich machen, wenn sich darunter nicht einige von unseren Leuten befinden. Russen, die zusammen mit den Kubanern gestorben sind. Das bringt uns einen Propagandaeffekt, der für unsere Regierung von überaus großem Nutzen sein wird.«

»Ich kann doch nicht zweihundertfünfzig unserer eigenen Leute dem Tod überantworten!«

»Ihr Vater hat sich kein Gewissen daraus gemacht, als er seinerzeit die deutschen Minenfelder einfach dadurch räumte, daß er seine Leute hindurchmarschieren ließ.«

»Damals war Krieg.«

»Jetzt auch. Nur der Feind ist ein anderer geworden«, sagte Velikow kalt. »Schließlich befinden wir uns schon seit 1945 mit den Amerikanern im Krieg. Die Verluste wiegen gering im Vergleich mit der Stärkung unseres Stützpunktes im Westen. Jedes weitere Argument ist überflüssig, General. Sie werden Ihre Pflicht tun – und Ende der Debatte.«

»Ich habe es wirklich nicht nötig, mich vom KGB an meine Pflichten dem Vaterland gegenüber erinnern zu lassen«, entgegnete Kolschak kühl, aber ganz sachlich.

Velikow blieb ungerührt. »Wir tun alle nur unsere Pflicht. Kommen wir auf unser Thema zurück. Nach der Explosion kehren Ihre Truppen in die Stadt zurück und beteiligen sich an der Sanitäts- und Nothilfe. Meine Leute übernehmen vorläufig die Regierungsgeschäfte. Ich kümmere mich persönlich darum, daß die selbstlosen sowjetischen Soldaten, die sich um die verletzten Überlebenden kümmern, öffentlich ins rechte Licht gesetzt werden.«

»Als Soldat kann ich nicht umhin zu sagen, daß ich dieses

ganze Unternehmen widerwärtig finde. Ich kann nicht glauben, daß Genosse Antonow über alle Einzelheiten unterrichtet ist und sie billigt.«

»Seine Motive sind zwingend, und ich stelle sie jedenfalls nicht in Frage.«

Kolschak stützte sich entmutigt auf seinen Schreibtisch. »Gut, ich werde eine Liste derjenigen, die hierbleiben müssen, erstellen lassen.«

»Danke, Generaloberst.«

»Ich nehme doch an, daß alles vorbereitet ist?«

Velikow nickte. »Wir beide werden die Castro-Brüder zur Parade auf das Podium begleiten. Ich werde einen Taschensender bei mir haben, der die Detonation im ersten Schiff auslösen wird. Wenn Castro seine übliche Marathon-Rede beginnt, werden wir uns unauffällig zu einem auf uns wartenden Wagen entfernen. Sobald wir in diesem sicher außer Reichweite sind – rechnen wir eine halbe Stunde für fünfzehn Meilen –, werde ich die Sprengladung zünden.«

»Und wie erklären wir später unsere wunderbare Errettung?« fragte Kolschak sarkastisch.

»In den ersten Berichten werden wir als tot oder vermißt gemeldet. Später werden wir unter den Verletzten entdeckt werden.«

»Wie schwer verletzt?«

»Nur so viel, daß es überzeugend wirkt. Zerrissene Uniformen, etwas Blut und die eine oder andere schön verbundene und bandagierte Wunde.«

»So wie zwei Rowdies, die in einer Theatergarderobe herumgestöbert haben.«

»Dies scheint mir nicht unbedingt der richtige Vergleich zu sein.«

Kolschak wandte sich ab und sah melancholisch aus dem Fenster seines Hauptquartiers auf die geschäftige Stadt Havanna. »Schwer zu glauben«, sagte er schwermütig, »daß dies alles morgen um diese Zeit nur noch ein rauchender Trümmerhaufen sein wird, ein Meer von Elend und Tod.«

Der Präsident arbeitete noch spät an seinem Schreibtisch. Nichts war klar und eindeutig, nichts nur schwarz oder weiß. Sein Amt bestand vielmehr aus einem Kompromiß nach dem anderen. Behielt er schon einmal die Oberhand über den Kongreß, mußte er als nächstes über eine Gesetzesnovelle verhandeln, die faktisch alles wieder rückgängig machte. Seine Weltpolitik wurde von den Staatsmännern der anderen Länder so lange zersäbelt, bis wenig vom ursprünglichen Konzept übrigblieb.

Und jetzt versuchte er, das Leben ausgerechnet eines Mannes zu retten, der dreißig Jahre lang die Vereinigten Staaten als seinen Hauptfeind angesehen hatte. Der Gedanke, ob irgend etwas von alledem in zweihundert Jahren noch von Bedeutung wäre, kam ihm in den Sinn.

Dan Fawcett betrat den Raum mit einem Tablett, auf dem Sandwichs und eine Kanne Kaffee waren. »Das Oval Office schläft nie«, scherzte er ungeschickt. »Ihr Lieblingssandwich. Thunfisch mit Speck.« Er reichte dem Präsidenten einen Teller und goß ihm dann Kaffee ein. »Kann ich noch irgend etwas für Sie tun?«

»Danke, nein, Dan. Ich überarbeite nur noch meine Erklärung für die Pressekonferenz morgen.«

»Ich bin sehr gespannt darauf, wie die Öffentlichkeit reagiert, wenn Sie über die Existenz der Mondkolonie sprechen und dann Steinmetz und seine Leute vorstellen. Ich habe mir bereits einige Videobänder mit den Experimenten auf dem Mond angesehen. Ganz unglaublich!«

Der Präsident stellte den Teller mit dem Sandwich beiseite und nippte nachdenklich an seinem Kaffee. »Die ganze Welt ist verkehrt.«

Fawcett blieb schier der Bissen im Halse stecken. »Was meinen Sie?«

»Denken Sie doch nur mal an diese entsetzlichen Widersprüche. Ich unterrichte die Welt über den größten Fortschritt der Menschheit, während zur gleichen Zeit Havanna von der Landkarte ausradiert wird.«

»Hat sich Brogan noch einmal bei Ihnen gemeldet, seit Pitt und Jessie LeBaron in unserer Spezialabteilung aufgetaucht sind?«

»In der letzten Stunde nicht mehr. Aber er hat ebenfalls eine Stallwache in seinem Büro hinterlassen.«

»Wie haben die das nur geschafft?«

»Ja. Zweihundert Meilen durch Feindesland. Wirklich ganz unglaublich.«

Langleys persönliches Telefon läutete. »Ja?«

»Martin Brogan hier, Mr. Präsident. Aus Havanna wird gemeldet, daß noch auf keinem Schiff Radioaktivität festgestellt wurde.«

»Sind sie an Bord gelangt?«

»Negativ. Zu starke Sicherheitsmaßnahmen. Sie können an die beiden am Dock verankerten Schiffe nur heranfahren. Das andere, ein Öltanker, ankert draußen in der Bucht. Sie sind mit einem kleinen Boot darum herumgefahren.«

»Was erzählen Sie mir denn da alles, Martin? Wollen Sie etwa sagen, die Bombe ist in die Stadt transportiert und dort versteckt worden?«

»Seit ihrer Ankunft im Hafen sind die Schiffe unter strengster Bewachung gestanden, Sir. Es ist auch keinerlei Fracht gelöscht worden.«

»Vielleicht sind die Stahlwanten so stark, daß die Strahlung nicht durch sie nach außen dringen kann.«

»Die Experten in Los Alamos haben mir versichert, daß es so etwas nicht gibt. Das Problem besteht darin, daß unsere Leute in Havanna keine Strahlenexperten sind. Außerdem haben sie das Handicap, daß sie nur die üblichen Geigerzähler zur Verfügung haben. Und die sind nicht empfindlich genug, um geringe Strahlung aufzuspüren.«

»Und warum haben wir keine Experten mit dem bestmöglichen Gerät dort?« fragte der Präsident.

»Sir, es ist komplizierter, als einen einzigen Mann mit einem Köfferchen in diplomatischer Mission loszuschicken wie beispielsweise Ihren Freund Hagen. Ein ganzes Team mit fünfhundert Pfund Ausrüstung einzuschmuggeln ist wesentlich schwieriger. Aber selbst dafür hätte man vermutlich etwas arrangieren können, wenn wir mehr Zeit gehabt hätten. Bootslandungen bei Nacht und Nebel oder Fallschirmspringer haben angesichts des dichten Abwehrnetzes der Kubaner wenig Chancen. Das Einschmuggeln auf Schiffen ist immer noch die beste Methode. Nur hätten wir dafür mindestens einen Monat Vorbereitungszeit gebraucht.«

»Wenn man Ihnen so zuhört, könnte man meinen, es ginge uns wie irgendeinem Jungen mit einer unbekannten Seuche, gegen die es noch kein Mittel gibt.«

»So ungefähr ist es aber tatsächlich, Mr. Präsident«, sagte Brogan. »So ziemlich alles, was wir tun können, ist dasitzen und warten ... und zusehen, was passiert.«

»O nein, so habe ich mir das nicht vorgestellt. Wir müssen etwas tun – im Namen der Humanität. Wir können nicht alle diese Menschen einfach sterben lassen.« Er spürte, wie sich sein Magen zusammenkrampfte. »Großer Gott, ich kann einfach nicht glauben, daß die Russen wirklich und wahrhaftig in dieser Stadt eine Atombombe zünden wollen! Ist Antonow denn nicht klar, daß er uns damit alle nur noch tiefer in den Morast treibt, aus dem es kaum noch einen Ausweg geben kann?«

»Mr. Präsident, glauben Sie mir, unsere Experten haben jede denkbare Möglichkeit durch die Computer gejagt. Es gibt keine einfache oder eindeutige Antwort. Ein Aufruf an die Kubaner über Radio zur Evakuierung der Stadt würde überhaupt nichts bewirken. Sie würden jede von uns kommende Warnung schlicht ignorieren.«

»Wir haben immer noch die Hoffnung, daß es Ira Hagen gelingt, noch rechtzeitig zu Castro vorzudringen.«

»Aber Sie glauben doch nicht wirklich, daß Castro Hagen persönlich empfängt? Nein, das ist sehr unwahrscheinlich. Castro wird das doch mit Sicherheit nur für einen neuen Versuch halten, ihn zu diskreditieren. Nein, Mr. Präsident, so leid es mir tut, aber wir müssen uns wohl oder übel mit der bevorstehenden Katastrophe abfinden. Weil wir nämlich kein gottverdammtes Jota daran ändern können.«

Der Präsident hörte jedoch gar nicht mehr zu. Auf seinem Gesicht stand grimmige Hilflosigkeit. Da installieren wir nun eine Kolonie auf dem Mond, dachte er, aber hier unten auf der Erde wissen die Menschen immer noch nichts Dümmeres zu tun, als sich gegenseitig umzubringen.

»Ich werde für morgen früh eine Kabinettssitzung einberufen«, sagte er, mit Hoffnungslosigkeit in der Stimme, »noch vor meiner Pressekonferenz. Wir müssen einen Plan entwikkeln, wie wir den vorhersehbaren sowjetischen und kubanischen Beschuldigungen begegnen können, und so viel retten, wie wir können.«

67

Das Verlassen der Schweizer Botschaft war lächerlich einfach. Schon vor zwanzig Jahren hatten sie dort einen Tunnel gegraben, über hundert Fuß tief unter den Straßen und Kanalisationsleitungen und weit unter allen Bodensonden, die die kubanischen Sicherheitsbehörden rund um den Block in den Boden getrieben haben konnten. Die Mauern waren wasserdicht versiegelt, und das trotzdem eindringende Sickerwasser beseitigten lautlose Pumpen.

Clark führte Pitt über eine lange Leiter nach unten und durch den Gang, der erst in weiter Entfernung in einem Schacht endete. Diesen kletterten sie nach oben und kamen im Anproberaum eines Damenbekleidungsgeschäfts heraus.

Das Geschäft hatte schon vor sechs Stunden geschlossen, und weil die Jalousien vor den Schaufenstern heruntergelassen waren, bestand keine Gefahr, etwa von draußen gesehen zu werden. Im Lager des Ladens saßen drei erschöpft aussehende Männer, die kaum ein Zeichen des Erkennens gaben, als Clark mit Pitt hereinkam.

»Echte Namen spielen keine Rolle«, sagte Clark. »Das hier sind Manny, Moe und Jack.«

Manny, ein riesiger Schwarzer mit tiefen Gesichtsfalten, einem verwaschenen grünen Hemd und einer Khakihose, zündete sich eine Zigarette an und warf Pitt mit uninteressierter Gleichgültigkeit nur einen kurzen Blick zu. Er sah aus wie einer, der bereits alles gesehen und erlebt hat und dem keine Illusion mehr geblieben ist.

Moe hatte seine Nase in einem russischen Wörterbuch stecken. Er war das Urbild eines Akademikers – geistesabwesend, strubbeliges Haar, Brille, üppiger Bart. Er nickte nur stumm und mit der Andeutung eines automatenhaften, leeren Lächelns.

Jack wiederum war der Bilderbuch-Latino wie aus einem Film der dreißiger Jahre. Funkelnde Augen, untersetzte Gestalt, blitzende Zähne, schmales Oberlippenbärtchen. Nur die Bongotrommeln fehlten ihm noch. Er war der einzige, der auch etwas sagte. »*Hola*, Thomas. Sind Sie gekommen, um Durchhalteparolen an die Truppe zu halten?«

»Gentlemen, das hier ist . . . ähm . . . Sam. Er hat einige neue Gedankengänge ins Spiel gebracht, die ein ganz anderes Licht auf eure Suche werfen.«

»Die müssen aber schon verdammt gut sein, um uns hier von den Docks wegzuholen«, brummelte Manny. »Wir haben verdammt wenig Zeit für Scheißhausparolen.«

»Tatsache ist«, erklärte Clark geduldig, »daß Ihre Chancen, die Bombe zu finden, in den letzten vierundzwanzig Stunden keinen Deut größer geworden sind, oder? Also können Sie ihn wenigstens anhören.«

»Ich scheiß' drauf«, schimpfte Manny. »Gerade als wir einen Weg gefunden haben, wie wir an Bord eines dieser Frachter kommen können, pfeift ihr uns zurück.«

»Ihr hättet jeden Zentimeter dieser Schiffe absuchen können und hättet doch bis in alle Ewigkeit keine eineinhalb Tonnen schwere Atombombe gefunden«, mischte sich Pitt ein.

Manny wandte sich ihm jetzt doch interessiert zu. Er musterte ihn von Kopf bis Fuß. »Also gut, Klugscheißer«, sagte er, »und wo ist die Bombe dann?«

»Nicht eine«, sagte Pitt. »Drei. Und nicht eine ist nuklear.«

Es war völlig still. Außer Clark zeigten alle nur offene Skepsis.

Pitt zog eine Landkarte aus seinem Hemd und entfaltete sie. Er nahm sich vom Tisch einige Stecknadeln und pinnte die Karte damit an eine Wand. Die gleichgültige Distanz der CIA-Agenten störte ihn nicht besonders. Er sah ohnehin, daß sie in Wirklichkeit durchaus aufmerksam und hellwach waren, präzise und kompetent. Es war ihm wohlbekannt, daß sie alle hervorragend ausgebildet waren und die absolute Entschlossenheit von Männern besaßen, die Fehlschläge nicht so einfach hinnehmen.

»Die *Amy Bigalow* ist das erste Glied in dieser Schreckens-Kette. Ihre Fracht von fünfundzwanzigtausend Tonnen Ammoniumnitrat ...«

»... was nichts weiter ist als Kunstdünger«, unterbrach Manny.

»... ist eine äußerst flüchtige Chemikalie«, fuhr Pitt unbeirrt fort. »Wenn diese Menge Ammoniumnitrat explodiert, hat sie eine Sprengkraft, die erheblich größer ist als die der Hiroshima- und Nagasaki-Bomben. Die sind zudem aus der Höhe abgeworfen worden, und ein guter Teil ihrer Sprengkraft ist in der Luft verpufft. Wenn aber die *Amy Bigalow* auf Bodenhöhe explodiert, hat das zur Folge, daß fast ihr gesamter Druck wie ein Hurrikan durch Havanna fegt. Die *Ozero Zaysan,* deren Frachtpapiere militärisches Material ausweisen, ist vermutlich bis obenhin mit Munition vollgestopft. Die Explosion auf der *Amy Bigalow* wird auch sie hochgehen lassen, und zwar wie eine geballte Ladung – das ist sie ja auch. Das alles führt automatisch zur Entzündung der Öltanks auf der *Ozero Baykai,* und der Zerstörungseffekt wird noch einmal multipliziert. Und dann folgen die Treibstofftanks, die Raffinerien, die Chemiewerke und jede Fabrik, in der es irgendwelche flüchtigen Substanzen gibt. Diese Kettenreaktion kann sich unter Umständen tagelang fortsetzen.«

Nach außen hin schienen Manny, Moe und Jack weder zu begreifen noch alarmiert zu sein. Ihre Gesichter blieben unbewegt und gleichgültig. Tatsächlich aber waren sie sehr wohl beeindruckt von Pitts Höllenvision.

Moe sah Clark an. »Wissen Sie, ich glaube, er trifft die Sache tatsächlich verdammt genau.«

»Sag' ich doch. Langley hat die sowjetischen Absichten und Pläne einfach falsch interpretiert. Es braucht gar keine Atombomben. Auf diese Weise läßt sich der gleiche Zerstörungseffekt erzielen.«

Manny stand auf und umfaßte Pitts Schultern mit seinen mächtigen Pranken. »Mann, das muß ich Ihnen lassen, Bescheid wissen Sie.«

Zum ersten Mal meldete sich auch Jack. »Und es besteht keine Chance, die Schiffe noch vor den Feierlichkeiten morgen zu entladen?«

»Nein, aber man könnte sie wegschaffen«, sagte Pitt.

Manny dachte darüber einen Augenblick lang nach. »Die Frachter könnten wohl aus dem Hafen raus. Aber ich würde keine Wette darauf eingehen, daß man in der kurzen Zeit auch den Tanker vom Fleck bewegen kann. Ohne Schlepper, um ihn wenigstens bis zum Kanal zu ziehen, schon gar nicht.«

»Jede Meile mehr, die diese Schiffe vom Hafen entfernt sind, kann hunderttausend Menschenleben retten«, ermahnte Pitt.

»Das könnte uns auch zusätzliche Zeit verschaffen, um nach den Sprengsätzen zu suchen«, überlegte Moe laut.

»Das wäre natürlich das beste – und möglichst noch vor Erreichen der offenen See.«

»Wenn nicht«, murmelte Manny grimmig, »läuft es auf Selbstmord hinaus.«

»Und Ihre Frau würde die Begräbniskosten sparen«, grinste Jack hämisch, »weil nämlich kein Fitzelchen mehr übrigbliebe, das man bestatten könnte.«

Moe machte ein bedenkliches Gesicht. »Wir sind zu wenige.«

»Wie viele Schiffsingenieure können Sie zusammenkriegen?« fragte Pitt.

Moe nickte zur anderen Wand hinüber. »Manny war mal Schiffsingenieur. Kennst du noch wen, Manny?«

»Enrico weiß in Maschinenräumen Bescheid. Und Hektor ginge auch, wenn er nüchtern ist.«

»Das sind drei«, sagte Pitt. »Wie ist es mit Seeleuten?«

»Fünfzehn. Einschließlich Moe und Jack siebzehn«, antwortete Clark.

»Macht alles zusammen zwanzig. Ich dazu, macht einundzwanzig«, rechnete Pitt. »Dann sind da noch die Hafenlotsen.«

»Die sind einer wie der andere absolut Castro-treu«, knurrte Manny. »Wir müssen uns schon selbst lotsen.«

»Langsam, langsam, verdammt«, mischte sich Moe ein. »Selbst wenn wir die Dockwächter überwältigen, haben wir es immer noch mit den Schiffsbesatzungen zu tun.«

Pitt wandte sich an Clark. »Wenn Ihre Leute sich um die Wachen kümmern, schalte ich die Besatzungen aus.«

»Ich werde persönlich eine Kampftruppe führen«, antwortete Clark. »Aber es ist mir nicht ganz klar, wie Sie Ihren Teil der Aufgabe absolvieren wollen.«

»Schon passiert«, lächelte Pitt hintergründig. »Alle Schiffe sind verlassen. Ich garantiere dafür, daß sich die Mannschaften bereits außerhalb der Zerstörungszone befinden.«

»Mag ja sein«, gab Moe zu bedenken, »daß die Sowjets ihre eigenen Leute schonen und retten wollen. Aber ganz sicher geben sie keinen Pfifferling für die ausländische Besatzung der *Amy Bigalow.*«

»Schon. Aber andererseits können sie es auch nicht riskieren, daß irgendeiner von denen herumlungert, während sie die Sprengsätze anbringen, und später vielleicht plappert.«

Jack bedachte dies kurz, dann sagte er: »Zwei und zwei ist vier, da hat er recht. Macht Sinn, was er erzählt.«

Manny musterte Pitt mit unverhohlenem Respekt. »Sind Sie von unserem Verein?«

»Nein. NUMA.«

»Wird Zeit, daß ich mich pensionieren lasse«, seufzte Manny.

»Wie viele Leute sind nach Ihrer Schätzung als Wache auf den Schiffen?« fragte Clark.

Manny holte ein feuchtes Taschentuch heraus und schneuzte sich kräftig und laut wie eine krächzende Gans, ehe er antwortete. »Etwa ein Dutzend auf der *Bigalow.* Ebenso viele auf der *Zaysan.* Und beim Öltanker liegt ein kleines Patrouillenboot. Auf dem dürften nicht mehr als sechs oder sieben Leute sein.«

Clark sprach im Auf- und Abgehen. »Gut. Sammelt eure Leute. Ich werde mich mit meiner Gruppe um die Wachen kümmern und euch Operationsschutz geben. Sie, Manny, fahren die *Amy Bigalow* raus. Moe, Sie nehmen die *Ozero Zaysan.* Jack, Ihre Aufgabe ist der Schlepper. Passen Sie auf, daß beim Entern kein Alarm ausgelöst wird. Wir haben noch sechs Stunden bis Tagesanbruch. Wir müssen jede Minute nützen.« Er blieb stehen und sah sich um. »Noch Fragen?«

Moe hob die Hand. »Was passiert mit uns, wenn wir das offene Wasser erreicht haben?«

»Sie nehmen die Motorbarkassen Ihrer Schiffe und hauen so schnell und so weit ab, wie es nur geht, ehe die Dinger in die Luft fliegen.«

Niemand sagte mehr etwas. Es war allen klar, daß ihre Lage so gut wie hoffnungslos war.

»Ich melde mich freiwillig zu Manny«, sagte Pitt. »Ich bin ein ziemlich guter Steuermann.«

Manny stand auf und donnerte Pitt die Hand auf die Schulter, daß es diesen fast umriß. »Verdammt, noch mal, Sam, möglicherweise mag ich Sie noch.«

Pitt sah ihn ernst an. »Hoffen wir, daß uns noch genug Zeit bleibt, daß Sie das genau herausfinden können.«

68

Die *Amy Bigalow* lag an einem modernen Pier angedockt, den sowjetische Ingenieure gebaut hatten. Gleich neben ihr, nur einige hundert Meter vor dem Dockkanal, lag dunkel und verlassen der cremefarbene Rumpf der *Ozero Zaysan*. In dem schwarzen Hafenbrackwasser spiegelten sich die Lichter der Stadt. Von den Bergen zogen einige Wolken heran, über die Stadt hinweg und hinaus aufs Meer.

Der Kommandowagen, ein russisches Fahrzeug, bog vom Boulevard Desemparados ab. Zwei schwere Militärtrucks folgten ihm. Die kleine Kolonne fuhr langsam durch die Docks und hielt an der Gangway der *Amy Bigalow.* Ein Wachtposten kam aus seinem Häuschen und näherte sich dem Wagen vorsichtig.

»Haben Sie eine Passiergenehmigung für diesen Bereich?« fragte er.

Clark, in der Uniform eines kubanischen Obersten, fixierte den Wachtposten arrogant. »Holen Sie den wachhabenden Offizier«, schnauzte er den Posten an. »Und sprechen Sie einen Offizier in der vorgeschriebenen Form an.«

Der Posten, der jetzt im gelblichen Licht der Natriumdampflampen des Hafens Clarks Rangabzeichen erkannte, nahm Haltung an und salutierte. »Zu Befehl, Señor Colonel.«

Er rannte zurück in sein Wachhäuschen und nahm sein Sprechfunkgerät zur Hand. Clark rutschte unbehaglich auf seinem Sitz hin und her. Täuschung war lebenswichtig, eine Taktik der starken Hand vergeblich. Hätten sie ballernd die Schiffe zu stürmen versucht, hätte das im Handumdrehen in der gesamten Militärgarnison Alarm ausgelöst. Und dann wäre den Russen, mit dem Rücken an der Wand, kaum etwas anderes übriggeblieben, als die Explosion vorzeitig auszulösen.

Aus der Tür eines Lagerhauses in der Nähe trat ein Captain. Er blieb einen Augenblick stehen, um sich die geparkte Kolonne zu betrachten, und kam dann herbei, um sich am Kommandowagen bei Clark zu melden.

»Captain Roberto Herras«, sagte er salutierend. »Was kann ich für Sie tun, Señor Colonel?«

»Colonel Ernesto Pérez«, sagte Clark. »Ich habe Befehl, Sie und Ihre Leute abzulösen.«

Herras war verwirrt. »Nach meinen Befehlen habe ich die Schiffe bis morgen mittag zu bewachen.«

»Das ist geändert worden«, sagte Clark kurz angebunden. »Lassen Sie Ihre Leute antreten, und kehren Sie zu Ihren Unterkünften zurück.«

»Wenn Sie erlauben, Colonel, möchte ich mir das von meinem kommandierenden Offizier bestätigen lassen.«

»Und der muß General Melena anrufen, und General Melena schläft.« Clark fixierte ihn aus engen, kalten Augen. »Ein Bericht über Ihre Insubordination wird sich nicht gut machen, wenn Ihre Beförderung zum Major ansteht.«

»Verzeihung, Señor, ich habe natürlich keinerlei Absicht, einen Befehl eines Vorgesetzten zu verweigern.«

»Dann schlage ich vor, daß Sie meinen Befehl befolgen.«

»Jawohl, Colonel. Ich – ich will Ihnen keineswegs widersprechen. Ich lasse also meine Leute antreten.«

»Tun Sie das.«

Nach zehn Minuten waren Captain Herras' vierundzwanzig Mann abmarschbereit angetreten. Sie hatten wenig gegen ihre Ablösung einzuwenden. Es winkte ihnen ruhiger Schlaf. Herras schien nicht weiter zu bemerken, daß die Leute des Colonels die ganze Zeit über in der Dunkelheit des ersten Trucks verborgen blieben.

»Ist dies Ihre gesamte Einheit?« fragte Clark.

»Jawohl, Colonel. Alle.«

»Einschließlich der Wachen für das andere Schiff?«

»Entschuldigen Sie, Colonel. Ich habe noch Posten an der Gangway dort gelassen, um sicherzustellen, daß niemand an Bord kann, bis Ihre Leute übernommen haben. Wir können sie beim Abrücken mitnehmen.«

»Gut, Captain. Mein zweiter Truck ist leer. Lassen Sie Ihre Leute dort aufsteigen. Sie selbst können mit meinem Wagen zurückfahren. Ich lasse ihn später bei Ihrem Kommando abholen.«

»Sehr freundlich von Ihnen, Señor Colonel. Vielen Dank.«

Clark hatte die ganze Zeit über eine kleine 25er Automatik in seiner Hosentasche in der Hand, holte sie aber nicht heraus. Die Kubaner kletterten bereits unter dem Kommando eines Sergeanten auf den Truck. Clark bot Herras seinen Platz an und schlenderte gemächlich zu dem anderen Truck, in dem Pitt und die kubanischen Seeleute warteten.

Das Wachkommando war gerade abgefahren, als ein Stabswagen mit einem russischen Offizier um die Ecke bog. Er beugte sich mißtrauisch aus dem Fenster. »Was geht hier vor?«

Clark begab sich betont langsam zu dem Wagen und lief einmal um ihn herum. Er sah, daß sich nur der Offizier und sein Fahrer darin befanden.

»Wachablösung.«

»Von einem solchen Befehl weiß ich nichts.«

»General Velikow hat ihn erteilt«, sagte Clark und blieb nahe an der Hintertür stehen. Er konnte jetzt erkennen, daß der Russe ebenfalls Oberst war.

»Ich komme gerade vom Hauptquartier zur Wachinspektion. Von einer Wachablösung war nicht die Rede.« Der russische Oberst öffnete die Tür, als habe er vor auszusteigen. »Hier scheint ein Fehler vorzuliegen.«

»Durchaus nicht«, zischte Clark, stieß mit dem Knie die Tür zu und schoß dem russischen Obersten genau zwischen die Augen. Dann verpaßte er auch dem Fahrer kaltblütig zwei Kugeln in den Kopf. Kurz darauf rollte das Auto im Leerlauf nach vorne und stürzte in das dunkle Brackwasser des Hafens.

Manny ging voraus, Pitt und vier kubanische Handelsmatrosen folgten. Sie hasteten die Gangway hinauf zum Oberdeck der *Amy Bigalow* und verteilten sich dort. Pitt stieg die vordere Leiter hinauf, die übrigen eilten durch die Gänge zum Maschinenraum. Das Steuerhaus war dunkel, Pitt ließ es dabei. Er brachte die nächste halbe Stunde damit zu, mit einer Taschenlampe in der Hand die elektronischen Geräte und das Lautsprechersystem des Schiffes zu studieren, bis er sich jeden Hebel und jeden Schalter genau eingeprägt hatte.

Er nahm das Schiffstelefon ab und rief in den Maschinenraum. Es dauerte eine ganze Minute, ehe Manny antwortete.

»Was wollen Sie denn, verdammt?«

»Nur überprüfen«, sagte Pitt. »Ich bin bereit. Was ist mit euch?«

»Da können Sie noch eine ziemliche Weile warten, Sam.«

Ehe Pitt noch antworten konnte, kam Clark zu ihm herein. »Sprechen Sie mit Manny?« fragte er.

»Ja.«

»Er soll raufkommen, sofort.«

Pitt gab dieses barsche Kommando weiter und erntete dafür eine Salve von Flüchen, ehe die Verbindung unterbrochen wurde. Aber nach kaum einer Minute war Manny da, nach Schweiß und Öl riechend. »Was gibt's denn?« fragte er unwirsch. »Beeilen Sie sich. Ich hab' ein Problem.«

»Moe hat ein noch größeres«, erklärte Clark.

»Weiß ich schon. Die Maschinen sind alle abgestellt.«

»Sind die Ihren in einwandfreiem Zustand?«

»Warum sollten sie's nicht sein?«

»Die sowjetischen Besatzungen haben auf der *Ozero Zaysan* jedes einzelne Ventil mit Hämmern demoliert«, sagte Clark düster. »Moe ist der Ansicht, das zu reparieren würde zwei volle Wochen dauern.«

»Dann muß ihn eben Jack mit dem Schlepper bis in die offene See hinausziehen«, warf Pitt lakonisch ein.

Manny spuckte zur Steuerhaustür hinaus. »Dann schafft er es aber auf keinen Fall mehr, rechtzeitig zurückzukommen und noch den Tanker zu holen. Die Russen sind ja auch nicht blind. Sobald die Sonne aufgeht, erwischen sie uns bei unserem Spielchen.«

Clark nickte zustimmend. »Da hat er wohl recht.«

»Wie steht es bei Ihnen?« fragte Pitt Manny.

»Wenn dieser Kasten Diesel hätte, könnte ich ihn in zwei Stunden am Laufen haben. Aber er hat Dampfturbinen.«

»Wie lange brauchen Sie also?«

Manny blickte zum Deck hinunter. »Wir mußten mit einer kalten Anlage anfangen. Als erstes haben wir den Hilfsdiesel gestartet, um die Brenner in Gang zu kriegen, die das Öl erhitzen. Als nächstes müssen die Leitungen kondenswasserfrei gemacht werden, dann sind die Boiler zu erhitzen und die Reserveleitungen zu öffnen. Danach brauchen wir erst mal genügend Dampf, bis die Turbinen anlaufen können. Kurz – vier Stunden wird es wohl dauern. Vorausgesetzt, alles läuft nach Plan.«

»Vier Stunden?« fragte Clark ungläubig.

»Dann kommen wir unmöglich mehr aus dem Hafen heraus«, brummte Pitt.

»Damit sind wir im Eimer.« Clarks Enttäuschung war nicht zu überhören.

»Sind wir nicht«, widersprach Pitt. »Wenn wir wenigstens ein Schiff aus dem Hafen bekommen, bedeutet das, daß immerhin ein Drittel der Zerstörungskraft eliminiert ist.«

»Und wir gehen alle dabei drauf«, stellte Clark sachlich fest. »Keine Chance, davonzukommen. Vor zwei Stunden habe ich uns noch eine Fifty-fifty-Überlebenschance gegeben. Aber jetzt gar keine mehr. Nicht, wenn Ihr lieber alter Freund Velikow sieht, wie sein schöner monströser Plan mit großer Rauchwolke abzudampfen versucht. Und um den sowjetischen Offizier auf dem Grund des Hafenwassers nicht zu vergessen: Der wird in Kürze vermißt werden, und ein ganzes Regiment wird ausrücken, um ihn zu suchen.«

»Und außerdem ist da auch noch diese Wachmannschaft«, fügte Manny hinzu. »Dem wird ebenfalls ziemlich rasch ein Licht aufgehen, wenn er seinen Anschiß wegen Verlassens seines Aufgabengebietes ohne ordentlichen Befehl kriegt.«

Draußen wurde das Geräusch eines langsam in Gang kommenden schweren Dieselmotors hörbar und lauter, und eine abgedämpfte Schiffsglocke schlug dreimal an.

Pitt spähte durch die Fenster der Brücke. »Jack ist mit dem Schlepper da.«

Er drehte sich um und blickte hinüber zu den funkelnden Lichtern der Stadt. Sie sah aus wie eine überdimensionale Schmuckschachtel. Er dachte an alle die Kinder, die dort zu Bett gegangen waren und sich auf die morgige Feier freuten. Er fragte sich, wie viele von ihnen wohl niemals mehr erwachen würden.

»Es ist immer noch Hoffnung«, sagte er schließlich. Er erläuterte rasch, was er für die beste Lösung hielt. Dann sah er von Manny zu Clark. »Nun, was halten Sie davon? Geht das?«

»Ob es geht?« Clark war fassungslos. »Ich und drei Leute sollen die halbe kubanische Armee drei Stunden lang in Schach halten? Das ist doch der glatte Selbstmord.«

»Manny?«

Manny starrte Pitt an und versuchte aus dem harten Gesicht, das im trüben Licht der Pierbeleuchtung kaum sichtbar war, etwas abzulesen. Warum sollte ein Amerikaner sein Leben für Leute riskieren, die ihn beim bloßen Anblick niederschießen würden? Es war ihm klar, daß er auf diese Frage in diesem dunklen Ruderhaus der *Amy Bigalow* keine Antwort finden würde.

»Wir verschwenden unsere Zeit«, sagte er, wandte sich um und eilte wieder in den Maschinenraum hinunter.

69

Die schwarze Limousine bremste sanft vor dem Haupttor von Castros Jagdhaus in den Bergen im Südosten der Stadt. Einer der beiden Stander vorne neben dem Kühler auf den Kotflügeln war die Flagge der Sowjetunion, der andere zeigte an, daß der Insasse ein ranghoher Offizier war.

Das Gästehaus außerhalb des eingezäunten Bereichs war zugleich das Hauptquartier von Castros Leibwache. Ein Mann in maßgeschneiderter Uniform, an der sich keinerlei Abzeichen befanden, kam langsam zum Wagen. Er warf einen Blick auf den Rücksitz, wo er im Halbschatten einen hohen sowjetischen Offizier erkannte, was auch aus der Identifizierungskarte hervorging, die zum Fenster herausgereicht wurde.

»Oh, Generaloberst Kolschak. Sie müssen sich mir natürlich nicht ausweisen.« Er salutierte andeutungsweise. »Juan Fernandez, Fidels Sicherheitschef.«

»Sie schlafen wohl nie, was?«

»Ich bin eine Nachteule«, schmunzelte Fernandez. »Was führt Sie zu dieser unchristlichen Stunde her?«

»Ein dringender Fall.«

Fernandez wartete auf nähere Erläuterungen, aber es kamen keine. Er begann sich unbehaglich zu fühlen. Er wußte, daß es sich nur um eine wirklich kritische Situation handeln konnte, wenn der ranghöchste sowjetische Militärvertreter im Lande um halb vier Uhr morgens hier auftauchte. Und er wußte nicht, wie er sich verhalten sollte.

»Ich bedaure, Señor, aber Fidel hinterließ strikte Order, daß er auf keinen Fall und von niemandem gestört werden will.«

»Ich respektiere Präsident Castros Wünsche natürlich. Allerdings habe ich nicht mit ihm selbst, sondern mit Raul zu reden. Sagen Sie ihm bitte, daß ich ihn in einer Angelegenheit von äußerster Dringlichkeit sprechen muß, die nur unter vier Augen erörtert werden kann.«

Fernandez überlegte seine Antwort einen Augenblick lang und nickte dann. »Ich rufe im Jagdhaus oben an und sage dem Adjutanten, daß Sie auf dem Weg sind.«

»Danke.«

Fernandez winkte einem unsichtbaren Mann im Wachhaus zu, der das Einfahrtstor elektronisch öffnete. Die Limousine fuhr die etwa zwei Meilen lange kurvige Strecke bis zum Jagdhaus hinauf und hielt direkt vor dem Eingang. Es war eine große Villa im spanischen Stil, von der aus man das gesamte Panorama der umliegenden Berge samt den Lichtern der Stadt in der Ferne vor sich hatte.

Die Stiefel des Fahrers knirschten auf dem Kies, als er ausstieg und auf die andere Seite ging. Er hielt jedoch die Tür nicht auf, sondern blieb fast fünf Minuten neben ihr stehen und beobachtete gelassen die patrouillierenden Wachen. Endlich kam Raul Castros persönlicher Stabschef gähnend aus der Tür.

»Oh, Generaloberst, welch ein unerwartetes Vergnügen«, sagte er ohne Enthusiasmus. »Bitte kommen Sie herein. Raul wird sofort unten sein.«

Ohne jede Antwort zwängte sich der sowjetische Offizier aus dem Fond seines Wagens und folgte dem Adjutanten über den großen Vorhof in die Halle des Hauses. Er hielt sich ein Taschentuch vor das Gesicht und schneuzte sich. Sein Fahrer folgte ihm mit einigen Schritten Abstand. Castros Adjutant blieb zurück und deutete in den Trophäensaal. »Bitte, machen Sie es sich bequem. Ich lasse Kaffee kommen.«

Alleingelassen, blieben die beiden Ankömmlinge mit dem Rücken zur offenen Tür stehen und sahen starr auf die ganzen Legionen präparierter Keilerköpfe und Vögel an den Wänden ringsum.

Kurz danach erschien Raul Castro in Pyjama und einem seidenen Morgenmantel. Er blieb abrupt stehen, als seine Gäste sich umwandten und ihn anblickten. Überrascht und verblüfft zogen sich seine Brauen zusammen.

»Wer, zum Teufel, sind Sie?«

»Mein Name ist Ira Hagen. Ich habe Ihnen eine sehr wichtige Botschaft des Präsidenten der Vereinigten Staaten zu überbringen.« Er nickte seinem Fahrer zu, der seine Mütze abnahm. Langes Haar bis zu den Schultern fiel darunter herab. »Darf ich Sie mit Mrs. Jessie LeBaron bekannt machen. Sie hat sich großen Mühen unterzogen, um die persönliche Antwort des Präsidenten an Ihren Bruder in der Sache des von ihm vorgeschlagenen Freundschaftspaktes zwischen den USA und Kuba zu überbringen.«

Einige Sekunden lang herrschte eine so totale Stille im Raum, daß Hagen sich des Tickens der Standuhr bewußt wurde, die an der gegenüberliegenden Wand stand. Die Blicke von Rauls dunklen Augen schossen zwischen ihm und Jessie hin und her und ruhten dann auf Iras Gesicht.

»Jessie LeBaron ist tot«, verkündete er ruhig, aber noch immer erstaunt.

»Nein, ich habe den Zeppelinabsturz und die Folter von General Velikow überlebt«, sagte Jessie LeBaron sehr bestimmt. »Wir haben dokumentierte Beweise bei uns, daß er Ihre und Fidels Ermordung für morgen während der Feierlichkeiten zum Erziehungstag plant.«

Die Direktheit dieser Eröffnung verfehlte ihre Wirkung auf Raul nicht.

Er zögerte nachdenklich. Dann nickte er. »Gut. Ich werde Fidel wecken und ihn bitten, sich anzuhören, was Sie mitzuteilen haben.«

Velikow sah zu, wie ein Aktenschrank aus seinem Büro auf einen Handkarren und in den Aufzug verladen wurde, der ihn nach unten in den feuersicheren Keller der sowjetischen Botschaft brachte. Ein KGB-Offizier kam in den unordentlichen Raum, wischte einige Papiere von einem Stuhl und setzte sich.

»Ein Jammer, das alles zu verbrennen«, seufzte er müde.

»Aus der Asche wird eine neues und schöneres Haus erstehen«, antwortete Velikow mit maliziösem Lächeln. »Als Geschenk einer dankbaren kubanischen Regierung.«

Das Telefon summte. Velikow nahm es sofort ab. »Ja?«

Es war die Stimme seines Sekretärs. »Major Borschew will Sie sprechen.«

»Geben Sie ihn mir.«

»General?«

»Ja, Borschew, was gibt es?«

»Der kommandierende Captain am Hafen hat seinen Posten mit allen seinen Leuten verlassen und sich zu seiner Unterkunft außerhalb der Stadt zurückbegeben.«

»Sie haben die Schiffe unbewacht hinterlassen?«

»Nicht eigentlich.«

»Was heißt nicht eigentlich? Haben sie nun ihren Posten verlassen oder nicht?«

»Er behauptet, er sei von einem Wachkommando unter einem gewissen Oberst Ernesto Pérez abgelöst worden.«

»Ich habe keinen solchen Befehl gegeben.«

»Das ist mir bekannt, General. Denn wenn Sie das getan hätten, hätte ich es doch wohl mit Sicherheit erfahren.«

»Wer ist dieser Pérez? Von welcher Einheit ist er?«

»Wir haben die kubanischen Akten überprüft. Dort gibt es keinen Pérez.«

»Ich habe persönlich Oberst Mikojan befohlen, die Sicherheitsmaßnahmen an den Schiffen zu überprüfen. Nehmen Sie Kontakt mit ihm auf, und fragen Sie, was, zum Teufel, dort vorgeht.«

»Ich versuche schon seit einer halben Stunde, ihn zu erreichen«, sagte Borschew. »Keine Antwort von ihm.«

Ein anderes Telefon summte. Velikow bat Borschew zu warten.

»Ja?« fragte er.

»Juan Fernandez ist hier. General, ich dachte, Sie sollten wissen, daß Generaloberst Kolschak eben eingetroffen ist, um mit Raul Castro zu sprechen.«

»Unmöglich.«

»Ich habe ihn selbst am Tor überprüft.«

Diese Eröffnung trug nur zur weiteren Verwirrung Velikows bei. Auf seinem Gesicht zeichnete sich äußerste Verblüffung ab. Er atmete hörbar aus. Er hatte in den letzten sechsunddreißig Stunden ganze vier Stunden Schlaf gehabt, und er spürte, daß er nicht mehr klar denken konnte.

»Sind Sie noch da, General?« fragte Fernandez vorsichtig.

»Ja, ja. Hören Sie zu, Fernandez. Fahren Sie zum Jagdhaus, und finden Sie heraus, was Castro und Kolschak da machen. Belauschen Sie ihr Gespräch, und berichten Sie mir in spätestens zwei Stunden.«

Er wartete gar nicht erst auf die Bestätigung seiner Order, sondern ging sofort wieder an den anderen Apparat zurück. »Major Borschew, Sie nehmen sich ein Kommando und fahren zu den Docks. Sie leiten den Einsatz persönlich. Sie überprüfen diesen Pérez und seine Wachablösung und erstatten mir unverzüglich Bericht, sobald Sie irgend etwas wissen.«

Dann rief er seinen Sekretär an. »Verbinden Sie mich mit Kolschaks Dienststelle.«

Sein Stellvertreter richtete sich auf seinem Stuhl auf und blickte ihn gespannt und erwartungsvoll an. Er hatte Velikow noch nie so aufgeregt gesehen.

»Stimmt etwas nicht?«

»Weiß ich noch nicht«, murmelte Velikow.

Die vertraute Stimme von Generaloberst Kolschak kam unvermittelt aus dem Telefonhörer. »Hallo, Velikow, wie geht es zwischen GRU und KGB voran?«

Velikow war ein paar Augenblicke völlig perplex, ehe er seine Stimme wiederfand.

»Wo sind Sie, Kolschak?«

»Wo ich bin?« wiederholte Kolschak. »Ich bin dabei, Geheimmaterial aus dem Büro wegzuschaffen, genau wie Sie. Wo meinen Sie denn, daß ich bin?«

»Ich bekomme eben eine Meldung, daß Sie bei einem Treffen mit Castro in dessen Jagdhaus sind.«

»Bis jetzt habe ich es noch nicht geschafft, an zwei Orten zugleich zu sein«, scherzte Kolschak noch immer ungerührt. »Fangen Ihre Agenten an, Gespenster zu sehen?«

»Sehr eigenartig. Die Meldung kommt von einer üblicherweise sehr zuverlässigen Quelle.«

»Irgendwelche Probleme wegen des Ablaufs von *Rum and Cola*?«

»Nein, das nicht. Alles läuft nach Plan.«

»Na gut, dann gibt es ja wohl keine Probleme.«

»Keine«, log Velikow, aber leise Furcht und Unsicherheit nagten an ihm. »Alles ist unter Kontrolle.«

70

Der Schlepper hieß *Pisto*, nach einem spanischen Gericht aus gedünsteten Paprikaschoten, Zucchini und Tomaten. Der Name paßte gut, wenn man sich die Rost- und Grünspanstreifen des Rumpfes besah. Doch trotz dieses vernachlässigten Äußeren blitzte und funkelte innen die 3000-PS-Dieselmaschine makellos und auf Hochglanz poliert.

Jack hielt mit festem Griff das Teakholz-Steuerrad und starrte durch die beschlagenen Fenster auf die aus dem Dunkel auftauchenden gewaltigen Umrisse vor ihnen, die so kalt und dunkel waren wie die beiden anderen Todesboten in diesem Hafen. Kein einziges Navigationslicht verriet die Anwesenheit des Öltankers in der Bucht. Lediglich das Patrouillenboot, das das 1100 Fuß lange und 160 Fuß hohe Schiff umkreiste, achtete darauf, daß ihm andere Schiffe nicht zu nahe kamen.

Jack drehte längsseits an der *Ozero Baykai* bei und manövrierte sich vorsichtig neben die Ankerkette achtern. Das Patrouillenboot entdeckte sie schnell und kam herbei. Oben kamen drei Mann von der Brücke geeilt und brachten am Bug ein Maschinengewehr in Stellung. Jack läutete *Alle Maschinen stop* in den Maschinenraum durch, aber nur noch der Form halber, denn die Bugwelle des Schleppers ebbte ohnehin bereits ab.

Ein junger bärtiger Leutnant beugte sich aus der Brücke des Patrouillenboots und hob ein Megaphon an den Mund.

»Dies ist eine Sperrzone! Sie haben hier nichts zu suchen. Entfernen Sie sich!«

Jack hielt sich beide Hände an den Mund und rief zurück:

»Meine Generatoren sind ausgefallen und jetzt eben auch noch mein Diesel! Können Sie mich abschleppen?«

Der Leutnant schüttelte bedauernd den Kopf. »Wir sind ein Militärboot. Wir schleppen nicht ab.«

»Kann ich vielleicht zu Ihnen an Bord kommen und über Ihren Funk meinen Boß anrufen, damit er mir ein Abschleppboot schickt?«

»Funktioniert Ihr Notaggregat denn nicht?«

»Ist im Eimer.« Jack vollführte eine Geste der Hilflosigkeit. »Und keine Ersatzteile an Bord. Auf der Warteliste stehe ich schon lange. Sie wissen doch, wie das ist.«

Die beiden Boote lagen mittlerweile so nahe nebeneinander, daß sie sich fast schon berührten. Der Leutnant legte sein Megaphon beiseite und erklärte mit heiserer Stimme: »Tut mir leid, ich kann es Ihnen nicht erlauben.«

»Dann bleibt mir nichts anderes übrig, als hier bis zum Morgen zu ankern«, antwortete Jack beleidigt.

Der Leutnant warf hilflos die Hände in die Luft. »Dann kommen Sie schon an Bord, und rufen Sie Ihren Chef an.«

Jack stieg über die Leiter zum Deck hinunter und sprang auf das kaum mehr als einen guten Meter entfernte Patrouillenboot hinüber. Er sah sich mit kaltblütiger Unauffälligkeit um und nahm sorgfältig die entspannte Haltung der aus drei Mann bestehenden Besatzung zur Kenntnis. Der Maat stand gelassen am Ruder und zündete sich gerade eine Zigarre an. Der Offizier trug einen trägen Blick zur Schau. Der einzige, der nicht sichtbar war, war, wie er wußte, der Maschineningenieur unten.

Der Leutnant kam auf ihn zu. »Beeilen Sie sich. Sie stören eine militärische Operation.«

»Ich bitte um Entschuldigung«, sagte Jack unterwürfig, »aber ich kann ja nichts dafür.«

Er machte eine Vorwärtsbewegung, als wollte er ihm die Hand entgegenstrecken, und schoß ihm aus seiner schallgedämpften Pistole zwei Kugeln ins Herz. Dann erschoß er in aller Ruhe auch den Steuermann.

Die drei Mann am Bug des Tankers fielen und starben lautlos durch drei präzise geschossene Stahlpfeile, die Jacks Leute aus Armbrüsten abschossen.

Der Maschineningenieur sah und hörte nichts von der Kugel, die ihn in die Schläfe traf. Er fiel einfach nur über seine Dieselmaschine, und aus seinen leblosen Händen fielen ein Lappen und ein Schraubenschlüssel.

Jack und seine Leute trugen die Toten nach unten und öffneten sämtliche Ventile und Abflüsse. Sie kehrten auf ihren Schlepper zurück und schenkten dem rasch sinkenden Patrouillenboot keine weitere Aufmerksamkeit mehr. Es verschwand einfach in der Dunkelheit.

Es gab keine Gangway auf dem Tanker. Sie warfen einen Haken mit einer Strickleiter nach oben. Sie kletterten hinauf und schafften ein tragbares Schweißgerät nach oben.

Eine dreiviertel Stunde später war die Ankerkette abgeschweißt, und die kleine *Pisto* zog – wie eine Ameise einen Elefanten – die riesige *Ozero Baykai* mühsam vom Fleck, anfangs buchstäblich zentimeterweise und kaum merklich, dann meterweise, bis sie allmählich etwas Fahrt gewann und den Tanker in die Mitte der Bucht bugsierte.

Pitt beobachtete das mühsame Abschleppmanöver der *Ozero Baykai* durch ein Nachtfernglas. Zum Glück wirkte sich die Ebbe bei der Entfernung des Ungetüms vom Herzen der Stadt zu ihren Gunsten aus.

Er hatte ein Sauerstoffgerät gefunden und es benützt, um die Laderäume nach dem Sprengsatz abzusuchen, aber nichts gefunden. Er kam zu dem Schluß, daß er sich wohl unter dem Ammoniumnitrat in einem der Lagerräume in der Schiffsmitte befinden mußte. Nach nahezu zweistündiger Suche kletterte er auf das Deck zurück und atmete begierig die kühle Nachtbrise ein.

Seine Uhr zeigte 4.30 Uhr, als die *Pisto* in Sicht kam und zu den Docks zurückkehrte. Sie hielt direkt auf das Munitionsschiff zu. Jack hielt sie längsseits, bis Moes Leute das

Schlepptau auffischten, das von der Winde abgewickelt wurde, und es an den Bugpollern der *Ozero Zaysan* festmachten. Doch gerade als die *Pisto* ihr Schleppmanöver beginnen wollte, tauchte am Pier quietschend und rumpelnd mit Vollgas ein Militärkommando mit vier Trucks auf.

Pitt rannte die Gangway hinab zum Dock, umlief einen Ladekran, zog am Heck das ölige, dicke Ankertau vom Poller und ließ es ins Wasser fallen. Es blieb keine Zeit mehr, auch das Tau am Bug zu lösen. Aus den Trucks sprangen bereits schwerbewaffnete Soldaten und formierten sich zu Kampfgruppen. Er lief zurück aufs Schiff und holte mit der elektrischen Winde die Gangway ein, um die Erstürmung des Schiffes zu verhindern.

Er riß das Schiffstelefon von der Gabel und läutete in den Maschinenraum. »Sie sind da, Manny«, rief er nur.

»Der Dampf reicht, daß wir Fahrt bekommen.«

»Tadellos. Eineinhalb Stunden vor Plan.«

»Also dann los.«

Pitt stellte die Maschinen auf *Bereitschaft*. Er drehte das Ruder hart seitwärts, um das Heck zuerst vom Pier zu kriegen, und kommandierte *langsame Fahrt achteraus*.

Manny klingelte aus dem Maschinenraum Bestätigung zurück, und dann spürte Pitt, wie es unter seinen Füßen zu vibrieren begann.

Clark wurde schlagartig klar, daß er sich mit seinen wenigen Leuten einer hoffnungslosen Überzahl gegenübersah und daß es keinerlei Rückzugsmöglichkeit gab. Er stellte außerdem fest, daß er es nicht mit normalem kubanischem Militär zu tun hatte, sondern mit sowjetischen Elitetruppen. Bestenfalls hatten sie noch einige Minuten Galgenfrist – genug Zeit immerhin, daß die Schiffe von den Docks wegkamen.

Er griff in die Leinentasche an seinem Gürtel und holte eine Handgranate heraus, trat aus dem Schatten und schleuderte sie in den hinteren Truck. Die Explosion kam als dumpfer Knall, dem ein heller Flammenblitz folgte, als der Benzintank explodierte. Der Truck schien sich förmlich auszudehnen, und Menschen flogen durch die Luft wie von einer Bowlingkugel emporgeschleuderte Kegel.

Clark rannte zwischen den völlig überrumpelten und verwirrten Russen hindurch, sprang über brüllende Verwundete, die sich auf dem Dock wälzten und verzweifelt versuchten, ihre brennenden Kleider zu löschen, und die nächsten Detonationen folgten in kurzen Abständen. Sie donnerten über die ganze Bucht hin. Er hatte drei weitere Handgranaten unter die drei anderen Trucks geworfen. Neue Stichflammen und Rauchsäulen schossen hoch über die Lagerhäuser der Docks empor, die Soldaten sprangen aus ihren Trucks und rannten und stolperten aus der Feuerhölle um ihr Leben. Einigen wenigen gelang es, Stellung zu beziehen. Sie begannen auf alles zu feuern, was eine entfernte Ähnlichkeit mit Menschen hatte. Der Gefechtslärm vermischte sich mit dem Splittern von Glas, als die Fenster der Lagerhäuser reihenweise zerschossen wurden.

Clark mit seiner Gruppe von insgesamt sechs Leuten hielt den Soldaten stand. Die wenigen Schüsse, die überhaupt in ihre Richtung kamen, flogen über ihre Köpfe hinweg. Sie warteten, bis sich Clark mitten in das desorganisierte Getümmel begeben hatte, wo er in seiner kubanischen Uniform und mit seinem Fluchen in fließendem Russisch keinen Verdacht erregte, und dort Befehle an die Soldaten schrie, sich zu sammeln und das Dock zu stürmen.

»Sturmlinie formieren!« schrie er aufgeregt. »Laßt sie nicht entkommen! Bewegt euch, verdammt noch mal, ehe die Verräter fliehen!«

Er brach ab, als er sich unvermittelt Auge in Auge Borschew gegenübersah. Dem russischen Major blieb der Mund vor Verblüffung offenstehen. Aber ehe er ihn wieder schließen konnte, hatte ihn Clark schon am Arm gepackt und ihn vom Dock ins Wasser gestoßen.

Zum Glück bemerkte in der allgemeinen Verwirrung niemand den Zwischenfall.

»Mir nach!« schrie Clark und lief am Dock entlang. Einzeln und in Gruppen zu vieren oder fünfen rannten die sowjetischen Soldaten hinter ihm her dem unsichtbaren Feind entgegen, ohne zu wissen, daß sie dem einen Alptraum lediglich entrannen, um mitten in den zweiten zu stolpern. Niemand kam auf den Gedanken, Clarks Befehlen etwa nicht zu folgen. Da ihr eigener Kommandeur nicht anwesend war, der ihnen etwas anderes befahl, zögerten sie keine Sekunde, dem Mann in der kubanischen Offiziersuniform zu folgen.

Als sie sich genau zwischen zwei Lagerhäusern befanden, ließ sich Clark fallen, als sei er getroffen. Für seine Leute war dies das Signal, das Feuer zu eröffnen. Die Russen traf es von allen Seiten. Reihenweise riß es sie von den Beinen. Sie waren perfekte Zielscheiben als Silhouetten vor der Feuerwand der brennenden Trucks. Diejenigen, die dem Kugelhagel entgingen, erwiderten das Feuer. Das Stakkato des Gefechts hallte ohrenbetäubend von den Hauswänden wider. Geschosse klatschten in Holzwände oder in Menschenleiber, oder sie prallten ab und pfiffen als Querschläger durch die Luft.

Clark rollte sich hastig in Richtung eines Packkorbes, doch er wurde zuvor noch ins Bein getroffen und danach auch noch in beide Handgelenke.

Die Sowjets, schwer geschlagen, aber noch immer kämpfend, begannen sich zurückzuziehen. Sie unternahmen einen – freilich vergeblichen – Versuch, die schützende Mauer, die an der Straße entlanglief, zu erreichen. Zwei von Clarks Leuten erledigten sie mit einem gezielten Sperrfeuer.

Clark lag hinter dem Ladekorb, und das Blut sprudelte heftig aus seinen Wunden. Er spürte, wie sein Leben ausrann, und konnte nichts dagegen tun. Seine Hände hingen wie abgebrochene Baumzweige von seinen Armen, und in seinen Fingern war kein Gefühl mehr. Das schwarze Dunkel kroch bereits auf ihn zu, als er sich noch bis zum Rand des Piers schleppte und über den Hafen starrte.

Das letzte, was er in seinem Leben sah, waren die Umrisse zweier Frachtschiffe, die sich gegen die Lichter des anderen Ufers drüben abhoben. Sie schwenkten von der Pier ab und auf die Hafeneinfahrt zu.

71

Während sich auf der Pier das kurze, aber heftige Gefecht abspielte, machte die kleine *Pisto* das Schlepptau fest und begann die *Ozero Zaysan* heckwärts aus dem Hafen hinauszuziehen. Sie mußte mit all ihrer Kraft zerren; ihre mit voller Kraft laufende Schraube wühlte das Brackwasser schaumig auf.

Aber das 20 000-Tonnen-Schiff bewegte sich; im orangefarbenen Widerschein der Flammen auf dem Dock glitt es langsam hinaus ins offene Wasser. Dort drehte Jack es um 180 Grad, bis der Bug des Munitionsschiffes zur Hafeneinfahrt hin stand. Dann wurde das Schlepptau abgeworfen und eingeholt.

Auf der Brücke der *Amy Bigalow* faßte Pitt das Ruder und hoffte, daß es reagierte. Er drehte und wagte kaum zu atmen. Das noch immer nicht gekappte Bugtau spannte sich straff unter dem enormen Zug, den die rückwärtslaufende Maschine ausübte, riß aber nicht. Wie ein Hund, der an seiner Leine zerrte, unternahm die *Amy Bigalow* einen neuen Versuch mit allmählicher Steigerung des Zuges. Das Tau hielt. Aber der Poller wurde aus seiner Verankerung auf dem Dock gerissen. Knatternd splitterte Holz.

Ein Zittern erschütterte das Schiff, und dann lief es langsam rückwärts weiter in den Hafen. Pitt warf das Steuerrad herum. Ganz zögernd kam der Bug herum, bis das Schiff längsseits zum sich entfernenden Dock stand. Die Vibrationen von den Maschinen begannen sich auszugleichen, und schließlich glitt das Schiff ruhig dahin.

Die ganze Pier schien in Flammen zu stehen. Die brennenden Trucks warfen einen gespenstischen, flackernden Widerschein bis hierher ins Ruderhaus. Alle außer Manny kamen aus dem Maschinenraum nach oben und hielten sich am Bug in Bereitschaft. Jetzt, da er Platz zum Manövrieren hatte, drehte Pitt hart steuerbord bei und verlangsamte *langsame Fahrt voraus.* Manny bestätigte, die *Amy Bigalow* begann sich langsam vorwärts zu bewegen.

Im Osten wurden die Sterne bereits fahl, als die *Ozero Zaysan* querab kam. Pitt befahl *alle Maschinen stop,* als der Schlepper sich vor den Bug setzte. Von der *Pisto* wurde ein leichtes Hievseil heraufgeworfen, an dem mehrere schwere Taue hingen. Pitt beobachtete von der Brücke aus, wie sie an Bord geholt wurden und das dicke Schlepptau an der Winde hochkam. Das ganze Manöver wurde am Heck wiederholt, nur dort mit der Hafenankerkette der manövrierunfähig treibenden *Ozero Zaysan.* Sie wurde vertäut, und nun hingen alle drei Boote aneinander, die *Amy Bigalow* in der Mitte.

Jack gab ein Tutsignal aus der *Pisto* und begann anzuschleppen und das Tau zu spannen. Pitt achtete auf seiner Brücke sorgfältig auf die Straffung des Taus und gab dann sein Kommando für *volle Fahrt voraus.*

Der letzte Schritt seines Planes war getan. Der Öltanker mußte zurückbleiben. Er trieb in der Nähe der Tanks auf dem anderen Hafenufer, aber immerhin eine gute Meile vom stärker bevölkerten Stadtzentrum entfernt. Wenigstens mit den anderen beiden Schiffen und ihrer tödlichen Fracht konnten sie nun den Wettlauf auf die offene See hinaus beginnen, mit zusätzlicher Hilfe des Schleppers.

Hinter ihnen verblaßten der Feuerschein und der Rauch im aufsteigenden Blau des frühen Morgens. Clark hatte ihnen einen wertvollen Zeitvorsprung verschafft. Aber er hatte ihn mit seinem Leben bezahlt.

Pitt blickte nicht mehr zurück. Wie von einem Magneten wurden seine Augen vom Feuer des Leuchtturms auf den grauen Mauern des Kastells Morro an der Hafeneinfahrt von Havanna angezogen. Der Leuchtturm war noch drei Meilen entfernt. Doch ihm erschienen sie wie dreißig.

Die Würfel waren gefallen. Manny drehte seine Maschinen voll auf, und die Zwillingsschraube pflügte sich durch das Wasser. Zunehmend gewann die *Amy Bigalow* Fahrt. Zwei Knoten. Drei Knoten. Vier. So näherten sie sich wie ein Ruderboot im Endspurt der Kanalenge am Leuchtturm.

Vierzig Minuten noch, bis sie auf die offene See gelangten. Aber die andere Seite war gewarnt.

Major Borschew wich den brennenden Trümmern aus, die um ihn herum ins Wasser zischten. Er trieb unter den Pfahlrammen, hörte oben auf der Pier die Salven der automatischen Waffen und sah die in den Himmel schießenden Flammen. Das schmutzige Brackwasser war fast lauwarm und stank nach Fisch und Dieselöl. Er würgte und erbrach das faule Wasser, das er geschluckt hatte, als der seltsame kubanische Oberst ihn über die Pier stieß.

Er mußte endlos schwimmen – er schätzte, eine Meile –, bis er endlich eine Leiter fand, die er heraufklettern konnte. Er fand sich auf einer völlig verlassenen Pier, spuckte noch einmal das widerliche Wasser aus seinem Mund und begann zu den brennenden Überresten seiner Fahrzeuge zu laufen. Verkohlte und versengte Leichen lagen überall herum. Das Schießen hatte aufgehört, nachdem sich Clarks Leute in einem kleinen Boot mit Außenbordmotor abgesetzt hatten. Borschew stakte vorsichtig über den Schauplatz des Gemetzels. Außer zwei Mann, die verwundet waren und sich hinter einen Gabelstapler geschleppt hatten, waren alle seine Leute tot. Sein gesamtes Kommando war aufgerieben. In ohnmächtiger Wut stolperte er zwischen den Toten herum und suchte, bis er die Leiche Clarks fand. Er rollte den toten CIA-Agenten auf den Rücken herum und besah sich dessen Gesicht.

Er fragte sich, wer dieser Mann war und für wen er gearbeitet hatte. Aber das würde er wohl nie erfahren.

Er zog den schlaffen Körper am Gürtel bis zum Rand der Pier und stieß ihn in blinder Wut ins Wasser.

Er lief noch weitere zehn Minuten lang ziellos zwischen

seinen toten Soldaten herum, ehe er allmählich seine Fassung wiedergewann und ihm bewußt wurde, daß er Velikow Meldung erstatten mußte. Das einzige Funkgerät, das er in seinem Kommandowagen bei sich gehabt hatte, war zerschmolzen. Er rannte die Pier auf und ab und suchte fieberhaft nach einer Telefonzelle.

Schließlich entdeckte er eine Tür zu einem Aufenthaltsraum für Hafenarbeiter. Er warf sich mit der Schulter dagegen und brach die Tür auf. Er tastete sich an der Wand entlang, bis er einen Lichtschalter fand. Alte speckige und fleckige Sofas standen herum, Tische mit Damebrettern und Dominospielen und ein kleiner Kühlschrank. Eine Wand war mit Postern von Castro, einem stolz zigarrerauchenden Che Guevara und einem strengen Lenin dekoriert.

Er ging in das Büro des Verwalters und griff nach dem Telefon auf dem Schreibtisch. Er wählte mehrmals, ohne durchzukommen. Endlich meldete sich dann doch die Vermittlung, nachdem er pausenlos auf die mangelnde Effizienz des kubanischen Telefonnetzes geflucht hatte.

Die Wolken über den Bergen im Osten begannen sich schon rötlich zu färben. Drüben auf der Pier kamen sirenenheulend die ersten Feuerwehrautos an, die der Flammenschein alarmiert hatte, als er endlich mit der sowjetischen Botschaft verbunden wurde.

Captain Manuel Pinon stand auf der Brücke seiner militärischen Hafen-Patrouillenfregatte – russisches Modell, Riga-Klasse – und drückte sich das Fernglas noch näher an die Augen. Kurz nach den Detonationen und dem Beginn des Feuergefechts auf den Handelsflottendocks hatte ihn sein Erster Offizier geweckt.

Er sah nichts. Sein Boot lag im Hafenbereich der Kriegsmarine am Kanal an einer Stelle, an der seine Sicht durch Häuser blockiert war.

»Sollten wir nicht mal nachsehen, was da los ist?« fragte der Erste Offizier.

»Die Polizei und die Feuerwehr werden ja wohl allein damit fertig werden«, antwortete Pinon.

»Hört sich aber wie ein Feuergefecht an.«

»Wahrscheinlich eine Explosion in einem Depot mit Munition. Wir kommen wohl besser den Feuerwehrbooten nicht ins Gehege.« Er reichte dem Ersten das Fernglas. »Halten Sie immerhin ein Auge auf die Sache. Ich gehe wieder schlafen.«

Er war noch nicht in seiner Kajüte zurück, als ihm der Erste nachgerannt kam.

»Kapitän, Sie kommen besser zurück auf die Brücke. Da versuchen zwei Schiffe, den Hafen zu verlassen.«

»Ohne Auslaufgenehmigung?«

»Ja.«

»Vielleicht wechseln sie nur den Ankerplatz.«

Der Erste Offizier schüttelte den Kopf. »Sie halten genau Kurs auf den Kanal.«

Pinon knurrte: »Soll wohl nicht sein, daß ich heute noch etwas Schlaf kriege.«

Was er dann oben auf der Brücke sah, verwunderte ihn nicht wenig. »Was ist das denn? Keine Flagge, kein Navigationslicht, kein Ausguck auf der Brücke ...«

»Und sie antworten auch auf keinen Funkruf. Sieht aus, als wollten sie ausbüxen.«

»Offenbar also wieder einmal welche, die nach Amerika hinüberwollen.«

»Soll ich ihnen befehlen, beizudrehen?«

»Selbstverständlich. Und wir blockieren ihnen den Weg.«

Der Erste Offizier hatte bereits die Alarmsirenen für die Besatzung betätigt.

Nach zehn Minuten lag das Patrouillenboot in der Mitte des Kanals, und seine 9-Zentimeter-Kanonen waren unmißverständlich auf den ankommenden Geleitzug der Schiffe gerichtet.

Pitt sah die blinkende Signallampe auf der Fregatte. Er war kurz in Versuchung, sich tatsächlich über Funk zu melden. Aber es war strikt abgesprochen worden, daß der Geleitzug unter allen Umständen stumm bleiben sollte. Seine Kenntnisse des internationalen Morsecodes waren längst eingerostet, trotzdem verstand er die Aufforderung des Patrouillenbootes, *stoppen Sie unverzüglich, und identifizieren Sie sich.*

Er ließ die *Pisto* nicht aus den Augen. Es war ihm klar, daß jeder etwaige plötzliche Fluchtversuch nur von Jack ausgehen konnte. Er rief in den Maschinenraum hinunter und verständigte Manny von der Patrouillenfregatte, die ihnen den Weg verstellte, änderte aber nichts am Kurs.

Sie waren jetzt bereits so nahe, daß sie die kubanische Flagge klar und deutlich steif im Wind flattern sahen. Der Signalscheinwerfer blinkte unaufhörlich. *Stoppen Sie unverzüglich, andernfalls wird das Feuer auf Sie eröffnet.*

Auf dem Bug der *Pisto* erschienen zwei Männer und ließen in großer Eile noch mehr Kabel abrollen. Zugleich scherte der Schlepper mit scharfer Wende aus dem Kurs nach Steuerbord weg. Dann kam Jack aus dem Steuerhaus und schrie aufgebracht durch ein Megaphon zum Patrouillenboot hinüber: »Verdammt noch mal, ihr Seekuh-Idioten, fahrt aus dem Weg! Seht ihr nicht, daß ich schleppe?«

Pinon überhörte die Beleidigung. Von einem Schlepperführer war kein anderer Ton zu erwarten. »Sie fahren ohne Genehmigung. Ich schicke Ihnen ein Prisenkommando.«

»Das lassen Sie mal schön bleiben. Auf mein Boot kommt mir kein Marinetrottel.«

»Ich warne Sie, das kann böse Folgen für Sie haben!« antwortete Pinon noch immer ruhig und gutmütig. Er war sich inzwischen nicht mehr ganz so sicher, ob es sich hier tatsächlich um den Versuch einer Massenflucht von Dissidenten handelte. Aber das eigenartige Verhalten des Schleppers und die ohne jede Beleuchtung fahrenden Schiffe erforderten auf jeden Fall eine nähere Inspektion.

Pinon beugte sich über die Reling und befahl das Aussetzen

des Motorbootes mit einer Patrouille. Als er sich wieder dem unidentifizierten Geleitzug zuwandte, erstarrte er schier.

Es war zu spät. In dem dämmrigen Morgenlicht hatte er zuvor nicht wahrgenommen, daß das Schiff hinter dem Schlepper keineswegs manövrierunfähig war. Jetzt kam es direkt auf ihn zu, offensichtlich, um sein Schiff zu rammen. Mit mindestens acht Knoten. Sekundenlang starrte er wie gelähmt, ehe er einen Entschluß fassen konnte.

»Äußerste Kraft voraus!« schrie er. »Feuer frei!«

Unmittelbar darauf begann ohrenbetäubender Lärm. Granaten pfiffen über die nur noch kurze Entfernung bis zur *Amy Bigalow*, bohrten sich in deren Bug und Aufbauten und explodierten in Flammen und berstendem Stahl. Ein Teil der Kommandobrücke schien wegzuschmelzen. Glasscherben und Splitter aller Art flogen durch die Luft. Pitt duckte sich weg, ließ aber das Steuerrad nicht los. Seine Entschlossenheit war bereits blinder Sturheit gewichen. Er hatte Glück und bekam außer einigen Schnitten und Schrammen nichts ab.

Die zweite Salve riß den Kartenraum weg und spaltete den Vordermast in der Mitte. Die obere Hälfte fiel über Bord. Das Schiff schleppte sie noch eine ganze Strecke mit sich, ehe die Kabel rissen. Der Schornstein wurde zu Schrott geschossen, und im Steuerbordankerschacht explodierte ebenfalls eine Granate. In einer ganzen Wolke sausten verrostete Kettenglieder wie Schrapnelle umher.

Aber eine dritte Salve sollte es nicht geben.

Pinon stand zur Säule erstarrt und hielt sich mit den Händen schraubstockhart am Geländer seiner Reling fest. Er starrte nur nach oben auf die drohende dunkle Masse, die sich über seiner Fregatte nun auftürmte. Sein Gesicht war kreidebleich, und in seinen Augen stand die nackte Panik über der Erkenntnis, daß dies das Ende seines Schiffes war.

Zwar liefen die Schrauben noch mit höchster Kraft, aber nicht schnell genug, um noch zu entkommen. Kein Zweifel, die *Amy Bigalow* würde ihr Ziel nicht verfehlen. Es stand außer Frage, daß eben dies ihre Absicht war.

Pitt war in der Tat wild entschlossen. Er schnitt dem Patrouillenboot den Winkel ab und zielte genau mittschiffs. Die Leute der Besatzung auf der Fregatte, die an Deck waren und das drohende Unheil auf sich zukommen sahen, standen wie ihr Kapitän starr und gelähmt wie das Kaninchen vor der Schlange, ehe sie sich am Ende doch zu etwas entschließen konnten, nämlich in Panik über Bord zu springen.

Der zwanzig Meter hohe Bug der *Amy Bigalow* schnitt knapp vor der hinteren Geschützlafette durch die Fregatte, zerquetschte die Stahlplatten wie Blech und bohrte sich fast zehn Meter in ihren Rumpf. Pinons Patrouillenboot hätte vielleicht immer noch die Kollision überstehen und sich noch zurück zum Ufer retten können, ehe es sank, wäre nicht der Bug der *Amy Bigalow* von der Wucht des Aufpralls nach oben aus der klaffenden Wunde des Bootes hochgestiegen wie eine Ramme. Er hing einen Augenblick in der Schwebe, um dann mit Wucht wieder herabzusausen und das Patrouillenboot buchstäblich in zwei Teile zu reißen, woraufhin sich dessen Bug augenblicklich senkte und im Wasser verschwand.

Sogleich liefen die getrennten Bootshälften voll Wasser, beschleunigt noch durch den Wassereinbruch über die geborstenen Bullaugen, und in kürzester Zeit standen die Mittelteile senkrecht und sanken weg. Es ging alles sehr schnell. Schon als die nachfolgende *Ozero Zaysan* über die Stelle der Kollision geschleppt wurde, war das Patrouillenboot vollständig verschwunden. Nur noch ein paar Leute der Besatzung kämpften im Wasser um ihr Leben.

72

»Sie sind was? In eine Falle geraten?« Velikows Stimme kam tonlos und hart über das Telefon.

Borschew fühlte sich unbehaglich. Er konnte nicht gut eingestehen, daß er einer von drei Überlebenden war – von insgesamt vierzig Leuten – und selbst nicht einmal eine Schramme hatte. »Eine unbekannte Streitmacht von schätzungsweise mindestens zweihundert Mann – Kubaner – eröffnete schweres Feuer auf uns, ehe wir noch die Wagen verlassen konnten.«

»Sind Sie da ganz sicher, daß es sich um Kubaner handelte?«

»Wer sonst sollte so etwas geplant und ausgeführt haben? Ihr kommandierender Offizier trug eine kubanische Uniform.«

»Pérez etwa?«

»Kann ich nicht sagen. Wir brauchen Zeit, ihn zu identifizieren.«

»Vielleicht war es nur ein Versehen der grünen Truppe, die in Dummheit oder auch Panik reagierte.«

»Dummheit war das mit Sicherheit nicht. Ich weiß, wann ich eine hochspezialisierte Kampftruppe vor mir habe. Sie wußten, daß wir kamen, und hatten einen wohlüberlegten Hinterhalt vorbereitet.«

Velikows Gesichtsausdruck zeigte völlige Verständnislosigkeit. Dann aber lief sein Kopf schnell hochrot an. Der Überfall auf Cayo Santa Maria kam ihm in den Sinn. Er konnte seinen Zorn kaum noch bezähmen. »Was hatten sie denn eigentlich vor?«

»Eine Verzögerungsaktion, um sich der Schiffe zu bemächtigen.«

Diese Antwort verblüffte Velikow. Er hatte das Gefühl, zu Eis zu erstarren. Die Fragen sprudelten ihm aus dem Mund. »Soll das vielleicht heißen, die *Rum-and-Cola*-Schiffe sind gestürmt worden? Liegen sie noch an den Docks?«

»Nein, ein Schlepper hat die *Ozero Zaysan* weggeholt, und die *Amy Bigalow* ist mit eigener Kraft abgedampft. Ich habe sie aus den Augen verloren, nachdem sie hinter der Biegung zum Kanal verschwunden waren. Kurz danach hörte ich Schüsse. Es schienen Marinekanonen zu sein – an der Kanaleinfahrt.«

Auch Velikow hatte Kanonendonner gehört. Er starrte die gegenüberliegende Wand mit leerem Blick an und versuchte, eine Vorstellung von den Leuten zu gewinnen, die hier offensichtlich seinen ganzen sorgfältigen Plan durchkreuzten. Er verwarf jeden Gedanken daran, daß Castro-treue Geheimdienstleute irgend etwas davon wissen konnten und überhaupt fähig zu einem solchen Streich waren. Wie war das in Cayo Santa Maria gewesen? Nur die Amerikaner und der CIA konnten es zerstört haben und nun auch seinen Plan ruinieren, mit dem Castro-Regime Schluß zu machen. Nur ein einziger Mann konnte für das Informationsleck verantwortlich sein.

Dirk Pitt.

Velikows Gesicht war voller Konzentration angespannt. Es war ihm nun völlig klar, was er in der noch verbliebenen Zeit zu tun hatte.

»Sind die Schiffe noch innerhalb des Hafenbeckens?« fragte er.

»Falls sie versucht haben, auf offene See zu gelangen«, antwortete Borschew, »müßten sie im Augenblick mitten im Entrada-Kanal sein.«

»Alarmieren Sie sofort Admiral Tschedolkin. Er soll die Schiffe stoppen und sie in den Innenhafen zurückbringen.«

»Sollten denn nicht alle sowjetischen Schiffe auf See bleiben?«

»Der Admiral und sein Flaggschiff laufen erst um acht Uhr aus. Benutzen Sie auf keinen Fall das Telefon. Überbringen Sie meine Anordnung persönlich, und machen Sie ihm klar, daß dies von äußerster Dringlichkeit ist.«

Ehe Borschew noch antworten konnte, hatte Velikow bereits den Hörer auf die Gabel geworfen und eilte zum Haupteingang der Botschaft, ohne das Personal zu beachten, das fieberhaft mit der Evakuierung beschäftigt war. Er lief zur ständig fahrbereiten Botschaftslimousine und schob den Fahrer, der auf den Botschafter wartete, um ihn in Sicherheit zu bringen, grob zur Seite.

Er ließ den Motor an und fuhr mit quietschenden Reifen los. Der Wagen fegte herum und raste zum Tor hinaus.

Aber schon zwei Blocks weiter wurde er gestoppt. Zwei bewaffnete Militärwagen und eine Kompanie kubanischer Soldaten hatten eine Sperre über den ganzen Boulevard errichtet. Ein Offizier kam herbei und leuchtete mit einer Taschenlampe zum Fenster hinein.

»Ihre Papiere bitte.«

»Ich bin General Velikow von der Sowjetischen Militärmission. Ich muß schnellstmöglich zum Hauptquartier von Generaloberst Kolschak. Lassen sie mich durch, Mann!«

Der Offizer musterte Velikow einen Augenblick, um sich zu überzeugen. Dann schaltete er seine Taschenlampe aus und bedeutete zweien seiner Leute, hinten in Velikows Wagen einzusteigen. Er selbst setzte sich nach vorn auf den Beifahrersitz.

»Wir haben auf Sie gewartet, General«, sagte er kalt, aber mit förmlicher Höflichkeit. »Folgen Sie bitte meinen Anordnungen, und biegen Sie an der nächsten Straße links ab.«

Pitt stand mit leicht gegrätschten Beinen am Steuerrad, das er mit beiden Händen fest im Griff hielt. Er sah mit steinernem Gesicht nach vorne, während der Leuchtturm an der Hafeneinfahrt nervtötend langsam vorbeiglitt. Er war mit jeder Muskelfaser und mit jeder Gehirnzelle nur darauf konzentriert, das Schiff so weit hinaus auf See und damit so entfernt von der dichtbevölkerten Stadt zu bringen wie nur möglich, ehe das Ammoniumnitrat unter ihm gezündet würde.

Die Farbe des Wassers änderte sich von dem trüben schmutzigen Graugrün in helles Smaragdgrün. Das Schiff begann leicht zu dünen, als es sich durch die von See her rollenden Wellen pflügte. Durch die Löcher im Bug von dem Beschuß durch Pinons Patrouillenboot lief Wasser in die *Amy Bigalow*, aber noch lag sie gut im Ruder und lief glatt in der Kiellinie des Schleppers.

Er fühlte, daß er müde und erschöpft zum Umfallen war und daß ihn nur noch die reine Willenskraft aufrechthielt. Das Blut auf seinen Schnitten und Schrammen verkrustete bereits auf seinem Gesicht zu dunkelroten Striemen. Er beachtete den Schweiß und die an seinem Leib klebenden Kleider nicht.

Er schloß kurz die Augen und hing dem Gedanken nach, in seinem Hangar-Apartment mit einem Martini unter der dampfenden Dusche zu stehen. Er war hundemüde.

Eine plötzliche aufklarende Brise blies durch die zerschlagenen Fenster der Kommandobrücke herein. Er öffnete die Augen wieder. Er beobachtete die Küste nach Backbord und Steuerbord. In den versteckten Geschützstellungen links und rechts des Hafens rührte sich nichts. Auch von Flugzeugen oder weiteren Patrouillenbooten war keine Spur zu entdekken. Trotz des Gefechts mit der Marinefregatte war kein Alarm gegeben worden. Die Verwirrung und der Mangel an Information innerhalb der kubanischen Militär-Sicherheitskräfte wirkte sich zu ihren Gunsten aus.

Die noch immer schlafende Stadt schien vor dem Bug des Schleppschiffes angebunden zu sein. Die Sonne war mittlerweile über den Horizont gestiegen und setzte den Geleitzug von der ganzen Küste aus wie eine Zielscheibe ins Gegenlicht.

Noch ein paar Minuten, ermutigte er sich unablässig selbst. Nur noch ein paar Minuten.

An einer ruhigen Ecke nahe dem Platz der Kathedrale in der Altstadt von Havanna bekam Velikow den Befehl anzuhalten. Er wurde in ein schäbiges Gebäude geführt, dessen Fenster staubblind und voller Sprünge waren, vorbei an Glaskästen mit verschossenen Fotos von Filmstars der vierziger Jahre.

Sloppy Joe's Bar hatte das hier einmal geheißen, bekannt und berühmt bei wohlhabenden amerikanischen Prominenten. Längst war es nur noch ein verkommenes Loch, verlassen und vergessen; von ein paar alten Leuten abgesehen, die sich an seine alten Glanzzeiten noch erinnern mochten. An den vergammelten Überresten dieser einstigen Bar saßen jetzt vier Leute.

Es war dunkel und roch nach Desinfektionsmitteln und Abfall. Ehe er die verdreckte ehemalige Tanzfläche halb überquert hatte, erkannte er keinen der vier, die da auf ihn warteten. Dann blieb er abrupt stehen und starrte ungläubig auf die Leute. Er fühlte, wie ihm die Kehle eng wurde.

Zwischen einem fetten Unbekannten und Raul Castro saß Jessie LeBaron. Und der vierte Mann blickte ihn unheilverkündend an. »Guten Morgen, General«, sagte Fidel Castro persönlich, denn um ihn handelte es sich. »Schön, daß Sie Zeit gefunden haben, zu uns zu kommen.«

73

Pitt hörte ein Flugzeuggeräusch. Er ließ das Steuerrad los und ging zur Tür der Brücke. Zwei bewaffnete Patrouillenhubschrauber tuckerten von Norden her die Küste entlang. Er blickte zurück zur Hafeneinfahrt. Dort pflügte mit mächtiger Bugwelle ein graues Kriegsschiff in voller Fahrt durch den Kanal. Diesmal ein sowjetischer Zerstörer. Bleistiftschmal. Seine vorderen Geschütze waren direkt auf die Schiffe im Schlepp visiert.

Die Jagd, die keiner gewinnen konnte, war eröffnet.

Jack auf seinem Schlepper kam an Deck und besah sich die zerschossenen und verbeulten Überreste der Brücke der *Amy Bigalow.* Er wunderte sich, daß dort überhaupt noch jemand am Leben war und am Ruder stand. Er hielt seine Hand demonstrativ ans Ohr und wartete, bis er eine Hand als Zeichen des Verstehens zurückwinken sah. Dann beobachtete er, wie einer der Leute auf dem Schiff zum Heck lief und von dort aus das gleiche Zeichen zur *Ozero Zaysan* weitergab. Danach ging er zurück in sein Steuerhaus und meldete sich über Funk.

»Hier *Pisto*. Hört ihr mich? Ende.«

»Laut und deutlich«, antwortete Pitt.

»Hier ebenfalls«, ergänzte Moe.

»Ich sehe keinen Grund, warum ihr jetzt nicht die Steuerräder festbinden und von Bord gehen solltet«, sagte Jack.

»Genau«, knurrte Moe, »scheiß der Hund drauf. Unsere Pulverfässer hier können in der Tat auch ganz gut allein in die Luft fliegen.«

»Aber wir lassen die Maschinen auf voller Fahrt«, empfahl Pitt. »Doch was wird aus der *Pisto*?«

»Ich bleibe noch ein paar Minuten an Bord«, sagte Jack, »um sicherzustellen, daß uns nicht der ganze Konvoi zur Küste zurückdreht.«

»Aber nicht zu lange. Castros Leute sind schon im Anmarsch.«

»Ich sehe sie«, sagte Jack. »Also viel Glück. Ende.«

Pitt fixierte das Ruder in der Position *Kurs voraus* und rief Manny an. Der benötigte freilich keine spezielle Aufforderung mehr. Mit seinen Leuten hatte er drei Minuten später das Motorboot ausgelegt und begann es eben zu Wasser zu lassen, als Pitt noch hineinsprang.

»Wir hätten dich fast vergessen«, rief Manny.

»Ich habe noch mit dem Zerstörer über Funk gesprochen und ihnen geraten wegzubleiben, oder wir würden das Munitionsschiff in die Luft jagen.«

Doch ehe Manny noch etwas erwidern konnte, donnerte ein dumpfes Echo über sie hinweg. Im nächsten Augenblick schlug eine Granate keine zwanzig Meter vor der *Pisto* ins Wasser ein.

»Sie haben dir deine Himmelfahrtskarte nicht abgekauft«, knurrte Manny. Er ließ den Außenbordmotor an und gab Gas, um sofort auf gleichem Kurs mit dem Schiff losfahren zu können, sobald sie auf dem Wasser wären. Die Fallwinden klinkten aus, sie klatschten auf und kenterten fast. Dann befand sich die *Amy Bigalow* auf ihrer letzten Fahrt, verlassen und dem Untergang geweiht.

Manny wandte sich um und sah, wie auch Moe und seine Leute ihr Boot von der *Ozero Zaysan* herunterließen. Es fiel in eine Welle und wurde so heftig gegen die Bordwand geschleudert, daß die Bänder am Steuerbord platzten und der Außenbordmotor weggerissen wurde.

»Wir müssen ihnen zu Hilfe kommen«, rief Pitt.

»Klar«, nickte Manny.

Doch noch ehe sie wenden konnten, hatte Jack die Situation erkannt und rief ihnen über sein Megaphon zu: »Kümmert euch nicht um sie. Ich mache das, wenn ich aussteige. Seht zu, daß ihr selbst wegkommt und die Küste erreicht.«

Pitt übernahm den Platz von einem Seemann, der sich die Finger in den Davitseilen gequetscht hatte. Er steuerte das Boot auf die großen Gebäude an den Malecon-Docks zu und drückte das Gaspedal bis zum Anschlag durch.

Manny blickte zurück auf den Schlepper und das treibende Bootswrack mit Moes Leuten. Er wurde bleich, als der Zerstörer noch einmal feuerte und vor der *Pisto* zwei hohe Wasserfontänen aufstiegen, die auf ihr Deck herunterklatschten. Sie schüttelte die Sintflut jedoch trotzig von sich ab und pflügte unverdrossen weiter durch die hohe Dünung.

Moe wandte sich mit einem Gefühl der Hoffnungslosigkeit ab, die er sich jedoch nicht zu zeigen bemühte. Es war ihm klar, daß er seine Freunde nie mehr sehen würde.

Pitt schätzte die Entfernung zwischen den Schiffen und der Küste ab. Sie waren noch immer nahe genug, daß ihre Explosion den größten Teil Havannas zerstören konnte, stellte er grimmig fest. Noch viel zu nahe.

»Hat Präsident Antonow Ihren Plan zu meiner Beseitigung gebilligt?« fragte Fidel Castro.

Velikow stand mit verschränkten Armen vor ihm. Man hatte ihm keinen Stuhl angeboten. Er blickte mit kalter Verachtung auf Castro. »Ich bin ein hochrangiger Offizier der Sowjetunion und verlange, entsprechend behandelt zu werden.«

Die dunklen, zornigen Augen Raul Castros blitzten auf. »Wir sind in Kuba. Sie haben hier gar nichts zu verlangen. Sie sind nichts weiter als ein KGB-Idiot.«

»Ist gut, Raul, ist gut«, beschwichtigte ihn Fidel Castro. Er musterte Velikow. »Spielen Sie uns hier nichts vor, General. Ich kenne alle Ihre Dokumente. *Rum and Cola* ist kein Geheimnis mehr.«

Velikow versuchte es mit einer theatralischen Handbewegung. »Ach, das! Ist mir doch längst bekannt! Nichts als einer dieser hinterhältigen Versuche der CIA, die Freundschaft zwischen Kuba und der Sowjetunion zu unterminieren.«

»Wenn das so ist, warum haben Sie mir dann keine Warnung zukommen lassen?«

»Dafür war keine Zeit.«

»Aber es war Zeit genug, alle russischen Staatsbürger zu evakuieren, ja?« fuhr Raul wieder dazwischen. »Warum haben Sie versucht, zu dieser frühen Morgenstunde zu entkommen?«

Mit einem Blick unsäglicher Arroganz versuchte Velikow ihn abzuschmettern. »Ich lehne es ab, auf solche Fragen zu antworten. Ich darf Sie daran erinnern, daß ich diplomatische Immunität genieße. Sie haben kein Recht, mich hier zu verhören.«

»Wie sollen die Explosionen bewerkstelligt werden?« fragte Fidel Castro ruhig.

Velikow schwieg. Seine Mundwinkel kräuselten sich andeutungsweise, als aus der Entfernung schwerer Kanonendonner zu vernehmen war. Fidel und Raul Castro blickten einander an, keiner sagte jedoch ein Wort.

Jessie überlief ein Schauer der Erregung, als die Spannung in der kleinen ehemaligen Bar spürbar zu wachsen begann. Einen Augenblick wünschte sie sich, ein Mann zu sein, um die Wahrheit aus dem General herausprügeln zu können. Sie fühlte Übelkeit in sich aufsteigen und war versucht, laut hinauszuschreien angesichts der kostbaren Zeit, die hier unnütz verrann.

»Sagen Sie ihnen bitte, was sie wissen wollen«, bat sie Velikow. »Sie können doch nicht hier stehen bleiben und zulassen, daß Tausende von Kindern sterben!«

Velikow reagierte überhaupt nicht. Er blieb stumm und unbewegt stehen.

»Ich nehme ihn liebend gern mit«, schaltete sich Hagen ein.

»Es ist nicht nötig, daß Sie sich die Hände schmutzig machen, Mr. Hagen«, sagte Fidel Castro. »Ich habe genug Fachleute für peinliche Befragungen, die nur darauf warten, anfangen zu können.«

»Das wagen Sie nicht!« schrie Velikow.

»Es ist meine Pflicht, Sie zu warnen, daß Sie gefoltert werden, wenn Sie die Explosionen nicht verhindern. Und zwar nicht nur mit einfachen Injektionen, wie sie bei Ihnen zu Hause in Rußland in Ihren sogenannten psychiatrischen Kliniken den politischen Gefangenen verabreicht werden. Sondern mit echten, unbeschreiblichen Folterungen, die, wenn nötig, Tag und Nacht fortgesetzt werden. Unsere besten medizinischen Spezialisten werden darauf achten, daß Sie dabei trotz alledem am Leben bleiben. Kein Alptraum, den Sie sich vorstellen können, General, kann schlimmer sein als das, was sie dabei erwartet. Sie werden schreien, bis sie keine Stimme mehr haben. Wenn Sie schließlich kaum mehr sind als ein Kohlkopf, ohne Augen, ohne Sprache, ohne Ohren, wird man sie in irgendeinem Slum im fernsten Afrika abladen, wo sie dann entweder sterben oder weitervegetieren können, wo aber kein Mensch sich um einen verkrüppelten Bettler, der auf dem Müll lebt, kümmern oder Mitleid mit ihm haben wird. Mit anderen Worten, Sie werden dann sein, was ihr Russen eine Unperson nennt.«

Velikows Schale bekam den ersten Sprung, wenn auch nur einen haarfeinen. »Sie verschwenden Ihre Zeit. Sie sind bereits tot. Ich bin auch bereits tot. Wir sind alle bereits tot.«

»Da irren Sie sich. Die Schiffe mit der Munition und dem Ammoniumnitrat sind von den Leuten, denen Sie verleumderische Machenschaften nachsagen, bereits aus dem Hafen geschafft worden. Zu dieser Minute fahren CIA-Agenten diese Schiffe hinaus auf die offene See, wo allenfalls noch die Fische daran glauben müssen, wenn sie in die Luft fliegen.«

Velikow griff augenblicks nach seiner minimalen Chance. »Aber nein, Señor Presidente. Sie irren sich, nicht ich. Der Kanonendonner, den Sie vorhin gehört haben, stammt von einem sowjetischen Kriegsschiff, das diese Schiffe abfängt und sie zurück in den Hafen bringt. Sie mögen vielleicht zu früh explodieren, aber letzten Endes werden sie dennoch den beabsichtigten Effekt erzielen.«

»Sie lügen«, beharrte Fidel Castro, nicht ohne ein leise aufkommendes Unbehagen.

»Ihre Herrschaft als der große Vater der Revolution ist zu Ende«, sagte Velikow mit verschlagener Stimme. »Was mich betrifft, so sterbe ich freudig für mein russisches Vaterland. Aber was ist mit Ihnen? Sind Sie bereit, Ihr Leben für Kuba zu geben? Das waren Sie vielleicht einst, als Sie noch jung waren und noch nichts zu verlieren, aber alles zu gewinnen hatten. Doch jetzt sind Sie verwöhnt und verweichlicht und verbraucht, und Sie lassen andere die Schmutzarbeit für Sie tun. Sie sind seit langem an ein schönes Leben gewöhnt und nicht einfach bereit, es aufzugeben. Trotzdem ist es mit alledem jetzt vorbei. Morgen wird ein neuer Präsident auf Ihrem Platz sitzen. Einer, dessen Loyalität dem Kreml gilt.«

Er trat ein paar Schritte zurück und holte etwas aus seiner Tasche.

Hagen erkannte es sofort. »Die Fernzündung! Er kann damit die Explosion auslösen!«

»O Gott!« rief Jessie verzweifelt. »O mein Gott! Er tut es wirklich, er wird es wirklich tun!«

»Sinnlos, Ihre Leibwache zu rufen«, sagte Velikow kalt. »Sie kommt auf jeden Fall zu spät!«

Fidel Castro starrte ihn aus kalten schwarzen Augen an. »Denken Sie an meine Warnung.«

Velikow hielt den Blick voll Verachtung aus. »Können Sie

sich wirklich vorstellen, wie ich in einem Ihrer schmutzigen Gefängnisse schreie?«

»Geben Sie mir dieses Gerät, und Sie können Kuba ungehindert und frei verlassen.«

»Um als lächerlicher Feigling nach Moskau heimzukehren? Das glauben Sie doch wohl selbst nicht.«

Fidel Castros Gesichtsausdruck war eine Mischung aus Zorn und Angst. »Ich wiederhole es: Sie kennen Ihr Schicksal, wenn Sie diese Explosion wirklich auszulösen versuchen.«

»Die Chancen dafür sind gering«, sagte Velikow unbeeindruckt. »Dieses Haus hier befindet sich keine fünfhundert Meter vom Hafenkanal. Von uns allen wird kein Stäubchen übrigbleiben.« Sein Gesicht war wie Granit. Dann sagte er: *»Adios, Señor Presidente.«*

»Sie verdammter ...« schrie Hagen und sprang trotz seiner Leibesfülle mit unglaublicher Behendigkeit über den Tisch. Aber den Bruchteil einer Sekunde, ehe er bei Velikow war, drückte dieser auf den Knopf seiner Fernzündung.

74

Die *Amy Bigalow* löste sich in ihre Einzelteile auf. Und die *Ozero Zaysan* existierte lediglich noch den Bruchteil einer Sekunde länger. Die kombinierte unerhörte Sprengkraft des empfindlichen Inhalts der beiden explodierenden Schiffe jagte eine kilometerhohe Säule aus Trümmern und Rauch in den tropischen Himmel. Wie ein Riesengeysir öffnete sich ein ungeheurer Krater im Meer, und Dampf und Wasser schossen in den Himmel.

Der gleißende, rotweiße Feuerball raste mit der Intensität von zehn Sonnen über das Wasser hin, dessen Aufgewühltheit eine donnernde schwarze Flutwelle erzeugte.

Der Anblick der tapferen kleinen *Pisto*, deren Trümmer mehrere hundert Meter hoch in die Luft gewirbelt wurden, als sei dort eine Raumfahrtrakete explodiert, grub sich auf ewig in Pitts Gedächtnis ein. Er starrte bewegungslos auf die wie Hagel herabregnenden Trümmer. Er dachte an Jack und seine Leute, die in der Luft zerfetzt worden waren.

Moe und seine Mannschaft in dem treibenden Bootswrack waren spurlos vom Angesicht der Erde verschwunden.

Die Wucht der Explosion riß auch die beiden Patrouillenhubschrauber aus der Luft. Im Umkreis von zwei Meilen fielen sämtliche Seemöwen vom Himmel. Die Motorschraube der *Ozero Zaysan* wirbelte über das Meer und schlug am Ende wie ein Komet in den Kontrollturm des sowjetischen Zerstörers ein, wo sie auf der ganzen Brücke keinen lebenden Mann mehr hinterließ. Verbeulte Stahlplatten, Nieten, Kettenglieder und Deckaufbauten regneten auf die Stadt herab. Sie schlugen wie Geschosse durch Dächer und Wände. Telefon- und Lichtmasten knickten wie Streichhölzer um.

Hunderte Menschen starben im Schlaf in ihren Betten, ohne noch einmal erwacht zu sein. Viele andere wurden von dem Hagelregen der Glassplitter entsetzlich verstümmelt oder von einstürzenden Zimmerdecken erschlagen. Morgenschichtarbeiter und andere Frühaufsteher auf den Straßen wurden von den Beinen gerissen und gegen Hauswände geschleudert.

Die Druckwelle, die die Stadt erfaßte, war doppelt so heftig wie der stärkste jemals registrierte Hurrikan. Holzgebäude am Hafen und in Ufernähe wurden wie Papierschachteln zerdrückt. Läden und Lagerhausfassaden stürzten ein, hunderttausend Fenster zerbrachen, und Autos segelten durch die Luft.

Im Hafen selbst explodierte die riesige *Ozero Baykai.*

Zuerst schoß nur eine gewaltige Stichflamme in einer ungeheuren Feuersäule aus ihr heraus. Der Wolkenbruch brennenden Öls aber, der sich danach aus ihr über den Hafen ergoß, bewirkte eine wahre Kettenreaktion. Ein Frachtschiff nach dem anderen an den Docks explodierte ebenfalls. Glühende Metallfetzen hagelte es auf die Öl- und Treibstofftanks am Osthafen herab, und reihenweise Detonationen waren die Folge – wie ein überdimensionales Riesenfeuerwerk, bis eine einzige riesige schwarze Rauchwolke über der ganzen Stadt hing.

Dann explodierte die erste Ölraffinerie. Dann ein Chemiewerk. Anschließend flog eine Farbenfabrik in die Luft, danach ein Kunstdüngerwerk. Zwei Frachter, die gerade auslaufen wollten, kollidierten und fingen Feuer. Ein glühendheißer Stahlträger des zerstörten Tankers fiel auf einen von zehn Eisenbahntankwagen mit Propangas. Der ganze Zug ging hoch wie eine Kette von Silvesterknallern.

Und es hörte nicht auf. Die Explosionen wurden zur endlosen Serie.

Auf vierzig Meilen hin tobte rund um den Hafen das blanke Feuerinferno. Auf die Stadt regnete es Asche und Trümmer wie nach einem Vulkanausbruch. Von den Dockarbeitern überlebten nur wenige. Zum Glück waren die meisten Raffinerien und Chemiewerke wenigstens noch menschenleer. Der heraufziehende nationale Feiertag verhinderte, daß um ein Vielfaches mehr Menschenleben zu beklagen waren.

Als die Flut der Detonationen abebbte, war das Schlimmste der Katastrophe im Hafen zwar vorbei. Aber der Alptraum, der der Stadt selbst noch bevorstand, hatte noch gar nicht begonnen.

Aus dem Explosionskrater auf dem Meer vor dem Hafen türmte die entstehende Flutwelle sich immer höher auf und rollte auf die Küste zu. Pitt und die anderen in dem Boot sahen die riesige, glasartige, gewaltige Wand mit Entsetzen auf sich zukommen. Ein grünweißes Gebirge näherte sich ihnen brüllend. Sie saßen einfach nur da, wartend, ohne alle Panik, starrten nur bewegungslos auf das Ungetüm, wußten, daß ihre kleine Nußschale gleich nur noch Trümmer sein und sie alle im Meer begraben sein würden.

Keine zehn Meter vor der Ufermauer entlang der Malecon überrollte sie die horizontale Lawine. Der Kamm der riesigen

Welle brach sich genau über ihnen und stürzte auf sie herab. Manny und drei weitere Männer riß es von ihren Sitzen, und Pitt sah sie wie lose Dachschindeln im Sturm durch den Wasserschleier und die Luft fliegen. Die Ufermauer kam herangeschossen, aber der Wellenhub trug sie samt dem Boot darüber hinweg und direkt auf den weiten Boulevard.

Pitt krallte sich so heftig am Ruder fest, daß es aus der Halterung brach und weggerissen wurde. Er sah schon seinen letzten Augenblick gekommen, aber mit einer letzten Willensanstrengung holte er tief Atem und hielt das Ruder noch immer fest, während die Welle über ihn wegdonnerte. Und wie in einem Traumbild konnte er in dem seltsam klaren, dämonischen Wasser Autos in gespenstischem Taumel herumpurzeln sehen, als wären sie Riesenspielzeuge.

Tief in dieser Lawine aus Wasser vergraben, fühlte er sich eigenartig entspannt und leicht. Und es kam ihm plötzlich in den Sinn, wie lächerlich sein Tod doch war – auf einer Straße einer großen Stadt zu ertrinken . . . Sein Lebenswille war noch ungebrochen, aber er wollte auch keinen sinnlosen Kampf kämpfen und kostbaren Sauerstoff verschwenden. Er ließ sich widerstandslos treiben und versuchte, durch den Gischt hindurchzusehen. Er war sich völlig bewußt, daß sein Gehirn mit einer ganz ungewöhnlichen Klarheit arbeitete. Es sagte ihm, daß ihn die Wucht des Aufpralls, wenn ihn die Woge, in der er sich befand, gegen eine Hauswand schleuderte, zerquetschen würde.

Diese Befürchtung hätte sich in ihm gewiß noch verstärkt, hätte er gesehen, wie das Boot in den Oberstock eines Wohnhauses für sowjetische Techniker geschwemmt wurde, wo es zersprang wie eine Eierschale. Der Vierzylinder-Dieselmotor wurde von der Wasserwoge noch durch ein zerbrochenes Fenster weitergetragen und blieb schließlich in einem Treppenhaus liegen.

Pitt selbst traf es gnädiger. Er wurde in eine kleine Seitenstraße gespült. Die Flutwelle schob alles in einer mächtigen Treibgutwoge vor sich her. Doch schon, als sie noch Hauswände umspülte, die stark genug waren, ihrem Anprall zu widerstehen, begann ihre Kraft zu schwinden. Nach wenigen Sekunden hatte der Hauptkamm der Woge seinen Höhepunkt überschritten, und die Wassermassen begannen zurückzufluten, Trümmer und Leichen in ihrem großen Sog mit hinaus aufs Meer ziehend.

Pitt spürte, daß sich der Sauerstoffmangel auf sein Gehirn auswirkte, er sah Sterne vor seinen Augen tanzen. Er konnte sich selbst zusehen und beobachten, wie ihm, einer nach dem anderen, die Sinne schwanden. Er spürte einen harten Schlag gegen seine Schulter, als er mit einem festen Gegenstand zusammenstieß. Er schlang einen Arm darum und versuchte nicht wieder loszulassen, doch die Gewalt der Welle warf ihn weiter nach vorne. Er trieb gegen eine ebene Fläche, und dieses Mal gelang es ihm, sich irgendwo festzukrallen und nicht wieder loszulassen. Er erkannte nur nicht, daß das, woran er sich festhielt, das Ladenschild über der Tür eines Juweliergeschäfts war.

Denn schon begannen die Denk- und Empfindungsfunktionen seines Körpers langsamer zu werden und zu ersterben, als sei die Stromversorgung seines Mechanismus abgeschaltet worden. In seinem Kopf hämmerte es, und die tanzenden Sterne vor seinen Augen verdüsterten sich zu schwarzer Dunkelheit. Er existierte nur noch mit seinen Instinkten. Bald, vermochte er gerade noch zu denken, würde auch dies aufhören.

Die Flutwelle hatte ihren Zenit überschritten, fiel in sich zusammen und strömte zurück ins Meer. Aber für Pitt war es zu spät. Der Punkt, an dem er aus der Bewußtlosigkeit hätte zurückkommen können, war überschritten. Seinem Gehirn gelang es irgendwie, noch eine letzte Botschaft auszusenden. Ein Arm vermochte noch ein letztes Mal zu reagieren und sich schwerfällig zwischen das Ladenschild und dessen in der Hauswand befestigten Trägerarm zu schlingen. Dort verklemmte er sich.

Er spürte, daß er zu ertrinken begann.

Das große Donnern der Explosionen verrollte allmählich in den Bergen und über dem Meer. Es gab kein Sonnenlicht mehr über der Stadt. Der ganze Hafen schien in Flammen zu stehen. Alle Docks, Schiffe, Tanklager und dazu drei Quadratmeilen brennender Ölschicht auf dem Hafenwasser ergaben ein höllisches Feuergemälde aus Orange und Blau unter einem nachtschwarzen niedrigen Firmament.

Die schrecklich verwüstete Stadt begann allmählich den Schock von sich abzuschütteln und sich wieder aufzurappeln. In das über der ganzen Stadt liegende Knistern und Knacken von Feuer mischten sich die ersten Sirenen. Die Flutwelle war in den Golf von Mexiko zurückgeströmt. Sie hatte viele Trümmer und Tote mit sich gerissen.

In den Straßen begannen taumelnd und benommen wie eine verschreckte Schafherde die Überlebenden aufzutauchen.

Der Schock über das Ausmaß der Zerstörung um sie herum betäubte alle. Niemand wußte, was wirklich geschehen war. Verletzte stolperten, sich ihrer Wunden kaum bewußt, ziellos umher. Verständnislos wurde das gewaltige Ruder der *Amy Bigalow* angestarrt, das in den Busbahnhof geflogen war und dort vier Busse zerschmettert hatte.

Ein Stück des Vordermastes der *Ozero Zaysan* wurde mitten auf dem Fußballplatz im Stadion von Havanna gefunden. Eine tonnenschwere Winde war in einem Seitenflügel des Universitätshospitals gelandet und hatte exakt und genau die einzigen drei Betten getroffen, die in dem vierzig Betten fassenden Schlafsaal unbelegt gewesen waren. Die Geschichte wurde später oft als eines der vielen kleinen Wunder erzählt, die sich an diesem Tag sonst noch zugetragen hatten – als großer Bonus für die katholische Kirche und Rückschlag für den Marxismus ...

Hilfs- und Rettungskommandos begannen sich zu formieren, als sich die Feuerwehren und die Polizei am Hafen an die Arbeit machten. Armee-Einheiten wurden ebenfalls herbeigerufen. Anfangs herrschte nur Panik im großen Chaos.

Das Militär kümmerte sich in dem Glauben, es finde eine Invasion der Amerikaner statt, weniger um Hilfsmaßnahmen und Katastrophendienste als vielmehr um die Küstenstellungen. Verwundete schien es einfach überall zu geben. Viele schrien in Schmerzen, die anderen humpelten oder schleppten sich von dem brennenden Hafen fort.

Mit dem Verebben der Flutwelle klang auch das erdbebenartige Schütteln und Donnern ab. Die Decke in der einstigen Sloppy Joe's Bar war zwar eingestürzt, aber die Wände standen wie durch ein Wunder noch immer. Der Rest war allerdings die reine Verwüstung. Holzbalken lagen überall, Gips und Verputz waren abgefallen, Möbelstücke waren umgestürzt, und eine dicke Staubschicht bedeckte die vielen leeren zerbrochenen Flaschen auf dem Boden. Die Schwingtür war aus den Angeln gerissen worden und lag seltsam verquer über Castros Leibwächtern, die stöhnend unter einem kleinen Berg von Mauerstücken begraben waren.

Ira Hagen kam mühsam und schmerzhaft wieder auf die Beine und schüttelte seinen Kopf, um das Sausen und Klingen zu vertreiben, das darin dröhnte. Er rieb sich die Augen, um die Staubwolke zu durchdringen, die den ganzen Raum erfüllte, und suchte Halt an einer Wand, an die er sich lehnte. Er sah nach oben durch das Loch, an dessen Stelle die Decke gewesen war. An der Wand im Raum des Oberstockes hingen noch immer die Bilder.

Sein erster Gedanke galt Jessie. Sie war halb unter dem Tisch begraben, der sich noch immer in der Mitte des Raumes befand. Sie lag verkrümmt und zerschunden da. Er kniete sich zu ihr nieder und drehte sie herum.

Sie rührte sich nicht. Kein Lebenszeichen war erkennbar. Eine Schicht weißen Deckengipses bedeckte sie. Aber sie blutete nicht und hatte auch keine sichtbaren Verletzungen. Ihre Augen waren halbgeöffnet. Dann stöhnte sie leise. Hagen lächelte erleichtert und zog seine Jacke aus, faltete sie und legte sie ihr unter den Kopf.

Sie griff nach seiner Hand und drückte sie fester, als er es für möglich gehalten hätte, während sie zu ihm emporblickte. »Dirk ist tot«, flüsterte sie.

»Er kann überlebt haben«, flüsterte Hagen sanft, aber es war keine rechte Überzeugungskraft in seinen Worten.

»Dirk ist tot«, wiederholte sie.

»Nicht bewegen«, sagte er. »Bleiben Sie ganz ruhig liegen. Ich sehe nach den Castros.«

Er erhob sich schwankend und begann unter der Schuttschicht zu suchen. Von links vernahm er pfeifendes Keuchen. Er kletterte über die Trümmer, bis er gegen die alte Bartheke stieß. Raul Castro hielt sich an ihr mit beiden Händen fest, benommen und im Zustand des Schocks. Er versuchte sich den Staub aus der Kehle zu husten. Aus seiner Nase tropfte Blut, und am Kinn hatte er eine große Schnittwunde.

Hagen war fassungslos darüber, wie weit sie jetzt alle auseinanderlagen, wo sie zuvor doch so eng nebeneinander gesessen waren. Er stellte einen umgestürzten Stuhl auf und half Raul Castro, sich darauf zu setzen.

»Alles in Ordnung, Señor?« fragte er mit echter Besorgnis.

Castro nickte schwach. »Ja, ja. Wo ist Fidel? Fidel?«

»Bleiben Sie ruhig sitzen. Ich suche ihn schon.«

Er arbeitete sich durch den Schutt, bis er Fidel Castro fand. Er lag auf dem Bauch, seitlich verdreht und gekrümmt, einen Arm unter der hochstehenden Schulter. Hagen besah sich das ungewöhnliche Bild zu seinen Füßen.

Castros Augen blickten starr auf ein Gesicht ganz nahe neben dem seinen. General Velikow lag mit gespreizten Armen und Beinen auf dem Rücken. Ein herabgestürzter Balken hatte ihm die Beine zerschmettert. Sein Gesichtsausdruck war eine Mischung aus Verachtung und Verständnis. Er starrte seinerseits in Castros Augen mit dem bitteren Blick des Bewußtseins der Niederlage.

Castros Ausdruck zeigte keinerlei Emotion. Der Staub, der sein Gesicht bedeckte, ließ ihn wie eine Marmorstatue aussehen. Die maskenhafte Versteinerung seines Gesichts war in ihrer vollkommenen Konzentration schier unmenschlich.

»Und wir leben noch, General«, murmelte er schließlich triumphierend. »Wir leben beide noch.«

»Das kann nicht sein«, preßte Velikow durch zusammengebissene Zähne. »Wir müßten alle tot sein.«

»Dirk Pitt und seine Leute haben die Schiffe wohl doch irgendwie durch Ihre Marinesperre hindurch auf die offene See hinausgebracht«, sagte Hagen. »Und deshalb war die Zerstörungskraft ihrer geballten Ladungen nur noch ein Zehntel dessen, was sie im Hafen bewirkt hätten.«

»Sie sind gescheitert«, sagte Fidel Castro. »Und Kuba bleibt Kuba.«

»So nahe am Ziel und doch ...« Velikow schüttelte resigniert den Kopf. »Also, dann beginnen Sie schon mit Ihrer Rache, die Sie mir versprochen haben.«

»Sie werden für jeden meiner toten Landsleute einen eigenen Tod sterben«, erklärte Castro, und seine Stimme war von Grabeskälte. »Und wenn es tausend Tode sind oder hunderttausend. Einen jeden werden Sie einzeln erleiden.«

Velikow lächelte böse. Nicht einmal diese grimmige Prophezeiung schien ihn zu schrecken. »Es gibt noch mehr Tage, und es werden andere Männer kommen, von denen einer Sie eines Tages töten wird, Fidel Castro. Dessen bin ich sicher. Ich selbst habe an fünf Alternativplänen mitgearbeitet, für den Fall, daß dieser hier schiefgeht.«

SECHSTER TEIL

»La Dorada«

8. November 1989,
Washington, D.C.

75

Martin Brogan kam zu spät zur Kabinettssitzung am frühen Morgen. Der Präsident und die Ministerrunde an dem großen Nierentisch blickten ihn erwartungsvoll an.

»Die Schiffe explodierten vier Stunden vor der festgesetzten Zeit«, erläuterte er, noch ehe er sich gesetzt hatte.

Diese Mitteilung wurde allseits mit ernstem Schweigen aufgenommen. Alle hatten von dem unglaublichen Plan der Sowjets zur Beseitigung Fidel Castros erfahren. Diese Nachricht empfanden sie mehr wie eine unausweichliche Tragödie als eine schockierende Katastrophe.

»Wie lauten die letzten Berichte über die Verluste?« fragte Douglas Oates.

»Dafür ist es noch zu früh«, antwortete Brogan. »Der gesamte Hafen steht in Flammen. Die Todesopfer könnten in die Tausende gehen. Die Zerstörungen sind allerdings nicht annähernd so gravierend wie ursprünglich vorausgesehen. Es scheint, daß unsere Agenten in Havanna zwei der Schiffe gekapert und aus dem Hafen in die offene See hinausgeschafft haben, bevor sie explodierten.«

Die Ministerrunde hörte sich in nachdenklichem Schweigen den Bericht an, den Brogan nun nach den Informationen der Agentenzentrale in Havanna vortrug. Er rekapitulierte zunächst die Details des ganzen Planes zur Entführung der Schiffe und teilte dann die skizzenhaften Informationen über den tatsächlichen Ablauf der Dinge mit. Noch bevor er zu Ende gesprochen hatte, kam ein Adjutant mit den letzten

Informationen. Brogan überflog sie kurz und las dann die erste Zeile vor.

»Fidel und Raul Castro sind am Leben.« Er blickte den Präsidenten an. »Ihr Mann, Ira Hagen, berichtet, daß er in direktem Kontakt mit den Castros steht und daß sie jede Unterstützung, die wir bei der Katastrophenhilfe leisten können, erbeten haben: ärztliches Personal und Medikamente, Feuerwehrausrüstung, Nahrungsmittel und Kleidung.«

Der Präsident sah zu General Clayton Metcalf hinüber, dem Chef der Vereinigten Stäbe. »General?«

»Nach Ihrem Anruf gestern abend habe ich das Lufttransportkommando in Alarmbereitschaft versetzt. Wir können mit der Luftbrücke beginnen, sobald die Leute auf den Flugplätzen eingetroffen und an Bord der Maschinen sind.«

»Aber koordinieren Sie das zuerst mit den Kubanern, ehe irgendeine amerikanische Militärmaschine in deren Hoheitsgebiet einfliegt. Nicht, daß dann die automatische Boden-Luft-Raketenabwehr losgeht«, mahnte Verteidigungsminister Simmons.

»Ich werde mich um eine direkte Leitung zum Außenministerium in Havanna kümmern«, versicherte Douglas Oates.

»Am besten ist, ihr macht Castro klar, daß alle unsere Hilfsmaßnahmen als Aktion im Rahmen des Roten Kreuzes erfolgen«, meinte Dan Fawcett. »Damit er nicht aus Angst gleich wieder die Tür zuwirft.«

»Ein Gesichtspunkt, den wir in der Tat nicht übersehen sollten«, stimmte der Präsident zu.

»Eigentlich ist es ja natürlich nicht angebracht, eine Katastrophe so schamlos auszunützen«, meinte Oates. »Trotzdem sollten wir eine so vom Himmel geschickte Möglichkeit, unsere Beziehungen zu Kuba wieder zu festigen und das Revolutionsfieber in ganz Mittel- und Südamerika wieder etwas zu dämpfen, nicht ungenutzt verstreichen lassen.«

»Ob eigentlich Castro sich jemals mit Simon Bolivar befaßt hat?« fragte der Präsident, ohne jemanden Bestimmten damit anzusprechen.

»Der große Befreier Südamerikas ist sogar eines seiner Idole«, sagte Brogan. »Warum fragen Sie, Sir?«

»Na, dann hat er jetzt doch vielleicht einen von Bolivars berühmten Aussprüchen begriffen.«

»Welchen meinen Sie, Mr. Präsident?«

Der Präsident sah von einem zum anderen um den ganzen Konferenztisch herum, bevor er antwortete. »Wer einer Revolution dient, pflügt nur das Meer.«

76

Allmählich nur legte sich die Verwirrung, und mit zunehmender Erholung der Bevölkerung Havannas von dem Schock begannen auch die Hilfsmaßnahmen. Die für Hurrikan-Katastrophen üblichen und vorgesehenen Aktionen wurden in Gang gesetzt. Armee und Miliz arbeiteten sich zusammen mit Sanitätseinheiten durch den Schutt und suchten nach Überlebenden, die von Ambulanzwagen, und nach Toten, die auf Trucks weggefahren wurden.

Das Kloster Santa Clara, das schon 1643 gegründet worden war, wurde als Notlazarett eingerichtet und war im Handumdrehen überfüllt. Auch die Säle und Gänge des Universitätshospitals waren rasch voll. Im eleganten alten Präsidentenpalast, der seit Castros Machtergreifung Revolutionsmuseum war, wurden zunächst die Todesopfer untergebracht.

Durch alle Straßen wanderten Verwundete mit schmerzverzerrten Gesichtern oder Verzweifelte, die nach Angehörigen suchten. Zahlreiche Menschen, die während der Katastrophe aus ihren Häusern und Wohnungen geflohen waren, kehrten zurück. Andere, die kein Zuhause mehr hatten, irrten durch die Straßen, stolperten über Leichen und schleppten ihre Habe, die sie in der Eile hatten zusammenraffen und retten können.

Sämtliche Feuerwehren von hundert Meilen im Umkreis kamen nach Havanna, um sich an den Löscharbeiten im gesamten Hafengebiet zu beteiligen. Noch ein Chlorgastank explodierte und verpestete die ohnehin schlechte Luft noch mehr. Zweimal mußten die Feuerwehrleute die Flucht ergreifen, als der Wind drehte und ihnen die Flammenhitze direkt in die Gesichter trieb.

Noch während die Hilfsaktionen anliefen, setzte Fidel Castro seine erste Säuberungswelle unter illoyalen Regierungsbeamten und Armeeoffizieren in Gang. Raul Castro persönlich leitete die Aktion. Von Velikow und dem KGB über *Rum and Cola* informiert, hatten die meisten Verräter die Stadt verlassen und wurden jetzt einer nach dem anderen gesucht und festgenommen. Alle waren sie höchst erstaunt darüber, daß die Castro-Brüder am Leben waren. Zu Hunderten transportierte man die Gefangenen unter schwerster Bewachung in ein Gefängnis in den Bergen, und von keinem sah und hörte man je wieder etwas.

Um zwei Uhr nachmittags landete das erste amerikanische Transportflugzeug auf dem internationalen Flughafen von Havanna. Und dann setzte ein kaum endender kontinuierlicher Strom von Versorgungsflugzeugen ein. Fidel Castro war persönlich zur Stelle, um die freiwilligen Ärzte und Krankenschwestern zu begrüßen. Er kümmerte sich auch selbst darum, daß die kubanischen Hilfskommandos bereitstanden, um die Versorgungslieferungen entgegenzunehmen und mit den ankommenden amerikanischen Hilfsmannschaften zusammenarbeiteten.

Am frühen Abend tauchten am immer noch rauchschwarzen Horizont auch die ersten Küstenwachboote und Feuerwehrschiffe aus Miami auf. Aus Texas kamen Bulldozer, schweres Gerät und Ölfeuerexperten, die sich ohne Verzögerung an die Arbeit machten und das Flammenmeer im Hafen bekämpften.

Alle politischen Differenzen der Vergangenheit zwischen den Vereinigten Staaten und Kuba schienen vergessen oder jedenfalls nicht aktuell zu sein, und beide Regierungen schienen die Gelegenheit zu enger und vertrauensvoller Zusammenarbeit bereitwillig beim Schopf zu packen. Die Bekämpfung der Katastrophe und die Linderung ihrer Folgen hatten überall Vorrang.

Admiral Sandecker und Al Giordino stiegen am späten Nachmittag aus einem NUMA-Jet. Sie ließen sich von einem mit Bettlaken und Feldbetten beladenen Truck bis direkt zum Verteidigungsdepot mitnehmen, wo Giordino sich einen verlassenen herumstehenden Fiat »auslieh« und mit Kurzschluß startete.

Der scheinbare Sonnenuntergang, der in Wirklichkeit jedoch von den Flammen über Havanna herrührte, rötete ihre Gesichter, als sie ungläubig auf die gewaltige Ausdehnung der Brände starrten.

Nachdem sie sich fast eine Stunde lang ihren Weg durch die verwüstete Stadt gebahnt hatten und von der Polizei über komplizierte Umleitungen geschickt worden waren, um die trümmerübersäten und von Rettungsfahrzeugen verstopften Hauptstraßen zu vermeiden, erreichten sie endlich die Schweizer Botschaft.

»Unsere Aufgabe hat sich von selbst erledigt«, sagte Sandecker mit einem Blick auf die zerstörten Gebäude und die Trümmer.

Giordino nickte betrübt. »Er wird vielleicht nie gefunden werden.«

»Trotzdem, wir sind es ihm schuldig, es zu versuchen.«

Giordino nickte. »Das schulden wir Dirk in der Tat.«

Sie wandten sich ab und gingen durch den verwüsteten Haupteingang der Botschaft. Sie wurden in den Nachrichtenraum der Informationsabteilung gewiesen.

Er war angefüllt mit Journalisten, die alle warteten, bis sie an der Reihe waren, um ihre Berichte von der Katastrophe durchzugeben. Sandecker bahnte sich mühsam einen Weg durch die Menge bis zu einem untersetzten, stämmigen

Mann, der ein Fernschreiben diktierte. Als er fertig war, faßte Sandecker ihn am Ärmel.

»Sind Sie Ira Hagen?«

»Ja, bin ich.« Seine heisere Stimme paßte zu den müden Zügen seines Gesichts.

»Dachte ich mir schon«, sagte Sandecker. »Der Präsident hat Sie ziemlich genau beschrieben.«

Hagen klopfte sich auf seinen Bauch und versuchte ein Lächeln. »Jedenfalls ist es nicht schwer, mich in jeder Menge zu erkennen.« Dann wurde er wieder ernst und sah Sandecker forschend an. »Der Präsident, sagen Sie . . .?«

»Ich war noch vor vier Stunden bei ihm im Weißen Haus. Ich bin James Sandecker. Das hier ist Al Giordino. Wir sind von der NUMA.«

»Ach ja. Admiral, Ihr Name ist mir bekannt. Was kann ich für Sie tun?«

»Wir sind Freunde von Dirk Pitt und Jessie LeBaron.«

Hagen schloß kurz die Augen. Dann sah er Sandecker mit festem Blick an. »Mrs. LeBaron ist eine tolle Frau. Von ein paar Schnitten und Schrammen abgesehen, hat sie die Geschichte hier gut überstanden. Sie hilft inzwischen im Kinder-Not-Lazarett in der alten Kathedrale. Aber Pitt suchen Sie leider vergeblich. Er war auf der *Amy Bigalow* am Ruder, als sie in die Luft flog.«

Giordino fühlte, wie sich in ihm etwas zusammenkrampfte. »Keine Chance, daß er entkommen ist?«

»Von den Leuten, die die Russen in Schach hielten, während die Schiffe ausliefen, haben nur zwei überlebt. Alle, die an Bord der Schiffe und des Schleppers gegangen waren, sind vermißt. Es besteht kaum Hoffnung, daß irgendwer rechtzeitig entkommen konnte. Und selbst wenn sie die Explosionen überlebt hätten, wären sie in der Flutwelle ertrunken.«

Giordino wandte sich ab, um seine Erschütterung zu verbergen.

Sandecker sagte: »Vielleicht suchen wir doch noch in den Lazaretten.«

»Halten Sie mich nicht für herzlos, Admiral«, entgegnete Hagen, »aber zeitsparender wäre es vermutlich, bei den Leichensammelstellen zu beginnen.«

»Wir werden beides tun.«

»Ich werde die Schweizer bitten, Ihnen einen Diplomatenpaß auszustellen, dann können Sie sich ungehindert bewegen.«

»Vielen Dank.«

Hagen blickte die beiden Männer an. »Wenn es Ihnen ein Trost ist: Ihr Freund Pitt hat sich dafür geopfert, hunderttausend Menschenleben zu retten.«

77

Ohne viel Optimismus machten sich Sandecker und Giordino in den Lazaretten und Krankenhäusern auf die Suche nach Pitt. Sie stiegen über zahllose Verwundete auf dem Boden der Gänge, wo Schwestern taten, was sie konnten, und erschöpfte Ärzte ohne Unterbrechung in den Operationssälen standen. Viele Male halfen sie, Tragbahren zu heben, bevor sie ihre Suche fortsetzten.

Aber unter den Lebenden konnten sie Pitt nicht finden.

Daraufhin begannen sie sich in den Leichenhäusern umzusehen. Vor manchen standen die mit in vier oder fünf Reihen übereinander geschichteten Toten beladenen Transportautos Schlange. Eine kleine Armee von Hilfskräften bemühte sich um geeignete Maßnahmen, daß sich keine Seuchen von den Massen der Leichen ausbreiteten. Die Toten lagen herum wie Stapelholz, mit unbedeckten Gesichtern und gebrochenen Augen, die ins Leere starrten. Viele waren zu sehr verstümmelt oder bis zur Unkenntlichkeit versengt, um identifiziert werden zu können. Für sie alle gab es nur noch die Möglichkeit eines anonymen Massengrabes.

Ein schon erschöpfter Leichenträger zeigte ihnen schließlich einen Toten, von dem berichtet wurde, daß ihn die Flutwelle an Land gespült hätte. Aber es war nicht Pitt. Sie wußten nicht, daß sie Manny vor sich hatten, weil sie ihn nicht gekannt hatten.

Dann stieg die frühe Morgensonne des nächsten Tages über der schwer heimgesuchten Stadt auf. Immer noch wurden Verletzte und Tote gefunden und eingesammelt. Soldaten mit aufgepflanzten Bajonetten patrouillierten durch die Straßen, um Plünderungen zu verhindern. Noch immer brannten die Docks, aber die Feuerwehren begannen allmählich die Oberhand zu gewinnen. Die riesige schwarze Brandrauchwolke verdüsterte noch den Himmel, und Fluglinienpiloten berichteten, sie sei vom Ostwind mittlerweile sogar bis nach Mexico City getrieben worden.

Sandecker und Giordino, denen die Erlebnisse der vergangenen Nacht einigermaßen aufs Gemüt geschlagen waren, setzten ihre Suche fort. Im provisorischen Kinderlazarett fanden sie Jessie LeBaron.

Sie tröstete gerade ein kleines Mädchen, dem ein Arzt einen Gips um das dünne braune Bein legte. Sie blickte den Admiral und Giordino beim Näherkommen an, aber ihr Blick wanderte unstet über sie hinweg, halb bewußtlos vor Erschöpfung. Sie erkannte sie nicht.

»Hallo, Jessie«, grüßte Sandecker leise. »Wir sind es, Jim Sandecker und Al Giordino.«

Sie sah zu ihnen auf und brauchte noch einige Sekunden, dann begriff sie. »O Admiral. Hallo, Al. Gott sei Dank, daß Sie da sind.« Sie flüsterte dem Mädchen etwas zu und stand dann auf, um die beiden zu umarmen. Und dann konnte sie einen Weinkrampf nicht länger zurückhalten.

Der Arzt flüsterte Sandecker zu: »Sie arbeitet hier seit zwanzig Stunden ununterbrochen wie ein Berserker. Nehmen Sie sie mit, damit sie ein paar Stunden Schlaf bekommt. Sie ist am Ende ihrer Kräfte.«

Sie führten sie hinaus und setzten sich mit ihr erst einmal auf die Stufen vor der Kathedrale.

Giordino sah sie an. Sie trug noch immer ihre Kampfuniform. Ihr Haar war aufgelöst und schweißnaß, ihre Augen waren vom ständigen Rauch gerötet.

»Ich bin froh, daß Sie mich gefunden haben«, seufzte sie. »Sind Sie gerade erst angekommen?«

»Nein, schon gestern abend«, antwortete Giordino. »Wir haben Dirk gesucht.«

Sie starrte abwesend zu der schwarzen Rauchwolke in den Himmel hinauf. »Er ist tot«, wisperte sie wie in Trance.

»Noch ist nichts sicher«, versuchte Giordino sie aufzumuntern.

»Sie sind alle tot. Mein Mann, Dirk und all die anderen.« Dann schwieg sie.

Sandecker versuchte das Thema zu wechseln. »Kann man hier irgendwo einen Kaffee kriegen?«

Jessie deutete mit einem schwachen Kopfnicken auf den Eingang der Kathedrale. »Da ist eine Frau, deren verwundete Kinder hier sind, die kocht ununterbrochen Kaffee für alle.«

»Ich kümmere mich darum«, sagte Giordino und stand auf.

Jessie und der Admiral blieben schweigend auf den Kirchenstufen sitzen. Überall heulten Sirenen, und in der Ferne flackerten immer noch die Flammen zum Himmel.

»Wenn ich Ihnen nach unserer Rückkehr irgendwie behilflich sein kann . . .« begann Sandecker zögernd.

»Sehr freundlich von Ihnen, Admiral. Aber ich denke, ich komme schon zurecht.« Sie machte eine kleine Pause. »Doch, da ist etwas. Meinen Sie, Raymond wird gefunden und kann nach Hause überführt werden?«

»Da bin ich ganz sicher. Nach alledem, was Sie getan haben, wird Castro sicher die Formalitäten mit einem Federstrich erledigen.«

»Schon seltsam, wie wir wegen dieses Schatzes in all dies hineingeraten sind.«

»*La Dorada?*«

Jessie folgte mit den Augen einer Gruppe Passanten, die von weitem auf sie zukam, aber sie schien sie nicht wirklich wahrzunehmen. »Seit fünfhundert Jahren jagen Menschen nun schon hinter ihr her, und die meisten hat der besessene Wunsch, sie zu finden, das Leben gekostet. Es ist unbegreiflich. Unbegreiflich, so viele Menschenleben für eine Statue zu opfern.«

»Ja, aber sie gilt nach wie vor als größter aller Schätze.«

Jessie schloß müde die Augen. »Ich bin froh, daß niemand sie findet. Wer weiß, wie viele einander ihretwegen noch umbrächten.«

»Dirk würde für Geld und Gold niemals über Leichen gehen«, sagte der Admiral. »Dazu kenne ich ihn zu gut. Er war nur wegen des Abenteuers dabei und wegen der Herausforderung, ein Geheimnis zu lüften. Nicht aus Profitgier.«

Jessie antwortete nicht. Sie öffnete die Augen wieder und nahm jetzt endlich Notiz von den näher kommenden Leuten. Sie konnte sie noch nicht deutlich erkennen. Einer von ihnen schien im trüben Rauchdunst ein Hüne von 2,10 m zu sein. Die anderen waren dagegen ziemlich klein. Sie sangen, aber es war nicht auszumachen, was.

Giordino kam mit einem kleinen Tablett und drei Tassen zurück. Er blieb überrascht stehen und sah der Gruppe entgegen, die sich ihren Weg durch den Schutt und die Trümmer auf dem Platz bahnte.

Der Hüne in der Mitte war nicht wirklich über zwei Meter groß. Es hatte nur so ausgesehen, weil er einen kleinen Jungen auf den Schultern trug. Dieser sah verängstigt aus und klammerte sich mit den Händen an der Stirn seines Trägers fest, wodurch er dessen ganze obere Gesichtshälfte verdeckte. In einem seiner muskulösen Arme hielt der Träger noch zusätzlich ein kleines Mädchen, während sich ein anderes, etwa fünf Jahre alt, an seiner anderen Hand festhielt. Hinter ihnen her folgte noch eine ganze Kette Kinder. Es klang, als sängen sie in gebrochenem Englisch. Die ganze seltsame Gruppe vervollständigten noch drei Hunde.

Sandecker sah Giordino fragend an. Der breitschultrige Italiener zwinkerte wegen des beißenden Rauchs in der Luft und starrte mit steigender Verblüffung auf den seltsamen Zug.

Der Mann sah aus wie ein Gespenst, erschöpft offenbar bis zum Umfallen. Seine Kleider hingen in Fetzen an ihm herunter, und er hinkte. Seine Augen lagen tief eingesunken in ihren Höhlen, und das ausgezehrte Gesicht war blutverkrustet. Doch Kinn und Mund machten einen entschlossenen Eindruck, und er betätigte sich auch mit lauter, fester Stimme als Vorsänger der Kinder.

Jessie stand mühsam auf. »Ich muß zu meiner Arbeit zurück«, sagte sie, »diese Kinder da brauchen Hilfe.«

Die Gruppe war jetzt nahe genug, daß zu verstehen war, was sie sangen. Sie sangen den Yankee Doodle.

Und dann fiel Giordino das Kinn herunter, und der Mund stand ihm offen. Seine Augen weiteten sich. Er deutete sprachlos und verständnislos auf den Mann, warf dann das Tablett mit den Kaffeetassen einfach weg und rannte die Treppen der Kathedrale wie ein Verrückter hinunter.

»Das ist er!« schrie er. »Er ist es!«

Sandecker hatte noch nicht begriffen. »Was ist los? Was war das?«

Aber auch Jessie war schon aufgesprungen – sie spürte ihre Müdigkeit nicht mehr und lief hinter Giordino her. »Er ist am Leben!« rief sie.

Und endlich setzte sich auch Sandecker in Bewegung.

Den Kindern erstarb ihr Lied auf den Lippen, und sie drängten sich angesichts der drei auf sie zustürmenden Erwachsenen angstvoll um ihren Beschützer, als ginge es um ihr Leben. Die Hunde stürmten herzu und bellten laut.

Giordino hielt atemlos vor ihnen an und brachte kein Wort heraus. Er grinste nur von einem Ohr zum andern. Und nach einiger Zeit fand er die Sprache wieder.

»Hallo, Lazarus, guten Tag.«

Pitt lächelte hintergründig. »Guten Tag auch, Freund. Sie haben wohl nicht ganz zufällig einen trockenen Martini in der Tasche, wie?«

78

Pitt schlief seit sechs Stunden wie ein Stein in einer leeren Nische der Kathedrale. Er hatte sich noch darum gekümmert, daß die Kinder versorgt und die Hunde gefüttert wurden, bevor er in tiefen Schlaf gesunken war – nicht, ohne außerdem erst noch darauf zu bestehen, daß sich auch Jessie ausruhte.

Nun lagen sie nebeneinander auf einer Decke am Boden. Der treue Giordino saß in einem Korbstuhl am Eingang der Nische und hütete ihren Schlaf. Gelegentlich scheuchte er einige Kinder fort, wenn sie spielend zu nahe kamen oder zu laut wurden.

Als Sandecker in Begleitung einer Gruppe uniformierter Kubaner erschien, fuhr er verblüfft hoch. Auch Ira Hagen war bei der Gruppe. Er sah älter und sehr viel müder aus als bei ihrem letzten Treffen – und das war kaum zwanzig Stunden her. Den Mann neben ihm und direkt hinter dem Admiral erkannte er sofort. Er stand auf, als Sandecker auf die beiden Schlafenden deutete.

»Wecken Sie sie.«

Jessie erhob sich stöhnend und schlaftrunken. Giordino mußte sie mehrmals schütteln, um sie davon abzuhalten, sofort wieder einzuschlafen. Sie brauchte eine ganze Weile, bis sie endlich einigermaßen wach und aufnahmefähig war.

Pitt hingegen war fast augenblicklich hellwach. Sein Geist arbeitete wie ein Uhrwerk. Er drehte sich um und stützte sich auf den Ellbogen und betrachtete mit aufmerksamen Augen die Gruppe, die sich um sie aufgestellt hatte.

»Dirk«, sagte Admiral Sandecker, »das hier ist Präsident Fidel Castro. Er war auf einer Inspektion durch die Krankenhäuser und Lazarette, und wir haben ihm berichtet, daß Sie und Jessie hier seien. Er möchte mit Ihnen sprechen.«

Bevor Pitt etwas erwidern konnte, war Castro schon vorgetreten, nahm seine Hand und zog ihn mit überraschender

Kraft auf die Beine. In seinen durchdringenden Augen mischte sich Braun mit stechendem, opalisierendem Grün. Er trug eine gebügelte und gestärkte olivgrüne Arbeitsuniform mit den Emblemen eines Oberkommandierenden. Der Kontrast zu den zerrissenen und schmutzigen Kleidern Pitts war groß.

»Also, das ist der Mann, der meine Sicherheitspolizei zum Narren gehalten und die Stadt gerettet hat!« sagte Castro auf spanisch.

Jessie übersetzte. Pitt machte eine abwehrende Geste. »Ich bin lediglich einer der Glücklichen, die das Inferno überlebt haben. Mindestens zwei Dutzend andere, die genau wie ich nur die Tragödie verhindern wollten, sind dabei umgekommen.«

»Wie auch immer, wenn die Schiffe im Hafen explodiert wären, dann wäre Havanna jetzt dem Erdboden gleich und ebenso mein Grab wie das einer halben Million Menschen. Kuba ist Ihnen dankbar und möchte Sie zum Helden der Revolution ernennen.«

»Und damit ist mein Ruf bei mir zu Hause beim Teufel«, murmelte Pitt.

Jessie warf ihm einen mißbilligenden Blick zu und übersetzte nicht.

»Was meint er?« fragte Castro.

Jessie räusperte sich und stammelte etwas. »Er – es ist ihm eine Ehre, sagt er.«

Castro bat Pitt, ihm eine Schilderung der Kaperung der Schiffe zu geben: »Erzählen Sie mir bitte alle Einzelheiten. So, wie Sie es gesehen und erlebt haben. Alles, von Anfang an.«

»Meinen Sie, von dem Zeitpunkt an, als wir die Schweizer Botschaft verließen?« fragte Pitt, und seine Augen wurden eng.

»Wie Sie wollen«, sagte Castro, der diesen Blick verstand.

Castro unterbrach Pitts Bericht über den Kampf auf den Docks und die Mühen, die *Amy Bigalow* und die *Ozero Zaysan* aus dem Hafen hinauszufahren, mit einer Flut von Fragen. Seine Wißbegier war unersättlich. So zog sich der Bericht fast so lange hin wie die tatsächlichen Ereignisse.

Pitt erzählte so nüchtern und sachlich, wie er es nur vermochte. Es war ihm ohnehin klar, daß es unmöglich war, die richtigen Worte für den Mut all der Männer zu finden, die ihr Leben für ein anderes Land riskiert und geopfert hatten. Er schilderte Clarks bewundernswertes Unternehmen, eine enorme Übermacht aufzuhalten, und wie Manny und Joe in der Dunkelheit tief unter Deck gearbeitet hatten, um die Schiffsmaschinen in Gang zu bekommen, immer mit dem Wissen, daß sie jeden Moment in die Luft fliegen konnten. Er sprach davon, wie Jack und seine Mannschaft auf dem Schlepper geblieben waren, um die Schiffe noch möglichst weit in die offene See hinauszuschleppen. Er wünschte, sie könnten alle noch hiersein, um jeder seine eigene Geschichte zu erzählen, und er fragte sich, wie ihre eigenen Schilderungen wohl ausgefallen wären. Er mußte in Gedanken an Mannys herzhafte Ausdrucksweise sogar lächeln.

Schließlich erzählte er noch, wie ihn die Flutwelle erfaßt und bis in die Stadt gespült hatte und wie er wieder zu Bewußtsein gekommen war: kopfunter an einem Juwelierladenschild hängend. Als er sich aus dieser seltsamen Lage befreit hatte, hörte er das Weinen eines kleinen Mädchens. Er zog es samt ihrem Bruder aus den Trümmern eines eingestürzten Wohnhauses. Und dann schien er immer mehr Kinder wie ein Magnet anzuziehen. Und von Rettungsmannschaften wurden ihm noch weitere mitgegeben – da er nun schon einmal eine ganze Gruppe Kinder bei sich hatte. Gegen Morgen wies ihm ein Polizist den Weg zum provisorischen Kinderlazarett, wo es der Zufall so wollte, daß ihn dort seine Freunde schon erwarteten.

Castro verbarg seine Bewegung nicht. Er umarmte Pitt formell. »Ich danke Ihnen«, sagte er. Er umarmte auch Jessie und schüttelte Hagen die Hand. »Kuba dankt Ihnen allen. Was Sie getan haben, wird nicht vergessen werden.«

Pitt zögerte. »Dürfte ich Sie vielleicht um etwas bitten?«

»Selbstverständlich«, sagte Castro.

»Da ist dieser Taxifahrer namens Herberto Figueroa. Falls ich in den Staaten einen überholten 57er Chevrolet für ihn auftreiben kann, wäre es Ihnen möglich, dafür zu sorgen, daß er ihn einführen kann und bekommt? Herberto und ich wären beide sehr dankbar dafür.«

»Aber natürlich. Ich kümmere mich persönlich darum, daß er Ihr Geschenk erhält.«

»Und dann möchte ich um noch etwas bitten.«

»Na, übertreiben Sie mal nicht«, flüsterte Sandecker.

»Ja?« fragte Castro höflich.

»Wäre es möglich, mir leihweise ein Schiff mit einem Kran zur Verfügung zu stellen?«

79

Die Leichen von Manny und drei Leuten seiner Besatzung wurden identifiziert. Clark wurde von einem Fischerboot aus dem Kanal gefischt. Sie wurden alle nach Washington überführt. Aber von Jack, Moe und den anderen fand man nie mehr auch nur eine Spur.

Erst vier Tage nach den großen Explosionen waren alle Brände erloschen – bis auf einen, der so hartnäckig war, daß es noch eine weitere Woche dauerte, bis er endlich ausgebrannt und gelöscht war. Weitere sechs Wochen vergingen, bis die letzten Toten aus den Trümmern geborgen waren. Aber viele blieben für immer vermißt.

Die Kubaner führten eine peinlich genaue Statistik. Ihre komplette Verlustliste belief sich am Ende auf 732 identifizierte Tote, 3769 Verletzte und geschätzte 197 Vermißte.

Auf Drängen des Präsidenten richtete der amerikanische

Kongreß einen Hilfsfonds mit fünfundvierzig Millionen Dollar als Beitrag zum Wiederaufbau Havannas ein. Als Geste des guten Willens hob der Präsident außerdem das fünfunddreißig Jahre alte Handelsembargo gegen Kuba auf. Und so konnten die Amerikaner endlich wieder legal die guten Havannazigarren rauchen ...

Nach der Ausweisung der Russen verblieb als ihre einzige Vertretung im Lande eine Kommission für Sonderaufgaben, die in der Polnischen Botschaft untergebracht wurde. In der Bevölkerung wurden über den Abzug der Sowjets keine Tränen vergossen.

Castro war zwar nach wie vor ein überzeugter marxistischer Revolutionär, aber seine Haltung wurde doch flexibler. Er stimmte jetzt nicht nur dem lange vorbereiteten Freundschaftspakt mit den USA zu, sondern nahm auch eine Einladung zu einem Staatsbesuch ins Weiße Haus und zu einer Ansprache vor dem Kongreß an. Das einzige, worüber er sich beschwerte, war die Bitte, er möge dabei eine Redezeit von zwanzig Minuten nicht überschreiten.

Im Morgengrauen des dritten Tages nach den Explosionen warf ein altes, von Wind und Wetter gezaustes Schiff mit abblätternder Farbe fast exakt im Mittelpunkt des Hafens Anker. Feuerwehr- und Rettungsschiffe umringten es, als bestehe die Gefahr, daß sie jeden Augenblick eingreifen und zu Hilfe kommen müßten. Es war ein plumpes, breites Schiff, schon mit leichter Schlagseite, an die zwanzig Meter lang, mit einem kleinen Auslegekran am Heck, dessen Baum über das Schiff hinausragte. Die Besatzung schien von der Hektik um sie herum keine Notiz zu nehmen.

Hier im inneren Hafengebiet waren mittlerweile die meisten Flammen schon zum Erlöschen gebracht, aber nach wie vor spritzten die Feuerwehren dennoch weitere Tonnen und Tonnen von Wasser aus ihren Druckschläuchen auf die hitzeglühenden Trägerkonstruktionen der Lagerhäuser. Einige der großen Öltanks wollten nicht zu brennen aufhören. Die Luft stank deshalb penetrant nach verbranntem Öl und Gummi.

Pitt stand auf dem verwaschenen Deck des Arbeitsschiffes und zwinkerte in der beißenden, mit gelbem Qualm angefüllten Luft zu den Überresten des Öltankers hinüber. Von der *Ozero Baykai* waren lediglich noch die verglühten Heckaufbauten zu sehen, die grotesk verbogen aus dem öligen Brackwasser ragten.

Er sah auf den kleinen Kompaß in seiner Hand.

»Ist das die Stelle?« fragte Admiral Sandecker.

»Nach den Schnittpunkten der Landmarken, ja«, antwortete Pitt.

Giordino streckte seinen Kopf aus dem Führerhaus. »Der Magnetometer spielt verrückt. Wir müssen genau über einer ziemlichen Eisenmasse sein.«

Jessie saß auf einer Luke. Sie trug graue Shorts und eine hellblaue Bluse und sah wieder einigermaßen regeneriert aus.

Sie warf Pitt einen wißbegierigen Blick zu. »Du hast mir noch immer nicht gesagt, warum du glaubst, daß Raymond *La Dorada* ausgerechnet hier auf dem Grund des Hafens versenkt hat, und warum du meinst, genau dies hier sei die Stelle.«

»Ich hätte es schon viel früher begreifen müssen«, sagte Pitt. »Die Worte klingen genau gleich, ich habe sie nur mißverstanden. ›Suche am *Main sight*‹ – am Hauptaussichtspunkt. Während er tatsächlich *Maine site* meinte – die Stelle der *Maine*.«

Jessie begriff nicht. »Eine Stelle in Maine?«

»Denk an Pearl Harbor; an die *Alamo*; an die *Maine*. Genau oder jedenfalls ungefähr an dieser Stelle flog 1898 das Schlachtschiff *Maine* in die Luft, was den Spanisch-Amerikanischen Krieg auslöste; so wie später der Angriff auf Pearl Harbor und der Untergang – unter anderem – der *Alamo* den Pazifikkrieg.«

Jessie spürte Erregung in sich aufsteigen. »Du meinst ... Raymond hat die Statue auf ein altes Schiffswrack gesenkt?«

»Die Stelle eines alten Schiffswracks«, korrigierte Pitt. »Das Wrack der *Maine* selbst ist längst gehoben worden. Das war 1912. Man hat es anschließend auf die offene See hinausgeschleppt und dort mit wehender Flagge endgültig versinken lassen.«

»Aber warum sollte Raymond absichtlich diesen Schatz ins Wasser werfen?«

»Das reicht weit zurück bis in die Zeiten, da er und sein Partner Hans Kronberg sich mit maritimen Bergungen befaßten und die *Cyclop* entdeckten. Dabei fanden und bargen sie dann auch *La Dorada*. Es muß ein ungeheurer Triumph für die beiden Freunde gewesen sein, als sie die Suche, gegen alle Wahrscheinlichkeit, erfolgreich beendet hatten. Sie hatten dem habgierigen Meer schließlich den gesuchtesten Schatz der Welt abgerungen. Und eigentlich hätte dies das Happy-End der Geschichte sein können. Aber es kam anders. Denn dann verliebte sich Raymond LeBaron in Kronbergs Frau.«

Jessies Gesicht spannte sich. Sie verstand. »Hilda.«

»Ja, Hilda. Er hatte nun zwei Motive, seinen Freund Hans loszuwerden. Den Schatz und die Frau. Irgendwie muß er Hans Kronberg dazu überredet haben, noch einmal zu tauchen, nachdem der Schatz bereits gehoben war. Und dabei schnitt er ihm den Luftschlauch durch und überließ seinen Freund einem fürchterlichen Erstickungstod. Eine entsetzliche Vorstellung: sich in einem stählernen Sarg wie dem Rumpf der *Cyclop* zu befinden und dort den Todeskampf zu kämpfen.«

Jessie sah ihn nicht an. »Ich bringe es nicht fertig, dir das zu glauben.«

»Aber du hast den toten Kronberg mit deinen eigenen Augen gesehen, Jessie! Hilda war der wirkliche Schlüssel zu allem. Sie hat auch die Tatsachen in groben Umrissen so geschildert. Ich brauchte nur noch einige Details herauszufinden.«

»Raymond könnte niemals einen Mord begehen.«

»Doch, das konnte er durchaus. Und er hat ihn auch begangen. Nachdem Hans Kronberg beseitigt war, tat er den nächsten Schritt. Er floh vor dem Finanzamt – und wer mag ihm das verdenken, wenn man sich vor Augen hält, daß die Steuersätze damals, Mitte der fünfziger Jahre, bei Einkommen von über 150 000 Dollar mehr als achtzig Prozent betrugen! – und entzog sich auch einem zeitraubenden Prozeß, den Brasilien gegen ihn angestrengt hatte, weil es, zu Recht, die Statue als gestohlenes nationales Eigentum reklamierte. Statt dessen machte er sich auf und davon und nahm Kurs auf Kuba. Ein cleverer Bursche, dein Mann.

Das Problem, das er anschließend zu lösen hatte, war, wie er das Ding verschwinden lassen konnte. Wer konnte es sich schon leisten, auch nur einen Bruchteil von zwanzig oder fünfzig Millionen Dollar für einen Kunstgegenstand zu bezahlen? Zudem mußte er fürchten, daß der damalige kubanische Diktator Batista, ein bekanntermaßen habgieriger Mann und ein Gauner erster Güte, die Statue beschlagnahmen würde, sobald er Wind davon bekäme. Außerdem waren da immer noch die Mafia-Bosse, die er nach dem Zweiten Weltkrieg mit freundlicher Einladung ins Land geholt hatte. Und deshalb beschloß Raymond, die Statue zu zersägen und stückweise zu verkaufen.

Sein Pech war, daß er es mit der Zeit sehr schlecht getroffen hatte. Am selben Tag, an dem er mit seiner Beute in den Hafen von Havanna segelte, eroberten Castro und seine Bergrebellen die Stadt und verjagten den korrupten Batista und dessen Regierung. Castros Revolutionsregierung schloß alsbald alle See- und Flughäfen, damit keine Maus, vor allem aber nicht Batista und seine Spießgesellen mit ihren Reichtümern außer Landes konnten.«

»Sie meinen, LeBaron blieb nichts?« fragte Sandecker. »Er verlor alles?«

»Nicht ganz. Es war ihm klar, daß er erst einmal in der Falle saß und daß es nicht lange dauern konnte, bis die Revolutionsregierung auch sein Boot durchsuchen ließ. Wobei sie dann selbstverständlich *La Dorada* finden würden. Seine einzige Chance war, zusammenzupacken, was er tragen konnte, und zu versuchen, das nächste Flugzeug in die Staaten zu kriegen. Es muß ihm im Schutz der Nacht gelungen sein, mit seinem Boot in den Hafen einzufahren und die Statue dort über Bord zu werfen. Und dafür suchte er sich als markanten Punkt eben die Stelle aus, an der vor siebzig Jahren das Schlachtschiff *Maine* untergegangen war. Selbstverständlich hat er wohl im Sinn gehabt, später, sobald sich die Verhältnisse wieder stabilisiert hätten, zurückzukommen und seinen Schatz erneut zu bergen. Leider spielte Castro nicht mit. Entgegen vielen Erwartungen war seine Regierungszeit mitnichten nur ein kurzes Intermezzo. Und außerdem sanken die einst so legeren und engen Beziehungen zwischen Kuba und den USA auf einen nie gekannten Gefrierpunkt. Er konnte nie mehr nach Kuba zurück, schon gar nicht, um einen drei Tonnen schweren unbezahlbaren Schatz zu heben.«

»Aber ein Stück der Statue hat er doch mitgenommen?« fragte Jessie.

»Hilda zufolge das Herz aus Rubinen. Das ließ er nach der Rückkehr zu Hause zerschneiden und setzte die Stücke über den Maklermarkt ab. Und damit hatte er genug finanzielle Mittel in der Hand, um sich, mit Hilda an seiner Seite, in der hohen Finanzwelt zu etablieren. Raymond LeBaron hatte es geschafft, er war ein gemachter Mann.«

Es blieb lange still. Alle hingen ihren eigenen Gedanken nach und versuchten sich vorzustellen, wie das vor dreißig Jahren an eben dieser Stelle hier gewesen sein mochte, als ein verzweifelter LeBaron die Statue aus Gold über die Bordwand seines Bootes geworfen hatte.

»*La Dorada*«, seufzte Sandecker endlich. »Aber ihr schieres Gewicht muß sie doch tief in den weichen Boden des Hafens hier gedrückt haben?«

»Das scheint auch mir der springende Punkt zu sein«, stimmte ihm Giordino zu. »Es war LeBaron offenbar nicht klar, daß das spätere Wiederauffinden der Statue nur mittels einer großen Bergungsaktion möglich sein würde.«

»Das ist genau der Punkt, der mich lange irritierte«, gab Pitt zu. »Er muß schließlich gewußt haben, daß, nachdem das Armeepionierkorps den bloßen Rumpf der *Maine* gehoben hatte, noch mehrere hundert Tonnen Trümmer und Schrott im Schlamm liegengeblieben waren, was das Wiederauffinden der Statue fast unmöglich machen mußte. Auch nicht der empfindlichste Metalldetektor kann aus diesem Wust eines Unterwasserschrottplatzes ein ganz bestimmtes Objekt herausfinden.«

»Mit anderen Worten«, stellte Sandecker fest, »die Statue wird für alle Zeiten dort unten liegenbleiben. Es sei denn, irgendwann kommt jemand und wühlt den halben Hafen so lange um und um, bis er sie findet.«

»Vielleicht nicht einmal«, murmelte Pitt versonnen. Er hatte da eine Art Vision. »Raymond LeBaron war ja kein Dummkopf. Und obendrein war er schließlich ein Profi in Meeresbergungen. Ich glaube, er wußte sehr genau, was er tat.«

»Worauf wollen Sie hinaus?« fragte Sandecker.

»Darauf, daß er zwar die Statue über Bord geschafft hat. Aber ich möchte darauf wetten, daß er sie nicht einfach hinunterfallen ließ, sondern vielmehr langsam absenkte, so daß sie aufrecht stehend auf den Grund kam.«

Giordino starrte auf die undurchdringliche Brühe des Hafenwassers hinab.

»Das wäre eine Möglichkeit«, gab er zu. »Das wäre eine Möglichkeit. Wie groß ist die Figur?«

»Mit dem Sockel etwa acht Fuß.«

»Und sie hatte dreißig Jahre Zeit, sich mit ihren drei Tonnen Gewicht in den Grundschlamm zu senken«, gab Sandecker zu bedenken. »Möglicherweise schauen mittlerweile bestenfalls gerade noch ein paar Fuß von ihr aus dem Hafengrund heraus.«

Pitt lächelte vage. »Wir werden es ganz genau wissen, sobald Al und ich unten waren und unsere systematische Suche beendet haben.«

Wie auf Kommando schwiegen sie daraufhin alle und blickten über die Reling auf das ölige, mit einer Aschenschicht bedeckte, dunkle und geheimnisvolle Brackwasser Havannas. Irgendwo dort unten in der grünen Dunkelheit ruhte *La Dorada*.

80

Pitt stand in voller Taucherausrüstung an Bord und sah auf die Luftblasen, die aus der Tiefe an die Oberfläche kamen. Er schaute auf die Uhr und verglich die Zeit. Giordino war jetzt seit fünfzig Minuten unten, in vierzig Fuß Tiefe. Die Luftblasen bildeten nun allmählich einen Kreis. Giordino hatte noch Luft für einen vollen Kreis um den Abstiegspunkt herum, der von einer Boje in etwa dreißig Fuß Entfernung vom Schiff markiert war.

Die kleine kubanische Besatzung, die Sandecker angeheuert hatte, war sehr still. Pitt sah sie zusammen mit dem Admiral in einer Linie an der Reling stehen; sie starrten alle wie hypnotisiert auf die glitzernden Luftblasen.

Er wandte sich Jessie zu, die auf der anderen Seite neben ihm stand. Seit fünf Minuten hatte sie weder ein Wort gesagt noch die kleinste Bewegung gemacht. Sie war voll angespanntester Konzentration. In ihren Augen glitzerte die innere Erregung. Die Vorahnung, möglicherweise eine Legende zu Gesicht zu bekommen, versteinerte sie. Jetzt plötzlich kam Leben in sie. »Da!« rief sie.

Inmitten einer Wolke von Luftblasen stieg eine dunkle Gestalt aus der Tiefe empor. Dann durchbrach Giordinos Kopf die Wasseroberfläche nahe der Boje. Er drehte sich auf den Rücken und paddelte mit seinen Flossen mühelos zum Schiff bis zur Leiter an der Reling. Er reichte seinen Gürtel mit den Ballastgewichten hinauf und dann auch noch die beiden Sauerstoff-Flaschen von seinem Rücken, bevor er selbst aus dem Wasser stieg. Als er an Deck war, zog er die Gesichtsmaske ab.

»Wie ging es?« fragte Pitt.

»Bestens«, keuchte Giordino. »Die Lage ist folgende. Ich zog achtmal eine Kreisbahn um die Verankerung der Boje. Die Sicht dort unten ist geringer als drei Fuß. Wir könnten ein wenig Glück haben. Der Grund hier ist eine Mischung aus Sand und Schlamm, also nicht eigentlich ganz weich. Die Statue dürfte noch nicht völlig versunken sein.«

»Die Strömung?«

»Etwa ein Knoten. Damit kann man leben.«

»Irgendwelche Hindernisse?«

»Ein paar Trümmer und verrostete Metallschienen ragen aus dem Grund heraus. Vorsicht also, daß die Führungsleine sich nicht daran zerscheuert.«

Sandecker kam herbei und überprüfte Pitts Geräte noch einmal. Pitt nahm das Mundstück des Atemgeräts zwischen die Zähne.

Jessie drückte ihm leicht den Arm durch den Gummianzug. »Viel Glück«, flüsterte sie.

Er kniff hinter der Gesichtsmaske ein Auge zu und machte dann einen langen Schritt nach vorne. Das Wasser spritzte auf, als er eintauchte. Er schwamm bis zur Boje und hangelte sich dann an der Bojenleine nach unten. Das Gelb des Nylonseils war in der trüben Brühe schon nach wenigen Fuß nicht mehr zu sehen.

Pitt ließ sich Zeit für den Abstieg. Einmal hielt er an, um den Ohrendruck auszugleichen. Nach einer knappen Minute kam ihm unvermittelt der Hafengrund entgegen. Er hielt noch einmal an, um die Druckausgleichsweste und seine Zeit zu kontrollieren, den Kompaß und den Luftschlauch. Dann faßte er die Führungsleine, die Giordino mit einem Clip an der Abstiegs- und Bojenleine befestigt hatte, und begann deren Radius auszuschwimmen.

Nach etwa vierundzwanzig Fuß fühlte er mit der Hand einen Knoten in der Führungsleine. Giordino hatte ihn geschlungen, um anzuzeigen, wie weit er beim letzten Mal hinausgeschwommen war, um dann wieder die Kreisbahn um die Bojenleine zu ziehen. Kurz danach kam ein orangefarbener Stock als Giordinos Markierung für ihn, wo er seine Suchkreise beginnen sollte. Von diesem Punkt aus begab er sich weitere sechs Fuß nach außen, und von dort aus kontrollierte er nach links und rechts die jeweils drei Fuß Sichtweite.

Das Wasser war abscheulich, völlig leblos und roch penetrant nach Chemikalien. Er kam an Kolonien abgestorbener Seeorganismen vorbei. Die Explosion des Öltankers hatte sie zerfetzt, und die Überreste rollten mit der Dünung am Grund hin und her wie Blätter in einer sanften Brise. Oben auf dem Schiff hatte er in seinem Taucheranzug in der Sonne stark geschwitzt. Aber auch hier unten in vierzig Fuß Tiefe schwitzte er weiter. Von oben waren die Schraubengeräusche der im Hafen hin und her fahrenden Rettungs- und Einsatzboote deutlich zu hören, und die Dichte des Schmutzwassers verstärkte den Lärm ihrer Auspuffrohre und ihrer Motorpropeller noch.

Meter um Meter suchte er den Grund ab, bis er den ersten Kreis vollendet hatte. Er zog den Markierungsstab heraus und begann einen anderen Suchkreis in der Gegenrichtung.

Taucher verspüren in einer Unterwasserwüste mit sehr geringer Sichtweite oft ein großes Gefühl von Einsamkeit. Die wirkliche Welt oben, kaum fünfzig Fuß über ihrem Kopf mit all ihren Menschen, hört für sie dann zu existieren auf. Eine sorglose Gleichgültigkeit überkommt sie und eine völlige Indifferenz gegenüber dem Unbekannten. Ihre Sinneswahrnehmungen werden gestört, sie beginnen zu phantasieren.

Aber Pitt hatte keinerlei Empfindungen oder Gefühle dieser Art, ihn beflügelte allenfalls ein Hauch von Phantasie. Er war von nichts anderem beseelt als dem Wunsch, die Statue zu finden, diese schimmernde Figur. So sehr, daß er fast die vage Form übersah, die rechts von ihm aus dem trüben Nebel auftauchte.

Dann jedoch schwamm er mit raschem Paddeln seiner

Flossen zu der Stelle. Es war etwas Rundes, nicht genau Definierbares, teilweise in den Grund Eingesunkenes. Es ragte etwa zwei Fuß aus dem Grund und war schlammüberzogen und voller Tang, der in der Wasserströmung leicht wehte.

Hunderte von Malen hatte Pitt sich zuvor schon gefragt, was er wohl empfinden, wie er wohl reagieren werde, falls er sich wirklich einmal der goldenen Frau gegenübersähe. Was er jetzt tatsächlich empfand, war Angst. Angst, daß es nur ein Trugbild sein könnte. Ein Irrtum. Falscher Alarm. Und daß die Suche endlos sein werde.

Sehr langsam und bewußt wischte er die Schlammschicht mit seinem Handschuh ab. Schmutz- und Planktonpartikel gingen ab und trübten das Wasser noch mehr, wirbelten herum und verhinderten die Sicht. Er wartete in gespenstischer Stille, bis sich die Schmutzwolke wieder etwas setzte.

Er schwamm vorsichtig näher, knapp über dem Grund, bis er nur noch Zentimeter von dem geheimnisvollen Gegenstand entfernt war. Er starrte ihn durch seine Maske an. Und dann hatte er plötzlich einen völlig trockenen Mund. Sein Herz schlug so heftig wie eine Calypsotrommel.

Mit dem Blick zeitloser Melancholie starrten ihn ein Paar smaragdgrüne Augen an.

Er hatte *La Dorada* gefunden.

81

4. Januar 1990,
Washington, D.C.

Die Erklärung des Präsidenten über die Jersey Colony und die Leistungen von Eli Steinmetz und seiner Mondmannschaft elektrisierten die Nation und lösten weltweit Erstaunen und Bewunderung aus.

Eine Woche lang bekam das Land im Fernsehen neue spektakuläre Bilder von Mondlandschaften zu sehen, wie sie zuvor von den kurzen Apollo-Landungen nie möglich gewesen waren. Der Überlebenskampf der Kolonisten bei ihrem Bau bewohnbarer Unterkünfte wurde ebenfalls in dramatischen Details gezeigt.

Steinmetz und seine Leute waren die Helden des Augenblicks. Man feierte sie im ganzen Land, interviewte sie in zahllosen Programmen und Sendern und bereitete ihnen die traditionelle und berühmte Ticker-Tape-Parade am Broadway in New York.

Dieser ganze Jubel brachte noch einmal den altmodischen Patriotismus von einst zum Vorschein, aber seine Wirkung war tiefer und dauerhafter. Jetzt gab es etwas jenseits der Zone der kurzen, theatralischen Flüge ins All, einen Zielort jenseits der Erdatmosphäre, eine Dauerstation im All, der anschauliche und wirklich existierende Beweis dafür, daß der Mensch auch fern von seinem Heimatplaneten leben und überleben konnte.

Der Präsident war bei einem Dinner zu Ehren des *Harten Kerns* und der Kolonisten überaus gehobener Stimmung – sehr im Unterschied zum ersten Mal, als er mit den Leuten zusammengetroffen war, die die Idee der Mondbasis entwikkelt und diese dann gestartet hatten. Er prostete Hudson mit einem Glas Champagner zu, aber der starrte geistesabwesend über den mit lärmenden Leuten vollgepackten Saal hin, als sei dieser lautlos und leer.

»Sind Sie gedankenverloren in Raum und Zeit, Leo?«

Hudsons Augen trafen die des Präsidenten einen kurzen Moment, bevor er nickte. »Entschuldigen Sie. Das ist so eine schlechte Angewohnheit von mir, mich auf Partys auszublenden.«

»Schon wieder mit Mondkolonieplänen beschäftigt?«

Hudson lächelte schwach. »Genau gesagt, ich dachte an den Mars.«

»Oh? Also soll die Jersey Colony nicht das letzte Wort sein?«

»Gewiß nicht. Es gibt niemals ein letztes Wort. Immer nur einen neuen Anfang.«

»Die Chancen stehen nicht schlecht, daß der Kongreß auf der Woge der Stimmung im Lande einer Erweiterung der Kolonie zustimmt. Allerdings, noch ein Außenposten – gleich auf dem Mars ... ich weiß nicht. Das bedeutet sehr viel Geldaufwand.«

»Wenn nicht wir, wird es die nächste Generation in Angriff nehmen.«

»Haben Sie auch schon einen Namen für dieses neue Projekt?«

Hudson schüttelte den Kopf. »Nein, so intensiv habe ich darüber noch nicht nachgedacht.«

»Ich habe mich schon ein paarmal gefragt«, sagte der Präsident, »wie Sie eigentlich auf den Namen Jersey Colony gekommen sind.«

»Und Sie konnten es sich nicht denken?«

»Nun, es gibt den Staat New Jersey und die Insel Jersey im Ärmelkanal vor der französischen Küste und die Jerseysweaters ...«

»Und die Jerseykühe.«

»Die was?«

»Der Kindervers. Diedel, diedel, Katz und Fiedel. Von der Kuh, die über den Mond hüpfte.«

Der Präsident brauchte ein paar Sekunden, bis er begriffen hatte und in Gelächter ausbrach. »Nicht schlecht. Nicht ohne Ironie. Das größte wissenschaftlich-technologische Unternehmen der Menschheit, benannt nach einer Kindervers-Kuh.«

»Atemraubend«, flüsterte Jessie ehrfürchtig.

»Ja, wirklich, eine Pracht«, bestätigte Pitt. »Man kann sich überhaupt nicht sattsehen an ihr.«

Vor ihnen stand die La-Dorada-Statue und sie betrachteten sie fasziniert. Sie stand jetzt im Mittelhof des Ostflügels der Nationalgalerie in Washington. Die polierte Goldfigur mit dem Smaragdhaupt blinkte und glitzerte im Sonnenschein, der durch das große Oberlicht einfiel. Das ergab einen überwältigend dramatischen Effekt. Der unbekannte indianische Schöpfer dieses Standbildes hatte es mit hinreißender Schönheit und Grazie ausgestattet, in lässiger, entspannter Positur, ein Bein leicht vorgestellt, die Arme in den Ellbogen ein wenig angewinkelt, Hände nach außen.

Der Sockel aus Rosenquarz stand auf einer fünf Fuß hohen Plattform aus einem soliden Block brasilianischen Rosenholzes. Das fehlende Herz war durch eine Nachbildung aus karmesinrotem Glas ersetzt worden, welches dem Glanz des Rubinoriginals kaum nachstand.

Trauben faszinierter und überwältigter Menschen drängten sich, die Statue zu sehen. Die Schlange der Interessenten zog sich vor dem Museumseingang fast eine Viertelmeile lang hin. *La Dorada* zog noch mehr Besucher an als selbst seinerzeit die berühmte Tut-ench-Amun-Ausstellung.

Der Präsident und seine Ehefrau hatten Hilda Kronberg-LeBaron zur Eröffnung der Ausstellung begleitet. Da war sie in ihrem Rollstuhl gesessen, eine zufriedene alte Dame mit blitzenden Augen, unentwegt lächelnd, als der Präsident mit einer kurzen Würdigung die beiden Männer ehrte, die ihr Leben bestimmt und beherrscht hatten. Als er ihr aus dem Rollstuhl aufhalf, damit sie die Statue berühren konnte, blieb im ganzen Saal kein Auge trocken.

»Schon seltsam«, murmelte Jessie, »wenn man bedenkt, wie dies alles begann – mit dem Wrack der *Cyclop* und wie es endete – mit dem Wrack der *Maine*.«

»Das erscheint nur uns seltsam«, sagte Pitt abwesend. »Für sie begann es schon vor vierhundert Jahren im brasilianischen Dschungel.«

»Schwer vorstellbar, daß ein so herrliches Werk an so vielen Morden schuld sein kann.«

Pitt hörte nichts.

Jessie warf ihm einen prüfenden Blick zu. Er war völlig in den Anblick der Statue versunken, sein Geist wanderte in einer anderen Zeit und einer anderen Welt.

Dann erst kam er langsam in die Gegenwart zurück. Der Bann war gebrochen, der Zauber vergangen. »Entschuldige«, murmelte er.

Jessie mußte lächeln. »Nun? Also wann willst du es versuchen?«

»Was versuchen?«

»Die versunkene Stadt von *La Dorada* zu finden, natürlich!«

»Das hat keine Eile«, antwortete Pitt und mußte nun ebenfalls lachen. »Die läuft nicht weg.«